Das Buch

Ein Bundestagsabgeordneter im Visier von Fanatikern. Ein Terrorexperte, der im Untergrund recherchiert. Eine zu allem entschlossene palästinensische Studentin. Ein Staatssekretär, der in mysteriösen Politsalons verkehrt. Und eine Bombe, mitten in Berlin.
Ein beängstigend realistischer Thriller über eine Gesellschaft im Alarmzustand – und über Radikale in mehr als nur einem Milieu.

»Ein verdammt guter Politthriller – und nebenbei auch noch eine exzellente Nahaufnahme der deutschen Hauptstadt und ihrer Phänotypen.« *Die Welt*
»Yassin Musharbash ist ein unwahrscheinliches Buch gelungen … Seit den Anschlägen von Oslo muss dieses Buch leider auch noch als ein gespenstisch visionärer Wurf bezeichnet werden.« *Carolin Emcke*
»Selten ein so gelungenes, tagesaktuelles, informatives und ausgesprochen spannendes Buch gelesen. Weltklasse!« *WDR5*

Der Autor

Yassin Musharbash, geboren 1975, hat deutsche und jordanische Vorfahren. Während des Studiums der Arabistik und Politologie begann er als Journalist zu arbeiten, u.a. für *taz* und Jordan Times. Als Redakteur bei Spiegel Online hat er sich vor allem mit Terrorismus, aber auch mit den aktuellen Umwälzungen in der arabischen Welt befasst. Heute arbeitet er im Investigativ-Ressort der *Zeit*. 2006 erschien sein Buch »Die neue Al-Qaida. Innenansichten eines lernenden Terrornetzwerks« (KiWi 932).

KiWi
PAPERBACK
1289

Yassin Musharbash

RADIKAL

Thriller

Kiepenheuer & Witsch

Fast alle Personen und Ereignisse, die in diesem Buch auftauchen und geschildert werden, sind fiktiv. Das schließt bewusste Anspielungen ebenso wenig aus wie absichtliche Verfremdungen.

FSC
www.fsc.org
MIX
Papier aus verantwortungsvollen Quellen
FSC® C083411

Verlag Kiepenheuer & Witsch, FSC®-N001512

4. Auflage 2017

Umschlaggestaltung: Rudolf Linn, Köln
Umschlagmotiv: © photocase/hugo333
Gesetzt aus der Aldus
Satz: Pinkuin Satz und Datentechnik, Berlin
Druck und Bindung: CPI – Clausen & Bosse, Leck
ISBN 978-3-462-04448-5

I

Niklas Weissenthal war das Produkt einer langen Serie fehlgeschlagener Erziehungsversuche, und er wusste das selbst am besten. Es war 9 Uhr 27 am Montag, und Niklas hätte eigentlich in der zweiten Reihe des Raumes 25 sitzen müssen, um den Ausführungen von Hartmut Blohm zu folgen, bis zu den Abitur-Vorprüfungen waren es schließlich nur noch wenige Monate. Doch statt im Grundkurs Mathematik saß Niklas Weissenthal in seinem Zimmer, genauer gesagt an seinem Schreibtisch. Seine Hände ruhten regungslos auf der Tastatur seines Computers, die rechte Hand stieß dabei an eine fast leere Tüte Paprikachips, die linke trennten nur wenige Zentimeter von einer halb leeren Literflasche Eistee. Der Fußboden war übersät mit Dreckwäsche. In einer Ecke stapelten sich vergessene Pizzakartons. Zwei der drei Türen des Kleiderschrankes wiesen Graffiti sowie Spuren nackter Gewalt auf. Die Tür, die vom Flur der Altbauwohnung in Niklas' Zimmer führte, war durch eine Metallkette gesichert – von innen. Auch die Tür war mehr als einmal eingetreten worden, von beiden Richtungen.

Neben dem gigantischen Monitor, vor dem Niklas saß, stand ein im Vergleich winziger Fernseher. Das Bild war halb verdeckt von einem vor Wochen umgekippten Lampenschirm. Ein Nachrichtensprecher berichtete gerade von der nunmehr zweiten Welle israelischer Luftangriffe auf Gaza-Stadt an diesem Morgen. Niklas hörte nicht hin. Er war erschöpft und aufgekratzt zugleich, aufnahmefähig für oder gar interessiert an den aktuellsten Massakern war er nicht.

Den größten Teil der Nacht hatte Niklas online verbracht, um sich abzulenken, vorwiegend mit verlustreichen Pokerrunden. Morgens um drei hatte er auf sein bevorzugtes Computerspiel gewechselt.

Erst vor wenigen Momenten hatte er die Einwohnerschaft von Paris mithilfe mehrerer nuklearer Sprengköpfe um die Hälfte reduziert.

Der Sieg stand unmittelbar bevor.

Doch anstatt den nächsten Zug zu machen, zu dem ein regelmäßig blinkendes Icon ihn aufforderte, drehte er sich aus den Resten, die er in seinem Lederbeutel finden konnte, einen letzten, ziemlich dünnen Joint. Er wusste, dass es hoffnungslos war, von dem Joint Beruhigung zu erwarten. Nicht, wenn man zehn Stück am Tag rauchte. Er steckte ihn trotzdem an.

Erneut ging Niklas im Kopf die Wahrscheinlichkeiten durch. Wenn seine Abwägung positiv ausfiel, versprach sich Niklas, dann würde er sich wenigstens aufraffen, zur fünften und sechsten Stunde in der Schule aufzutauchen. Dann würde der Chemie-Leistungskurs stattfinden, das Einzige, was ihn dort interessierte.

Niklas hörte, wie die Wohnungstür ins Schloss fiel. Nun hatte also auch seine Mutter das Haus verlassen, wie immer grußlos, und wie immer würde irgendeine Aufforderung wie »Geh zur Schule, verdammt!« auf dem Küchentisch liegen. Vielleicht, dachte Niklas, würde es jetzt leichter sein, klar zu denken, wenn außer ihm niemand mehr in der Wohnung war.

Er trat auf den Balkon seines kleinen Zimmers in der Soldiner Straße im Berliner Stadtteil Wedding. Die Morgensonne war fahl genug, ihn nicht zu blenden, wofür er dankbar war. Sein Blick fiel auf das schmale Ufer der Panke, ein dünner Bach, der direkt neben dem Haus entlangfloss, gesäumt von Weiden und Trampelpfaden an beiden Seiten, die vor allem Jogger und türkische Mütter mit Kinderwagen frequentierten. Etwa einen Kilometer nördlich von hier begann auf der von ihm aus gesehen linken Uferseite eine Schrebergartensiedlung mit kleinen Lauben. Und genau dort, in einem leicht verlotterten Gartenhaus, dessen Name ein kleines Holzschild als »Dora« auswies, hatte Niklas Weissenthal vor ziemlich genau zehn Stunden zum ersten Mal in seinem Leben etwas von seinem selbst produzierten Sprengstoff verkauft. Acetonperoxid, auch bekannt als TATP oder APEX.

Also, fragte sich Niklas zum hundertsten Mal, während sein Blick einem über die Straße kullernden Basketball folgte, wie hoch war die Wahrscheinlichkeit, dass sein Kunde ein Terrorist war?

Es fiel ihm schwer, die Fakten zu sortieren. Die Fragen überwogen. Zum Beispiel diese: Wie hatte der Mann überhaupt wissen können, dass Niklas über TATP verfügte? Oder diese: Wieso war der Mann so selbstverständlich davon ausgegangen, dass Niklas Geld brauchte? Und zwar so selbstverständlich, dass er ohne nachzudenken einen gerade noch annehmbaren Preis genannt hatte, der trotzdem deutlich unter dem gängigen Schwarzmarktpreis lag? Natürlich, dachte Niklas, könnte man auch die sehr berechtigte Frage stellen, wie high man eigentlich sein muss, um Sprengstoff zu verkaufen.

Aber diese Fragen helfen mir nicht weiter, erkannte er im nächsten Moment. Der Deal ist längst gelaufen. Ich habe keinen Einfluss mehr auf das, was jetzt passiert. Es geht nur noch darum, mich zu beruhigen.

Khaled. So hatte der Mann sich genannt. Niklas wusste, dass das ein arabischer Name war. Nicht nur wegen Khaled Scheich Mohammed, dem angeblichen oder mutmaßlichen oder erwiesenen oder Was-auch-immer-Mastermind der Anschläge vom 11. September 2001. Niklas wusste das, weil er im Wedding lebte. Als Deutscher. Zu erkennen, ob jemand Türke oder Araber war, konnte hier den Unterschied zwischen Schulterklopfen und einer blutenden Nase ausmachen. Niklas verstand zwar kaum ein Wort in einer dieser beiden Sprachen, aber er konnte an der Aussprache des Deutschen eindeutig erkennen, ob jemand Türke oder Araber war. Sogar Kurden hörte er heraus. Und Khaled hatte nicht nur einen passenden Namen, er sprach Deutsch auch genau so, wie Niklas es von den Arabern kannte. Daran bestand kein Zweifel. Selbst wenn Khaleds Vokabular, seine langen und verschachtelten Sätze, seine teure Kleidung und sein selbstsicheres Auftreten ebenso sicher den Schluss zuließen, dass er nicht von hier war. Nicht aus dem Wedding und vermutlich nicht einmal aus Berlin.

Niklas nahm einen tiefen Zug. Scheiße, dachte er, ich hab Sprengstoff an einen verschissenen Araber verkauft, ich bin dran. Natürlich ist er Terrorist. Und irgendeine Spur wird am Ende zu mir führen.

Andererseits, wog Niklas ab, ist es eine Menge Kohle, selbst wenn man dabei ein Risiko eingeht.

Einige Minuten lang malte er sich aus, was er damit würde anstellen können. Doch auch dieses Ablenkungsmanöver hielt er nicht lange durch. Denn es war leider gar nicht viel Geld, wenn man im Grunde nur kiffte, um die Zeit zwischen anderen Highs zu überbrücken. Und deshalb würde er, das ahnte Niklas, das Geld weder für eine Weltreise noch als Startkapital für einen Headshop verwenden, sondern zu schätzungsweise drei Vierteln in Drogen und einem Viertel in Chemikalien investieren. Genau wie er es mit allem anderen Geld, das er gehabt hatte, in den letzten drei Jahren getan hatte.

500 ml Wasserstoffperoxid zu 49,5 Prozent, ein Liter Schwefelsäure zu 96 Prozent und ein Liter Salpetersäure zu 65 Prozent, dazu ein bisschen Aceton: Mehr brauchte man nicht, um eine ziemlich mächtige Charge TATP herzustellen. Wirklich teuer war das Zeug nicht, die Zünder zu besorgen, konnte ein Problem sein, aber dafür gab es den Kick beim Kochen und den Wums beim Kratersprengen nachts auf den Feldern in der Brandenburger Pampa gratis dazu.

Seine Mutter setzte schon lange keinen Fuß mehr in die Laube, die sie von ihrem Vater geerbt und in der Niklas vor einem Jahr unter dem Vorwand, es würde ihm beim Chemie-LK helfen, sein Labor eingerichtet hatte. Ob sie wusste, was er dort trieb, und deshalb fernblieb? Niklas überlegte kurz, ob es ihn rühren müsste, wenn es so wäre, kam aber zu dem Ergebnis, dass dies nur eine weitere Spielart von Desinteresse und Problemverdrängung darstellen würde.

Niklas trat den Joint auf dem blau übergestrichenen Betonboden des Balkons aus. In der Teufelsbar, einer traurigen Kneipe direkt gegenüber, versammelten sich die Frühaufsteher unter den Alkoholikern zu einem Frühstück, das aus einem halben Liter Bier und einigen hinterhergespülten Schnäpsen bestehen würde. Auf der Straße unter ihm rückten die ersten Frauen mit fahrbaren Einkaufstaschen mit Karomuster aus, die sie geräuschvoll hinter sich herzogen.

Die Soldiner Straße war so etwas wie das Arschloch von Berlin, fand Niklas, mit unabänderlicher Gewissheit jedes Jahr der absolute Loser beim Ranking der größeren Straßen der Stadt. Der Wedding war einmal ein Arbeiterbezirk gewesen; jetzt hatte hier kaum noch jemand einen Job. In den heruntergekommenen Altbauten, genau wie in den grauen Sozialwohnungen neueren Datums, herrschten Langeweile und Trostlosigkeit. Sicher, einige Studenten und ein paar Handvoll Künstler hatten sich mittlerweile in den Wedding verirrt, der billigen Mieten wegen und weil man problemlos abends mit dem Fahrrad in den Prenzlauer Berg fahren konnte, um die Teufelsbar zu vermeiden. Einmal im Jahr rief eines der Stadtmagazine den Bezirk zum Newcomer aus, zum kommenden Szeneviertel gar. Aber nie wurde etwas draus. Niklas hatte sich längst damit abgefunden. Mit dem schlechten Ruf des Weddings ebenso wie mit dem Umstand, dass dieser nicht unberechtigt war.

Er konzentrierte sich erneut und zwang sich zu einem weiteren Anlauf: *Also*, fragte er sich halblaut, *was kann der Typ mit dem Kilogramm anfangen?*

Um den neuen Hauptbahnhof in die Luft zu sprengen, würde es nicht reichen. Klar, die Laube könnte man damit schon mächtig demolieren. Aber viel mehr war nicht drin. Ein Auto? Sicher, die Karre würde brennen. Aber nicht meterhoch in die Luft fliegen wie im Fernsehen. Nein, dachte Niklas, im Grunde hatte er nur einen Riesenböller vertickt. Einen gigantischen Chinaböller, Triple-A, was sollte daran schon sein? Und abgesehen davon galoppierten seine Gedanken jetzt weiter: Wenn jeder, der einen Chemie-Leistungskurs besuchte, eine Herdplatte besaß, sich im Internet bewegen konnte und nicht völlig bescheuert war, TATP kochen konnte, hatte er dann im Grunde nicht nur eine Dienstleistung erbracht? Er war bezahlt worden, weil er dem Kunden Zeit gespart hatte. *Fuck it*, Khaled hätte es doch locker selbst kochen können, wahrscheinlich hatte er es bloß eilig gehabt, womit auch immer. Niklas hatte also eigentlich nichts Unrechtes getan, er hatte ja sogar alle Zutaten legal erworben. Für das, was Khaled mit dem Zeug anfängt, ist er immer noch selbst verantwortlich, beschloss Niklas. Und nicht ich.

Das Ergebnis seiner Abwägungen gefiel ihm. So sehr, dass Niklas, bevor er es sich wieder anders überlegen konnte, zurück in sein Zimmer ging. Er griff sich seinen blauen Kapuzenpullover und fand nach kurzer Suche auch die abgelegte lederne Aktentasche seines Vaters, die er als Schultasche benutzte und in die er das dicke Bündel 50-Euro-Scheine stopfte, die, von einem Gummiband zusammengehalten, auf dem Schreibtisch gelegen hatten. Er würde jetzt zum Chemie-LK gehen.

Während er Sekunden später die Wohnungstür ins Schloss fallen ließ, schoss ihm allerdings noch der letzte Satz durch den Kopf, den Khaled gesagt hatte, bevor er unter den dunklen Weiden in die Nacht verschwunden und den Weg Richtung S-Bahnhof Wollankstraße eingeschlagen hatte: »Wir danken Ihnen!« – Wieso *wir*, fragte sich Niklas, als knatternd der Bus anfuhr.

II

Sumaya, *kleiner Himmel*. Ein schöner Name, das hatte sie immer gefunden. Aber nun, da sie direkt nach dem Aufstehen und noch ungeduscht vor dem großen weißen Standspiegel in ihrem Badezimmer stand, dachte sie: Großer Himmel hätte auch gepasst. Sumaya musste sich nicht anstrengen, sich hübsch zu finden. Dass sie insgesamt betrachtet ein bisschen mehr Körpermasse mit sich herumschleppte, als die gängigen Magazine postulierten, beunruhigte sie nicht über die Maßen. Sicher, es wäre nicht schlecht, von der Natur, der Vorsehung oder Allah mit einem effektiveren Metabolismus ausgestattet worden zu sein. Aber es war, wie es war. Und abgesehen davon war sie einigermaßen zuversichtlich, dass ihre grünen Augen und die dunkelbraunen Haare eine gewisse Ablenkung boten. Also tat Sumaya, was sie an jedem Morgen vor diesem Spiegel tat, bevor sie in die Dusche trat: Sie pfiff sich selbst anerkennend zu, und es war nur ein winziger Hauch Ironie dabei.

Heute war freilich ein besonderer Tag, und die Selbstaufmunterung wichtiger als sonst. Eine Entscheidung stand an, und Sumaya hatte nicht gut geschlafen. Stattdessen hatte sie sich lange in ihrem Bett hin- und hergewälzt. Würde sie ihn überzeugen können? War sie überhaupt geeignet? Und was, wenn sie sich selbst überschätzte?

Eigentlich glaubte sie das nicht. Sie war gut, und sie wusste, worauf es ankam. Oder war sich jedenfalls ziemlich sicher, dass sie es schnell genug herausfinden würde. Andererseits wollte sie diesen Job wirklich, und darum wäre es umso schlimmer, wenn sie sich in ihren Fähigkeiten täuschte. Der Posten, um den es ging, erschien ihr nämlich nicht nur als ein folgerichtiger nächster Schritt, sondern potenziell sogar als der erste große Schritt zu dem Leben, zu dem sie sich aufgerufen fühlte: einem sinnvollen Leben.

Während sie sich abtrocknete, erinnerte Sumaya sich daran, wann sie zum ersten Mal von Lutfi Latif gehört hatte. Das musste vor etwa einem Jahr gewesen sein. Am Anfang, so erschien es ihr jetzt, war da nur ein plötzlich allgegenwärtiges Raunen gewesen: »Hast du schon von diesem Typen aus Kreuzberg gehört?«, fragte auf einmal jeder jeden. Der hat richtig was vor, verkündeten diejenigen, die schon mehr zu wissen glaubten oder es jedenfalls vorgaben. Und

er kann reden, wirklich reden, verdammt, er ist eine *Nachtigall*! Ja doch, ja! Er ist einer von uns! So beteuerten sie beglückt. Nein, das ist er *nicht*, entgegneten die anderen, er ist ja nicht einmal hier geboren, sondern in Kairo. Ja, das stimmt, ging es dann unweigerlich weiter, aber er ist schon seit Ewigkeiten *hier*. Und zwischendurch hat er überall gelernt, wo es sich lohnt. Er war an der al-Azhar! Er war in Cambridge! Er hat seinen Doktor in Harvard gemacht! Und denk mal: Er hat in Gaza persönlich Hilfsgüter ausgeliefert!

Kurz darauf begannen Texte von Hand zu Hand und von Handy zu Handy zu wandern, die Lutfi Latif geschrieben hatte. Den ersten Artikel, den Sumaya von ihm las, war in der *taz* abgedruckt gewesen. Er hatte sie beeindruckt, weil ihr die Worte präzise gesetzt vorkamen, jedes Argument so schlüssig, dass man sich seiner Analyse kaum verweigern konnte. Die Bewunderung stieg noch, als Sumaya, die selbst eine Zeit lang mit dem Gedanken gespielt hatte, Journalistin zu werden, erfuhr, dass Lutfi Latif zu diesem Zeitpunkt schon lange eine unregelmäßige Kolumne in der *New York Times* hatte. Und nicht nur schrieb er diese selbst, sondern auch seine arabischen Debattentexte, die vor allem die in London erscheinende *al-Sharq al-Awsat* brachte.

Lutfi Latif, das wurde Sumaya schnell klar, je mehr sie ihn wahrnahm und von ihm und über ihn las, war *der* Shootingstar der weltweiten Gemeinschaft der Exilmuslime. Zumindest derer, die im Westen lebten. Er war gebildet, gefragt, von allen Seiten respektiert. Es schien ihm keinerlei Mühe zu machen, die traditionelle islamische Gelehrsamkeit mit aktuellen wissenschaftlichen Erkenntnissen zu verknüpfen oder seinen freundlich bekundeten eigenen

Glauben mit laufenden politischen Diskussionen in eine sinnvolle Beziehung zu setzen. Mit seiner Fähigkeit und Lust, die Dinge von Grund auf neu zu denken und zu sortieren, hatte Lutfi Latif mittlerweile längst ein globales Publikum gefunden. Barack Obama war auf ihn aufmerksam geworden, und Lutfi Latif hatte ihm bereitwillig bei dessen zweiter Kairoer Rede geholfen. Unmittelbar darauf hatten kurz nacheinander fast alle Topkader, die bei al-Qaida etwas zu sagen hatten, Lutfi Latif in ihren Hasspredigten und Brandbriefen attackiert, von Aiman al-Sawahiri über Abu Jahja al-Libi bis zu Anwar al-Awlaki und Attiyat Abd ar-Rahman, und seine »Anmaßungen« als »gefährlich« und »schandhaft« gebrandmarkt.

Im Laufe der letzten Monate hatte Sumaya nahezu alles recherchiert, das Lutfi Latif je öffentlich gesagt oder geschrieben hatte. Sie hielt sich für nicht sonderlich leicht zu beeindrucken. Aber sie war sich selbst gegenüber ehrlich genug zuzugeben, dass Lutfi Latif mehr als nur einen Gedanken formuliert hatte, von dem sie zuvor nicht einmal gewusst hatte, dass sie ihn teilte. Das war schon etwas.

Ein vorsichtiges Klopfen riss Sumaya aus ihren Gedanken.

»Susu, wie lange brauchst du noch? Ich muss in die Uni!«

»Nicht mehr lange, nur noch eine Sekunde!«

Seit vier Semestern teilte sich Sumaya die Wohnung schon mit Mina. Meistens war auch Minas Freund Ulf da, dessen eigene WG weniger harmonisch war, aber das störte Sumaya nicht. Sie mochte Mina, sie mochte Besuch, und es war schön, nicht alleine zu leben. Nur manchmal, wenn Mina und Ulf sie am Küchentisch allein zurückließen, nachdem sie zuvor schon einige Minuten lang ungeduldig unter der Tischplatte Händchen gehalten hatten, um Sumaya nicht zu beschämen, und sich dann in Minas Zimmer zurückzogen, ein Lächeln im Gesicht, die Tür sorgfältig hinter sich zuziehend, spürte Sumaya einen kleinen Stich.

Sumaya schlang sich ein Handtuch um ihre nassen Haare und öffnete die Tür.

»Besonderer Tag heute, oder?«, fragte Mina, als sie sich an Sumaya vorbei ins Bad schlängelte.

»Ja, schon. Wie kommst du drauf?«

»Ich hab dein Frühstück auf dem Tisch gesehen«, erklärte Mina triumphierend und schloss die Tür hinter sich.

Sumaya lächelte. Sie lief über den kleinen, mit Dielen verlegten Flur in ihr Zimmer und überlegte sich, was sie anziehen sollte. Der Hosenanzug wäre ordentlich, könnte aber zu formell, irgendwie bissig wirken, sinnierte sie. Also Jeans und Bluse? Sie hielt zwei Kleiderbügel vor sich in die Höhe, um sich die mögliche Kombination besser vorstellen zu können. Zu studentisch? Sumaya merkte, wie eine leichte Nervosität in ihr hochkroch. Sie setzte sich auf ihr Bett. Ich will nicht eine von denen sein, die vor einem Kleiderschrank verzweifeln, sagte sie sich langsam vor. Das ist *albern*. Ohne weiter nachzudenken, griff sie nach dem knöchellangen, weißen Sommerkleid. Darin fühlte sie sich wohl. Mehr war nicht wichtig, beschloss sie, was zugleich die braunen Sandalen legitimierte, die sie unter dem Bett hervorsuchte.

Mina hantierte noch im Bad, als Sumaya in die Küche ging und sich an den wackligen Esstisch setzte. Ihre Mitbewohnerin hatte natürlich recht. Normalerweise frühstückte Sumaya entweder gar nicht oder Toast mit Nutella. Doch an diesem Tag war sie bereits in aller Frühe einkaufen gewesen: arabisches Brot, ein Schälchen mit Olivenöl, eines mit getrocknetem Thymian, ein drittes mit ein paar grünen und schwarzen Oliven. Es war ihr zwar etwas peinlich, aber immer dann, wenn sie sich aus irgendeinem Grund ihrer Identität und Herkunft versichern wollte oder musste, oder wenn sie sich wappnen wollte, weil sie das Gefühl hatte, sich präsentieren oder bewerten lassen zu müssen, dann tat sie das über das Essen. Und zwar arabisches Essen. *Ihr* Essen. Ihr Erkennungszeichen, ihr Unterscheidungsmerkmal, ihre Erinnerungen.

Kam zum Beispiel ihr Vater sie in Berlin besuchen, dann stellte sie mit einer Selbstverständlichkeit arabisches Essen auf den Tisch, als wüsste sie nicht einmal, was Nutella ist, dabei natürlich immer halb in Sorge, dass er sich über sie lustig machen würde, weil sie irgendetwas Unerhörtes anstellte wie gefüllte Weinblätter mit Jogurt *zusammen* zu servieren. Machte sich jemand aus ihrer palästinensischen Familie am Telefon über ihr gebrochenes Arabisch lustig, dann kochte Sumaya abends aus Trotz Maqluba, als müsste sie am folgenden Tag die Erntehelfer in den Olivenhainen verköstigen. Lud sie Kommilitonen ein, unterschied Sumaya, wie sie sogar sich selbst nur heimlich eingestand, wiederum sehr genau: Waren sie, was Mina, die Halbinderin war, wahlweise als *Biodeutsche* oder *Weißbrote* oder *Kartoffeln* bezeichnete, dann kochte sie arabisch; waren es jedoch Araber, Türken oder Mitglieder eines anderen Kulturkreises, die vielleicht eine eigene vage Vorstellung von levantinischer Küche haben könnten, dann beließ sie es bei einer kostspieligen Mischung Damaszener Nüsse: ein Statement, mit dem man nichts falsch machen konnte.

Heute indes erwartete Sumaya keine Gäste, heute würde sie sich um eine Stelle bewerben. Allerdings würde es in dem Gespräch, das ihr bevorstand, zweifellos darum gehen, dass sie Araberin war. Und Muslimin.

Sumaya trank einen Schluck von dem Tee, den sie ebenfalls eigens besorgt hatte. Bei ihrem letzten Besuch in Ramallah hatte sie heimlich nachgeschaut, was für eine Sorte ihre Tante Lubna eigentlich in den Kessel warf. Es war Ceylontee, wie sie herausgefunden hatte. Und tatsächlich schmeckte der auch hier, in Berlin, am ehesten *richtig* – vorausgesetzt, man trieb ein paar Blätter Minze auf. »Aber bloß keine Pfefferminze, hörst du, du musst *richtige* Minze nehmen!«, klang ihr Vater ihr dabei jedes Mal unweigerlich im Ohr. *Natürlich, Baba, was denkst du denn?*

Während sie ihr Brot abwechselnd in Öl und Thymian tunkte, rekapitulierte Sumaya weiter. Sie erinnerte sich noch sehr genau an den Bruch, den es unter den Lutfi-Anhängern in ihrem Freundeskreis und darüber hinaus gegeben hatte, als Lutfi Latif vor fast genau einem halben Jahr, die Neuwahlen waren gerade beschlossen worden, ankündigte, er wolle sich um ein Bundestagsmandat bewerben, und zwar auf der Liste der Berliner Grünen. In den Zeitungen war damals nachzulesen gewesen, dass die Partei ihn darum gebeten hatte. Und er, so hieß es in den Berichten übereinstimmend, habe erwidert, dass ihm der Gedanke selbst auch schon gekommen sei. Zwar habe er eigentlich noch ein wenig warten wollen, aber vielleicht sei ja jetzt eine gute Gelegenheit.

Es gab Lutfi-Anhänger, die ihm daraufhin die Gefolgschaft kündigten. Sie fanden, dass er sich verkauft habe, dass es ihm in Wahrheit doch bloß um Macht gehe, dass er eitel sei, oder noch schlimmer: dass auch Lutfi Latif nur ein Ziel kenne, nämlich die höchste Stufe der Anerkennung durch die »Mehrheitsgesellschaft« zu erklimmen, und zwar selbst um den Preis, sich dafür von ihnen, von »seinen Leuten«, zu entfernen.

Fadi, in dieser Reihenfolge ein Freund Sumayas und ein Cousin, der ebenfalls in Berlin lebte, gehörte zu dieser Gruppe. »Ich fasse es nicht, er hat sich entschlossen, den edlen Wilden zu geben«, hatte Fadi enttäuscht gesagt – und prophezeit, dass bald niemand mehr geschliffene Repliken auf die Antiterrorgesetze des Bundestages aus Lutfi Latifs Mund vernehmen würde. »Susu, glaub mir: Auch Lutfi

wird bald von *Parallelgesellschaften* reden und von *fördern und fordern*, und dem ganzen *Scheiß*!« Sumaya hatte Fadi entgegnet, er solle abwarten. Aber warten war nicht Fadis Stärke. Für ihn war das Besondere an Lutfi Latif gewesen, dass er niemandem verpflichtet war außer seinem Gewissen und seinem Glauben. Und während das zwar, wie auch Fadi, der kein Student der Politikwissenschaft, sondern Inhaber eines Internetcafés war, genau wusste, theoretisch auch für Abgeordnete galt, meinte er doch ebenso gut auch die Praxis zu kennen, die für ebendiese Abgeordneten letztlich vor allem aus Fraktionszwang, Lobbyistenempfängen und der Jagd nach immer besseren Posten und Pöstchen und immer mehr Sekunden in der Tagesschau bestand.

Nach der Ankündigung der Kandidatur druckten Zeitungen und Magazine wochenlang Porträts über den unwahrscheinlichen Kandidaten, der noch nie zuvor Kommunalpolitik betrieben oder Parteiarbeit geleistet hatte und bisher nicht einmal Mitglied der Grünen war. Nicht wenige Autoren verglichen ihn dabei mit Barack Obama. Zum einen wegen seines Äußeren, weil Lutfi Latif ebenfalls sehr schlank, groß und sportlich war, außerdem ähnlich jung und dynamisch wirkte, und darüber hinaus genau wie der US-Präsident mit einer Anwältin verheiratet war und zwei Töchter hatte. Zum anderen aber, weil er gleichfalls über besondere rhetorische Gaben verfügte, was Lutfi Latif in der Folge nicht zuletzt auf dem Nominierungsparteitag der Berliner Grünen demonstrierte.

Sumaya war damals eigens dorthin gefahren, ohne dass sie jemals zuvor etwas mit der Partei zu tun gehabt hätte und ohne Fadi oder Mina oder sonst jemandem Bescheid zu sagen. Sie hatte Lutfi

Latif einfach einmal erleben wollen. Sie wollte sehen, ob er auch in so einer Situation authentisch wirken würde. Sie wollte sich ihr eigenes Bild machen.

An einen Betonpfeiler im hinteren Drittel der grauen Mehrzweckhalle gelehnt, die mit Sonnenblumen, grünen Plakaten und passenden Vorhängen vorübergehend aufgehübscht worden war, damit in der Tagesschau ein wenig Atmosphäre vorgetäuscht werden konnte, hatte Sumaya seiner Rede zugehört. Lutfi Latif sprach leise, ruhig und eindringlich. Er drängte sich nicht auf, sondern vermittelte vielmehr den Eindruck, dass er mit seiner Kandidatur einen interessanten Vorschlag machte. Die Abwesenheit jedes Schimmers von Nervosität verstärkte dabei noch den Eindruck, dass dem Redner mutmaßlich tausendundeine Alternativen zu diesem Schritt offenstanden. Es war eine eher kurze Rede gewesen, kein Wort zu viel.

Er habe nicht vor, sich anzubiedern, stellte Lutfi Latif zu Beginn klar: »Ich weiß, es ist unter Grünen üblich, sich als ›Freundinnen und Freunde‹ anzusprechen. Ich werde das nicht tun. Ich bin erst seit 48 Stunden offizieller Grüner. Sie wissen das, und ich will Ihnen nicht vorspielen, dass mein ganzes Leben auf diese Partei, diesen Tag oder diese Kandidatur zugesteuert ist. Aber ich will Politik machen, ich will sie mit Ihnen machen, ich will sie jetzt machen. Und ich würde mich freuen, wenn Sie meine Kandidatur als ein Angebot betrachten, ein faires Angebot, wie ich meine, ein sinnvolles, wie hoffentlich auch Sie finden.«

Lutfi Latif legte dar, wieso fast alle seiner Vorstellungen zu denen der Partei passten und jene, die nicht dazu passten, bald zu Vorstellungen der Grünen werden könnten. Er führte aus, warum es von Vorteil wäre, unter den vielen Profis einen Laien in der Fraktion zu haben, der womöglich da ein Profi sei, wo sie vielleicht Laien seien. Er versicherte, dass er die letzten Wochen mit dem Studium der grünen Parteigeschichte verbracht habe. »Nicht am Stück, aber durchaus ernsthaft und gründlich.« Er erklärte, dass er an politische Redlichkeit und die Kraft von guten Argumenten glaube, genügend Beispiele für beides in ihrer Geschichte gefunden habe und sich deshalb in der Partei gut aufgehoben fühle. Zum Schluss erklärte Lutfi Latif, warum es zudem eine gewisse Dringlichkeit gebe, ihn gerade jetzt aufzustellen.

Die Delegierten applaudierten lange.

Und auch die veröffentlichte Meinung war angetan. Der *Anzeiger* etwa, eine konservative Zeitung, die großen Wert darauf zu legen schien, dass bei ihr kaum je ein Muslim in einem irgendwie als positiv zu deutenden Kontext vorkam, schrieb am Tag nach dieser Nominierungsrede: »Lutfi Latif war nicht der Grüne, nicht der Muslim oder der Migrant, den man nach der Wahl im Bundestag sehen will, sondern all das zusammen – und mehr. Denn er war schlicht und ergreifend der Kandidat, den sich wahrscheinlich jeder wünscht. Der Mann, mit dem jeder politisch denkende Mensch gerne befreundet wäre. Der Politiker, von dem man vertreten sein möchte, wenn es um die Herausforderungen der Zukunft geht, weil er sie verstanden hat.«

Zwei Tage darauf war die Verliebtheit des *Anzeigers* freilich wieder verflogen. Das Blatt brachte einen Text, in dem anhand von »Dokumenten, die dieser Zeitung vorliegen«, *zweifelsfrei* nachgewiesen wurde, dass ein Urgroßonkel Lutfi Latifs Teil der berüchtigten Delegation des Palästinenserführers Amin al-Hussaini gewesen war, der mitten im Zweiten Weltkrieg Hitler in Berlin besucht hatte. Lutfi Latif hatte mit nur einem Satz auf die Story reagiert: Er sei froh, in einem Land zu leben, in dem die kritische Beschäftigung mit der Familiengeschichte eine allgemein akzeptierte und erprobte Praxis sei, um Lehren aus der Geschichte zu ziehen. Das klang angenehm freundlich und angemessen unverbindlich. Bis in seiner nächsten Ausgabe der *Globus*, eines der wichtigsten Nachrichtenmagazine des Landes, süffisant enthüllte, dass der Großvater des Verfassers des *Anzeiger*-Artikels KZ-Aufseher gewesen war, während ein *anderer* Urgroßonkel Lutfi Latifs zur selben Zeit als Mitglied einer muslimischen Partisanenbande auf dem Balkan die Wehrmacht mit Sabotageakten bekämpft hatte.

Noch heute musste Sumaya bei dem Gedanken an diese Replik lächeln. Obwohl sie nicht wusste, ob Lutfi Latif von dieser Verstrickung Kenntnis gehabt hatte, neigte sie zu der Ansicht, dass es so gewesen sein musste. Mittlerweile lag die Bundestagswahl zwei Wochen zurück, und Lutfi Latif hatte tatsächlich ein Mandat errungen. Sumaya trank den letzten Schluck Tee aus ihrem Glas. Ein leichter Schauder lief ihr über den Rücken: Mit ein bisschen Glück würde sie schon bald wissenschaftliche Mitarbeiterin in Lutfi Latifs Abgeordnetenbüro sein.

Mit einem Blick auf ihre Uhr stellte Sumaya fest, dass es bereits Viertel vor neun war: Zeit, aufzubrechen. Das Vorstellungsgespräch sollte in Kreuzberg stattfinden, wo nicht nur Sumaya lebte, sondern wo auch Lutfi Latif neben dem Haus, in dem er mit seiner Familie wohnte, ein Wahlkreisbüro eingerichtet hatte. Es lag nahe der Ecke Skalitzer Straße und Oranienstraße, nicht weit entfernt von einem McDonald's-Restaurant, dem ersten und bislang einzigen in Kreuzberg, dessen Eröffnung vor wenigen Jahren von heftigen Debatten, Demonstrationen und sogar ein paar Farbbeutelattacken begleitet worden war. Von Sumayas Wohnung im Wrangelkiez aus waren das nur ein paar Minuten Fußweg. Sie musste bloß ein Stück an der viel befahrenen Skalitzer Straße unter der Hochbahn entlanglaufen.

Sumaya fühlte sich wohl in Kreuzberg, auch wenn es nicht der schönste und schon gar nicht der harmonischste Teil der Stadt war. Aber er war bunt. So bunt, das sie selbst nicht weiter auffiel, jedenfalls nicht, weil sie keine *Biodeutsche* oder *Kartoffel* war, was ihr lieb war. Es gab in Kreuzberg Künstler, Verrückte, Junkies, Nacktvolleyballer, Anarchisten, Hartz-IV-Empfänger, Machos, Reiche, Arme, Mischungen aus fast alledem und generell Menschen in allen Formen und Farben. Wenn ihr eines an dem Leben in der norddeutschen Kleinstadt, in der sie aufgewachsen war, nicht gefallen hatte, dann, dass sie eine Exotin gewesen war. Dass nämlich vom Kindergarten angefangen sich praktisch jeder nach ihrem Namen, ihrer Herkunft, ihrer *Identität* erkundigt hatte, als sei das nichts Intimes, sondern Allgemeingut. Nicht dass sie es den Fragestellern übel genommen hätte, aber sie mochte es nicht. Weil es sie besonderer machte, als sie es war. Oder doch zumindest aus den falschen Gründen. In Kreuzberg war das anders, und wenn man als Araberin hier zu einer Minderheit gehörte, dann nur, weil es noch mehr Türken gab.

Der flache Bau des McDonald's-Restaurants kam nun in ihr Blickfeld. Sie erinnerte sich gut an die Proteste anlässlich der Eröffnung. Dessen Träger waren damals hauptsächlich Angehörige jenes merkwürdigen Stammes von Kreuzbergern gewesen, die sich als

Ureinwohner ehrenhalber betrachteten, weil sie schon vor kleinen Ewigkeiten aus Westdeutschland hierhergezogen waren. Teils hatten sie dies getan, um dem Wehrdienst zu entkommen, teils weil das Leben in der damaligen Mauernähe günstig gewesen war. Und teils natürlich, weil so viele ihrer Freunde schon hier lebten. Heute waren sie Lehrer oder Journalisten oder Gewerkschaftler, Sozialarbeiter, Schriftsteller oder Kleinunternehmer. Ein paar schlugen sich als Künstler durch, viele arbeiteten ausgerechnet in der Werbung. Sie pflegten einen gefühlt linken Lebensstil, der eine Mischung aus gut getarnter Bürgerlichkeit, Eskapismus und sozialem Engagement war.

Gutmenschen: Das war das seit Jahren gängige Label für sie, aufgepappt vor allem von jenen, die früher selbst dazugehört hatten und sich nun über ihren eigenen früheren Idealismus lustig machten, der ihnen abhandengekommen war. Warum war er ihnen eigentlich abhandengekommen, fragte sich Sumaya. Wahrscheinlich, dachte sie, waren ihre Söhne in der Schule von »Mitschülern mit Migrationshintergrund« beklaut worden. Oder es war ein *Ehrenmord* zu viel passiert, um ihren Glauben an die Zivilisationsfähigkeit der Menschen vom östlichen Mittelmeerrand aufrechtzuerhalten. Oder eine Moschee wollte allzu nah an ihrem Balkon ein Minarett errichten.

Sumaya erschrak über sich selbst. Da war mehr Wut in ihr, als sie geahnt hatte. Oder war es Enttäuschung? Sie hatte mit den *Gutmenschen* jedenfalls kein Problem, sie waren ihr deutlich lieber als jene, die sich so absichtsvoll von ihnen distanzierten.

Parallel zu den aus ungeklärten Gründen häufig aus Schwaben stammenden »Gutmenschen« hatten sich freilich ebenso zahllose *echte* »Migranten« in Kreuzberg niedergelassen. Auch das war so ein Modewort, es hatte die »Ausländer«, zu denen ihre Eltern gezählt worden waren, und die darauffolgenden »ausländischen Mitbürger« oder »Bürger mit Migrationshintergrund« ihrer eigenen Generation abgelöst. Mittlerweile, dachte Sumaya halb belustigt, als sie an einem Kindergarten vorbeilief, wurde offenbar schon das nächste Label kreiert. Denn im Fenster hing ein Zettel, demzufolge die Einrichtung einen Platz für ein »Vielfaltskind« zu vergeben habe. Eigentlich kein schlechter Begriff, dachte sie.

Mittlerweile war sie fast an ihrem Ziel angekommen, nur noch ein paar Schritte. Das Wahlkreisbüro von Lutfi Latif lag im Erdgeschoss des Altbaus, sie erkannte es daran, dass an der Glastür eines seiner Wahlplakate hing. Sumaya hielt kurz inne, sammelte sich, und betrat dann das Büro.

Dafür, dass es gerade erst eingerichtet worden war, wirkt es schon völlig fertig, war ihr erster Gedanke, nachdem sie die Tür hinter sich geschlossen und die Räumlichkeiten in Augenschein genommen hatte. Das Büro war offensichtlich auf Funktionalität und Schlichtheit ausgerichtet und bestand, so weit sie sehen konnte, aus nur einem einzigen, lang gestreckten Raum. Die linke Wand säumten elegante dunkelbraune Holzschränke, in denen einige verlorene Aktenordner standen. An der Stirnseite machte sie einen aus demselben Holz gemachten großen Schreibtisch aus. Mitten im Raum stand ein kleinerer viereckiger Tisch, daneben drei schlichte Holzstühle im selben Braunton. An der rechten Längswand fiel Sumaya eine gerahmte arabische Kalligrafie ins Auge: »Bismillah ar-Rahman ar-Rahim«, *Im Namen Gottes, des Barmherzigen, des Erbarmers*. Daneben hing eine überdimensionale Weltkarte. Einen Moment lang fragte sich Sumaya, ob niemand hier wäre.

Doch dann öffnete sich neben der Weltkarte plötzlich eine Tür, die sie zuvor übersehen hatte, und in einen dunkelgrauen Nadelstreifenanzug gekleidet, kam Lutfi Latif lächelnd auf sie zu. »Sumaya al-Shami?« Lutfi Latif reichte ihr beide Hände. »Es freut mich, dass Sie es einrichten konnten. Herzlich willkommen!«

»Danke sehr, ich freue mich, dass Sie mich hergebeten haben.«

Jetzt, sagte sich Sumaya leise vor, *jetzt ist der Moment gekommen, an dem du souverän und konzentriert sein musst!*

Mit einer Geste lud der frischgebackene Abgeordnete Sumaya ein, an dem Besprechungstisch Platz zu nehmen. Erst als sie saß, setzte auch er sich, ihr gegenüber.

»Sumaya al-Shami, geboren in Damaskus, palästinensische Eltern, aufgewachsen in der Nähe von Oldenburg, 28 Jahre alt, Politikstudentin im 12. Semester. Sie sprechen Arabisch, Englisch und Deutsch sowie ein wenig Französisch«, referierte Lutfi Latif mit halb geschlossenen Augen einige Eckdaten aus ihren Bewerbungsunterlagen. Dann öffnete er seine Augen wieder, blickte Sumaya direkt an und sagte: »Interessant. Sie möchten für mich arbeiten. Warum?«

Natürlich hatte Sumaya diese Frage kommen sehen. Nur war sie sich plötzlich nicht mehr so sicher, ob die Antworten, die sie sich zurechtgelegt hatte, wirklich brauchbar waren. Denn während sie ihre vorbereiteten Optionen im Kopf durchging, wurde ihr auf einmal klar, dass sie nicht bedacht hatte, wie viele andere Bewerber Lutfi Latif haben würde, von denen zweifelsohne alle etwas ganz Ähnliches sagen würden, vielleicht sogar schon gesagt hatten. Sumaya merkte, dass sie nervös wurde, schließlich war es eigentlich zu spät

für solche Überlegungen, sie hätte außerdem schon längst etwas sagen müssen, sie war drauf und dran zu versagen, und das auch noch *wortlos*. Später, auf dem Nachhauseweg, dachte sie darüber nach, ob es eine Übersprungshandlung gewesen war, dass sie ausgerechnet die allererste Frage des Abgeordneten *nicht* beantwortete.

»Herr Latif«, hörte Sumaya sich nämlich plötzlich sagen, »bevor wir weitermachen, muss ich noch ergänzen, dass ich in meinen Bewerbungsunterlagen etwas unterschlagen habe. Ich wurde im November 2001 wegen Sachbeschädigung und groben Unfugs verurteilt.«

»*Interessant*«, wiederholte der Abgeordnete nach einer kurzen Pause, in der er freilich nicht aufgehört hatte, zu lächeln. »Vielleicht können Sie mir das nachher noch genau erklären. Zunächst interessiert mich tatsächlich viel mehr, warum Sie gerne für mich arbeiten würden.«

»Entschuldigung«, sagte Sumaya. »Ich bin anscheinend ein bisschen nervöser, als ich dachte. Also. Ich glaube, dass es eine sinnvolle Arbeit ist.«

»Sinnvoll inwiefern?«

»Nun ja, Abgeordnete sind das entscheidende Personal einer Demokratie. Sie haben ein Mandat, ihre Wähler zu vertreten. Aber um das erfüllen zu können, brauchen sie Mitarbeiter, die ihnen den Rücken freihalten und sie da, wo die Abgeordneten ihre Schwerpunkte setzen, fachlich unterstützen.«

»Ja, das stimmt natürlich«, gab Lutfi Latif ihr recht. »Bei wie vielen Abgeordneten haben Sie sich denn beworben?«

Sumaya hasste es, bloßgestellt zu werden. »Ich habe mich nirgendwo sonst beworben«, sagte sie ruhig. »Ich würde gerne für Sie arbeiten, weil ich glaube, dass Sie im Gegensatz zu den meisten Abgeordneten etwas verändern können, und ich würde gerne daran mitwirken. Sie sind zwar nicht der erste muslimische Migrant im Bundestag, aber der erste, den nicht nur Muster-Einwanderer, sondern auch viele gläubige Muslime ernst nehmen. Ich bin gespannt, wie Sie unsere Positionen zu Gehör bringen werden.«

»Unsere Positionen?«

»Das, was uns bewegt.«

»Die Grünen?« Lutfi Latif lächelte immer noch.

Sumaya hingegen spürte, dass sie kurz davor war zu erröten. *Er will, dass ich es ausspreche,* dachte sie. *Also gut.* »Herr Latif, ich glaube, Sie wissen genau, was ich meine. Es gibt in Deutschland, bei allen Unterschieden, gemeinsame Belange von Migranten und insbesondere muslimischen Migranten, die bisher nicht prominent vertreten werden, aber diskutiert gehören.«

»Zum Beispiel?«

»Na ja, ich finde, es hat zum Beispiel viel mit Worten zu tun, mit Sprache: dass wir hierher gehören genau wie alle anderen. Dass wir Teil dieser Gesellschaft sind. Auch wenn wir anders sind.«

»Das hat doch sogar der Innenminister schon gesagt, oder nicht?«

»Ja, aber er meint es nicht so.«

»Wieso sind Sie sich so sicher?«

»Gut, vielleicht hat auch der Innenminister dazugelernt. Aber er *kennt* uns nicht. Für ihn sind wir doch nur eine graue Masse, die man irgendwie am Auseinanderfliegen hindern muss, zur Not durch Besänftigung. Aber Anerkennung ist etwas anderes. Es fehlen der Respekt, die Selbstverständlichkeit, die Lockerheit im Umgang. Und vor allem das Gespür dafür, dass wir kein *Problem* und keine *Herausforderung* sind.«

»Nennen Sie mir ein Beispiel«, bat der Abgeordnete, der jetzt sein Kinn auf seine Hand stützte und Sumaya konzentriert anblickte.

Sumaya überlegte, wann sie sich zuletzt geärgert hatte. Gestern war das gewesen, als sie die Zeitung gelesen hatte, ein kurzer Text nur, über irgendeinen Verrückten aus dem Saarland, 19 Jahre alt, der nach Waziristan, ins afghanisch-pakistanische Grenzgebiet, ausgewandert war, weil er von dort aus gegen die Amerikaner kämpfen wollte, als *Mudschahid,* und nun in Videobotschaften um Nachahmer buhlte.

»Nehmen Sie zum Beispiel die Art und Weise, wie über Konvertiten geredet wird, nur weil zwei oder drei oder meinetwegen auch ein paar mehr von ihnen nach Pakistan oder Somalia oder was weiß ich wohin gegangen sind«, sagte Sumaya. »Seitdem das passiert, warnen die Behörden: Zum Islam konvertierte Deutsche planen Terroranschläge! Man muss ein Auge auf dieses neue *Phänomen* haben! Und auch wenn sie *natürlich* betonen, dass sie *natürlich*

nicht alle Konvertiten meinen: Es klingt gerade deshalb genau so. Besser wäre es, diese Art von Konvertiten überhaupt nicht zu thematisieren. Es sind Verrückte. Da nennt sich also einer *Abdul Azeem* und zieht in den *Dschihad.* Und ein anderer nennt sich dafür vielleicht *Arnold II.* und ballert seine Mitschüler und Lehrer über den Haufen. Es ist doch offensichtlich, dass diese Leute ein Problem haben. Aber das sagt doch nichts über Saarländer oder Schwaben aus, oder über Deutsche, oder Muslime oder Konvertiten.«

»Man sollte also so tun, als gebe es das Problem nicht?«

»Sie sind kein Problem«, erwiderte Sumaya. »Konvertiten sind kein *Problem.* Es gibt ein paar Tausend davon im Jahr, ein paar Irre sind immer darunter.«

Sumaya machte eine kleine Pause. Sie versuchte erfolglos, in Lutfi Latifs Gesicht zu lesen. Sie ahnte, dass sie noch nicht am Ziel war. Vielleicht war sie sogar auf dem falschen Weg, aber das war ihr diesem Moment egal. Jetzt ging es um die Sache. »Schon die geringen Fallzahlen«, ergänzte sie deshalb bestimmt, »gestatten eine Problematisierung dieses Phänomens nicht!«

»Etwas soziologisch formuliert, aber eine nachvollziehbare Position«, antwortete Lutfi Latif. »Allerdings«, hob der Abgeordnete erneut an, »muss ich, da Sie die Parallele gezogen haben, dann auch fragen, ob Sie denken, dass die gegenwärtige Praxis der Vergabe von Waffenbesitzkarten dann auch kein Problem ist – schließlich waren zwar viele Amokläufer in Schützenvereinen organisiert, aber in absoluten Zahlen waren es ja auch nur sehr wenige.«

Das war schwieriger als sie erwartet hatte. Aber irgendwie machte das Gespräch Sumaya auch Spaß. »Dieser Vergleich ist nicht zulässig«, entgegnete sie nach kurzem Nachdenken. »Gedanken kann und soll man nicht kontrollieren, Waffen sehr wohl. Religionsfreiheit hat Verfassungsrang, das Recht eine Waffe zu besitzen, nicht. Woran ich *glaube*, ist eine Sache zwischen mir und Gott. Aber ob ich eine Pumpgun im Schrank haben darf, ist eine Angelegenheit zwischen mir und dem Staat. Das sind zwei völlig verschiedene Sphären!«

Lutfi Latif nickte kaum merklich. Dann lehnte er sich wieder zurück. »Das ist erst recht eine nachvollziehbare Position. Ich muss mich für meine kleine Provokation entschuldigen. Sehen Sie, es ging mir nicht darum, Sie zu verunsichern. Ich glaube nur, dass es extrem wichtig ist, in diesem Politikfeld präzise zu sein. Seine Argumente durchdacht zu haben, bevor man sie äußert.«

Nun war es Sumaya, die nickte.

»Sie ahnen es wahrscheinlich«, fuhr der Abgeordnete fort, »aber ich sage es trotzdem, damit es später keine Missverständnisse gibt: Ich werde mich nicht nur um Themen der muslimischen Community kümmern können, nicht einmal um Migrantenthemen allgemein. Ich werde auch völlig andere Dinge bearbeiten: Pflegeversicherung, Datenschutz, Wirtschaftskrise, Haushaltsfragen und so weiter. Ich weiß nicht einmal, ob ich in die entscheidenden Ausschüsse komme, den Innenausschuss zum Beispiel. Aber Sie haben recht, wenn Sie davon ausgehen, dass mein Herzblut vor allem diesen Themen gilt. Wenn Sie für mich arbeiten wollen, müssten Sie viel recherchieren, Reden und Interviews vorbereiten, Kontakte und Gespräche organisieren. Aber auch profane Dinge erledigen, Telefonate beantworten, Terminkalender führen, Reisen planen, solche Dinge. Es ist nicht immer anspruchsvoll, auch nicht immer aufregend, vermute ich.«

»Das habe mir gedacht und mir vorher klargemacht«, antwortete Sumaya – froh, dass sie mit wenigstens einem Gedankengang, den sie vorhergesehen hatte, zum Zug kam.

»Gut«, sagte Lutfi Latif. »Sehr gut.«

Dann begann der Abgeordnete wieder zu lächeln. »Ihre Verurteilung interessiert mich übrigens nicht«, versicherte er. »Ich finde den Grund ebenfalls … nachvollziehbar.«

Nachvollziehbar, dachte Sumaya, *das kann man wohl sagen*. Zumindest damals, in dem Moment, in der Situation: Es war ein paar Wochen nach dem 11. September gewesen, die Anschläge und die Folgen waren noch überall Thema. Taliban, al-Qaida, Osama Bin Laden: lauter neue Wörter und Namen, und aus den USA waren schon die Kriegstrommeln zu vernehmen, auch wenn noch kein Flugzeugträger ausgelaufen war. Afghanistan, Hindukusch, Trainingslager, Anthrax: Es war, als liefe am unteren Rand des Lebens neuerdings ein Laufband in Endlosschleife, immer neue Informationen, und dabei hatte man doch noch nicht einmal seine Gefühle sortiert.

Sumaya war einkaufen gewesen an jenem Tag, sie wollte einen Kuchen backen, nichts weiter, einen einfachen Schokoladenkuchen für Fadi zum Geburtstag. Mehl, Eier, Butter. An der Kasse überreichte sie dem Kassierer ihre EC-Karte, eine ganz normale Bankkarte von der Sparkasse Oldenburg für einen völlig normalen Einkauf. Aber auf der Karte stand auch ihr nicht ganz so normaler Name, und die Karte funktionierte aus irgendeinem Grund an diesem Tag nicht, sodass der Kassierer sie mehrmals durch die Maschine ziehen musste, aber erfolglos.

Schließlich sah der Mann sich die Karte genauer an. Aus seinen kleinen runden Schweineäuglein wurden langsam Schlitze. »Aha. Sind Sie eine von denen, oder was? Gefälschte Karte oder was?«

Es war nur eine dumme Bemerkung eines dummen Kassierers. Nichts weiter. Aber hinter Sumaya standen etliche genervte Kunden, die auf einmal gar nicht mehr genervt waren, sondern höchst angespannt, und in Sumayas Nacken begann es zu kribbeln, und sie war plötzlich auch angespannt, sehr angespannt sogar, und sie wurde schlagartig wütend, so wütend, dass ihre Fingerknöchel weiß wurden. Und Sumaya griff das Mehl, das sie hatte bezahlen wollen, und warf es in die Luft, ein Impuls, ein Affekt, und als die Papiertüte schließlich auf dem Boden zerplatzte und das Mehl nach allen Seiten stob, da schrie sie: »Ja ganz genau: Ich *bin* eine von *denen*! Und ich habe euch etwas *Anthrax* mitgebracht, um euch Ungläubige in die Hölle zu befördern!«

Nachvollziehbar, hatte Lutfi Latif gesagt. Ja, das konnte man wohl sagen. Aber wie konnte Lutfi Latif von dem Vorfall wissen?

»Herr Latif, wieso wissen Sie, weswegen ich verurteilt wurde? Es stand ja schließlich *nicht* in meiner Bewerbung.«

»Sie haben recht, ich hätte Ihnen das besser gleich zu Beginn gesagt, aber das Bundeskriminalamt hat mir die Akte gezeigt.«

»Das BKA? Wieso das denn?«

»Sehen Sie, das BKA ist für die Sicherheit der Abgeordneten zuständig. Und bei mir geht das BKA von einer erhöhten Gefährdung aus.«

»Durch mich?«

»Durch potenziell jeden, nehme ich an.«

»Herr Latif, wie viele Ihrer Bewerber und Bewerberinnen sind Muslime?«

»Nur Sie, soweit ich weiß.«

»Und wie viele Bewerber hat das BKA durchgecheckt?«

»Ebenfalls nur Sie.«

Sumaya lachte auf. Das konnte einfach nicht wahr sein! Hatte Fadi am Ende recht gehabt? War Lutfi Latif noch vor seiner ersten Sitzungswoche zum Verräter geworden?

»Frau al-Shami, es ist nicht so, wie Sie gerade denken«, sagte Lutfi Latif leise und eindringlich.

»Ach ja? Die Fakten sprechen doch wohl eine klare Sprache, oder etwa nicht? Kaum nähert sich Ihnen eine Muslimin, schon springt die Maschine an. Und Sie finden das offenbar auch noch normal!« Sumaya stand auf. Sie hatte genug gehört.

»Bitte gehen Sie nicht.«

»Warum sollte ich noch bleiben?«

Lutfi Latif stand plötzlich neben Sumaya. Er überragte sie um einen Kopf. Für einen Moment sah es so aus, als wollte er sie besänftigend am Arm fassen, tat es aber nicht. »Frau al-Shami«, sagte er stattdessen, »ich hatte 28 Bewerbungen auf diese Stelle. Ich habe 27 zurückgeschickt, nur Ihre habe ich behalten, und nur Sie habe ich eingeladen, weil mich Ihre Unterlagen beeindruckt haben. Und das war, bevor ich die BKA-Akte kannte.«

Sumaya blickte dem Abgeordneten in die Augen. *Kann ich ihm glauben?* Langsam setzte sie sich wieder. »Es tut mir nicht leid!«, sagte Sumaya.

Lutfi Latif setzte sich ebenfalls. »Ja, aber mir tut es leid. Entschuldigen Sie bitte. Ich hätte Ihnen von Anfang an Bescheid sagen müssen. Das BKA prüft von Amts wegen Ihre Unterlagen, es gibt eine Grundlage dafür, dagegen kann ich nichts tun. Aber ich hätte Sie gleich informieren sollen. Es war ein Fehler.«

»In Ordnung«, sagte Sumaya.

»Wollen wir dann weitermachen?«

»Ja.«

Beide atmeten tief durch. Lutfi Latif überspielte die Merkwürdigkeit des Moments geschickt, indem er Sumaya als Nächstes fragte, ob ihr Arabisch eigentlich dazu ausreichen würde, zum Beispiel

morgens bei Bedarf eine Presseschau der wichtigsten arabischen Zeitungen für ihn zu machen? Ja, das würde es, versicherte sie. Er wollte außerdem wissen, womit sie sich in ihrem Studium vorrangig befasst hatte. Der Nahe Osten, *aha*. Es dauerte noch ein paar Minuten, bis Sumaya wieder völlig unbefangen mit dem Abgeordneten reden konnte, aber danach machte ihr das Gespräch wieder genauso viel Spaß wie vor dem Zwischenfall.

Schließlich hatte Lutfi Latif anscheinend genug in Erfahrung gebracht und ließ sein Lächeln noch einmal voll aufblitzen: »Frau al-Shami, ich nehme an, dass Sie, weil Sie noch studieren, keine volle Stelle möchten, sondern eine Teilzeitposition bevorzugen würden?«

Sumaya nickte und fühlte gleichzeitig einen kleinen Rausch in ihrem Kopf. »Zwanzig Stunden pro Woche, das wäre perfekt«, sagte sie.

»So machen wir es«, antwortete der Abgeordnete.

Beide lächelten. Auch über die Bezahlung wurden sie sich rasch einig. Schon am kommenden Montag sollte es losgehen. Bis dahin würde ihm die Bundestagsverwaltung auch ein Büro in einem der Parlamentsgebäude rund um den Reichstag zugeteilt haben, wahrscheinlich, wie Lutfi Latif sagte, im Paul-Löbe-Haus.

Der Abgeordnete erhob sich. »Frau al-Shami, ich freue mich wirklich sehr«, sagte er und hielt ihr die Hand hin.

»Danke, ich mich auch«, versicherte Sumaya ihrerseits.

Sie nahm ihre Tasche und wollte gerade noch eine abschließende Bemerkung machen, als sich erneut die Tür neben der Weltkarte öffnete. Ein schlanker, junger Mann mit aschblonden Haaren in einem grauen Businessanzug, höchstens ein paar Jahre älter als Sumaya, betrat den Raum. In der linken Hand hielt er ein Handy, dessen Mikrofon er mit der rechten Hand sorgsam abdeckte. »Herr Latif«, hob er an. »Es ist …«

»Ah, Herr Munkelmann! Das ist Sumaya al-Shami, Ihre zukünftige Kollegin«, unterbrach ihn der Abgeordnete. An Sumaya gerichtet ergänzte er: »Herr Munkelmann ist mein zweiter Mitarbeiter, er ist vor allem für das Büro zuständig.«

Sumaya streckte ihre Hand aus und wollte schon einen Schritt auf Munkelmann zu machen, doch der nickte nur kurz und blickte gleich wieder den Abgeordneten an. Es war ihm anzusehen, dass es dringend war. Als Munkelmann sicher war, dass Lutfi Latif ihn nun beachtete, formte er mit seinen Lippen ein paar Worte, die Sumaya offensichtlich nicht mitbekommen sollte, woraufhin der Abgeordnete sie entschuldigend ansah. Sumaya hob still die Hand zum Abschied und ging zum Ausgang.

Sie hatte Munkelmanns unausgesprochene Worte allerdings durchaus verstanden. »Wieder der Mann vom BKA«, hatte er gesagt. Als sie sich noch ein letztes Mal nach Lutfi Latif umsah, meinte sie, den Anflug eines Schattens auf seinem Gesicht wahrzunehmen. Draußen auf der Straße stellte Sumaya fest, dass es kühler geworden war.

III

30 Berlin war nur selten sanft, und meist war das auch nicht, was Samson sich von dieser Stadt erwartete oder erhoffte. Wenn es aber einmal so war, wenn zum Beispiel ein Frühsommermorgen die Frankfurter Allee in ein schüchternes orangefarbenes Licht tauchte und die runde Kugel des Fernsehturms noch nicht blitzte oder funkelte, wie sie es später am Tag tun würde, sondern nur ein bisschen vor sich hin leuchtete, dann freute sich Samson. Selbst Berlin konnte dann frisch duften. Und selbst Samson, der von Natur aus eher zum Grübeln als zum Jubeln neigte, konnte dann so etwas wie Lust daran empfinden, sich einen perfekten Tag auszumalen.

Genau so ein Morgen war dieser, mit dem Schönheitsfehler allerdings, dass der Tag schon verplant war. Samson würde also nicht nach Rerik fahren, um zu tauchen. Tauchanzug, Luftflaschen, Tarierjacket, Flossen und Maske würden unangerührt auf dem Dachboden des Altbaus, in dem er wohnte, liegen bleiben, das Wrack des am Kriegsende gesunkenen U-Bootes in vierzehn Meter Tiefe im grünen Wasser der Ostsee würden heute andere Taucher weiter erkunden. Nicht dass die Ostsee Samsons liebstes Tauchrevier war. Es war nur das einzige größere Gewässer, das er mit vertretbarem Aufwand erreichen konnte.

Theoretisch. Und vielleicht ja wieder am kommenden Wochenende, versuchte Samson sich die diffuse Vorfreude zu bewahren, während er in einem kleinen portugiesischen Café einen ersten Kaffee trank, die Notizen für seinen Vortrag vor sich auf dem kleinen Tisch ausgebreitet.

»Dschihad Online – Wie islamistische Terroristen das Internet für ihre Zwecke nutzen«: Bei Volkshochschulen brachte das

200 Euro, bei Vereinen oder Gewerkschaften auch mal 300, bei politischen Stiftungen immerhin zwischen 400 und 500, je nachdem. Bei staatlichen Stellen hätte er ohne Weiteres 700 Euro und mehr verlangen können, sagte aber stets freundlich ab. Samson war froh, dass er nicht davon leben musste, diesen und zwei weitere Vorträge (»Al-Qaida & Co.: Ideologie, Weltbild, Strategie« beziehungsweise »Zwischen Militanz und Theologie: Dschihad-Theorie im Wandel der Zeit«) immer wieder zu aktualisieren und zu halten. Ganz darauf verzichten konnte er allerdings auch nicht.

Heute war es wieder einmal so weit: Ein Berliner Juristenverband hatte ihn eingeladen, es gab 500 Euro dafür. Weil Samson sich irgendwie in der Pflicht fühlte, hatte er in den letzten Tagen eigens noch einige Exkurse in den Vortrag eingearbeitet, die Juristen ansprechen würden. Über die neuen und neuesten und wahrscheinlich nächsten Antiterrorgesetze etwa – und warum sie vermutlich nicht viel bringen würden, seiner unmaßgeblichen Einschätzung nach. Die Notizen waren in Ordnung, befand er nach dem Durchsehen, er kannte den Vortrag und die mit moderat dramatischen Bildern unterlegte PowerPoint-Präsentation gut genug, um auch die neuen Passagen frei sprechend erläutern zu können.

Als er den Kaffee ausgetrunken und bezahlt hatte, steuerte Samson den U-Bahnhof Samariterstraße an und nahm die U5 zum Alexanderplatz. Unterirdisch stieg er in die U2 um, auf der Museumsinsel stieg er wieder aus, überrascht, wie wenig von dem sanften Morgen nach diesen zwanzig Minuten noch übrig war, denn mittlerweile war die Stadt hell erleuchtet, es würde ein heißer Tag werden. Das schmale, vierstöckige Gebäude, in dem er reden sollte, fand Samson nicht gleich, weil die Hausnummern in dieser Straße offenbar willkürlich verteilt worden waren. Schließlich stand er aber davor, bereit, die Klingel zu drücken, und darauf eingestellt, in den dreißig Minuten, die es noch dauern würde, bis er sprechen sollte, mit einem langweiligen Funktionär Small Talk zu betreiben. In diesem Moment hörte er, wie jemand hinter ihm seinen Namen rief: »Samuel! Ich bin extra früher gekommen!«

Im ersten Moment erkannte Samson den Mann in dem dunkelblauen Anzug nicht. Er fragte sich bloß, wieso er seinen richtigen Namen kannte. Samson registrierte systematisch und ohne nachzudenken ein schreckliches rosafarbenes Hemd, eine blau-grüne gestreifte Krawatte, klassisches Muster, an den Füßen gute braune Schuhe. Die dunkelblonden Haare des Mannes waren kurz geschnitten, aber sie kräuselten sich trotzdem, in ungebändigtem Zustand würden sie vermutlich einen verwegenen Eindruck machen. Erst als der Mann einen Schritt auf ihn zumachte, und zwar seltsam ungelenk, so als könne sein rechtes Bein wesentlich weniger Gewicht tragen als das linke, wurde Samson schlagartig klar, dass er es mit einem Bekannten, ja, verdammt, einem *alten Freund* zu tun hatte, den er zwar ein Dutzend Jahre oder so nicht mehr gesehen hatte, wie man sich eben so aus den Augen verliert, dachte Samson noch, mit dem er aber genug erlebt hatte, *damals*, in Münster, dass er, dass Stefan also, jederzeit einen Anspruch haben würde, ihn anzusprechen, egal wo und egal wie, und wieder in sein Leben einzutreten.

»Stefan! Wow, ich, das … du hier?«

»Na klar!« Stefan lachte jetzt, sehr herzlich. Er reichte Samson die rechte Hand, und als Samson sie ergriff, da durchfluteten ihn gleich noch mehr Erinnerungen. Diese seltsame, etwas verkrüppelte Hand, ein bisschen zu schmal und ein wenig zu hart. Die Folge einer frühen Kinderlähmung, genau wie der unbalancierte Gang.

»Was machst du denn hier?«

»Na ja, ich lebe seit ein paar Jahren in Berlin. Ich bin Anwalt. Und als ich die Ankündigung sah, habe ich beschlossen zu kommen. Ist doch klar! Ich meine, ich lese deine Sachen natürlich. Aber ich wollte dich wiedersehen, ist ja immer noch was anderes.«

»Du liest meine Sachen?«

»Klar, *derkleinejihad.com*, ist zwar nicht meine Startseite, aber ich schaue schon jeden Tag drauf.«

»Das ist echt verrückt, ich weiß gar nicht, was ich sagen soll. Also außer natürlich: schön, dich zu sehen!«

»Ja, finde ich auch. Hör mal, Samuel, ich bin nicht nur wegen des Vortrags hier, ich sag's dir lieber gleich. Hast du noch Zeit für einen Kaffee? Dann erkläre ich es dir schnell, weil ich nach dem Vortrag gleich ins Gericht muss.«

»Klar.«

Einmal um die Ecke, Stefan wusste das, befand sich ein Café.

Eins von der Sorte, wie sie in Mitte seit ein paar Jahren um sich griffen: mit ökologischem Espresso, Guaven-Eistee aus Brasilien zu 4,50 Euro und riesigen, windschiefen Chocolate Chip Cookies, die der Geschäftsführer tatsächlich morgens selbst backte, auch wenn er nicht danach aussah.

Stefan bestellte einen Cappuccino und für Samson / Samuel – »wie früher, oder?« – einen dreifachen Espresso.

Samuel widersprach nicht.

Sie setzten sich auf die Holzstühle vor dem Café.

»Pass auf, ich mache es kurz, weil du ja gleich reinmusst und ich, wie gesagt, danach nicht bleiben kann. Ich habe mit ein paar Bekannten, nicht nur Anwälte, aber gute Leute, Intellektuelle und so, nachdenkliche Menschen alles, schon vor einiger Zeit eine Art Salon gegründet. Einen politischen Salon. Wir treffen uns alle zwei Wochen. In Ruhe reden, du weißt schon, über das, was uns so bewegt. In aller Ruhe, ohne Tabus, ohne Vorbehalte, unter uns gewissermaßen. So weit, so klar?«

»Klar.«

»Also, und dein Thema, tja, das ist so eine Art Dauerbrenner bei uns.«

»Mein *Thema*?«

»Na ja, Terrorismus. *Islamistischer* Terrorismus. Auch Islamismus allgemein. Das Denken, die Ziele, was es für uns bedeutet. Bedeuten kann. Bedeuten wird. Islam allgemein, auch immer wieder ein Thema, klar, in Berlin, aber natürlich auch insgesamt!« Stefan lachte.

»Klingt interessant«, sagte Samson langsam.

»Ist es auch, ist es!«, fuhr Stefan fort, und schüttete Zucker in seinen Cappuccino. »Und manchmal laden wir Leute ein, die sich mit einer Sache, die uns interessiert, besonders gut auskennen. Na ja, und wir hätten dich gerne mal als Gast. Wie gesagt: ganz ungezwungen, ganz frei. Ganz offen.« Stefan sah ihn erwartungsvoll an.

Samson nahm einen Schluck von seinem Espresso. Aus irgendeinem Grund musste er an Nina denken, in die Stefan im Abiturjahr so verliebt gewesen war. *Nina*. Wie weit das alles weg war! Trotzdem war Stefan jetzt hier. Ein echter Mensch, zudem irgendwie immer noch der Alte, unverkennbar: immer dabei, etwas zu organisieren, immer auf der Suche nach der nächsten Sache. Ein feiner Kerl, dachte Samson, so nennt man das. Stefan war immer ein feiner Kerl gewesen. Verbindlich, ernsthaft, großzügig. Begeisterungsfähig.

»Okay, warum nicht«, sagte Samson schließlich. »Klingt doch nach einem interessanten Abend.«

»Das freut mich, freut mich ehrlich!«

»Und wann wäre das?«, fragte Samson.

»Nun, es wäre gleich heute Abend. Ich hoffe, das ist in Ordnung?«

»Wo soll ich denn hinkommen, und wann?«

»Das weiß ich noch nicht.«

»Das weißt du noch nicht?«

»Es ist immer ein anderer von uns dran, das Treffen zu organisieren, und die Regel lautet, dass wir immer erst zwei Stunden vorher erfahren, wo es stattfindet. Aber wir fangen um 22 Uhr an, das ist immer so.«

»Wow, das klingt etwas merkwürdig, Stefan.«

»Ja, ich weiß. Es liegt an einigen von unseren Leuten, weißt du. Es sind welche dabei, na ja, wie gesagt, es ist alles ganz offen, aber eben auch ganz vertraulich. Damit man *wirklich* reden kann, und es sind eben welche dabei, also zum Beispiel von großen Firmen oder *Einrichtungen*, also, die bestehen da irgendwie drauf, dass alles ein bisschen konspirativ ist.«

»Was seid ihr, die Freimaurer?«

»Kann schon sein, dass einige von uns Freimaurer sind, ehrlich gesagt gehe ich davon aus, also ein paar vielleicht, ich jedenfalls nicht. Aber wieso fragst du, ist das ein Problem?«

Stefan sah Samson an. Erst dann lachte er und schüttelte den Kopf darüber, dass ihm nicht sofort aufgefallen war, dass Samson einen Scherz gemacht hatte.

Samson. Samson merkte erst jetzt, wie ironisch es war, dass er ausgerechnet den Menschen, der ihm diesen Spitznamen verpasst hatte, daran erkannt hatte, dass er seinen wahren Namen gerufen hatte. Samuel. Samuel Sonntag, SamSon, Samson: Es war auf der

Kursfahrt nach London gewesen, an der Bar eines billigen Hotels in der Nähe der Tottenham Court Road, ziemlich spät nachts, als Stefan dieses Wortspiel, oder was auch immer genau es war, entdeckte und anschließend noch ein paar Stunden lang, bis zum Morgengrauen, kultivierte. Auch am nächsten Tag, als sie das British Museum besichtigten, beharrte Stefan darauf, Samuel nur noch Samson zu rufen. Und am übernächsten, als sie in einem kleinen, verwunschenen Privatmuseum am Sloane Square an einem von Lawrence von Arabien von irgendwo entführten Sarkophag standen und Samuel heimlich beschloss, dass Arabistik vielleicht wirklich ein interessanter Studiengang sein könnte, hielt Stefan durch. Am dritten Tag, dem Tag vor der Rückreise, setzte sich der neue Name allmählich durch. Thomas, Daniel, Dominik nahmen ihn auf, und als sie alle anderthalb Jahre später ihr Abitur ablegten, da gratulierte sogar sein Tutor, Herr Lehmann, mit einem freundlichen: »Ich gratuliere, Samson, ich wünsche Ihnen alles Gute!« Es war auch auf dieser Reise gewesen, dass Samson und Stefan einander als Freunde nähergekommen waren. Warum sollte er Stefan da eine so harmlose Bitte abschlagen?

***

Munkelmann trug schwer an seiner Aktentasche. Es war nicht so, dass er die edle Mappe aus hellem Kalbsleder *schleppen* musste, aber als Munkelmann sich endlich durch den schweren roten Windfang gekämpft hatte, da war sein offensichtlicher Vorsatz, die Tasche möglichst lässig und beiläufig zu halten, bereits gescheitert.

Für Merle Schwalb waren solche Momente ein Fest. In ihrem Kopf lief schon jetzt, während Munkelmanns graue Augen sie noch zu orten versuchten, ein ganzer Film ab, mit Munkelmann in der Hauptrolle. Die Tasche, das stand für Merle Schwalb außer Frage, war ein Geschenk seiner Eltern gewesen. Zum Staatsexamen? Zum ersten Job? Eins von beiden, sie war sich sicher. Jurist, vermutete sie weiter. Ein Muttersöhnchen, ganz gewiss. Als Privatperson wahrscheinlich eher unsicher. In einer *Funktion* aber, und Munkelmann hatte ja eine, wenn auch keine glamouröse, eher professionell. Keine Frage, dass er sich darüber definierte, was er von acht Uhr morgens an und bis vermutlich ebenso spät am Abend tat. Und was tat Munkelmann danach?

Sie spekulierte weiter, denn noch immer hatte Munkelmann sie nicht entdeckt, und sie hatte ihrerseits keinesfalls vor, nach ihm zu rufen oder zu winken. *Danach* schaute er wahrscheinlich Stefan Raab, beschloss sie, und dazu gab es eine Fertigpizza. Anschließend ein bisschen im Internet surfen. Verheiratet konnte sie ihn sich nicht vorstellen, Munkelmann trug auch keinen Ring, wie sie mit einem schnellen Blick feststellte. Sie schätzte, dass er eher einsam war. Dabei war er nicht einmal hässlich, sogar recht gut gebaut. Aber er kam ihr seltsam zurückgenommen vor, bestimmt kein Draufgänger, vermutete sie. Noch ein paar Jahre, dann würde er vielleicht anfangen, in den Puff zu gehen. Wahrscheinlich hatte er noch einen oder zwei alte Freunde in anderen Städten, mit denen er einmal im Jahr über die Stränge schlug, ein langes Wochenende an der Ostsee oder ein wichtiges Fußballspiel, live im Stadion, eventuell sogar ein Rockfestival, Munkelmann war schließlich auch nicht älter als 32, 33. Alles in allem, resümierte sie, war Munkelmann aber langweilig und harmlos.

Merle Schwalb wusste natürlich genau, dass ihre Mutmaßungen nie ganz richtig waren, wenn sie auch häufig zu einem erstaunlich hohen Prozentsatz zutrafen. Es war aber eine über die Jahre gewachsene Angewohnheit von ihr, sich von Menschen, die sie professionell traf, zunächst selbstständig ein Bild zu machen, selbst auf der Basis winzigster Beobachtungen, und zwar ein umfangreiches Bild, ein geradezu episches. Und erst dann erlaubte sie Fakten, dieses Bild zu bestätigen oder zu verändern. Sie brauchte einfach eine Arbeitshypothese, wenn sie mit jemandem zu tun hatte.

Sie war sich zwar bewusst, dass eine gute Journalistin genau so *nicht* arbeitete. Aber sie wusste ja auch, dass sie keine gute Journalistin war. Merle Schwalb würde zwar jeden, der das behauptete, sofort angreifen, verklagen oder vom Gegenteil zu überzeugen versuchen, *verdammt*, sie war schließlich Hauptstadtkorrespondentin beim *Globus*, ein Job, für den die meisten deutschen Journalisten ihre Schreibhand abhacken würden. Aber das war ihre öffentliche Seite. Sich selbst gegenüber hatte sie kein Problem damit zuzugeben, was sie konnte und was nicht. Sie war als Journalistin schlichter Durchschnitt. Wenn man erst einmal beim *Globus* war, kam der Rest allerdings fast von alleine, Informationen, Anerkennung und eine gewisse Attitüde eingeschlossen.

Immerhin, dachte sie nun fast schon anerkennend: Munkelmann ist in seiner *Funktion* anscheinend tatsächlich eher ein Profi. Nicht nur hatte er das Café Einstein Unter den Linden als Treffpunkt vorgeschlagen, was zwar nicht originell war, aber schon einmal davon zeugte, dass er die Gepflogenheit der Hauptstadtpolitik kannte. Nein, in diesem Moment bewies er Merle auch noch, dass er mehr als ein gut informierter Anfänger war. Denn anstatt von Tisch zu Tisch zu wandern und sie zu suchen, wandte sich Munkelmann ganz souverän an den Geschäftsführer Herrn Eins, der jeden, den man kennen musste, kannte. Herr Eins aber kannte auch Munkelmann, wie Merle weiter beobachten konnte. Die beiden Männer schüttelten einander freundlich die Hände. Und weil Merle Schwalb vom *Globus* ihrerseits zu den Personen gehörte, die Herr Eins in *seiner* Funktion kennen musste, wies der Geschäftsführer des Café Einstein dem Büroleiter von Lutfi Latif nun den Weg, indem er, sehr diskret und elegant, mittels eines leicht geneigten Kopfes und dezent gelüpfter Augenbrauen in Merle Schwalbs Richtung deutete.

Das Café Einstein war ein Ort der Unzucht, der freundlicher und behaglicher nicht sein konnte. Die vordere Hälfte, zum Boulevard Unter den Linden hin, gehörte im Wesentlichen den Touristen. Hinter einer unsichtbaren Grenze aber, an der als Grenzposten fast immer Herr Eins stand, begann jene diskrete Zone, in der jeder jeden sah, aber jederzeit bereit war, so zu tun, als habe er den anderen nicht gesehen. Hier aßen Politiker, die sich gerade noch öffentlich im Bundestag zerfleischt hatten, einträchtig miteinander Wiener Saftgulasch und lachten über ihre Schlachten, die sie nur für die Kameras schlugen. Hier fädelten Lobbyisten und Exminister auf dunklen Lederbänken und bei wachsweichen Eiern im Glas noch dunklere Deals ein, die erst Monate später in den Zeitungen auftauchen würden – wenn überhaupt. Hier wechselten Briefumschläge über dampfenden Tellern mit Tafelspitz den Besitzer, in denen sich, je nach Saison und politischer Konjunktur, »vertraulich« gestempelte Akten eines Untersuchungsausschusses befanden oder streng geheime Wahlkampfkonzepte oder noch geheimere Gesetzesentwürfe, die allesamt gerade nicht geheim bleiben sollten.

Und an jedem zweiten Tisch saßen Journalisten. Die einen, die großen, preisgekrönten, wichtigen, trafen hier ihre heimlichen Duzfreunde, die oft aus erstaunlich vielen und unterschiedlichen Parteien stammten. Sie hielten in der Regel einen Tag in der Woche Hof und veröffentlichten am nächsten ihre gut informierten Kolumnen. Und die anderen, die kleinen oder mittelgroßen, die wenigstens ein

bisschen Auslauf aus ihrem Büro haben wollten und ihre redaktionsinterne Relevanz durch keineswegs übertriebene, aber dennoch aussagekräftige Bewirtungsbelege aufbessern wollten, kamen zum Arbeiten hierher – allerdings niemals zum Schreiben. Sie trafen Informanten. So wie Merle Schwalb.

Nachdem Munkelmann sie endlich gefunden hatte, kamen die beiden schnell zur Sache. Die Vorstellung ging zügig vonstatten, Cord Munkelmann nahm offenbar an, dass Merle Schwalb nicht viel Zeit haben würde, und das schmeichelte ihr. Ein freundliches Lächeln, schön, dass es endlich einmal klappt! – ja, *wirklich*! Der Form halber glitten zwei Visitenkarten in entgegengesetzter Richtung über den rosamarmornen Tisch, auf denen freilich nichts stand, was der Empfänger nicht wusste.

Was Merle Schwalb dann allerdings doch überraschte, war der Inhalt von Cord Munkelmanns Aktenmappe, den er ihr nach einigen einleitenden Sätzen bereitwillig überließ, indem er den braunen DIN-A4-Umschlag beiläufig über den Tisch schob.

»Wow, ich hatte eigentlich nur vorgehabt, Sie einmal kennenzulernen, perspektivisch, wie man so sagt, falls mal was anliegt. Und Sie liefern mir gleich eine kleine Geschichte.« Schnell blätterte die Journalistin durch die Papiere. »Und er wird ernsthaft bedroht?«

»Mit dem Tode, ja.«

Merle Schwalb stopfte die Blätter zurück in den Umschlag und ließ ihn in ihrer geräumigen Handtasche verschwinden. »Irgendwelche Bedingungen?«

»Sie werden mich nicht zitieren, das ist die Bedingung. Das Büro des Abgeordneten Latif und er selbst werden überhaupt nicht auftauchen. O.k.?«

»Wie stellen Sie sich das vor? Jeder wird doch sofort vermuten, dass die Dokumente aus seinem Büro kommen.«

»Eben nicht, wenn Sie es geschickt anstellen.«

»Verstehe ich nicht.«

»Das BKA ist für den Personenschutz von Abgeordneten zuständig. Seit Ihrer letzten Geschichte über den Beförderungsskandal im BKA weiß jeder, dass Sie Kontakte in die Behörde haben.«

»Jetzt verstehe ich.«

»Genau. Ich wäre Ihnen sehr verbunden, wenn Sie irgendwie andeuten könnten, dass die Informationen von dort stammen *könnten*. Schließlich haben die eh alles in Kopie. Sie bauen einfach ein Zitat von einem BKA-Mann ein, und alles ist bestens.«

»O.k., kriege ich hin. Vielen Dank, Herr Munkelmann. Wir bleiben in Kontakt, ja?«

»Ja, Sie wissen ja, wie Sie mich erreichen können.«

***

Dass ich ihn nicht gleich erkannt habe! Samson war gerade dabei, anhand von Filmsequenzen aus Propagandavideos zu demonstrieren, wie verschieden sogenannte Terrorcamps sein konnten, vor seinem geistigen Auge aber lief gleichzeitig ein wackeliger Super-8-Film ab, in dem Stefan, sehr angetrunken, seinen Kopf in Samsons Schoß legte und mit schwerer Zunge sagte: »Ich habe noch nie gekifft. Ich habe noch nie gefickt. Ich kann nicht tanzen. Ich habe keine Meinungen, ich will nichts, ich denke nie nach und ich sehe ziemlich scheiße aus. Habe ich noch nie jemandem erzählt.« Man hat nicht viele Freunde im Leben, dachte Samson. Kurz und schmerzhaft machte er sich klar, wie wenige Beziehungen zum Beispiel aus seiner Studienzeit in Hamburg übrig geblieben waren.

Samson hob den Kopf von seinen Notizzetteln und ließ den Blick kurz durch den Raum schweifen, in dem etwa 35 Juristen saßen und ihm mehr oder weniger konzentriert zuhörten. Er suchte Stefan und fand ihn in der dritten Reihe. Stefan zwinkerte

Samson sofort zu, als ihre Blicke sich trafen. Samson lächelte kurz zurück.

Das Problem mit den Terrorcamps hatte mehr als nur eine Dimension. Normalerweise kümmerte das seine Zuhörer nicht, für sie war jemand, der sich nach Waziristan aufmachte, per se durchgedreht. Es interessierte sie nicht weiter, wie es dort genau aussah, wo genau derjenige ankam, worin genau man ihn unterrichtete oder gerade nicht und ob er dort bloß kämpfen wollte oder sich auch auf andere, schlimmere Sachen vorbereitete. Heute, registrierte Samson mit einem Anflug von Genugtuung, war das etwas anders. Eine hübsche Brünette in der Mitte der zweiten Reihe etwa machte sich angestrengt Notizen. Vielleicht, dachte Samson, ist sie ja Richterin – eine von denen, die dann eines Tages entscheiden müssen, ob jemand, der nach der Wiedereinreise nach Deutschland festgenommen wird, sich eine paramilitärische Ausbildung abgeholt hat *mit* dem Vorsatz, anschließend Terroranschläge auszuüben – oder *ohne* einen solchen.

Angesichts dieser Möglichkeit und weil sie tatsächlich interessant aussah, ging Samson spontan noch etwas weiter ins Detail. »Was Sie verstehen müssen«, erklärte er, »ist das *Denken* dieser Menschen. Es gibt viele, die den Kampf gegen die Invasoren in einem islamischen Staat wie Afghanistan oder dem Irak als Pflicht für alle Muslime betrachten. Und sie halten es nicht aus, nur zuzusehen. Sie wollen ihre Pflicht erfüllen, weil sie glauben, anderenfalls des versprochenen Heils im Jenseits verlustig zu gehen. Also nehmen sie Kontakt auf, lassen sich vermitteln – und landen dann eben eventuell in Waziristan.« Aber nach drei Monaten, spann er den Faden weiter, sehen sie ihre Pflicht vielleicht als erfüllt an. Dann reisen sie, wenn sie noch am Leben sind, wieder zurück. Pflicht erfüllt, Ende der Veranstaltung. Von einem Vorsatz, anschließend irgendwo Anschläge durchzuführen, könne dann kaum die Rede sein.

»Entschuldigung!«

Samson sah, wie die Brünette einen akkurat manikürten Finger in die Luft stach. Normalerweise würde er darauf verweisen, dass er Fragen lieber im Anschluss beantworte. Stattdessen nickte er einladend.

»Entschuldigung, aber ich verstehe das nicht ganz: Wir wissen doch aus realen Fällen, dass die Grenze hier fließend ist. Die Sauerland-Zelle zum Beispiel, die wollten eigentlich nur kämpfen, haben sie gesagt, alle vier. Aber als die Truppe, bei der sie landeten, sie aufforderte, Anschläge in Deutschland zu machen, haben sie eingewilligt. Zwei von ihnen, Fritz Gelowicz und Adem Yilmaz, haben das sogar zugegeben.«

»Ja, das stimmt«, sagte Samson.

»Und wie kommen Sie dann auf Ihre These, wenn ich fragen darf? Wahrscheinlich ja nicht wegen der *zahlreichen* anderen Fälle, in denen vor Gericht herauskam, dass es so war, wie *Sie* insinuieren. Denn so weit ich sehe, gibt es die nicht.« Die Brünette schlug triumphierend die Beine übereinander und wartete auf Samsons Replik.

»Zunächst einmal würde ich den Umstand, dass es in vielen Fällen gar keine Verfahren gab, eher als Unterstützung für meine These interpretierten«, begann er möglichst diplomatisch. »Allerdings gibt es noch bessere Belege. Zum Beispiel Interviews mit Rückkehrern. Ich habe in den letzten drei Jahren 28 Personen in Deutschland befragt, die in Afghanistan und Pakistan oder im Irak gewesen sind, um gegen die Nato oder die US-Armee zu kämpfen. Bis auf einen haben alle gesagt, dass sie die Idee, im Westen Terroranschläge zu verüben, bizarr finden.«

Die Brünette reagierte auf diese Ausführungen mit einer Geste, die so nah an einem verächtlichen Schnauben war, wie es ihre elegante Erscheinung und die mitgelieferten Andeutungen einer erstklassigen Erziehung zuließen. »Und Sie glauben diesen *Interviewpartnern*?«

»Na ja, beweisen kann ich nicht, dass sie die Wahrheit sagen. Aber ich bin überzeugt, dass die Gruppe derer, die Gewalt gegen Invasoren im Sinne eines Abwehrkampfes gutheißt, um ein Vielfaches größer ist als die Zahl derer, die Gewalt gegen Zivilisten jenseits des Schlachtfeldes befürworten. Diese Position ist außerdem theologisch viel einfacher zu begründen als die extremere, sie ist im Grunde Mainstream.«

»Und finden Sie es nicht bedenklich, dass auch jemand, der angeblich nur zum Kämpfen gegen die bösen Amerikaner nach Afghanistan geht, trotzdem den Konsens aufkündigt, der es ihm überhaupt gestattet, hier zu leben? Ich glaube jedenfalls nicht, dass wir eine Pflicht haben, solche Menschen nach ihrer Rückkehr hier zu dulden. Die Probleme beginnen ja nicht erst, wenn sie etwas Bestimmtes tun, sondern weil sie etwas Bestimmtes denken. Haben Sie das nicht so gesagt?«

Samson lagen viele Antworten auf der Zunge. Aber er beließ es bei einer unverbindlichen Antwort, die eigentlich keine war. So hatte er es sich in solchen Fällen angewöhnt. Natürlich glaubte er, dass er selbst recht hatte. Aber wie sicher konnte man sich sein? *Hamburg,* dachte Samson. *Vergiss das nicht. Vergiss es nie.*

***

Merle Schwalb war 33 Jahre alt, eher groß, eher dünn und eher hübsch. Seit vier Jahren war sie beim *Globus,* wo es über sie hieß, dass sie zu denen gehörte, »die stehen« – deren Geschichten also in der Regel nicht wegbrachen, die nicht zu viel ankündigten und die auch abends um elf erreichbar waren. Merle Schwalb hatte immer ins Parlamentsbüro gewollt, das war schließlich die Champions League, und vor drei Jahren hatte sich dieser Wunsch erfüllt. Aber noch war sie nicht da, wo sie hinwollte, es gab einen Preis für ihre Anwesenheit – und der bestand darin, dass Merle Schwalb *Gedöns*-Redakteurin war. So jedenfalls lautete ihre inoffizielle Bezeichnung in der Redaktion, wie Merle Schwalb sehr wohl wusste. Gottlob gab es noch mehr für *Gedöns* zuständige Redakteurinnen und Redakteure, schließlich war der *Globus* eines der wichtigsten Nachrichtenmagazine der Republik. Hans Kaiser betreute Entwicklungshilfe, Barbara Scheidten kümmerte sich um Familienpolitik. Der Schwerpunkt von Merle Schwalb war immerhin *Gedöns deluxe*: Integrationspolitik und Muslime in Deutschland. Der Vorteil lag auf der Hand: mehr Aufregerthemen, mehr Berührungspunkte zu den harten Themen Terror und Organisierte Kriminalität, mehr potenzielle Titelgeschichten, mehr gelegentliche Auslandsreisen.

Und jetzt, mit Lutfi Latif im Bundestag, konnte sie kaum so viele Geschichten anbieten, wie die Ressortleiter wollten. Selbst kleine Meldungen über die Schlachten von Latifs längst verstorbenen Vorfahren wurden ihr aus der Hand gerissen. Kontakt zu seinem Büroleiter aufzunehmen war daher reines Pflichtprogramm gewesen, und Munkelmann wusste das zweifellos. Aber aus einem Grund, den sie noch nicht kannte, war er offenbar auch von der Symbiose angetan, die der Kontakt zum *Globus* bieten mochte. Zwar war ihr Munkelmann von Beginn an eher unsympathisch gewesen. Aber eine Geschichte war eine Geschichte, dachte Merle Schwalb, und Munkelmann hatte ihr eine frei Haus geliefert, Belege inklusive, und Belege waren beim *Globus* der Goldstandard.

Insgesamt hatte Latifs Mitarbeiter ihr etwa 30 Seiten überlassen, alles Kopien von Briefen und E-Mails, die seit seiner Wahl an den Abgeordneten Lutfi Latif geschickt worden waren. Als sie fünf Minuten nach der Verabschiedung von Munkelmann mit ihrem Fahrrad wieder in den Redaktionsräumen des *Globus* angekommen war, hatte Merle Schwalb sich sofort in ihr kleines Einzelbüro mit Blick auf den Innenhof zurückgezogen und entgegen der allgemeinen Gepflogenheiten beim *Globus* die Tür geschlossen.

»Wichtig?«, hatte Kaiser gefragt, der ihr Zellennachbar war, und gerade mit einer Bäckereitüte in der Hand an ihrem Büro vorbeimarschierte.

»Ja.«

Das war vor drei Stunden gewesen. Mittlerweile hatte Merle Schwalb das Material mehrfach gelesen. Der schrille Ton der Drohungen, die brutale Härte der Verurteilungen und der tiefe Hass, der die teilweise deutlich beschädigte Grammatik völlig unbeschadet überstanden hatte, klangen ihr in den Ohren.

Merle Schwalb atmete durch, griff zum Telefon und tätigte zwei Anrufe. Ihr Ressortleiter war sofort bei der Sache. »Gute Arbeit. Wir reservieren eine Seite«, sagte Henk Lauter knapp und legte auf. Das Handy von Samson hingegen war ausgeschaltet.

Merle Schwalb starrte auf die merkwürdigen Pflanzen im Innenhof. »Mist«, sagte sie laut.

Sie hätte ihren Exfreund zuerst anrufen sollen.

***

Die Kanapees waren vorzüglich. Samson vermutete, dass er es mit Entenstopfleber unter einem Klecks Preiselbeerschaum zu tun hatte, und sogar das winzige Stück Roggenbrot schmeckte wie frisch gebacken. Auf dem kleinen Clubtisch vor ihm stand zudem ein Glas Barolo, auch das eine eher kostspielige Angelegenheit. Wer auch immer der heutige Gastgeber war, darbte nicht gerade. Dafür sprachen neben der Verköstigung noch andere Indizien.

Stefans SMS war wie versprochen pünktlich um 20 Uhr bei ihm eingegangen: Die Adresse lag in einem Villenviertel in Zehlendorf. Samson lebte seit fünf Jahren in Berlin, aber außer ab und an in Kreuzberg war er eher selten im Westteil der Stadt, in Villenvierteln im Grunde nie, abgesehen von gelegentlichen Besuchen in den nah-

östlichen Botschaften im Grunewald, als er Visa beantragt hatte.

Die Villa, in der das heutige Treffen stattfinden sollte, hätte es mit einem dieser Domizile allerdings durchaus aufnehmen können. Als das Taxi ihn absetzte, hatte er sich vor einem kamerabewehrten Eisentor wiedergefunden. Samson stellte fest, dass kein Name auf dem Schild angebracht war. Er klingelte, und das Tor öffnete sich vollautomatisch. Ein Kiesweg führte zum Portal des efeubewachsenen Hauses. Samson folgte ihm. Als er die Freitreppe vor der Haustür erklommen hatte, ging diese ebenfalls augenblicklich auf, diesmal aber nicht elektronisch, sondern weil ein junger Mann in nachtblauer Livree sie von innen geöffnet hatte. Samson hatte seinen Namen sagen wollen, aber etwas angestrengt Bedeutungsvolles im Blick des Mannes hielt ihn davon ab. »Wenn Sie bitte die Treppe nehmen wollen«, sagte der Livrierte und wies formvollendet nach rechts.

Das Hausinnere war nur schwach durch indirektes Licht beleuchtet. Während er die Treppe hinaufstieg, riskierte Samson ein paar Blicke ins Erdgeschoss. Er sah vor allem schwere Teppiche und alte Möbel. An den Wänden, auch im Treppenhaus, hingen gerahmte Gemälde. Oben angekommen, dirigierte ein zweiter Mann in identischer Livree Samson in eine Art Saal am Ende des Flures, dessen Flügeltüren bereits geöffnet waren. Als er ihn betrat, stellte Samson fest, dass es eine Bibliothek war. Hohe Regale säumten die Wände, und ein flüchtiger Blick auf die Buchrücken offenbarte alte Bände ebenso wie solche neueren Datums.

Ein rundes Dutzend Sessel, die einem britischen Club hätten entstammen können, waren im Zentrum des Raumes in einem lockeren Kreis aufgestellt, neben jedem einzelnen stand ein Beistelltisch. In einigen Sesseln saßen bereits Gäste, eine kleine Gruppe von vier oder fünf Personen stand auf dem Balkon am anderen Ende der Bibliothek und beobachtete den spektakulären Abendhimmel, der sich gerade auf seine totale Verdunkelung vorbereitete, aber noch nicht ganz vom letzten Licht des Tages lassen wollte – ein Schauspiel von roten und violetten Wolkenfetzen auf einer hellblauen Leinwand.

Niemand stand auf oder ging auf ihn zu. Auch Stefan war noch nicht da.

Samson setzte sich in einen der Sessel, was vermutlich eine angemessene Entscheidung war, denn die beiden Gäste links und rechts von ihm, beide ungefähr Mitte fünfzig, nickten ihm kaum merklich zu.

Stefan kam in dem Moment durch die Flügeltür, als der livrierte Diener aus dem Erdgeschoss gerade die Kanapees zu verteilen begann. Sein Gegenstück aus dem Obergeschoss ging unterdessen von Sessel zu Sessel und fragte leise: »Barolo oder Whiskey?« Samson, der gerade seine Entscheidung getroffen und mitgeteilt hatte, wollte aufstehen und Stefan begrüßen, aber Stefan ging einfach zu einem freien Sessel und beließ es nun seinerseits bei einem angedeuteten Nicken.

Anscheinend war Stefan der letzte angekündigte Gast. Nachdem er sich gesetzt hatte, schlossen die beiden Diener die Flügeltüren. Die Gäste, die auf dem Balkon gestanden hatten, begaben sich in die Bibliothek. Samson bemerkte überrascht, dass unter ihnen die Brünette aus seinem Vortrag vom Vormittag war, sie trug jetzt ein elegantes graues Etuikleid. Sie war die einzige Frau. Die übrigen Besucher waren in der Mehrheit mittelalte oder gesetzte Herren. Abgesehen von Stefan, der Brünetten und ihm selbst waren unter den vierzehn Teilnehmern noch zwei weitere, die möglicherweise unter vierzig Jahre alt waren. Noch immer sprach niemand. Samson fühlte sich orientierungslos. Der Einfachheit halber nahm er an, dass der schlanke silberhaarige Mann, der nun die Tür zum Balkon schloss, der Hausherr sein musste. Eine Vermutung, die Sekunden später bestätigt wurde.

»Meine Dame, meine Herren, herzlich willkommen, ich freue mich, dass Sie alle hier sein können«, sagte der hochgewachsene

Mann, durchaus nicht unfreundlich, nachdem er sich in den einzig verbliebenen Sessel gesetzt hatte. Er hatte lebendige stahlblaue Augen, glatt gespannte Gesichtshaut, kein Gramm Fett zu viel am Körper und einen Cäsaren-Haarkranz. Ein Karrieregesicht, dachte Samson. Ein Manager vielleicht, oder ein Unternehmer. Eventuell ein Professor.

»Wie ich höre, haben wir einen Gast heute, auch Ihnen ein herzliches Willkommen.« Samson wollte schon eilfertig nicken, bemerkte aber gerade noch rechtzeitig, dass niemand, den Gastgeber eingeschlossen, ihn ansah. Also unterließ er es.

»Bevor wir beginnen, meine Dame, meine Herren, wie immer ein Hinweis auf die Regeln, die wir uns auferlegt haben, einvernehmlich, wie ich gerne in Erinnerung rufe, und die wir als absolut verbindlich erachten«, sagte der Gastgeber. »Sie gelten selbstverständlich auch für unsere Gäste«, fuhr er fort, wobei er Samson erstmals anblickte, wenn auch nur flüchtig.

»Kein Wort, das heute Abend fällt, verlässt diesen Raum«, begann der Silberhaarige die Aufzählung. »Wir sind alle Gleiche unter Gleichen, ohne Ansehen von Alter, Erfahrung und sonstigen Attributen«, fuhr er fort.

Ein strenger Blick in die Runde.

»Es gibt keine Tabus, das ist der explizite Zweck dieser *Begegnungen*. Es gelten überdies die allgemein akzeptierten Grundregeln des gesitteten Disputs. Und nun: Lassen Sie uns beginnen!«

Wie sich zu Samsons Überraschung herausstellte, hatte der Abend eine Choreographie. Einer der Gäste, einer der wenigen jüngeren, auch er im Anzug, begann wie auf ein stilles Kommando mit einer Art Referat. Er fasste als Vorabdrucke erschienene Auszüge eines Buches namens »Eine kurze Geschichte der Islamischen Republik Deutschland« zusammen, die in der Vorwoche für erhebliche Aufregung gesorgt hatten. Es war bereits das zweite Buch von Enzo Graether, dem ehemaligen Chef eines Industrieverbandes. In seinem ersten Buch hatte Graether provokante Thesen zur sozialen Schieflage im Land im Allgemeinen und zum Anteil der Migranten daran im Besonderen veröffentlicht, unter denen er die Muslime speziell hervorhob, denn diese hätten höchstens für den Obst- und

Gemüsehandel eine produktive Bedeutung und für die Kriminalität. In dem zweiten Buch war Graether nun einen Schritt weitergegangen und hatte eine Art Horrorszenario für das Jahr 2050 entwickelt, in dem es ein muslimischer Bundeskanzler mit türkischen Wurzeln endlich schafft, die Scharia in der Präambel des Grundgesetzes zu verankern.

Samson kannte die Vorabdrucke, wie auch nicht, sie waren von nahezu allen Zeitungen begierig aufgegriffen worden. »Hat Enzo Graether recht?«, hatten sie fast alle wortgleich gefragt. Für den Boulevard war das eine rhetorische Frage, natürlich hatte Graether recht, die Muslime waren drauf und dran, die Spielregeln der Republik zu ihren Gunsten zu verändern. Aber auch in den seriösen Zeitungen, so war Samson aufgefallen, hatte, abgesehen von den geschliffenen Kommentaren der linksliberalen *Norddeutschen Zeitung,* kaum jemand Graether unzweideutig ins Abseits gestellt.

Der junge Referent hatte die Vorabdrucke sorgfältig gelesen, stellte Samson fest. Die Zitate waren, soweit Samsons Gedächtnis ihn nicht im Stich ließ, allesamt korrekt. Kurz gab der Redner die Hauptargumente der Kommentare aus den wichtigeren Zeitungen und von anerkannten Intellektuellen wieder, die entweder dezidiert für oder gegen Graether gerichtet gewesen waren. Es gab, wie Samson schien, ein leichtes Übergewicht in der Rekapitulation der Gegenreden zu Graether. Nach etwa fünf Minuten kam der junge Mann zum Ende. Er machte eine kurze Pause und hob dann zu einem kurzen Schlussstatement an: »Wenn mir diese abschließende Bemerkung erlaubt ist: Ich glaube, der geschilderte Vorgang hält eine Lehre bereit. So wie Enzo Graether kann man es wohl kaum sagen.«

Nein, dachte Samson. *So wie Enzo Graether kann man es wirklich nicht sagen!*

»Nein«, sagte der Silberhaarige, der an diesem Abend offenbar nicht nur als Gastgeber, sondern auch als Moderator fungierte, »so wie Enzo Graether kann man es wirklich nicht sagen. Man muss es wohl *anders* sagen, wenn man etwas erreichen will!«

Hatte Samson sich nach dem Ende des Referats noch halbwegs wohlgefühlt, war er sich jetzt nicht mehr so sicher. *Erreichen? Was denn erreichen?*

Ansatzlos begannen die Teilnehmer des Treffens eine Diskussion, die sich vor allem um die Frage drehte, an welchem Punkt Enzo Graether in die Falle der *political correctness* gelaufen war und wie er sie hätte umschiffen können. Wie Samson nach kurzer Zeit bemerkte, sah die Choreografie des Abends offenbar vor, dass er als Experte eine Art Schiedsrichter spielte, wenn die Rede auf die *wahren* Absichten und Ziele *der Muslime* kam.

»Lassen Sie uns doch mal klären, ob es, wie Graether behauptet, *tatsächlich* Bestrebungen gibt, in diesem Land, und wenn in diesem, dann wohl auch im restlichen jüdisch-christlichen Abendland, die Macht an sich zu reißen – im Sinne eines religiösen Gebotes«, schlug einer der männlichen Gäste vor, ein drahtiger Schnurrbartträger. Elegant richtete er diese Frage an Samson, ohne ihn als den erwähnten Gast zu adressieren oder gar beim Namen zu nennen. Es wusste anscheinend ohnehin jeder, dass er der Gast war.

»Nun«, sagte Samson nach einer kurzen Pause, »sprechen Sie über die nominell muslimische Bevölkerung allgemein oder das islamistische Milieu? Man kann nicht verhehlen, dass es Teil der islamistischen Ideologie ist, den Rest der Welt entweder zum Islam zu bekehren oder zumindest, falls er das ablehnt, unter islamische Herrschaft zu zwingen. Das gilt aber nicht für gewöhnliche Muslime.«

»Aber worauf«, setzte der Mann nach, »basiert denn das, was sie *islamistische* Ideologie nennen? Etwa nicht auf dem Koran und auf den überlieferten Aussprüchen und Taten des Propheten Mahomet?«

Samson stellte mit einem leichten Schauern fest, dass der Fragesteller eine Form des Namens Mohammed gewählt hatte, die er nur aus antiislamischen Pamphleten des 19. Jahrhunderts und noch früherer Zeiten kannte. »Trotzdem ist es eine Interpretationsfrage«, entgegnete er betont gelassen. »In der Theorie halten alle gläubigen Muslime jedes Wort des Korans für wahr und ewig und an jedem Ort gültig. Aber Islamisten agitieren auf dieser Grundlage, weil sie glauben, dass darin ein Ausweg aus der angenommenen Misere der islamischen Welt liegt. Nicht islamistische Muslime trennen zwischen ihrem Glauben und ihren öffentlichen Taten aber fast genauso wie wir das meistens tun.«

»Sie glauben also dasselbe wie die Islamisten, handeln aber nicht danach? Ist es das, was Sie meinen?«

»Auf einer abstrakten Ebene, vielleicht. Abstrakt! Der gewöhnliche Muslim, wenn er denn gläubig ist, hat aber meistens nicht viel mehr im Sinn, als halbwegs gottgefällig zu leben. Er akzeptiert es zum Beispiel, dass er als Migrant in Europa an die hiesigen Gesetze gebunden ist. Ein Islamist wird das nicht so sehen.«

»Ah ja. Islamisten wenden also aktiv an, was Nichtislamisten passiv glauben. Könnte man es so sagen?«

Samson fühlte sich überrumpelt. Natürlich war das *nicht* das, was er gesagt hatte. Zumindest nicht das, was er glaubte. »Bleiben wir doch bei dem Beispiel. In der Frage der Gesetzestreue von muslimischen Migranten in einer nicht islamischen Gesellschaft sind diejenigen Theologen eindeutig in der Mehrheit, die sie verteidigen«, entgegnete er. »Die Islamisten sind eine kleine Minderheit.«

»Mag sein«, mischte sich nun die Brünette ein. »Aber das ändert doch an einem Umstand nichts: Man muss ein Hilfskonstrukt finden, damit man sich als Muslim an die hier geltenden Gesetze *überhaupt* halten muss. Sie kennen die Begründungen dieser angeblich moderaten Gelehrten ja selbst: Die Gesetze hier sind bindend, weil man sich theologisch betrachtet im Zuge der Einwanderung durch einen Vertrag dazu verpflichtet hat. Aber die *innere Begründung* dieser Gesetze, ihren Ursprung, ihre Logik, ihren *Geist*: das als gläubiger Muslim nachzuvollziehen, ist doch unmöglich. Es ist ein Zugeständnis, wenn man sich an hier geltende Gesetze hält. Mehr nicht. Echte Akzeptanz unserer Werte würde nämlich den Abfall vom Glauben beinhalten.«

Samson hörte, wie einige Gäste zustimmend murmelten.

»Denkt man es zu Ende durch«, fuhr die Brünette fort, »lösen sich die Probleme der hier lebenden Muslime im Grunde genommen alle in genau *einem* Fall in Wohlgefallen auf: Wenn sie hier erst einmal die Mehrheit stellen. Und das dürfte, wenn man den neuesten Berechnungen glauben kann« – sie flocht eine kleine Kunstpause ein –, »um das Jahr 2050 herum der Fall sein.«

»Wissen Sie, was interessant ist?«, erwiderte Samson. »Fast alles, was Sie gerade gesagt haben, hat vor drei Wochen praktisch genauso ein bekannter islamistischer Prediger in der Freitagspredigt in einer Braunschweiger Moschee gesagt.«

»Das überrascht mich nicht«, sagte der Silberhaarige ruhig.

»Nicht?«

»Nein. Denn Islamisten sind ja in dieser Hinsicht nur ehrlicher als die anderen Muslime. Und wir hier sind auch ehrlicher als die meisten unserer Mitbürger. Es liegt doch auf der Hand, dass sich die Demokratie und der Rechtsstaat schwerlich mit dem Koran in Einklang bringen lassen. Osama Bin Laden hat es in einer seiner letzten Reden doch ganz gut ausgedrückt: Demokratie ist die Herrschaft der meisten, nicht die Herrschaft der Besseren. Und selbst wenn alle Menschen einer Meinung wären, würde diese dadurch nicht richtig werden. Denn wollte Gott etwas anderes, wäre es irrelevant.«

»Osama Bin Laden ist und war nie eine religiöse Autorität«, warf Samson ein, einigermaßen verdutzt, dass der Gastgeber offenbar mit Bin Ladens Ansprachen vertraut war. »In fast allen muslimischen Staaten, aber auch hier im Westen, mühen bessere Gelehrte als er sich doch damit ab, eine Brücke zwischen Demokratie und Islam aufzuzeigen, weil sie sicher sind, dass es sie gibt.«

»Diese Männer kennt doch niemand. Die liest auch keiner. Ich für meinen Teil kenne keine andere einzelne Autorität, die für mehr Muslime gesprochen hat, als Osama Bin Laden, als er noch lebte, und jetzt eben die, die ihm nachgefolgt sind«, entgegnete der Gastgeber ruhig. »Wir könnten weite Teile seiner Reden nehmen oder meinetwegen auch die von al-Sawahiri und sie Muslimen vorhalten, ohne den Verfasser zu nennen, und kaum einer würde das von sich weisen. Und warum ist das so? Sehen Sie, in Kreisen etwas vulgärerer Islamkritiker ist es *en vogue*, dem Islam vorzuhalten, er habe keine Reformation durchlebt. Ich halte das für grundfalsch. Denn der Islamismus *ist* die islamische Reformation. Sie ist eben nicht so ausgefallen, wie wir uns das gewünscht hätten. Es geht folglich nur noch darum, eine angemessene Antwort zu finden.«

Samson fiel der fast vollständige Mangel an Aggressivität auf. Es ging zivilisiert zu. *Ein gesitteter Disput.* Und trotzdem war die Atmosphäre ohne Zweifel feindselig, konfrontativ. Er ließ seinen Blick

über die Gesichter der Anwesenden schweifen. Wer waren diese Leute? Stefan und die Brünette waren Juristen, aber die anderen? Ihr Selbstbewusstsein, ihre Bildung, ihr Auftreten – es war klar, dass er es hier vor allem mit Menschen zu tun hatte, die in ihrem Alltag wichtige Positionen bekleideten, Verantwortung trugen und daran gewöhnt waren, entschieden aufzutreten. Zugleich waren sie seltsam beseelt. Wer benutzte denn ernsthaft Begriffe wie *Mahomet* oder *christlich-jüdisches Abendland*? Zwei oder drei Gesichter kamen ihm entfernt bekannt vor, aber Samson war sich nicht sicher. Der Silberhaarige allerdings: Dessen Bild hatte er definitiv mehrfach in der Zeitung gesehen. Aber in welchem Zusammenhang?
Plötzlich fiel es ihm ein: Der Mann mit dem Cäsaren-Haarkranz war Doktor Bodo Sinn, der Berliner Innenstaatssekretär!

Stefan, wo hast du mich da hineingezogen?

Doch bevor Samson weiter nachdenken konnte, ging die Diskussion in die nächste Runde.

»Ich würde gerne noch einen weiteren Aspekt diskutieren«, meldete sich nun ein untersetzter Mann mit Hornbrille zu Wort. »Ich finde, Enzo Graether hat eine faszinierende geschichtliche Dimension angesprochen und sich interessanterweise zugleich in genau dem Moment aus den Fesseln der *political correctness* befreit. Und zwar, als er eine Verbindung zwischen den Muslimen in Deutschland und den Jahrhunderte vor ihnen im Kosovo lebenden Muslimen hergestellt hat. Diese wie jene wollten beziehungsweise wollen die Machtfrage über das Brüten von Nachwuchs entscheiden. Er hat die Muslime in diesem Augenblick einfach als das angesprochen, als das sie sich selber sehen: als *eine* Gemeinschaft, die *Umma* eben, ohne Ansehen der geografischen oder geschichtlichen Grenzen. Und warum auch nicht? Ich gehe noch einen Schritt weiter: Ist es angesichts der Realitäten heute nicht sogar geboten, die Muslime ohne Betrachtung ihrer Staatsangehörigkeiten und ähnlicher artifizieller Konstrukte auch *politisch* als eine Einheit anzusprechen? Sie handeln doch längst danach, jedenfalls die unter ihnen, die überhaupt handeln! Wenn wir das nämlich nicht tun, dann erlauben wir uns zwar den Luxus, ein wunderbar differenziertes Bild von unserem Kontrahenten zu zeichnen. Aber währenddessen handelt unser Kontrahent doch schon längst auf der Grundlage von Strategien, die uns wiederum als Einheit sehen. Welcher Muslim macht denn einen Unterschied zwischen Spanien und Portugal? Zwischen Dänemark und Deutschland? Das ist für die einfach alles islamisches Gebiet, weil es das früher einmal war, oder es soll islamisches Gebiet werden.«

»Aah, ich bin froh«, nahm Sinn den Ball auf, »dass Sie diesen Aspekt angeschnitten haben. Er treibt mich auch um. Ich glaube aber, dass der Schlüssel nicht allein in der Politik liegt oder in der Art und Weise, wie die internationalen Beziehungen gestaltet werden. Diese Apparate und die Politiker, die sie steuern, haben meistens viel zu viel Scheu, die Dinge offen auszusprechen. Sie sind zu *feige*, um es in aller Deutlichkeit zu sagen. Es kommt also umso mehr darauf an, wie der bewusste Teil der Bevölkerung, als dessen *Avantgarde* ich, in aller Bescheidenheit, zum Beispiel unsere Runde sehe, die Dinge versteht – und dann danach *handelt*.«

»Glückliche Schweizer!«, warf die Brünette ein.

»Nein, nicht glücklich – selbstbewusst!«, entgegnete Sinn. »Natürlich ist ein Minarettbauverbot als Symbol wertvoll. Aber vor allem sendet es eine Botschaft aus, in diesem Fall sogar eine Botschaft des Schweizer Volkes: Es gibt keinen moderaten Islam, das haben wir jetzt verstanden – und wir handeln danach. Wir lassen uns nicht unterwandern, wir passen uns nicht an euch an, und schon gar nicht lassen wir uns erobern, um keinen Preis. Denn wo heute gebetet wird, werden morgen Hände abgehackt und Ungläubige gesteinigt! Die Zeit, sich zu wehren, ist längst angebrochen.«

Die Gäste nickten zufrieden.

»Vielleicht sollten wir angesichts des Schweizer Erfolgs und der Burkaverbote in Frankreich und Belgien darüber nachdenken, ob man nicht auch hier …«, fragte der Hornbrillenträger. Doch Sinn fiel ihm freundlich ins Wort: »Werter Herr, Sie wissen doch, dass wir *auf dieser Ebene* keine Aktivitäten diskutieren.«

Samson rang mit sich. Schon eine ganze Weile lang hatte ihn niemand mehr um seine Meinung gebeten. Doch nun, beschloss er, würde er von sich aus etwas sagen. Merkte denn niemand unter den Gästen, wie bizarr es war, dass hier ein Regierungsmitglied Dinge vortrug, für die es aus der Regierung fliegen würde, wenn es sie öffentlich sagen würde? Samson suchte Blickkontakt zu Doktor Sinn. Er spürte nun, dass auch andere Gäste bemerkten, dass er etwas sagen wollte. *Wenn schon, denn schon,* dachte Samson.

»Herr Sinn, Sie sind Staatssekretär. Sie sind Mitglied einer Regierung, die seit Jahren Integrationsbemühungen von Muslimen fordert. Ihre Regierung investiert Geld in die Ausbildung aufgeschlossener Imame. Und jetzt sagen Sie, es gebe gar keinen moderaten Islam? Ich könnte mir vorstellen, dass ein guter Teil Ihrer Wähler sehr verwundert wäre, wenn er erführe, was Sie anscheinend wirklich glauben.«

Das hatte Samson sagen wollen.

Nur dass er so weit nicht kam.

»Herr …« – das war alles, was Samson sagen konnte. Denn bevor er auch nur den Namen des Staatssekretärs aussprechen konnte, fielen ihm drei Gäste gleichzeitig ins Wort: *»Der Kodex!«* – *»Entschuldigung,* aber der *Kodex!«* – *»Kodex!!«*

Samson blickte verwirrt in die Runde. *Der Kodex?*

»Entschuldigung, ich hätte das natürlich eingangs erwähnen sollen«, erklärte der Staatssekretär freundlich lächelnd. »Aber wir nennen unsere Namen hier nicht. Und auch nicht unsere Positionen. Es mag in einigen Fällen eine Illusion sein. Aber wir mögen die Vorstellung, dass wir einander nicht kennen. Dass wir nur hier sind, weil uns die gemeinsame Sorge um die Zukunft und unser gemeinsames Schicksal zusammengeführt hat, und dass wir Gleiche unter Gleichen sind.«

* * *

»Und, wie hat es dir gefallen?«

Ärgerlich warf Samson das Handy in die Ecke. Er hatte keine Lust, Stefan auf die SMS zu antworten. Ganz sicher nicht jetzt, und wahrscheinlich auch nicht morgen.

Auch Merle würde auf einen Rückruf warten müssen.

Es war kurz nach zwei Uhr am Morgen. Samson saß vor einem seiner drei Computer, die er auf einem Tapeziertisch in seinem Büro aufgebaut hatte, wobei Büro ein Euphemismus war, zumindest eine irreführende Bezeichnung, denn Samson hatte lediglich mit ein wenig Verhandlungsgeschick erreicht, dass sein Vermieter ihm gegen einen geringen Aufpreis neben seiner Zweizimmerwohnung im fünften Stock des Altbaus in der Schreinerstraße auch noch einen abgetrennten Teil des Dachbodens überlassen hatte. Der Tapeziertisch stand unter einer Dachschräge, und die drei Monitore schmiegten sich regelrecht an die grobe Vertäfelung. Zwischen den Brettern lugte hier und da gelbe Isolierwolle hervor, asbesthaltig, wie Samson argwöhnte. Es war dennoch ein schöner Raum: 60 Quadratmeter, die durchaus einen Hauch von Loftatmosphäre verströmten, denn die Wand zu Samsons Linker und jene in seinem Rücken bestanden aus rotem Klinkerwerk, und der Blick aus dem kleinen Veluxfenster hatte etwas entschieden Urbanes; *Mitte für Arme*, dachte Samson manchmal. Einen Drehstuhl, einen Fernseher und einige Regale hatte Samson außer den Rechnern heraufgeschleppt. An Fleischerhaken an der Decke hing noch seine Tauchausrüstung. Zur Rechten des Tapeziertisches trennte derweil eine Plastikplane, die auf Dachsparren getackert war, sein Domizil von der anderen Hälfte des Dachbodens, die den Bewohnern des Hauses als Trockenboden zur Verfügung stand.

Faktisch machte niemand davon Gebrauch. Außer Lena natürlich, die in der Wohnung neben seiner wohnte und es daher nicht weit hatte, wenn sie ihre Wäsche hier aufhängen wollte.

Lena war Hebamme und hatte entsprechend exotische Arbeitszeiten. Schon mehr als einmal war es vorgekommen, dass Samson sie, während er nachts noch arbeitete, auf dem Dachboden getroffen hatte, weil sie nebenan ihre frisch gewaschene Wäsche aufhängte. Er vermutete, dass sie gerne nachts Wäsche aufhängte. Oder wenn schon nicht gerne, dann zumindest bevorzugt. Sie redeten dann meistens ein wenig miteinander. Und auch wenn sie ihn, das entnahm er ihren Anspielungen, offenbar für einen Computerspiele-Entwickler oder Internet-Pokerprofi hielt, war Lena stets atemberaubend freundlich. *Richtig nett*, dachte Samson.

Samson hätte nichts dagegen gehabt, wenn Lena in diesem Moment gekommen wäre.

Sie kam aber nicht.

Wahrscheinlich half sie gerade in diesem Moment einer Mutter dabei, ihr Kind zur Welt zu bringen. Das war wenigstens eine unbestreitbar sinnvolle Tätigkeit. Er nahm sich vor, ihr das bei nächster Gelegenheit zu sagen.

»*Und, wie hat es dir gefallen?*«

Es hat mir nicht gefallen! Und ich bin sauer, weil du mein Freund bist. Oder warst? Was weiß ich.

Samson wollte nicht nachdenken. Er hatte sich eine Flasche Whiskey mit hochgenommen, dazu sein Lieblingsglas und ein bisschen Eis. Er würde arbeiten. Sein Blog aktualisieren. So wie immer.

»Wofür brauchst du denn drei Rechner?«, hatte Lena gefragt.

Ich brauche einen, der nicht am Internet hängt und nie hängen wird, aus Sicherheitsgründen. Der ist mein Archiv. Ich brauche einen zweiten für meine nachvollziehbare Existenz: der, über den mein Blog läuft. Er hängt am Internet, aber nur zu diesem einen Zweck, und um von hier aus meine privaten E-Mails zu lesen und so weiter. Der dritte ist der heiße Rechner: Er ist am Netz, aber er ist nicht auffindbar, sollte jemand ihn zurückzuverfolgen versuchen. Und den brauche ich, damit ich *Abu Hakim* sein kann, und *Atiyatallah* und *UmmJusuf1429@yahoo.com* und noch ein paar andere Personen, die allesamt von diesem tapferen kleinen Rechner aus ihr heikles Informations- und Mitteilungsbedürfnis stillen und allerlei Dinge versenden oder herunterladen, wieder hochladen, in Chatrooms posten und an obskure E-Mail-Accounts weiterleiten.

Das oder etwas Ähnliches hätte er Lena antworten können.

»Na ja, ich mache hier ziemlich viel parallel«, hatte er stattdessen gesagt.

Was freilich keine Lüge war.

Eine Nachricht für *UmmJusuf* von *Al_irhaby_al_urubi*: Deine Vermutung, Schwester, ist richtig, die Route über Zahedan ist korrumpiert, aber es gibt einen neuen Weg, über Dubai, morgen mehr, inschah Allah, *so Gott will*.

Ein neues Video auf *istishhadiyeen.com*, diesmal wieder mit Dschihadisten aus Deutschland: »Kommt zu uns, Brüder und Schwestern, kommt in Scharen, wir warten auf euch, und wenn ihr nicht kommen könnt, dann schickt uns Geld!«

Ein neues Kommuniqué von al-Qaida in Nordafrika auf *alma4-sada.net*, dem wichtigsten Schwarzen Brett der weltweiten Bruderschaft der Terrorsympathisanten. Vielleicht sollte er heute darüber bloggen?

»Das Versprechen wird eingehalten werden«: Das wäre die prosaische, wörtliche Übersetzung der Überschrift. Es war aber der Inhalt, der von Bedeutung war. Die al-Qaida-Filiale im Maghreb vollzog in dieser Erklärung ihres Anführers, was Samson schon länger erwartet hatte: eine verklausulierte Anschlagsdrohung gegen Ziele *in Europa*. »Die Mudschahidin akzeptieren keine Grenzen außer jenen zwischen Glauben und Unglauben. Es gibt keine Staaten. Es gibt nur Einflusssphären des Glaubens und solche des Unglaubens, und die Mudschahidin treten in die zweite Sphäre ein, um die erste Sphäre zu vergrößern, mit der Erlaubnis Gottes. Seid aber gewiss, dass die Mudschahidin niemals einen Fußbreit des Gebietes verloren geben, das sie einst beherrschten und mit der Erlaubnis Gottes wieder beherrschen werden.«

Wie hatte die Brünette gesagt? Es komme nicht auf das Handeln, sondern auf das Denken an?

Es dauerte etwa eine Stunde, bis Samson aus der sperrigen Erklärung einen Blog-Eintrag gefertigt hatte, der auch für interessierte Laien verständlich war. Seit drei Jahren betrieb er nun schon www.derkleinejihad.com. Unter seinem echten Namen. Für sich selbst betrachtete er es vor allem als ein Arbeitsjournal, ein Tagebuch des Terrors: Jede Bin-Laden-Rede, jede Sawahiri-Äußerung, jede Predigt von Abu Jahja al-Libi, jedes wichtige Bekennerschreiben zu einem Anschlag wurden zu einem Eintrag. Öffentlich einsehbar waren Samsons kurze Erläuterungstexte mit den wichtigsten Zitaten und einer kleinen Einschätzung. In seinem internen System war aber jeweils das Originalvideo oder die Tonaufnahme angehängt und einige Schlagworte verknüpft, damit er sich bei Bedarf schnell auf Stand bringen konnte. Manchmal schrieb Samson auch über erregte Debatten in den dschihadistischen Internetforen und Chatrooms, in denen er sich unter seinen Tarnidentitäten herumtrieb.

Das Blog hatte aber zusätzlich eine berechnete Funktion nach außen: Es war ein Nachweis seiner Qualifikation. Samson wusste, dass er oft schneller war als die Sicherheitsbehörden – und dass deswegen eine Menge Journalisten zu seinen regelmäßigen Lesern zählten. Und von denen wiederum erhielt er in der Folge Rechercheaufträge. Von einem Blog allein zu leben, war praktisch unmöglich. Aber von Zulieferungen für Zeitungen und Magazine schon – vor allem, wenn man sich den Mangel an Eitelkeit, sprich den Verzicht auf eine Erwähnung in der Autorenzeile, in Euros umrechnen ließ. Samson war es nicht wichtig, dass sein Name irgendwo stand.

Er fügte noch einen Screenshot des al-Qaida-Chefs von Nordafrika ein, dann stellte er seinen Blog-Eintrag online.

Lena war nicht gekommen.

Noch dieses Glas Whiskey austrinken, dann würde er ins Bett gehen.

Samson hatte keine Lust, den Tag noch einmal zu überdenken.
Trotzdem wanderten seine Gedanken wieder zu dem Treffen in Zehlendorf. Er hätte viel deutlicher auftreten müssen, dachte er. Ihnen sagen, was sie waren: eine Horde aufgeblasener Islamhasser. *Mahomet!* Fast hätte Samson gelacht. Auf der anderen Seite: Gab es die Verrückten und Verlogenen etwa nicht, von denen sie gesprochen hatten? Und wurden die etwa nicht immer mehr? *Ja, aber.* Manchmal kam es Samson vor, als bestehe seine ganze Arbeit darin, diesen Satz zu variieren: Ja, alle ihre Vorurteile sind richtig, *aber* … Oder auch: Ja, der Islam ist eine friedliche Religion, *aber* … Ja, aber. Wie hatte der Mann mit der Hornbrille gesagt? Dass es ein Luxus sei, ein differenziertes Bild zu zeichnen? *Was für ein Arschloch.*

Das Whiskeyglas war leer. Samson merkte, dass er angetrunken war. Er merkte es daran, dass die Fragen wiedergekommen waren. *Seit wann bin ich eigentlich so missgelaunt? So misstrauisch? So traurig?* Er wollte gerade seine Rechner herunterfahren, als ein neuerliches Blinken auf dem heißen Monitor seine Aufmerksamkeit zu erregen versuchte. Es signalisierte eine neu eingegangene Chatnachricht. *AbuJaqub* hatte sich gemeldet. Samson korrespondierte bereits seit einem Jahr mit diesem Mann, hinter dem er einen saudischen Dschihadisten in Großbritannien vermutete, einen mit überaus starken Ambitionen, das Schlachtfeld des Dschihad persönlich aufzusuchen; offenbar dachte er dabei an Somalia oder eventuell den Jemen. Doch diese Nachricht betraf etwas anderes: »Bruder: Stimmt es, dass die *Kuffar* einen Mann, der sich als Muslim bezeichnet, in euer Parlament gewählt haben, der Lutfi Latif heißt und unsere Religion beleidigt? *Wallahi,* wir kennen hier solche Typen, und es wäre besser, es gäbe sie nicht, du weißt, was ich meine, denn sie führen die Geschwister in die Irre, was das Schlimmste ist, und Gott weiß es am besten.«

Samson ahnte, was *AbuJaqub* mit seiner Wortmeldung bezweckte. Er wollte austesten, wie die Stimmung war. Denn *AbuJaqub* gehörte zu denen, für die es nicht genug Anschläge und Attentate geben konnte, weil es so viele Feinde gab, und die es daher als ihre Aufgabe betrachteten, die anderen auf Kurs zu halten und ihnen immer wieder einzutrichtern, dass sie aktiv werden sollten. Samson hielt sich *AbuJaqub* bewusst warm, denn der Saudi war extrem gut vernetzt. Er sprach außer Arabisch und Englisch auch Urdu, weil er offenbar eine Zeit lang mit seiner Familie in Pakistan gelebt hatte. *AbuJaqub* wusste oft von irgendwelchen Anschlagsplanungen im Anfangsstadium, was ihn als Quelle sehr wertvoll machte, denn er verriet zwar nie Details, aber seine Andeutungen, womit zu rechnen sein könnte, waren schon mehr als einmal wahr geworden.

Samson fluchte. *Morgen,* dachte er, *ich kann nicht mehr.*

Aber er wusste, er würde antworten müssen, und seine Antwort musste überzeugend klingen. Nicht nach Samson. Sondern nach *Saif-ul-Jeehad,* dem Dschihadisten aus Deutschland, von dem *AbuJaqub* seinerseits glaubte, er sei zu allem entschlossen.

»Bruder«, tippte Samson langsam auf seiner mit lateinischen und arabischen Buchstaben doppelt belegten Tastatur, »wir können über dieses Thema nicht reden. Es ist besser so. Du wirst von mir hören. Und von diesem *Kafir,* möge Gott ihn strafen, auch. Bete das Bittgebet für mich, Bruder. Es ist gut, wenn jeder von uns weiß, was er zu tun hat.«

Das dürfte für den Moment genügen. Samson packte zusammen, kletterte die schmale Holztreppe hinunter, die zum Dachboden führte, und schloss die Tür zu seiner Wohnung auf. Zehn Minuten später lag er im Bett. War es ein gutes Zeichen, dass es ihm manchmal, heute zum Beispiel, doch noch zu schaffen machte, wenn das Letzte, was er am Tag tat, ein Gespräch mit einem Terroristen war? Dass er sich dreckig fühlte? Samson fand keine Antwort.

***

Ansgar Dengelow fühlte sich alt, weil es ihm Mühe machte, noch einmal aufzustehen. Das war noch nicht lange so; früher wäre er bereitwillig, ja froh aus dem Bett gesprungen. Sein Wecker verkündete in blauen Ziffern, dass es 2:04 Uhr am Morgen war. Ansgar Dengelow stöhnte. Aber er würde die SMS lesen müssen, er war Fahnder beim Bundeskriminalamt, er war V-Mann-Führer, er war auf gewisse Weise immer im Dienst, und das vibrierende Ding auf dem Sofa war sein Diensthandy.

»Weissenthal ist sauber, er hat keinen Stoff«, las er.

Schade, dachte Dengelow. Aber egal. Trotzdem ein guter Mann. Seit ich Munir die Liste gegeben habe, hat er drei Sprengstoffdealer überführt. Und nicht jeder, der online komische Chemikalien bestellt, muss einer sein, das wussten wir ja vorher. Wenn Munir es nicht schafft, jemandem sein Selbstgekochtes abzukaufen, dann spricht alles dafür, dass derjenige wirklich nichts hat. In Gedanken strich Dengelow den Namen Weissenthal von seiner Liste. Blieben noch drei oder vier potenzielle Sprengstoffdealer. In ein paar Tagen würde Munir die Liste abgearbeitet haben. Dann würde Dengelow seinen Bericht verfertigen, und wer weiß, vielleicht würde es eine Pressekonferenz geben oder Dengelow ein paar freundliche Worte vom Präsidenten zu hören bekommen. Sein V-Mann natürlich nicht, aber das war das Los dieser merkwürdigen Sorte Menschen.

Dengelow ging wieder ins Bett und schlief sofort ein.

IV

Es war Montagmorgen um drei Minuten nach neun, als Sumaya klar wurde, dass ihr der erste Fehler an ihrem ersten Arbeitstag schon unterlaufen war, bevor sie auch nur einen Schritt in das Abgeordnetenbüro von Lutfi Latif getan hatte, das im 4. Stock des Jakob-Kaiser-Hauses lag, einem jener Beton-und-Glas-Parlamentsgebäude in der Umgebung des Reichstags zwischen Brandenburger Tor und Spree. Denn natürlich hätte sie den *Globus* lesen müssen, bevor sie ins Büro kam. Wie hatte sie nur das ganze Wochenende über nicht daran denken können? Spätestens heute Morgen hätte sie den *Globus* beim Frühstück lesen müssen. Es hätte sogar gereicht, wenn sie heute Morgen *Deutschlandradio* gehört oder das *Morgenmagazin* im Fernsehen angeschaut hätte. Oder auf dem Weg von Kreuzberg ins Regierungsviertel eine Zeitung gelesen hätte, *irgendeine* Zeitung.

Stattdessen hatte sie auf dem knapp über eine halbe Stunde dauernden Weg fasziniert beobachtet, wie sehr die Stadt sich über eine so kurze Distanz veränderte. In genau dem Maße, in dem die kleinen Blumenläden, Stehimbisse und Kioske weniger wurden, wuchs entlang der Fahrstrecke nach Mitte die Zahl der reinen Zweckbauten, auf die ihr Blick aus dem Busfenster fiel. Zugleich wurde die Stadt grauer, glasiger, höher. Und wie um ein heimliches kosmisches Gleichgewicht zu bewahren, änderte sich parallel die Komposition der Fahrgäste um sie herum. Die Kinderwagen wurden von Haltestelle zu Haltestelle weniger, die Gesichter weißer, das Make-up dezenter, und der Anteil von Menschen in Anzug oder Businesskostüm stieg von null auf fünfundsiebzig Prozent. Auf dem anschließenden Fußweg, den Sumaya von der Haltestelle in der Kochstraße aus noch zu bewältigen hatte, steigerte er sich dann noch weiter, jedenfalls wenn man die wenigen frühen Touristen abzog.

Ihr Weg führte sie ein paar Hundert Meter über den Boulevard Unter den Linden, bis sie zwei Ecken hinter dem Café Einstein rechts einbiegen musste. Dort fand sie irgendwo zwischen dem Restaurant Margaux, der Parlamentsbuchhandlung und dem Feinkostgeschäft Butter Lindner den Eingang zum Jakob-Kaiser-Haus, der auf dem Zettel vermerkt war, den ihr die Bundestagsverwaltung zugestellt hatte. Anzüge und Aktentaschen, *das* war ihr aufgefallen. Aber eine Zeitung hatte sie nicht gelesen. Und so wussten alle Anwesenden längst Bescheid, als sie das Büro betrat. Nur Sumaya nicht. *Sumaya, die Anfängerin.*

»Das ist nicht gerade ein optimaler Anfang«, sagte Lutfi Latif, Gott sei Dank an Munkelmann gerichtet, wie Sumaya bemerkte, während er parallel einem Handwerker zeigte, wo er die gerahmte Weltkarte aufhängen sollte. Das Büro bestand aus drei erstaunlich kleinen Räumen, die durch offen stehende Türen miteinander verbunden waren. Nur der erste hatte eine Tür zum Flur. Überall standen halb ausgepackte Kartons an den Wänden. Auf den drei hellbraunen Schreibtischen waren noch nicht angeschlossene Rechner, Faxgeräte und Telefone verstreut, die Kabel über dem Boden baumelnd. Die Regale waren leer.

»Ja, das kann man wohl sagen«, bekräftigte Munkelmann sachlich, der an einem Laptop auf seinem Schoß hantierte.

»Wissen Sie, wieso der *Globus* uns vorher nicht angerufen und um einen Kommentar gebeten hat?«

»Keine Ahnung. Ich weiß nur, dass Frau Schwalb für ihre Drähte ins BKA bekannt ist«, antwortete Munkelmann. »Vermutlich war sie sich sicher genug.«

»Gab es schon Presseanfragen?«

Munkelmann zog einen Zettel aus der Innentasche seines Jacketts. »*Generalanzeiger, Tagespost, Weltbild.*«

»Gut, wir wollen uns nicht verrückt machen lassen. Aber natürlich wird unser Einstieg dadurch etwas chaotischer. Wir müssen uns überlegen, wie wir darauf reagieren.« Lutfi Latif seufzte und wandte sich zur Seite. »Ich fürchte, *Habibti,* wir können uns frühestens am Abend wiedersehen.«

»Ach, das ist jetzt nicht das größte Problem«, antwortete Fadia Latif. Die Ehefrau des Abgeordneten saß auf dem mittleren der drei Schreibtische, ein Bein unter das andere geklemmt. Neben ihr stand ein kleiner Pappkarton mit Kaffeebechern und Frischkäse-Bagels, die sie zum Einstand mitgebracht hatte. Sumaya fand, dass sie ausgesprochen hübsch war. Zwar war Fadia Latif weder so groß, noch so breitschultrig. Aber es war keineswegs absurd, wenn die *Bunte* oder *Gala* sie »die deutsche Michelle Obama« nannten. Sie war elegant gekleidet und kam Sumaya sehr selbstbewusst vor. Zugleich haftete ihr etwas Mädchenhaftes an. Ihre schwarzen Haare waren kaum

schulterlang geschnitten. Ihre Fingernägel trug Fadia Latif kurz. Ihre Augenbrauen waren nicht gezupft. Sie war ungeschminkt. Sumaya fand sie sehr sympathisch.

Anmutig kletterte Fadia Latif von dem Schreibtisch.

»Ich wünsche Ihnen trotz der Aufregung allen einen schönen ersten Tag!«, sagte sie in die Runde und lächelte Munkelmann, Sumaya und dem Handwerker zu. »Ich wollte ohnehin nur mal schnell schauen, wie es an dem Ort aussieht, an dem mein Mann nun einen Großteil seiner Zeit verbringen wird!«

Fadia Latif ging zu dem Abgeordneten, gab ihm einen Wangenkuss, winkte noch einmal von der Tür aus und verließ dann das Büro. Sumaya sah ihr nach. *Habibti*. Obwohl sie noch immer wütend auf sich selbst war, musste Sumaya lächeln. *Mein Liebling*. So nannte ihr Vater sie. Fadi und ihre Tante natürlich auch. Und wenn es auch nicht ihr gegolten hatte, fühlte es sich dennoch gut an, an einem Ort zu sein, an dem dieses Wort einen Platz hatte.

Dann klatschte Lutfi Latif in die Hände.

»Cord, Sumaya, ich schlage vor, wir legen einfach mal los. Sumaya, wollen Sie sich vielleicht das ganze Material anschauen und mir danach einen Vorschlag machen, wie wir damit gegenüber der Presse umgehen?«, fragte er.

»Natürlich, gerne«, antwortete Sumaya ohne nachzudenken.

»Cord, geben Sie Sumaya dann bitte die Unterlagen? Und anschließend gehen wir beide die Termine der nächsten Tage durch, ja? Und dann ist da noch etwas Papierkram wegen des Büros zu erledigen, oder?«

Sumayas Kollege nickte und ging in das erste, an der Tür zum

Flur gelegene Büro, wo er eine lederne Aktenmappe öffnete. Sumaya sah auf ihre Armbanduhr. Es war 9 Uhr 33. Sie hatte soeben ihren ersten Auftrag erhalten. Nur dass sie noch immer keine Ahnung hatte, worum es eigentlich ging. Das musste sie so schnell wie möglich in Erfahrung bringen. Sie folgte Munkelmann mit etwas Abstand. Als sie sicher war, dass Lutfi Latif wieder mit dem Handwerker zu tun hatte, sprach sie ihren Kollegen an.

»Entschuldigung, guten Morgen, ich weiß, das ist etwas blöd als allererste Frage. Aber wissen Sie vielleicht, wo ich die Toiletten finden kann?«

Munkelmann sah auf, wirkte kurz irritiert, grinste dann aber.
»Guten Morgen. Ja, klar. Sie gehen einfach raus, halten sich rechts, und dann müssen sie nur noch an drei oder vier anderen Büros vorbei. – Ich bin übrigens Cord«, ergänzte er nach einer kurzen Pause.

»Sumaya«, sagte Sumaya, und reichte ihm die Hand. »Ich bin Sumaya. Ich gehe dann mal schnell … Vielleicht können wir uns ja später noch ein bisschen in Ruhe unterhalten?«

»Ja, gerne«, sagte Munkelmann.

Sumaya befahl sich, die Situation nicht peinlich zu finden, während sie aus dem Büro eilte. Glücklicherweise hatte sie schon auf dem Weg ins Büro festgestellt, dass im Jakob-Kaiser-Haus auf vielen der Wartetischchen in den Gängen und Fluren Exemplare der wichtigsten Zeitungen auslagen, außerdem von *Globus*, *Argus* und *Spiegel*. Sie fand einen dieser Tische, griff sich den *Globus* und begann zu suchen. Es dauerte nicht lange, bis sie fündig wurde. Die Meldung stand auf einer der ersten Seiten des Magazins. »Im Visier von Extremisten« lautete die Überschrift. Neben dem Text prangte ein Foto von Lutfi Latif. Sumaya las, so schnell sie konnte.

Der Bundestagsabgeordnete Lutfi Latif (Grüne) wird nur drei Wochen nach seiner Wahl in den Bundestag von islamistischen Extremisten mit dem Tode bedroht. Entsprechende E-Mails, Briefe und Postkarten liegen dem Bundeskriminalamt (BKA) vor, das für den Schutz der Bundestagsabgeordneten zuständig ist. Die meisten der Zuschriften sind offenbar anonym. Einige ließen sich aber dem Umfeld sogenannter islamistischer Gefährder zuordnen, heißt es in Sicherheitskreisen. BKA, Verfassungsschutz und Bundesnachrichtendienst werten die Schmähschriften gemeinsam aus. Die

Radikalen werfen Latif unter anderem vor, dass er die in Deutschland lebenden Muslime im Wahlkampf wiederholt zu mehr demokratischem und gesellschaftlichem Engagement aufgerufen hatte. In einer der E-Mails heißt es: »Es ist kein Geheimnis, dass du von den Kuffar bezahlt wirst, um die Spaltung und Schwächung der Umma voranzutreiben, und das kommt einem Todesurteil für dich gleich.« Die Sicherheitsbehörden nehmen die Zusendungen ernst. »Wir halten das für bedrohlich«, sagt ein hochrangiger Beamter. »Wir wissen, dass es Islamisten in diesem Land gibt, die so etwas umsetzen würden, wenn sie die Gelegenheit dazu bekommen.«

Lutfi Latif, gebürtiger Ägypter mit deutscher Staatsangehörigkeit, gilt auch über die Grenzen Deutschlands hinaus als Vordenker einer zeitgemäßen Islam-Interpretation, in der er gesellschaftliches Engagement und persönliche Gläubigkeit zu versöhnen versucht. Verschiedene Anführer des Terrornetzwerks al-Qaida haben den Berliner bereits als »Gefahr für den Islam« gebrandmarkt.

Sumaya fiel das merkwürdige Ende ihres Vorstellungsgesprächs in der Vorwoche ein. »Wieder der Mann vom BKA«, hatte Munkelmann dem Abgeordneten zugeflüstert. Sicher war es da schon um diese Drohungen gegangen. Nun waren sie öffentlich geworden. Sumaya erschauderte. *Wir halten das für bedrohlich.* Als sie wieder im Büro war, telefonierten sowohl Lutfi Latif als auch Cord auf ihren Handys. Sumaya entschied kurzerhand, dass es gewiss keinen Ärger geben würde, wenn sie sich einfach an den Schreibtisch im kleinsten und am weitesten hinten liegenden Raum setzen würde. Kaum hatte sie sich auf dem Drehstuhl niedergelassen, kam Munkelmann auf sie zu.

»Hier, bitte schön!«, sagte er und hielt ihr einen dicken Umschlag hin.

»Danke«, antwortete Sumaya. »Das ist wirklich ein heftiger Anfang, oder?«

»Ja, schon«, sagte Munkelmann. »Aber ich schätze, irgendwie war auch klar, dass einer vom BKA das früher oder später durchstechen würde.«

»Durchstechen?«

»Weitergeben, an die Presse.«

»Ach so.«

»Na dann bis später«, sagte Munkelmann und entfernte sich wieder.

Wie schnell auf einmal alles geht, dachte Sumaya, während sie den Umschlag öffnete. Sie hatte das Wochenende zwar voller Vorfreude auf ihren Job verbracht, aber ohne jede ernsthafte Vorbereitung, wie ihr immer deutlicher bewusst wurde.

Stattdessen hatte sie am Samstag lange ausgeschlafen, war danach am Kanalufer joggen gegangen und hatte den ganzen Abend mit Mina auf dem Balkon gesessen. Am Sonntag hatte sie Fadi in seinem Internetcafé im Kreuzberger Graefekiez besucht und anschließend fast den ganzen Tag mit ihm verbracht. Sie mochte es, mit einem beiläufigen Winken durch die scheppernde Tür zu treten, sich eine Fanta aus dem Kühlregal zu nehmen und sich still neben Fadi zu setzen, der von einem schlichten weißen Tisch aus, auf dem eine Kasse und ein großer Rechner standen, seinen Kunden ihre Sitzplätze an den mit Sichtblenden voneinander getrennten Computernischen zuwies. Kannte er seinen Kunden, reichte ihm dazu ein Nicken. Kannte er ihn nicht, fragte er schlicht: »Internet?« Lautete die Antwort Ja, nannte er die Nummer desjenigen Rechners, den er aus unerfindlichen und nicht zu hinterfragenden Gründen diesem Kunden zugeteilt hatte.

Fadi war der Ansicht, dass die Kunden länger blieben, wenn er »vernünftige Musik« spielte. Deshalb verlangte ihm seine Playlist, die er an seinem mächtigen Rechner verwaltete, entsprechende Konzentration ab. Sumaya hatte sich nie richtig für arabische Popmusik begeistern können, Fadi aber kannte sich aus in dem Universum aus libanesischen Hip-Hop-Bands, algerischen Rappern und irakischen Newcomer-Bands. Die meisten Kunden waren freilich Jugendliche, die an ihren Stammplätzen saßen und mit aufgezogenen Kopfhörern in Computerspielen gegeneinander antraten. Ob sie die Musik wahrnahmen, blieb ihr Geheimnis.

Sumaya wusste, dass an den Wochenenden meistens Fadis einziger Mitarbeiter, ein Deutsch-Türke namens Metin, das Internetcafé gegen Mittag übernahm und führte, bis er es gegen Mitternacht schloss.

»Metin kommt in fünf Minuten, *inschah Allah*«, grinste Fadi und begrüßte seine Cousine mit mehreren Küssen auf beide Wangen.

Metin war in der Tat pünktlich.

»Wir gehen Fußball spielen«, verkündete Fadi, als er kurz darauf mit Sumaya das »1001 Nacht Internet-Paradies« verließ.

»Cool«, sagte Sumaya.

Gemeinsam liefen sie zu dem kleinen Sportplatz in der Nähe seiner Wohnung, wo Fadi mit einem guten Dutzend Jungen aus dem Irak an jedem Sonntag Fußball spielte.

Fadi war ein Jahr älter als Sumaya. Sein Vater und ihre Mutter, die bei einem Autounfall ums Leben gekommen war, als Sumaya drei Jahre alt war, waren Geschwister gewesen. Fadi war für Sumaya, die Einzelkind war, im Grunde ein Bruder. Abgesehen davon, dass er ihr bester Freund war. Sie bewunderte ihn aus mehr als einem Grund. Dass er im Gegensatz zu ihr Arabisch genauso gut sprach wie Deutsch, war nur einer. Aber er war in Berlin aufgewachsen, mehr oder weniger unter Arabern, während sie in der Provinz gelebt hatte, mit einem Vater, der als Arzt großen Wert auf sein nahezu und ihr absolut perfektes Deutsch gelegt hatte. Sie bewunderte Fadi aber auch dafür, dass er selten unnütze Worte machte und niemals faule Kompromisse, weswegen seine Meinung für sie sehr wichtig war.

Vor allem jedoch liebte sie ihren Cousin, weil er das absolute Gehör für alle hatte, die Sorgen mit sich herumtrugen. Fadi war groß und Fitness-Studio-gestählt; er konnte Furcht einflößend wirken, wenn er wollte. Und wenn er auch in vielen Bereichen keineswegs sanft war, in geschäftlichen Dingen etwa, kannte Sumaya niemanden, wirklich niemanden, den das Leid anderer so anrührte wie ihren Cousin. Aus einem Grund, den sie nicht kannte, erstreckte sich seine Empathie allerdings nicht auf Tiere. Fadi hasste Tiere geradezu und konnte nicht einmal einen Welpen niedlich finden. Jeder, dachte sie für sich, hat wahrscheinlich mindestens eine unerklärliche Macke.

Vor ein paar Monaten hatte Fadi festgestellt, dass immer mehr irakische Flüchtlingskinder in seinem Internetcafé aufgetaucht waren. Die Libanesen und die Palästinenser sprachen kaum mit ihnen, die Türken sowieso nicht. Aber Fadi sehr wohl. Er wollte alles über sie wissen. Und er begann, sie nach Hause zu begleiten, er hörte sich ihre Geschichten und die ihrer Eltern an. Es waren meistens schlimme Geschichten, in denen gefolterte Verwandte, Bohrmaschinen,

Nägel und Bomben eine große Rolle spielten. Fadi aß mit ihnen, er fluchte mit ihnen und weinte mit ihnen. Einige der Geschichten hatte er später Sumaya erzählt, auf ihrem Balkon sitzend, wütend und aufgekratzt. *Susu, es ist eine Schande, glaub mir, haram!*

Und im Frühjahr hatte er begonnen, mit den Jungs Fußball zu spielen.

»Wieso machst du das eigentlich?«, fragte Sumaya ihn, als sie den Platz am Kottbusser Tor überquerten.

»Was meinst du?«

»Mit den Irakern Fußball spielen?«

»Weil ich gerne Fußball spiele.«

»Aber du hast doch eigene Freunde, und die sind auch verrückt nach Fußball. Wieso spielst du nicht mit denen? Wieso gerade mit den irakischen Jungs?«

»Das sind doch auch meine Freunde.«

Fadi war einige Jahre älter als die Jungs, die am Sportplatz schon auf ihn warteten und denen die Freude ins Gesicht geschrieben stand, als er mit Sumaya in ihr Blickfeld geriet. Die jüngeren rannten gleich auf ihn zu, die älteren lächelten und nickten ihm zu, und sie alle behandelten ihn wie einen großen Bruder, der nur ab und zu für sie Zeit hatte. Sie begannen sofort zu kicken, und Sumaya beobachtete von der Seitenlinie aus, wie die Jungs darauf erpicht waren, Fadi zu beeindrucken und so viel von seiner Aufmerksamkeit abzubekommen wie möglich. Als er sie lachend aufs Spielfeld winkte, kickte Sumaya sogar ein bisschen mit. Als sie vom Laufen außer Atem war, stellte sie sich als Torhüterin zur Verfügung. Sie beobachtete Fadi, der voll in dem Spiel aufging und ganz offensichtlich an nichts anderes dachte. Sie war stolz auf ihren Cousin.

Nach dem Spiel hatte Sumaya ihren Cousin zum Essen zu sich nach Hause mitgenommen. Sie hatte alles schon am Vormittag vorbereitet. Die Auberginen halbiert und im Ofen so lange gebacken, bis sie das weich gewordene Innere mit einem Löffel herausschaben konnte. Sie hatte es mit gehacktem Lammfleisch und Tomaten gemischt, mit *Biharat* gewürzt und dann noch geröstete Pinienkerne dazugegeben und alles in die Auberginenhälften gefüllt. Es war ein Gericht, das man auch lauwarm essen konnte, und sie hatte es darum einfach im Ofen stehen lassen. Ihre Tante Lubna hatte das Gericht ein paarmal mit ihr zusammen gekocht. Sie wusste, dass es in Berlin niemals so schmecken würde wie in Ramallah. Aber zumindest rein äußerlich war sie mit dem Produkt zufrieden, und das kleine Stück, das sie zuvor probiert hatte, hatte ihr jedenfalls geschmeckt.

»Du kochst echt abgefahren«, sagte Fadi, nachdem er einen Bissen genommen hatte, »aber ich liebe dich trotzdem.«

Er lachte. Sumaya lachte auch. Hatten sie überhaupt über ihren neuen Job gesprochen? Doch, in Andeutungen.

»Du bist nervös, *Habibti*, oder?«

»Ja.«

»Keine Angst, Susu. Du wirst schon wissen, was zu tun ist.«

»Ich hoffe.«

»Hör mal, ich bin stolz auf dich. Auch wenn ich ein paar Sachen etwas anders sehe als dein Chef.«

Und nun war es so weit. Langsam zog Sumaya einen Stapel DIN-A4-Blätter aus dem Umschlag. Sie las die erste Zuschrift, und ihr wurde klar, dass ihr eine Reise in das Reich der Finsternis bevorstand.

Du bist der Schlimmste der munafiqun, der Heuchler, du gibst dich als Gläubigen aus, aber dein Ziel ist die Erniedrigung des Islam. Du benutzt die Sprache der Feinde Gottes und du suchst ihre Gesellschaft, und deshalb bist du einer von ihnen. Du kriechst vor ihnen!!! Es wäre besser wenn du bekämpfst die Gläubigen offen, aber es macht nichts, es weiß auch so jeder, dass du ein Geschwür bist, und ich hoffe, dass Allah subhana wa taala deine Gedärme auf den Boden schmeißen wird. Und ich bin nicht alleine, alle denken so und deine Schande und dein Verbrechen wird bestraft werden.

Was war das? War das eine Morddrohung? Oder wünschte sich jemand bloß, den Abgeordneten tot zu sehen? Gab es da überhaupt einen Unterschied? Sumaya las die E-Mail langsam noch einmal durch. Sie schloss die Augen und versuchte, sich den Verfasser vorzustellen. Zunächst geschah gar nichts. Aber dann formte sich vor ihrem geistigen Auge ein Bild. Sie sah einen etwa dreißigjährigen Mann, der eine khakifarbene bodenlange *Dschalabija* trug. Er hatte funkelnde dunkle Augen und einen etwa faustlangen tiefschwarzen Bart. Wütend drosch der Mann auf eine abgenutzte Tastatur ein.

Wir halten das für bedrohlich.

Dann nahm sie sich die zweite E-Mail vor.

Es gibt kein größeres Vergehen, als sich auf die Seite des Taghut zu schlagen, und wenn du auch nur etwas über deinen Din weißt, dann weißt du genau, wie das Urteil für dich lautet. Du bist ein Murtadd. Und sie sind wie eine Krankheit und verbreiten Fitna. Und es wird jemand kommen, du wirst Besuch bekommen, verlasse dich dadrauf! Das wird gar nicht lange dauern.

Wieder versuchte sie, sich den Absender auszumalen. Hatte es etwas zu bedeuten, dass er zahlreiche religiöse Begriffe verwendete? *Din, Taghut, Murtadd, Fitna* … Offensichtlich war es jemand, der sich intensiv mit islamischer Theologie beschäftigt hatte: *Glaubenspraxis, Tyrann, Apostat, Zwietracht* … Trotzdem erschien vor ihrem geistigen Auge dasselbe Bild wie zuvor: ein zorniger Mann mit einem Fusselbart.

Sumaya schüttelte unwillkürlich den Kopf, wie um das Bild zu vertreiben. Woher war es überhaupt gekommen? Konnte es sein, dass sie, ausgerechnet sie, dieselben Klischees im Kopf hatte wie all die anderen, über die sie sich immer so empörte? Sie wusste es doch besser. Oder etwa nicht? Was war denn bedrohlich an einem Bart? Einem Gewand? Sie hatte zahllose solcher Männer gesehen, die friedliebend und freundlich waren. Als sie mit ihrem Vater in Damaskus gewesen war zum Beispiel oder mit Fadi in Beirut oder bei ihrer Tante in Ramallah. Wieso also musste sie nur ein paar Sätze hasserfüllter Drohungen lesen, die mit islamischem Vokabular gespickt waren, damit sich diese Menschen vor ihrem geistigen Auge in Karikaturen verwandelten, so als habe jeder von ihnen einen blutrünstigen Zwilling, der nur herausgekitzelt zu werden brauchte? Auch in ihren Kopf, stellte Sumaya fest, hatte sich anscheinend eingefräst, wie ein *Islamist*, ein *islamischer Extremist*, ein *Dschihadist*, ein *Mudschahid*, ein *Gotteskrieger* auszusehen hatte.

Andererseits, dachte Sumaya, habe ich mir dieses Bild aber doch auch nicht ausgedacht. Sehen die *Bösen* denn etwa nicht genau so aus? Die Bombenleger am Hindukusch im *Auslandsjournal*, die Angeklagten aus dem Terrorprozess in der *Tagesschau*, die Terroristen in ihren Rekrutierungsvideos aus Waziristan auf *ArgusOnline*? *Ich lese und ich sehe Bilder*, dachte Sumaya, *und die Bilder, die ich sehe, sind die, die man mir gezeigt hat, bevor ich überhaupt mit dem Lesen anfing.* Sie war sich nicht sicher, ob das eine wichtige Erkenntnis oder eine völlig banale Aussage war. Aber sie beschloss, analytischer vorzugehen. Nicht mehr nach Bildern zu suchen. Sondern nach Fakten, aus denen man etwas ableiten konnte.

***

Montags war Großkampftag beim *Globus,* das allwöchentliche Jüngste Gericht, der Tag, an dem Lob verteilt und zurückgenommen wurde, an dem Karrieren neue Knospen trieben oder verödeten. Oft war es am besten, wenn man selbst oder die eigene Geschichte gar kein Thema auf einer der zahlreichen Konferenzen des Tages war. Gar nicht erst zu erscheinen, das war an einem Montag indes keine Option.

Die große Konferenz, auch Inquisition genannt, fand stets im obersten Stockwerk des *Globus*-Gebäudes statt, einem kleinen Hochhaus an der Friedrichstraße, das eigentlich einmal ein Hotel hatte werden sollen. Allerdings hatten die Investoren irgendwann den Glauben an ihr Konzept verloren. Die Geschäftsführung des Magazins hatte den Rohbau übernommen, der zu diesem Zeitpunkt unfertig genug gewesen war, um den eigenen Bedürfnissen angepasst werden zu können, zu denen unter anderem der große Saal gezählt hatte, in dem Merle Schwalb nun, eingezwängt zwischen anderen *Gedöns*-Redakteuren, in der zweiten Stuhlreihe saß, die sich um den mächtigen Konferenztisch gebildet hatte. In der ersten Reihe saßen Ressortleiter, Star-Redakteure, besonders Mutige oder besonders Ahnungslose und ab und an ein Angeklagter. Die zweite Reihe gehörte dem Fußvolk. Die übrigen Sitzplätze auf den Holzpaneelen über den Heizkörpern teilten sich Praktikanten, Volontäre und Hospitanten.

Der riesige Tisch im Zentrum des Raumes war unregelmäßig oval geschnitten, zu einer Seite hin verjüngte er sich, sodass an diesem Ende nur Platz für genau eine Person war: und zwar für Adela von Steinwald, die allmächtige Besitzerin und Herausgeberin des *Globus,* so allmächtig, dass Chefredakteure an ihrer Seite kaum je mehr waren als Chefsekretäre. In ihrer Abwesenheit hieß Adela von

Steinwald nur »das dritte Geschlecht«, denn es wurde kolportiert, dass sie dem Betriebsrat, als er es wagte, sich über den Mangel an Frauen in Führungspositionen zu beklagen, entgegnet hatte: »Ich kenne überhaupt keine Geschlechter. Ich kenne nur eines, nämlich meins.«

Selbstverständlich hatte sie sich auf ihre illustre Familie bezogen. Aber ebenso selbstverständlich hatte sie sich damit einen bleibenden Spitznamen eingehandelt. Ob die Chefin ihn kannte, war unklar. In jedem Fall aber passte er zu einer der wenigen Traditionen, die der *Globus* seit seiner Gründung im Jahr nach der Wiedervereinigung entwickelt hatte. Es war eine verbreitete Marotte unter den Mitarbeitern, mehr oder weniger lustige Spottnamen für Redaktionsinterna und Personen zu erfinden und zu verwenden. Diese Tradition fügte sich in den generellen Stil der freundschaftlichen Gehässigkeit, der bei dem Blatt gepflegt wurde, sodass zum Beispiel oft nicht klar war, ob ein bestimmter Spitzname Anerkennung oder Geringschätzung transportieren sollte.

Wahrscheinlich, dachte Merle Schwalb, während sie den Blick über die versammelten Kollegen schweifen ließ und die Namen im Kopf durchging, ist das beabsichtigt. Kaskaden-Klaus zum Beispiel: der mehrfach preisgekrönte Chefreporter Klaus-Dieter Krien, bekannt für seine virtuosen, absatzlangen Sätze. Oder Heli-Geli: Angelika Jorgens, die sich um Verteidigungspolitik und die Beziehungen zur Bundeswehr kümmerte. Nur bei den Drei Fragezeichen war klar, dass es sich um eine Auszeichnung handelte. Arno Erlinger, Frederick Rieffen und Lars Kampen bildeten die ressortübergreifende Spezialeinheit für investigative Recherche. Die drei Männer, allesamt erst in den Dreißigern, standen in dem Ruf, dass kaum ein Geheimnis vor ihnen sicher war. Heute Berlin, morgen Moskau, übermorgen Monte Carlo, quasi jede Woche eine exklusive Geschichte im Blatt – und kaum je wusste ein normalsterblicher Redakteur vorab, woran die drei arbeiteten, die sich einen eigenen kleinen Seitenflügel teilten, wo es den Gerüchten zufolge einen Hochleistungsscanner zum Einlesen der Unmenge von vertraulichen Dokumenten gab, die die Drei Fragezeichen regelmäßig heranschafften.

Das dritte Geschlecht wiederum stand zu Recht in dem Ruf, dass sie keine Freundin langer Worte war. Pünktlich wie ein Uhrwerk griff sie in diesem Moment zu der bronzenen Glocke vor sich auf dem Tisch und läutete die Inquisition ein: »Ordentliches Heft diese Woche. Danke Ihnen allen. Na ja, fast allen.«

Merle Schwalb bemerkte, wie etliche ihrer Kollegen sich ob dieser Worte in eine entspanntere Sitzhaltung begaben. Das war ein ausgesprochen milder Auftakt. Es folgte die Generalkritik an der aktuellen Ausgabe, deren Titelgeschichte sich mit dem Tierschutz beschäftigt hatte. Die Ressortleiter ergriffen als Erste das Wort, danach kamen einfache Redakteure an die Reihe, wenn sie etwas anbringen wollten. Es blieb an diesem Vormittag einigermaßen harmonisch. Kein großer Auftritt. Kein Versuch, einen Kollegen oder eine Kollegin zu meucheln. Nur vereinzelte und sorgsam versteckte Spitzen.

Schließlich ging es an die Planung des nächsten Hefts. Nach einer Weile hob Arno Erlinger, der inoffizielle Chef der Drei Fragezeichen, die Hand. Lässig in seinem Sessel sitzend, ergriff der Zweimetermann auf ein Kopfnicken der Chefin hin das Wort: »Ich finde, wir sollten die Meldung über die Drohungen gegen Lutfi Latif zum Anlass nehmen, noch mal auf zwei oder drei Seiten der Frage nachzugehen, was militante Islamisten hierzulande so alles treiben. Wir sitzen da auf ein paar Papieren, die ganz gut reinpassen würden. Brisantes Zeug. Da dürfte noch einiges auf uns zukommen.«

»Idee ist gut«, sagte das dritte Geschlecht. »Wo würde das laufen?«

Merle Schwalb hoffte inständig, dass Henk Lauter sich melden würde, ihr Ressortleiter. Denn das würde so gut wie sicher bedeuten, dass die Aufgabe an sie gehen würde. Unter anderen zumindest. Sie blickte den hageren Mann an. Aber Henk polierte seine Brille. Er hatte zugehört und nickte, aber er reklamierte das Thema nicht für sich.

»Niemand?«, fragte das dritte Geschlecht mit einem Anflug von Strenge in der Stimme.

»Sie wissen doch, wir übernehmen jeden Fall«, sagte Erlinger lächelnd.

»Arbeitstitel, Arbeitshypothese?«, fragte das dritte Geschlecht.

»Allahs Attentäter: Das wachsende Netzwerk militanter Gotteskrieger in Deutschlands Untergrund«, dichtete Frederick Rieffen aus dem Stegreif. Rieffen war bekannt dafür, dass er in kürzester Zeit aus Zulieferungen verschiedener Reporter einen Text wie aus einem Guss herstellen konnte, wovon freilich meistens seine beiden engsten Kollegen Erlinger und Kampen profitierten.

»O. k.«, beschied das dritte Geschlecht.

»Moment, bitte!«

Ein Ruck ging durch die Reihen. Wollte da jemand einen gerade gefassten Beschluss infrage stellen?

»Ich würde gerne mitmachen«, hörte Merle Schwalb sich selbst sagen.

»Wieso?«, fragte die Herausgeberin barsch.

»Na ja, wie Sie ja wissen, habe ich die Ursprungsmeldung gemacht. Ich habe in dieser Sache funktionierende Drähte ins BKA, aber auch zum Büro von Latif. Und vielleicht wäre es ja ein schöner Strang innerhalb der geplanten Geschichte, wenn man quasi in Echtzeit mitverfolgt und beschreibt, wie Lutfi Latif mit dieser Gefahr nun umgeht. Das ist doch eine super Folie, um die Bedrohung durch Islamisten an einem konkreten Fall darzustellen.«

Das dritte Geschlecht rieb sich das Kinn. »You got it«, dekretierte sie schließlich.

Merle Schwalb nickte dankbar. Sie würde mit den Drei Fragezeichen zusammenarbeiten. Sie würde mit einer großen Geschichte zu einem heißen Thema ins Blatt kommen. Es war der beste Montag seit Wochen.

* * *

Um kurz nach elf hatte Sumaya den Stapel mit den insgesamt 64 Drohbotschaften abgearbeitet. Aber was sie Lutfi Latif empfehlen sollte, wusste sie immer noch nicht. Sumaya fuhr sich mit den Fingern durchs Haar und atmete tief aus. Sie blickte auf den Notizzettel, auf dem sie ihre spärlichen Erkenntnisse zusammengefasst hatte: Kein einziger Absender drohte damit, dass er selbst oder jemand, den er zu kennen vorgab, Lutfi Latif demnächst umbringen werde. Außerdem gab niemand vor, im Namen einer bestimmten oder gar bekannten Gruppe oder Organisation zu sprechen.

Das war der einfache Teil.

Aber was hatte es zu bedeuten, dass gar nicht alle Drohungen oder Todeswünsche oder was auch immer sie genau waren, von *islamistischen Extremisten* stammten?

Es hatte eine Weile gedauert, bis sie darauf gestoßen war. Denn das erste Dutzend Zusendungen hatte im Grunde aus Variationen der ersten beiden E-Mails bestanden. Mal waren sie in noch schlechterem, mal in erheblich besserem Deutsch abgefasst, einige auch auf Arabisch oder Türkisch. Türkisch verstand Sumaya nicht, aber die unweigerlichen Stichworte *Murtadd, Munafiq* oder *Fitna* schlossen jeden Zweifel aus, welches Denken dahinterstand.

Doch dann war sie auf einen handgeschriebenen Brief gestoßen.

Guten Tag, Herr frischgebackener Abgeordneter!

Nur weil irgendein Multikulti-Fetischist Ihnen in irgendeinem albernen Amt einen deutschen Pass ausgestellt hat, gehören SIE noch lange nicht zum deutschen Volk. Nicht dass mir persönlich besonders viel an der »Demokratie« liegt. Und in Ihrer »Partei« muss man ja ohnehin schwul oder behindert oder Neger oder alles drei sein, um mitreden zu dürfen. In jedem Fall aber sollten Sie sich nicht allzu sicher fühlen. Es gibt noch ein paar aufrichtig denkende Menschen in diesem geschundenen Land, die es nicht hinnehmen werden, dass Sie einfach nicht begreifen, wo Ihr Platz ist. Ihr Grinsen wird Ihnen noch vergehen.

Mit deutschem Gruß,

der nationale Widerstand

Wie passte ein offensichtlich aus Nazikreisen stammender Brief zu der *Globus*-Meldung, in der nur von Islamisten die Rede war? Und einige Minuten später war sie auf eine weitere Zuschrift gestoßen, die eine ähnliche Frage aufwarf.

Herr Latif!

Der Islam ist eine Religion des Friedens? Machen Sie sich doch nicht lächerlich! Sie halten Ungläubige für Vieh (Koran 9,5) und treten dafür ein, sie alle zu töten (9,123). Sie sind dafür, Frauen zu schlagen (4,34), Kinder sexuell zu missbrauchen (wie Ihr Prophet es getan hat), sich an keine Gesetze zu halten (66,2) und keinen Frieden mit den Ungläubigen zu schließen (47,36).

Natürlich haben Sie in Ihrem Wahlkampf auch aus dem Koran zitiert. Aber merkwürdigerweise immer andere Stellen. Wieso ste-

hen Sie nicht einfach zu Ihrer Politreligion? Sagen Sie es doch, wie es wirklich ist! Sie hätten nichts zu befürchten, der Koran ist ja immer noch nicht verboten. Denn das christlich-jüdische Abendland schlummert leider, in den Schlaf gesungen von doppelgesichtigen Scheinheiligen wie Ihnen. Wir werden aber nicht tatenlos zusehen, wie Sie und Ihre Horden unsere Zivilisation zersetzen, schleichend die Scharia einführen, Kopftuchmädchen produzieren und mit Ihrer Heulsusen-Mentalität weiter unsere Toleranz missbrauchen.

Keine Unterschrift.

Kein Absender.

Wir werden nicht tatenlos zusehen. Kurz überlegte Sumaya, ob diese Formulierung konkreter war als die in den übrigen Zuschriften. Aber das war sie wohl nicht. Islamisten, Nazis und nun auch noch Islamhasser: Wenigstens, dachte Sumaya, hat Lutfi Latif die richtigen Feinde. Nachdem sie alle Zuschriften noch einmal durchgezählt hatte, kam sie laut ihrer Strichliste auf 51 Zuschriften mit islamistischem Hintergrund, die Nazis folgten mit neun, die Islamhasser kamen auf vier Drohungen.

Aber was sollte sie dem Abgeordneten denn nun empfehlen?

Klar, Lutfi Latif könnte in seiner Reaktion auf die Presseanfragen darauf eingehen, dass er nicht nur von Islamisten bedroht wurde – das wäre nicht nur naheliegend, sondern auch wahr und transparent, und stünde damit in Einklang mit Lutfi Latifs erklärten Ansprüchen an die Politik. Aber eine solche Antwort würde den *Globus*-Bericht natürlich in ein schiefes Licht rücken. Wäre es klug, das Magazin dumm dastehen zu lassen? Und noch wichtiger: *Wieso* hatte der *Globus* eigentlich nur über islamistische Drohungen geschrieben? Eine Möglichkeit war, spekulierte Sumaya, dass das Magazin alle anderen Drohungen einfach aussortiert hatte. Aber warum? Weil die Redaktion sie nicht ernst nahm? Weil sie sie verschweigen wollte? Oder war dem *Globus* nur der islamistische Teil der Korrespondenz *durchgestochen* worden? Hatte vielleicht der Informant beim BKA die anderen Zuschriften zurückgehalten? Freilich stellte sich dann ebenfalls die Frage nach dem Grund. Oder kannte am Ende auch das BKA gar nicht alle 64 Zuschriften? Aber Cord Munkelmann hatte doch offensichtlich Zugriff auf alle Zuschriften. Und von wem, wenn nicht von ihm, würde das BKA die vorsortierten Zuschriften denn bekommen haben? Sumaya öffnete das kleine Fenster in dem Büro, das sie sich ausgesucht hatte.

Irgendjemand, dachte sie, spielt falsch. *Aber wer und warum?*

***

Merle Schwalb hatte durchaus einen Hang zur Prokrastination. Aber in diesem Fall verbot sich jedes Hinausschieben und Wegducken. Die Drei Fragezeichen waren sicher nicht begeistert, dass sie mit im Boot sitzen würde. Sie hatte es ihren Mienen nach der

Konferenz ansehen können. Aber es würde einfacher sein, ihr Wohlwollen zu gewinnen, wenn sie eine Morgengabe einbringen konnte. Also wählte sie, kaum dass sie wieder in ihrem Büro saß, Ansgar Dengelows Handynummer. Nach dem dritten Klingeln nahm der BKA-Ermittler ab. Merle Schwalb bemerkte sofort, dass er im Auto saß.

»Frau Schwalb!«

»Herr Dengelow, guten Tag! Ich störe nur ungern. Aber ich muss Sie unbedingt noch einmal ein paar Kleinigkeiten im Zusammenhang mit den Drohungen gegen Lutfi Latif fragen.«

»Muss das sein?«

»Ich fürchte ja.«

»Wir reden im Hintergrund, o. k.? Unter drei.«

»Unter drei ist völlig in Ordnung«, sagte Merle Schwalb. Unter drei bedeutete, dass sie die Informationen verwenden und berichten, aber an keiner Stelle andeuten durfte, woher sie kamen. Kein Name würde fallen, keine Behörde erwähnt werden. Und sie würde kein direktes Zitat bringen. Am Anfang einer Recherche war das vertretbar. Später, wenn der Termin der Drucklegung näher rückte, würde sie für wichtige Passagen Zitate brauchen, am besten unter eins, also mit vollem Namen. Im Notfall auch unter zwei, was auf verschleiernde Formulierungen wie »heißt es in Sicherheitskreisen« oder »sagt ein Beamter, der mit der Materie befasst ist« hinauslief. Soweit sie wusste, stammte der Dreier-Code aus den Zeiten, als die Bundesregierung ihren Sitz noch in Bonn gehabt hatte. Er hatte den Umzug nach Berlin fast unbeschadet überstanden, auch wenn ältere Kollegen gelegentlich mäkelten, unter drei habe früher bedeutet, dass man etwas nur wissen, aber eben gerade nicht schreiben durfte. Irgendwie merkwürdig, dachte Merle Schwalb, dass mittlerweile sogar Beamte in den Sicherheitsbehörden völlig selbstverständlich mit diesen Insiderbegriffen hantierten.

Doch dann riss Dengelows krächzende Stimme sie aus ihren Überlegungen. »Schießen Sie los!«

»Hören Sie, ich weiß, und ich kann Ihnen nicht sagen woher, aber wir haben es ja auch geschrieben, dass einige der Absender der Drohungen sich ins Umfeld von Gefährdern zurückverfolgen lassen.«

»Kann sein.«

Gefährder. Noch mehr Eingeweihten-Kauderwelsch. Merle Schwalb wusste nicht, wann dieser Begriff eingeführt worden war. Mit Sicherheit aber nach dem 11. September 2001. Die Sicherheitsbehörden bezeichneten jedenfalls all jene Menschen als Gefährder, denen sie zutrauten, zu jedem gegebenen Zeitpunkt einen Terroranschlag zu planen oder dabei zu helfen. Es handelte sich um rund 200 Personen, soweit sie wusste. Und die wurden, zumindest in der Theorie, dauerhaft *unter Wind* gehalten – was wiederum Behördensprech war für »observieren«.

»Über wen reden wir denn?«

»Na ja, über gar keinen.«

»Wie bitte?«

»Ich kenne keinen Gefährder, der dem MdB was geschrieben hat«, sagte Dengelow betont langsam.

»Jetzt bin ich verwirrt.«

»Dabei haben Sie es doch so schön aufgeschrieben«, lachte Dengelow. »Hören Sie, ich hab Ihren Text sogar vor mir.« Kurz hörte Merle Schwalb es rascheln. Dann las Dengelow aus ihrem eigenen Artikel vor: »*Einige ließen sich aber dem Umfeld sogenannter islamistischer Gefährder zuordnen, heißt es in Sicherheitskreisen.* Ich denke, das kann man so stehen lassen.«

»Was denn nun? Gefährder oder nicht?«

»Umfeld, Frau Schwalb, *Umfeld*!«

»Verstehe. Zu den Absendern gehören also Kontaktpersonen bekannter Gefährder.«

»So ähnlich.«

»So ähnlich oder genau so?«

»Beides.«

»Herr Dengelow, Sie machen mich wahnsinnig. Gibt es Absender von Drohungen, die Kontaktpersonen von bekannten Gefährdern sind?«

»Habe ich so gehört, ja.«

»Und es gibt noch andere, die in irgendeiner Beziehung zu bekannten Gefährdern stehen?«

»Beziehung ist gut, Frau Schwalb. Warm, ganz warm!«

»Ehepartner? Kinder? Eltern? Geschwister?«

»Zum Beispiel.«

»Aha, o.k. Und die Gefährder, über deren Bekannte und Verwandte wir hier reden: Sind die altbekannt?«

»Zum Teil.«

»Der größere Teil?«

Dengelow seufzte.

»Ja, Frau Schwalb.«

»Und über wen reden wir da?«

»Gaaaanz alte Bekannte«, sagte Dengelow leicht genervt.

»Ulm?«

»Auch.«

»Scheich Nadir?«

»Auch.«

Ulm. In Ulm, ausgerechnet, bestand seit Jahren eine offenbar nicht in den Griff zu kriegende Szene islamistischer Radikaler, das wusste selbst Merle Schwalb. Vereine, Clubs und Begegnungszentren waren immer wieder dichtgemacht worden, Moscheen durchsucht, Verdächtige und Auffällige in Dutzenden Razzien ausgeforscht worden. Aber die Szene blieb einfach bestehen. Seit Jahren tauchten immer wieder unweigerlich in Ulm radikalisierte Islamisten auf den Dschihad-Schlachtfeldern der Erde auf: in Tschetschenien, in Waziristan, im Jemen, neuerdings sogar in Somalia. Es waren Migranten darunter, aber auch etliche deutsche Konvertiten. Merle Schwalb wusste, dass die Ulmer Szene von Nachrichtendiensten mehrerer Länder unterwandert worden war. Vermutlich war jeder dritte Muslim in Schwaben ein Informant. Aber all das schien nichts zu ändern. Es ging einfach immer weiter. Sicher, die Radikalen wurden vorsichtiger, hieß es. Allerdings nur ein bisschen. Als schien es ihnen letztlich egal zu sein, wenn ab und an einer von ihnen aus dem Verkehr gezogen wurde. Es blieben ja auch offenkundig noch genügend viele übrig.

Wenn das Wort Ulm fiel, das hatte Merle Schwalb selbst schon beobachtet, dann zuckten sogar die Drei Fragezeichen. Scheich Nadir, den die Behörden für den Paten der Szene in der kleinen Donaustadt hielten und der unermüdlich dafür sorgte, dass sie ein Zentrum des europäischen Dschihadismus blieb, hatte einen ähnlichen Effekt.

»So, so, die Leute vom Scheich hängen mal wieder mit drin. Und deshalb nehmen Sie es auch so ernst«, bohrte sie weiter.

»Wir nehmen Ulm immer ernst«, sagte Dengelow tonlos. Ulm war eine Wunde. Für jeden in Dengelows Branche.

»Ich brauche noch mehr Namen von Gefährdern, deren *Umfeld* Briefe an Lutfi geschrieben hat«, sagte Merle Schwalb. Sie spürte, dass Dengelow längst mehr gesagt hatte, als er vorgehabt hatte – und sie hoffte darauf, dass es ihm nun auch nicht mehr drauf ankommen würde. Ironischerweise, das hatte Frederick Rieffen ihr einmal auf der *Globus*-Weihnachtsfeier erzählt, arbeiteten Vernehmungsbeamte nach demselben Prinzip. Wenn die erste Bresche geschlagen war, ging es oft von ganz alleine.

»Wie stellen Sie sich das vor, Frau Schwalb?«

»Wir spielen das Ja-nein-Spiel, einverstanden?«

»Frau Schwalb, meinetwegen, aber ich sitze im Auto und habe nicht mehr viel Zeit. Okay?«

»Gut, geht gleich los: Ghazi Bustani?«

»Versenkt.«

Gut, dachte Merle Schwalb. Bustani lebte in Hamburg. Obwohl man ihn verdächtigte, an diversen Terroranschlägen im Ausland mitgewirkt zu haben, hatte man ihn nie verurteilen können. Aber er hatte trotzdem einen Namen wie ein Donnerhall. Damit würden sie etwas anfangen können. Bei den nächsten fünf Vorschlägen lag sie allerdings daneben. Die Namen hatte sie aus aktuellen Artikeln der Drei Fragezeichen destilliert.

»Jetzt weiß ich nicht mehr weiter«, gab sie zu.

»Frau Schwalb, das Gefühl kenne ich, glauben Sie mir. Aber lassen Sie sich von mir trösten. Es ist kein Promi mehr auf der Liste.«

»Super, vielen Dank, Herr Dengelow.«

»Ja, ja, schon gut. Aber jetzt habe ich noch eine Frage.«

»Ja, bitte.«

»Sind Sie jetzt das vierte Fragezeichen?« Dengelow kicherte leise, aber Merle Schwalb hörte es trotzdem.

»Wie kommen Sie denn darauf?« Jetzt war sie es, die leicht genervt klang.

»Ach, nichts für ungut. Sagen Sie mir nur, ob wir uns drauf einstellen können, dass Sie sich in Ihrem famosen Magazin demnächst ausführlich über unsere Kundschaft auslassen werden?«

»Wir werden, und Sie können«, sagte Merle Schwalb. »Kann gut sein, dass einer von uns Sie deswegen noch einmal anruft.«

»Alles klar, dann viel Glück.« Dengelow legte auf.

* * *

Ein leises Klopfen am Türrahmen riss Sumaya aus ihren Gedanken.

»Entschuldigung, ich will Sie keinesfalls hetzen. Aber ich wollte mal fragen, wie weit Sie sind«, sagte Lutfi Latif.

»Oh, kein Problem. Ich bin … ich bin so weit, denke ich.«

»Und, was denken Sie?«

»Also, das Gute ist: Kein Absender will sie persönlich ermorden, und niemand behauptet, im Namen einer bestimmten Gruppe zu sprechen.«

»Ah, das ist schon einmal gut zu wissen. Das wird helfen, dem Ganzen ein wenig von der Dramatik zu nehmen.«

»Ja, das denke ich auch. Aber da ist noch etwas.«

»Legen Sie los. Ich höre zu.«

»Herr Latif, haben Sie die Zuschriften gelesen?«

»Herr Munkelmann hat mir ein paar gezeigt, darunter zwei arabische, mit denen er nichts anfangen konnte. Wieso?«

»Wussten Sie, dass gar nicht alle Drohungen von Islamisten stammen?«

»Na ja, das ist sicherlich eine Definitionsfrage. Vermutlich müsste man sich jeden Absender und jede Zuschrift einzeln anschauen, um das zu beurteilen.«

»Nein, das meine ich nicht.«

Der Abgeordnete blickte sie fragend an. Sumaya griff nach ihrem Notizzettel. Sie wollte gerade zu einer Erläuterung ansetzen, doch in dem Moment klopfte es, und Cord Munkelmann steckte seinen Kopf durch den Türspalt.

»Entschuldigung, ich will nicht stören. Aber es ist zwölf Uhr, und der Herr vom BKA ist da wegen des Sensibilisierungsgesprächs.«

»Natürlich«, sagte Lutfi Latif. Der Abgeordnete hatte Sumayas Büro schon fast verlassen, als er sich noch einmal umdrehte. »Sumaya, Sie kommen bitte auch mit«, sagte er.

* * *

Ansgar Dengelow war gerne Ermittler. Doch um in einer Behörde aufzusteigen, brauchte man mehr als Enthusiasmus und die Überzeugung, etwas Sinnvolles zu tun oder wenigstens auf der richtigen Seite zu stehen. Es war zum Beispiel wichtig, wenn es darauf ankam, praktisch ohne Schlaf auszukommen. Es schadete nicht, eine gewisse Menge Alkohol verkraften zu können. Es war sinnvoll, keine Affären im Dienst zu pflegen. Die Spiele im Umgang mit der Presse zu beherrschen, konnte von entscheidendem Vorteil sein. Aber Dengelow war überzeugt, dass er es nie so weit gebracht hätte, wenn er nicht stets seine eigene goldene Regel befolgt hätte: *Niemals versuchen, die Zahnpasta wieder in die Tube zu quetschen.* Wenn etwas geschehen war, war es geschehen – es konnte dann nur noch darum gehen, das Beste daraus zu machen.

Und wenn möglich, für sich zu nutzen.

Genau das würde er auch jetzt tun.

Denn natürlich war es *nicht* gut, dass der *Globus* über die Bedrohung des Abgeordneten Lutfi Latif geschrieben hatte. Und es war noch weniger gut, dass er nicht wusste, wie das Magazin an die Briefe gelangt war. Beides erschwerte seine Arbeit. Zwar war er Gott sei Dank nicht persönlich für die Sicherheit des Abgeordneten verantwortlich, das war das Revier der Kollegen von der Sicherungsgruppe. Aber er hing auch mit drin, denn immerhin hatten einige der zentralen al-Qaida-Anführer persönlich den MdB ins Fadenkreuz genommen, und deswegen hatte der Präsident entschieden, dass der Staatsschutz mit seinen besonderen Kompetenzen dranbleiben sollte – also auch Dengelow. Und deshalb war es misslich, wenn er irgendetwas nicht als Erster wusste. Oder wenn es drohte, seiner Kontrolle zu entgleiten. Schon während der Fahrt, als er mit Merle Schwalb sprach, hatte Dengelow sich entschieden, wie er vorgehen würde. Er würde einfach mit der Tür ins Haus fallen. Und jetzt, da er im noch ziemlich provisorisch aussehenden Büro von Lutfi Latif an einem runden Besprechungstisch saß und die Begrüßungsformalitäten erledigt waren, war es so weit.

Er knipste ein Lächeln an, von dem man sagte, es sei einnehmend. »Herr Latif, Sie wissen ja, ich bin heute hier, um mit Ihnen ein Sensibilisierungsgespräch zu führen, wie wir das nennen. Aber bevor wir richtig anfangen, wollte ich Ihnen eines schon mal vorweg sagen: Es war goldrichtig, dass Sie dem *Globus* die Drohbotschaften durchgestochen haben. Jetzt weiß unsere Kundschaft, dass wir das ernst nehmen, wenn die meinen, einfach einen Bundestagsabgeordneten bedrohen zu können. Ehrlich gesagt, wenn der *Globus* mir nicht zuvorgekommen wäre, hätte ich Ihnen sogar genau zu diesem Schritt geraten.«

Aufmerksam beobachtete Dengelow, wie der Abgeordnete und seine beiden Mitarbeiter reagierten. Die junge Frau, ihr Name fiel ihm gerade nicht ein, konnte ihre Überraschung nicht einmal ansatzweise verleugnen. *Mein Gott,* dachte Dengelow, *ich kann das Fragezeichen über ihrem Kopf regelrecht sehen.* Aber Lutfi Latif und Munkelmann musste er insgeheim Respekt zollen; sie verzogen keine Miene.

Dann ergriff der Abgeordnete das Wort. Zunächst entschuldigte Lutfi Latif sich gestenreich dafür, dass er nicht einmal einen Kaffee anbieten konnte. Doch schnell kam er auf den Grund des Besuchs zu sprechen.

»Herr Dengelow, danke, dass Sie gekommen sind. Die Einschätzung des BKA ist für uns selbstverständlich sehr wichtig. Insofern freut es mich natürlich auch, dass Sie die Veröffentlichung im *Globus* hilfreich fanden.«

»Ohne jeden Zweifel, Herr Abgeordneter.«

»Na, dann wurde also wenigstens kein Schaden angerichtet. Aber vielleicht können wir ja damit beginnen, dass Sie uns noch einmal genauer darlegen, wie Sie die Zuschriften insgesamt einschätzen.

Sehen Sie, bis jetzt kennen wir ja nur eine anonyme Behördenmeinung, die in dem *Globus*-Artikel zitiert wurde.«

Nicht schlecht, dachte Dengelow. *Er spielt den Ball einfach zurück.*

»Ich kann Ihnen versichern«, antwortete er beflissen, »dass das Zitat nicht aus meinem Hause kam. Auch wenn es inhaltlich natürlich zutreffend ist.«

»Natürlich.«

»Ja, wissen Sie, es ist in der Tat so: Die Szene ist durch Ihre Wahl etwas, wie soll ich sagen, in Aufruhr geraten. Ich verstehe nicht viel von den Gedankensprüngen meiner *Kundschaft,* wenn ich's mal so ausdrücken darf. Aber offenbar haben Sie einige Punkte angerührt, die diesen Leuten wehtun. Und dass al-Sawahiri und al-Libi sich über Sie ausgelassen haben, dürfte den einen oder anderen noch einmal besonders angestachelt haben. Darauf deuten jedenfalls die Signale, die wir so empfangen. Und da schließe ich jetzt den Verfassungsschutz und den Bundesnachrichtendienst mal ein, die ja noch ganz andere Methoden und Zugänge haben und ihre Erkenntnisse in dieser Sache mit uns teilen.«

»Natürlich. Versteht sich. Kann ich mir auch gut vorstellen. Aber ich habe trotzdem noch eine Frage, Herr Dengelow, und ich hoffe, Sie finden sie nicht naiv. Aber wir sind hier im Büro die Zuschriften alle noch einmal gründlich durchgegangen. Und uns ist aufgefallen, dass niemand damit droht, mich persönlich anzugreifen. Es erwähnt auch niemand eine Gruppe oder Organisationen, die mich töten will.«

»Ja, stimmt, haben wir natürlich auch gemerkt. Aber unsere Experten sind der Meinung, dass man daraus wenig ableiten kann, jedenfalls keine Entwarnung. Sehen Sie, aus unserer Sicht gehören Attentate sowieso nicht zum Standardvorgehen von militanten Dschihadisten. Aber es kommt trotzdem vor. Denken Sie nur an den Mord an Theo van Gogh, 2004 in den Niederlanden. Wegen eines Filmes, den er gemacht hat! Wir haben eigens mit den Kollegen dort Kontakt aufgenommen und uns noch einmal schildern lassen, wie damals das Vorspiel war. Van Gogh hat in den Monaten vor seiner Ermordung ganz ähnliche Zuschriften bekommen wie Sie. Es war sogar eine von einem Bekannten des späteren Mörders dabei. Mit dieser Information hat nur damals niemand etwas anfangen können.«

»Sie halten es also für möglich, dass man mir auflauert und die Kehle durchschneidet?«

»Na ja, das ist jetzt etwas drastisch ausgedrückt. Aber das glauben jedenfalls unsere Islamismus-Experten. Ich weiß, dass das für Sie ironisch sein muss. Unter normalen Umständen würden wir ja jemanden wie Sie eher um *seine* Einschätzung bitten, als ihm *unsere* aufzudrängen. Sie sind ja ein Fachmann, wenn ich es richtig verstanden habe. Aber es ist, wie es ist. Niemand bei uns nimmt das

jedenfalls auf die leichte Schulter.«

»Ich verstehe, was Sie meinen. Aber ich bin natürlich kein Terrorexperte. Sagen Sie Ihren Kollegen ruhig weiter, Sie brauchen da keine Scheu zu haben. Ich beschäftige mich viel mit Theologie. Nicht mit Mord. Ganz anderes Metier, sozusagen.«

»Ja, klar. Stimmt natürlich. Jedenfalls ist es nun mein Auftrag, Ihnen ein paar Angebote und Ratschläge zu unterbreiten. Zu Ihrem Schutz, Herr Latif.« Dengelow ließ seinen Blick über die Gesichter seiner drei Gegenüber schweifen. »Und zu dem Ihrer Mitarbeiter natürlich auch.«

»Wissen Sie denn eigentlich mittlerweile, wer die Briefe und E-Mails geschrieben hat?«, fragte Sumaya.

»Eine sehr gute Frage«, antwortete Dengelow. »Natürlich versuchen wir das aufzuklären. In den meisten Fällen wird das wahrscheinlich nicht gelingen. Wenn jemand eine E-Mail-Adresse anonym und nur zu diesem Zweck einrichtet und dann noch ein Internetcafé nutzt, sind wir ehrlich gesagt ziemlich chancenlos. Aber wir haben Hinweise, dass einige Absender, wie es ja auch schon im *Globus* stand, aus dem Umfeld von bekannten Gefährdern stammen. Das ist übrigens ein Grund, warum wir das ernst nehmen.«

Dengelow bemerkte, wie Cord Munkelmann mit sich rang, ob er sich auch einbringen wollte. Schließlich aber wagte er es. »Was bedeutet das, Hinweise?«, wollte er wissen.

»Nun, von allem etwas. Aus jedem Dorf ein Hund, wie wir sagen: einige technische Hinweise, die sind recht zuverlässig. Und dann vor allem Hinweise von Zuträgern, die jeder für sich nicht so zuverlässig sein mögen, aber in der Summe manchmal ein präzises

Bild liefern. Wenn man die Puzzlesteine richtig zusammensetzt jedenfalls.«

»Das klingt, als wüssten Sie in einigen Fällen genau, wer die Absender sind. Was geschieht mit denjenigen?«, fragte Latifs Assistent weiter.

»Ist noch nicht entschieden«, antwortete Ansgar Dengelow. »Kommt auch auf die Person an. Ist der ohnehin unter Observation? Dann erst einmal gar nichts. Aber wenn nicht, tja, Gefährderansprachen wären eine Möglichkeit. Das hieße mal vorbeischauen und ihnen sozusagen die Gelbe Karte zu zeigen. Das diskutieren wir gerade. Kann hilfreich sein.«

»Und was«, fragte Lutfi Latif, »sind Ihre Ratschläge für uns?«

»Nun, ein paar liegen auf der Hand, denke ich: Dokumentieren Sie weiterhin alles, was Ihnen bedrohlich vorkommt, und leiten Sie es an uns weiter. Ansonsten haben wir natürlich die Pförtner hier im Hause gebeten, noch genauer darauf zu achten, dass nur Personen mit Besucherausweis ins Gebäude gelangen. Und Sie alle sollten, einfach zur Vorsicht, ab und zu mal einen anderen Weg zur Arbeit oder nach Hause nehmen. Vor Ihrer Privatwohnung, Herr Latif, wird sowieso schon vermehrt Streife gefahren.«

»Ist das wirklich nötig?«

»Die Kollegen von der Sicherungsgruppe meinen ja. Das war eine selten klare Einschätzung.«

»Aber?«

»Na ja, es gibt da noch zwei Dinge, was wir Ihnen dringend empfehlen möchten. Zum einen glauben wir, dass es gut wäre, wenn Sie Personenschutz durch unsere Beamten akzeptieren. Sie wissen, dass wir das nicht gegen Ihren Willen tun dürfen. Aber unsere Leute sind für genau so etwas ausgebildet. Wir können Sie schützen.«

Dengelow sah, wie der Abgeordnete den Blickkontakt zu seiner Mitarbeiterin suchte. Die junge Frau, deren Name ihm immer noch partout nicht einfiel, sagte allerdings nichts. Aber zu dem Ausdruck von Überraschung war nun ein Hauch von Erschrecken getreten.

»Auf gar keinen Fall«, sagte der Abgeordnete schließlich.

»Herr Latif, denken Sie noch einmal drüber nach!«

»Nein, das brauche ich nicht. Ich nehme die Zuschriften nicht ganz so ernst wie Sie, fürchte ich. Es ist Ihre Aufgabe, sich um mich zu sorgen, und ich bin dankbar, dass Sie das so ernst nehmen. Aber kein Personenschutz, vielen Dank.«

»Wie Sie meinen. Es ist Ihre Entscheidung. Aber wir werden es Ihnen wieder und wieder vorschlagen, wenn das hier so weitergeht.« Dengelow zwang sich zu einem angedeuteten Lachen. »Aber vielleicht fällt es Ihnen dann ja leichter, wenigstens unseren zweiten Vorschlag anzunehmen. Es ist so: Wir haben richtig gute Leute. Aber wir haben auch extrem viel zu tun. Wir werden Ihnen alles aus unseren täglichen Auswertungen mitteilen, das für Sie von Interesse sein könnte. Aber während wir Ihnen ohne Weiteres vier Personenschützer abstellen könnten, haben wir nicht genug Kapazitäten in der Analyse und bei den sprachkundigen Islamwissenschaftlern, dass sich jemand wirklich rund um die Uhr um Ihre Bedrohungslage kümmert. Deshalb halten wir es für sinnvoll, dass Sie jemanden zu diesem Zweck engagieren. Es gibt zum Beispiel ein paar Firmen, die das können, private Sicherheitsunternehmen. Auch ein paar freischaffende Experten.«

Dengelow war sich fast sicher gewesen, dass Latif auch diesen Vorschlag ablehnen würde. Stattdessen aber nickte er bedächtig und bat um Vorschläge. Dengelow notierte ein paar Namen auf einem Zettel. Dann blickte er auf seine Uhr. Es war spät geworden, er hatte noch viel Arbeit, die auf seinem Schreibtisch auf ihn wartete. Dankbar nahm er wahr, dass Lutfi Latif das Signal verstand. Der Ermittler verabschiedete sich von den dreien und fuhr im Fahrstuhl ins Erdgeschoss.

Kurz darauf saß er in seinem Wagen und fuhr nach Treptow in die Zentrale. Er war merkwürdig missgestimmt. Er wusste auch so, dass seine Arbeit nicht glamourös war. Dass er kein Geheimagent war, der einfach irgendwo hinflog und mit Antworten wiederkam. Dass sie viel zu wenig wussten. Dass sie auf das Gequatsche, die Gerüchte, die Verleumdungen und die unbezahlten Rechnungen von Figuren angewiesen waren, denen niemand einen Gebrauchtwagen abkaufen würde. Dass die Gefahren in diesem beschissenen Krieg immer nur *abstrakt* waren. Wie er dieses Wort mittlerweile hasste. *Abstrakt!* Immer war die Gefahrenlage abstrakt. Nur manchmal, da war sie *konkret*. Aber dann war es zu spät. Abstrakt heißt nichts anderes als *gefühlt*, dachte Dengelow. *Eine einzige beschissene Füh-*

lerei! Wann hat man es schon mal mit wirklichem Wissen, mit Fakten, mit Beweisen zu tun? Als Polizist arbeitete er heute so eng mit den Nachrichtendiensten zusammen, wie es gerade noch vertretbar war. Aber auch das brachte kaum etwas, auch die Kollegen vom BND und vom Verfassungsschutz schleppten keine Geheimpapiere an, in denen sich die Pläne der Gegenseite nachlesen ließen wie im kalten Krieg. Nichts, was ihre Arroganz rechtfertigen würde. Auch die *fühlten* nur. Und hörten Sachen. Unüberprüfbare Sachen für gewöhnlich. Seine eigene Behörde hatte mittlerweile mehr und weiterreichende Befugnisse als je zuvor. Doch was nutzte das, wenn die Gegenseite wie Quecksilber war, überall und nirgendwo zugleich, blitzschnell und nicht zu greifen.

All das wusste Ansgar Dengelow, und es war nicht das erste Mal, dass ihn diese bitteren Erkenntnisse geballt heimsuchten. Damit konnte er umgehen. Nicht aber damit, wenn man ihn spüren ließ, wie offensichtlich all das war.

* * *

Nachdem der BKA-Beamte das Büro verlassen hatte, verabschiedete sich Cord von Sumaya und Lutfi Latif, er hatte sich zum Mittagessen verabredet, wie er sagte. »Ich weiß nicht, ob Sie die schon kennen, aber im Paul-Löbe-Haus gibt es eine ganz ordentliche Kantine«, sagte er beim Hinausgehen. »Jedenfalls besser als die hier im Haus!«

Sumaya bedankte sich. Ihr erster Eindruck von Cord war gewesen, dass er eher eigenbrötlerisch war. Aber nun zeigte er eine aufgeschlossene Seite. Eigentlich, dachte sie, ist er ganz nett. Sie wollte schon wieder in ihr Büro zurückgehen, als Lutfi Latif sie mit einer Geste aufhielt.

»Sumaya, Sie wollten mit vorhin noch etwas erzählen. Außerdem muss ich ja noch diese Journalisten zurückrufen und brauche Ihre Empfehlungen. Wollen wir vielleicht auch etwas essen gehen und dabei reden?«

Sumaya willigte ein, und der Abgeordnete schlug mit einem Lächeln vor, Munkelmanns Bemerkung zum Trotz, die Kantine im Jakob-Kaiser-Haus auszuprobieren. Sie befand sich, wie sie feststellte, im Kellergeschoss des Gebäudes und entpuppte sich als eine Art gehobener Mensa. Mehrere Tagesgerichte wurden angeboten. Sumaya entschied sich für einen Salat, Lutfi Latif für Pasta mit Pesto. Nachdem sie beide mit ihren Tabletts an einem einzeln stehenden Tisch Platz genommen hatten, eröffnete Lutfi Latif das Gespräch.

»Sie hatten mich gefragt, ob ich weiß, dass nicht alle Drohbriefe von Islamisten sind. Was meinten Sie damit?«

»Weil, na ja, Cord hat mir 64 Zuschriften gegeben. 51 stammen von Islamisten. Neun von Nazis. Und vier von Islamhassern.«

»Islamhasser?«

Sumaya errötete kurz. Fand Lutfi Latif den Begriff unangemessen? Hätte sie stattdessen »Islamophobe« sagen sollen, wie es einige Journalisten taten? Oder vielleicht »Islamkritiker«? *Es gibt nur ein Wort für diese Arschlöcher,* hatte Fadi gesagt, als sie mit ihm vor Kurzem über Enzo Graether gesprochen hatte und darüber, wie viele Menschen regelrecht froh zu sein schienen, dass endlich jemand aussprach, was sie angeblich alle schon immer gedacht hatten, und dabei noch weit über Graether hinausgingen, wenn sie über Muslime sprachen. *Die kritisieren uns nicht. Die lehnen uns nicht ab. Die hassen uns. Punkt.* Er hatte recht, fand Sumaya.

»Sie wissen schon: Sie wollen das Abendland unterwandern, Sie verstellen sich nur, weil es in Wahrheit keine moderaten Muslime geben kann, Sie sind ein Antisemit …«

»Lassen Sie mich raten: Und der Prophet, *sallah Allah alaihi wa sallam,* war ein Kinderschänder?«

»Genau.«

»Tja«, sagte der Abgeordnete zwischen zwei Gabeln voll Linguine.

»Tja?«

»Ich vermute, es war ein Fehler, dass ich diese Briefe nicht alle selbst gelesen habe. Jedenfalls hatte ich keine Ahnung, dass die Absender aus mehr als einer Richtung kommen.«

»Hat denn nur Cord sie alle gelesen?«

»Ja. Und jetzt natürlich Sie. Sehen Sie, Cord ist für meine offizielle Korrespondenz zuständig, er sichtet meine E-Mails, die an das Abgeordneten-Account gehen, er holt meine Post bei der Poststelle ab und sieht sie durch. Und ein- oder zweimal am Tag sagt er mir dann, ob etwas Wichtiges dabei ist, um das ich mich selbst kümmern muss.«

»Und die Drohungen?«

»Ich wusste von ihm, dass einiges zusammengekommen war. Aber es war klar, dass ich nicht darauf antworten würde. Cord hat vorgeschlagen, dass er sie an das BKA weiterleitet.«

»Verstehe. Aber was machen wir jetzt? Sie müssen ja die Journalisten bald zurückrufen.«

Lutfi Latif setzte wieder sein breites Lächeln auf. »Wie gesagt, ich hatte eigentlich gehofft, dass Sie mir das jetzt sagen!«

»Ich bin mir nicht sicher. Mein Gefühl sagt mir, Sie sollten nicht verschweigen, dass die Drohungen aus verschiedenen Ecken kamen.«

»Einverstanden. Alles was das Ganze entdramatisiert, ist meiner Meinung nach hilfreich. Außerdem gibt es auch gar keinen vernünftigen Grund, die anderen Drohungen zu verschweigen. Oder unterscheiden sie sich erheblich von den islamistischen?«

»Nein.«

»Aber?«

Sumaya räusperte sich. »Na ja, es ist so: Wenn Sie der Presse von den anderen Drohungen berichten, steht der *Globus* blamiert da, weil er nur von Islamisten geschrieben hat. Das ist natürlich erst einmal deren Problem. Aber ich vermute, dass jeder der Journalisten, mit denen Sie heute telefonieren, dann der Frage nachgehen wird, warum der *Globus* eigentlich …«

Sumaya konnte zusehen, wie sich Lutfi Latifs Gesicht wieder verdunkelte, während er ihren angefangenen Satz zu Ende dachte.

»Ich verstehe«, sagte er schließlich.

»Genau«, sagte Sumaya.

Sie aßen schweigend zu Ende.

»Kommen Sie, wir trinken noch einen Kaffee zusammen, ja? Und morgen muss ich unbedingt eine Kaffeemaschine für das Büro organisieren.«

Lutfi Latif und Sumaya stellten ihre Tabletts auf ein Fließband und betraten das kleine Café, das die Innenarchitekten in die Kantine gequetscht hatten. Lutfi Latif stellte sich am Tresen an, während Sumaya einen Bistrotisch sicherte. Sie betrachtete den Abgeordneten, während er die Bestellung aufgab, die kleinen Tässchen entgegennahm und bezahlte. Sie war froh, dass sie ihm alles erzählt hatte. Der Gedanke an fanatische Mordkommandos wirkte jetzt schon viel unwirklicher. Sie sah sich um: Abgeordnete, ihre Mitarbeiter, Verwaltungsangestellte, wahrscheinlich auch Ministerialbeamte, vielleicht ein paar Journalisten. Worüber sprachen sie? Woran würden sie weiterarbeiten, wenn sie wieder zurück in ihren Büros waren? An einem Gesetzentwurf? Einer Bundestagsrede? Einer Anfrage an die Bundesregierung? Genau solche Dinge würden auch ihren Alltag bestimmen. Der heutige Tag, auch wenn es ausgerechnet ihr erster war, würde eine Ausnahme bleiben.

Als der Abgeordnete wieder neben ihr saß, nutzte Sumaya die Gelegenheit, ihn erklären zu lassen, für welche Aufgaben sie selbst und wofür Cord Munkelmann zuständig sein sollte. Im Grunde, sagte er ihr, lief es darauf hinaus, dass sie vorrangig die politische Arbeit unterstützen und ihr Kollege alles Organisatorische im Griff halten sollte. Sumaya fand es nicht unangenehm, alleine mit ihrem Chef zu sein. Im Gegenteil. Es war unkompliziert.

Als sie ungefähr eine Stunde nach ihrem Aufbruch wieder gemeinsam ins Büro zurückkehrten, tippte Munkelmann schon wieder auf seinem Laptop. Er begrüßte sie lächelnd. »Die Journalisten warten übrigens, sie haben alle noch einmal angerufen«, rief er dem Abgeordneten zu.

»Ja, mache ich sofort«, sagte Lutfi Latif.

Munkelmann reichte ihm einen Zettel mit den Nummern der Fragesteller.

Sumaya ging derweil zurück in ihr kleines Refugium. Lutfi Latif hatte sie gebeten, ihm die Zuschriften der Nazis und Islamhasser zu bringen, damit er sie selbst lesen konnte. Sie zog den Stapel mit den Drohbriefen aus dem Umschlag und begann zu suchen. Doch die Dokumente, für die der Abgeordnete sich interessierte, waren nicht mehr da. In dem Umschlag fanden sich nur noch 51 islamistische Morddrohungen.

V

Schon seit Minuten hatte Samson sich nicht mehr bewegt. Die Arme unter dem Brustkorb verschränkt, lag er in einem Zustand perfekter Ausbalanciertheit in vierzehn Meter Tiefe im grünen Wasser der Ostsee vor Rerik. Grün wie spanischer Absinth, dachte Samson. Oder wie ein Blick durch die dicken grünen Glasperlen, die die Händler im Souk von Damaskus in großen Körben anbieten. Angenehm grün. *Beruhigend* grün.

Die Drift der Wasserschicht, in der er sich befand, sorgte dafür, dass er von ganz alleine längs über das Wrack des wenige Meter unter ihm liegenden U-Bootes getragen wurde. Das Schiff war riesig. Tonnen über Tonnen von Metall, die sich dunkel gegen das Grün abzeichneten. Klaffende Löcher, wo einstmals Luken oder Türme gewesen sein mochten. Unbestimmbare, monströse Einzelteile. Und wenn man nah genug herantauchte, konnte man kindskopfgroße Nieten betasten, glitschig und kalt.

Seit das Wrack vor einigen Jahren entdeckt worden war, war jede Öffnung, die groß genug war, einen Taucher aufzunehmen, mehrmals ausgeforscht, vergessen und neu entdeckt worden. Mit Taschenlampen, Extrasauerstoff und schwerem Werkzeug waren die Taucher dem Trümmerhaufen zu Leibe gerückt. Einige von ihnen kamen fast jeden Tag und eroberten sich das Wrack systematisch, Quadratmeter für Quadratmeter. Wie Würmer in einem Leichnam suchten sie sich ihren Weg in die Innereien. Sie glitten durch den Bauch des Wracks, stießen in jeden Schacht vor, folgten jeder Abzweigung, ließen keinen Gang unbeschritten.

Auch Samson hatte es früher so gehalten. Er hatte in der Staatsbibliothek sogar der Geschichte des U-Bootes nachgespürt, allerdings hatte er nicht viele Details herausfinden können. Es war vermutlich in den letzten Kriegstagen auf eine Mine gelaufen. Hatte es Tote gegeben? Ja, das hatte es. Waren noch Spuren von ihnen vorhanden? Nein, schon lange nicht mehr. Das Boot war jetzt nur noch ein in Zeitlupe zerfallendes gigantisches Fossil, das geduldig seine Teilzeit-Entdecker verschluckte und nach einer Stunde wieder ausspie. Mittlerweile aber kam Samson ohnehin nicht mehr wegen des Wracks. Er kam wegen des Zustands perfekter Ausbalanciertheit. Wegen des Gefühls, sich nicht bewegen zu brauchen. Samson atmete flach und ruhig, denn so verbrauchte man am wenigsten Luft.

Jedes Einatmen verursachte ein metallisches Sauggeräusch. Jedes Ausatmen war Ursprung eines dünnen Strudels von Bläschen, die an seiner Maske vorbei an die Oberfläche stiegen.

Und keine Angst vor Erinnerungen.

Oder davor, einen Gedanken zum ersten Mal zu denken.

Oder davor, einen neuen Fehler zu planen.

Samson war ein erfahrener Taucher. Im Atlantik hatte er noch als Jugendlicher seinen ersten Tauchkurs absolviert, danach war er mehrmals im Mittelmeer getaucht, einige Male auch im Roten Meer, in Jordanien etwa, an mehreren ägyptischen Sinai-Badeorten, einmal sogar auf einer Insel vor der jemenitischen Küste.

Vor Jahren, am Great Barrier Reef, hatte die Besatzung des Tauchbootes mitten in der Nacht alle Gäste geweckt. Es werde etwas Besonderes zu sehen geben. *Alle, die nichts getrunken haben, sofort tauchfertig machen!* Die Mannschaft ließ Unterwasserlampen an der Bordwand herunter, im Gesicht trugen sie ein wissendes Grinsen. Aber über ihre Lippen kam kein Wort, und die Taucher waren zu stolz zu fragen. Stattdessen quetschten sie sich wie befohlen in ihre Neoprenanzüge, ein Extratauchgang war ein Extratauchgang, sie würden sich sicher nicht beschweren. Dann stiegen sie einer nach dem anderen die Leiter hinab, die in das warme Wasser führte, es war schließlich eine sehr warme Sommernacht im Dezember. Hoch über dem Schiff stand das Kreuz des Südens, bemerkte Samson noch, als er wie ein Korken auf dem Wasser treibend seinem *Buddy,* der noch an der Reling stand und als Nächster ins Wasser steigen würde, das O. k.-Zeichen gab.

Als alle Taucher im Wasser waren, ließen sie nach und nach die

Luft aus ihren Tarierjackets entweichen und sich unter die Wasseroberfläche sinken. Und kaum hatten sie sich an die Lichtverhältnisse gewöhnt, erkannten sie, warum Sebastian, der Kapitän, sie gerufen hatte. Denn Sebastian hatte bemerkt, dass ein großer Schwarm Makrelen sich dem Boot genähert hatte. Er verbrachte schon seine elfte oder zwölfte Saison auf dem Schiff, und darum hatte er die Zeichen richtig gelesen und gewusst, was das bedeutete: dass die Fische gejagt wurden. Die Makrelen, hatte Sebastian weiter richtig vorausgesehen, der in dieser Nacht selbst nur mit einer Schnorchelausrüstung ins Wasser stieg, weil er wusste, dass er beim Schnorcheln genug mitkriegen würde, die bedrängten Makrelen würden nun am Rande
des Riffes, vor dem das Tauchboot lag, einen riesigen, lebenden Ball aus Abertausenden silbern glitzernden Leibern formen.

Es war eine perfekte Falle.

Zuerst kamen die Thunfische, die den Makrelen hintergejagt waren, wuchtige, vor Kraft pralle Körper. Ihnen folgten die Haie. Dutzende Haie, von denen Sebastian, wie er später zugab, nur gehofft, aber nicht gewusst hatte, dass sie kommen würden. Und das waren andere Haie als die Blacktips und Whitetips, die innerhalb des Riffs lebten und die, so hatte Sebastian es gesagt, »nur beißen, wenn man ihnen die Hand in den Mund legt und auf den Oberkiefer haut«. Nein, was Samson und die anderen nun beobachten konnten, waren drei Meter, vier Meter, fünf Meter lange Haie, und im fahlen Licht der Unterwasserlampen konnte Samson sehen, wie sie sich gemeinsam mit den Thunfischen über die Makrelen hermachten, deren aus Leibern geformter Ball zu pulsieren und zu zucken schien, sich plötzlich aufblähend und ebenso blitzartig wieder zusammenziehend, am Riffrand entlangwandernd, wie Millionen Quecksilberperlen.

Die Haie kreisten in weiten, konzentrischen Bahnen, ein Teil von ihnen näher an der Oberfläche, andere näher am Meeresgrund, einige schwammen im Uhrzeigersinn, andere entgegengesetzt, Samson konnte ihre Zahnreihen sehen, es war ein Mahlwerk des Todes, aber jeder tötete für sich allein: Ein Hai brach plötzlich aus, stieß blitzschnell zu, so einfach war es, was sollte ein Hai auch fürchten.

Samson erinnerte sich, dass er darauf wartete, dass das Wasser sich rot färben würde. Doch dann fiel ihm ein, dass Fische nicht bluten.

Nach einer halben Stunde war das Schauspiel vorbei, und die Taucher befanden sich wieder an Bord des Schiffes. Aber ins Bett zurück ging niemand. Die Mannschaft, die aus Sebastian, ein paar Handlangern, dem Koch und einem halben Dutzend Tauchlehrerinnen und Tauchlehrern bestand, von denen keine zwei aus demselben Land stammten, versammelte sich wie auf ein stilles Kommando auf dem Oberdeck. Die Taucherinnen und Taucher, jetzt in Bikinis und Badehosen, folgten ihnen und setzten sich ebenfalls auf die Holzbänke und an die Holztische, auf denen zu Aschenbechern umgewidmete Tomatenmarkdosen standen. Sebastian las die Stimmung richtig. »Mach die Bar noch mal auf, Quentin!«, rief er mit seiner dröhnenden Stimme dem Koch zu, und Quentin, ein Mann wie ein Baum, lachte wissend, schüttelte den Kopf und tat wie geheißen.

Vom Oberdeck aus waren ab und zu immer noch Umrisse von kreisenden Haien auszumachen, wenn man über die Reling blickte, denn Sebastian hatte eine der Lampen zu genau diesem Zweck im Wasser belassen. Wer will reden, wenn er in einer Sommernacht im Südpazifik auf einem sanft schaukelnden Schiffsdeck steht, und unten Haie sieht und oben das Kreuz des Südens? Ein Bier, eine Zigarette vielleicht, ein paar leise Worte, und die Hände fanden einander in jener Nacht von ganz alleine. Als ein paar Stunden später der Morgen zu grauen begann, hatte jeder auf dem Schiff Sex gehabt und Sebastian zweimal. Samson schlief in einer engen Kajüte mit einer Französin, die ihre Flitterwochen auf dem Tauchschiff verbrachte, weil ihr Mann mit einer der beiden skandinavischen Tauchlehrerinnen verschwunden war. Und am nächsten Morgen, als Quentin dicke Scheiben Toastbrot mit Butter und wahlweise Erdbeermarmelade oder Erdnussbutter oder beidem verabreichte und Tee dazu, aber keinen Kaffee, schien wundersamerweise niemand verkatert, wütend oder aufgebracht zu sein. Stattdessen bereiteten sich alle gut gelaunt auf den nächsten Tauchgang vor, und Sebastian verteilte grinsend Zettel mit einer Skizze des Areals, an dem sie als nächstes haltmachen würden. »Viele Schildkröten«, sagte er. »Die sind cool.«

Wann war das gewesen? *Drei Monate danach.*

Samson löste die Verschränkung seiner Arme und fischte mit dem rechten Arm nach seinem Finimeter. Er hatte noch reichlich Luft. Für einen Moment schloss er die Augen und zwang sich, die Kälte des Wassers zu ignorieren. Wie hatte die Französin geheißen? Odette? Er war sich nicht mehr sicher. Und Sebastian, braun gebrannt und durchtrainiert, mit Schwielen an den Händen und Falten, die daher rührten, dass er ständig in die Sonne starrte, und nicht daher, dass er sich andauernd den Kopf zerbrach – so wie Sebastian zu sein, wie war das wohl? Sicher angenehm. Angenehm? *Gut.* Es wäre *gut.*

Nur dass er nicht so war. Nicht mehr jedenfalls, falls er es je gewesen war. Aber ein bisschen war er doch so gewesen. Oder etwa nicht? *Doch.* Es hatte eine Zeit gegeben, als es ihm Spaß machte, neue Menschen kennenzulernen, es war nicht anstrengend gewesen. Im Gegenteil. Woher kommst du? Woran glaubst du? Was machst du? Was willst du machen? Warum? Ah! Cool! Wow! Sounds great! – *Me? Well, I am from Germany. I study Arabic. Why? I don't know, it's a cool language, you know. – No, no, believe me, Hamburg is cool! Really cool! Come on, forget Berlin!*

Er hatte alles wissen wollen, von jedem, über alles, und keine Antwort in Zweifel gezogen, warum auch, warum annehmen, dass jeder ein Lügner ist oder sein könnte oder einen Grund dafür haben könnte, demnächst einer zu werden? Es hatte ihm auch nie etwas ausgemacht, dass man nur zu zweit tauchen durfte, sich also, wenn man alleine reiste, so wie Samson meistens, jedes Mal einen *Buddy* suchen musste, irgendeinen aus der Gruppe. Man checkte gegenseitig die Ausrüstung durch, man tauchte nebeneinander, verständigte sich anschließend darüber, was man gesehen hatte – *Nein, die Seegurke schreiben wir nicht auf, das ist für Pussies!* –, und dann verewigte man sich im Logbuch seines *Buddys,* mit einem Smiley, einem kleinen Spruch. *Any time, Buddy!,* irgend so etwas, warum denn auch nicht. War es etwa nicht spannend und bereichernd, gemeinsam etwas zu erleben? Gab es einen besseren Anlass, ausgelassen zu sein und nett zu aller Welt, zufrieden und sogar ein bisschen glücklich? Es gab einen Song von Midnight Oil, den Quentin immer spielte, wenn er kochte: *What's So Funny About Peace, Love and Understanding?* Und wer sich bei Quentin an der Ausgabe seinen Toast holte oder einen Lasagneziegel am Mittag oder sein Hacksteak am Abend, der lachte und stimmte einfach ein.

Drei Monate danach war das gewesen.

Da hatte ich es noch gar nicht richtig verstanden. Ich war Hals über Kopf abgehauen und hatte in Australien alles getan, um nur nicht daran zu denken. Aber als ich wieder in Hamburg war, da fing das Gift an zu wirken.

Er hatte den Siebentagetrip auf dem Tauchboot damals gebucht, weil er sicher sein wollte, dass er nicht erreichbar sein würde. Siebzig Kilometer vor der Küste von Cairns, mitten im Riff, würde es keinen Handyempfang geben und keine Möglichkeit, es sich anders zu überlegen und zu verschwinden. Am Ende wurde daraus die glücklichste Woche, die er je erlebt hatte. Im Nachhinein, jetzt, war

ihm klar, dass es ein letzter Höhepunkt vor dem Beginn des Unvermeidlichen gewesen war, ein Abschiedsfest. Und Samson ahnte auch, warum die Erinnerungen an diese ausgelassene Woche gerade heute auf ihn einströmten. *Weil ich sie gerne getroffen hätte, als ich noch nicht vergiftet war.*

»Hallo, guten Tag, spreche ich mit Samuel Sonntag?«

»Ja.«

»Hier spricht Sumaya al-Shami, ich bin wissenschaftliche Mitarbeiterin im Büro von Lutfi Latif, Sie wissen, wer Lutfi Latif ist, oder?«

»Ja, natürlich. Guten Morgen. Entschuldigung, ich bin gerade erst aufgewacht. Ich habe lange gearbeitet.«

»Oh, soll ich lieber später noch mal anrufen? In ein oder zwei Stunden vielleicht? So um 14 Uhr?«

»Nein, nein, bleiben Sie dran, es geht schon.«

Bleiben Sie auf jeden Fall dran, bitte, und lassen Sie mich nicht mit mir selbst allein, Sie haben eine nette Stimme. Ich bin zwar noch ein bisschen betrunken, und die letzten Gedanken, an die ich mich erinnern kann, waren schwarz wie die tiefste Nacht in der untersten Hölle, aber ich will alles hören, was Sie zu sagen haben, alles, und ein bisschen mehr, wenn möglich.

Sie hatten sich noch am selben Tag getroffen.

»Aber bitte nicht in Mitte!«, hatte er gebeten.

»Sehr, sehr gerne nicht in Mitte«, hatte sie lachend geantwortet.

Sie einigten sich auf den Prater, einen Biergarten im Prenzlauer Berg, der für sie beide ungefähr gleich weit entfernt war. Die Abendsonne fiel wohlmeinend durch die Blätter der Kastanienbäume, als Samson als Erster dort eintraf und sich an einen Tisch setzte, der noch nicht im Schatten lag. Es war angenehm warm. Samson hatte keine Ahnung, was er erwarten sollte. Und als er zwei Stunden später wieder ging, wusste er ebenso wenig, was er von dem Vorschlag halten sollte, den sie ihm unterbreitet hatte. Nur dass er ihn annehmen würde, das war sicher. Auch wenn er ihr das nicht gleich mitteilte, sondern sich der Form halber Bedenkzeit ausbat. Aber natürlich würde er Sicherheitsberater von Lutfi Latif, MdB, Grüne, werden und zu diesem Zwecke regelmäßigen Kontakt zu Sumaya al-Shami halten. Hatte er überhaupt zugehört, als sie ihm gesagt hatte, was der Tagessatz sein würde? Er konnte sich nicht daran erinnern. Dafür aber an die Augen und die Hände von Sumaya al-Shami.

»Wieso ausgerechnet *derkleinejihad.com*?«, hatte sie als Erstes wissen wollen.

Zum tausendsten Mal ärgerte Samson sich, dass er sein Blog nicht *terrornews.de* oder *jihadismus.info* genannt hatte. Aber wie noch jeder gute Arabist hatte eben auch er einen unverwüstlichen Glauben an die Unbescholtenheit, Reinheit und Friedlichkeit des Islams ausgebildet und bei der Taufe des Blogs gefunden, dass es angemessen wäre, seine Fähigkeit zur Differenzierung subtil anzudeuten. Und war das etwa nicht, was er an seinem Universitätsinstitut in Hamburg gelernt hatte: zu differenzieren?

Dschihad! Nun ja, das ist in der Tat ein komplexes Konzept! Und ein gewaltiger Corpus an Quellen! – Da haben Sie sich ja was vorgenommen, das ist beileibe kein geringes Unterfangen: die Stimmen seiner Professoren, die zwar allesamt ausgerechnet über Karl May an ihr Fach geraten waren, aber trotzdem überlebensgroße Figuren darstellten, zu denen die Studenten aufblickten. Denn sie beherrschten, wovon Samson und seine Kommilitonen fürchteten, dass sie es nie beherrschen würden – Arabisch lesen und verstehen nämlich, ohne Wörterbuch, ohne stundenlange Suche nach vierradikaligen Verben im Lane oder Wehr, die am Ende Bedeutungen hatten wie »Das Blut eines Kamels gemischt mit seinen Haaren essen, nachdem in der Wüste der letzte Vorrat aufgezehrt ist«. Ihre akademischen Lehrer mochten wirken wie Figuren aus einem vergangenen Jahrhundert in ihren Cordsakkos und mit ihrer Schriftgläubigkeit und den Tintenflecken an den Fingern; aber sie hatten in Beirut im Bürgerkrieg ausgeharrt oder in Kairo mit Nagib Mahfuz zusammengehockt oder wenigstens ein Semester in Bagdad gelehrt. Und auf seine Art war jeder von ihnen ein kleiner, verbeamteter Indiana Jones. Hatte unter Beduinen gelebt; hatte Koranfragmente einsehen dürfen, deren Existenz schon ein Geheimnis war; hatte in Timbuktu Handschriften geborgen, ediert und dem Vergessen entrissen. Mochte es auch sein, dass ihr Interesse an lange verstor-

benen Arabern größer war als das an noch lebenden – sie waren Hüter von Wissen, Mysterien und Ritualen, die Samson anzogen. Schon der Geruch in der Bibliothek, der den riesigen ledergebundenen Bänden entströmte, entschädigte dafür, dass der Arabischunterricht um sieben Uhr morgens begann, was man seinen Mitbewohnern, die andere geisteswissenschaftliche Fächer studierten, fast nicht erzählen konnte, jedenfalls nicht, ohne dass sie in Lachen ausbrachen.

Differenzieren wir also. Sie wollen Ihre Magisterarbeit über den Dschihad-Begriff schreiben, Herr Sonntag? Dann wissen Sie ja: Schon die frühen Theologen befanden, es gäbe den großen und den kleinen Dschihad, auch äußerer und innerer genannt. Und der große ist der innere, der persönliche Dschihad. Der Kampf gegen die persönliche Unzulänglichkeit. Die Anstrengung, die es bedeuten kann, den geraden und vorgeschriebenen Weg zu beschreiten, das Fasten im Ramadan durchzustehen oder das Aufstehen zum Gebet im Morgengrauen. Und der kleine, der äußere Dschihad: Das war für sie der Krieg, der Kampf mit Waffen, aber freilich nur zur Verteidigung und mit festen Regeln, und nur unter engen Maßgaben verpflichtend. Denn der Islam, hatte er nicht auch das gelernt, ist eine Religion, die den bewaffneten Kampf zu meiden trachtet. Ja, so hatte er es gelernt. Hatte er es auch so erfahren? *Ja. Aber.* Die meisten Muslime, die er kannte, waren so friedlich wie Rehe beim Anbruch des Morgengrauens in einem Walt-Disney-Film. Aber was hieß das schon? Es heißt gar nichts, dachte Samson, und dachte dabei an das letzte Abendessen mit Mohammed. Die meisten waren eben nicht alle, dachte Samson weiter, und manche lebenden Muslime waren jetzt tote Muslime. Und manche Nichtmuslime waren ebenfalls tot. Darum *derkleinejihad.com*.

Natürlich gab er Lutfi Latifs Mitarbeiterin eine bedeutend kürzere und unvollständige Erklärung, hoffte aber trotzdem, dass aus ihr hervorging, dass er eine rudimentäre Vorstellung von islamischer Theologie hatte.

»Ich verstehe«, sagte Sumaya al-Shami.

»Ist vermutlich kein besonders guter Name«, antwortete Samson zur Sicherheit.

»Ich finde ihn jedenfalls besser als viele andere«, entgegnete sie. »Nicht so alarmistisch. Auch wenn ich sozusagen wegen eines Alarms hier bin.«

Sumaya. Wie bei jedem arabischen Namen fahndete Samson unwillkürlich nach der Bedeutung. Kaum ein arabischer Name hatte keine Bedeutung. Najih: der Erfolgreiche. Ghazi: der, der auf Beutezug geht. Lutfi, aus gegebenem Anlass: der Freundliche. Latif: andere grammatikalische Form, im Grunde aber dieselbe Bedeutung. Mohammed: der Gepriesene. Aber Sumaya? Die gesamte Fahrt zum Prater hatte er dem Namen keine Bedeutung zuordnen können. Doch jetzt, als er ihr gegenübersaß, fiel es ihm ein. Er müsste zur Absicherung natürlich ein Wörterbuch konsultieren, aber er war sich fast sicher, dass es sich um irgendeine Ableitung von *Sama'*, der Himmel, handeln könnte. Die Himmlische? Die Hochstehende? Die Erhabene? Irgendetwas in der Richtung bestimmt, dachte er, während er für sich selbst ein Bier und für Sumaya al-Shami eine Fanta holen ging.

Als er mit den Getränken wieder Platz genommen hatte, kam Lutfi Latifs Mitarbeiterin immer noch nicht auf den Grund ihres Treffens zu sprechen, sondern fragte als Nächstes nach seinen Arbeitsmethoden. Sie wollte wissen, was er eigentlich tat, wie er vorging und worauf er seine Analysen stützte. Außerdem bat sie ihn, einige seiner Kunden und Auftraggeber zu nennen. Offenbar war sie sehr gewissenhaft. Samson betrachtete ihre Hände, während er darüber Auskunft gab, welche Zeitungen und Magazine er gelegentlich belieferte, dass er aus Prinzip nicht mit den Sicherheitsbehörden zusammenarbeitete und warum er glaubte, dass es sinnvoll war mitzulesen, wenn Dschihadisten sich unter sich wähnten. Sumaya al-Shami hatte die Ellbogen auf den Tisch gestützt und ihren Kopf auf ihre verschränkten Hände gelegt. Sie waren sehr feingliedrig und sahen aus wie aus einem leichten, weichen, braunen Holz geschnitzt. Es waren sehr schöne Hände, fand Samson.

Die meiste Zeit über nickte Sumaya al-Shami, während sie ihm zuhörte. Manchmal lächelte sie auch. Aber Samson sah, dass sie ihm zugleich nicht ohne Misstrauen begegnete und dass ab und an ein Hauch von Spott um ihre Mundwinkel spielte oder ihre Stirn sich für Bruchteile einer Sekunde in Falten legte. Als würde sie ihn durchschauen und ahnen, dass sein Arabisch nur mittelmäßig war und er sich jede E-Mail und jedes Posting, das er an seinem heißen Rechner tippte, mühsam abrang. Dass seine Kenntnisse in islamischer Geschichte, Literatur und Theologie riesige Lücken aufwiesen. Dass er sich, schonungslos betrachtet, durchmogelte. Es war ihm nicht einmal peinlich, dass sie ihn womöglich durchschaute. Allerdings wollte er nicht, dass sie ihn für einen Angeber hielt.

»Frau al-Shami«, sagte er daher, als sich ihre grünen Augen gerade wieder einmal zu einem Schlitz verengten, »ich glaube, ich weiß, was Sie gerade denken.«

»Ach ja? Was denn?«

»Sie denken gerade: O nein, nicht noch einer von diesen diplomierten Falafelexperten, die ihre Magisterarbeit über die Präposition ›bi‹ im Wandel der Zeit oder das Münzwesen im Transoxanien des 13. Jahrhunderts geschrieben haben!«

Sumaya al-Shami hatte gerade einen Schluck Fanta genommen, an dem sie sich nun verschluckte, weil sie lachen musste. »Wie kommen Sie denn darauf?«

»Na ja, ich fände es auch komisch, wenn ich als Deutscher mit einem ägyptischen Germanisten in Kairo reden würde, der mir die Grundzüge meiner Kultur erklärt.«

»Also, Herr Sonntag, das würde ich so nicht sagen«, entgegnete Sumaya al-Shami. »Erstens bin ich selbst Deutsche. Zweitens wissen Sie, glaube ich, wirklich mehr über eine bestimmte Gruppe von Leuten, die meine Religion teilen und meine Muttersprache benutzen, als ich. Aber drittens«, an dieser Stelle machte Sumaya al-Shami eine Kunstpause, bevor sie unter Lachen weitersprach,

»haben Sie natürlich absolut recht. Ich fühle mich in Gegenwart von Arabisten und Islamwissenschaftlern jedenfalls immer ein bisschen wie beim Frauenarzt.«

»Na, dann ist das ja geklärt«, sagte Samson.

»Ja, das ist es«, antwortete Lutfi Latifs Mitarbeiterin.

Als wäre etwas aus dem Weg geräumt worden, kam Sumaya al-Shami nun endlich auf den eigentlichen Grund des Treffens zu sprechen. Er habe ja sicher im *Globus* gelesen, begann sie, dass der Abgeordnete bedroht werde. Jedenfalls habe Lutfi Latif sie gebeten, jemanden zu engagieren, der zum einen einen Blick auf die bereits eingegangenen und die möglicherweise noch kommenden Drohbriefe wirft und zum anderen die Bedrohungslage im Allgemeinen laufend einschätzen hilft. Und dass sie, nach einigem Herumfragen und Herumrecherchieren, auf sein Blog gestoßen sei.

Nun war es Samson, der nickte. Natürlich hatte er Merles Artikel gelesen. Und er hatte auch selbst schon Hinweise darauf gefunden, dass der Abgeordnete sich zu einer veritablen Hassfigur in der dschihadistischen Szene entwickelt hatte.

»So weit, so klar?«

»Ja.«

»Es gibt aber noch etwas«, fuhr Latifs Mitarbeiterin fort.

»O. k. Und das wäre?«

»Nazis.«

»Aha. Und sind das auch Todesdrohungen?«

»Wenn die anderen welche sind, dann ja.«

»Das ist allerdings überhaupt nicht mein Spezialgebiet.«

»Ich weiß. Aber das ist immer noch nicht alles.«

»Was kommt denn jetzt noch?«

»Islamhasser.«

»Das ist nicht sonderlich überraschend, würde ich sagen. Oder?«

»Na ja, klar. Ich kann Ihnen im Moment leider nicht alles sagen, was wir vermuten oder was uns beschäftigt. Aber kennen Sie sich mit denen vielleicht auch aus?«

Samson nahm einen Schluck von seinem Bier und überlegte kurz, ob er ihr von dem Salon berichten sollte, zu dem Stefan ihn eingeladen hatte. Doch er entschied sich dagegen. Wie sollte er ihr erklären, dass er bei so einem Treffen gewesen war, ohne dass sie ein falsches Bild von ihm bekommen würde?

»Eigentlich kenne ich mich mit denen nicht gut aus«, antwortete er stattdessen. »Ich meine, man kommt ja an denen nicht wirklich vorbei. Aber ich schätze, mein Wissen ist da eher oberflächlich.«

Er sah, dass sie enttäuscht war.

»Verstehe. Trotzdem. Falls Sie den Auftrag annehmen, wäre ich Ihnen dankbar, wenn Sie diese anderen Drohungen so gut es geht mit abzudecken versuchen.«

»O. k. Klar. Das würde ich machen.«

Mit Bedauern nahm Samson wahr, dass die länger werdenden Schatten der Kastanienbäume mittlerweile ihren Tisch eroberten. Nur die Augen von Sumaya al-Shami schienen das schwindende Licht irgendwie zu bewahren. Er hätte gerne noch etwas Interessantes oder Besonderes gesagt, aber ihm fiel nichts mehr ein. Sie standen beide auf. Immerhin brachte er die Erhabene zum Lächeln, als er ihr auf Arabisch eine gute Nacht wünschte.

»Ich heiße übrigens Sumaya«, sagte sie, bevor sie sich auf ihr Fahrrad schwang. »Wir können uns gerne duzen.«

»Sehr gerne. Ich bin Samson«, sagte Samson. »Aber eigentlich heiße ich Samuel.«

Mittlerweile hatte die Drift Samson fast bis ans Ende des Wracks getragen. Erneut fischte er nach seinem Finimeter. Der Anzeige zufolge hatte er schätzungsweise noch eine Viertelstunde, bevor er sich auf die Suche nach Thorben begeben musste, um den gemeinsamen Aufstieg einzuleiten.

Thorben war Historiker, arbeitete an der Universität von Greifswald und kam fast jeden Tag und definitiv jedes Wochenende zum Tauchen her. Viel mehr wusste Samson nicht über ihn, denn Thorben redete nicht viel. Aber weil Thorben nicht viel von dem *Buddy*-Arrangement hielt und lieber für sich war, hatte sich zwischen ihm und Samson eine Dauertauchpartnerschaft entwickelt. Die Ostsee war kein ruhiges Gewässer. Die grundsätzlich schlechte Sicht und der mitunter starke Wellengang waren eine Herausforderung, derentwegen unerfahrene Taucher von der hiesigen Tauchbasis ausgeschlossen wurden. Aus denselben Gründen achteten die Betreiber darauf, dass niemand alleine tauchte. Samson und Thorben taten diesen Regeln Genüge, in dem sie gemeinsam ins Wasser gingen und gemeinsam auftauchten, in dem Wissen, dass sowieso niemand ernsthaft nachvollziehen konnte, wie sie es unter Wasser hielten. Danach reinigten sie in der Regel gemeinsam ihr Equipment, tranken ein Bier zusammen und trugen mit Kugelschreibern »U-Boot-Wrack/14 Meter/45 Min« in ihre Logbücher ein. Dann tauschten sie die Hefte, ergänzten ein »Danke, Samson« beziehungsweise »Danke, Thorben«, und tranken ihr Bier aus.

Die Tauchbasis bestand aus wenig mehr als einer überdimensionierten Doppelgarage etwa 100 Meter vor dem Strand, in der Tauchequipment an Haken von der Decke baumelte, Sauerstoff auf Flaschen gezogen werden konnte und eine Dusche und ein WC bereitstanden. Der Rest des durch einen Zaun abgetrennten Grundstücks wurde als Campingplatz definiert, damit Besucher, die einen »Wochenend-Schnupperkurs Wracktauchen« gebucht hatten, ihr Zelt aufschlagen konnten. In einem alten Wohnwagen neben der Garage fand sich eine Art Rezeption, die zugleich als Bar und Imbiss fungierte. Es gab Bockwürste auf ungetoastetem Toast und tschechisches Bier in 0,5-Liter-Flaschen. Vor dem Wohnwagen standen je zwei grobe Holztische mit angeschraubten Holzbänken, an denen auch Samson und Thorben stets ihr Bier tranken.

Samson tauchte langsam um den Rumpf des Bootes herum, weil er wusste, dass Thorbens bevorzugter Tauchplatz auf dieser Seite lag. Als er ihn erblickte, hielt er einen Daumen in die Höhe; Thorben erwiderte das Zeichen. Als sie gemeinsam auftauchten, musste Samson daran denken, wie er mit Thorben im vergangenen Sommer beim Bier auf der Holzbank gesessen hatte und der Historiker ihn zum ersten und bislang einzigen Mal richtig überrascht hatte. An jenem Tag war bekannt geworden, dass ein Konvertit aus Rostock sich in Afghanistan bei einem Anschlag gegen Nato-Truppen in die Luft gesprengt hatte. Samson erinnerte sich genau. Sie tranken Staropramen aus der Flasche und blickten auf das Wasser, als die Meldung im Nachrichtenüberblick auf Antenne Mecklenburg-Vorpommern kam, dem Lieblingssender von Sylvia, die mit ihrem Mann Walter zusammen die Tauchbasis betrieb und die das Radio stets laufen ließ, wenn sie Dienst in dem Imbisswagen hatte.

»Mein Gott, ich werde nie begreifen, wie man sich in die Luft sprengen kann. Nicht mal für 70 Jungfrauen. Das ist doch ein kranker Glauben, mal ehrlich«, kommentierte sie die Nachricht aus dem Wagen heraus.

»Quatsch«, entgegnete Thorben, ohne sie auch nur anzuschauen, und setzte die Flasche an den Mund.

»Was?«, fragte Sylvia.

»Stauffenberg«, sagte Thorben.

»Was?«

»Graf Stauffenberg, 20. Juli 1944, der Widerstandskämpfer. Er wollte sich neben Hitler in die Luft sprengen. Ein gescheiterter Selbstmordattentäter.«

»Das ist ja wohl was *ganz* anderes!«

»Finde ich nicht, Sylvia.«

Heute würde er leider keine Zeit für ein Bier haben, sagte Samson zu Thorben, als sie die Ausrüstung in einem riesigen Plastikfass mit Süßwasser ausspülten.

»Kein Problem«, sagte Thorben.

Samson raffte seine Sachen zusammen, stopfte sie in die blaue Plastikwanne und ging zu seinem Auto. Er wollte schnell zurück nach Berlin. Er ging zwar davon aus, dass Lutfi Latifs Büro mindestens mit dem Bundeskriminalamt und den anderen Sicherheitsbehörden in Kontakt stand. Aber es könnte nicht schaden, wenn er selbst noch ein bisschen herumstocherte. Und zwar so bald wie möglich.

***

Ansgar Dengelow hielt sich an die Regeln. Außer da, wo er es nicht tat. Er war lange genug dabei, um genau zu wissen, wie weit er gehen konnte. Es war für ihn dabei von Vorteil, dass sein Karrierewillen endlich war: noch ein, zwei Klimmzüge vor der Pensionierung in fünfzehn Jahren, nicht zu viele Kollegen unter sich, nicht zu viele Chefs über sich, damit war er zufrieden. Aber das hieß nicht, dass Ansgar Dengelow kein reges Interesse an dem hatte, was sonst wo innerhalb des BKA und in den anderen Sicherheitsbehörden los war.

Im Gegenteil. Über die Jahre hatte er sich ein kleines Netz an privaten Informanten aufgebaut, mithilfe kleiner Gefälligkeiten, einer Empfehlung hier, einem guten Wort da oder unter Ausnutzung der Unerfahrenheit jüngerer Kollegen, »nun haben Sie sich doch nicht so, wir sitzen doch alle im selben Boot!«.

Wenn er – wie jetzt – früh am Morgen in seinem Büro in dem Hochhaus am Treptower Hafen mit Blick auf die Spree seinen Rechner hochfuhr und seine E-Mails las, waren daher stets auch Informationen darunter, die er auf dem offiziellen Dienstweg nicht erhalten hätte.

Die Ausbeute an diesem Tag war nicht schlecht. Der Bundesnachrichtendienst warnte in einem internen Rundschreiben vor einem USB-Stick einer bestimmten taiwanesischen Marke. Die Herstellerfirma war offenbar vom chinesischen Geheimdienst unterwandert worden; jedenfalls enthielt der Stick einen ab Werk eingebauten Trojaner. Das Bundesamt für Verfassungsschutz hatte drei weitere syrische Agenten enttarnt, die sich in Frankfurt als Studenten eingeschrieben hatten. Der Berliner Staatsschutz hatte Ermittlungen wegen großflächiger Aufkleber aufgenommen, die an den Fassaden dreier Moscheen in Kreuzberg, Neukölln und im Wedding aufgetaucht waren. Ein mitgeliefertes Kurzgutachten erläuterte den Hintergrund. Demnach waren auf den Aufklebern in arabischer Kalligrafie entweder die Worte »Allahu Asghrar« aufgedruckt, also »Allah ist kleiner«, oder »*La* Mohammad Rasul Allah«, also »Mohammed ist *nicht* der Prophet Gottes«.

Eine klare Provokation, schrieb ein gewisser Kriminalkommissar Zimmermann, Islamwissenschaftler. Denn es handle sich dabei um eine Verballhornung des ersten Satzes des islamischen Gebetsrufes, »Allahu Akbar« oder »Allah ist groß (Variante: größer)«, beziehungsweise eine Verneinung des zweiten Satzes des islamischen Glaubensbekenntnisses. Zimmermann, den Dengelow nicht kannte, schrieb weiter, dass die Aufkleber »offenkundig darauf ausgelegt sind, empörte Reaktionen und möglicherweise Überreaktionen unter den Moscheebesuchern auszulösen«. Noch gebe es keine Hinweise auf die Verantwortlichen, stand in dem Vermerk. Infrage käme möglicherweise der Tatbestand der Volksverhetzung.

Diese Provokationsspirale würde man im Auge behalten müssen, dachte Dengelow, während er auf den Frühnebel über dem Fluss und auf ein träge dümpelndes Hausboot blickte. Denn das Berliner Landesamt für Verfassungsschutz, das wusste er aus einer weiteren vertraulichen E-Mail, hatte von einer möglicherweise interessanten Gruppe von Jugendlichen und jungen Erwachsenen in Kreuzberg und Neukölln erfahren, die es sich mutmaßlich zum Ziel gesetzt hatte, »Personen auszukundschaften, die sich dem Islam gegenüber kritisch äußern«. Die Gruppe nenne sich offenbar »Riqaba«, was, wie das auch hier angehängte Schnellgutachten eines Islamwissenschaftlers erklärte, so viel wie »die Beachtung/Einhaltung (des göttlichen Willens)« heiße, »Variante: die Beobachtung«. Diese Information sei »dienstlich bekannt« geworden. Dengelow wusste, was diese Formulierung verschleiern sollte: Ein Zuträger hatte es den Verfassungsschützern gesteckt. Wahrscheinlich für Geld, vielleicht auch, weil sie ihn unter Druck gesetzt hatten. Mit ziemlicher Sicherheit aber nicht aus Überzeugung. Weitere Details zu der Truppe gab es nicht. Waren es Islamisten, die sich da zusammentaten? Der Vermerk enthielt keine eindeutigen Anhaltspunkte.

Dengelow machte sich an der kleinen Espressomaschine auf dem Beistelltisch, die seine Frau ihm letztes Jahr zum Geburtstag geschenkt hatte, einen Kaffee. Durch die Bürotür hindurch konnte er hören, wie die ehrgeizigeren unter den Kollegen einer nach dem anderen eintrafen. Es war noch nicht ganz halb acht. Dengelow war heute so früh gekommen, weil er nicht zu Hause geschlafen hatte, sondern in einem billigen Hotel am Ostkreuz. Kein Familienfrühstück, das ihn aufhielt. Kein »Machst du die Stulle für Leo, bitte?« oder »Ansgar, wann kommst du heute nach Hause, weißt du das schon?«. Auch heute würde er wieder dort schlafen.

Er hatte keine Ahnung, ob seine Ehe noch zu retten war. Er wusste nicht einmal, ob ihn das besonders kümmerte. Agnes hatte einen Liebhaber gehabt. Na und? Das war es nicht, was ihn umtrieb. Sie schliefen ohnehin seit Jahren kaum je miteinander, und er selbst war auch nicht immer treu gewesen. Doch Agnes war offenbar so schockiert über sich selbst, dass sie das Gefühl hatte, ihre Tat müsse krasse Konsequenzen haben. Trennung, Drama, Scheidung, lange Phase der Zerknirschung – noch war nicht ausgemacht, welche Möglichkeit sie präferierte. Mit einem gewissen Mitleid beobachtete er seit der großen Offenbarung, dass seine Frau viel stärker litt als er. Andererseits war ihm etwas klar geworden. Er würde für genau eine Sache kämpfen, und das war nicht seine Ehe, sondern die Illusion eines Zuhauses. Das gemeinsame Haus, das Leben mit Leo – das sollte unangetastet bleiben. Das würde seine Linie sein. Ob Agnes ihn nun noch liebte oder nicht. Darüber hatte er bis vor dem Einschlafen im Morgengrauen nachgedacht, während die S-Bahn-Züge im 20-Minuten-Takt sein Hotelzimmer zum Vibrieren brachten. Morgen, spätestens übermorgen, würde er versuchen, darüber ein vernünftiges Gespräch mit Agnes zu führen.

Seufzend kehrte Ansgar Dengelow an seinen Schreibtisch zurück. Bis dahin würde er sich mit Arbeit ablenken.

Als Nächstes las er seine normale Dienstkorrespondenz. Die Pressekonferenz zu den privaten Sprengstoffproduzenten würde am kommenden Dienstag stattfinden, teilte das Vorzimmer des Präsidenten mit. Schließlich öffnete er das E-Mail-Account, über das er mit seinem V-Mann korrespondierte.

Das war schon interessanter.

Munir hatte sich gemeldet. Sein bester Mann, längst nicht nur bei der Sprengstoffgeschichte. Dengelow wusste nicht allzu viel über seinen Zuträger, auf den das Amt vor einigen Jahren am Rande von Ermittlungen in einem »Ehrenmord«-Verfahren gestoßen war. Aber er wusste, dass Munir sich mit der größten Selbstverständlichkeit unter Kriminellen ebenso wie unter Islamisten bewegen konnte, und darauf kam es schließlich an. Er habe gehört, schrieb ihm Munir, dass al-Qaida demnächst eine deutschsprachige Botschaft veröffentlichen werde. Es sei von einer Website die Rede, die eigens dafür online gehen würde. Möglicherweise seien al-Qaida-Kader vor Ort involviert. Dengelow pfiff leise durch die Zähne. Das war wirklich brisant. Allerdings würde er den Teufel tun und diese Information weiterleiten. Es war natürlich viel zu früh, um Alarm zu schlagen. Aber genau rechtzeitig, um sich alle Optionen offenzuhalten. Er würde abwarten. Das war ohnehin meistens das Beste.

»Versuch mehr herauszufinden: Hinterleute? Ziele?«, tippte er. »Und bei Gelegenheit bitte checken, was in Kreuzberg los ist. Angeblich tun sich da ein paar Islamhasserhasser zusammen, Stichwort ›Riqaba‹.« Dann speicherte Ansgar Dengelow den Text in dem Entwurfsordner des E-Mail-Accounts, das er sich mit Munir teilte, und wo dieser die Nachricht finden würde.

Noch ein zweiter Kaffee, und dann würde er beginnen, sich auf die Dienstbesprechung mit den Kollegen um neun Uhr vorzubereiten. *Islamhasserhasser*. Gutes Wort, dachte Ansgar Dengelow. Aber vermutlich gab es mittlerweile auch schon Islamhasserhasserhasser.

***

108 »Ulf ist ein Nazi.«

»*Mina!!*«

»Na gut, Ulf ist kein Nazi. Aber ich schwöre dir, vor 70 Jahren wäre er einer gewesen.«

»So schlimm?«

»Ja.«

Sumaya sah, dass ihre Mitbewohnerin den Tränen nahe war. Wütend ließ Mina die Wohnungstür ins Schloss fallen und warf ihre schwarze Handtasche in die Ecke.

»Susu, du hast doch heute Abend nichts vor, oder?«, fragte sie.

»Nein, Süße. Ich bin hier.«

»Danke, Susu!«

Sie setzten sich auf den winzigen Balkon, der zum Innenhof des Altbaus ging, in dem ihre Wohnung lag. Entlang des Geländers hatte Sumaya im Frühjahr eine ganze Batterie kleiner Olivenbäume aufgestellt, die mittlerweile gut angewachsen waren. Das hatte den Balkon zwar gemütlicher gemacht. Aber um den Preis, dass er noch beengter geworden war. Mit Mühe hatten sie einen Tisch und zwei Stühle gefunden, die klein genug waren, um sie dort aufzustellen.

Sumaya zwängte sich auf einen der Stühle. Mina war so zierlich, dass sie es fertigbrachte, neben ihrem Hintern auch noch ihre Füße auf der Sitzfläche des Stuhls unterzubringen. Aus ihrer Hosentasche kramte sie eine Schachtel Zigaretten hervor und zündete sich eine an. Mina rauchte nur sehr selten, sodass es für Sumaya immer noch ungewohnt war, wenn ihre Mitbewohnerin Rauch ausstieß.

»Ich hasse ihn«, sagte Mina und starrte dabei auf einen Punkt am anderen Ende des Innenhofes.

»Was ist denn bloß passiert, Süße? Erzähl mal!«

Sie war mit Ulf im Strandbad Grünau gewesen, berichtete Mina. Sie waren zusammen geschwommen, hatten Pommes gegessen und gelesen und eng umschlungen auf ihren Bastmatten gelegen. Alles war schön gewesen. So schön, dass sie an die Zukunft gedacht hatte, und an ein gemeinsames Leben mit Ulf.

»Ich hab zu ihm gesagt, dass ich gerne mit ihm für ein paar Jahre nach Indien gehen würde. Wir sind doch beide bald mit dem Studium fertig. Vielleicht können wir ja bei einer tollen NGO arbeiten oder so, habe ich ihm vorgeschlagen. Alphabetisierung oder Waisenkinder oder Leprakranke oder so. Ich konnte mir das so gut ausmalen, wie wir da so am Wasser lagen.«

»Und wie hat er reagiert?«

»Er hat gesagt, dass er das nicht will.«

»Und wieso?«

»Ihn verbinde nichts mit Indien, hat er gesagt, der Arsch, und dass ihn andere Länder mehr interessieren würden, wenn er schon überhaupt ins Ausland gehen würde.«

»Ihn verbindet nichts mit Indien?«

»Genau.« Mina schnaubte wütend. »Ich, das *Nichts*! Mina, das große *Nichts* in seinem Leben! Ich meine, ich ziehe mich da vor ihm aus, erzähle ihm meine Träume für uns beide, und er sagt einfach, er hätte mit meinem Leben eigentlich nichts zu tun.«

»Und dann?«

»Ich hab ihm gesagt, dass mich das verletzt, schließlich sei ich ja Inderin, und es sei doch nur fair, dass wir uns auch einmal gemeinsam Indien anschauen.«

»Und was hat er da gesagt?«

»›Du bist keine Inderin‹, hat er gesagt. ›Du bist *Halb*inderin, aber eigentlich bist du Deutsche. Und abgesehen davon kennst du dich in Indien nicht einmal richtig aus.‹«

»Das ist echt krass.«

Mina konnte die Tränen nun nicht länger zurückhalten. »Ich meine, klar, ich war nur zwei Monate in meinem ganzen verschissenen Leben in Indien. Ich spreche kein Wort Hindi. Stimmt ja. Na und? Was weiß er denn schon? Er versteht es einfach nicht.«

»Vielleicht war er überrumpelt«, bot Sumaya als Erklärung an.

»Susu, nimm ihn nicht in Schutz, *bitte*. Du weißt doch genau, was ich meine. Diese *Kartoffeln* haben kein Recht darüber zu urteilen, wer oder was wir sind. Das dürfen nur wir selbst. Wenn wir's überhaupt können.«

Sumaya widersprach nicht und nahm Minas Hand. Sie wusste genau, was ihre Mitbewohnerin so verletzt hatte. Es war der Fluch. Der Fluch, der darin bestand, dass das, was für einen selbst das Innerste war, für *die anderen* nur das Äußere war. Der Fluch, der darin bestand, dass man ihn nicht erklären konnte. Der darin bestand, dass man nicht dazugehören wollte, wenn *die anderen* darauf bestanden;

und zugleich darauf bestand, dazuzugehören, wenn *die anderen* es für eine Unmöglichkeit hielten. Der Fluch, der für jeden, der ihn kannte, ein Gefängnis und ein Zufluchtsort zugleich war, tausend Möglichkeiten und keine. Der Fluch, der darin bestand, dass man nicht wusste und nie wissen würde, wer man ist.

Halbehalbe. Das hatte sie als Kind stets geantwortet, wenn irgendjemand sie wieder einmal fragte, als was sie sich eigentlich fühle, als Palästinenserin oder als Deutsche? Sie sagte es so kalkuliert rotzig, dass sie hoffen durfte, keine Nachfragen ertragen zu müssen. Als sie älter wurde, änderte sich die Antwort. Vielleicht hing es mit ihren ersten Reisen nach Ramallah zusammen, die sie ohne ihren Vater unternahm. Jedenfalls schleuderte sie den Fragenden später mit genau derselben Attitüde ein trotziges *Beides* entgegen.

Aber mittlerweile ahnte sie, dass die Wahrheit irgendwo in der Mitte lag, und dass beide Antworten im Grunde dieselbe Nichtantwort waren. Dass sie nämlich weder das eine noch das andere war, und dennoch beides. Dass eins durch zwei geteilt nicht immer zwei gleich große Hälften ergab. Dass Identität nichts mit Mathematik zu tun hatte, sondern veränderlich war, und vor allem: fragil. Verletzlich. Nie endgültig. Nie sicher. Immer in Gefahr. Ein Fluch und ein Segen, zwei Heimaten und zugleich keine, ein Versteck und zugleich ein Verließ. Sie war so voller Erinnerungen, von denen sie nicht einmal wusste, wie verlässlich sie waren. Und erfüllt von einem Heimweh nach etwas, das sie gar nicht kannte. Und da war Sehnsucht, brennende Sehnsucht – aber zugleich die Angst, sich ihr zu stellen.

Sumaya dachte an die Sommer ihrer Kindheit, die sie ausnahmslos in Ramallah verbracht hatte. Ein Picknick mit Tanten und Onkeln und einem halben Dutzend Cousins und Cousinen, irgendwo unter Pinien, auf einem Hügel außerhalb der Stadt. Blaue Plastikkanister mit eisgekühltem Wasser. Ein qualmender Grill mit Unmengen von Kebabspießen darauf. Pinienzapfen, trockene Zweige und kleine Steine unter ihren bloßen Kinderfüßen, Kinderlachen, mütterliche Umarmungen von ihrer Tante, so willkommen. Der Geruch des Zigarettenrauchs ihrer Onkel, die ihr im Vorübergehen die Hand auf die Haare legten, *Susu, ya Susu!* Die Wärme der Sonne in ihren Haaren. Die Wärme der Sonne auf ihren Augenlidern, wenn sie einen Moment innehielt.

Und ihr Vater, glücklich wie sonst nie, auf einem Klappstuhl sitzend, ein Glas Arak in der Hand, in dem die Eiswürfel klimperten, wenn er es an den Mund führte. Obwohl sie erst fünf, vielleicht sechs Jahre alt war, spürte sie doch genau, was für eine Erleichterung es für ihn war, hier zu sein. Sich ein paar Wochen nicht alleine um sie kümmern zu müssen. Ihr Familie bieten zu können.

Sie sah sich selbst auf dem Ast eines Olivenbaumes sitzen, die Sonne ging gerade unter, die Tanten räumten die bauchigen Taschen wieder voll, die Babys waren schon eingeschlafen, die Kohle auf dem Grill glimmte noch vor sich hin. Sie hatte sich vorgenommen, sie erinnerte sich genau, diesen Moment nicht zu vergessen, mit all der Entschlossenheit eines kleinen Mädchens, und sie hatte ihn nie vergessen. War sie jemals glücklicher gewesen?

Baba, dachte sie, *du warst großzügig. Du hast mir zwei Leben geschenkt. Aber ich kann nur eines leben, und das zerfrisst mich.*

Denn immer, wenn sie ihren Vater sah, auch heute, wenn sie ihn besuchte oder er sie, dann musste sie nur in seine Augen sehen, die stolz und zufrieden auf ihr ruhten und doch zugleich eine andere Sumaya sahen, die es gar nicht gab, aber geben könnte oder hätten geben können, um zu wissen, dass er auf seine Weise dasselbe fühlte wie sie: dass alles auch anders hätte kommen können. Dass das Leben, das sie beide führten, hier, in Deutschland, nicht das vorbestimmte war, sondern ein Zufallsleben. Und sie wusste, dass auch er, wenn er alleine war, sich ein anderes Leben ausmalte. Wie ein schmutziges kleines Geheimnis, das reiner nicht sein konnte und doch unaussprechlich und nicht teilbar. Zahllose Stunden, in denen sie beide sich das Leben ausmalten, welches sie auch hätten leben können. Das ungelebte Leben.

Und in diesem Leben war ihr Vater Notarzt in Ramallah und nicht Gefäßchirurg im Oldenburger Land. Und er behandelte die Verletzten, die aus den Reihen der Steinewerfer herausgezogen wurden, weil sie angeschossen worden waren. Und er war nicht nur der ferne Onkel, der ferne Großonkel, der ferne Cousin, der die nächtlichen Anrufe entgegennahm, die er stets vor Sumaya zu verheimlichen versucht hatte: *Sie haben Qasim festgenommen. Wir haben seit drei Tagen nichts von Abdallah gehört. Hashim ist angeschossen worden.* Nein, in seinem ungelebten Leben würde er stattdessen in Ramallah im Staub am Straßenrand knien und nicht hilflos sein. Er würde tun, was er könnte, um sie alle zu retten. Sie wusste, dass dies seine Gedanken waren, ohne je mit ihm darüber gesprochen zu haben, sie wusste es so sicher, wie man überhaupt irgendetwas wissen konnte. Dass dies seine Nachtbilder waren, die ihn zerfraßen. Dass er sich schuldig fühlte, weil er nicht mehr tun konnte – nicht mehr tat? –, als Worte ins Telefon zu flüstern, die die Distanz nicht überwinden konnten, und Geld für einen Anwalt zu überweisen, der nichts erreichen würde.

Und sie selbst, was wäre in jenem anderen Leben aus ihr geworden?

Sumaya hatte keine Antwort. Aber sie hätte es gerne erfahren. Nur dass sie es leider nie erfahren würde. Und das genau war ja das Schmerzhafte. Dass es sich anfühlte, als würde sie sich selbst nie ganz kennenlernen können.

Mina hatte nichts gesagt, während Sumaya unwillkürlich in Gedanken versunken war. Jetzt steckte sie sich noch eine Zigarette an.

»Susu, meinst du, wir können ihnen je trauen?«, sagte sie leise. »Ich meine, wenn sie sagen, dass sie uns verstehen. Was, wenn sie gar nichts verstehen, weil sie es nicht verstehen können?«

»Ich weiß es nicht, Süße. Ich weiß es wirklich nicht. Aber ich hoffe es.«

VI

Manchmal war Sumayas neues Leben noch etwas unwirklich. Zum Beispiel, wenn sie Lutfi Latif morgens um 6 Uhr 30 im *Deutschlandfunk* hörte, während sie sich anzog und sich darauf vorbereitete, in einer Stunde in sein Abgeordnetenbüro zu fahren. Es konnte sein, dass Lutfi Latif dann etwas sagte, was sie stolz machte. Auf ihn, aber auch auf sich selbst, weil sie ihm zuarbeitete, oder, wie in diesem Fall, sogar die Gesprächsthemen für die Sendung mit ihm abgestimmt und für ihn vorbereitet hatte.

Ein Tag, eine Woche, eine zweite Woche: Die Zeit verging wie im Fluge, seit sie ihren Job angetreten hatte. Das letzte Mal, dass sich für sie so viel auf einmal verändert hatte, war zu Beginn ihres Studiums gewesen. Genau wie damals verbrachte sie auch jetzt einen großen Teil ihrer Zeit damit, sich zurechtzufinden: Wo ist Raum 3.1.78? Bei welchem Mitarbeiter der Fraktionsgeschäftsführung bekomme ich ein Organigramm samt internen Durchwahlen? Welche Referenten muss ich auf jeden Fall schnell kennenlernen, weil sie die Themen von Lutfi Latif bearbeiten? Das war anstrengend. Aber es gefiel ihr, weil sie feststellte, dass sie sich nicht in sich getäuscht hatte – dass sie gut war in dem, was sie jetzt tat.

Obwohl sie ihre Stelle erst vor gut 14 Tagen angetreten hatte, traf sie längst an jedem Tag Entscheidungen, viele davon selbstständig, weil Lutfi Latif laufend Termine hatte: mit anderen Abgeordneten, mit dem Arbeitskreis Innere Sicherheit, dann die Fraktionssitzung am Dienstag, die Sitzung des Innenausschusses am Mittwoch, Bürgersprechstunde im Wahlkreisbüro und so weiter. Manchmal begleitete sie ihn oder drückte ihm auf dem Weg zumindest noch Unterlagen in die Hand, die er brauchen würde oder könnte. Ihr war jedoch rasch klar geworden, dass sie den Abgeordneten nicht wegen jeder Kleinigkeit behelligen konnte. Also entschied sie selbst. Nach ihrer eigenen Regel immer dann, wenn sie es sich zutraute – und zusätzlich mindestens einmal pro Tag, wenn sie sich nicht ganz sicher war.

Sumaya war froh, dass sie an der Uni im Moment nicht viel zu tun hatte, auch wenn das hieß, dass sie oft erst spätabends nach Hause kam. Sie vermisste die Gespräche mit Mina, vor allem, weil es ihrer Mitbewohnerin wegen des Streits mit Ulf immer noch schlecht ging. Aber sie war trotzdem zufrieden. Sie hatte sogar

schon ein paar andere Abgeordneten-Mitarbeiter kennengelernt, die nicht arrogant waren und sie nicht spüren ließen, dass sie sich in dem Geschäft noch kaum auskannte. Die anderen ignorierte sie nach Kräften.

Es war faszinierend, Lutfi Latif dabei zu beobachten, wie er seinen Einstieg in die Parlamentsarbeit betrieb.

»Sumaya, haben Sie heute schon *al-Hayat* gelesen?«

»Nein, noch nicht.«

»Ich hab's nicht genau gelesen, nur überflogen, aber die schreiben, dass die Isaf-Truppen offenbar letzte Woche in der Nähe von Kandahar das falsche Haus gestürmt haben. Es sind zwei Frauen erschossen worden, und *al-Hayat* meint Hinweise darauf gefunden zu haben, dass die Nato das zu vertuschen versucht hat.«

»Verstehe.«

»Genau. Lesen Sie es doch bitte nachher mal in Ruhe. Und wenn Sie das Gefühl haben, dass da was dran sein könnte, dann fände ich's gut, wenn Sie eine kleine Pressemitteilung verfassen. Das muss untersucht werden. *Tamam?*«

»Klar. Mache ich.«

»Ach ja, und bitte schicken Sie, bevor das rausgeht, eine kurze Mitteilung an Mantert, ich will nicht, dass er sich übergangen fühlt. Möglichst freundlich, ›damit Sie im Bilde sind‹, so etwas in der Art.«

»Kein Problem.«

Mantert war der für Außenpolitik zuständige Sprecher der Fraktion, und es war kein Geheimnis, dass sein neuer Fraktionskollege mit seinen eigenen internationalen Beziehungen ihn nervös machte.

Lutfi Latif hielt Kontakt zu ägyptischen Revolutionären, syrischen Dissidenten und libyschen Aufständischen, manchmal bekam Sumaya Teile der Kommunikation mit, und sie spürte, für wie gewaltig und historisch der Abgeordnete die Umwälzungen in der arabischen Welt hielt – und wie sehr der Mut der Menschen auf den Straßen ihn berührte. Sie verstand das gut, es ging ihr ähnlich.

»Und noch etwas …«

»Ja?«

»Sie wissen ja, es gibt auch in unserer Fraktion ein paar Kollegen, die ein Burka-Verbot durchsetzen wollen. So wie in Belgien und Frankreich.«

»Ja.«

»Wären Sie so nett und finden mal heraus, wer sich aus der Fraktion in den letzten Jahren wie dazu geäußert hat?«

»O. k.«

»Sie wissen, dass ich gegen ein Verbot bin, oder?«

»Ich weiß. Aber ich soll vermutlich nicht mit der Tür ins Haus fallen?«

»Nein, genau, auf gar keinen Fall. Wir eruieren. Dann sehen wir weiter.«

Hatte er einen Masterplan? Gab es in seinem Kopf eine Liste, die er abzuarbeiten begonnen hatte? Oder navigierte er auf Sicht, auf Zuruf, impulsiv und spontan? Sumaya erlaubte sich noch kein Urteil. Sicher war nur, dass dem Abgeordneten sein neuer Job gefiel. Er kam früher und blieb noch länger als sie und Munkelmann. Falls er erschöpft war, ließ er es sich nicht anmerken. Im Gegenteil, er schien voller Energie zu sein. Abends um halb acht – meist war er dann noch da – schloss er regelmäßig die Tür zu seinem Büro für fünfzehn Minuten. Anfangs hatte Sumaya vermutet, dass Lutfi Latif sich zum Beten zurückzog. Aber dann hatte er sie einmal hereingerufen, und sie hatte festgestellt, dass er sich mit seinen beiden kleinen Töchtern per Skype unterhielt. Offenbar hatte er ihnen von ihr erzählt, und Laila und Lamia hatten anscheinend darauf bestanden, sie kennenzulernen. Also setzte sich Sumaya auf den Schreibtischstuhl des Abgeordneten und plauderte ein paar Minuten auf Arabisch mit den beiden, bis Fadia Latif auf dem Monitor erschien und erklärte, es sei jetzt Zeit, ins Bett zu gehen.

An jedem zweiten oder dritten Tag fragte der Abgeordnete Sumaya zudem, ob sie mit ihm essen gehen wollte, wobei sie es sich zur stillschweigenden Regel gemacht hatten, die Innenpolitik zu meiden. Aber sie sprachen über den Nahen Osten, die Revolution in Ägypten oder auch nur über Banalitäten. An den übrigen Tagen nutzte Lutfi Latif die Mittagspause für Termine und knüpfte Kontakte zu praktisch jeder und jedem, der oder die sich in der grünen Fraktion jemals mit Migration, mit der islamischen Community, mit Außenpolitik oder dem Nahen Osten beschäftigt hatte. Mindestens zweimal hatte er sich aber auch mit Parlamentariern aus

anderen Parteien getroffen, die sich um diese Themen kümmerten, meistens in einem kleinen Restaurant unter dem S-Bahn-Bogen auf halbem Weg zwischen Bundestag und Grünen-Parteizentrale, das er mochte, weil es nicht zu teuer war und täglich mindestens ein vegetarisches Gericht auf der Business-Lunch-Karte führte.

Lutfi Latifs Aktivismus war umso erstaunlicher, als die übrigen Abgeordneten, wie Sumaya in kurzen Flurgesprächen mit anderen Mitarbeitern festgestellt hatte, im Moment nur wenig Präsenz und Arbeitseifer zeigten. Was wiederum daran lag, dass die Mitglieder des Bundestages noch nicht recht wussten, wer Freund war und wer Feind. Sicher, innerhalb ihrer eigenen Fraktionen sortierten sich die Flügel bereits. Aber es gab noch immer keine Regierung. Verschiedene Parteien sondierten eine Kooperation, doch diese Gespräche waren bisher nicht in Koalitionsverhandlungen gemündet. Eine wahrscheinliche Regierung zeichnete sich ab. Ob aber die Grünen sich ihr anschließen würden, stand noch nicht fest. Den einen Tag sah es ganz danach aus, am nächsten schon wieder nicht mehr.

Diese unklare Situation war Dauerthema unter den Abgeordneten ebenso wie unter ihren Mitarbeitern und in den Zeitungen. Und es war einer der Gründe dafür, dass Sumaya die Aufregung der ersten Tage wegen der Drohbriefe und des *Globus*-Artikels schon jetzt wie eine ferne Episode vorkamen und das Thema Sicherheit nur noch wenig Raum in der morgendlichen Kurzbesprechung einnahm, die der Abgeordnete auf 9 Uhr 30 festgesetzt hatte – und zu der er Sumaya, zu ihrer Überraschung und zu ihrem Entzücken, gebeten hatte, jeweils ein bisschen Brot, Öl und Thymian aufzutreiben, »aber nur, wenn Sie zufällig eine Bezugsquelle kennen und es

Ihnen nichts ausmacht, ich weiß nicht, wie Sie das sehen, aber Sa'tar ist meiner Meinung nach das beste Frühstück«. Seitdem hatte jede dieser Sitzungen damit begonnen, dass abwechselnd Sumaya und Lutfi Latif Cord Munkelmann beizubringen versuchten, wie man das Brot in handliche Stücke brach und das abwechselnde Tunken in Öl und Kräutermischung erledigte, ohne sich zu bekleckern. Cord lernte es allmählich.

Natürlich war die Sicherheitsfrage trotzdem nach wie vor ein regelmäßiger Punkt auf der internen Tagesordnung. Aber das BKA schickte an jedem Morgen immer nur dieselben drei Sätze, denen zufolge es keine neuen Erkenntnisse gab, die bestehenden Ermittlungsansätze weiter verfolgt würden und die Bedrohungslage gegen Lutfi Latif, MdB, als »unverändert hoch« eingeschätzt wurde.

Immerhin, gestern hatte Samuel in einer sehr freundlichen E-Mail an sie einen ersten Bericht für morgen angekündigt. Vielleicht, dachte Sumaya, würde er ja mehr zu berichten haben. Sie hatte kurz überlegt, ob sie ihn nicht bitten sollte, sich, anstatt eine E-Mail zu schicken, lieber persönlich mit ihr zu treffen. Doch nach einem Blick auf ihren Schreibtisch hatte sie sich dagegen entschieden. Denn den größten Teil ihrer Arbeitszeit investierte Sumaya seit fünf Tagen in einen stetig wachsenden Stapel verschiedenfarbiger Karteikarten auf ihrem Schreibtisch in ihrem kleinen Büro, in das sie mittlerweile immerhin einen der Olivenbäume von ihrem Balkon verfrachtet hatte, um es etwas freundlicher zu gestalten. Die eng beschriebenen Karten waren Teil eines Geheimprojekts, was Sumaya, wenn sie ehrlich war, zu gleichen Teilen erregte wie verstörte. Ihr war nicht entgangen, dass Lutfi Latif sich vergewissert hatte, dass Cord Munkelmann nicht im Büro war, bevor er sich ihr offenbart hatte. »Sumaya, wenn Sie vielleicht einen Moment Zeit hätten, es gibt da etwas zu besprechen …«

Sie merkte, dass es ihm unangenehm war, ihr zu verraten, worum es ging. Warum? Hatte er Sorge, sie könne ihn für einen Karrieristen halten? Nach einer Kunstpause war er fortgefahren: Sollten die Koalitionsverhandlungen zu der Regierung führen, nach der es im Moment aussah, und sollten die Grünen sich ihr anschließen, was keineswegs ausgeschlossen war – eine weitere Pause –, dann könnte es sein, dass man ihn bitten werde, das neu zu schaffende Amt eines

Beauftragten der Bundesregierung für Deradikalisierungs-Projekte zu übernehmen. *Und ich glaube, Sumaya, ich sollte es dann auch annehmen.* Um für diesen Fall vorbereitet zu sein, so hatte er weiter erklärt, wäre es gut, wenn ein *paar* Gedanken bereitlägen: »Sie können sich sicher denken, was ich meine, ein Überblick darüber, was andere Länder in dieser Hinsicht schon machen, eine Aufstellung der wichtigen Experten in diesem Bereich, ein paar wichtige Aufsätze und Bücher vielleicht. Und darum würde ich Sie gerne bitten …«

Sumaya brauchte den Abgeordneten nur anzusehen, um zu erkennen, wie sehr ihn dieser Posten reizte. Sie hätte gerne gewusst, ob Lutfi Latif sich das Amt vielleicht sogar selbst ausgedacht hatte. Doch das war nicht Teil seiner Offenbarung von vor fünf Tagen gewesen. Seitdem aber ergänzte Sumaya ihren Stapel von Karteikarten in jeder freien Minute ihrer Arbeitszeit: Auf den grünen Karten stand, welche Projekte andere Länder betrieben, um Radikale zu entradikalisieren – und er hatte ihr nicht erklären müssen, dass es vor allem um Dschihadisten gehen würde, aber sicher nicht nur, sondern auch um andere Radikale. Auf den gelben hatte sie Fachleute aufgelistet, zusammen mit Stichworten zu ihren Positionen. Sie hatte sichergestellt, dass auch arabische Experten vertreten waren. Auf den blauen Karten hatte sie Zitate aus Aufsätzen von Lutfi Latif festgehalten, die das Thema berührten, um zu sehen, worauf er aufbauen könnte. Auf den roten Karten schließlich: unsortierte Ideen, die man darüber hinaus aufgreifen könnte.

Mit dieser Aufgabe würde Sumaya auch einen großen Teil des heutigen Tages bestreiten. Das zumindest war ihr Plan. Sie wollte gerade in der Bundestagsbibliothek und beim Wissenschaftlichen Dienst Bestellungen aufgeben, als sie Schritte hörte, und kurz darauf, wie eine Tür geöffnet und wieder geschlossen wurde. Zwei Wochen nur, dachte sie, aber schon kann ich an der Schrittfolge ablesen, dass es Cord ist, der ins Büro kommt. Und mit ihm treten ein: die Gedanken, die ich gerne noch ein wenig länger verdrängt hätte. Die Erinnerung daran, dass nicht alles eitel Sonnenschein war, sondern dass auch im Büro von Lutfi Latif über einigen Angelegenheiten Schatten lagen.

Sumaya hatte immer noch keine Ahnung, was sie von ihrem Kollegen denken sollte. Vor allem nicht nach dem, was Lutfi Latif ihr erzählt hatte. Nein, nicht vor allem, korrigierte sie sich. *Auch* deswegen. Aber *vor allem* dessentwegen, was Cord selbst getan hatte. Warum, fragte sich Sumaya, hatte in diesem Büro offenbar jeder irgendein Geheimnis? Oder sogar mehrere, genau betrachtet. Mittlerweile hatte ja auch sie selbst eines, und sie wusste nicht einmal, warum. Nur um auch eines zu haben? Jedenfalls hatte sie beschlossen, Lutfi Latif *nicht* von Cords schmutzigem Spiel in ihren ersten Arbeitstagen zu berichten. Davon namentlich, dass Cord diejenigen Drohungen gegen den Abgeordneten, die nicht von Islamisten stammten, von ihrem Schreibtisch hatte verschwinden lassen. Zuerst war sie empört gewesen. Sie hatte Cord sofort konfrontieren wollen. Es konnte schließlich nur er gewesen sein.

Aber in dem Moment, in dem sie den Entschluss gefasst hatte, ihn zur Rede zu stellen, stand er plötzlich im Türrahmen zu ihrem Büro, schlaksig, freundlich, die Unschuld in Person, und er sprach mit einer so besänftigenden Stimme, dass sie an einen Imker denken musste, der seinen Bienen zuredete: »Entschuldigung Sumaya, du hast dich vielleicht schon gewundert, dass ich an deinem Schreibtisch war, aber ich wollte die Zuschriften einfach noch einmal schnell kopieren, ich hatte dir nämlich aus Versehen die Originale hingelegt, die sollen aber natürlich in die Ablage.«

»Ah, o.k. Ich hatte mich, ehrlich gesagt, schon ein bisschen gewundert.«

»Tut mir leid, das nächste Mal sag ich dir vorher Bescheid. Es ist halt alles noch etwas chaotisch hier. Aber ich schätze, wenn man die Akten nicht von Anfang an vernünftig pflegt, dann findet man bald gar nichts mehr, so viel wie hier anfällt.« Dazu ein linkisches Lächeln. »Also dann …«

Abgang.

Erst hatte Sumaya es gar nicht gemerkt. Sie hatte sogar schon beschlossen, dass Cord die Wahrheit sagte. Aber dann war es ihr doch aufgefallen: Auf den Kopien, die Cord ihr anstelle der Originale zurückgegeben hatte, waren wie durch Zufall die Absender nicht mehr zu erkennen. Nur dass sie nicht an einen Zufall glaubte. Sie hätte ihn deswegen ansprechen können. Aber sie tat es nicht. Warum? *Warum nicht, Susu? Weil du auch ein Geheimnis haben wolltest? Nein. Du weißt genau, warum du es nicht getan hast:*

Weil du geglaubt hast, dass es irgendwann vielleicht einmal hilfreich sein könnte, etwas gegen Cord in der Hand zu haben. Das war der Grund, gib es ruhig zu. Und wenn du schon dabei bist: Gib auch gleich zu, dass du dich vermutlich schon angesteckt hast bei diesem seltsamen Spiel, wo man sich umso wichtiger vorkommt, je mehr man weiß.

Natürlich, sie hätte mit Lutfi Latif darüber sprechen können, im Vertrauen, schließlich vertraute sie ihm doch, er hätte Cord sicher nichts davon erzählt. Aber sie hatte es eben nicht getan. Das war es, ihr kleines Geheimnis, das sie eigentlich gar nicht haben wollte, das vielleicht völlig unwichtig war, wie sie sich jetzt einredete, während Cord Munkelmann zwei Räume weiter geräuschvoll seine Aktenmappe abstellte. Aber der Zeitpunkt, an dem sie es Lutfi Latif hätte erzählen können, ohne dass es merkwürdig gewesen wäre, war längst verstrichen.

Wieder meldete sich ihr Magen. Wenn das nur das einzige Geheimnis wäre, die einzige Merkwürdigkeit. Sie dachte erneut zurück an ihre ersten Tage im Büro und die Aufregung um die Drohpost an den Abgeordneten. Direkt nach dem Sicherheitsgespräch mit dem Beamten vom Bundeskriminalamt hatte Lutfi Latif sie zur Seite genommen: »Ich glaube, Sumaya, es ist tatsächlich eine gute Idee, dass wir jemanden bitten, diese ganze Sache für uns mit im Auge zu haben, so wie Herr Dengelow es vorgeschlagen hat.« Dann hatte er ihr den Zettel ausgehändigt, auf dem Dengelow ein paar private Institute und Terrorexperten notiert hatte, die er für geeignet hielt.

»Soll ich mich darum kümmern?«, fragte Sumaya.

»Ja.«

»Gut, ich setze mich gleich dran.«

»Ja, das ist gut, vielen Dank. Aber …«

»Ja?«

»Aber suchen Sie bitte jemanden aus, der nicht auf dieser Liste steht.«

»Der *nicht* auf der Liste steht?«

»Genau.«

Hätte sie fragen sollen, warum? Nein. Das stand ihr nicht zu, es war allein seine Entscheidung. Und von sich aus bot Lutfi Latif keine Erklärung an. Also hatte sie sich auf die Suche nach einer Alternative gemacht. Immerhin war Lutfi Latif sehr zufrieden gewesen, als sie ihm ein paar Tage später berichtete, dass sie Samuel Sonntag engagiert hatte. *Gut gemacht, Sumaya!* Er wird seine Gründe haben, hatte sie sich gedacht, und ich bin nur seine Mitarbeiterin.

Aber wie gesagt: Da waren noch mehr Merkwürdigkeiten.

Ein weiteres Gespräch zwischen Tür und Angel, ein Tag später, Cord Munkelmann war gerade zum Mittagessen aus dem Büro gegangen: »Sumaya, ich denke, Sie müssen etwas über Herrn Munkelmann erfahren. Ich wollte es Ihnen ohnehin sagen, aber jetzt ist wahrscheinlich ein guter Zeitpunkt.«

»Ja?«

»Ich habe ihn mir, anders als Sie, nicht selbst als Mitarbeiter ausgesucht. Die Fraktionsgeschäftsführung hat mich gebeten, ihn einzustellen. Die wollten, dass ich wenigstens eine erfahrene Kraft beschäftige.«

»Was hat er denn vorher gemacht?«

»Er war Referent für Sicherheitspolitik und Nachrichtendienste in der Fraktion.«

»Heißt das, dass Sie ihm nicht trauen? Glauben Sie, dass er für die *Globus*-Meldung verantwortlich ist?«

»Nein, überhaupt nicht. Ich habe keinen Grund, ihm zu misstrauen.«

»Aber warum erzählen Sie mir das dann?«

»Weil Sie wissen müssen, dass er der Anstands-Wauwau der Fraktion in diesem Büro ist. Ich gehe davon aus, dass er der Fraktionsführung gelegentlich Bericht erstattet. Das ist im Grunde kein Problem. Sie sollten es nur wissen.«

»Danke.«

Aber warum sollte ich es wissen?

Vielleicht, grübelte Sumaya, damit ich Cord *wirklich* nicht erzähle, woran ich gerade arbeite, beziehungsweise arbeiten sollte, damit die Fraktionsgeschäftsführung nicht denkt, er sei sich zu sicher. Doch sie fand diesen Gedanken nicht überzeugend. Da musste noch etwas sein, etwas, von dem sie nichts wusste. Etwas, das erklären würde, wieso Lutfi Latif sich – Merkwürdigkeit Nummer vier – noch einmal ganz anders verhalten hatte, als sie es erwartet hatte. Denn entgegen seiner Ankündigung hatte der Abgeordnete den Journalisten, die wegen der *Globus*-Geschichte über die Todesdrohungen angerufen und nachgefragt hatten, *nicht* in aller Deutlichkeit erklärt, dass er auch noch von Nazis und Islamhassern bedroht wurde. Sicher, eine vage Andeutung hatte er gemacht. Aber eigentlich hatte er nur den Kern ihrer Auswertung weitergegeben: Die Drohungen seien unkonkret. Niemand habe angekündigt, ihn persönlich umzubringen. Keine Namen von Organisationen seien gefallen. »Natürlich nehme ich das dennoch ernst. Aber ich lasse mich nicht einschüchtern, von keiner Seite.«

So hatte Sumaya es am folgenden Tag auf dem Weg zur Arbeit in den Zeitungen nachlesen können. Sie hatte keine Ahnung, was sein Beweggrund gewesen sein könnte. Sie wusste aber, dass sie nicht die Einzige war, die sich darüber wunderte. Denn am Tag darauf – Merkwürdigkeit Nummer fünf – hatte sie unabsichtlich ein Gespräch zwischen Fadia und Lutfi Latif belauscht. Die beiden hatten offensichtlich nicht registriert, dass sie in ihrem engen Büro am Ende des Schlauches saß. Es war kein richtiger Streit. Aber Fadia Latif war aufgebracht, und in ihrer Stimme mischten sich Sorge und Wut.

»Wieso, Lutfi? Jetzt, wo dir jeder zuhört – hätte es eine bessere Gelegenheit gegeben, den Leuten klarzumachen, was sich da zusammenbraut?«

»Nein, du täuschst dich, *Habibti*, gerade jetzt war keine gute Gelegenheit.«

»Ach ja?«

»Ja, das reicht noch nicht. Ich brauche noch mehr.«

»Warte nicht zu lange.«

Sumaya hatte nicht verstanden, worauf Lutfi Latif anspielte. Wovon brauchte er noch mehr? Aber sie fühlte wie Fadia Latif: Wieso hatte er die Gelegenheit verstreichen lassen, auf die Drohbriefe dieser Islamhasser hinzuweisen?

Auch Fadi, dachte sie betrübt, hätte wahrscheinlich anders reagiert, wenn er gewusst hätte, dass der Abgeordnete von Islamhassern beschimpft und bedroht wurde.

»Na Susu, gerade erst angefangen und schon Islamisten jagen?«, hatte er stattdessen zu ihr gesagt, als sie am vergangenen Freitag auf dem Nachhauseweg doch noch ins Internetcafé gegangen war. Seine Worte hatten ihr einen Stich versetzt.

Fadi bemerkte es sofort. »Susu, *Habibti*, so habe ich es nicht gemeint!«

»Wie denn?«

»Ich weiß es nicht. Susu, es geht überhaupt nicht um ihn oder um dich. Ich bin bloß wütend.«

»Wieso bist du wütend?«

Fadi zeigte ihr einen Aufkleber, groß wie ein DIN-A4-Blatt. Er war mit arabischer Schrift bedruckt. »Allah ist kleiner«, las Sumaya.

»Das hing an der Wand der Moschee«, sagte Fadi tonlos und zeigte ihr seine verkrusteten Fingernägel und verschrumpelten, geröteten Handflächen. »Zweihundert Stück davon. Wir haben den ganzen Tag gebraucht, sie alle abzumachen.«

»*Fadi!*«

»Ist ja gut, Susu. Ist ja gut.«

***

Eine der Legenden, die man sich auf den Fluren des *Globus* gelegentlich erzählte und dabei mit selbst erfundenen Details ausschmückte und von der Merle Schwalb nie gewusst hatte, ob sie stimmte oder nicht oder wenigstens halb richtig war, betraf drei Flugzeugsessel. Arno Erlinger, der inoffizielle Chef der Drei Fragezeichen, so ging diese Legende, saß einmal auf dem Flughafen von Dubai fest: Emirates hatte die Business Class überbucht. Verzweifelt suchten die Airline-Angestellten nach Freiwilligen, die 24 Stunden später als gebucht nach Berlin fliegen würden, als Kompensation boten sie einen Freiflug erster Klasse an ein beliebiges Ziel, eine Nacht im Fünfsternehotel und einen Duty-Free-Einkaufsgutschein in Höhe von 500 Dollar. Die Reihe kam an Erlinger. Würde Erlinger auf das Angebot eingehen? Natürlich nicht: 24 Stunden Verspätung waren indiskutabel. Freiflüge ebenso: Er hatte längst mehr Meilen gesammelt, als er verfliegen konnte. Aber andererseits … Erlinger, der vielleicht einfach einen guten Tag hatte, sagte jedenfalls zu den Airline-Angestellten: »*No problem*. Aber Ihr Angebot interessiert mich nicht. Wir machen was anderes: Sie senden mir drei ausgemusterte Flugzeugsessel aus Ihrer Ersten Klasse in mein Büro, für mich und meine Kollegen. Deal?« – »*Deal!*« So ging die Legende.

Und an diesem Tag, an dem Merle Schwalb zum ersten Mal in ihrem Berufsleben beim *Globus* den Trakt im 17. Stock betrat, der den Drei Fragezeichen vorbehalten war, stellte sie als Erstes fest, dass die Legende offenbar der Wahrheit entsprach. Denn da lag er: Arno Erlinger *himself*, gekleidet in ein graues Retro-Sakko, im Gesicht eine Ray-Ban-Sonnenbrille, entspannt und cool und unnahbar, seine vollen zwei Meter ausgestreckt auf einem vollständig ausgefahrenen Airline-Sessel mit *Emirates*-Logo. Die anderen beiden Sessel, die nur halb ausgefahren waren, hatten Frederick Rieffen und Lars Kampen okkupiert, die zwar beide kein Jackett, dafür aber Maßhemden trugen, Rieffen in Flieder, Kampen in strahlendem Weiß. In den Vertiefungen, die in die Armlehnen der drei Sessel eingelassen waren, standen Gläser. Ob Scotch darin war oder Eistee, vermochte sie nicht zu sagen.

Merle Schwalb hatte angeklopft, aber niemand hatte reagiert. Also war sie eingetreten. Jetzt stand sie praktisch in der Mitte des Raumes und kam sich vor wie eine Stewardess.

»Hallo!«, sagte Erlinger lässig und nahm seine Sonnenbrille kurz ab.

»Hi« und »Hallo« sekundierten die anderen beiden, die Hände zu einem kurzen Winken in die Luft werfend.

»Sie sind ein bisschen spät, aber das macht nichts«, erklärte Erlinger großzügig.

Merle sah auf ihre Uhr. »Aber es ist doch genau 16 Uhr?«

»Ach herrje, haben Sie meine Mail nicht mehr bekommen, dass wir eine halbe Stunde früher anfangen?«, fragte Erlinger.

»Nein«, sagte Merle, in der Hoffnung, ebenfalls lässig zu klingen, mit der Ahnung, dass ihr das nicht gelingen würde, und zugleich erfüllt von Wut, weil sie auf den ältesten und abgeschmacktesten Trick der Welt hereingefallen war.

»Egal, kein Problem. Wir haben bisher sowieso nur etwas herumgesponnen. Der Kollege Kampen wollte gerade ausführen, was wir eigentlich in der Hand haben.«

»O. k.«

»Genau, alles o.k. … Setzen Sie sich doch! Allerdings haben wir leider nur noch einen *Economy*-Sessel, sozusagen.« Er wies auf einen Ledersessel in der hinteren Ecke des Raumes, den Merle Schwalb sich daraufhin heranzog. »Lars, mach doch am besten einfach weiter, ja?«

»Ja, klar. Also, wo war ich?« Kampen warf einen Blick in sein schwarzes Moleskin-Notizbuch. »Wir haben 189 Namen von Dschihadisten aus Deutschland, die in den letzten drei Jahren nach Waziristan gegangen sind, und zwar sicher nicht, um Teppiche zu kaufen, wenn ich es mal so ausdrücken darf. Siebzehn sind schon tot. Haben wir aber schon erzählt. Mindestens 13 Kinder von deutschen Dschihadisten-Eltern wurden dort mittlerweile geboren, eins starb im Wochenbett und wurde als jüngster Märtyrer aller Zeiten in einem Video verewigt, das haben wir leider auch schon erzählt. Wenn auch viel zu kurz, wie ich finde, weil Lauter das verhindert hat. Aber egal, wir wollen uns deswegen nicht noch einmal aufregen.«

»Blablabla«, fiel ihm Arno Erlinger ins Wort. »Wir waren alle dabei, Lars, wir haben diese Geschichten zusammen gemacht. Sag uns lieber, was wir Neues haben!«

»Ja. Gerne. Es gibt da durchaus ein paar Sachen, die wir noch nicht erzählt haben. Das LKA Baden-Württemberg hat vor ein paar Monaten Ermittlungen gegen einen Mann eingeleitet, von dem sie sicher sind, dass er ein Rekruteur der pakistanischen Taliban ist. Mittlerweile liegt die Sache beim Bundeskriminalamt, weil die Bundesanwaltschaft ein Verfahren wegen Werbung für einen fremden Wehrdienst eingeleitet hat.«

»Ölauge oder Weißbrot?«, fragte Erlinger.

»Kein Konvertit, Arno, Original-Hardware. Pakistanische Eltern. War in Nordwaziristan, vier oder fünf Monate, wahrscheinlich jedenfalls.«

»O.k., aber das alleine ist noch nichts, oder?«

»Nein, natürlich nicht. Aber der Abu hatte Kontakt zum Los-Angeles-Bomber, haben sich eine Hütte geteilt, wie man hört, und er hat mindestens vierzehn andere Bärte angequatscht, um sie anzuwerben. Als er wieder hier war.«

»Haben wir die Namen?«

»Wir haben die Namen.«

»Adressen, Telefonnummern, etc.?«

»Ja, alles da.«

»Gut. War er erfolgreich?«

»Wie man's nimmt. Sieben sind abgereist. Drei sind verschwunden. Die anderen sind unter Wind.«

»Verteilung?«

»Fast alle im Süden und Südwesten. Einer ist nach Berlin umgezogen. Einer treibt sich jetzt offenbar in Braunschweig herum. Sagt man mir jedenfalls.«

»O.k. Das ist gut. Aber das reicht nicht für drei Seiten, lange nicht.«

»Nein, aber es hängt ja auch noch mehr dran.«

»Ich höre …«

»Also, dieser Typ, er heißt Iqbal, hat sich ziemlich viel im Netz herumgetrieben. Hat E-Mails geschrieben. Kontakte geknüpft.«

»Tun sie das nicht alle, Lars?«

»Ja, klar. Aber Iqbal hat monatelang Kontakt gehabt mit Anwar al-Awlaki, diesem jemenitisch-amerikanischen al-Qaida-Typen im Jemen. Und mit Faisal Shahzad, dem Bombenleger vom Times Square. Und mit den Bombenlegern, die in Oslo hochgenommen wurden. Und mit einem al-Qaida-Typen, von dem einige meinen, dass er der neue Chef für Auslandsoperationen ist.«

»Wow.«

»Genau. Wir haben jede Menge Zitate: ›Bruder, auch ich bin bereit und sehne mich danach, in die erste Reihe der Front einzutreten wie Bruder Shahzad.‹ Und noch mehr von der Sorte.«

»*Now we are talking!* Aber wir brauchen immer noch mehr. Andere Fälle. Querverbindungen. Erinnere dich daran, wie wir es dem dritten Geschlecht verkauft haben. Netzwerke im Untergrund, Unterwanderung, du weißt schon, was ich meine, die Angst vor organisierten Schläfern, die komplette Folklore.«

»Gemach. Wir haben noch mehr.«

Rieffen vertiefte sich für einen weiteren Augenblick in seine Notizen. »Hier haben wir zum Beispiel ein hübsches kleines Dossier *From Friends to Friends*: heiße Telefonate und E-Mails aus Waziristan nach Deutschland und zurück.«

»Also vom pakistanischen Dienst an die Deutschen geliefert?«

»Nein, nicht ganz. Ging vom ISI-Büro in Peshawar direkt nach Washington. Aber wir haben's. Der BND übrigens noch nicht.«

Die Drei Fragezeichen lachten und nahmen jeweils einen Schluck aus ihren Gläsern. Niemand bot Merle etwas an.

Stattdessen nahm Arno Erlinger das Heft wieder in die Hand. »Lars, das ist alles schön und gut. Aber das sind einzelne Fälle, die in die Tiefe gehen. Wo ist das Netzwerk, das das ganze Land überzieht, die Breite? Ideen, *anyone*?«

»Tja, eine E-Mail gibt es da noch, aus der man etwas herauslesen kann. Erinnert ihr euch an Thorsten ›Kamal‹ Schröder aus Hannover? Der vor anderthalb Jahren einmal ganz kurz in einem Video von al-Qaida auftauchte und ›Zerstörung und Verderben‹ angekündigt hat? Also, der pakistanische Dienst glaubt, dass er mittlerweile ernsthaft Karriere gemacht hat und im Kommando von al-Qaida für Auswärtige Operationen sitzt. Und dass er der Buchhalter über die Assets in Westeuropa ist. In einer E-Mail, die der ISI aufgeschnappt hat und die von den afghanischen Taliban an eine mutmaßliche Adresse von al-Qaidas Zentrale ging, steht, dass ein gewisser ›Kamal‹ gesagt habe, er könne ›im anderen Garten jederzeit 15 Äpfel pflücken‹.«

»Aua.«

»Genau. Äpfel können natürlich alles sein. Aber ich glaube, wir sind uns einig, dass sie nix Gutes bedeuten. Selbstmordattentäter? Sprengsätze? Und der ›andere Garten‹ ist vermutlich Europa. Vielleicht sogar Deutschland.«

»Alles klar, das ist unsere Aufpumpe, dritter Absatz, gleich nach dem Einstieg. Das ist die Kriegserklärung. Nein, die hatten wir schon. Das ist der Mobilmachungsbefehl, der Einsatzbefehl. Al-Qaidas Entscheidung ist gefallen, Europa soll brennen, alles ist längst organisiert. Der Ernstfall, gute Arbeit. Hast du das von dem Mann, den du immer in Abu Dhabi triffst?«

»Woher weißt du, dass es ein Mann ist?«

Merle war fasziniert und abgestoßen zugleich. Es war, nach ihrer bisherigen Erfahrung jedenfalls, ein heller Wahnsinn, zu wie viel streng geheimem Material die Drei Fragezeichen offenbar Zugang hatten. Wer versorgte die mit diesen Informationen? Und warum? Sie selbst konnte froh sein, wenn Dengelow ihr etwas bestätigte, was sie im Grunde ohnehin schon wusste. Aber ganze Akten? Vertrauliche nachrichtendienstliche Mitteilungen? Ermittlungsakten von Verfahren, die noch nicht öffentlich waren? Geheimdienstinformationen direkt von der CIA und weiß Gott, von welchem ultrageheimen Dienst noch? Sie versuchte sich vorzustellen, wie Rieffen nachts in dunklen Berliner Eckkneipen einem angetrunkenen BND-Agenten Papiere aus der Aktentasche quatschte. Wie Kampen in der Air-France-Lounge in Abu Dhabi von einem Beamten einen USB-Stick zugesteckt bekam oder wie Erlinger einen Umschlag mit einer CD-Rom öffnete und in ein Laptop schob.

Über welche Fertigkeiten und Möglichkeiten verfügten die drei, die sie nicht hatte? Sie hatte, wie sie sich eingestehen musste, nicht die geringste Ahnung, wie man an solche Informationen kam. Nur eines war ihr absolut klar: dass keiner der drei es ihr jemals verraten würde. Doch wenn sie auch professionellen Respekt empfand, fühlte sie sich zugleich unwohl. Dieser Tonfall. Die Art und Weise, wie Menschen zu potenziellen Absätzen in einer ›Geschichte‹ schrumpften, die schon feststand und nur noch mit Daten, Fakten und Szenen gefüllt werden würde. Und die Lakonie, mit der sie dies verhandelten: Ölaugen, Weißbrote, Abus: Was war das für eine Sprache? Waren die drei immer schon so abgeklärt gewesen, so zynisch? Merle Schwalb wusste, dass sie selbst nicht zimperlich war. Man landete nicht bei einem der wichtigsten Magazine des Landes, wenn man ein Hippie war. Aber das hier war eine andere Liga. Hier galten offenbar noch ganz andere Regeln. Wenn überhaupt irgendwelche galten. Mit Sicherheit jedenfalls nicht jene, die sie an der Journalistenschule gelernt hatte.

Kampen hatte vorerst genug preisgegeben und legte eine Pause ein.

Arno Erlinger bewegte sein Glas in der Hand, sodass die Eiswürfel leise klimperten. Ein Lächeln, das man im Halbdunkel für freundlich halten könnte, vermutlich jedoch nicht bei Tageslicht, machte sich auf seinem Gesicht breit. »Frau Schwalbe, was haben Sie denn so auf Halde?«

»Schwalb.«

»Sorry, *untröstlich*. Schießen Sie los!«

Was hatte sie? Sie hatte Dengelow. Und sonst? Und sonst hatte sie noch, was Samson ihr erzählt hatte, als er, nach sieben Tagen, nachts um vier, Samson eben, zurückgerufen hatte. Dummerweise war das nur mit Sicherheit nicht, was die Drei Fragezeichen würden hören wollen. Oder doch? Sie beschloss, mit Dengelow zu beginnen. »Nun, ich kenne zwei Namen aus dem Kreis der Gefährder, der mit den Drohbotschaften an Lutfi Latif zu tun hatte«, sagte sie.

»Ach so«, warf Kampen ein und schlug erneut sein Notizbuch auf: »Das habe ich ganz vergessen zu erwähnen. Also Bustani hängt anscheinend mit drin. Und Scheich Nadir. Ansonsten aber keine Promis. Frau Schwalbe, meinten Sie die zufällig auch?«

»Zufälligerweise ja.«

»Hm, na ja, immerhin haben wir damit möglicherweise eine zweite Quelle, das ist ja auch schon etwas«, sagte Erlinger gönnerhaft. »Ich frag mal ganz vorsichtig: Ihr Informant, arbeitet er bei einer Landes- oder bei einer Bundesbehörde?«

»Bundesbehörde.«

»Ah, sehr gut. Lars, du hast es wahrscheinlich von den Freunden in NRW, oder?«

»Jo.«

»O. k., schreib auf: Bustani und Nadir bestätigt.«

Kampen zückte einen Kugelschreiber und trug feierlich die befohlenen Worte in sein Notizbuch ein.

»Nach meiner Quelle«, warf Merle Schwalb ein, »ist es jemand aus Bustanis *Umfeld.*«

»Bustanis Umfeld *ist* Bustani«, sagte Erlinger bestimmt. »Das macht überhaupt keinen Sinn, da krampfhaft zu unterscheiden. Sagen Sie uns lieber, was Sie noch haben!«

Kampen und Rieffen richteten sich kaum merklich auf ihren Liegesesseln auf. War da ein Hauch von Provokation in Erlingers Stimme gewesen? Wie Erdmännchen bei der Aussicht auf Fütterung reckten sie ihr ihre Hälse entgegen. Merle Schwalb merkte, wie ihr Herzschlag sich erhöhte. Sollte sie den Drei Fragezeichen erzählen, was Samson angedeutet hatte? Angedeutet mit dem klaren Hinweis, dass sie sich da raushalten sollte, dass er sie nur davor warnen wollte, aufs falsche Gleis zu geraten? Samson, der niemals einen Fuß in diesen Raum gesetzt hatte und auch nicht setzen würde, unter keinen Umständen, weil er die Drei Fragezeichen verabscheute, die für ihn nichts waren als Aasgeier, wie er es nannte, unfähig, eigene Informationen zu generieren, darauf angewiesen, andere auszuhorchen? Sie wusste, Samson würde es als Verrat betrachten. Doch als sie es tat, war sie selbst erstaunt, wie leicht es ging.

»Zwei Sachen. Kleinigkeiten vielleicht. Eventuell aber interessant. Erstens: Einige der islamistischen Drohbotschaften an den Abgeordneten stammen offenbar von ein und demselben Absender. Vielleicht sogar die meisten. Das wusste ich nicht, als ich die Meldung gemacht habe. Und zweitens, auch das wusste ich nicht, als ich die Meldung gemacht habe: Es gibt neben den islamistischen Drohbotschaften auch welche von Nazis und Islamhassern. Etwas weniger, rein quantitativ. Aber inhaltlich genauso heftig.«

Eine Pause entstand.

Langsam ließ Erlinger sein Glas kreisen, bis die verbliebenen Eiswürfel kollidierten. Nach einer halben Ewigkeit hatte er seine Kontemplation beendet. »Frau Schwalbe, ich sag's mal so. Erstens: Umso interessanter, wenn einer gleich mehrmals den Tod des Abgeordneten fordert, könnte der Superheld unserer Geschichte werden, sozusagen, jetzt müssen Sie diesen Ober-Abu nur noch finden. Und zweitens: Islamhasser, tja, also ich denke, das ist dann doch eher was fürs Feuilleton.«

»Oder für Lauter«, warf Kampen ein, »wenn er noch lang genug unter uns weilen sollte!« Woraufhin die Drei Fragezeichen kollektiv und nahezu tonlos zu lachen begannen.

»Spaß beiseite«, erklärte Erlinger schließlich und ließ zur Abwechslung seine Sonnenbrille zwischen Daumen und Zeigefinger rotieren. »Wir bleiben bei Plan A. Die Geschichte geht so: Jede Terrorgruppe, die etwas auf sich hält, hat in Deutschland längst ihre Leute gepflanzt. Sie warten nur noch auf das Signal loszuschlagen. Und dieses Signal wird kommen. Alles, was in den letzten Monaten in den USA und in Großbritannien und sonst wo an Anschlagsversuchen fehlschlug oder vereitelt wurde, wird hier früher oder später, aber eher früher, auch versucht werden. Nur dass unsere Sicherheitsbehörden leider nicht gut genug sind. Was man daran merken wird, dass wir über Personen berichten werden, die kein Schlapphut kennt, wir aber schon, was die Armen auch zugeben werden. Wir beschreiben, wie leicht das alles ist, ein Einsatzbefehl per Anruf, ein Download einer Bombenbauanleitung in einem Internetcafé in Kreuzberg, ein paar Utensilien aus Mamas Küche und Ahmets Baumarkt, und *Bumm*. Frederick, du besorgst die Zitate der besorgten Dienstler und Bullen und von einem oder zwei Terrorexperten, *gerne* aus dem Ausland, die zwei deutschen sind schon *etwas* durchgenudelt, Lars macht die Hausbesuche bei den Leuten auf unserer Liste und nimmt Atmo aus den Moscheen mit, ich besorge die aktuellen Worst-Case-Szenarios aus den Behördenschubladen, die sind ziemlich düster, vergiftetes Trinkwasser, parallel explodierende ICEs, gehackte Atomkraftwerke etc., und ich rede noch mal mit Uncle Sam und den Tommies und meinetwegen auch mit den Franzosen, die sind wegen der Abus in Algerien eh ziemlich panisch, und alle finden, dass die Deutschen es noch nicht gerafft haben, dass sie das nächste Ziel sein könnten. Frau Schwalbe, was machen wir mit Ihnen?«

»Schwalb.«

»Untröstlich. Soll nicht wieder vorkommen. Tja, wie wär's, wenn Sie einfach noch ein bisschen Farbe anschleppen? Ich hab so eine Idee, dass wir die Geschichte mit Lutfi anfangen und beenden können – so nach dem Motto: Wie der Sympathieträger im Fadenkreuz auf die Vollstreckung seines Todesurteils wartet … Sie wissen schon, was ich meine: Jede Umarmung mit seiner hübschen Frau könnte die letzte sein, die Frage ist nur noch, ob seine Beschatter vom BKA oder die Assassinen von al-Qaida besser sind. Das macht's anschaulich. Wie wäre das?«

»Nach meinem Kenntnisstand nimmt Lutfi Latif die Drohungen nicht wahnsinnig ernst. Und den Personenschutz durch das BKA hat er abgelehnt.«

»Umso besser: Der Mann, der es besser wissen müsste, will die Gefahr nicht wahrhaben! Also dann: nächstes Treffen in drei Tagen.«

Merle Schwalb nickte kurz und wartete darauf, dass die Drei Fragezeichen sich erheben würden. Sie taten es nicht, also stand sie auf und ging.

* * *

Seit einer Woche ächzte die Stadt schon unter einer schwülen Hitzewelle. Wer nicht unbedingt musste, vermied es, am Nachmittag auf die Straße zu gehen. In den Straßencafés waren die Tische überfüllt. Auf den Spielplätzen, an denen Samson vorbeikam, liefen nackte Kleinkinder umher und steckten ihre Köpfe unter altmodische, gusseiserne Wasserpumpen, um sich abzukühlen. Und die Nächte waren so warm, dass Samson sich auch ohne seinen neuen Job lieber vor seine Rechner auf dem Dachboden gesetzt hätte, als sich schlaflos und schwitzend in seinem Bett hin und her zu wälzen. Fast jede Nacht hatte er zuletzt bis zum Morgengrauen dort verbracht. Wenn er Sumaya morgen seinen ersten Bericht übergeben würde, dann wollte er eine ordentliche Arbeit vorweisen.

Nun war Samson auf dem Weg nach Friedrichsfelde. »Zehn Uhr, der Eiswagen bei den Giraffen«, hatte Kai ihn per SMS instruiert. Das war das normale Procedere zwischen ihnen beiden, denn Kai arbeitete beim Bundesamt für Verfassungsschutz und durfte Samson eigentlich gar nicht treffen, jedenfalls nicht ohne offiziellen Auftrag. Deshalb entschied er, wann und wo ein Treffen überhaupt möglich war. Das eigentlich vereinbarte etwa, dessentwegen Samson vor ein paar Tagen früher vom Tauchen zurückgekehrt war, hatte Kai kurzfristig absagen müssen.

Diesmal war Kai dafür schon vor Samson da: ein baumlanger Mann in sandfarbenen Dreiviertel-Shorts, die bloßen Füße in Birkenstock-Sandalen und im Gesicht ein Dreitagebart, während die halblangen dunkelblonden Haare in dicken Strähnen ungebändigt in alle Richtungen fielen oder abstanden. Das rote Poloshirt spannte über seinem massiven Bauch. Wer ihn nicht kannte, hielt Kai für einen eher simplen Menschen. Tatsächlich war er einer der schnellsten Denker, die Samson kannte.

Sie waren nie Freunde geworden, jedenfalls nicht im eigentlichen Sinne. Aber als Mitbewohner hatten sie sich gut verstanden, kein Streit wegen der Telefonrechnung, keine Kompliziertheiten bei den gemeinsamen Einkäufen am Samstag, ein freundliches Lächeln und vorzeigbare Manieren, wenn die Eltern des anderen zu Besuch kamen und man sich gegenseitig mit Laken und Bettzeug aushalf. Kai hatte damals in Hamburg Politikwissenschaft und Jura studiert. Drei Wochen nach seinem Examen, Kai suchte gerade nach möglichen

Jobs und Samson schrieb noch an seiner Magisterarbeit, klopfte er eines Nachmittags aufgeregt an Samsons Zimmertür: »Komm rüber, *sofort*!«

Gemeinsam sahen sie auf CNN mit an, wie der zweite Turm einstürzte, und blieben sitzen, stundenlang, ohne viele Worte. »Ich glaube, niemand wird diesen Enya-Song jemals wieder hören können, ohne an heute zu denken«, sagte Kai, und Samson nickte.

Einige Wochen später trat Kai eine Stelle als Auswerter beim Hamburger Verfassungsschutz an. Allerdings weniger, weil die noch qualmenden Trümmer am Ground Zero ihn dazu bewegt hatten, sondern eher, weil das Landesamt plötzlich Stellen zu vergeben hatte, neue Stellen, die es zuvor nicht gegeben hatte, Arabischkenntnisse hilfreich, aber keine Voraussetzung, Verbeamtung wahrscheinlich. Und Juristen, das sprach sich schnell herum, hatten eine besonders gute Ausgangsposition bei der Bewerbung. So war Kai überhaupt darauf gekommen, denn die Headhunter des Verfassungsschutzes wandten sich ohne jede Scheu direkt an die Professoren, von denen nicht wenige das Angebot brühwarm an ihre Studenten weiterreichten. Als Erstes musste Kai einen einmonatigen Lehrgang an einem Ort absolvieren, den er nicht nennen durfte. Der Abschied von seinem Mitbewohner war unzeremoniell. Kai fragte Samson nicht nach seiner Meinung, und Samson bot keine an.

Als der Lehrgang beendet war, kam Kai zurück in die gemeinsame Wohnung. Er wollte seinen Auszug vorbereiten und hatte Samson in der Woche zuvor schon gebeten, das frei werdende Zimmer an den Schwarzen Brettern auf dem Campus zu inserieren. Es war am frühen Nachmittag. Kai öffnete die Tür. Er konnte nicht wissen, ob er Samson vorfinden würde oder nicht. Aber auf keinen Fall konnte er damit gerechnet haben, seinen Mitbewohner in diesem Zustand anzutreffen.

Samson saß am Küchentisch vor wilden Stapeln ausgeschnittener Zeitungsartikel in mehreren Sprachen, die fast alle mit Bildern des getroffenen World Trade Centers oder von Osama Bin Laden oder den Attentätern illustriert waren. Von der Wand hatte Samson in Kais Abwesenheit alle Poster und Bilder entfernt und stattdessen mit Wachsmalkreide direkt auf dem Putz ein gigantisches Diagramm der Verschwörung aufgemalt. Die bunten Pfeile führten von Saudi-

Arabien nach Afghanistan, von dort nach Hamburg und zurück, und schließlich weiter in die USA. Auf gelben Post-it-Aufklebern waren Daten und Orte von Treffen notiert. In der Wohnung verteilt standen nicht ausgetrunkene oder ausgetrocknete Kaffeetassen.

Kai war sofort klar, dass es Samson sehr schlecht ging. Aber weil er nicht nur ein schneller Denker war, sondern zudem der bisher einzige Leser der ersten Fassung von Samsons noch nicht fertiggestellter Magisterarbeit, zog er innerhalb von weniger als einer Minute den richtigen Schluss. Er holte sich einen Stuhl heran und setzte sich langsam neben seinen Noch-Mitbewohner, wie um ihn nicht zu verschrecken.

»Samson?«

Keine Reaktion.

»Samson, das ist jetzt wichtig. Hat dein Prof oder sonst wer außer mir schon deine Arbeit gelesen?«

Langsames Kopfschütteln.

»Samson, hast du außer auf deinem Laptop Kopien davon?«

»Nein.«

»O. k. Hör mir gut zu. Dann gehe ich jetzt zwei Stunden Kaffee trinken. *Du weißt, was du zu tun hast.*«

Das war es, was sie verband. Das, und dass Samson sicher war, dass Kai niemals jemandem etwas darüber erzählt hatte oder erzählen würde. Auch wenn er nicht wusste, warum.

»War doch eine gute Wahl, der Eisstand, oder?«, fragte Kai gut gelaunt, als Samson bis auf ein paar Schritte herangekommen war. Er reichte ihm eine Waffel mit Schokoladeneis. Sie entschieden sich für den Weg, der zum Großkatzenhaus führte, und gingen nebeneinanderher, den gemächlichen Gang von regelmäßigen Besuchern imitierend.

»Also, was hast du auf dem Herzen, Samson? Lutfi Latif, hm?«

»Genau, ich soll die Gefährdung sozusagen unabhängig bestimmen.«

»Und wieso willst du mit mir darüber reden? Du weißt mehr über dieses Leute als ich. Möglicherweise auch mehr als unsere Beschaffer.«

»Ja, ich hab mich diesmal auch extra tief reingekniet, alle Foren, alle Chatrooms, ich habe mit jedem Kontakt aufgenommen, der etwas wissen oder ahnen könnte.«

»Und was hast du rausbekommen?«

»Na ja, nicht viel. Aber immerhin etwas: Es gibt einen Typen, der unter seinen Fans damit angibt, dass er alleine dreißig Drohbriefe an Lutfi Latif verschickt und damit dafür gesorgt habe, dass die Geschichte im *Globus* landete. Und weil er auch Auszüge rumgeschickt hat, die ich mit den Kopien aus Latifs Büro abgleichen konnte, bin ich mir ziemlich sicher, dass es stimmt.«

»Und wer ist der Mann?«

»Da bin ich mir noch nicht ganz sicher, ich kenne bislang nur drei seiner virtuellen Identitäten, aber er lebt vermutlich in Hamburg.«

»Und was heißt das?«

»Ich glaube, dass er ein Angeber ist.«

»Wieso?«

»Weil einige, vor denen er geprahlt hat, und die ihn persönlich kennen, anderen Leuten gesagt haben, dass er das nie im Leben machen würde, weil er viel zu feige sei. Und dass er ein bekanntes Großmaul sei.«

»Aber …«

»Aber es könnte auch ganz anders sein, ich weiß, Kai. Ich weiß das genau.«

»Ja, natürlich weißt du das.«

»Das ist aber noch nicht alles.«

Samson erzählte Kai von den anderen Drohbriefen, die nicht von Islamisten stammten. Und dass er auch versucht hatte, aus denen schlau zu werden, indem er auf islamfeindlichen Webseiten, Blogs und Chatrooms nach Spuren gesucht hatte.

»Es ist irre, Kai, ich meine, ich wusste, dass es diese Typen gibt. Aber ich wusste nicht, dass es auch bei denen welche gibt, die offenbar den ganzen Tag im Netz verbringen und ihren Hass verspritzen.«

»Oh, glaub mir, das wiederum weiß ich genau«, sagte Kai bitter.

Samson hatte schon bemerkt, dass sich Kais Miene verfinstert hatte, während er sprach.

»Kai, alles klar bei dir?«

»Na ja, weißt du, ich hätte nicht gedacht, dass wir ausgerechnet darüber reden würden. Aber Fakt ist, dass ich mich seit Monaten um nichts anderes mehr kümmere als um die Islamhasser. Oder genauer gesagt: Ich kümmere mich so viel um sie, wie ich *darf*. Denn es überrascht dich vermutlich nicht, dass einige meiner Vorgesetzten nicht finden, dass wir sie im Blick haben sollten.«

»Wow, das wusste ich nicht. Wann hast du damit angefangen? Und wieso?«

»Das kann ich dir genau sagen. Vor vier Monaten, am vorletzten Tag des Ramadan, da haben Unbekannte in Köln, Hamburg und Bonn zeitgleich Schweineblut vor einigen großen Moscheen ausgeschüttet. Sie haben die Klinken mit Speck eingerieben. Und in Bonn haben sie sogar einen Schweinekopf aufs Geländer gespießt.«

»Wie bitte? Das habe ich gar nicht mitbekommen.«

»Nein, wir haben alles getan, mit den Moscheen zusammen übrigens, dass niemand das mitbekommt. Aber seitdem ist mir klar, dass da was auf uns zukommt. Ich meine, wir wissen, wozu Nazis und deine Kunden fähig sind. Aber jetzt kommt da wohl noch was dazu.«

»Ihr glaubt, dass sie militant werden könnten?«

»Ich glaube das. Andere glauben das nicht. Sie halten das für *absurd*. Für konstruiert. Für Panikmache. Aber ich habe mit Kollegen in den Niederlanden gesprochen. Und mit denen in der Schweiz. Und mit denen in Österreich. Sogar in Belgien. Und dort beschäftigen sich schon lange eigene Abteilungen damit, wenn das auch offiziell nicht unbedingt so ist. Sie haben genau dieselbe Sorge. Und sie sehen schon erste Ansätze: Ein Verrückter mit einem selbst gebauten Minisprengsatz, den sie in Antwerpen aus der Garage gezerrt haben, und der selbst gesagt hat, dass er auf dem Weg zu einer Moschee war, nur ein Beispiel. In Großbritannien, Gordon Martyn, von dem hast du vielleicht gehört. Hatte selbst gebaute Bomben unter dem Bett versteckt. Und ein Notizbuch mit einer Art Manifest für einen Krieg gegen den Islam, den er auslösen wollte: *The time to act has come*. In Frankreich hat ein Metzger Muslimen Schwein als Lamm verkauft und in seinem Keller Literatur über Sprengfallenbau gehortet. Bis jetzt waren das alles durchgeknallte Einzeltäter. Aber was, wenn sie sich vernetzen? Wenn jemand es in die Hand nähme und die Stränge zusammenführte?«

»Und hier?«

Kai blieb stehen und warf den Rest seiner Waffel in einen Papierkorb. Als er sich wieder Samson zuwandte, sprach er deutlich leiser. »Samson, das ist eine heikle Sache, o. k.?«

»Klar.«

»Was ich dir jetzt erzähle, habe ich noch nicht einmal meinen Leuten erzählt. Du wirst dir anschließend vielleicht denken können, warum. Jedenfalls habe ich einen Zuträger, einen ziemlich guten. Durch ihn bin ich drauf gekommen. Mittlerweile habe ich selbst ein paar Puzzlestücke zusammengetragen. Das Bild wird langsam klarer.«

»Worauf bist du gestoßen?«

»Kennst du den Film *Fight Club*?«

»Ja, klar. Ein paar Typen fangen an, sich nach der Arbeit zum gegenseitigen Verprügeln zu treffen. Aber es ist alles geheim. Und am Ende wird daraus so eine Art Sabotagetruppe und schließlich eine Terrorgruppe. Ich glaube, sie sprengen eine Bank in die Luft oder so. Mit Sprengstoff, den sie aus Seife gebastelt haben und aus Orangensaft, wenn ich mich richtig erinnere. Ist schon lange her, dass ich den gesehen habe.«

»Keine Bank, sondern Verwaltungsstellen für Kreditkartenschulden. Ist ja auch egal. Der Punkt ist: Stell dir das mal eine Sekunde lang ohne Fäuste und stattdessen in intellektuell vor.«

»Ich hab keine Ahnung, was du meinst.«

»Ist vielleicht auch kein guter Vergleich, aber irgendwie muss ich immer an diesen Film denken, wenn ich mir das anschaue. Pass auf. Es ist folgendermaßen: In fast allen großen Städten Deutschlands und auch in etlichen kleineren sprießen seit einem guten Jahr private Salons aus dem Boden. Wie auf ein geheimes Kommando. Vorher gab es keine, jetzt eröffnet ständig ein neuer. Ist natürlich alles absolut unbedenklich und legal. Eine Mode, könnte man meinen. Und warum auch nicht? Sich nach Feierabend ein bisschen fortbilden und so. Da sind Bauarbeiter, Verkäuferinnen und Handwerker dabei, aber auch Bildungsbürger: Apotheker, Ingenieure, hier und da Anwälte, dazu mal ein Hotelier oder Hauptschullehrer oder Restaurantbesitzer, eine Galeristin, du kriegst eine Vorstellung. Jedenfalls ist das Interessante, dass es in diesen Salons immer nur um ein

Thema geht: Islam, Muslime und die bevorstehende Islamisierung des Abendlandes, Minarette als Speerspitzen der Eroberung, die angebliche schleichende Einführung der Scharia, diese ganzen Sachen. Manche dieser Salons sind intellektueller, andere eher stammtischartig. Aber überall gelten dieselben Regeln: absolute Verschwiegenheit und keine Namen.«

»Kai, ich war bei genau so einem Treffen. Vor ein paar Wochen, in Zehlendorf.«

Kai starrte Samson ungläubig an.

»Du warst da? Was hast du mit denen zu schaffen?«

»Gar nichts, ein Freund hat mich dahin geschleift, als Experten oder so.«

»War das etwa der Salon von Sinn?«

Samson berichtete ausführlich von dem Abend, zu dem Stefan ihn eingeladen hatte.

Kai hörte aufmerksam zu, nickte zwischendurch und strich sich durch den Bart. Ab und zu schloss er die Augen, als würde er sich innerlich Notizen machen.

»Ja, das passt ins Bild«, sagte er, als Samson seinen Bericht beendet hatte. »Siehst du, ich glaube, dass diese Salons alle ein und denselben Ursprung haben: Doktor Sinn. Er und seine Leute haben sich das ausgedacht, weil sie so an genau die Art Leute kommen, die sie brauchen: Menschen mit ein bisschen Hirn und jeder Menge Ressentiments, die glauben, dass sie etwas verstanden haben, was der Rest der Gesellschaft noch nicht wahrnimmt. Leute, die zum Beispiel finden, dass Enzo Graether endlich mal die Wahrheit ausgesprochen hat, Geert Wilders ein Märtyrer der Meinungsfreiheit ist und so. Klar, das ist nicht verboten, überhaupt nicht. Aber ich glaube, dass die Salons nur eine Art Fassade sind. Oder besser gesagt ein Portal, ein Rekrutierungspool. Früher hätten wir das eine Vorfeldorganisation genannt, du weißt schon, so wie die ›Komitees gegen Folter an politischen Gefangenen‹ zu RAF-Zeiten oder so. Denn hinter diesen Salons, davon bin ich mittlerweile überzeugt, gibt es eine weitere Struktur, extrem abgeschottet, total klandestin, und da geht es nicht mehr nur ums Reden. Sondern um Aktionen. Und vielleicht auch um Gewalt.«

»Das Schweineblut?«

»Das vermute ich. Genau wie die Aufkleber auf den Moscheen hier in Berlin letzte Woche.«

»Hast du Belege?«

»Wie gesagt, es gibt da diesen Zuträger. Er ist in einem der Salons drin, einem der wichtigeren. Aber er kommt nicht in den inneren Zirkel herein, obwohl er sich sehr bemüht. Er weiß aber, dass es ihn gibt. Er hat mir auch den Namen genannt.«

»Und?«

»*Kommando Karl Martell.* Das soll der Name sein, der aber erst zu gegebener Zeit bekannt werden soll. Was auch immer das heißt.«

»Karl Martell? Der angeblich im Jahr 732 die Araber daran gehindert hat, von Spanien aus ganz Europa zu überrennen?«

»Genau der.«

»Du weißt, dass das eine Legende ist? Die Schlacht von Poitiers war eher ein Scharmützel, und die Araber hatten kein besonderes Interesse an Mitteleuropa.«

»Kann sein, ist aber irrelevant. Es geht ja gerade um den Mythos.«

»Und du glaubst, dass dieses Kommando Karl Martell an der Schwelle zur Militanz steht, wenn ich dich richtig verstehe? Dass sie demnächst vielleicht eine Moschee in die Luft sprengen oder so etwas?«

»Ich weiß es nicht, Samson. Aber dass ich mir darüber Gedanken machen muss, finde ich schlimm genug.«

»Kennt ihr denn einige der wichtigeren Leute um Sinn schon? Ich meine, ihr könnt ja wohl kaum Sinn selbst observieren.«

»Ja, das stimmt. Und ja, wir haben ein paar unter Wind, allerdings inoffiziell, was für mich ziemlich heikel ist. Einige zeigen, wie nennen wir das noch gleich? Ach ja: Anzeichen konspirativen Verhaltens. Deshalb wusste ich übrigens auch mehr als der *Globus*. Ich kenne nämlich immerhin eine Absenderin von einer Drohbotschaft an Latif.«

»Eine Frau?«

»Ja, Anwältin. Sie ist Gründungsmitglied von Sinns Salon und hat selbst mindestens vier weitere gegründet, in Neubrandenburg, in Hannover, in Potsdam und in Kiel, die sie dann in die Hände von lokalen Aktivisten gegeben hat. Ich bin noch nicht sicher, aber ich schließe nicht aus, dass sie zum Kommando gehört. Ich bin mir aber fast sicher. Sie benutzt seit vier Monaten ihr Festnetztelefon nicht mehr und reist viel in die Niederlande.«

»Das klingt nicht gerade bedrohlich.«

»Bei einem Islamisten würden wir Alarm schlagen.«

»Vielleicht zu früh. Vielleicht zu Unrecht. Ist ja nicht so, als würde das nicht vorkommen.«

»Ja. Aber manchmal übersehen wir auch einen, Samson. Und dann ist es schlecht.« Kai machte eine Pause. »So wie in Hamburg«, fügte er hinzu.

Hamburg. Kai hatte es ausgesprochen. Das hatte er noch nie getan. Samson spürte, wie er sich anspannte. Sofort schossen ihm Gesprächsfetzen in den Sinn, verschwommene Bilder, wie mit Vaseline verschmiert. Er wollte etwas entgegnen, irgendetwas, vielleicht wollte er sogar schreien. Aber er tat es nicht. Er zwang sich, ruhig zu bleiben. Kai musste sehr verärgert sein, wenn er in diese Wunde stieß. Oder sehr besorgt.

»Wie heißt sie?«, fragte Samson.

»Du weißt, dass ich dir das nicht sagen darf.«

»Du durftest mir nichts von dem sagen, was du mir gesagt hast.«

Sie hatten das Löwenhaus erreicht. Neugierig reckte eine Brigade Kindergartenkinder die Hälse, um den schlafenden Löwen hinter einem Felsbrocken auszumachen. Kai lächelte kurz, und zeigte mit seinen Fingern an, dass er hier links abbiegen würde, um den Ausgang am Bärenfenster zu nehmen, während Samson die rechte Abzweigung nehmen sollte, um den Tierpark durch den zweiten Ausgang am Friedrichsfelder Schloss zu verlassen.

»Wie heißt sie?«, wiederholte Samson.

»Du hast sie womöglich bei Sinn getroffen. Sie ist ziemlich hübsch. Elegant, schlank, braune Haare. Hast du etwas zum Schreiben?«

Samson wühlte in seiner Innentasche, fand einen Bleistift und die Eintrittskarte vom Tierpark. Er reichte beides Kai, der einen Namen darauf schrieb. Er gab Samson den gefalteten Zettel zurück und verabschiedete sich. Samson sah ihm nach. Er hat einen Gang wie ein trauriger Elefant, dachte er, während er den Zettel einsteckte und den ersten Tropfen abbekam. Sekunden später zuckten Blitze über den sich schlagartig verdunkelnden Himmel, der Lärm des Donners zerriss die Luft, und Platzregen setzte ein. Schreiend stoben die Kinder auseinander, die Augen ängstlich aufgerissen.

***

Es fiel Ansgar Dengelow schwer, seinen Ekel zu überwinden. Handwarme Griffe. Er ging sowieso schon nicht gerne einkaufen, aber mit einem Einkaufswagen durch den Supermarkt zu ziehen, mit dem unmittelbar vor ihm irgendein Idiot seine Einkäufe erledigt hatte, empfand er als mindestens so unangenehm, wie sich auf einen angewärmten Platz zu setzen. Es stiehlt einem die letzte Illusion, dachte Dengelow, den letzten Rest Glauben oder Hoffnung, man könnte besonders sein, sich durch irgendetwas von all diesen Ameisen unterscheiden, die durch diesen beschissenen Markt rollen, aber nein, ich bin auch nur einer von ihnen. Ich kaufe ein, wo sie einkaufen, ich kaufe ein, was sie einkaufen, was auch sonst, es ist ein heißer Sommertag in Berlin, es ist kurz nach siebzehn Uhr, und *alle* werden heute grillen, *alle*, und sie werden genau wie ich gleich am Eingang einen Sack Holzkohle einladen, und gleich werden sie neben mir am Fleischregal stehen, und wir alle werden marinierte Schweinenackensteaks kaufen, in Rot, also mit Paprika- oder Holzfällergeschmack, als hätte hier jemals jemand einen Baum gefällt, oder in Gelb, das ist exotisch, oder in Grün, das ist dann Toskana. Toskana. Wer jemals in der Toskana gewesen ist, dachte Dengelow, während er zwei Pakete grünes Fleisch einpackte, weil Agnes es mochte, und zwei in Gelb und zwei in Rot, weil er nicht wusste, was er selbst mochte oder Leo, wer jemals in der Toskana gewesen ist, dachte Dengelow, der kauft diese Scheiße vermutlich nicht. Ich bin aber nie in der Toskana gewesen. Er packte noch zwei Pakete eingeschweißte Wurst ein, mit Bärlauch, die Nachbarn kommen, die mögen das. Zur Sicherheit noch zwei Pakete Toskana. *Und vergiss das Baguette nicht.*

Vergesse ich nicht.

Agnes.

War seine Ehe, sein Vaterdasein, seine Karriere, war am Ende sein gesamtes Leben so vorhersehbar und normal und gewöhnlich wie seine Existenz als Verbraucher? Austauschbar. Handwarm. Gerade noch benutzt? Fast hätte Dengelow gelacht. Er war immer noch erstaunt über sich selbst. Darüber, wie wenig es ihm ausmachte, dass Agnes einen Liebhaber hatte. Oder gehabt hatte, wie sie betonte.

»Es ist mir egal«, hatte er ihr gesagt, so ruhig wie möglich. Nein, nicht so ruhig wie möglich. So ruhig, wie es eben aus ihm herauskam. Zu jeder höheren Frequenz hätte er sich zwingen müssen.

»Aber das kann dir doch nicht egal sein!«

»Ist es aber.«

»Ansgar, aber du weißt schon, dass das heißt, dass ich dir egal bin?«

»Nein, tut es nicht. Mir ist nicht egal, wer meinen Sohn erzieht. Mit wem ich in den Urlaub fahre. Mit wem Leo und ich Weihnachten feiern. Wem ich meine Sorgen erzähle. Wer morgens neben mir frühstückt. Aber wenn du mit jemand anders schläfst, ist mir das egal. Ich wusste das vorher nicht, jetzt weiß ich es.«

»Aber Ansgar, das ist schrecklich!«

»Nein. Finde ich nicht.«

Er sah Agnes an und sah, wie sie litt. Weil sie dachte, dass er sich in einen Zustand buddhistischer Gleichgültigkeit hineingesteigert hatte, um nicht an dem Schmerz zugrunde zu gehen, den sie ihm zweifellos zugefügt hatte.

»Ansgar, liebst du mich noch?«

»Ja, ich denke schon.«

»Ansgar, hast du vielleicht auch, ich weiß nicht, wie ich es sagen soll … eine *Freundin*?«

»Nein.«

Dann war Leo hereingestürmt, direkt vom Fußballtraining, rotwangig, verschwitzt, er sah seine Eltern mit großen Augen an.

Blitzschnell wischte Agnes die Träne von ihrer Wange. »Ansgar, vergiss das Baguette nicht, ja?!«

Vergesse ich nicht.

Am Abend zuvor hatte sie ihm gesagt, dass sie eine Paartherapie wolle. Er hatte auf die Kosten verwiesen. Darauf, dass doch nichts vorgefallen sei, was sie nicht untereinander klären könnten. Aber Agnes hatte beschlossen, dass das der Weg sein sollte. Also gut, hatte er schließlich gesagt, meinetwegen. Nur dass er nicht wusste, wie das gehen sollte. Er hatte nicht einmal seinem Bruder von seiner Ehekrise erzählt. Auch seinem besten und einzigen Freund nicht, der allerdings in Freiburg lebte. Er sprach nicht gerne über Persönliches. Wie sollte er da ernsthaft gegenüber einem Psychologen oder Mediator oder Schamanen oder was auch immer Agnes aussuchen würde, sein Innerstes offenlegen? Das war das eine. Und dann die Zeit. Rein zeitlich würde es schwierig werden. Wie sollte das gehen?

Vielleicht würde sie es sich noch einmal anders überlegen. Abwarten. Mindestens bis morgen, denn heute Abend würde Agnes das Thema nicht noch einmal anschneiden können, heute Abend würden Fuhrmanns herüberkommen von nebenan, und man würde grillen, also packte er noch zwei Sixpacks Bier ein und für die Frauen zwei Flaschen Rotwein, halbtrockener Dornfelder. Und das war doch eigentlich auch, was er sich mehr als alles wünschte: dass es so weiterging wie bisher: die Fassade aufrechterhalten, das Familienleben, das gesellschaftliche Leben fortführen. Genau das hatte er doch in seinem Kurzzeit-Exil in dem Hotel am Ostkreuz für sich als strategisches Ziel formuliert. Aber wieso war er dann so angeekelt?

Ansgar Dengelow schob seinen Wagen mit den handwarmen Griffen durch den Super-Supermarkt, starrte in die Gesichter übergewichtiger Mitberliner, die alle, aber auch restlos alle, das Gleiche für den denselben Abend planten wie er, und fühlte sich wie ein Nichts.

Was bin ich? Ich bin austauschbar. Ich bin *nicht* exotisch. Ich habe nie einen Baum gefällt. Ich war nicht einmal in der verfickten Toskana. Was bin ich *sonst* noch? Ich bin Leos Vater. Und ich bin Polizist. Ein hochrangiger Polizist, ein Elite-Ermittler. Das bin ich.

An der Kasse vor ihm stand ein tätowiertes Pärchen, das einen Großeinkauf getätigt hatte. Er sah ein halbes Dutzend eingeschweißte Fleischpakete in ihrem Wagen, dazu Baguettes, Bier, Wein, Chipstüten, eingeschweißte Aufschnittpakete, Colaflaschen. Der blanke Hohn, dachte Dengelow. Agnes und ich, wir unterscheiden uns nicht einmal von diesem tätowierten Pärchen.

Gibt es denn nichts anderes? Nichts Exotisches? Nichts Neues in meinem Leben?

Unwillkürlich, ohne es recht zu bemerken, griff er nach dem Blackberry in seiner Hosentasche. Ob es blinkte? Ob es wenigstens eine neue Nachricht für ihn gab? Ja, tatsächlich. Gott sei Dank! Hastig drückte er auf das Icon, das auf eine neu eingetroffene SMS hinwies. Ansgar Dengelow merkte, wie sein Puls sich beschleunigte. Sie war von Munir. »Bald geht es los, rechnen Sie mit einer deutschsprachigen AQ-Botschaft innerhalb der kommenden 48 Stunden. Online. Ich weiß noch nicht wo. Neue Adresse vermutlich. Angeblich geht es um eine große Neuigkeit.«

Ich bin ein Polizist, dachte Dengelow, ein hochrangiger Polizist. Und bald wird etwas passieren, und ihr verdammten Arschgeigen, ihr habt alle keine Ahnung.

***

Endlich war die schwüle Hitze gewichen und hatte nach dem kurzen Gewitter einer beginnenden lauen Sommernacht Raum gemacht. Erst jetzt, als es fast so weit war, wurde Sumaya klar, dass sie sich schon den ganzen Tag über auf diesen Moment gefreut hatte. Sie musste lächeln. Sie freute sich immer, wenn ihr etwas klar wurde, ohne dass sie darüber nachdenken musste, sondern einfach so, weil sie es fühlte oder spürte. An ein Holzgeländer gelehnt, blickte sie auf das glitzernde Wasser der Spree. Gleich würde es halb zehn sein, und Samson würde sie an ihrem Rücken erkennen müssen, zwischen all diesen Silhouetten junger Menschen im blassblauen Halbdunkel, noch ein Gedanke, der Sumaya zum Lächeln brachte. Sein Problem, dachte sie amüsiert, schließlich hat er das Badeschiff als Treffpunkt vorgeschlagen.

Die Lounge-Beats wummerten angenehm leise über das Gelände des Clubs am Flussufer, dessen Attraktion darin bestand, dass er einen Sandstrand, jede Menge Liegestühle und einen neonblau ausgeleuchteten Pool mitten in der Spree zu bieten hatte, den nicht wenige Besucher auch nutzten und der sich, dem Augenschein nach, hervorragend zum Herumknutschen eignete.

An der Bar hatte sie sich zuvor eine Orangina bestellt, umgeben von lauter Studenten und Studentinnen, die ausnahmslos Tannenzäpfle-Bier beziehungsweise Aperol Spritz orderten. Jetzt blickte sie auf die Friedrichshainer Flussseite hinüber, ihre Sandalen in den Händen, die nackten Füße im warmen Sand. Wenn es eine Sache gab, von der sie ohne jeden Zweifel wusste, dass sie ihr hier besser gefiel als im Nahen Osten, dann waren es die langen, hellen Sommernächte und die sich über Stunden hinziehende Dämmerung. Sie war noch nie zuvor im Badeschiff gewesen, aber es gefiel ihr. Die Stimmung war leicht, fröhlich und zugleich lässig. Es war nicht laut. Vielleicht schluckt der Fluss ja die Geräusche, dachte sie. Sie fühlte sich wohl.

Warum fühlte sie sich wohl? Und warum freute sie sich auf das Treffen? Schließlich war es doch im Grunde eine dienstliche Besprechung, auf die sie wartete, wenn auch zu einem ungewöhnlich späten Zeitpunkt und an einem etwas abwegigen Ort. Aber den Ort hatte ja er bestimmt. Und eine andere Uhrzeit war nicht infrage gekommen, weil Cord Munkelmann, der irgendwie von dem Auftrag an Samson Wind bekommen hatte, unbedingt hatte dabei sein wollen. Sumaya hatte lange überlegt, wie sie das verhindern konnte. *Cord, das Treffen findet nicht im Büro statt. Und es lohnt auch gar nicht, dass wir zu zweit auftauchen, er übergibt mir ja nur schnell einen Bericht!* Aber dann war ihr etwas Besseres eingefallen. Denn sie wusste, dass Munkelmann Mitglied der Fußballmannschaft der Grünen-Fraktion war, worauf er sehr stolz war und was er sehr ernst nahm. Und die Grüne Tulpe trainierte im Sommer stets donnerstagabends um halb neun, wie sie von der Mitarbeiterin des MdB Paul Haffelmann erfahren hatte.

»Cord, das Treffen findet heute Abend um 21 Uhr 30 statt, ich weiß aber noch nicht wo.«

»Oh. Das ist schlecht. Das ist wirklich ungünstig. Hmmm … Na gut, dann musst du wohl wirklich alleine gehen.«

»Kein Problem, es dauert ohnehin nur fünf Minuten, und den Bericht kriegst du ja morgen.«

Problem gelöst. Aber *wieso* durfte Cord Munkelmann eigentlich nicht dabei sein? Weil sie ihm nicht traute, natürlich. Aber wenn sie den Bericht doch ohnehin nicht vor ihm geheim halten konnte?

Samson.

Sie hatte ihn nicht kommen hören. Auf einmal aber stand er

neben ihr, ebenfalls an das Holzgitter gelehnt, ausgewaschene hellblaue Stoffhosen, ein dunkelblaues T-Shirt, in der Hand ein Bier. *Kein* Tannenzäpfle.

»*Wallahi!*«, entfuhr es ihr.

Samson lächelte. »Hallo! Ich hoffe, ich habe dich nicht erschreckt? Es sah so entspannt aus, wie du hier standest, und da dachte ich, ich hole mir schnell was zu trinken und stell mich gleich daneben.«

»Na klar. Gerne doch.«

»Schön, dich wiederzusehen.«

»Ja, finde ich auch.«

»Warst du schon mal hier? Gefällt's dir?«

»Nein, es ist das erste Mal. Aber es ist sehr nett. Ich mag den Blick.«

Samson zeigte mit dem ausgestreckten Arm nach Friedrichshain hinüber, wobei er einen Punkt leicht rechts vom direkt gegenüberliegenden Ufer anvisierte. »Da ungefähr wohne ich.«

»Ah, Simon-Dach-Kiez?«

»Ein bisschen weiter.«

»Treffen wir uns deswegen hier? Damit du mir zeigen kannst, wo du wohnst?«

»Nein. Ich hatte gehofft, dass es dir gefällt. Aber die ehrliche Antwort ist: wegen *white noise*.«

»Wegen White Noise? Ist das eine Band, die gleich spielt?«

»Nein. *White noise* nennt man Hintergrundgeräusche, die es schwer machen, ein Gespräch abzuhören.«

»Ein Gespräch abzuhören?«

»Sicher ist sicher.«

»O. k. Klar. Verstehe. Sicher ist sicher. Sag mal, spinnt ihr eigentlich alle?«

»Was meinst du?«

»Ach, ich bin einfach genervt. Ich bin das nicht gewohnt. Bis vor ungefähr drei Wochen hatte ich eher das Problem, dass mir keiner zugehört hat, und jetzt soll ich plötzlich aufpassen, dass man mich nicht belauscht.«

»Du arbeitest für einen wichtigen Mann, und mit dem haben sich ein paar üble Typen angelegt, wie es scheint.«

»Ist es denn so? Ich meine: Wie übel ist das nun alles?«

»Keine Ahnung.«

»Keine Ahnung? Keine Ahnung habe ich selber! Das ist hoffentlich nicht alles, was du für 350 Euro am Tag herausbekommen hast?«

Sumaya bemerkte mit Wohlgefallen, dass Samson sie erschreckt ansah.

»Samson, beruhig dich wieder. War ein Scherz. Ich wollte nur, dass zur Abwechslung mal jemand anders verunsichert ist. Erzähl, gibt es etwas Neues?«

»Na ja, ein bisschen, wie man's nimmt.«

Samson berichtete, dass er mittlerweile sehr sicher war, dass ein Hamburger Islamist mit dem Namen Wisam Sanaani für einen großen Teil der bei Lutfi Latif eingegangenen Drohbotschaften verantwortlich war. Sumaya stellte einige Nachfragen und stellte schnell fest, dass Samson anscheinend sorgfältig gearbeitet hatte. Und dass er seine Erkenntnisse tatsächlich unabhängig gewonnen hatte, ein Umstand, dem sie einige Beachtung beimaß. Sie musste sich eingestehen, dass sie beeindruckt war. Zumal Samson bei dem Namen nicht haltgemacht hatte, sondern in der letzten Nacht tatsächlich noch länger mit zwei Cyber-Islamisten gechattet hatte, die Sanaani persönlich kannten. Beziehungsweise zu kennen vorgaben – auch da war Samson sorgfältig. Jedenfalls hielten beide Sanaani für einen Dampfplauderer. Was die übrigen islamistischen Botschaften betraf, hatte Samson keine Namen zu bieten.

Sumaya versuchte, sich die Informationen so schnell wie möglich einzuprägen und sie gleichzeitig zu verarbeiten. »Was bedeutet das? Entwarnung? Oder erhöhte Bedrohung?«

Samson, der Sumaya die ganze Zeit über angesehen hatte, nahm einen Schluck Bier und blickte aufs Wasser hinaus. Er denkt nach, dachte Sumaya. *Er will nicht unvorsichtig sein.*

»Beides wahrscheinlich«, antwortete Samson schließlich. »Ich glaube, dass es in der Szene wirklich eine Menge Leute gibt, die deinen Chef gerne tot sähen. Die Briefeschreiber scheinen mir nicht das Problem zu sein. Aber auch Leute, die den *Globus*-Artikel gar nicht kannten, haben mir erzählt, dass der Abgeordnete spätestens seit der Verurteilung durch al-Qaidas Zentrale als jemand gilt, der sterben sollte.«

Sterben. Sie stellte sich vor, wie Samson solche Dinge mit seinen unfreiwilligen Informanten in irgendwelchen dunklen Chatrooms besprach, die kein normaler Mensch jemals finden würde. Sterben. *Er sollte sterben! Findest du, dass er sterben sollte? Er hat den Tod verdient! Wie sollte er sterben?* Sie hätte nicht einmal gewusst, wie man eine solche Konversation führte. Sie sah Samson an, wie er vorsichtig lächelte, auf ihren nächsten Satz wartend. Sie mochte ihn, das war ihr mittlerweile völlig klar, und sie nahm es als eine Tatsache hin, die sie – einstweilen – gar nicht hinterfragen wollte. Aber was bedeutete es, jemanden zu mögen, der nachts in solche

Rollen schlüpfte? Sie hätte ihn das alles gerne gefragt. Aber nicht jetzt, befahl sie sich selbst. Später. Wenn das hier vorbei ist. Und bis dahin ist noch etwas Arbeit zu erledigen.

»Was ist mit den anderen Briefeschreibern?«

»Um die Nazis habe ich mich nicht gekümmert. Da müsst ihr jemand anders fragen, es gibt viele Leute, die sich da gut auskennen. Aber ich nicht.«

»O. k., habe ich mir schon gedacht. Aber die Islamhasser, was ist mit denen?«

»Das ist noch wirrer.«

»Was meinst du?«

»Also, ich hab auch hier nur einen Namen. Aber ich bin bei meinen Recherchen über etwas ziemlich Interessantes gestolpert, und ich weiß selbst noch nicht genau, was ich davon halten soll.«

»Erzähl!«

Samson berichtete, dass er auf den einschlägigen und auch auf einigen weniger gut einsehbaren Internetplattformen von Islamhassern Hinweise gefunden hatte, dass der Abgeordnete in diesen Kreisen ebenfalls extrem verhasst war. Dann verfinsterte sich sein Gesicht. Er machte eine Pause, offenbar suchte er nach den richtigen Worten.

Schließlich fuhr er fort: »Es sieht so aus, als sei die Islamhasserszene gerade dabei, sich zu radikalisieren. Zumindest an den Rändern. Das Zentrum der Radikalen scheint in Berlin zu liegen. Es gibt eine Art Vorfeldorganisation, die aus einem losen Zusammenschluss gleichgesinnter Menschen besteht, die sich unter halbkonspirativen Bedingungen regelmäßig treffen. Bei diesen Salons wird zwar nur geredet, aber die Idee liegt nahe, dass die ganze Geheimniskrämerei in Wahrheit dazu dient, die Mitglieder an die eigentliche Idee heranzuführen. Und die heißt: Muslime provozieren. Mit Aktionen, aber künftig vielleicht auch mit Gewalt.«

Sumaya merkte, wie es in ihrem Nacken zu kribbeln begann. Sie dachte an Fadi. An seine wundgeschrubbten Hände und den abgrundtief erschütterten Blick in seinen Augen.

»So etwas wie diese Aufkleber an den Moscheen vor ein paar Tagen?«

»Genau. Es gab schon ähnliche Sachen vor ein paar Monaten, das wurde aber geheim gehalten. Schweineblut an Moscheetüren, so etwas. Die geheime Kaderorganisation, die das Ganze anscheinend steuert, nennt sich *Kommando Karl Martell.*«

»Jetzt werden die also auch zu Terroristen«, sagte Sumaya.

»So weit sind wir noch nicht. Was ich gerade erzählt habe, sind zur Hälfte Hinweise und zur anderen Hälfte Vermutungen.«

»Für mich klingt das ziemlich schlüssig.«

»Ja, klar. Aber im Ernst: Noch haben sie keinen umgebracht oder so. Vielleicht beruhigen die sich auch wieder.«

»Beruhigen? Ich denke, du hast gesagt, dass sie gerade erst angefangen haben?«

»Ich meine damit bloß, dass noch keiner von denen was getan hat, was man ernsthaft als Terrorismus bezeichnen kann.«

»Ja, aber sie sind radikal. Deine Worte.«

»Das ist ja auch etwas anderes.«

»Aber suchen die Behörden denn nicht bei jedem Muslim, der sich ohne Genehmigung einen Bart wachsen lässt, genau nach solchen Anzeichen? Anzeichen für eine sogenannte Radikalisierung? Von der man dann annimmt, dass sie ihn auf wundersamen Wegen nach Waziristan bringen wird?«

»Wenn er Bekannte hat, die schon in Waziristan sind, ist das vielleicht auch kein völlig abwegiger Verdacht, oder?«

»Und was, wenn das Schlachtfeld gar nicht in Waziristan ist, sondern in Berlin? Und alle schon längst da sind? Und sie genauso radikal sind wie der Muslim, der erst noch nach Waziristan reisen muss?«

»Sumaya, das kann man nicht vergleichen.«

»Wieso nicht?«

»Weil die bisher nur reden. Zum Beispiel.«

»Ach ja? Und das Schweineblut? Und die Aufkleber?«

»Die Leute in den Salons, das sind keine potenziellen Selbstmordattentäter. Die haben Jobs und Familien. Klar, die haben jede Menge Ressentiments. Vielleicht auch Hass. Die fühlen sich vielleicht als unverstandene Elite, als Rächer des Abendlandes und als Opfer der Political Correctness. Aber das ist doch nicht dasselbe, wie sich eine Panzerfaust umzuschnallen.«

»Samson, das sind echt beschissene Argumente.«

Sumaya war wütend, und sie ließ es ihn spüren. Warum spielte er herunter, was er in Erfahrung gebracht hatte? Sah er denn nicht, dass es genau das war, was sie am meisten fürchtete? Dass er über Menschen sprach, die an ihr einzig und allein ihre Religionszugehörigkeit interessierte und nichts weiter, gar nichts weiter. Wieder sah sie ihn an. Was dachte er wirklich? Er selbst? Nicht in seiner Rolle als Islamistenjäger, als von ihr beauftragter Sicherheitsberater, als Arabist? Sondern als Samson. Oder Samuel. *Ach scheiße, er hat nicht einmal einen eindeutigen Namen.* Aus den Augenwinkeln sah sie, wie Samson seine Augen schloss und mehrmals tief ein- und ausatmete. *Okay, da passiert etwas. Er will, dass ich ihn nicht falsch verstehe. Also los, Samson oder Samuel oder wie auch immer du heißt, sag etwas. Sag etwas, das mir hilft. Los! Jetzt!*

»Sumaya, ich kann dir doch nur berichten, was ich weiß. Aber wenn du mich nach meiner Meinung fragst: Ehrlich, ich weiß es nicht! Es ist alles ein ewiges *Ja, aber*. Keine Ahnung, ob du verstehst, was ich meine.«

»Erklär's mir.«

»Du sagst, wenn man diese Typen mit denselben Maßstäben behandeln würde wie sich mutmaßlich radikalisierende Islamisten, würde man sie als ernste Bedrohung betrachten. Das stimmt. Aber was, wenn diese Maßstäbe nicht richtig sind? Denn das sagst du doch im Grunde auch. Dass die Polizei und der Verfassungsschutz bei jedem bärtigen Muslim gleich durchdrehen. Und dass das nicht in Ordnung ist.«

»Weiter.«

»Und wenn das so ist, wie du sagst, dann muss ich doch diese

Islamhasser-Knallchargen geradezu in Schutz nehmen – jedenfalls solange ich nicht mehr in der Hand habe. Das ist das eine.«

»Und das andere?«

»Das andere ist, dass ich verdammt noch mal auch nach all den Jahren, in denen ich mich mit diesen Verrückten beschäftige, nicht weiß, woran man eine sogenannte Radikalisierung erkennt. Ich hab Leute die härtesten Sachen sagen hören, und es war klar, dass sie niemals beabsichtigten, etwas in der Realität zu unternehmen. Ich hab die stillsten und schüchternsten Typen plötzlich in Propagandavideos von al-Qaida wiedergesehen. Und neulich erst habe ich mit der Mutter eines Konvertiten gesprochen, der jetzt in Waziristan ist. Und weißt du, was er am letzten Tag vor seiner Abreise gemacht hat? Um neun Uhr morgens hat er seine Katze zur Impfung zum Tierarzt gebracht. Um zehn hat er seine ungläubige Großmutter besucht. Und um elf hat er sein Testament geschrieben, in dem steht, dass er als Selbstmordattentäter sterben will. Manchmal bemerkt man einfach nicht, dass einer etwas wirklich Übles vorhat, Sumaya, glaub es mir. Und deshalb hab ich keine Ahnung, was ich von diesen Typen halten soll. Ich weiß es nicht. Ich mache keine Vorhersagen mehr. Schon lange nicht mehr.«

Samson blickte sie eindringlich an. Es war klar, dass er sich diese Sätze abgerungen hatte und dass seine eigene Verunsicherung echt war, so echt, dass es ihm nicht leichtfiel, sie zu offenbaren. Und sie musste zugeben, dass er nur versuchte, niemanden vorzuverurteilen. Und war das nicht eine Falle, in die sie selbst gerade erst getappt war, als sie die Drohbotschaften das erste Mal gelesen hatte?

»Unentschieden«, sagte sie schließlich.

»Was heißt unentschieden?«

»Unentschieden heißt, dass ich darüber nachdenken werde, was du gerade gesagt hast, und dass wir dieses Gespräch fortführen.«

Samson lächelte. »Sehr gerne.«

»Gut, abgemacht. Aber jetzt brauche ich noch den Namen, den du herausbekommen hast.«

»Es ist eine Berliner Anwältin. Sie hat einen der Briefe geschrieben. Welchen, weiß ich leider nicht. Aber ihr Name ist Gisela Munkelmann.«

VII

Das *kann* gar nicht sein, dachte Merle Schwalb und schüttelte den Kopf. Aber ich *sehe* es, auch wenn ich es nicht höre, gar nichts mehr höre, abgesehen von diesem Summen, von dem ich auch nicht weiß, wo es herkommt. Ich schreibe das jetzt auf. *Schreib auf, was ist,* so hab ich's doch gelernt. Der letzte Satz in ihrem Notizbuch war: *Moderatorin langweilig, Lutfi brillant.* Nun zog sie, immer noch den Kopf schüttelnd, wie um gewaltsam einen Gedanken zu vertreiben, einen dicken Strich quer von links nach rechts über die Seite. *Die Uhrzeit, man darf nie die Uhrzeit vergessen!* Sie warf einen Blick auf ihre Armbanduhr und notierte 8 Uhr 41. *Was sehe ich?* Merle Schwalb schloss kurz die Augen, öffnete sie wieder und begann zu schreiben. Brille ohne Gläser auf dem Boden. Blutlache unter dem Tisch. *Woher kommt die?* Eine Kellnerin, Blut auf der Schürze, Bein offen, Blut quillt. Schuhe weg. Fuß auch blutig. *Wieso schreit die Frau nicht? Sie muss doch Schmerzen haben? Weil ich nichts höre! Schau überall hin, nicht nur nach unten, schau nach oben, nach vorne, du weißt wohin!* Eine Kamera. Zerborsten, sieht aus wie eine Vogelscheuche. Umgeworfene Tische. Geschirr, kaputt, Tasse mit 2TV-Logo. Einer zuckt, hält sich die Hände vors Gesicht. Neben ihm eine Frau, sieht tot aus, Mitte 30, Jeans, Turnschuhe, Adidas, Augen zu, Arm ist fast ab, Ellbogenknochen zu sehen. Liegt auf dem Rücken. Blaues T-Shirt, Hertha BSC. Tattoo auf dem linken Unterarm, Tribal. Neben ihr Mann, etwas älter, Glatze, Tisch auf ihm drauf. Zuckt nicht. Ohnmächtig oder tot. *Schau noch weiter nach vorn! Dahin, wo Lutfi saß!* Vielleicht stimmt es ja alles auch gar nicht, schoss es Merle Schwalb durch den Kopf, während sie weiter schrieb und schrieb. *Das würde auch erklären, wieso ich nichts höre. Im*

Traum ist das ja vielleicht so. Man weiß ja nicht, dass man träumt. Aber wieso dann dieses Summen? – Schreib! Dein Block ist deine Lebensversicherung! Wer sagt das immer? Henk. Also schreib: Moderationstresen, orange, in der Mitte zerborsten, Holzlatten zu sehen, stehen heraus, wie Skelett. Moderatorin liegt davor, Blut im Zopf, sie liegt auf dem Bauch, Zopf wird immer roter. Zopf tropft. Kleine Pfütze. *Oder es ist eine Übung. Man hat mir die Ohren verbunden, damit ich genauer hinschaue. Ich trage einen Kopfhörer, da kommt dieses Summen her. Ich arbeite doch jetzt mit den Drei Fragezeichen, da muss man so was machen. Natürlich sagen sie es einem vorher nicht. Es geht einfach los. Und dann muss man Notizen machen. Mit einem Summen im Ohr. Gut dass ich meinen Block dabeihabe! Weiter!* Latif, grauer Nadelstreifenanzug, blaues Hemd, Beine abgespreizt. Komisch abgespreizt. Liegt auf der Seite, Gesicht Richtung Publikum, Blut aus der Nase, aus dem Ohr, aus dem Mund. Blut im Mund. Augen geschlossen, Augenlider blau angelaufen, eines eingedrückt. Teil der Haare fehlt, vielleicht mehr. Ohr blutig, zerfetzt. Hemd besudelt und zerrissen. Linker Schuh fehlt. Viel Blut. Schuh liegt einen Meter entfernt.

Links neben Merle Schwalb fiel eine Lampe von der Decke. *Das ist krass, wenn man nichts hört! Als wäre es viel langsamer! Schreib weiter:* Menschen rennen weg, nach rechts, nach links, in alle Richtungen. Zwei Kinder. Weinen. Suchen jemanden? Rennen hin und her. Mann zieht anderen Mann unter einem Tisch weg. Reglos. Splitter in der Stirn, über linker Augenbraue. Kein Blut. Augen zu. Tot? Trägt AC/DC-Shirt, schwarz. Dicker Mann. Wanderstiefel. KaDeWe-Tüte. Tourist? *Kommen denn Touristen ins 2TV-Morgenmagazin? Weiter!* Überall Scherben. Teile von Mischpult auf dem Boden. Ein Regler, steht auf 7. Eine junge Frau, lange, dunkle Haare, braunes Sommerkleid, nimmt die beiden Kinder an die Hand, hält ihnen die Augen zu. Führt sie langsam zum hinteren Ende der Passage. *Die Frau habe ich schon mal gesehen! Weiter!* 8 Uhr 45: Vier Sanitäter rennen in das Studio, Handzeichen, Hektik, schauen die Verletzten an. Rennen von einem zum nächsten. Einer rennt zu der Moderatorin, schaut ihren Hals an, tastet, schüttelt den Kopf, lässt sie liegen. Geht zu Latif. Misst Puls. Geht weiter. *Vergiss die Details nicht! Nie die Details vergessen, egal wie klein!* Auf dem Boden ein

Armband, kleine Silberkugeln, es ist zerrissen, die Kugeln verstreut. Daneben ein Bon, 2 × MOMA-Frühstück, Preis nicht lesbar. Ein einziger Tisch ist außer meinem stehen geblieben, zwei Käsecroissants, angebissen. *Jetzt weiß ich, wo ich die junge Frau gesehen habe! Die saß fast ganz vorne, auf der linken Seite!* Die junge Frau kommt wieder zurück, jetzt ohne die Kinder. Geht nach vorne, zu dem kaputten Tresen. Große grüne Augen. Sie sucht. Sucht auf dem Boden, wo vorher Lutfi und die Moderatorin lagen. Sie redet mit einem Sanitäter, der deutet nach draußen. Sie nickt. Sorgenvoll. *Wieso ist sie mir vorhin aufgefallen? Du weißt es. Wieso? Du weißt es. Wieso? Du weißt es! Ja, ich weiß es: Weil sie mit Samson an einem Tisch saß. Mein Gott. Was ist hier geschehen? Ich will das nicht. Es soll aufhören. Ich höre nichts. Ich will wieder hören. Ich will das nicht. Er soll aufhören, an mir zu ziehen, ich will das nicht.*

Ruckartig drehte Merle Schwalb sich um. Irgendetwas oder irgendjemand versuchte, sie aus ihrem Stuhl zu zerren. Es war Samson. Er redete auf sie ein, aber noch immer konnte sie nichts hören. Merle Schwalb deutete auf ihre Ohren und schüttelte den Kopf. Samson nickte. Er bedeutete ihr, dass sie ihm folgen solle. Wieder schüttelte Merle Schwalb den Kopf und zeigte auf ihren Block und auf ihren Stift. Samsons Blick veränderte sich. Er holte aus und gab ihr eine Ohrfeige. Merle Schwalb stand auf und folgte ihm.

***

»Sie kann nichts hören!«, rief Samson gegen die Schreie und den Lärm an.

»O. k.«

»Sumaya, wir müssen hier raus. Sofort.«

»Es sind noch Verletzte da und kaum Sanitäter.«

»Sumaya, es kann sein, dass das hier nur die erste Bombe war. Wir gehen *jetzt*!«

»O. k.«

»Was ist mit Lutfi?«

»Sie wissen es nicht. Sie haben ihn in die Charité gebracht. Der Sanitäter war sich nicht sicher, ob er noch Puls hatte oder nicht.«

»O. k. Bist du verletzt?«

»Ich glaube nicht.«
»Gut. Komm jetzt.«

***

Samson führte sie zielstrebig in den Gang am hinteren Ende des 2TV-Studios, das in Wahrheit nichts als ein gläserner Innenhof war, dessen hintere Abgrenzung eine kleine Passage bildete. Rechts ging es zurück zum Boulevard Unter den Linden, es war der kürzere Weg ins Freie, aber Samson zog sie mit Bestimmtheit nach links, wo die Passage in die kleinere Mittelstraße mündete. An der nächsten Ecke zog er sie und die Frau, die er Merle genannt hatte, abermals nach links, in die Friedrichstraße.

Samson musste ihren fragenden Blick richtig gelesen haben. »Polizei und Feuerwehr werden gleich von den Linden aus kommen«, erklärte er im Laufen. »Die müssen da durch, da wird dann abgeriegelt, und wir kommen dann nicht mehr weg.«

»O. k.«

»Wir fahren zu mir«, fügte er hinzu, während er die rechte Hintertür eines Taxis öffnete und die Frau, die er Merle genannt hatte, in das Fahrzeug schob.

»O. k.«

Es fühlte sich vernünftig an, wegzufahren von dem Blut und der Bombe und den gellenden Schreien und der Gefahr einer weiteren Explosion. Aber es fühlte sich auch falsch an, und Sumaya starrte noch minutenlang durch das Fenster nach hinten, während sie sich immer weiter von den Feuerwehr- und Polizeiwagen entfernten, die nun zu Dutzenden aus fast jeder Seitenstraße quollen und mit Blaulicht und Martinshorn in Richtung des 2TV-Studios preschten.

***

Das erste Geräusch jenseits des Summtons, das Merle Schwalb wieder hören könnte, war das sonore und zugleich dramatische FlappFlappFlapp der Hubschrauber über ihnen. Vielleicht, dachte sie benebelt, weil ich noch nie so viele Hubschrauber über Berlin gehört habe. Sie schloss die Augen und konzentrierte sich auf das Geräusch. Wenn sie das hören konnte, konnte sie vielleicht noch mehr hören. Und tatsächlich, als würde allmählich ein Vorhang geöffnet oder als würde ihr Gesicht langsam aus einem Karton voll Watte gezogen, nahm sie nun auch andere Geräusche wahr, wenn auch nur gedämpft. Das Brummen des Taximotors. Das nervöse Reden des Fahrers, wenn sie auch noch keine einzelnen Worte unterscheiden oder gar verstehen konnte. Das Piepsen seines Funkgeräts.

Was war geschehen?

Sie hatte einen Anschlag erlebt. Sie war heute Morgen extra früh aufgestanden, um Lutfi Latif zu beobachten, um *Farbe* für die Geschichte zu sammeln, für *die* Geschichte, wie von Arno Erlinger befohlen. Der Abgeordnete hatte einen Auftritt im 2TV-Morgenmagazin, sie hatte sich eine Reservierung besorgt für den Teil der Sendung, der ab 8 Uhr 30 live aus dem kleinen Bistro-Studio in der Siegfried-Passage übertragen wurde. Der Abgeordnete, dessen Verhalten im Angesicht der angeblichen Lebensgefahr sie beobachten wollte, war in die Sendung gekommen, um eine Initiative zur Alphabetisierung von Migrantinnen der ersten Generation vorzustellen, deren Schirmherrschaft er übernommen hatte. Sie hatte ihn noch nie vorher live erlebt, noch nicht einmal in natura gesehen. Und sie war beeindruckt gewesen, von seiner pantherartigen Geschmeidigkeit, von seinem Obama-Lächeln und von der Aufrichtigkeit, die er ausgestrahlt hatte. Und dann, dann war es passiert.

Was war geschehen?

Sie erinnerte sich an einen Blitz, und an das lauteste Geräusch, das sie je gehört hatte. Vielleicht hatte sie das Geräusch aber schon gar nicht mehr gehört. Denn augenblicklich war da dieser Schmerz in ihren Ohren gewesen. Ein unfassbarer, erst violetter, dann tiefroter Schmerz, dann nur noch das Summen, das alles andere unterdrückte. In ihrer Erinnerung war es, als sei es kurz dunkel gewesen. Aber das stimmte vermutlich nicht. Vielleicht war sie kurz ohnmächtig gewesen oder hatte für einen Moment die Augen geschlossen. Und dann? Was dann? *Dann habe ich angefangen zu schreiben.* Unwillkürlich tastete Merle Schwalb mit ihrer linken Hand nach ihrer Innentasche. Ja, da war der Block. *Ich habe mitgeschrieben. Ich habe protokolliert. Ich habe nicht geholfen, wie diese Frau neben mir, die neben Samson am Tisch saß und von der ich nicht einmal weiß, wie sie heißt.* Merle Schwalb spürte, wie ihr Tränen in die Augen schossen. Aber als ihr bewusst wurde, dass sie drauf und dran war, um ihrer selbst willen zu weinen, unterdrückte sie sie.

***

»Samuel?«

»Ja?«

»Wieso warst du überhaupt da?«

»Na ja, du hattest mir gestern am Badeschiff von dem Termin erzählt, und ich … ich wollte dich gerne wiedersehen.«

»Und wieso fahren wir jetzt zu dir?«

»Weil wir nachdenken müssen.«

»Das stimmt nicht.«

»Doch, das stimmt. Aber es gibt noch einen Grund: Ich will wissen, wer jetzt schon Bescheid weiß und wie über den Anschlag geredet wird. Das kann wichtig sein. Und das kann ich nur von zu Hause aus.«

***

Der Bundesinnenminister hat in Berlin auf einer kurzfristig einberufenen Pressekonferenz die Bevölkerung zur Besonnenheit aufgerufen und versichert, dass alles getan werde, um den Terroranschlag vom Freitagmorgen in der Hauptstadt, dem bislang 7 Menschen zum Opfer fielen und bei dem rund 30 Personen verletzt wurden, vollständig aufzuklären und weitere möglicherweise geplanten Anschläge zu verhindern. Unbekannte hatten um kurz nach halb neun in einem TV-Studio im Stadtteil Mitte einen Sprengsatz gezündet. Bislang hat sich niemand zu der Tat bekannt. Die Bundeskanzlerin sagte ihre für den Nachmittag geplante Reise nach Washington ab, wie ein Regierungssprecher mitteilte. Für den Nachmittag ist eine Dringlichkeitssitzung des Kabinetts einberufen worden. Die Bombe war während einer Livesendung explodiert. Zum Zeitpunkt der Explosion hielt sich auch der Bundestagsabgeordnete Lutfi Latif in dem Studio auf. Der Grünen-Politiker war einem Magazinbericht zufolge in den vergangenen Wochen von islamistischen Extremisten massiv bedroht worden. Der Bundesinnenminister erklärte, es sei zu früh, um über einen Zusammenhang zu spekulieren. Nach Informationen des ARD-Hauptstadtstudios wurde der Abgeordnete der Grünen mit schweren Verletzungen in die Charité eingeliefert.

Merle Schwalb war erleichtert, dass ihr Gehör inzwischen fast wieder vollständig zurückgekehrt war und sie wieder einigermaßen klar denken konnte. Sie saß neben der jungen Frau mit den langen, dunklen Haaren auf dem Fußboden vor einem kleinen Fernseher in Samsons ausgebautem Dachboden und sah, nun schon zum dritten Mal, die Bilder der Explosion. Sie sah sogar sich selbst, von schräg hinten oben aufgenommen, in grobkörnigem Schwarz und Weiß, sie hatte gar nicht bemerkt, dass dort eine Überwachungskamera montiert gewesen war. Dann ein Schnitt: besorgter Minister in schwarzem Anzug vor Mikrofon. Dann ein weiterer Schnitt: ein Archivbild von Lutfi Latif. Und noch ein Schnitt: ein Ausriss ihres *Globus*-Artikels. Am unteren Rand des Bildschirm lief derweil ein Band mit den jeweils aktuellsten Meldungen in Endlosschleife: *Zahl der Toten auf 9 gestiegen +++ Kanzlerin: »Feiger Anschlag« +++ Bundespräsident will Tatort besichtigen +++ Terrorexperte: »Wir waren gewarnt« +++ US-Präsident kondoliert +++ Alle nachfolgenden Sendungen verschieben sich auf unbestimmte Zeit.*

Samson saß einige Meter entfernt von ihr und der anderen Frau an seinem Schreibtisch. Er hatte sofort, nachdem er aufgeschlossen und sie den Dachboden hinaufgescheucht hatte, alle seine Rechner hochgefahren und arbeitete jetzt simultan an drei Tastaturen. Sie sah zu ihm hinüber. Sie kannte diesen Blick. Volle Konzentration, kaum ein Blinzeln, die Stirn in Falten. Sie wusste, dass er jetzt nichts von dem wahrnahm, was rechts oder links von ihm oder hinter ihm geschah. Dass es aussichtslos wäre, ihn jetzt anzusprechen. Er würde erst wieder etwas sagen, wenn er meinte, dass es etwas zu sagen gäbe. Vorher würden seine Lippen so dicht zusammengepresst bleiben, wie sie es jetzt waren.

Sie war früher nicht oft an diesem Ort gewesen, den sie stets etwas unheimlich gefunden hatte. Vielleicht zwei- oder dreimal hatte Samson sie in sein Reich eingelassen. Dass sie in Wahrheit öfter hier gewesen war, ahnte er nicht. Sie hatte sich damals jedoch manchmal heimlich hierhergeschlichen, nachdem er sie im Bett in seiner Wohnung ein Stockwerk tiefer zurückgelassen hatte, weil er dachte, dass sie schlief und er nun endlich arbeiten könnte. Doch sie hatte nicht geschlafen, jedenfalls nicht immer. Und dann hatte sie ihn manchmal beobachtet, durch den Spalt der Tür hindurch, die sie ein bisschen aufschob, langsam, damit sie nicht quietschte. Einmal hatte sie sich sogar hinter ihn auf den Fußboden gesetzt, fast genau da, wo sie jetzt saß. Derselbe Blick, stundenlang. Die einzige Unterbrechung das blinde Nachschenken aus der Whiskeyflasche rechts von der mittleren Tastatur, immer dasselbe Glas. Ein Besessener. Sie hatte ihn geliebt. Und bewundert. Zum Beispiel wegen seiner Ernsthaftigkeit. Aber es hatte sie auch gekränkt, dass er sie in fast jeder gemeinsamen Nacht einfach zurückgelassen hatte. Als sei es nicht attraktiv, neben ihr einzuschlafen. Als hätte sie sich, nach dem Liebesakt, urplötzlich von einer Geliebten in ein Hindernis verwandelt, das ihn von der zweiten Erfüllung der Nacht abhielt.

Merle Schwalb wandte den Blick wieder ab. Sie wollte nicht an die gemeinsame Vergangenheit mit Samson denken, sie tat es sonst auch kaum je, und jetzt war ganz sicher kein guter Zeitpunkt dafür.

Immerhin, dachte sie, kann ich wieder hören und denken.

Nur dass ich nicht weiß, was ich denken soll.

Stand ich denn derartig unter Schock?

So muss es gewesen sein.

Oder wie kann es sein, dass es mir nicht eingefallen ist zu helfen? Oder wenigstens wegzulaufen? Stattdessen habe ich bloß dagesessen und geschrieben. Ist das eine professionelle Deformation, in so einer Situation seinen Block vollzuschreiben? Und wenn ja: Ist es dann nicht noch kränker, dass ich jetzt hier sitze, gerade einen Anschlag überlebt habe, mich für mein Verhalten schäme, mich vor mir selbst ekele, und *trotzdem* nur daran denken kann, heimlich nachzuschauen, ob mein Blackberry noch funktioniert, damit ich meine Notizen an die Redaktion durchgeben kann? Schließlich war ich dabei! Augenzeugin, etwas Besseres gibt es doch gar nicht!

Doch, es gibt etwas Besseres. Denn Augenzeugen können auch sterben. Wie die Moderatorin zum Beispiel. Oder der Mann mit dem Splitter in der Stirn.

»Ich, ich wollt Ihnen sagen, ich fand's gut, dass Sie den beiden Kindern vorhin geholfen haben. Ich bin Merle, ich arbeite beim *Globus.*«

Ein kurzer Anflug von Irritation in den riesigen grünen Augen. »*Sie* sind Merle Schwalb?«

»Ja.«

»Ich bin Sumaya al-Shami.«

»Woher kennen Sie Samson?«

»Weil er Lutfi Latif berät. Ich arbeite in Latifs Büro.«

»Kollegin von Cord Munkelmann?«

»Genau. Und Sie?«

»Ich kenne Samson schon ewig.«

»Aha.«

»Wir ... wir waren mal zusammen.«

»Aha.«

»Ich muss mal kurz raus zum Telefonieren. Denen sagen, dass ich noch lebe und so.«

»Klar.«

In diesem Moment drehte sich Samson auf seinem Drehstuhl herum. »Merle, dann kannst du Erlinger gleich sagen, dass es ein Bekennervideo von al-Qaida im Netz gibt. Das wird ihn schwer beeindrucken. So wie deine Notizen, da bin ich sicher.«

***

Endlich hatte er etwas Handfestes, das er weitergeben konnte. Ansgar Dengelow warf einen Blick auf seine Armbanduhr. Es war jetzt 11 Uhr 20. Bis um 13 Uhr könnte der Vermerk fertig sein. Gerade rechtzeitig für die auf 14 Uhr terminierte gemeinsame Pressekonferenz des BKA-Präsidenten mit dem Bundesinnenminister. Bei Gelegenheit würde er Munir eine Extrazahlung zukommen lassen. Etwa zwei Stunden nach dem Anschlag hatte sein Informant ihm eine SMS geschickt: »Es geht los.« Es folgte eine Internetadresse. Dengelow hatte sofort geahnt, was sich dahinter verbarg, und den Link, nachdem er die ersten fünf Sekunden des Videos selbst angeschaut hatte, mit dem Betreff EILT an Bernd Rudolph geschickt. Dann hatte er die Aufzeichnung gemeinsam mit dem Chefauswerter noch zweimal auf einem wandfüllenden Bildschirm in dessen Besprechungsraum angeschaut.

Eine unverputzte Wand als Hintergrund, notierte Dengelow in seinem Kopf. Daran befestigt eine großflächige schwarze Fahne mit arabischer Schrift. Im Vordergrund ein Mann in einem weißen Gewand, nur der Oberkörper und der Kopf im Bild. Ob er saß oder stand, war nicht zu erkennen. Auf dem Kopf ein weißes Tuch. Das Gesicht verpixelt, keine Details sichtbar, die Augen zu zwei kleinen, schwarzen Quadraten geschrumpft.

Eine tiefe Stimme, ruhig und bedächtig, trotz der Verzerrung.

Der rechte Zeigefinger stieß immer wieder belehrend in Richtung Himmel. So wie diese Typen es immer machen, dachte Dengelow. *Was für eine selbstgerechte Scheiße.*

Die erste Sequenz der Videobotschaft war Arabisch, was Dengelow nicht verstand. Aber er hatte genug ähnlicher Videos gesehen, um zu begreifen, dass es sich um religiöse Floskeln handelte, *Bismillahundsoweiterundsofort*. Dann jedoch ging es auf Deutsch weiter, wofür er heimlich dankbar war.

»Die Löwen der Organisation al-Qaida nördlich des Mittelmeeres haben heute eine gesegnete Operation in der Hauptstadt der Deutschen durchgeführt. Während der Abgeordnete in eurem Parlament und vom Glauben Abgefallene Lutfi Latif, möge Gott ihn verdammen, in einer Fernsehsendung saß, ließen die Löwen der Brigade Abu Laith al-Libi dort einen Sprengsatz explodieren. Unsere Scheichs haben über diesen Mann schon gesagt, was es zu sagen gibt. Er aber hat keine Einkehr geübt, sondern weiter Hass gegen die Mudschahidin gepredigt und versucht, alle wahren Muslime von ihrem Glauben zu entfernen. Der Tod ist der Preis dafür, wenn jemand solche Lügen verbreitet und sich den Gläubigen in den Weg stellt. Diese Operation ist ein Zeichen. Die Zeit des Redens und der Angebote ist vorbei. So wie unsere Scheichs den vom Glauben Abgefallenen Lutfi Latif aufgefordert haben umzukehren, haben sie auch das deutsche Volk aufgefordert umzukehren. Doch ihr habt die Hand, die unsere Scheichs ausgestreckt haben, nicht einmal, nicht zweimal, sondern dreimal zurückgewiesen. Bei Gott! Wir haben euch mehrmals gewarnt, und ihr habt nicht auf uns gehört. Wir aber halten unsere Versprechen. Wir rufen alle waffenfähigen Muslime in Deutschland und nördlich des Mittelmeeres dazu auf, ihre Pflicht zu erkennen und so lange zu kämpfen, bis Gottes Wort das höchste ist. Wie armselig sind jene, die das Diesseits um den Preis des Jenseits kaufen! Gehört nicht zu ihnen! Denn seid gewiss, der Dschihad wird weitergehen bis zum Tag der Auferstehung.«

Abrupt brach das Video ab. Ein Zähler zeigte an, dass es 2:07 Minuten lang war.

»Ihr erster Eindruck?«, fragte Dengelow den Auswerter.

Rudolph räusperte sich. »Echt. Ich übernehme natürlich keine

Verantwortung. Aber die Sprache passt. Die Begründung fällt ins Muster. Die schwarze Fahne, der weiße Schriftzug darauf – so würden die es machen, auf jeden Fall.«

»Wieso spricht er Deutsch?«

»Das ist in der Tat etwas ungewöhnlich. Aber die arabischen Untertitel sind auf den ersten Blick fehlerfrei und kongruent. Die Beteiligung eines oder mehrerer arabischer Muttersprachler oder fortgeschrittener Arabischsprecher ist daher wahrscheinlich.«

»Was heißt ungewöhnlich in diesem Zusammenhang?«

»Na ja, andersherum ist es häufiger. Aber es ist auch nicht das erste Mal. Allerdings ist es das erste AQ-Bekennervideo zu einem geglückten Anschlag in Deutschland, deshalb sind Vergleiche schwierig.«

»Noch etwas auffällig?«

»Ja, eine Sache, aber die steht unter demselben Vorbehalt. Nur ist es normalerweise so, dass AQ sich nicht so zügig bekennt. Nach London hat es zum Beispiel sieben Wochen gedauert.«

»Was bedeutet das mit Blick auf die vermutete Authentizität?«

»Lassen Sie es mich so sagen: Wenn es echt ist, wovon ich ausgehe, ist es zugleich ein Hinweis darauf, dass die Tat hier geplant wurde und die Attentäter sich durchgängig hier aufhielten. Das war in London 2005 anders. Die waren in Pakistan ausgebildet und instruiert worden.«

»Verstehe. Also kann ich damit zum Präsidenten gehen? Sie wissen ja, was dann passiert.«

»Ja, ich denke schon. Aber wir analysieren weiter. Mal sehen, was technisch noch zu holen ist, und ich ziehe noch einen Sprachmittler und einen weiteren Islamwissenschaftler heran, wenn Sie nichts dagegen haben.«

»Sie können alle haben, die Sie wollen. Haben Sie ein Transkript für mich?«

»Ja, müsste in der Zwischenzeit auf Ihrem Schreibtisch angekommen sein.«

»Danke, gute Arbeit!«

Zurück in seinem Büro fand Dengelow auf dem Schreibtisch tatsächlich eine Abschrift des Bandes vor. Er griff zum Telefon und machte mit dem Vorzimmer einen eiligen Termin beim Präsidenten für 12 Uhr 15 aus. Dann öffnete er auf seinem Rechner die Formatvorlage für Vermerke und begann zu schreiben. Er begann mit dem Video. Dann fasste er zusammen oder zitierte aus dem, was die übrigen Kollegen der sofort nach dem Anschlag eingerichteten und per Zufallsgenerator »Zypresse« getauften Besonderen Aufbauorganisation geschickt hatten. Die Spurensicherung war sich bereits sicher, dass es ein einzelner Sprengsatz gewesen war. Höchstwahrscheinlich ferngezündet, eventuell per Handy. Er war unweit des Moderationstresens hochgegangen. Wahrscheinlich kein Selbstmordattentat. Der Sprengstoff war den ersten Testergebnissen zufolge vermutlich TATP.

Als er fertig war, las Dengelow seinen Vermerk sorgfältig noch einmal durch. Er stellte sich den Ablauf des Anschlags vor. Passte alles zusammen? Gab es offene Widersprüche? Nein, die gab es nicht. Aber eine Frage drängte sich auf: Wer wusste eigentlich seit wann, dass Lutfi Latif an diesem Tag im Studio sein würde? Soweit er wusste, war der Vorlauf bei Sendungen wie dem Morgenmagazin nicht besonders groß. Die al-Qaida-Terroristen müssten also unter Umständen sehr schnell darüber informiert gewesen sein, dass der Politiker eingeladen worden war und zugesagt hatte. Er machte sich eine Notiz, dass einer seiner Männer die Sache klären sollte.

Dann summte eines seiner Handys.

Wieder eine Nachricht von Munir?

Nein. Die SMS kam von Agnes: Ob er den ersten Termin bei Dr. Gabor heute »trotz dieser Sache« wahrnehmen werde? »Ich bitte dich inständig darum. Es ist wichtig – für dich UND für mich.« Wütend tippte er eine Antwort. »Agnes, ich weiß nicht einmal, wann ich das nächste Mal nach Hause komme. Ansgar.« Kurz überlegte er, ob seine SMS zu heftig formuliert war. Ob er Agnes lieber noch einmal anrufen sollte. Aber er schob den Gedanken wieder beiseite. Nicht jetzt. Sie kannte ihn gut genug. Und wenn nicht, war es zu spät.

Ein erneuter Blick auf die Armbanduhr verriet ihm, dass es sowieso höchste Zeit war, zum Präsidenten zu gehen. Auf dem Weg dorthin, während er mit dem Fahrstuhl vom 11. in den 13. Stock fuhr, wurde ihm allerdings klar, dass der Präsident unter Umständen wissen wollen würde, warum Lutfi Latif eigentlich keine Personenschützer gehabt hatte – und wieso die Kollegen von der Sicherungsgruppe den Ort des Anschlags eigentlich nicht auf eine mögliche Gefährdung überprüft hatten.

***

»Frau Schwalbe! Ich hab mich schon gefragt, wann sie wohl anrufen, nachdem ich im Fernsehen verfolgt habe, dass sie alles mitgeschrieben haben!«

»Ich sags's Ihnen noch genau einmal, Erlinger: Mein Name ist Schwalb. Lernen Sie's oder lecken Sie mich am Arsch!«

»Nanana, nicht so frostig! Ich verstehe ja, dass Sie etwas durch den Wind sind. Das war ich auch, nach meinem ersten Anschlag, den ich in Mogadischu miterleben durfte. Ist nicht schön. Aber das gehört dazu. Und Sie, Sie gehören jetzt auch dazu!«

Merle Schwalb schnaubte wütend. Was sollte das? Wo genau gehörte sie jetzt dazu? Zur Bruderschaft der Arschgeigen, denen ab und an eine Frau zuarbeiten durfte? Zum Club der traumatisierten Superegos, die weder ihr Trauma noch ihr Ego richtig einstufen können? Nein, dachte sie bitter, und bemerkte dabei, wie sich ihre Wut vom inoffiziellen Chef der Drei Fragezeichen auf sie selbst verlagerte: Erlinger meint etwas anderes. Etwas, das er ganz genau versteht. Und nur deshalb kann er so brutal sein. Weil er nämlich recht hat. Ich gehöre jetzt wirklich dazu. Zur internationalen Arbeitsgemeinschaft der Aasgeier. Zum zynischen Zusammenschluss der Zuschauer. Zu denen, die vom Leiden und Sterben anderer leben.

Erlinger gehört schon lange dazu. Aber selbst er hat anscheinend noch nicht vergessen, dass die Eintrittskarte in diesen exklusiven Bund exzessiver Selbstekel ist. Und den kann einem sowieso niemand nehmen. Also kann man auch gleich ein Arschloch sein und sich die geheuchelte Freundlichkeit sparen.

»Erlinger, hören Sie auf mit dem Gequatsche. Ich will eigentlich nur von Ihnen wissen, was ich mit meinem Zeug machen soll. Brauchen Sie es für unsere Geschichte oder gebe ich es den Onlinern?«

»Sehen Sie, Schwälbchen, jetzt reden Sie wirklich wie eine von uns, so schnell kann das gehen. Online brauchen Sie nichts zu machen: Der *Spiegel* hatte auch jemanden vor Ort, und die haben schon die ganze Seite voll mit Augenzeugenzeug. Aber ich kann Ihnen mitteilen, dass das dritte Geschlecht unsere Geschichte vorgezogen hat, sie wird Titelgeschichte, Arbeitszeile: ›Al-Qaidas Todesschwadronen in Deutschland‹. Wir ziehen den Andruck vor, und es wäre deswegen sehr, sehr nett, wenn Sie Ihren süßen Arsch bei Gelegenheit hierherbeordern könnten. Da können Sie dann was von Ihrem Zeug unterbringen, plus die Lutfi-Orgie, wie besprochen. Ich hoffe übrigens, Sie haben sich nicht verletzt?«

»Wie nett, dass Sie sich sorgen!«

»Verzeihen Sie, dass ich jetzt erst frage, aber wir haben Sie bisher nicht in den Krankenakten der Opfer gefunden, die sich auf unserem Schreibtisch stapeln. Sonst hätte ich mich natürlich sofort gekümmert.«

»Danke, mir geht's gut. Ich komme gleich. Allerdings kann ich Ihnen jetzt schon sagen, dass es ein Bekennervideo von al-Qaida gibt.«

»Na, das passt doch bestens. Bis gleich!«

Vorgezogener Andruck, das war der Ernstfall. Es bedeutete, dass das dritte Geschlecht um jeden Preis dem *Spiegel* und dem *Argus* zuvorkommen wollte, indem sie den *Globus* bundesweit am Sonntag auf den Markt warf. Das war extrem teuer. Aber die Drei Fragezeichen mussten der Herausgeberin erklärt haben, dass sie genug Material hatten, um aus dem Stand einen Titel zu stemmen, dessen Aufhänger ohne Zweifel der Anschlag sein und dessen Hintergrund aus einer Eilfassung der ursprünglich geplanten Geschichte bestehen würde. Es war nicht so, dass Merle Schwalb die Entscheidung nicht nachvollziehen konnte: Der *Globus* war eines der wichtigsten Magazine des Landes, aber weniger wegen seiner Tiefenrecherchen, sondern eher wegen seiner Wucht, Schnelligkeit und Entschiedenheit. Dass die Drei Fragezeichen schon brisantes Material zum Thema al-Qaida in Deutschland in ihren Panzerschränken hatten, war ein Vorteil gegenüber der Konkurrenz, den das dritte Geschlecht durch ein früheres Erscheinen voll ausnutzen wollte. Denn es war völlig klar, dass die anderen Magazine ebenfalls Titelgeschichten zu dem Anschlag machen würden.

Wieso aber fühlte sie sich so unwohl bei dem Gedanken an das Nacht-und-Nebel-Manöver? Sicher nicht, weil es bedeutete, dass sie die nächsten 30 Stunden ohne Schlaf in der Redaktion verbringen würde. Das machte ihr nichts aus. War es wegen Samsons bissiger Bemerkung? Samson, der immer alles besser wusste und die Drei Fragezeichen hasste? Wieso hatte er ihr die Neuigkeit mit dem Bekennervideo so vor die Füße geschleudert? War er so entsetzt über ihr Verhalten in der Siegfried-Passage? Oder steckte mehr dahinter?

Langsam öffnete sie wieder die Tür zur Dachkammer. »Samson, ich …«

»Lass mich raten. Du musst in die Redaktion, ihr macht einen Titel.«

»Ja.«

»Und du hättest gerne das Video?«

»Ja, wenn das möglich wäre.«

Wortlos hielt Samson ihr einen Memory-Stick hin.

»Danke, ich weiß das zu schätzen.«

»Kein Problem.«

»Ist es echt?«

»Ich weiß es noch nicht.«

»Was heißt das?«

»Dass ich es noch nicht weiß.«

»*Samson!* Hast du mehr Zweifel als bei den anderen al-Qaida-Videos, über die du jede zweite verdammte Nacht schreibst?«

»Schrei mich nicht an«, entgegnete Samson leise. »Aber die Antwort ist: Ja. Jedenfalls vorläufig.«

»Warum?«

»Ich weiß es nicht, verdammt noch mal. Es ist ein *Gefühl*, o. k.?«

»Wirst du, ich meine, kann ich dich deswegen noch einmal anrufen?«

»Ich melde mich.«

»Danke!«

Merle Schwalb stieg die Treppen hinunter, bog in die Schreinerstraße ein, dann in die Samariterstraße. In den Cafés, an denen sie vorbeikam, hatten sich Trauben an den Tresen gebildet, Gäste und Kellner diskutierten erregt miteinander, ganz offensichtlich über den Anschlag. Der Spielplatz, den sie passierte, war hingegen leer gefegt. Auf der Straße waren überhaupt viel weniger Menschen unterwegs als sonst. Schließlich erreichte sie die Frankfurter Allee, eine sechsspurige Straße, die in der einen Richtung direkt zum Alexanderplatz führte. Auch sie war kaum befahren. Dafür stauten sich die Autos in der Gegenrichtung und hupten. Die Menschen verließen das Stadtzentrum. *So sieht es also aus nach einem Terroranschlag in Deutschland.*

Es dauerte zehn Minuten, bis sie ein Taxi fand.

»Friedrichstraße Ecke Mittelstraße, bitte.«

»Aber Sie wissen schon, was heut passiert ist, Frollein?«

»Ja.«

»Na denn is ja jut!«

Als sie ausstieg, erwartete sie eine noch gespenstischere Szenerie. Keine Passanten, keine Einkäufer, keine Touristen, die über die ansonsten immer verstopfte Friedrichstraße flanierten – alle Geschäfte waren geschlossen. Es war so still, dass ihr sogar die Abwesenheit des Kreischens auffiel, das die bremsenden S-Bahnen sonst verursachten. Anscheinend war der Nahverkehr eingestellt worden. Berlins Zentrum war lahmgelegt. Allerdings nur, was die Öffentlichkeit anbetraf. Denn anstelle der üblicherweise Anwesenden bevölkerten nun zahllose Polizisten und Feuerwehrleute die Friedrichstraße und ihre Seitenstraßen. Sie verrichteten ihre Arbeit jedoch in fast vollkommener Stille. Die Blaulichter ihrer Fahrzeuge leuchteten, aber die Sirenen waren ausgeschaltet. Eine Invasion gelb und rot und blau gewandeter Aliens. Absperrband verwehrte nicht Berechtigten weiträumig den Zugang zur Siegfried-Passage, in der sie am Morgen noch Zeugin des Anschlags geworden war, wie sie mit einem Blick um die Ecke feststellte. Auch das einen Block entfernt gelegene Gebäude des *Globus* konnte sie erst betreten, nachdem sie einem Polizisten ihren Presseausweis gezeigt hatte.

In der Redaktion wieder ein anderes Bild: Nie zuvor hatte sie die Flure so voll gesehen. Noch der letzte Redakteur war offenbar so schnell wie möglich hergekommen oder herbefohlen worden. Es herrschte eine geschäftige Atmosphäre wie in einem Bienenstock. Faxe quollen aus den Geräten. Sekretärinnen rannten hin und her und versuchten mit zwei Handys gleichzeitig Reporter zu erreichen. Merle Schwalb bahnte sich einen Weg zu ihrem Büro.

Ihr Zellennachbar Kaiser stand vor seinem Zimmer herum und suchte offenbar dort nach einer Aufgabe. Er begrüßte sie schon von Weitem mit ausladendem Winken. »Hallo Merle, schöne Scheiße, was?«

»Ja, schlimm.«

»Du bist der Star hier, alle haben dich gesehen.«

»Schön war es nicht.«

»Merle, kannst du denn überhaupt arbeiten? Ich meine, solltest du nicht vielleicht lieber, keine Ahnung, *jemanden sehen*? Du weißt schon, was ich meine.«

»Danke, aber ich glaube, das ist nicht nötig.«

»Na dann.«

»Ja, bis später.«

Dieser ganze Tag, dachte Merle Schwalb, als sie in ihrem Büro ihre Tasche in die Ecke warf und den Rechner hochfuhr, ist so durch und durch unwirklich; ich weiß gar nicht, wie geht man mit so einem Tag um. Ist er wie jeder andere Tag, nur etwas anders? Soll ich jetzt wirklich einfach arbeiten? Sie erinnerte sich daran, dass sie in der zweituntersten Schublade ihres Rollcontainers noch eine halbe Schachtel Marlboro versteckt hatte, und zündete sich ihre erste Zigarette seit zwei Jahren an. Dann zog sie langsam ihren Block aus der Tasche, legte ihn auf den Schreibtisch und klinkte Samsons Memory-Stick in den USB-Anschluss ihres Computers ein.

Ja, sie würde arbeiten. Und sie würde vor allem vorarbeiten. Sie würde sich von Erlinger und den anderen beiden nicht diktieren lassen, was sie aufschrieb. Sie würde den Trakt der Drei Fragezeichen erst mit einem fertigen Manuskript betreten.

* * *

Erst als Sumaya spät am Abend erschöpft in Minas Armen lag, konnte sie weinen, zum ersten Mal an diesem Tag. Sie weinte in lang gezogenen, heiseren Stößen, jeder einzelne so endgültig, als müsste sie danach nie wieder einatmen. Sie saß, ihren Stuhl dicht an den ihrer Mitbewohnerin gerückt, die Arme um Mina gelegt, auf dem gemeinsamen Balkon, und die Tränen rollten über ihre Wangen, tropften auf ihre Bluse und benässten auch Minas Wangen, während über den Dächern um sie herum die blaue Dämmerung der einsetzenden Nacht wich. *Es darf nicht sein. Es kann nicht sein.*

Langsam strich ihre Mitbewohnerin ihr über die Haare. »Ganz ruhig, Susu, ganz ruhig.«

Aber da war keine Ruhe, nirgends. Da waren Bilder. Die Kinder. Das Blut. Und da war Schmerz. Ihr eigener Schmerz. Fadias Schmerz. Sie sah Samson wieder vor sich, seinen versteinerten Blick, auch er hatte nicht gewusst, was er sagen sollte.

Da war Fadis Stimme am Telefon, die ihr plötzlich wieder in den Ohren klang. Dieses Zittern, das sie an ihm nicht kannte. »Fadi, bitte ruf meinen Vater an.«

»Mach ich, *Habibti*, mach ich.«

Dann erschienen ihr wieder die Kinder. Und Fadia. Vor allem Fadia: die Augen aufgerissen, voller Unglauben, der Mund tonlos schreiend. Dann, wie sie zusammenbrach. Wie sie auf den Knien auf dem Teppich landete, den Kopf auf den Boden schlug, sich wand wie ein wundes Tier. Wie sie sich langsam wieder aufrichtete, wie sie erst stöhnte, und ihr schließlich, endlich ein gellender Schrei entfuhr, laut wie tausend Sonnen, lang wie das Ende der Welt: »Neeeeeein!«

Sie sah Fadias Handy unter den Tisch rutschen. Sie sah sich selbst, wie sie Fadia ansah, erstarrt, und wie erst Sekunden später in ihrem Hirn ankam, was Fadia gerade erfahren haben musste. Wie der Schmerz dann in ihr selbst hochfuhr, sie schließlich ganz erfasste. Sie sah sich ihre Hand vor den Mund legen und auf Fadia zutaumeln. Aber dann hatte sie bemerkt, dass der Schrei ihrer Mutter die beiden kleinen Töchter herbeigerufen hatte. Sie standen am oberen Ende der Treppe, die Augen vor Angst geweitet, die ältere legte der jüngeren instinktiv den Arm um die Schultern. Aber die wollte sich losreißen, die Treppe hinunterstürzen, zu ihrer wunden Mutter hinunter. Gleichzeitig kam einer der BKA-Beamten ins Haus gestürzt. Auch er hatte Fadias Schrei gehört.

Also ging Sumaya die Treppe hinauf, zu den Kindern, wieder zu

den Kindern, hatte sie noch gedacht, während sie die Treppe hochstieg, und, oben angekommen, sofort vor den Töchtern in die Knie ging, sodass sie ihre Mutter nicht sehen konnten. Dann hatte sie sie weggeführt, *Ta'alu, ta'alu ma'i,* in ein Zimmer, von dem sie annahm, dass es ein Kinderzimmer sein könnte. Es war tatsächlich eines. Dort setzte sie die beiden Töchter auf eine Matratze, nahm ihre Köpfe in ihre Arme und flüsterte: »Ganz ruhig! Ganz ruhig«, genau so, wie Mina es jetzt zu ihr sagte, nur dass sie jetzt diejenige war, die weinte.

Sie war noch bei Samson auf dem Dachboden gewesen, als sie Fadi angerufen hatte, um ihm mitzuteilen, dass es ihr gut ging. Und Fadi war es gewesen, der sie gefragt hatte, ob sie bei Fadia sei, gleich nachdem er ihr versprochen hatte, ihren Vater anzurufen.

»Nein, wieso?«

»Wo bist du *denn,* Susu? Solltest du nicht bei ihr sein?«

Ja, das sollte sie. Fadi hatte recht. Und sie schämte sich, dass das nicht ihr eigener erster Gedanke gewesen war.

»Samson, ich muss zu Fadia.«

»O.k. Das verstehe ich. Ich kann leider nicht mitkommen. Ich muss hier weitermachen. Ich muss versuchen zu sichten, was hier gerade passiert. Vielleicht ist es wichtig. Vielleicht finde ich eine Spur.«

»Gut. Dann gehe ich jetzt.«

»Soll ich dir ein Taxi rufen?«

»Nein, ich find schon eins.«

Und dann, als sie schon fast die Dachbodentür erreicht hatte: »Sumaya?«

»Ja?«

»Ich bin froh, dass dir nichts geschehen ist.«

Als sie ins Taxi stieg, bat sie den Fahrer, im Radio nach Nachrichten zu suchen, bevor er etwas sagen konnte. Sie wollte nicht sprechen, nicht antworten müssen. Sie wollte auch nicht über Samson nachdenken, jedenfalls nicht jetzt.

… stieg die Zahl der Todesopfer auf zehn, nachdem eine junge Frau ihren Verletzungen erlag. Auf einer gemeinsamen Pressekonferenz teilten der Präsident des Bundeskriminalamtes und der Bundesinnenminister unterdessen mit, dass sich das Terrornetzwerk al-Qaida in einer Videobotschaft zu dem Anschlag bekannt habe. Seine Behörde, erklärte der BKA-Präsident, halte das Band für »höchstwahrscheinlich authentisch«. In der Videobotschaft werde der Bundestagsabgeordnete Lutfi Latif als Ziel des Anschlags benannt. Der Grünen-Politiker war in der Vergangenheit bereits mehrfach von dem Terrornetzwerk mit dem Tode bedroht worden. Unmittelbar vor dem Anschlag war bekannt geworden, dass Lutfi Latif das neu geschaffene Amt eines Beauftragten der Bundesregierung für Deradikalisierungs-Projekte übernehmen sollte. Presseberichten zufolge wurde Latif mit schweren Verletzungen in ein Berliner Krankenhaus eingeliefert …

Soll ich beten? Beten, dass er lebt? Beten für die, die gestorben sind? Beten für die Verletzten? Oder gleich dafür, dass das alles nicht passiert ist? Soll ich danken, dass ich lebe? *Bismillah al-Rahman al-Rahim … Ich weiß nicht viel über Dich. Aber Du bist der Schöpfer der Welt und zu allen Dingen fähig …* Sie konnte es nicht. Nicht nachdem sie bei Samson dieses Video gesehen hatte. Dieselben Worte, derselbe Gott. Es fühlte sich falsch an. Sie wollen nicht nur Flugzeuge hijacken, sie wollen auch eine Religion hijacken, hatte sie Lutfi mehr als einmal sagen hören. Aber was, wenn sie es geschafft haben? Wenn ich ihretwegen nicht mehr beten kann? *Du bist zu allen Dingen fähig.*

Vor der Haustür standen zwei schwarz uniformierte Polizisten, Maschinenpistolen im Anschlag. Ein Hagerer mit Halbglatze. Ein rothaariger Untersetzter.

»Entschuldigung, aber hier darf niemand hinein!«, sagte der Untersetzte.

»Ach ja?«, entgegnete Sumaya müde. »Ich darf hier rein, glauben Sie mir.«

»Junge Frau, das geht nicht. Sie bleiben bitte hier stehen. Zeigen Sie uns bitte erst einen Ausweis und dann Ihre Tasche.«

»Wieso?«

»Weil wir das kontrollieren müssen.«

»Sie lassen mich jetzt sofort hier hinein!«

»Niemand darf hier hinein«, blaffte der Rothaarige.

»*Warum* wollen Sie mich kontrollieren?«

Der Rothaarige ging einen Schritt auf Sumaya zu und stellte sich breitbeinig vor ihr auf. »Weil Sie eine von denen sein könnten, wenn Sie es genau wissen wollen.«

»Eine von *denen*?«

»Junge Frau, jetzt stellen Sie sich bitte nicht so an. In diesem Haus wohnen jede Menge Muslime, aber Sie sind die Einzige, die sich so anstellt.«

Sumaya merkte, wie ein Kribbeln in ihrem Nacken hochstieg. »*Wie bitte?* Ach, dann wissen Sie also schon, wer den Anschlag verübt hat, ja? Haben Sie es schon weitergemeldet, Herr Wachtmeister? Sich eine Belohnung für Ihren Scharfsinn abgeholt? Es hat gerumst, war wohl ein Muslim, ja? Ich muss Ihnen ehrlich sagen, ich hatte da auch so ein Gefühl, wissen Sie, heute Morgen, in dem Studio. Ich fiel da so hin, und dachte noch: Na, wenn *die* Bombe mal nicht direkt von Allah kommt!«

»Nu beruhigen Sie sich mal, so haben wir es nicht gemeint. Wir haben auch nur unsere Vorschriften.«

In diesem Moment öffnete Fadia Latif die Wohnungstür von innen. »Meine Herren, die junge Frau darf hier rein«, sagte sie ruhig. »Es ist nett, dass Sie aufpassen, aber Frau al-Shami darf herein. Und Sie brauchen Sie auch nicht zu kontrollieren.«

Der Hagere und der Rothaarige gehorchten.

Fadia Latif führte Sumaya hinein, schloss die Tür und umarmte sie. »Es ist nett, dass du gekommen bist.«

»Ich weiß auch nicht, warum ich das gerade gemacht habe. Es tut mir leid.«

»Sumaya, du bist durcheinander. Du warst schließlich dabei. Das ist doch klar.«

Sumaya wusste nicht, was sie sagen sollte, also nickte sie. Sie sah sich um. Es war eine freundliche, helle Wohnung, der kurze Flur hinter der Tür führte direkt in ein großes Wohnzimmer. Der Boden bestand aus Dielen, aber der größte Teil des Fußbodens war mit orientalischen Teppichen ausgelegt, die meisten waren rot, bei einigen dominierten die Blautöne.

Sumaya streifte unwillkürlich ihre Schuhe ab. Die Wände waren allesamt weiß verputzt. Eine Wand war ganz mit gerahmten Familienfotos bedeckt, die beiden Töchter vor den Pyramiden, Lutfi und Fadia vor einem Orangenbaum, alle vier an einem Strand … Eine zweite Wand, die größte, zierten Repliken maurischer Torbögen, einige aus dunklem Holz geschnitzt, andere aus abwechselnd karminrot und weiß gestrichenem Ton geformt. Eine gerahmte historische Schwarz-Weiß-Aufnahme Jerusalems schien schwerelos über einer Sitzecke zu schweben. Die Möbel waren aus dunklem Holz.

Fadia Latif dirigierte sie in die Sitzecke. Sie setzten sich nebeneinander.

»Ich weiß nicht was ich sagen soll«, begann Sumaya stockend. »Es ging so schnell. Ich kann es noch gar nicht verstehen.«

Fadia Latif nahm Sumayas Hände in ihre. »Ich auch nicht.«

Sumaya blickte Fadia an. Die ernsten, tiefen Augen. Die lautlosen, ruhigen Bewegungen. *Wie stolz sie ist!*

»Haben Sie, ich meine, hat das Krankenhaus … wie geht es Ihrem Mann?«

»Sie machen gerade eine Notoperation. Ich weiß es nicht.«

Eine Träne lief über Fadia Latifs ebenmäßiges Gesicht. Sie tat, als sei sie nicht da, wischte sie auch nicht weg.

»Ich wollte gerade Tee kochen, vielleicht möchtest du auch welchen?«

»Ja, sehr gerne. Wenn ich ein bisschen bleiben darf?«

Fadia Latif nickte. »Natürlich!«

Fadia Latif stand auf, um in die Küche zu gehen.

In diesem Moment war der Anruf aus dem Krankenhaus gekommen.

Dieser Schrei.

Sumaya krallte sich an Mina fest, als die Bilder ein zweites Mal vor ihrem inneren Auge erschienen: Wie sie die Treppe zu den Mädchen hochgegangen war. Wie sie in den Augen der Kinder lesen konnte, dass sie genau spürten, dass etwas Schreckliches geschehen war. Wie sie zitterten, als Sumaya sie in den Armen hielt. Und dann,

nach einer Ewigkeit, nach fünf Minuten oder dreißig Minuten oder nach einer Minute oder einer Stunde, Sumaya hatte keine Ahnung, hatte sich die Tür des Kinderzimmers geöffnet und Fadia Latif war eingetreten. Sie legte Sumaya eine Hand auf die Schulter. Sumaya verstand, erhob sich, ging leise die Treppe hinunter und verließ die Wohnung von Lutfi Latif, der nicht mehr lebte. Und das letzte Geräusch, das sie hörte, bevor sie die Tür schloss und wieder vor den beiden Polizisten stand, war das Weinen der Kinder.

»Ruhig, Susu, ganz ruhig!«

***

Samson war froh, als Sumaya ging. Er hätte es nicht mehr lange ausgehalten. Als er sicher war, dass sie das Haus verlassen hatte, stand er auf und trat voller Wucht gegen den Fernseher, der von der Obstkiste, auf der er gestanden hatte, auf den Boden fiel, wo die Mattscheibe zerbarst.

»Scheiße!«

Er sah sich um. Dann ging er zu der Wand neben der Tür, riss den Feuerlöscher aus seiner Befestigung und hieb damit so lange auf den Fernseher ein, bis leise zischend Löschschaum aus dem verbeulten Feuerlöscher auszutreten begann.

»Verdammte Scheiße!«

Nachdem er sich abreagiert hatte, setzte er sich wieder auf den Drehstuhl und holte den Whiskey und sein Glas aus dem Rollcontainer.

Er hatte keine Ahnung, wie oft er das Video jetzt schon angesehen hatte. Sechsmal? Siebenmal? Aber er konnte sich nicht konzentrieren, denn jedes Mal, wenn der Vermummte zu sprechen begann, sah er plötzlich Mohammed vor sich. Der Mann konnte unmöglich Mohammed sein. Mohammed war viel größer. Mohammed hätte sich niemals vermummt oder seine Stimme verzerrt. Und vor allem war Mohammed tot. Aber Mohammed war trotzdem da und ließ sich nicht verscheuchen.

Verdammt, ich hatte doch kaum Zeit!

Samson schloss die Augen und spürte dem Whiskey nach, der langsam seine Kehle hinunterrann.

Beruhig dich.

Vergiss Mohammed und all das, wenigstens für den Moment.

Konzentrier dich!

Was hast du?

Ich habe eine Menge glückliche Leute, fasste Samson für sich zusammen. *AbuYaqub* glaubt sogar, dass ich es gewesen bin, und gratuliert mir! Die anderen sind beeindruckt: *Mit Video! Gut vorbereitet! Und live im Fernsehen, wallahi, das wird den Schrecken vervielfachen, sie werden zittern, sie werden heute Nacht schlecht schlafen, die Kuffar!* Die Besserwisser tönen, sie hätten es kommen sehen. *Es war nur eine Frage der Zeit, bis die Mudschahidin in Deutschland aufgeweckt werden! Bis jemand die Worte der Scheichs an den abtrünnigen Heuchler Lutfi Latif umsetzen würde!* Die Dummen jubeln schon über Lutfis Tod, weil sie keine Nachrichten sehen, typisch. Die Nachdenklichen sagen: *Ob er stirbt oder nicht, ist egal, das Zeichen zählt.* Und alle, alle miteinander freuen sich über die Folgen: *Einige werden sich uns anschließen, noch mehr werden gegen uns sein, aber das hilft uns, denn alles was die Fronten sichtbarer macht, ist gut. Wallahi, das war der Schlachtruf, ihr habt es gehört Brüder, es geht los! Eine gesegnete Zeit hat begonnen!*

Aber jubelnde Sessel-Dschihadisten waren nichts Besonderes, die bejubelten auch Stromausfälle in den USA, das war zu erwarten gewesen.

Was er hingegen nicht gefunden hatte, waren Hinweise, die ihm weiterhalfen. Samson startete das Video ein weiteres Mal. Dieses Mal gelang es ihm, Mohammeds Adlernase und seinen stechenden

Blick wegzuschieben. Jedenfalls fast. Er zwang sich, das Band so distanziert wie möglich zu analysieren.

Sah der Mann aus wie ein echter Dschihadist? *Ja.* Alle Insignien waren korrekt, von der Fahne bis zur Vermummung schien alles stimmig. Und der Inhalt? Auf den ersten Blick nichts Auffälliges. Vielleicht ein paar Koranzitate weniger als er vermutet hätte, aber durchaus im Rahmen. Korrekte Wiedergabe der al-Qaida-Führer. *Brigade Abu Laith al-Libi?* Absolut denkbar. Warum nicht? Al-Libi war 2008 durch eine US-Drohne getötet worden. Es wäre nicht das erste Mal, dass al-Qaida eine angebliche Brigade nach einem ranghohen Märtyrer benannte.

Und der Bezug auf Lutfi Latif? Ja, auch der passte. Das war es ja gerade. »Wir aber halten unsere Versprechen.« Wieso hatte er nicht *das* in seinen Bericht geschrieben? *Wieso nicht?* Es wäre so einfach gewesen: »Herr Latif, das muss man ernst nehmen – so ernst, dass ich mir gut ausmalen kann, wie Sie in einen Anschlag geraten, und anschließend in einem Video irgendjemand sagt: *Wir aber halten unsere Versprechen.*« Aber das hatte er nicht gesagt. Und auch nicht in seinen Bericht geschrieben.

Sein Magen verkrampfte sich. Und mit den Krämpfen kam prompt eine weitere Erinnerung an Mohammeds schwarze Augen.

Bleib ruhig!

Du kannst dich immer noch selbst fertigmachen, wenn du mehr weißt!

Aber bis dahin konzentrier dich!

Samson starrte auf den Zettel vor ihm, auf dem er die dem Video entnommenen Fakten notiert hatte. Es waren nur wenige Stichworte. Er sah sie sich genauer an und stellte systematisch fest, dass das Band keinerlei Täterwissen enthielt. Der Sprecher teilte nichts mit, was nicht jeder innerhalb von 20 Minuten nach dem Anschlag auf *Spiegel Online* hätte erfahren können. War es das, was ihn so irritiert hatte: die fehlenden Namen der Attentäter, das Auslassen der Prahlerei über die Sprengstoffmenge und das Schweigen über ihre sorgfältige Vorbereitung?

Oder doch eher die Art und Weise, wie er überhaupt an das Video gekommen war?

Nachdem er Sumaya und Merle in sein Arbeitszimmer gebracht

hatte, hatte er als Erstes die *Großen Drei* gecheckt: die drei von al-Qaida autorisierten Websites, die drei Schlüssellöcher ins Allerheiligste, die drei schwärzesten aller Schwarzen Bretter, auf denen die unbestritten authentischen Bekennerschreiben, Videos und Audiobotschaften erschienen, alles mehrfach abgesichert, nach einem seit Jahren eingespielten Verfahren, das Fälschungen praktisch unmöglich machte.

Aber hier hatte er das Video nicht gefunden. Er hatte auch gar nicht damit gerechnet. Schließlich kannte al-Qaida normalerweise keine Hast, wenn es darum ging, sich zu bekennen.

Also hatte er als Nächstes die informellen Zirkel angezapft, zu denen er Zugang hatte, in der Hoffnung, dort Hinweise auf mögliche Hintermänner zu finden: Internet-Chatrooms, in denen er seit Jahren seine dschihadistischen Avatare mit ihren Heldentaten prahlen ließ und wo er die klandestinen Tauschringe mit immer brutaleren Anschlagsbildern und Enthauptungsvideos befeuern half, um nicht aufzufliegen. Vier Identitäten, vier Legenden, vier Chatrooms: Griffbereit vor seinem heißen Rechner lag stets eine Batterie kleiner, schwarzer Notizbücher, in denen er für seine digitalen Alter Ego Tagebuch führte, damit sie einander nur gelegentlich, sich selbst aber nie widersprachen, damit sie nie denselben Link zweimal versandten und niemals demselben Bruder dieselbe Frage wortgleich ein zweites Mal stellten.

Hier, in einem dieser Chatrooms, in dem etwa zwei Dutzend in der Wolle gefärbte Irak- oder Somalia- oder Afghanistan-erprobter Dschihadisten aus verschiedenen Ländern verkehrten, hatte einer von ihnen, *MuhibbelIRHAB2004*, ihm den Link zu dem Bekennervideo zukommen lassen. Ohne jeden Kommentar. Ein leises *Ping*. Dann hatte der »Liebhaber des Terrors« sich ausgeloggt. Samson vermutete *MuhibbelIRHAB2004* seit einiger Zeit in Amsterdam, jedenfalls nicht unbedingt in Deutschland, doch das war Spekulation. Sicher war nur, *MuhibbelIRHAB2004* verfügte über einen Link zu dem Video. Aber was hieß das? Leider nicht viel.

Das Internet war eine Börse, die nur wenige Anbieter, aber sehr viele Zwischenhändler kannte – und unendlich viele Abnehmer. Sicher, *MuhibbelIRHAB2004* könnte der Täter sein. Er könnte der Mann auf dem Video sein. Oder der Mann hinter der Kamera.

Aber er konnte auch der beste Freund von einem der beiden sein. Oder auch nur der beste Freund vom zweitbesten Freund eines der beiden. Oder der zweitbeste Freund vom drittbesten Freund eines der beiden. Und in jedem dieser Fälle hätte er den Link innerhalb von Minuten erhalten, und in jedem dieser Fälle nicht als Einziger. Trotzdem wäre er nah dran gewesen an den Tätern. Aber Nähe ist im Internet relativ, wenn man einen Link in zehn Sekunden an unendlich viele Leute senden kann. Seinen Notizen zufolge hatte Samson den Link um 10 Uhr 44 erhalten, fast exakt zwei Stunden nach dem Anschlag. War das schnell? Oder langsam? Wie viele Glieder lagen zwischen ihm und den Tätern?

Es ist echt.

Nein. Es muss nicht echt sein!

Samson, worauf willst du hinaus?

123 Minuten: Samson schloss die Augen und stellte sich vor, wie ein bärtiger Mann an einem Freitagmorgen um 8 Uhr 30 mit einem Teeglas in der Hand das 2TV-Morgenmagazin anschaut. 8 Uhr 41: der Anschlag, live im Fernsehen. Um 9 Uhr weiß der Mann vor dem Fernseher, der vielleicht ja zufällig gerade einen Laptop auf dem Schoß hat: Es gab Tote. Er weiß, Lutfi Latif ist im Krankenhaus. Er ist ein Dschihadist. Er hasst Lutfi Latif. Denn das ist der Mann mit den besten Argumenten gegen alles, woran er glaubt und was er denkt und tut. Er freut sich. Er hätte ihn selbst gerne getötet, das ist sein erster Gedanke. Und sein zweiter: Vielleicht habe ich ihn ja getötet! Er erschrickt über seinen Gedanken. Was für eine Anmaßung! Aber dann denkt er: Was, wenn *jeder* das glauben würde?

Der Mann nimmt eine Videokamera und ein Stativ aus dem Schrank und geht in den Keller seines Mietshauses in Bonn oder Hamburg oder Ravensburg oder Peine, egal. Im untersten Fach eines Kellerregals mit den Andenken aus dem Irak sucht und findet er seine Al-Qaida-Fahne. In der Kommode hat er noch dickes Klebeband. Einen Block und einen Stift hat er mit runtergenommen. Er drapiert die Fahne an der freien Wand, wozu er die Tischtennisplatte zur Seite rücken muss. Dann stellt er Kamera und Stativ auf. Drückt die REC-Taste, sieht das rote Licht blinken, gut. Er liest noch einmal die Notizen durch, die er oben auf den Block gekritzelt hat, erfindet rasch noch die *Brigade Abu Laith al-Libi*, ergänzt die al-Qaida-

Filiale »Nördlich des Mittelmeers«, vermummt sich und fängt an zu sprechen. Er braucht zwei Versuche, vielleicht drei, egal. Dann geht er wieder nach oben, öffnet auf seinem Laptop ein Schnittprogramm und tippt schnell arabische Untertitel ein. Er schneidet den Anfang und das Ende raus, bis er das hat, war er braucht. Er lässt einen Stimmenverzerrer über die Datei laufen und verpixelt seine Augen. Er komprimiert die Datei und lädt sie auf eine kostenlose Uploader-Seite. Sein Laptop verbindet sich natürlich nur über einen Tor-Server mit dem Internet, er will ja keine Spuren hinterlassen. Er weiß, wie das geht. Dann loggt er sich in seinem Chatroom ein. Oder in seinem Mailprogramm. Auf jeden Fall versendet er den Link. An wen? An seine drei besten Freunde. Er weiß, es wird nicht zu stoppen sein. Und er weiß, sie werden keine Fragen stellen.

Der Mann schaut auf seine Küchenuhr. Es ist 10 Uhr 30, wenn er schnell und sorgfältig war: Al-Qaida nördlich des Mittelmeeres hat sich soeben zu einem Anschlag auf Lutfi Latif bekannt. Noch 14 Minuten, bis Samson den Link erhält. Noch 45 Minuten, bis die *Globus*-Redakteurin Merle Schwalb eine Kopie des Videos zu den Drei Fragezeichen schleppt. Weniger als drei Stunden, bis das BKA erklärt, das Video sei wahrscheinlich authentisch.

Samson spürte, wie seine Gedanken arbeiteten und seine Vision einer Prüfung unterzogen.

Wäre es möglich?

Ja.

Aber ist es plausibel?

Nein. Wer hat ein Stativ, eine Kamera, dickes Klebeband, eine al-Qaida-Fahne und Internetadressen von Gratis-Uploadern zur Hand, während er das Morgenmagazin schaut?

Gut. Aber kann ich es ausschließen?

Nein. Das kann ich nicht.

Und ist diese Möglichkeit wahrscheinlicher, als dass das Video von den Tätern stammt?

Ebenfalls nein. Die Täter hätten viel mehr Zeit gehabt, es vorzubereiten.

Also ist die wahrscheinlichste Variante, dass die Bombenleger auch das Video produzierten?

Ja.

Und wieso ist das Video dann nicht auf den Großen Drei zu finden?

Weil die Bombenleger alleine handelten. Ohne Anweisungen von außen. Ohne Connection zu al-Qaida.

Und ist das plausibel?

Ja. So etwas hat es schon gegeben.

Und wieso dann »Brigade Abu Laith al-Libi«? Und eine Filiale »nördlich des Mittelmeeres« erfinden? Wieso den Eindruck erwecken, es käme von ganz oben?

Weil es von ganz oben kam!

Aber ich dachte, es kam gerade nicht von ganz oben?

Wenn sie den Willen der Scheichs umsetzen, ist es *doch von ganz oben! Sie brauchen sie nicht um Erlaubnis zu fragen. Sie wissen, was sie tun sollen. Sie müssen es ihnen nicht persönlich sagen. Und wenn die Täter sagen, sie seien die Brigade Abu Laith al-Libi, dann sind sie es. Und wenn sie sagen, sie seien al-Qaida nördlich des Mittelmeeres, dann sind sie es!*

Auf seinem Zweitrechner öffnete Samson eine willkürliche Auswahl von Nachrichten-Websites. *ArgusOnline, CNN, Haaretz, Dawn, washingtonpost.com, aljazeera.net, The Guardian*: Alle berichteten von dem Anschlag ganz oben auf ihren Homepages. Alle zitierten BKA und Bundesinnenministerium mit der Aussage, das Bekennervideo von al-Qaida sei wahrscheinlich authentisch. Die *New York Times* erwähnte immerhin, dass eine al-Qaida-Filiale »nördlich des Mittelmeeres« bisher nicht in Erscheinung getreten war. Dafür zitierte sie, wie alle anderen auch, Merles Artikel: *Slain Lawmaker Lutfi Latif had been threatened by radical Islamists, German magazine* Globus *reported earlier this month.* Lutfi Latif – ein Attentat mit Ansage. Und hatten sie etwa nicht recht? Welchen Unterschied macht es schon, ob es einen Auftrag gab? Ob jemand ein Mitglied von irgendetwas ist, das sich ja ohnehin kaum fassen lässt?

Samson stand auf und ging zu dem winzigen Velux-Fenster, um ein wenig Luft in den Raum zu lassen. Er hatte nicht gemerkt, wie viel Zeit vergangen war. Es war schon fast Nacht.

Der Unterschied ist, dachte er, dass dieser Gedanke die Tore der Hölle öffnet. Denn er funktioniert auch andersherum. Und dann *ist* der Abu, den die Pakistaner mir an einem abgelegenen Militärflughafen mit blauen Flecken übersät und mit einem Sack über den Kopf in die Hände drücken, nämlich auch wirklich ein al-Qaida-Mitglied, das ich nach Guantanamo bringen kann – egal, was er dazu sagt oder was andere dazu sagen oder was die Pakistaner dazu verschweigen. Weil ich es ja besser weiß. Weil es ja reicht, was ich weiß, auch wenn ich gar nichts weiß.

Normalerweise schenkte dieser Gedanke Samson eine gewisse innere Ruhe: die Vorstellung, dass er immerhin seinen Teil dazu beitrug, dass nicht alles durcheinandergeworfen wurde. Aber heute war es anderes, alles war anders. Es war, als habe er ein Passwort vergessen. Oder eines der Notizbücher mit einer seiner Legenden verlegt.

Wieso machst du dir die ganze Zeit etwas vor? Dass es irgendeinen Sinn hat, was du den ganzen Tag über tust? Dass du irgendetwas verstehst?

Sein heißer Rechner gab wieder ein leises *Ping* von sich, aber Samson rührte sich nicht. Er war selbst erstaunt, wie leicht es ihm fiel, nicht an seinen Rechner zu stürzen, sondern einfach an dem kleinen Fenster stehen zu bleiben, den Blick auf den Turm der Samariterkirche gerichtet, deren Spitze allmählich mit dem dunkler werdenden Blau des Himmels verschwamm. Leise drang das *Ki-ki-ki* eines Turmfalken an sein Ohr, der gerade aus einem der kleinen Fenster flog und sich nach oben schwang.

Samson hatte geahnt, dass es nicht mehr lange dauern würde. Er hatte es im Grunde gewusst, seit er zum ersten Mal diese Hände im Abendlicht gesehen hatte, die wie aus schönem, leichtem Holz geschnitzt aussahen, trocken und weich und warm und gerade so geformt, dass er sich seine Hand darin vorstellen konnte, oder sein Gesicht. Als er im warmen Sand am Badeschiff neben ihr gestanden hatte, war er schon kurz davor gewesen. Er hatte es sich schon ausgemalt, wie er beginnen würde. Sumaya, ich muss dir etwas erzählen. Eigentlich interessiert mich das alles gar nicht. Sumaya, ich bin da in etwas reingerutscht. Ist eine lange Geschichte. Sumaya, ich hab Scheiße gebaut, hilf mir da raus. Doch irgendein Teil von ihm hatte ihn zurückgehalten. Aber nun würde er es nicht länger aufschieben. Der Moment der Beichte rückte näher. Und er hatte mindestens genauso viel Angst davor, wie er sich danach sehnte.

***

Mina war gerade vom Balkon ins Wohnzimmer gegangen, um Kerzen zu holen, als Sumayas Handy anzeigte, dass eine SMS eingegangen war. »Sumaya, ich möchte heute Abend nicht alleine sein. Kann ich vorbeikommen?«

Was sollte sie antworten? Sie war erschöpft, verwundet, leer geweint und unendlich traurig. Es tat gut, bei Mina zu sein, ohne viel sprechen zu müssen. Aber wenn es ihm wie ihr ging? Wenn die Bilder des Anschlags auch auf ihn einprasselten, sobald er die Augen schloss – nur dass er allein war?

Aber da hatte sie schon längst geantwortet: »Natürlich.«

»Danke. Ich brauche 20 Minuten.«

Das war vor vier Stunden gewesen. Nun war es drei Uhr am Morgen, und sie sah ihn an, wie er, in ein Laken gewickelt und zusammengekauert wie ein Embryo, auf der Matratze lag. Samson, das Rätsel. Samson, der Ernsthafte. Samson, der Zweifler. Aber ihr gefiel Samuel besser. Samuel, der sich ihr offenbart hatte. Lag es daran, dass er in so tiefen Zügen atmete und so ruhig schlief? Oder schlief er immer so? Auch wenn ihn die Erinnerungen plagten und die Angst? Und das, was er für Schuld hielt?

»Hey, natürlich ist das in Ordnung«, hatte Mina gesagt, als sie ihr mitgeteilt hatte, dass Samuel gleich noch kommen würde. »Ihr wart beide da. Es tut dir bestimmt gut, mit ihm zu reden. Aber ich bleibe auf dem Balkon, o. k.? Dann kann ich noch eine rauchen und mir überlegen, ob ich Ulf morgen zurückrufe.«

»Danke Mina, für alles.«

»Susu, ich bin deine Freundin, klar?«

Und dann hatte es auch schon geläutet.

Sumaya hatte aus den Minzblättern, die sie vor ein paar Tagen gekauft hatte, Tee gekocht, und Samson nahm das Tablett mit der Kanne, der Kerze und den zwei kleinen Gläsern, die sie beim letzten

Besuch aus Ramallah mitgebracht hatte, und folgte ihr in ihr Zimmer. Sie setzten sich auf den Fußboden, nebeneinander, ihre Rücken an die Kante ihres Bettes gelehnt, und blickten in den Schein der Kerze.

»Sumaya«, hatte er begonnen, »es tut mir so leid, ich …«

Aber sie hatte ihn unterbrochen. »Sag nichts, o. k.?«

»O. k.«

Eine Stunde lang hatten sie so gesessen. Und irgendwann hatten sich ihre Hände gefunden. Das war noch vor dem Beginn seiner Beichte gewesen. Aber auch danach hatte sie seine Hand nicht wieder losgelassen. Sie war groß und warm, und sie fühlte sich gut an.

Beichte: Er hatte es so genannt. Sumaya beobachtete sein schlafendes Gesicht. Den Dreitagebart, die dichten Brauen, die markanten Wangenknochen, die ihn viel entschiedener aussehen ließen, als er war, wie einen Eroberer oder Feldherrn. Die weichen Wimpern. Es war schön, ihn schlafen zu sehen. *Wenn er schlafen kann, dann kann ich gleich auch schlafen.*

Er hatte nicht gewagt, sie anzusehen, nachdem er endlich begonnen hatte. Sein Blick blieb auf die Flamme der Kerze gerichtet. Seine Stimme tastete sich leise und vorsichtig durch das Halbdunkel wie ein Ausbrecher. »Sumaya, es gibt etwas, das ich dir erzählen will. Ich muss es einfach jemandem erzählen.«

»Ich hör dir zu.«

»Es ist schon ziemlich lange her. Über zehn Jahre. Aber ich denke jeden Tag daran, weil es mich nicht loslässt.«

»Fang einfach an.«

»Ich habe in Hamburg studiert. Islamwissenschaften mit Ethnologie im Nebenfach. Ich wollte in meiner Magisterarbeit beide Fächer verbinden. Also habe ich mich entschieden, über junge Muslime in Hamburg zu schreiben.«

»Das leuchtet ein.«

»Kurz bevor ich mich für ein Thema entscheiden musste, hatte ich bei meinem Betreuer ein Hauptseminar zum Thema Theorien des Dschihad. Das war interessant. Und ich habe mir gedacht, ich mache etwas dazu.«

Eine Pause entstand. Sumaya sagte nichts, was auch? Sie hielt seine Hand. Das musste reichen.

Und es reichte auch, denn Samson seufzte kaum vernehmlich und hob wieder an. »Man studiert ja nicht Islamwissenschaften, wenn man Angst vor Muslimen hat oder nichts mit ihnen zu tun haben will. Eher das Gegenteil, sozusagen. Unter uns Studenten herrschte jedenfalls Einigkeit, dass Muslime unfair behandelt werden und ungerecht dargestellt werden. Das war diese Zeit, weißt du, mit diesen plakativen Titelgeschichten im *Argus* und was weiß ich noch wo, »Deutschland unterm Schleier« und diese Sachen. Über-

all nur Islamisten und zwangsverschleierte Frauen. Uns hat das aufgeregt. *Mich* hat das aufgeregt. Diese Übertreibungen, und wie undifferenziert das war.«

»Ich weiß, was du meinst.«

»Also habe ich beschlossen, meine Magisterarbeit über junge Muslime in Hamburg zu schreiben, die alle diese Klischees erfüllten. Die vom Dschihad redeten, die einen Bart hatten und in deren Moscheen diese ganzen umstrittenen Wanderprediger aus Marokko oder Palästina oder dem Irak auftauchten. Ich wollte wissen, was die wirklich denken. Ich war mir sicher, dass das alles ganz normale Typen sind, die in Wahrheit ganz andere Probleme haben als den Dschihad.«

»Verstehe.«

»Ich habe mir eine Moschee ausgesucht. Am Steindamm. Eine richtig hässliche, runtergekommene Moschee in der Nähe vom Hauptbahnhof, wo ich mit der S-Bahn gut hinkam. Da habe ich ein paar junge Männer angesprochen, die ungefähr in meinem Alter waren. Ich hab ein bisschen mit ihnen geredet und bald gemerkt, dass sie auf jeden Fall Religion ernst nahmen. Also hab ich sie gefragt, ob ich sie in regelmäßigen Abständen begleiten und besuchen und interviewen darf. Sie waren erst skeptisch. Aber einer von ihnen, er hieß Mohammed, hat sofort gelächelt und Ja gesagt, und die anderen haben sich ihm angeschlossen. Also habe ich sie anderthalb Jahre begleitet. In die Moscheen, und später, als sie sie gründeten, in ihre Islam-AG an der Uni, ich war sogar bei ein paar Hochzeiten und Verlobungsfeiern dabei und sehr häufig in der WG von Mohammed. Ich hatte ziemlich bald ziemlich viel Material und hatte ein gutes Gefühl bei der Arbeit, weil alles zu meiner These passte: Sie sprachen tatsächlich ziemlich häufig vom Dschihad, von den Tschetschenen und den Palästinensern und so weiter, aber gleichzeitig studierten sie brav und jobbten und redeten genauso viel über Sport und machten Witze und so oder hatten auch einfach mal bloß Heimweh. Es passte alles, verstehst du? Sie fühlten fast von allen Seiten Druck: Von den Deutschen fühlten sie sich diskriminiert. Von ihren Familien zu Hause wurden sie gleichzeitig unter Druck gesetzt, sich ja nicht zu verwestlichen. Sie wussten, dass sie privilegiert waren. Aber der Imam erzählte ihnen jeden Freitag, dass sie auch an alle anderen Muslime denken mussten. Und bei all diesen Problemen half ihnen das Reden vom Dschihad. So habe ich das empfunden. Am besten habe ich mich mit Mohammed verstanden, auch wenn der immer mal wieder monatelang weg war, wegen irgendwelcher Praxisprojekte und so, aber dann habe ich in der Zeit halt mit den anderen geredet. Ich war echt sicher, dass ich auf der richtigen Spur war, diese Reden vom Dschihad, diese harten Predigten und so, und dann sprachen sie am Küchentisch wieder über Autos und Technik und Politik.«

»Wie hieß deine Arbeit?«

»Sie hieß: ›Der Kampf im Kopf: Verbal-Dschihadismus als identitätsstiftendes Merkmal junger Muslime in Hamburg‹. Kein guter Titel.«

»Na ja. Etwas sperrig vielleicht.«

»Ja, das auch. Aber vor allem, weil einer von ihnen Mohammed Atta war und ein anderer Marwan al-Shehi und noch ein anderer Ziad Jerrah. Irgendwann im Sommer 2000 ging Mohammed in die USA. Erst meldete er sich noch ab und an bei mir, dann gar nicht mehr. Im August 2001 habe ich ihm das letzte Mal gemailt, weil ich angefangen hatte, meine Arbeit zu schreiben, und noch ein paar Fragen hatte. Außerdem hatte ich überlegt, ein paar andere Freunde in den USA zu besuchen und bei der Gelegenheit vielleicht auch ihn zu treffen. Er schrieb mir zurück, er sei jetzt sehr viel unterwegs und habe leider keine Zeit.«

Samson hatte geweint, als er fertig war. Ganz leise. Nur die herunterrollenden Tränen verrieten es. Er starrte noch immer in die

Kerze. Und noch immer hielt sie seine Hand. Sie hatte nicht vor, sie loszulassen. Sie dachte, er würde weiterreden. Aber dann begriff sie, was er mit »Beichte« gemeint hatte – dass er Absolution erhoffte, jedenfalls ein Urteil erwartete. Von ihr. Warum ich, fragte sie sich. Warum jetzt, heute, an diesem Tag, an dem er und ich einen Anschlag knapp überlebt haben, und an dem Lutfi Latif gestorben ist? Und erst in diesem Moment wurde ihr klar, warum er sie auserwählt hatte, um sich zu offenbaren – und warum heute.

Seit über zehn Jahren quälte er sich, weil er damals nicht vorhergesehen hatte, was nahezu vor seinen Augen geplant worden war.

Alles was er seitdem getan hatte, war dem verzweifelten Wunsch entsprungen, es wiedergutzumachen, indem er Tag und Nacht versuchte, den Terroristen, mit denen er damals am Küchentisch gesessen hatte, noch einmal so nahe zu kommen – und sie dieses Mal zu stoppen. Bis heute. Bis zu diesem Tag, an dem Lutfi Latif sterben musste, der Mann, von dem er zu einem Tagessatz von 350 Euro als Sicherheitsberater engagiert worden war. Sie merkte, wie ihr erneut Tränen in die Augen schossen, dieses Mal um seinetwillen.

»Samuel«, sagte sie leise.

»Ja?«

»Ich mag dich. Ich mag dich sehr. Reicht das für heute?«

Zum ersten Mal wandte er sich von der Kerze ab und sah sie an, ein scheuer, dankbarer Blick aus rotgeränderten Augen. Ein schüchternes Nicken.

Und dann hatte sie ihn in den Arm genommen, sie hatte es selbst nicht kommen sehen, aber plötzlich hatte sie es getan, geradezu ungestüm, und Samson ließ sich in ihre Arme sinken wie ein Ertrinkender, und dann waren ihnen beiden die Tränen die Wangen heruntergelaufen. Für eine sehr lange Zeit. Bis Samson sich aufrichtete und seine große, warme Hand auf ihre linke Wange legte und mit dem Daumen über ihre Augenbraue strich, was noch nie jemand getan hatte, jedenfalls nicht seit sie denken konnte. Sie hatte geahnt, dass er versuchen würde, sie zu küssen. Doch das wollte sie nicht, nicht heute. Aber sie wollte auch nicht, dass er ging. Und sie war so müde. War er denn nicht auch müde? Bestimmt war er auch müde. Und deshalb hatte sie, bevor er versuchen konnte, sie zu küssen, schnell gesagt: »Samuel, willst du heute hier schlafen?«

Und erst an dem überraschten Blick in seinen Augen hatte sie gemerkt, dass er gerade abwog, wie sie das gemeint haben könnte, denn was ihm als Erstes in den Kopf kam, empfand er offenbar als unglaublich, woraufhin sie ihrer eigenen Frage noch einmal nachschmeckte und ihr klar wurde, was sie gesagt hatte, und schnell hinterherschob: »Wir haben ein Schlafsofa.«

»Sehr gerne. Ich will immer noch nicht alleine sein.«

Und beide lächelten, aber nur mit den Augen, denn dieser Tag verbot alles andere, und es war das erste Lächeln seit dem Morgen um 8 Uhr 30 gewesen, als er sich, beiläufig wie am Vorabend, einfach neben sie gesetzt hatte, bevor die Hölle losbrach und alles, aber auch wirklich alles anders wurde. Für immer.

Und jetzt saß sie neben ihm und sah ihm beim Schlafen zu.

Allah, du bist zu allen Dingen fähig. Und wenn er schlafen kann, kann ich es vielleicht auch. Und alles andere muss bis morgen warten.

VIII

 Samson stand auf dem Balkon von Sumayas Wohnung und blickte in den charmant verwilderten Innenhof, in dem zwischen Fahrradständern und einer rostigen Kinderrutsche allerlei Bäumchen und Topfpflanzen in angemalten Blecheimern durcheinanderstanden, als habe ein Riese sie nach dem Würfeln vergessen. Er konnte sich nicht daran erinnern, wann er das letzte Mal um sechs Uhr morgens wach gewesen war, ohne zuvor eine Nacht durchgearbeitet zu haben. Es war schon hell, aber die Sonnenstrahlen reichten noch nicht bis zu ihm heran. Er fröstelte ein wenig in seinem T-Shirt und war froh, dass er sich eine Tasse Tee gemacht und mit nach draußen genommen hatte. Niemand außer ihm schien schon auf zu sein, weder in der Wohnung noch sonst irgendwo im Haus, aber das war kein Wunder, schließlich war es Samstag. Nur ein paar Vögel waren zu hören, und im Innenhof reckte sich träge eine braun gescheckte Katze. Am Himmel stand keine einzige Wolke.

Samson schloss die Augen. Es würde ein heißer Tag werden. Ein langer und schwieriger Tag. Aber noch war es nicht so weit. Noch hatte der Tag nicht richtig begonnen, und er würde die Ruhe genießen und dieses neue Gefühl von Frieden, mit dem er aufgewacht war. Ein Gefühl, das er sonst nur vom Tauchen kannte. Friedlich wie ein Morgen auf einem Tauchboot vor dem ersten Tauchgang, wenn seine Lippen schon nach Salz schmeckten und die Luft nach Sonnencreme und den eingetrockneten Algen an den Schiffswänden roch. Oder wie das Gefühl beim ersten Panoramablick durch die Maske unter Wasser: ein Schwarm von Clownfischen links, eine Schildkröte, die an den Korallen knabberte, direkt vor ihm, ein majestätisch Patrouille schwimmender Riffhai unter ihm.

Hatte er wirklich, endlich, nach all diesen Jahren, seine Beichte abgelegt? Ja, das hatte er. Und hatte er tatsächlich, nachdem er seine Augen aufgeschlagen hatte, als Erstes an diesem Morgen Sumaya erblickt, die Majestätische, die Erhabene, auf der Seite liegend und ihm zugewandt, die schönen Hände unter ihrem Kopf gefaltet und von ihren langen Haaren bedeckt wie junge Seesterne hinter wogendem Seegras? Ja, auch das war wahr. Sie musste direkt neben ihm eingeschlafen sein, auf dem blanken Boden, ohne eine Decke. Ihm zugewandt. *Ich mag dich. Ich mag dich sehr*. Ich dich auch, Sumaya.

»Samuel?«

Samson hatte seine Augen noch immer nicht geöffnet. Umso genauer nahm er nun wahr, wie sich zwei Arme um seinen Bauch schlangen, die dazugehörigen Hände sich in der Mitte trafen und über seinem Bauchnabel verschränkten. Zwischen seinen Schulterblättern spürte er, wie ein Kopf sich anschmiegte. Etwas weiter unten berührten zwei warme Brüste seinen Rücken.

»Guten Morgen, Samuel!«

»Guten Morgen, Sumaya!«

»Ich nenne dich Samuel. Das hast du ja wahrscheinlich schon gemerkt. Ist das in Ordnung?«

»Natürlich.«

»Ist Samuel dein richtiger Name?«

»Ja.«

»Das ist ja schon mal etwas.«

Eine kleine Pause nur. Dann kroch ihre Stimme erneut über seine Schulter. »Samson, wir werden eine Menge Probleme bekommen.«

War das ein Kichern?

»Wie meinst du das?«

»Ich meine, ich hoffe natürlich nicht. Aber ich schätze, Samuel, wir werden sogar einen *Riesenhaufen* Probleme kriegen.«

»In diesem Moment ist mein größtes Problem, dass ich gerne wüsste, was dein Name bedeutet«, antwortete er langsam, um Zeit zu gewinnen, weil er nicht über Probleme reden wollte.

Sumaya kicherte erneut. »Du bist doch Arabist, krieg's selber raus.«

»Hab ich schon versucht. Die Wurzel ist klar. Aber wie soll ich es übersetzen? Ist eine seltsame Form. Die Erhabene? Die Majestätische? Die Himmlische? Das klingt so gigantisch.«

»Versuch's weiter und denk einfach eine Nummer kleiner.«

»Na gut. Und wieso werden wir einen Riesenhaufen Probleme kriegen?«

»Mein lieber Herr Sonntag, oder Samson, auch bekannt als *Samuel,* Mann mit den vielen Namen, über den ich nichts weiß, außer dass er ständig in der Nähe von Terroristen auftaucht, und das meine ich nicht böse: Ich werde dir jetzt etwas sagen. Bevor ich es mir anders überlege, weil ich gleich bestimmt daran denken muss, was gestern geschehen ist und was heute auf mich zukommt, ja?«

»In Ordnung.«

»Ich hab noch nie einen Freund gehabt. Ich war, glaube ich, auch noch nie verliebt. Ich weiß überhaupt nicht, wie so etwas geht. Ich weiß auch nicht, ob ich jetzt verliebt bin. Und ich stehe hinter deinem Rücken, weil ich es dir nur so ins Gesicht sagen kann. Aber ich find's schon mal gut, dass du selbst Tee gekocht hast, falls dich das tröstet. Allerdings wäre es mir lieber, ich würde deine Exfreundin nicht kennen. Oder es wäre nicht Merle Schwalb. Außerdem bist du eine Kartoffel.«

»Kartoffel?«

»Du bist eine Kartoffel. Ich bin ein Ölauge. Ich hab Angst.«

»Du hast Angst?«

»Ich habe 'ne *Scheißangst.* Ich weiß nicht, wie das funktioniert. Mina, meine Mitbewohnerin, hat's mit ihrem Weißbrot nicht hinbekommen. Er war natürlich ein Arsch. Aber vielleicht seid ihr alle Ärsche, auf eure Art. Vielleicht kommt's uns auch nur so vor, und ihr meint es gar nicht so. Vielleicht ist es bei dir sogar schlimmer, weil du Arabist bist.«

»Schlimmer? Ich hatte gehofft, dass es hilft.«

»Ich weiß es nicht. Samuel, wir müssen langsam sein. So langsam, dass ich gar nichts merke. So langsam, dass ich es zwischendurch vergesse. Anders geht's nicht.«

»Das ist alles etwas viel auf einmal, aber o. k.«

»Wolltest du mich gestern küssen?«

»Ja.«

»Habe ich mir gedacht. Ich hatte Angst davor. Ich wusste nicht, ob ich es auch wollte. Ich weiß nicht, was ich will.«

»Das kenne ich, also grundsätzlich.«

»Ja, aber das reicht nicht, um mich zu verstehen, so grundsätzlich. Es ist was anderes.«

»Ich weiß nicht, ob ich verstehe, was du meinst.«

»Mist.«

»Erklär es mir.«

»Du wirst zum Beispiel versuchen, Arabisch mit mir zu sprechen.«

»Kann sein.«

»Siehst du!«

»Was sehe ich?«

»Du siehst es nicht. Noch nicht. Ich aber. Ich weiß, das klingt durcheinander. Ich hab Angst davor.«

»Sumaya, wovon redest du? Hast du, keine Ahnung, hast du vielleicht Angst davor, was deine Familie dazu sagt, dass ich eine *Kartoffel* bin? Geht es darum?«

»Nein. Auch. *Später*. Aber vor allem geht es darum, was *ich* dazu sage, dass du eine Kartoffel bist.«

»Und was sagst du dazu?«

»Das ist es ja, das weiß ich noch nicht. Irgendwie ist es mir unangenehm.«

»Unangenehm?«

»Das war nicht geplant.«

»Was war denn geplant?«

»Samuel, du darfst jetzt nicht einschnappen oder so was. Sei froh, dass ich überhaupt was dazu sage.«

»O. k.«

»Entweder es funktioniert, oder es funktioniert nicht, abgemacht?«

Wie eine Katze, dachte Samson, *sie ist wie eine Katze. Sie kommt oder sie kommt nicht. Egal, ob du nach ihr rufst.*

»Abgemacht.«

»Ich hole mir jetzt Tee. Dann reden wir. Aber nicht mehr über uns.« Ihre Stimme stockte. »Sondern über gestern. Und über das, was wir heute machen müssen.«

»Ja, machen wir. Ich hab übrigens Hunger.«

»Ich hole was, setz dich hin.«

Sumaya hatte den Balkon gerade verlassen, als Samsons Handy kurz vibrierte. Eine SMS. Er las sie, las sie noch einmal, löschte sie, wie befohlen, antwortete dann und löschte auch die Antwort aus seinem Handy. Dann sah er auf die Uhr. Wenigstens würde er noch mit Sumaya frühstücken können, bevor er Kai treffen musste.

Sumaya kehrte mit einem Tablett zurück, auf dem vier Scheiben Toastbrot, ein Glas Nutella, zwei Schälchen mit Öl und *Sa'tar*, ein paar Oliven und Cornflakes sowie Milch standen, außerdem der Teekessel, den Samson benutzt hatte, und ein Glas für sie selbst. Sie setzten sich an den Tisch auf den Balkon. Die Sonnenstrahlen hatten ihn mittlerweile erreicht, und Samson fror nicht mehr.

»Worüber reden wir zuerst?«, fragte Sumaya, während sie sich einen Nutellatoast machte, und er konnte ihrem Gesicht ansehen, dass sie in Gedanken jetzt wieder ganz bei dem Anschlag war.

Samson berichtete ihr von seinen Versuchen vom Vorabend, die Echtheit des Videos zu überprüfen. Und wie er zu dem vorläufigen Schluss gekommen war, dass es vermutlich tatsächlich von den Tätern stammte. Dass diese aber nicht notwendigerweise im Auftrag von al-Qaida gehandelt haben mussten. Sumaya hörte zu und nickte.

»Gut«, sagte sie schließlich. »So sieht es also aus: ein paar durchgeknallte Typen, die zu viel al-Qaida-Video geschaut haben, haben beschlossen, es selbst durchzuziehen und in die Geschichte und das Paradies einzugehen.«

»Ja. Wahrscheinlich.«

»Es sei denn …«

»Ja?«

»Es ist alles so schrecklich, ich meine, ich war bei Fadia, als sie erfuhr, dass Lutfi … dass Lutfi tot ist. Ich bin ziemlich durcheinander. Aber …«

»Sumaya, ich weiß, was du meinst. Aber es gibt nicht gerade viel, was in eine andere Richtung deutet, oder?«

Eine andere Richtung: Wir denken es beide. Aber keiner von uns spricht es aus, dachte Samson. Kais sorgenvolles Gesicht fiel ihm ein: *Kennst du Fight Club?* Dann, übergangslos, der Diener mit der nachtblauen Livree und seine formvollendet gemurmelte Frage: *Whiskey oder Barolo?* Schließlich die hübsche Brünette mit den guten Manieren und der schneidenden Stimme: »*Ach, und Sie glauben denen?*«

»Ich kann meinen Bürokollegen seit gestern Abend nicht erreichen«, sagte Sumaya unvermittelt, während er noch seinen Gedankenfetzen nachhing.

»Deinen Bürokollegen?«

»Außer mir arbeitet noch jemand in Lutfis Büro. Ich wollte gestern Abend mit ihm besprechen, was zu tun ist. Ich meine, das war auch so eine Sache, ich war gerade erst bei Fadia raus, da kriegte ich schon so eine Scheiß-SMS von der Fraktionsführung, herzliches Beileid, aber natürlich müsse man jetzt überlegen, wann man eine Trauerfeier organisieren kann. Ich wollte das nicht machen. Ich will das auch nicht machen. Also habe ich Cord angerufen, weil der sowieso fürs Organisatorische zuständig ist. Fünfmal habe ich's versucht. Nichts. Ich habe ihn auch heute Morgen schon angerufen, jetzt gerade: wieder nichts. Das Handy ist aus. Das ist doch komisch.«

»Ja, klar. Aber es ist Wochenende. Vielleicht macht er sein Handy dann immer aus. Und jetzt hat er vergessen, es einzuschalten. Oder er macht eine Kanufahrt in Polen und hat keinen Empfang und noch gar nichts mitbekommen. Vielleicht gibt es eine ganz einfache Erklärung. Er meldet sich bestimmt.«

»Du weißt nicht, wie er mit vollem Namen heißt, oder?«

»Nein. Wieso?«

»Munkelmann. Cord Munkelmann.«

»Scheiße.«

»Genau.«

»Wieso hast du mir das nicht schon im Badeschiff erzählt?«

»Weil ich nicht wusste, ob Cord überhaupt eine Verwandte oder Ehefrau oder was auch immer namens Gisela hat. Ich weiß es immer noch nicht.«

»Sumaya, während du Frühstück gemacht hast, hat sich ein Freund bei mir gemeldet, ich treffe mich in einer Stunde mit ihm.

Er arbeitet beim Verfassungsschutz. Er hat mir geschrieben, dass er neue Informationen über Gisela Munkelmann hat.«

Sumaya, die gerade von ihrem Toast hatte abbeißen wollen, ließ das Brotstück langsam wieder sinken. »Samuel, spinnen wir?«, fragte sie leise.

»Ich weiß es nicht. Aber ich will es wissen, verstehst du? Ich *muss* es wissen.«

»Ja. Ich auch.«

Sie frühstückten wortlos zu Ende und verabredeten sich für später am Tag bei Fadi, den Sumaya anschließend besuchen wollte und den

er offenbar kennenlernen sollte, auch wenn sie es nicht aussprach; an der Wohnungstür schrieb sie ihm Fadis Adresse auf einen Zettel. Soll ich sie zum Abschied küssen oder nicht?, fragte sich Samson. *Entweder es funktioniert, oder es funktioniert nicht.* Er gab ihr einen Kuss auf die Wange, und Sumaya ließ es geschehen.

***

Samson nahm die überirdisch fahrende U1 bis zur Warschauer Straße, stieg dort in die S-Bahn um und fuhr zum Alexanderplatz. Kai hatte ihn in die Lobby eines in einem Hochhaus untergebrachten Hotels direkt am Alexanderplatz bestellt; kaum dass er durch die Drehtür gegangen war, erblickte er seinen ehemaligen Mitbewohner auch schon. Kai sah gehetzt aus. Seine Lippen bildeten einen schmalen Strich. Er hatte sich in einen alten braunen Cordanzug gequetscht.

Kein Lächeln zur Begrüßung. Stattdessen forderte er Samson sofort auf, ihm sein Handy zu geben.

»Wieso das denn?«

»Später. Komm jetzt.«

Kai ging zur Rezeption, betätigte die altmodische Klingel mit einem schnellen Hieb der flachen rechten Hand und gab dem Rezeptionisten ihre beiden Handys und einen Zehn-Euro-Schein. Dann steuerte er zügig auf den Ausgang zu. »Komm mit!«

Samson trottete hinterher. Kai überquerte den Alexanderplatz, der einigermaßen menschenleer vor ihnen lag. Vielleicht lag es daran, dass die Kaufhäuser gerade erst geöffnet hatten, dachte Samson. Oder die Menschen haben Angst vor einem weiteren Anschlag. Kai betrat das Riesenkaufhaus Alexa, einen fleischfarbenen Schuhkarton, der in seiner Hässlichkeit selbst in Berlin unüberboten war, was allerdings nur für das Äußere galt, denn im Inneren handelte es sich um einen auf edel getrimmten Konsumtempel, in dem bestimmt an allem gespart worden war, nicht aber an erhabenen Messinglettern, die noch der letzten Filiale einer profanen Drogeriekette einen Hauch von Exklusivität andichteten.

Kai lief mit Samson im Schlepptau einmal durch den Media-Markt, wo er minutenlang einige glänzende Toaster von allen Seiten begutachtete und dabei immer wieder hochhielt. Samson war mittlerweile klar, dass Kai sichergehen wollte, dass sie nicht beschattet wurden. Also wählte er einen anderen Gang als Kai, hielt aber über die Regale hinweg losen Blickkontakt, was wegen Kais Körpergröße nicht schwierig war. Als Nächstes nahmen sie zwei benachbarte Rolltreppen in den zweiten Stock, verließen dort den Media Markt wieder, betraten eine Zara-Filiale, wo Kai Hemden und Gürtel begutachtete, liefen dann über die Treppen im Inneren des Kleidungsgeschäfts nach unten ins Erdgeschoss zurück, und schließlich ins Freie hinaus.

Dann nahm Kai die Treppe zum U-Bahn-Schacht der U2 ins Visier. Samson folgte ihm, und nebeneinander stiegen sie die Treppen hinunter. Modriger Geruch schlug ihnen entgegen, nichts, aber auch gar nichts war typischer für Berlin als dieser Geruch am Eingang von U-Bahnhöfen, schoss es Samson durch den Kopf. Am Fuße der Treppe hatte sich ein Akkordeonspieler eingerichtet. Kai warf dem jungen Mann ein Eurostück in den aufgeklappten Koffer und stellte sich davor. Samson vermutete, dass Kai diesen Platz mit Bedacht als Ort ihrer Unterredung auserkoren hatte – und zwar wahrscheinlich, nachdem er ihn schon vor Stunden oder am Vortag gestestet hatte. Der Lärm des Musikers würde es jedem unmöglich machen, ihrem Gespräch zu folgen: *white noise*.

Samson wusste, dass sie trotzdem nicht viel Zeit haben würden, wenn sie nicht auffallen wollten. Also eröffnete er selbst das Gespräch. »Kai, was ist passiert?«

»Pass auf, hör genau zu. Ich hab dir doch erzählt, dass ich Gisela Munkelmann unter Wind habe, mehr oder weniger inoffiziell, niemand weiß so richtig davon. Gestern Abend hat sie Besuch von ihrem Bruder bekommen. Kennst du Cord Munkelmann?«

»Mittlerweile weiß ich zumindest, dass er bei Lutfi Latif im Büro arbeitet.«

»Genau. Er hat vor ihrer Wohnung geparkt und mit ihr über die Gegensprechanlage gesprochen. Sie kam fünf Minuten später runter. Sie sind mit ihrem Wagen losgefahren, ein irre Route. Erst zum ICC, tief im Westen. Dann über Umwege nach Köpenick, das hat alleine anderthalb Stunden gedauert. Dann Tempelhof, einmal um den Flughafen rum. Dann kreuz und quer durch Neukölln. Dann

zum Südkreuz. Da haben sie das Auto geparkt, in einer Seitenstraße. Sie haben einen Regionalexpress genommen, bis Bernau. Dann wieder zurück nach Westen. Bis Spandau. Dann ein Taxi. Und da haben wir sie verloren. Ihr Handy ist jetzt tot. Seines ist auch nicht erreichbar. Sieht aus, als wären sie untergetaucht.«

»Bist du sicher?«

»Samson, ich würde mich sonst nicht mit dir treffen.«

»Warum, glaubst du, sind sie untergetaucht?«

»Stell dich nicht blöder, als du bist. Weil sie was weiß oder weil er was weiß oder weil beide was wissen.«

»Was bedeutet das?«

»Rechne es dir selbst aus.«

»Aber du weißt so gut wie ich, dass es nicht passt. Das Video. Zum Beispiel.«

»Samson, ich sehe, was ich sehe, o. k.? Ich bin kein Bulle, o. k.? Ich muss nichts aufklären. Aber ich rieche es, wenn etwas stinkt. Und das hier stinkt. Mächtig.«

»Ist dir in den Tagen zuvor irgendetwas bei ihr aufgefallen?«

»Nein, außer dass sie extrem wenig getan hat. War eigentlich nur zu Hause. Als würde sie auf etwas warten. Auf der Mauer, auf der Lauer, sozusagen«

»Kai, glaubst du, sie hat persönlich etwas damit zu tun?«

»Kapierst du denn gar nichts? *Du* musst das rausfinden, Samson. Ich kann nicht. Ich muss zurück ins Glied und keine Zicken mehr.«

»Warum?«

»Weil ich nicht auffallen will. Ich bin schon durchgefallen mit meinem Vorschlag, das Kommando offiziell auf unsere Liste zu nehmen. Die Signale waren *sehr* klar. *Zu* klar, für meinen Geschmack.«

»Niemand kann uns hier zuhören, Kai, sag mal einen ganzen Satz dazu.«

»Schön. Ich glaube, dass meine Anfrage ein paar Leute nervös gemacht hat. Bei uns. Beim BKA. In der Politik. Leute, die Sinn kennen. Klar genug?«

»Falls du damit andeuten willst, dass du dir vorstellen kannst, dass Kommandoleute auch in den Sicherheitsbehörden vertreten sind: ja.«

»Samson, ich weiß immer noch gar nichts. Ich hab keine Mitgliederliste vom Kommando Karl Martell. O. k.? Ich werde auch keine kriegen, weil ich meinen Mann abziehen muss. Er kommt nicht rein, leider. Aber wenn auch nur die Hälfte von dem stimmt, was er aufgeschnappt zu haben meint, dann sind ein paar sehr wichtige Herren *in* meinem Scheißladen, *neben* meinem Scheißladen und *über* meinem Scheißladen absolut willens, sich das mal ganz in Ruhe anzuschauen, was das Kommando so vorhaben könnte.«

»Glaubst du, dass sie Mitglieder sind?«

»Keine Ahnung. Vielleicht gibt es gar keine Mitgliedschaft. Vielleicht wissen sie auch nur, dass die Verteidiger des Abendlandes angefangen haben, sich zu formieren. Samson, mal *angenommen*, die Munkelmanns stecken hinter der Bombe, o. k.? Und damit das Kommando, o. k.? Das würde immer noch nicht automatisch bedeuten, dass diese Leute, von denen ich rede, das *wissen*.«

»Ich verstehe.«

»Ich muss weg. Wir können uns nicht mehr sprechen. Wenn überhaupt, dann melde ich mich, klar?«

»Klar. Danke, Kai!«

Kai drückte ihm unauffällig ein 50-Cent-Stück in die Hand.

»Schmeiß was rein, wenn du in zwei Minuten gehst, sonst wundert er sich, warum du fünf Minuten hier herumgestanden hast. Dein Handy kannst du in einer Stunde abholen. Nicht früher. Sonst sieht dich derselbe Rezeptionist zweimal, das muss nicht sein. Das Schließfach läuft auf Zimmer 927, wo du gestern übernachtet hast, wie du dich jetzt sicher erinnerst, Herr Dr. Gert Hasel.«

Als hätten sie nie nebeneinandergestanden, sondern sich nur zufällig kurz gestreift, stob Kai ansatzlos an ihm vorbei zum U-Bahn-Gleis, und ohne sich noch einmal umzudrehen, stieg er in einen abfahrbereiten Zug Richtung Ruhleben.

* * *

Um zwölf Uhr mittags hatte Merle Schwalb ihre Zulieferung per E-Mail an die Drei Fragezeichen geschickt. Um halb eins hatte die Sekretärin des Nicht-Ressorts »Besondere Recherchen« sie angerufen und ihr ausgerichtet, dass »die Herren jetzt bereit wären«.

Merle war so müde, dass ihre Lider zuckten. Sie hatte die ganze Nacht durchgearbeitet, unterbrochen nur von zwei jeweils zwanzig Minuten langen Pausen, die sie, nachdem sie die angelehnte Tür geschlossen hatte, unter ihrem Schreibtisch liegend verbracht hatte, einmal um drei Uhr nachts und dann noch einmal um sechs Uhr früh, als sie bemerkt hatte, dass gleich die Sonne ihr Büro erhellen würde und jetzt die letzte Gelegenheit wäre, im Dunkeln einzunicken, wenn sie die Neonlampe ausschaltete.

Sie war nicht die Einzige, die die Nacht in der Redaktion verbracht hatte. Soweit sie es mitbekommen hatte, waren die meisten geblieben, die ganze Nacht hindurch waren Füße an ihrem Büro vorbeigetrippelt, hatte sie das leise Schluchzen und Jaulen des Kopierers gehört und das asthmatische Röcheln der Drucker in den Zellen nebenan.

Morgens um sieben hatte Kaiser geklopft und ihr eine Pappschachtel mit einem Apfel, einem Thunfisch-Ei-Sandwich, einem Trinkpäckchen Orangensaft und einem Snickers-Riegel gebracht. »Das dritte Geschlecht hat in einem der Hotels nebenan Frühstück für alle bestellt«, sagte er. »Bitte schön. Alles in Ordnung bei dir?«

»Ja, danke. Und bei dir?«

»Ach, ich hab eigentlich nicht viel zu tun. Ich hab Totenwache.«

Totenwache – das war der Terminus für den Redakteur, der in der jeweiligen Woche die traditionellen sechs Seiten am Heftende des *Globus* mit Nachrufen füllen musste, außer wenn ein Fachredakteur sich berufen fühlte, ihm einen abzunehmen.

Merle bemerkte, dass sie irritiert geguckt haben musste.

Jedenfalls warf Kaiser in nur halb gespielter Abwehr beide Hände von sich. »Ja, ich weiß, das klingt bescheuert. Alle haben mit dem Anschlag zu tun, 14 Tote, und ausgerechnet die Totenwache ist praktisch arbeitslos. Na ja, wenigstens hat es sich gelohnt, dass ich geblieben bin, sozusagen. Ich habe gerade meinen Nachruf für Martha Sinn fertig.«

»Wer ist Martha Sinn?«

»Muss man nicht kennen. Ist die Ehefrau des Berliner Innenstaatssekretärs. Hat sich offenbar gestern Abend das Leben genommen.«

»Oje.«

»Ja, ist immer schwierig, über Suizid zu schreiben. Man weiß nie, was die angemessene Formulierung ist.«

»Apropos …«

»Klar, verstehe. Ich wollte dich nicht stören. Nur das Frühstück bringen. Bis später!«

»Danke, Kaiser!«

Sie war so müde gewesen, dass ihr nicht mal sein Vorname eingefallen war.

Ihre Zulieferung war gut. Jedenfalls soweit sie das in ihrem Zustand überhaupt noch beurteilen konnte. Sie hatte drei einzelne Texte geschickt, damit die Drei Fragezeichen sie an den jeweils passenden Stellen in die Titelgeschichte, deren genaue Dramaturgie sie nicht kannte, einpassen konnten. Eine lange Passage beschrieb den Anschlag anhand der Notizen, die sie unter Schock in der Siegfried-Passage aufgeschrieben hatte. Sie hatte sich nicht gestattet, sich noch ein weiteres Mal vor sich selbst zu ekeln oder für ihr Verhalten zu schämen. Nicht jetzt. Sie musste funktionieren. Und sie hatte funktioniert. Es war eine dichte Schilderung des Moments selbst und der Minuten danach.

Hatte es sie irritiert, dass sie mitten im Schreiben eine rot und in Versalien geschriebene Eilmeldung auf den Rechner bekommen hatte, derzufolge Lutfi Latif, MdB, Grüne laut Mitteilung der Charité »seinen Verletzungen erlegen« war? Ja. Natürlich. Zwei Minuten lang, eine kleine, gestohlene Ewigkeit. Zwei Minuten, die sie in stiller, tränenloser Trauer am Fenster verbracht hatte, den Blick in den Innenhof gerichtet, wo es nichts zu sehen gab. Rein gar nichts. Aber dann war sie an den Schreibtisch zurückgekehrt, um ihn ein weiteres Mal sterben zu lassen, schließlich war sie dabei gewesen, doch sie tat es mit dem Vorsatz, ihm dabei gerecht zu werden, wenn das möglich war und was auch immer das hieß, wenn man beschreiben soll, wie jemandes Blut das blaue Hemd besudelt.

Aber da war ja noch die andere Passage, in der sie Lutfis Umgang mit der Gefahr beschrieb. Wo sie sein Obama-Lächeln strahlen ließ, seine mit tiefem Wissen gepaarte Heiterkeit, seinen Optimismus, seine Pläne und seinen Ehrgeiz. Woher sie das alles wusste und diese Seiten an ihm kannte? Sie wusste es nicht und sie kannte sie nicht. Sie verließ sich auf ältere Porträts in anderen Zeitungen und Magazinen. Sie hatte außerdem mit ein paar Fraktionskollegen des Verstorbenen telefoniert, »souverän« hatten die ihn genannt, »überlegt und den meisten auch überlegen«. »In der Ruhe liegt die Kraft«, beschrieben sie ihn. »Der hatte den ganz langen Atem«, sagte einer. »Vielleicht der wichtigste Quereinsteiger, den es in der deutschen Politik je gab«, hatte ihr die Fraktionsvorsitzende der Grünen in den Block diktiert. Merle hatte zusätzlich frühere TV-Auftritte von Lutfi Latif auf YouTube angeschaut, um ein Gefühl für seine Argumentationsmuster zu entwickeln, für seine Gestik, seine Mimik, seine Art von Humor.

Während Lutfi Latif in der Charité mit dem Tode rang, hatte sie ihn gewissermaßen kennengelernt. War das pervers? *Ja.* Und trotzdem: Sie war zuversichtlich, dass ihr Porträt stimmig geraten war, eine Annäherung, natürlich, keine letzten Gewissheiten, ihre Zweifel an sich selbst klangen durch. Und zum Umgang des Abgeordneten mit der Gefahr: nun ja. Sie wusste, dass er keinen Personenschutz gewollt hatte. Sie wusste, dass er stattdessen Samson engagiert hatte. Natürlich tauchte Samson in ihrer Zulieferung nicht auf. Aber sie nutzte ihr privilegiertes Wissen, um zu schreiben, dass Lutfi Latif natürlich nicht völlig sorglos gewesen war. Dass er aber, Intellektueller, der er war, die Gefahr erst einmal hatte verstehen wollen. Und das war doch die Tragik an seinem Tod: dass ein Mann, der Ruhe und Besonnenheit in eine allzu oft allzu aufgeregte Debatte bringen wollte, in seinem eigenen Fall ausgerechnet daran gescheitert war, zuerst nachzufragen und dann zu entscheiden.

Und dann der schwierigste Teil ihrer Zulieferung: Der, den die

Drei Fragezeichen niemals bestellt hatten. Das Kuckuckskind, das sie Erlinger und Co. ins Nest zu schmuggeln versuchen würde: *Wer hatte Lutfi Latif ermordet?*

Sie hatte das Video, das Samson ihr zur Verfügung gestellt hatte, den Drei Fragezeichen selbstverständlich überlassen. Es war klar, dass es Bestandteil der Geschichte sein musste. Aber wie war es mit den Zweifeln an dessen Echtheit? Mit Samsons Zweifeln, um genau zu sein. Mit Samsons extrem vorsichtigen Zweifeln, um noch genauer zu sein. *Es ist ein Gefühl.* Samson, der die Drei Fragezeichen hasste – und die ihn hassten, weil sie ihn besserwisserisch fanden, was er manchmal war, und weil er ihnen regelmäßig Geschichten »zerschrotete«, indem er über sie bloggte, bevor der *Globus* erschien, was sie jedes Mal maßlos ärgerte. Samson, der sich tatsächlich noch einmal bei ihr gemeldet hatte, vor zwei Stunden, wahrscheinlich hatte auch er die Nacht durchgearbeitet, ein Glas Whiskey vor sich und drei Tastaturen im Parallelbetrieb. Vorläufiges Ergebnis, laut seiner anredelosen, zwei Zeilen langen E-Mail: »Sei vorsichtig. Ich hab nichts Hartes. Aber Zweifel bleiben.« Was sollte sie damit anfangen?

Und dann war da noch ihre eigene Scharte, die sie auswetzen wollte. Die ausgewetzt werden musste. Oder etwa nicht? Oder sollte die Welt etwa *nicht* erfahren, dass Lutfi Latif keineswegs nur von Islamisten bedroht worden war, wie eine gewisse Merle Schwalb es alle Welt hatte glauben lassen, wofür sie seit gestern früh in allen Medien von Rio über Kapstadt bis Beijing zitiert wurde, sondern auch von Islamophoben, wie man es bis heute *nirgendwo* nachlesen konnte?

Sie hatte sich diesen Teil ihrer Zulieferung bis zuletzt aufgehoben, und sie wusste genau, warum: weil sie gehofft hatte, dass Samson endgültige Ergebnisse präsentieren würde. Und weil sie geahnt und befürchtet hatte, dass das nicht passieren würde – und sie in diesem Fall auch noch mit Henk Lauter würde reden müssen. Weil sie sich selbst nicht mehr traute. Und weil sie spätestens dann jemanden brauchen würde, der einen unbestechlichen Blick hatte. Nachdem sie Samsons E-Mail, die alles und nichts zugleich sagte, gelesen hatte, war dieser Moment gekommen.

»Henk, ich brauche deinen Rat.«

»O. k., lass hören!«, antwortete Henk und legte die Banane, die offenbar in seinem Frühstückskarton gewesen war, wieder zurück auf den Schreibtisch.

Wie gut schon das tat, dieser Akt der Normalität inmitten dieser Anspannung, die sie allmählich zu überfordern drohte. Henk, ihr Beichtvater und Mentor. Henk, der Besonnene. Henk mit dem aufgeräumten Büro und den liebevoll ausgewählten Mitbringseln von seinen Stationen in Bangkok, in Nairobi, in Washington. Henk, der Freundliche, der immer eine Tasse Earl Grey auf dem Schreibtisch stehen hatte. Henk mit der glücklichen Familie, der bei keinem Sommerfest zu viel trank, niemals Geheimnisse verriet und den noch niemand beim Beugen der Regeln erwischt hatte.

»Henk, ich hänge da an einer Stelle fest.«

»Erzähl!«

Sie beschrieb ihm ihr Dilemma, so wie er es ihr beigebracht hatte – in kurzen, klaren Sätzen, ohne Schnörkel und »ohne Handgepäck«, also ohne etwas zurückzuhalten. Sie blickte dabei auf den langen, schmalen Teppich, den Henk aus Marrakesch mitgebracht hatte und der in Augenhöhe über drei der vier Wände seines Büros lief. Er war wunderschön, stilisierte Kamele in wechselnder Formation, der Untergrund aus Streifen in Weiß, Blau und Blassrot. Sie erzählte Henk, dass die Mehrzahl der Drohbotschaften, über die sie berichtet hatte, offenbar von nur einem einzigen Absender stammte. Und sie berichtete ihm auch von den Drohbotschaften, die nicht einmal von Islamisten stammten und von denen sie erst durch Samson erfahren hatte.

»Was ist deine größte Sorge bei dieser Titelgeschichte *heute*, Merle?«

»Dass wir uns zu eindeutig auf al-Qaida als Täter festlegen.«

»Aber es gibt dieses Video, das hast du selbst gesagt.«

»Ja. Das gibt es. Und vielleicht ist es echt. Vielleicht aber auch nicht.«

»Wieso sollte es nicht echt sein?«

»Weil Samson Zweifel hat.«

»Wie schwer wiegen denn Samsons Zweifel?«

»Es ist ein Gefühl.«

»Hmm. Und jetzt weiß du nicht, ob und wie du das in deine Zulieferung schreiben sollst?«

»Ja.«

»Weil du bei deiner ersten Bewährungsprobe nicht die Bedenkenträgerin sein willst?«

»Ja.«

Henk schenkte sich Tee aus einer gläsernen Kanne nach und rührte bedächtig, bis der Zucker sich aufgelöst hatte. »Merle, sieh es mal so: Dieser Titel wird auf jeden Fall kommen, egal was du jetzt sagen würdest. Selbst das dritte Geschlecht wird das jetzt nicht hören wollen. Gegen diesen Sog kommt keiner an. Wir sind nicht der *Spiegel*, wir sind nicht die *Zeit*. Wir machen nicht Sowohl-als-auch oder Einerseits–andererseits, auch wenn ich es mir manchmal wünschen würde. Aber beim *Globus* gibt es immer nur Entweder–oder. Das Beste, was du machen kannst, ist darauf zu achten, dass Erlinger ein Zitat reinschraubt, demzufolge *die Behörden* das Video für echt halten. Wenn sie es nicht für echt halten, müsst ihr die Geschichte sowieso ändern.«

»Aber die können sich doch auch irren.«

»Und das ist dann der Titel in der *nächsten* Woche, wenn es so ist – und wenn wir es dann belegen können, was wir jetzt *nicht* können.«

»Aber ist das nicht wie … wie eine Umkehrung der Beweislast? Al-Qaida ist schuldig bis zum Beweis des Gegenteils?«

»Ja.«

»Ist es denn in Ordnung, so zu arbeiten?«

»Nein. In einer idealen Welt nicht. Aber es ist vertretbar. Solange du den Zweifeln nachgehst. Noch hast du nicht genug. Nicht für mehr als eine Passage, die es theoretisch offenhält.«

»Ich habe das Gefühl, dass die Drei Fragezeichen diesen Zweifeln nicht nachgehen werden.«

»Dann musst du es eben alleine machen.«

»Henk, weißt du, was die über dich sagen?«

»Kann's mir denken. Erlinger versucht mich rauszuekeln, schon eine ganze Weile.«

»Und was tust du dagegen?«

Henk Lauter stand auf, ging zur Tür und stellte sicher, dass sie geschlossen war. Er flüsterte fast, als er sich Merle wieder zuwandte. »Merle, *wenn* am Ende alles ganz anders gewesen sein sollte – *wenn!* –, dann ist der richtige Zeitpunkt, etwas zu unternehmen, *nicht jetzt.*«

Also *hatte* sie es reingeschrieben. Zwei Absätze, 25 Zeilen, ihr Kuckuckskind. Und jetzt – sie hatte die Drei Fragezeichen noch ein paar Minuten warten lassen – würde sie gehen und sehen, wie die Titelgeschichte aussah, deren Manuskript mittlerweile zweifellos bereits vorlag und die in weniger als drei Stunden fertig abgeliefert werden musste, damit die Druckerpressen loslegen konnten, um die Wahrheit für diese Woche herauszuwalzen.

Die Wahrheit.

Die Wahrheit war, dass sie die Drei Fragezeichen zugleich unterschätzt und überschätzt hatte, wie sie feststellte, als sie die Manuskriptbögen las, die Rieffen in affenartiger Geschwindigkeit aus einem Dutzend Zulieferungen zusammengeschrieben hatte. Die Drei Fragezeichen lagen wie schon beim letzten Mal auf ihren Flugzeugsesseln, aber diesmal hatten sie Vorsorge getroffen und einen kleinen weißen Resopalbeistelltisch requiriert sowie einen Sessel für sie, eine nette Geste, zumal die beiden Möbel zwischen die Erste-Klasse-Sessel von Rieffen und Kampen gerückt worden waren.

Wie müde sie war! Die Buchstaben verschwammen vor ihren Augen, während sie las. Sie merkte, dass sie kurz davor war, einzunicken. Die Blätter auf den Boden fallen zu lassen und für unwichtig zu erklären, unwichtiger jedenfalls als ein Bett. Zu unwichtig, um sich jetzt noch damit zu beschäftigen. Zu irreal. Zu nah, zu weit weg. Zu abstrakt. Buchstaben auf Papier, nichts weiter. *Tanzende schwarze Punkte.*

Aber sie zwang sich zur Aufmerksamkeit. Dazu, die Absätze noch einmal und noch einmal zu lesen. Genau darauf zu achten, wo die »Leitplanken« der Geschichte versteckt waren – die unschuldig eingeflochtenen Sätze, die den Leser an die Hand nahmen und ihm vorinterpretierten, wie das Geschilderte zu deuten war. Und jene Stellen genau zu lesen, die auf ihren Zulieferungen basierten. *Hier zum Beispiel:* ihre Worte, in Rieffens Worten. Hatte er ihr Gewalt angetan? Nein, die Stelle war in Ordnung. *Und dort:*

ihr Versuch eines Lutfi-Psychogramms. Was hatten die Kollegen daraus gemacht? Es war sogar besser als ihre Zulieferung, wenn sie ehrlich war. *Und hier:* die Schilderung des Anschlags. Aber auch an dieser Stelle hatte sie keine Einwände. Dass höchstens ein Drittel ihres Textes überleben würde, schon aus Platzgründen, war ihr vorher klar gewesen.

Sie war jetzt halb durch. Bisher hatte Rieffen sauber gearbeitet. Aber die wichtigste Stelle kam noch.

»Trinkt ihr da eigentlich Apfelschorle oder Whiskey?«, hörte sie sich plötzlich fragen.

»Bourbon, Schwälbchen«, antwortete Erlinger freundlich. »Ist zwar etwas früh, aber die Tageszeiten gehen ja gerade auch etwas durcheinander. Auch einen?«

»It's always six o'clock somewhere«, warf Rieffen gut gelaunt ein.

»Ja, bitte«, sagte Merle.

Kampen erhob sich und ging hinüber in das Vorzimmer, wo er der Sekretärin Merles Wunsch unterbreitete. Er kam mit einem Glas zurück und drückte es ihr in die Hand.

Feuer auf Feuer, dachte Merle, als sie den ersten Schluck genommen hatte, was für eine bescheuerte Idee. Aber dann las sie weiter. Schließlich ließ sie die Blätter sinken, als Signal an die anderen, dass sie durch war.

»Und«, fragte Erlinger sofort, »wie finden Sie's?«

»Wo ist die Passage mit den Islamhasser-Drohungen an Latifs Adresse?«, fragte Merle.

»Wir haben lange drüber diskutiert«, antwortete Erlinger ohne jeden Zynismus. Oder war sie nur zu müde, ihn zu erkennen?

»Diskutiert? Verarschen Sie mich nicht, Erlinger. Ihr diskutiert hier doch gar nicht.«

»Doch«, erwiderte Kampen. »In diesem Fall ja, Frau Schwalb. Wir haben's rausgenommen, weil wir zwar finden, dass das bei Gelegenheit nachgetragen werden muss, aber nicht in dieser Geschichte.«

»Wieso nicht?«

»Weil es verwirrt. Es würde Sinn ergeben, wenn wir einen Verdacht daraus machen würden. Aber das können wir nicht. Ich meine, es ist *glasklar*, dass es al-Qaida war. Wir haben überhaupt nur Ihretwegen die Möglichkeit offengelassen, dass *irgendjemand* anderes als die Dschihad-Boys damit zu tun haben könnte.«

»Was«, wie Erlinger einfiel, und nun doch deutlich gereizt, »ziemlich bescheuert ist, wenn man eine Titelgeschichte über *al-Qaidas Todesschwadronen* macht.«

Merle nahm einen Schluck von dem eisigen Bourbon. Sollte sie in den Krieg ziehen? Ihre Rüstung anziehen? Sich weigern, den Text freizugeben? Damit drohen, ihren Namen zurückzuziehen? Das dritte Geschlecht einschalten? Sie war hin- und hergerissen. *Scheiße*, die lullen mich ein. *Scheiße*, es ist viel *besser*, als ich gedacht habe.

Sie las die entscheidende Passage noch einmal. Ein paar Sätze unter Hunderten Sätzen, im letzten Drittel, zu Beginn des Resümees, mit dem der Leser aus der Geschichte entlassen werden würde. 33 Zeilen von 705 Zeilen.

Es war der erste erfolgreiche al-Qaida-Anschlag in der Bundesrepublik überhaupt. Praktisch niemand zweifelt daran. Keine der Sicherheitsbehörden, kein Terrorexperte, nicht einmal die Cyber-Dschihadisten im Internet: Zum ersten Mal hat die al-Qaida-Zentrale es geschafft, ein gezieltes Attentat anzuzetteln, mitten in Europa, mitten in Deutschland, mitten in der Hauptstadt, nur Schritte entfernt von der deutschen Regierungszentrale und dem Deutschen Bundestag. Die Täter feierten sich selbst, nur Stunden später, in einem Bekennervideo. Das Bundeskriminalamt hält das Video für authentisch. Noch sind die Täter nicht gefasst. Es gibt keine Namen, keine Fahndungsplakate. Theoretisch könnte es auch ein Trittbrettfahrer des Terrorismus gewesen sein. Oder ein sogenannter Lone Wulf, *ein Attentäter, der sich selbst rekrutierte, ohne auf Anweisungen und Geld aus Waziristan zu warten. Oder ein Verrückter mit Bombenbaukenntnissen. Oder jemand, der einfach nur Chaos schüren wollte, Angst und Verunsicherung. Aber alles spricht dagegen, dass irgendjemand anderes als al-Qaidas Todesschwadron verantwortlich war: »Was im 2TV-Studio geschah«, sagt der Bundesinnenminister, »ist genau das, wovor wir gewarnt und worauf wir gewartet haben.« Und der Chef des Bundesamtes für Verfassungsschutz, Guido Tönniges, sekundiert: »Wir haben jahrelang gewusst, dass al-Qaida hier zuschlagen will, jetzt ist es den Terroristen gelungen.«*

Journalismus ist Geschichtsschreibung, die es eilig hat: Merle konnte sich nicht erinnern, wo sie das mal gelesen hatte. Aber sie wusste, mehr als diese Zeilen würde sie nicht bekommen. Die Einschränkung, auf die es ihr ankam, war drin, wenn auch nur zu dem Zweck, anschließend von denkbar gewichtigen Gegenspielern zunichtegemacht zu werden. Aber sie war drin.

Merle Schwalb leerte ihren Drink. Die Drei Fragezeichen, die überall ihre Spione zu haben schienen, hatten ihr gleich zu Beginn mitgeteilt, an welchen Titelgeschichten die Konkurrenz arbeitete, die ja erst nach dem *Globus* an die Kioske kommen würde. Fast könnte man meinen, die Chefredakteure hätten sich abgesprochen. Vielleicht kannte man sich aber auch einfach zu gut und sortierte sich von selbst wie Lastwagen im Reißverschlussverfahren, um sich nicht allzu sehr in die Quere zu kommen. Der *Argus* würde am Montag fragen: »Wie radikal sind Deutschlands Muslime?« Der *stern* wollte nicht selbst ermitteln, sondern plante stattdessen, ebenfalls vorgezogen, für den Dienstag einen Monster-Nachruf mit der Arbeitszeile »Der deutsche Obama: Wer war Lutfi Latif?«. Der *Spiegel* wiederum blieb bei dem traditionellen Montagstermin und verlegte sich nach gegenwärtiger Planung in Hamburg auf die Politreaktionen. Die Redakteure dort strickten an einer Titelgeschichte, die »Republik unter Schock« heißen sollte. Dazu kamen aber natürlich die Tageszeitungen, die Sonntagszeitungen, die internationale Presse, außerdem Hunderte Radiosender und Tausende TV-Minuten, zudem stündlich wechselnde Aufmacher auf den Online-Nachrichtenseiten. Wie wichtig würde es in diesem Chor noch sein, fragte sich Merle Schwalb, ob die 33 Zeilen so oder *eine Nuance* anders ausfielen?

Wie hatte Henk gesagt? *Es ist vertretbar.*

Feuer auf Feuer, der Bourbon tat seine Wirkung. *What the fuck!*

»Kann meinetwegen raus«, sagte sie müde.

»Ist schon raus«, antwortete Erlinger grinsend.

»Arschloch.«

»Ich weiß.«

Erlinger grinste immer noch, als Merle die Tür hinter sich zuschlug.

***

Ansgar Dengelow rannte schneller als sonst, und er wusste, dass es die Wut war, die ihn auf dem Uferweg der Rummelsburger Bucht vorantrieb; die Wut und – zum ersten Mal – die schreckliche Ahnung, dass die Affäre um Agnes' Affäre tiefere Spuren in seinem Leben hinterlassen könnte, als er befürchtet hatte. Agnes' Liebesleben war ihm immer noch leidlich egal. Nicht aber seine Beziehung zu Leo.

Hart gruben sich seine Laufschuhe in den Splitt, und ebenso heftig stieß er sich nach jedem Tritt wieder vom Boden ab. Es war heiß, er hatte Durst, er war jetzt schon weiter gelaufen als sonst und lief einfach immer weiter. Eigentlich dürfte er hier gar nicht sein, sondern müsste zwischen halb fertigen Vermerken an seinem Schreibtisch sitzen, Samstag hin oder her. Es war gestohlene Zeit. Aber er hatte sie nicht für sich gestohlen, sondern für sich und Leo.

Die Nacht hatte er im Büro verbracht, gezwungenermaßen, das ließ sich nicht verhindern. Immerhin merkte er, wie sich sein verspannter Rücken, dem das Bundeswehrklappbett nicht bekommen war, allmählich entspannte. Auch am Morgen hatte er nicht gleich gehen können. Er konnte nicht erwarten, dass alle verfügbaren Beamten ihre Wochenendpläne aufgaben und Urlaubsbuchungen stornierten, während er zu einem Familienfrühstück nach Hause fuhr, sie konnten ja nicht wissen, dass er keine heile Familie mehr hatte, höchstens noch eine Fassade zu retten. Aber um die Mittagszeit herum hatte er sich abgemeldet. Zwei Stunden, mehr nicht. Genug Zeit, um Leo zu sehen, das war sein Plan gewesen. Und hoffentlich zu wenig Zeit, um sich mit Agnes auf einen Streit darüber einzulassen, warum der Therapeut hatte warten müssen und vermutlich noch eine ganze Weile weiterwarten musste.

Aber sein Plan war gescheitert.

Zumindest fürs Erste.

Er hatte Agnes nicht Bescheid gesagt, dass er kommen würde, vielleicht war das ein Fehler gewesen, jedenfalls fand er sie leise weinend am Küchentisch sitzend vor, nachdem er ins Haus eingetreten war. Sie registrierte ihn mit glasigen Augen.

»Ansgar, du hast mich *sehr* verletzt.«

»Agnes, *bitte*, nicht jetzt.«

»Ja, ich will jetzt auch nicht reden. Ich *kann* nicht. Verstehst du? Gestern, ja, da hätte ich vielleicht gekonnt. Jetzt nicht.«

»Agnes …«

»Lass es, Ansgar. Tu, was du tun musst. Du wirst schon wissen, was *richtig* ist.«

»Agnes … Wo ist Leo?«

»Oben.«

Also war er nach oben gegangen und hatte seine Sportsachen angezogen. Hatte dabei versucht, Agnes' Vorstellung nicht als solche zu werten, sondern ihr zuzugestehen, dass sie ja vielleicht wirklich so empfand, es würde sich schon wieder einrenken, irgendwie. Dann hatte er an Leos Tür geklopft

»Kumpel, lass uns laufen gehen, was hältst du davon?«

Aber Leo wollte nicht. Stattdessen sah sein Sohn ihn mit einem Blick an, den er nicht deuten konnte. War es Wut? Spott? Trauer? Eine Mischung aus alldem? Aber in welchem Verhältnis?

Leo war ein begeisterter Sportler, Fußball, Surfen, Basketball, auch wenn ihm dazu eigentlich die entscheidenden Zentimeter fehlten, Judo, zuletzt hatte er, angestachelt durch einen seiner Lehrer, der aus den USA stammte, sogar mit Baseball geflirtet. Samstags mit seinem Vater zu laufen, hatte Tradition. Eine schlechte Note, Ärger wegen eines völlig verdreckten Partykellers, ein kleiner Ladendiebstahl, der am Tag zuvor bekannt geworden war: All das hatte sie bisher nicht davon abhalten können, eine Stunde nebeneinander am Wasser entlangzujoggen.

Ansgar Dengelow hätte nicht einmal sagen können, wer von ihnen das mehr genoss. Er, weil er seinen Sohn Jahr um Jahr, Monat um Monat, wachsen und stärker werden sehen konnte? Oder Leo, der die Gelegenheit jedes Mal vollständig auskostete, sich mit seinem Vater zu messen, indem er Sprints und Wettbewerbe in ihren Lauf einflocht, sich still freute, wenn er ihn abhängen konnte, und ihn spielerisch schalt, wenn er das Gefühl hatte, sein Vater strenge sich nicht genug an?

»*Kumpel*, was ist los?«
»Nichts. Lass mich.«
»Leo, ist es wegen Mama?«
»Lass mich, o. k.?«

Natürlich war es wegen Agnes. Er musste sie weinen gesehen haben. Ansgar Dengelow merkte, wie sich seine Schrittfrequenz erneut erhöhte. *Ruhiger, Ansgar! Du machst genau das Richtige. Du bleibst du selbst. Das bietet ihm Stabilität, das ist auf lange Sicht das Wichtigste. Ruhig, Ansgar. Auch das renkt sich wieder ein!* Die Selbstbeschwörung tat ihren Dienst. Er würde einfach morgen noch einmal dasselbe Angebot machen. Und falls Leo dann immer noch nicht wollte, würde er einfach mit ihm reden. Natürlich würde er ihm nicht die Wahrheit sagen, jedenfalls nicht die ganze, dafür war er zu jung. Aber er war zuversichtlich, dass er einen Teil der Verunsicherung seines Sohnes durch ein paar wohlüberlegte Sätze reduzieren könnte.

Und bis dahin … Bis dahin würde er die Zeit nutzen, seinen Kopf zu sortieren. Denn je schneller er vorankam, desto mehr Zeit blieb ihm letzten Endes auch für Leo. Und, wenn es denn wirklich so wichtig war, dann in Gottes Namen eben auch für Agnes und ihren Kreuzberger Schamanen.

Der Täter, das war Ansgar Dengelow mittlerweile klar, war außerordentlich intelligent. So jedenfalls deutete er seine Beobachtungen, und aus dem Vermerk eines Profilers vom LKA Berlin wusste er, dass er damit nicht alleine war. Die Zünder, das hatte die Spurensicherung inzwischen abschließend festgestellt, stammten aus tschechischer Produktion. Wer sich ein wenig auskannte, der würde sie vermutlich ohne größere Schwierigkeiten auf einem Schwarzmarkt in Polen, Tschechien oder Ungarn besorgen können, bestimmte Flohmärkte in Deutschland wären als Bezugsort auch denkbar. Der Bombenbauer, der ja immer noch jemand anders als der Bombenleger sein konnte, hatte zwei Zünder verbaut, das war Standardvorgehen, oft wurden sogar drei empfohlen. Mehr hatte er vielleicht nicht bekommen. Aber das wussten sie nicht. Vielleicht hatte er auch zehn gekauft, und vier weitere Bomben wurden gerade präpariert.

Doch so schnell die Kollegen auch gearbeitet hatten, aus den Zündern allein ließen sich nur schwer Ermittlungsansätze entwickeln. Nur ein Hinweis, den Dengelow selbst in den internen Verteiler der Besonderen Aufbauorganisation (BAO) »Zypresse« eingespeist hatte, wurde derzeit noch von den Kriminaltechnikern des BKA überprüft. Denn auch die verhinderten Bombenleger der Sauerland-Gruppe hatten 2007 eine Charge tschechischer Zünder importiert. *Falls* die Zünder aus der Siegfried-Passage typengleich mit den Asservaten von damals waren, vielleicht sogar gleich alt, würde sich daraus eventuell doch noch ein Ansatzpunkt ergeben. Das musste jedoch abgewartet werden. Zuversichtlich war Dengelow nicht.

Der Bombenleger aber faszinierte ihn. Denn alles deutete darauf hin, dass es ihm gelungen war, den Sprengsatz in das Studio zu schmuggeln, ohne dass er ihn selbst dort hatte ablegen müssen. Der Sprengstoff war in eine schwarze Plastiktüte eingewickelt und diese wiederum in einer weißen Jutetasche verborgen gewesen, so viel war mittlerweile klar. Und diese Jutetasche hatte zum Zeitpunkt der Explosion im Drahtkorb eines Rollators gelegen, der einem 76-jährigen Rentner aus Herne gehört hatte.

Das hatten die Tatort-Experten herausgefunden, wozu sie, eine grausige Arbeit, die Position der Leichen und den Grad der Zerstörung der Möbel ebenso in ihre Berechnung miteinbezogen hatten wie die Spritzmuster von Blutflecken an den Wänden und die Verteilung von Körpermasse im Raum. Der Rentner, ein ehemaliger Bergmann namens Fritz Buderus, war bei der Explosion getötet worden und konnte nicht mehr befragt werden. Seine Ehefrau hatte schwer verletzt überlebt. Es war sonnenklar, dass das Ehepaar völlig unverdächtig war.

Dengelow hatte die Zeugenaussage von Erna Buderus gelesen. Die beiden waren Teil einer 43-köpfigen Berlin-Reisegruppe der Arbeiterwohlfahrt Herne gewesen, drei Tage und zwei Übernachtungen für 99 Euro, und als Höhepunkt vor der Rückreise: ein Besuch beim 2TV-Morgenmagazin. Das Programm hatte Monate vorher festgestanden; niemand der Teilnehmer hätte damals wissen können, dass Lutfi Latif an diesem Tag im Studio sein würde. Die Ehefrau des getöteten Rentners hatte immer noch nicht verstanden, dass der Anschlag »diesem netten Türken« gegolten hatte.

Wie genau die Jutetasche in den Korb der Gehhilfe gelangen konnte, hatten die Kollegen unterdessen noch nicht aufklären können. Sicher war, dass am Einlass der Siegfried-Passage, eine halbe Stunde vor Beginn der Live-Sendung, mittelmäßiges Chaos geherrscht hatte. Den ersten Zeugenaussagen zufolge hatte der Ordner sich beschwert, weil mehrere angemeldete Besucher nicht erschienen waren. Eine Praktikantin hatte deswegen Unter den Linden Touristen angesprochen und spontan als Publikumsgäste eingeladen. Einige hatten die Einladung angenommen. Nicht zuletzt deswegen war es unmöglich, eine vollständige Liste der Besucher der Livesendung zusammenzustellen. Die Situation war umso unübersichtlicher gewesen, als etliche Mitglieder der Herner Reisegruppe gebrechlich waren – sie hatten deshalb sehr lange zum Aussteigen aus dem Bus gebraucht und den Zugang verstopft, sodass unklar war, wer schon registriert war und wer nicht. Ein Mann stürzte beim Aussteigen aus dem Bus und hielt die aufgekratzte Gruppe für weitere zehn Minuten auf, sodass die Produktionsleiter der Sendung bereits nervös wurden und die Ordner drängten, alle, die so weit waren, sofort einzulassen, damit sie anfangen konnten, die Gäste nach Fernseh-Gesichtspunkten zu platzieren. Es wäre, das gaben auch der unter Schock stehende Ordner und die zerknirschte Produktionsassistentin in ihren Aussagen unumwunden zu, ohne Weiteres möglich gewesen, ohne vorherige Anmeldung, ohne Kontrolle und ohne seinen Namen zu nennen, in das Studio zu kommen.

Irgendwo in dem Pulk derer, die als Gäste zum Morgenmagazin wollten, so malte Dengelow es sich aus, hatte auch ein unscheinbarer Mann mit einer Jutetasche und einem knappen Kilo TATP unter dem Arm gestanden. Unscheinbar deshalb, weil er niemandem aufgefallen war: Keiner der vernehmungsfähigen Gäste, die bisher befragt worden waren, konnte sich an einen Mann oder eine Frau erinnern, der oder die eine solche Tasche bei sich gehabt hatte.

Dengelow fiel es nicht schwer, sich in den Bombenleger zu versetzen. Deutlich sah er die Szene vor sich – und die Gelegenheit, die sie dem Attentäter bot: Dutzende aufgeregte Rentner, drei von ihnen mit Rollatoren, und einer dieser Rollatoren, der von Fritz Buderus, hatte sogar einen Drahtkorb, in dem schon mehrere Plastiktüten und Jutetaschen lagen. Anders als die Trage- und Handtaschen, die den übrigen Gästen vor der Platzierung an den Bistrotischen im TV-Studio abgenommen wurden, würde niemand die Gehhilfen der Gebrechlichen einkassieren – darauf konnte der Bombenleger setzen. Der Rollator würde also ins Studio rollen. Und mit ein bisschen Glück sogar in der Nähe von Lutfi Latif platziert werden, groß war das Studio ja nicht. Da war es, das perfekte Vehikel für den Sprengsatz! Nun musste der Attentäter nur noch unauffällig in der Nähe des ausgespähten Rollators warten, bis der Besitzer und alle in seiner unmittelbaren Umgebung kurz abgelenkt waren. Und als – ein weiteres Himmelsgeschenk – der besagte Rentner aus dem Bus fiel, da blieb dem Attentäter nur noch ein einziger schneller Handgriff auszuführen: die Jutetasche rasch in den Drahtkorb von Franz Buderus gleiten lassen.

Danach hieß es blitzschnell und unauffällig abtauchen, vielleicht irgendwohin, wo die Sendung im TV übertragen wurde. Um dann, im richtigen Moment, die Handynummer zu wählen, die die Explosion auslösen würde. *Bumm.*

***

Es tat Sumaya leid, dass sie Samuel so verwirrt zurückgelassen hatte. Vielleicht wäre es besser gewesen, gar nichts zu sagen, nichts über Kartoffeln und Ölaugen, über ihre Angst und ihre Sorge. Aber die Worte waren einfach aus ihr herausgeflossen, auch wenn sie selbst nicht genau wusste, was sie meinte. Sie hatte ihn an der Balkonbrüstung stehen sehen, schlotternd in seinem T-Shirt, ganz in Gedanken, und sie konnte einfach nicht anders, als ihn zu umarmen. Es fühlte sich gut an, sehr gut sogar, als sie ihren Kopf an seinen Rücken schmiegte. Vielleicht, dachte sie jetzt, während sie die Skalitzer Straße hinunterlief, hat es sich auch einfach zu gut angefühlt. Natürlich will ich geliebt werden. Und lieben. Ich will nicht alleine sein. Und ich mag Samuel. Ich mag ihn wirklich. Aber … *Ja, Susu, gib es zu*: Du hast Angst, dass er dich nicht versteht. Und schlimmer noch: dass er dich nicht verstehen kann. Und noch schlimmer, wenn das überhaupt geht: dass niemand, überhaupt niemand, dich verstehen kann.

Ratternd und quietschend fuhr eine U-Bahn an ihr vorbei. Zwei junge Frauen mit Kopftuch und Kinderwagen kamen ihr auf dem Bürgersteig entgegen. Im Café Morgenland, zu ihrer Linken, saß die übliche Kreuzberger Mischung beim Samstagsbrunch: Studenten, Studienräte, drei Punks in den Vierzigern, ein paar Paare mit ihren Kleinkindern. Und wie passe *ich* hier hinein? Bin ich eher wie die beiden Schleiereulen? Oder eher wie die Studenten dort, die den *Globus* lesen? *Ich bin ich.* Ja: Du bist du. *Aber wem hilft das?*

Ich will doch nur verstanden werden, auch wenn das albern klingt. Ich will, dass Samuel versteht, wie es ist, wenn ich nachts wach liege und mich frage, ob ich *hier* richtig bin oder ob ich nicht *dort* sein

müsste. Wenn ich mich frage, was ich *glaube*. Wenn ich mich frage, wie ich ein Leben führen kann, das niemanden vor den Kopf stößt: meinen Vater nicht. Meine Tante Lubna nicht. Meine Freunde nicht. *Mich* nicht. Ich muss es allen recht machen. Ich *will* es allen recht machen. Ich könnte so viel sein. Ich könnte mich verschleiern, nichts einfacher als das! Ich könnte eine Schlampe sein, warum nicht? Ich könnte mir auch die Lippen piercen, jetzt, hier, gleich um die Ecke, für fünfzehn Euro. Oder mir im Laden gleich nebenan einen Burkini kaufen. Ich müsste es nur wollen. Mich dafür entscheiden. Aber mit einer gepiercten Lippe bräuchte ich in Ramallah nicht aufzutauchen. Und mit einem Kopftuch hätte Samuel sich bestimmt nicht in mich verliebt. Also tue ich beides nicht. Und ich will ja auch gar kein Punk sein, und auch keine Schlampe. Und auch keine Schleiereule. Aber was ich sein will, weiß ich auch nicht. Ich will alles sein. Und das Gegenteil. Es zerreißt mich. Ich bin noch Jungfrau. Aber doch nicht, weil ich wirklich glaube, dass ich sonst eine Schlampe wäre. Sondern? Ich weiß es nicht. Vielleicht will ich mir ja auch nur keine Option verbauen und verpasse dabei mein eigenes Leben. Vielleicht warte ich ja darauf, dass die Entscheidung von alleine fällt, einfach so, aber dafür unumkehrbar. Aber eins weiß ich: Ich will mich nicht zweiteilen wie Mina, die ihren Eltern bei jedem Besuch schwört, dass sie sich niemals mit »Jungs« einlässt und gleichzeitig Ulf gegenüber darauf pocht, dass sie sich von niemandem irgendetwas sagen lässt, und die dann abends, wenn wir beide alleine auf dem Balkon sitzen, ihre beiden Teile mühsam wieder zusammenfügen muss, bevor sie einschlafen kann.

Kann Samuel das je verstehen? Kann das überhaupt jemand verstehen, der es nicht selbst jeden Tag erlebt? Dieser ewige Kampf, zu bewahren, was einem die Eltern anvertraut haben wie ein wertvolles Geschenk, wie ein Familienerbstück – nur dass man dieses Geschenk leider nicht in Ehren halten kann, indem man es in den Schrank stellt und ab und zu abstaubt. *O nein,* man muss es immer mit sich tragen, damit es nicht schrumpft; muss es ständig vorzeigen, damit es sich nicht verflüchtigt; es allen präsentieren, damit es seinen Glanz behält. Anstrengend, so anstrengend. Und zugleich das Wertvollste, das ich besitze.

Aber darf ich deswegen kein sehnsuchtsvolles Ziehen in meinem Bauch spüren, wenn ich Samuel umarme? Ihm nicht durch die Haare fahren wollen und – *Gib es zu, Susu!* – mir vorstellen, wie es wäre, ihn ohne sein verwaschenes blaues T-Shirt zu umarmen und vielleicht auch nicht auf dem Balkon, sondern eher in meinem Bett?

Und was, wenn ich es einfach ausprobiere? Schieb alles zur Seite, *Susu*: Schieb es weg! Plötzlich musste Sumaya lächeln. *Entweder es funktioniert, oder es funktioniert nicht:* Wenigstens eine Sache, die sie Samuel in ihrem morgendlichen Durcheinander gesagt hatte, ergab Sinn. Sie hatte ihn zu gern, um ihm und ihr keine Chance zu geben.

Das waren Sumayas Gedanken gewesen, als sie in Fadis Internetcafé eingetreten war, wie immer einen Hauch genervt von der per Lichtschranke ausgelösten digitalen Version eines Tante-Emma-Türbimmelns, den Blick aber schon auf ihren Cousin Fadi gerichtet, dem sie, wie zur Begrüßung, das Falafelsandwich hinhielt, das sie ihm – schließlich hatte Fadi immer Hunger, *immer* – gerade noch bei »Uncle Mo« in der Graefestraße gekauft hatte, guter Dinge also, gelöst und aufgekratzt, weil sie sich entschlossen hatte, der Liebe den Status eines zunächst nicht ständigen Mitglieds in ihrem privaten Sicherheitsrat einzuräumen.

Aber die mühsam hergestellte gelöste Stimmung hielt nicht lange vor. Erst zerstörte Fadi sie, dann Samuel. Zuletzt beide gemeinsam.

Erst Fadi: Natürlich hatte er sie mit seinen Bärenarmen umfangen, sobald sie greifbar gewesen war. Als er sie endlich freigab und mit großen Augen ansah, spürte sie, dass er mit den Worten rang. Er wusste nicht, wie er beginnen sollte. Also nahm sie es ihm ab und berichtete von sich aus, wie sie den Anschlag erlebt hatte. Die Explosion. Das Chaos. Die Toten. Die wimmernden Verletzten. Wie sie die beiden Kinder herausgebracht hatte. Wie sie schließlich bei Fadia von Lutfis Tod erfahren hatte. Zwischendurch stockte ihre Stimme, und Fadi drückte sie erneut und zog mit seinen Pranken ihren Kopf an seine Brust. Doch der Anschlag und dass Sumaya ihn knapp überlebt hatte, waren nicht das Einzige, das ihren Cousin umtrieb. Sie spürte es. Er war nervös. Wie er die Computermaus sinnlos hin- und herbewegte. Dass er sein Sandwich nicht auspack-

te. Die Art und Weise, wie er die eintretenden Kunden behandelte – abweisend und schroff.

»Was ist los, Fadi?«, fragte sie schließlich.

»Susu, ich bin doch nur froh, dass du lebst, du könntest tot sein, *A'udhu billah.*«

»Fadi, was ist los?«

»Susu, du wohnst doch auch hier, oder etwa nicht?«

Und dazu dieser Blick in seinen Augen: verletzt. Wütend.

»Fadi, *was* ist los?«

»Susu, *Habibti,* ich schwöre: Mir ist es *scheißegal,* wer diese Scheißbombe gestern gelegt hat. Aber du hast keine Ahnung, was hier los ist seitdem.«

Dann brach es aus ihm heraus. Am Vorabend war die Frau seines Mitarbeiters Metin angespuckt worden, zum ersten Mal in den zehn Jahren, die sie in Kreuzberg lebte. Mitten in der U-Bahn, am hellichten Tag. In aller Ruhe war ein vielleicht 30-jähriger Mann aufgestanden, auf sie zugegangen und hatte sie angespuckt. Als er selbst heute Morgen beim Bäcker gewesen war, hatte er mitangehört, wie ein Kunde zum Verkäufer gesagt hatte: »Diese Moslems, echt, die eine Hälfte will nur ficken und die anderen den Dschihad.«

»Ich hab ihm gesagt, er soll die Schnauze halten«, berichtete Fadi. »Aber er hat mich nur angeguckt und gesagt: ›Ein bisschen mehr Selbstkritik an einem Tag wie heute wäre jawohl angebracht, *Ali*! Deine Kollegen haben gestern ein Dutzend Leute umgebracht, da könnt ihr ja vielleicht einmal zur Abwechslung die Schnauze halten.‹«

»Und was hast du dann gemacht?«

»Ich wollte ihm eine reinhauen. Aber ich hab's nicht getan. Bin rausgegangen.«

»Gut so. Wir dürfen uns nicht provozieren lassen.«

»Wieso eigentlich nicht? Wieso *nicht*, Susu?«

»Weil sie genau das wollen.«

»Ja und? Was die wollen, ist mir egal.«

»Aber es wird nicht weniger werden, wenn du darauf reagierst.«

»Wird es denn weniger, wenn ich nicht darauf reagiere? Weißt du, was irgend so ein Arschloch heute auf meinen Rollladen gesprayt hat? Hier, ich zeig's dir, ich krieg's nämlich nicht ab. Aber vielleicht, Susu, lasse ich es einfach dran, wenn du meinst, dass das dem Weltfrieden dient!«

Fadi war wütend. Niemals zuvor hatte er so mit ihr gesprochen. Mit schweren Schritten stampfte er auf das Schaufenster zu und ließ den Rollladen herunter.

»Geh nach draußen, Susu, schau es dir an!«

»Fadi, erzähl's mir doch einfach.«

»*Nein*, Susu, schau es dir einfach an, o.k.?«

Sumaya ging nach draußen. Auf dem Rollladen stand in Pink und Schwarz: »Verpisst euch mit eurer Kinderficker-Religion.«

»Fadi, vielleicht solltest du zur Polizei gehen und das anzeigen?«

»Anzeigen? Susu, ich liebe dich, du bist die Tochter meines Onkels, du bist wie meine Schwester. Aber soll ich dir mal was sagen? Anzeigen und zur Polizei gehen, das klingt mir ein bisschen zu sehr nach Lutfi, *Allah yarhamahu*.«

Sollte sie gehen und ihren Cousin stehen lassen? Hatte er ein Recht, Lutfi Latif ins Gefecht zu führen, und damit sie selbst? Oder hatte er einfach recht? War sie wirklich so naiv, wie er zu glauben schien? Was *hätte* Lutfi getan? Was *hatte* Lutfi getan? Nichts, er hatte nichts getan. Und nun war er tot. Ein Opfer. Weil er sich nicht gewehrt hatte?

Sumaya entschied sich zu bleiben. Sie wollte keinen Streit. Nicht mit Fadi. Stattdessen versuchte sie, das Thema zu wechseln, das Gespräch in eine andere Richtung zu lenken. Sie sagte Fadi, dass Samuel später auch noch kommen würde. Aber kaum hatte sie den Namen ausgesprochen, merkte sie, dass ihr Versuch der Deeskalation gescheitert war.

»Ist das der Typ, von dem du mir erzählt hast? Der sich um *unsere bewaffneten Brüder und Schwestern* kümmert, ja?«

So hatte sie sich das nicht vorgestellt. Und als Samuel kurz darauf tatsächlich auftauchte, hätte sie ihn am liebsten gleich wieder weggeschickt. Aber was hätte sie ihm sagen sollen? Das hier geht nur uns was an? Entschuldigung, ich hab mich vertan, mein Cousin hat im Moment leider kein Interesse daran, dich kennenzulernen? Komm bitte wieder, wenn du einer von uns bist?

Samuel versuchte sie zu umarmen, aber sie wich ihm aus. Fadi nahm das wahr und verstand sofort. Er kniff seine Augen zusammen, seine Stirn zog sich in Falten, der freundliche Bär war jetzt ein unfreundlicher Bär. Gleichzeitig sah sie Samuel an, dass er verletzt war. Sie wäre am liebsten alleine gewesen, weit weg.

»Tee?«, fragte Fadi.

»Gerne«, antwortete Samuel.

»Zucker?«

»Ja, bitte.«

»Heute schon einen Terroristen gefangen?«

»Nein, heute noch nicht.«

»Die sollen ja überall sein.«

»Na ja, so viele sind es auch wieder nicht.«

»Du checkst diese Wichser im Internet aus, oder was?«

»Ja. Vor allem.«

»Weißt du, was ich glaube? Dass das alles übertrieben ist.«

»Kann schon sein. Aber ab und zu fliegt auch was in die Luft.«

»Ja, ab und zu.«

»Und ab und zu reist auch einer aus Berlin ab und geht nach Waziristan.«

»Ja, soll vorkommen. Hab ich auch gehört. Aber weißt du noch was, was ich glaube? Dass der Verfassungsschutz die schickt. Damit hier immer schön Alarm ist.«

»Das würden die gerne. Glaube aber nicht, dass sie das hinkriegen.«

»Soll ich dir mal was sagen? In dieses Internetcafé kommt 'ne ganze Menge von den Typen, vor denen ihr so eine Scheißangst habt. Wütende kleine Ölaugen, mit Bart, ohne Bart, die ganze Versammlung. Aber deine Internetpenner kennt hier keiner.«

»Sicher?«

»Glaubst du, ich würde das nicht mitkriegen?«

»Keine Ahnung.«

»Wir checken's aus. O.k.? Los, sag mir drei Websites.«

»Wie bitte?«

»Ja, sag mir drei Adressen, wo diese Penner ihre Videos raushauen. Nur drei. Oder haste die Adressen nicht dabei? Wir gucken nach.« Fadi begann, an seinem Rechner herumzuklicken. »Hier, ich kann's sofort prüfen. Wir nehmen die letzten drei Tage, o.k.? Drei Adressen, drei Tage.«

»Ich weiß nicht.«

»*Yallah*, ist doch bestimmt spannend für dich, *Terrorjäger*, drei Adressen, los!«

Zögernd schrieb Samuel drei URL-Adressen auf den Block, den Fadi ihm hinhielt. Die beiden stellten sich nebeneinander vor den Rechner, und Fadi ließ die Adressen durch das System laufen. Sumaya wusste nicht, was sie sich wünschen sollte. Doch, sie wusste es. Als sie das Ergebnis an Fadis Gesicht ablesen konnte, wusste sie, was sie sich gewünscht hätte. Dass er nicht gedemütigt worden wäre.

»O.k., *Terrorjäger*, dann hat halt einer von den kleinen Wichsern hier deine Scheißseiten angeguckt.«

»Sieht so aus, ja.«

Was geschieht mit uns, fragte sich Sumaya, als sie alle drei stumm nebeneinanderstanden und niemand wusste, was er sagen sollte. Ich will das nicht. Ich will, dass wir miteinander reden und lachen und essen. So hatte ich mir das vorgestellt. Dass ich ein Ganzes werde, und nicht in lauter Stücke zerfalle. Ist denn wirklich alles nur eine große Lüge? Kreuzberg eine Lüge, Lutfis Ideen eine Lüge, Fadis Freundlichkeit eine Lüge, Samuels Lässigkeit eine Lüge? Wieso hat er es nicht gestoppt, weggelacht, verhindert? Wieso habe ich es nicht gestoppt? Wer trägt das alles in mein Leben? Wieso muss ich mich auf einmal ständig entscheiden, eine Seite wählen, eine Idee wählen – und Angst haben, jedes Mal Angst haben, etwas zu verlieren?

***

Fadia Latif hatte die Koffer schon gepackt. Sie standen ordentlich nebeneinander an der Wohnungstür. Ihr Flug würde in zwei Stunden gehen, gleich würde ein Taxi sie und die beiden Mädchen abholen; die Beisetzung sollte noch am Abend in Kairo stattfinden. Eine Pause war entstanden, nachdem die Witwe des Abgeordneten ihre Ausführungen beendet hatte, aber Samson wusste bereits, was er gleich sagen würde. In Wahrheit hatte er den Gedanken schon seit Tagen hin und her gewendet. Gut möglich, dass es ausgerechnet Fadi gewesen war, der ihn noch zwingender hatte erscheinen lassen. Und Sumaya? Er blickte zu ihr hinüber. Schön wie nie, übermüdet, die grünen Augen sorgenvoll auf ihn gerichtet, saß sie neben Fadia Latif. Natürlich hatte auch sie bei seinem Entschluss eine Rolle gespielt.

Fadia Latif hatte auf Sumayas Handy angerufen, als er und Sumaya noch bei Fadi gewesen waren.

»Samuel, wir müssen sofort zu Fadia, es ist wichtig.«

»O. k., natürlich.«

Es war ihm nicht unlieb gewesen, mit einer guten Begründung aus der angespannten Situation in Fadis Internetcafé befreit zu werden. Sie liefen nebeneinanderher, aber Sumaya sprach kein Wort. War sie wütend? Hatte er sie enttäuscht? Oder wusste sie bereits, was Fadia Latif ihnen zu sagen hatte? Er fragte nicht. *Wie eine Katze.* Sumaya erhielt die Distanz aufrecht, bis sie im Wohnzimmer der Wohnung des verstorbenen Abgeordneten Platz genommen hatten. Erst nachdem Fadia zu berichten begonnen hatte, griff Sumaya doch noch zögerlich nach seiner Hand; was ihn sofort daran erinnerte, wie es sich am Morgen angefühlt hatte, als die Sonne endlich den Balkon erreicht und Sumaya sich an ihn geschmiegt hatte.

»Ich bin froh, dass ihr beide gleich gekommen seid. Ich glaube, es ist wichtig. Und ich traue niemandem außer euch.«

»Worum geht es denn?«, fragte Sumaya vorsichtig.

»Es ist, ich glaube ...« Für einen Moment brach Fadia Latifs Stimme weg. Sie schloss kurz die Augen. Dann wandte sie sich wieder an ihre Gäste. »Entschuldigung. Es ist so: Ich glaube, ich habe Hinweise darauf gefunden, dass mein Mann nicht von al-Qaida ermordet wurde.«

Sie hatte am Morgen Besuch von ihrem Anwalt gehabt, berichtete Fadia Latif. Es ging um das Testament. Aber auch um einen Brief, den der Abgeordnete bei ihm hinterlegt hatte, ausdrücklich für den Fall, dass ihm etwas zustoßen sollte.

»Ich wusste, dass er Material über radikale Islamhasser sammelte«, erklärte Fadia. »Er hat es mir erzählt. Aber er sagte, er hätte noch nicht genug Informationen, um sie öffentlich zu machen.«

Sie griff nach einem Blatt Papier, ein einzelner Bogen, den sie zuvor auf die Fensterbank gelegt hatte, und reichte ihn Sumaya. Sumaya las das Schriftstück und gab es schließlich an Samson weiter:

Im Namen Gottes, des Barmherzigen, des Allerbarmers.

Dies hier ist eine Zusammenfassung von Informationen, die mir auf verschiedenen Wegen zugespielt wurden, die ich für bemerkenswert und potenziell bedrohlich halte, und die, für den schlimmsten anzunehmenden Fall, meiner Frau zugänglich gemacht werden soll – und allen jenen Personen, die sie für vertrauenswürdig erachtet.

ERSTENS: An dem Tag, an dem Cord Munkelmann und ich seinen Arbeitsvertrag unterzeichneten, setzte er mich vertraulich davon in Kenntnis, dass es in seiner Familie ein delikates Problem gebe: Seine Zwillingsschwester Gisela sei eine radikale Islamfeindin; weil sie seine Zwillingsschwester sei, sei ihr Verhältnis sehr eng, deshalb rede er viel mit ihr. Er gab mir zu verstehen, dass Frau Munkelmann Teil einer klandestinen Aktivistengruppe sei, deren Ziel es offenbar ist, durch provokante Aktionen Muslime in Deutschland zu übertriebenen Reaktionen anzustacheln, um auf diese Weise eine Eskalation herbeizuführen, die schließlich zu einer Steigerung antiislamischer Gefühle in der Bevölkerung führen solle. Cord Munkelmann gab an, dass er kaum Details kenne und auch keine Namen von Mitstreitern, dass aber seiner Schwester zufolge unter anderem Beamte aus verschiedenen deutschen Sicherheitsbehörden vertreten seien. Ob das stimme, könne er nicht beurteilen. Sie habe versucht, ihn als Informanten über mich zu gewinnen. Er fände es ungehörig, mich darüber nicht zu informieren.

ZWEITENS: Zwei Tage nach diesem Vorfall rief mich Martha Sinn an, die Ehefrau des Berliner Innenstaatssekretärs. Sie war offenkundig verzweifelt, aber ebenso offenkundig alkoholisiert. Sie berichtete, allerdings ziemlich wirr, dass sie sich an mich wende, weil sie glaube, dass ich sterben solle. Nicht sie wolle das, aber einige der merkwürdigen Gäste, die ihr Ehemann gelegentlich einlade, hätten, als sie sich unbelauscht wähnten, darüber gesprochen. Sie sehe diesen Anruf als Verrat an, es falle ihr schwer, aber sie sei eine gläubige Christin und fühle sich deshalb verpflichtet, mir dieses mitzuteilen. Diese Information sei so brisant, dass ich sie auf gar keinen Fall teilen dürfe.

DRITTENS: Wiederum zwei Tage danach traf ich mich am Abend mit einem ehemaligen Studienkollegen, der heute für einen nahöstlichen Geheimdienst arbeitet, zum Abendessen. Seinen Namen kann ich nicht offenbaren, auch nicht das Land, für das er arbeitet, es ist aber nicht sein Heimatland. Er teilte mir mit, dass ein Zuträger des betreffenden Dienstes auf ein Netz von privaten Gruppen gestoßen sei, die unter strenger Abschirmung im rein privaten Rahmen über Vorhaben diskutieren würden, die ähnlich klangen wie das, was Frau Munkelmann ihrem Bruder beschrieben hatte. Diese Salons hätten ein Gravitationszentrum: Doktor Sinn und einen von dessen privaten Freunden, der in Potsdam lebe, aber dessen Identität absolut beschützt würde. Der Kern dieses Netzes nenne sich »Kommando Karl Martell«. Auf dem letzten Treffen, auf dem der Zuträger gewesen sei, sei am Ende im kleinen Kreis davon die Rede gewesen, dass eine ganz bestimme Aktion unmittelbar bevorstehe und dass sichergestellt worden sei, dass keine Hinweise auf das Kommando zurückführen würden. Zudem seien meine Person und meine Aktivitäten mehrfach Gegenstand hasserfüllter Debatten gewesen. Ich kann den Wahrheitsgehalt dieser Hinweise nicht beurteilen. Aber ich ziehe daraus folgende Schlüsse: Sollte etwas dran sein und im schlimmsten Fall ein Anschlag auf mich verübt werden, sollte auch in diese Richtung ermittelt werden. Da mögli-

cherweise damit zu rechnen ist, dass die Behörden unwillig sind, in diese Richtung zu ermitteln, sollte auch über alternative Ansätze nachgedacht werden. Ich hoffe, dass alle diese Informationen falsch sind und dieser Umschlag niemals geöffnet wird.

Samson las das Dokument ein zweites Mal. Als er anhob, etwas zu sagen, unterbrach Fadia Latif ihn jedoch. »Das ist noch nicht alles, Moment.«

Sie reichte ihm eine Postkarte. Nur zwei Sätze waren darauf notiert, in krakeliger Handschrift: »Ich bete, dass er damit nichts zu tun hatte. Ich kann nicht mehr. MS«

»Wer ist MS?«, fragte Sumaya.

»Ich vermute«, antwortete Fadia Latif vorsichtig, »dass es sich um Martha Sinn handelt. Ich habe erst vor einer Stunde aus dem Radio erfahren, dass sie sich gestern das Leben genommen hat.«

Sumaya sah Samson mir angstgeweiteten Augen an.

»Ich werde«, hörte er sich plötzlich aussprechen, was seit Tagen in seinem Kopf feststand, »das Kommando Karl Martell infiltrieren. Ich weiß, wie ich Kontakt knüpfen kann. Ich hatte schon mit denen zu tun. Es ist die einzige Möglichkeit, die Wahrheit herauszufinden.«

IX

 Samson saß an seinem heißen Rechner auf dem Dachboden seiner Wohnung in der Schreinerstraße, unter dessen mit Dämmwolle verkleideter Decke sich die Hitze des Tages staute, obwohl es schon fast zwei Uhr am Morgen war. Er lauschte den letzten überlieferten Worten des Löwen von Khorasan, des Bezwingers der CIA, des Kinderarztes Humam al-Balawi, auch bekannt – ach was: *besser* bekannt – als Abu Dujana al-Khorasani, ein Mann von Mitte dreißig, dessen offenes Gesicht und funkelnde Augen zu einem arabischen Akademiker passten, zu einem, der die Dinge hinterfragt, der einen gewissen Ehrgeiz mitbringt und etwas erreichen möchte, und das hatte Abu Dujana ja auch, auf seine Art. »Es war so einfach, ich konnte es kaum glauben«, sagte der junge Jordanier in die Kamera, während er im Schneidersitz hinter einer Holzkiste saß, auf der ein paar Sprengstoffpakete drapiert waren, dazu trug er eine Sprengstoffweste, und im Hintergrund lehnten zwei Sturmgewehre an einer mit einem al-Qaida-Banner verhängten Wand. »Ich brauchte euch nur zu sagen, was ihr hören wolltet«, tönte Abu Dujana, wobei er beinahe amüsiert lächelte, »und ihr habt mir geglaubt!«

Samson hatte das Märtyrervideo des Mannes, den die CIA und der jordanische Geheimdienst monatelang für *ihren* Mann gehalten hatten, schon früher angeschaut, direkt nachdem es veröffentlicht worden war, Anfang 2010, wenn er sich nicht täuschte. Tatsächlich hatte al-Balawi die CIA und die Jordanier gleichermaßen zum Narren gehalten, den Geheimdienstlern vorgegaukelt, er pirsche sich in ihrem Auftrag an die al-Qaida-Führung im afghanisch-pakistanischen Grenzgebiet heran. Am Ende brachte er seinen jordanischen Führungsoffizier und dessen von den sensationellen neuen Erkenntnissen anscheinend besoffenen amerikanischen Führungsoffizier dazu, dass sie ihn zu einem Treffen mit einigen der besten al-Qaida-Kenner der CIA in Khost einflogen, die teilweise selbst eigens aus *Langley, Virginia* eingeflogen worden waren – wo al-Balawi dann, wie er es die ganze Zeit über geplant hatte, seine arglosen Gastgeber und sich selbst in die Luft sprengte.

Das Video, das Samson anschaute, war in der Nacht vor dem Anschlag aufgezeichnet worden. Die kühle Überheblichkeit, in der sich ja nur der unbedingte Glaube an die Notwendigkeit seiner Mission spiegelte, hatte Samson schon beim ersten Betrachten beeindruckt. Aber dieses Mal spürte er noch aus einem anderen Grund so etwas wie Bewunderung für den Kinderarzt, der zur lebenden Bombe geworden war: für seine Fähigkeit, diejenigen, die glaubten, dass er sich ihnen angeschlossen hatte, derart hinters Licht zu führen, monatelang. *Es war so einfach, ich konnte es kaum glauben*: Wenn man kurz vor dem Ziel stand, sagte man so etwas vielleicht, dachte Samson. Aber bis dahin, bis zu jenem Abend, an dem er mit einem Lächeln, das schon nicht mehr von dieser Welt war, in die Kamera sprach, musste es auch für den Löwen von Khorasan ein langer Weg gewesen sein.

Es war natürlich bizarr, dass er sich dieses Video anschaute.

Andererseits: Ihm selbst blieben nicht einmal vier Stunden, bevor er zur S-Bahn-Station laufen würde, um seinen eigenen Plan in die Tat umzusetzen. Hatte er Fadia Latif und Sumaya gegenüber wirklich das Wort *infiltrieren* benutzt?

Sein erster Gedanke war es gewesen, Stefan anzurufen. Stefan, dem er seinen Spitznamen verdankte. Und ein bisschen mehr als das. Seinen alten Freund Stefan. Er wollte ihn anrufen mit dem festen Vorsatz, ihn für seine Zwecke einzuspannen, ihn auszunutzen, und wenn er sich deswegen schlecht gefühlt hatte, dann konnte es nur kurz gewesen sein, so lange, wie es eben dauert sich einzureden, dass man manchmal für eine größere Sache eine kleinere Sache in Kauf nehmen muss, für einen größeren Verrat einen kleinen, gewissermaßen, und dann hatte er auch schon Stefans Nummer gewählt. *Und, wie hat es dir gefallen?*

Aber die automatische Stimme, die wahrscheinlich verkündete, dass Stefan nicht erreichbar war, sprach Tschechisch oder Slowakisch, vielleicht auch Slowenisch. Er versuchte es noch einmal, ein paar Stunden später, und dann noch einmal, einen Tag später, aber Stefans Telefon beharrte auf seiner osteuropäischen Antwort, und Samson spürte eine gewisse Erleichterung. Wahrscheinlich macht er Urlaub an der kroatischen Adria. Schön für Stefan. Nur dass Samson immer noch nicht wusste, was er stattdessen tun sollte, aber dann war ihm der bombende Kinderarzt in den Sinn gekommen. Vermutlich weil er al-Balawi in seinem Kopf irgendwo in einer Schublade mit dem Etikett »Infiltration« abgelegt hatte.

Infiltration. Das hatte er tatsächlich gesagt. Er dachte an Sumaya.

Dann würde es eben ohne Stefan gehen, hatte er beschlossen. Dafür dann umso direkter. Vielleicht war das ohnehin besser. Er musste nur hoch genug einsteigen. Wie hatte Sinn zu ihm gesagt, als er den Salon verlassen hatte? *Kommen Sie wieder, wenn Sie mögen. Sie wissen alles, was wichtig ist, Sie müssen nur noch die richtigen Schlüsse ziehen!*

Samson wandte sich wieder seinem Rechner zu. Einen Tag war es jetzt her, dass er Sinn geködert hatte.

Und eine Stunde, seit der Staatssekretär angebissen hatte.

Ein blaues Blinken und ein elektronisches Glucksen waren die Vorboten gewesen: eine frisch eingetroffene Chatnachricht per Skype. Sinn hatte den Umschlag offensichtlich geöffnet und die Instruktionen verstanden.

»Wer sind Sie?«, ploppte seine Nachricht auf dem Monitor auf.

»Später.«

»Was wollen Sie?«

»Später.«

»Was haben Sie mir da geschickt?«

»Das sind 47 Tarn- und dazugehörige Klarnamen von deutschen Muslimen, die nach der Ermordung von Lutfi Latif ihre Zustimmung zu diesem terroristischen Akt in Internetforen zum Ausdruck gebracht haben.«

»Warum haben Sie mir das geschickt?«

»Weil ich davon ausgehe, dass Sie etwas damit anfangen können. Schauen Sie genau hin. Dann werden Sie sehen, dass auch ein paar Funktionäre von Islamverbänden dabei sind.«

»Wo haben Sie die Namen her?«

»Tut nichts zur Sache. Aber sie stimmen alle.«

»Wer sind Sie?«

»Wir hatten schon einmal das Vergnügen. Ich war bei Ihnen zu Gast.«

»Geben Sie mir einen Hinweis.«

»Wir sprachen über Enzo Graether. Es gab Barolo und Whiskey.«

Eine kleine Pause nur.

»Was wollen Sie?«

»Ich denke, dasselbe wie Sie.«

»Und was will ich?«

»Selbstverteidigung. Die Dinge ein wenig in Bewegung bringen.«

»Wieso sollte ich Ihnen glauben?«

»Weil ich eine Menge Ideen für das Kommando habe.«

»Welches Kommando?«

»Das Kommando Karl Martell.«

»Ich weiß nicht, wovon Sie reden.«

»Sie wissen genau, wovon ich rede.«

Eine weitere Pause für Sinn. Ein weiterer Schluck Whiskey für Samson. *Ich brauchte euch nur zu sagen, was ihr hören wolltet, und ihr habt mir geglaubt!*

Dann blinkte und gluckste es wieder: »Wir sollten uns treffen.«

»Ja.«

»Kommen Sie übermorgen in mein Büro, irgendwann am Vormittag.«

»Glauben Sie, ich bin bescheuert?«

»Nein. Ich wollte nur sichergehen.«

»Klingt schon besser.«

»Wie wäre es übermorgen Abend?«

»Wir treffen uns heute früh um sechs Uhr dreißig in der Senator-Lounge am Flughafen Schönefeld.«

»Sie sind wirklich kein Idiot.«

»Ich nehme an, das ist ein Ja?«

»Ja.«

»Auf Wiedersehen.«

Mit einem weiteren digitalen Glucksen bestätigte das Programm, dass Sinn sich ausgeloggt hatte.

Samson schaute auf seine Uhr.

Noch drei Stunden.

Noch zwei Stunden.

Noch eine Stunde.

Umziehen.

Abfahrt.

Es war schon hell, als er an der Frankfurter Allee in die S-Bahn stieg. Als er am ausgemachten Treffpunkt eintraf, stellte er befriedigt fest, dass er einen guten Vorschlag gemacht hatte. Sinn fiel in der Lufthansa-Lounge so wenig auf wie ein Fisch in einem Aquarium. Wenn Sinn nervös war, dann zeigte es sich höchstens daran, dass er an der Snack- und Drinkbar offenbar eine Bloody Mary bestellt hatte, die sich, wie Samson mit Anerkennung registrierte, von einem unschuldigen Tomatensaft nur durch zwei kaum zu erkennende, rot bekleckerte Eiswürfel in seinem Glas unterschied. Der Staatssekretär saß hinter einer FAZ versteckt in einem schweren Ledersessel neben dem Panoramafenster, durch das er eine abhebende Qatar-Airways-Maschine hätte sehen können, wenn er seinen Kopf nach links gewandt hätte. Neben seiner Bloody Mary standen zwei halbe Lachsbrötchen.

Samson setzte sich in den Sessel Sinn gegenüber und räusperte sich.

Sinn ließ die Zeitung sinken. Er trug einen dezenten Nadelstreifenanzug und war frisch rasiert. In dem straffen, knochigen Gesicht unter dem Cäsaren-Haarkranz bildeten die blauen Augen das eindeutige Zentrum. Sie tasteten Samson aufmerksam ab. »Ach, das ist ja eine Überraschung! Guten Morgen! Wie geht es Ihnen?«

Er spielt mit, dachte Samson, den das ungewohnte Anzughemd am Hals kratzte, und erwiderte den Gruß, während er seinen Sessel beiläufig näher an den Tisch zwischen ihnen schob. Sinn tat dasselbe. Zwei Geschäftsleute treffen sich eine Stunde vor dem Abflug nach Washington in der Senator-Lounge und tauschen sich aus: Niemand starrte sie an. Niemand würde ihrem Gespräch lauschen können.

»Woher wissen Sie von dem Kommando?«, eröffnete Sinn das Gespräch.

»Wieso sollte ich Ihnen das sagen?«

»Wieso nicht, wenn Sie mitmachen wollen?«

»Ich kenne eine Menge Leute, das sollten Sie wissen. Sie sollten ein bisschen vorsichtiger sein. Betrachten Sie diese Information als meine Morgengabe.«

Sinn ließ sich durch die Bemerkung nicht aus der Ruhe bringen. »Glauben Sie, ich kenne das Geschäft nicht?«

»Keine Sorge, ich gehe davon aus, dass Ihre innersten Geheimnisse nach wie vor sicher sind.«

»Hören Sie, bevor wir weitermachen: Ich verstehe hier etwas nicht. Warum wenden Sie sich an mich? Was wollen Sie? Wenn Sie Probleme mit Mahomets Erben haben, können Sie das doch auf tausend erdenkliche Möglichkeiten ausleben. Was habe ich damit zu tun? Oder dieses Kommando, von dem Sie immer reden?«

»Weil ich meine Zeit nicht verschwenden will.«

»Wieso sollte ich Ihnen trauen?«

Samson versicherte sich mit einem schnellen Rundblick, dass niemand zu ihnen herübersah. Schnell krempelte er seinen rechten Hemdsärmel bis zum Ellenbogen nach oben und zeigte Sinn seinen mit tiefen Schnittwunden und dunkelblauen Flecken übersäten Unterarm, den er zwei Tage zuvor mit einem Stück Stacheldraht, einem abgebrochenen Flaschenhals und einem Hammer selbst malträtiert hatte.

»Ich war bei dem Anschlag dabei. Ich habe überlebt, aber ich könnte genauso gut tot sein, so wie der Mann neben mir.«

»Und jetzt haben Sie die Seiten gewechselt?«

»Wie meinen Sie das?«

»Als Sie bei uns waren, hatte ich nicht das Gefühl, dass Sie in demselben Maße wie wir von einer Bedrohung unserer Zivilisation ausgehen.«

»Glauben Sie, es macht mir Spaß, mir jedes Mal mühsam Gegenargumente auszudenken?«

»Wieso haben Sie es dann getan? Wir waren doch unter uns.«

»Ich will ja gar nicht verhehlen, dass ich bislang meistens dem Reflex gefolgt bin, eine scheinbar missverstandene und bedrängte

Gruppe in Schutz zu nehmen. Leider kann davon keine Rede mehr sein. Denn *die* bedrängen *uns* mittlerweile viel mehr, als es andersherum *je* der Fall war, und ich fürchte, dass hat mit einer gewissen falsch verstandenen Toleranz zu tun und eventuell mit einem Mangel an Selbstbewusstsein.«

»Und das haben Sie jetzt erst gemerkt?«

»Nein. Ich habe schon länger geahnt, was mir jetzt klar ist: dass ich in einer Ideologie gefangen war. Aber ich gebe gerne zu, dass der Anschlag beschleunigt hat, was ohnehin in mir gegärt hat. Und jetzt, wenn wir schon so intim werden, fühle ich mich nachgerade

befreit. Lassen Sie es mich so sagen: Ich fühle mich an nichts mehr gebunden außer an das, was offensichtlich ist.«

»Und das wäre?«

»Dass es unendlich viel einfacher ist, einen Anschlag mit dem Koran zu rechtfertigen als zu verurteilen. Und dass, wenn man genau hinsieht, die meisten Muslime das sehr genau wissen und damit kein Problem haben.«

»Haben Sie darum die Liste angefertigt, die Sie mir zugeschickt haben?«

»Würden Sie nicht wissen wollen, wer es alles gut gefunden hätte, wenn Sie in Stücke gerissen worden wären?«

»Doch, in der Tat.«

»Gut, dann lassen Sie uns zur Sache kommen. Ich hab keine Lust und keine Zeit, mich mit Salongequatsche zu beschäftigen. Dafür weiß ich zu viel.«

»Was wollen Sie damit andeuten?«

»Korrigieren Sie mich, wenn ich falschliege. Aber wenn ich das richtig einschätze, dann verfolgt das Kommando eine gezielte Strategie: provozieren, um über die Reaktionen die Fronten zu schärfen. Die Dinge in Bewegung bringen eben. Das ist in dieser Phase das absolut Richtige. Die Frage ist nur: Welche Provokationen sind so gut, so effektiv und so wirksam, dass man wirklich etwas bewirkt?«

»Und dafür haben Sie Ideen?«

»O ja.«

»Wieso?«

»Weil ich die andere Seite *kenne*. Viel besser als Sie, seien Sie versichert. Sie wollen, dass Mahomets Jünger durchdrehen? Sich als das zu erkennen geben, was so viele von ihnen sind? Ja, dann habe ich in der Tat Ideen.«

»Ihnen ist klar, dass wir keine illegitimen Dinge tun.«

»Ich finde es interessant, dass Sie illegitim gesagt haben, und nicht etwa illegal.«

»Ich finde es interessant, dass Ihnen das aufgefallen ist.«

»Dann können wir ja jetzt zur Sache kommen.«

»So schnell geht das nicht. Ich kenne Sie kaum. Ich glaube Ihnen vielleicht, aber ich wäre dumm, wenn ich deswegen alle Sicherheitsvorkehrungen außer Acht lasse.«

»Ich glaube, Sie haben noch nicht ganz verstanden.«

»Was meinen Sie?«

»Sie sind sich nicht sicher, ob Sie mich in das Kommando aufnehmen wollen?«

»*Selbstverständlich* bin ich mir nicht sicher.«

»Und was, wenn ich schon Mitglied bin?«

»Was soll diese Scheiße? Glauben Sie, das wüsste ich nicht?«

»Keine Scheiße. Sie haben offenbar noch nicht verstanden, wie so etwas heutzutage läuft.«

Samson öffnete seine Laptoptasche, holte das Gerät heraus und klappte es auf. Auf dem Bildschirm, den er Sinn zeigte, waren neben- und untereinander sechs verkleinerte Browserfenster geöffnet.

»Was ist das?«

»Das sind die sechs Internetforen, die al-Qaida & Co. derzeit benutzen, um ihre Propaganda zu veröffentlichen.«

»Davon habe ich gehört. Was hat das mit uns zu tun?«

Samson drückte einen Knopf. Auf allen sechs Seiten verschwanden die blinkenden arabischsprachigen Werbebanner für aktuelle Terrorvideos, die mit den Konterfeis von Aiman al-Sawahiri, Abu Jahja al-Libi, entführten US-Soldaten oder explodierenden Sprengsätzen an afghanischen Straßenrändern bebildert waren. An ihre Stelle trat auf jeder der Webseiten eine Galerie der dänischen Mohammed-Karikaturen sowie ein alarmrotes Schriftband: »HACKED AND NOW OWNED BY COMMANDO KARL MARTELL«.

Sinn schluckte. »Haben Sie gerade …?«

Samson gab Sinn den Laptop und stand auf. »Ich gehe mir kurz etwas zu trinken holen, in Ordnung?«

Sinn schnappte nach Luft. Samson ging langsam zur Bar, bestellte sich einen Orangensaft, hielt auf dem Rückweg kurz an einem Zeitschriftenständer mit Gratiszeitungen an und entnahm ihm einen *Tagesspiegel*. »Noch immer keine heiße Spur zu Lutfi Latifs Mördern«, titelte das Blatt.

Dann ging er zurück und setzte sich wieder in seinen Sessel.

Sinn gab ihm seinen Laptop zurück. »Jetzt sagen Sie schon: Haben Sie gerade etwa …«

»*Nein.*«

»Aber Sie könnten …?«

»Wenn es so weit ist, ja.«

Der Staatssekretär nahm einen Schluck von seiner Bloody Mary. »Das ist … das ist heftig.«

»Keine Missverständnisse: Mir ist klar, dass es das Kommando derzeit öffentlich noch nicht geben darf. Aber wenn ich Ihr Unterfangen richtig einschätze, könnten Sie das für später durchaus als Option betrachten – so wie andere, sagen wir, *direktere Aktionen* auch.«

Sinns Adamsapfel beruhigte sich wieder. »In der Tat.«

»Und ich denke, dann wäre eine Aktion dieser Art eventuell attraktiv. Das Kommando wäre auf einen Schlag weltberühmt. Eine Menge Leute würde über Sie reden. Sie bekämen nicht nur ein paar ernst zu nehmende Gegner, die sich vielleicht zu heftigen Reaktionen hinreißen ließen, sondern ziemlich sicher auch Zulauf.«

»Ja, das könnte interessant sein«, sagte Sinn.

»Na also.«

»Hören Sie, wir sind nicht so viele, wie Sie vielleicht denken.«

»Natürlich nicht.«

»Ernsthaft.«

»Schon klar. Wie viele? Zehn, zwölf?«

»Weniger.«

Samson nahm einen Schluck Orangensaft. »Ich wäre gerne einer davon.«

»Selbst wenn ich wollte, ich kann Sie nicht einfach in den innersten Zirkel aufnehmen, nur weil Sie ein paar Tasten drücken könnten!«

Samson packte seinen Laptop wieder in die Tasche. »So, war nett, ich muss jetzt zum Gate, fürchte ich!«, sagte er laut und machte Anstalten, sich zu erheben.

»Warten Sie!«, zischte Sinn. »Setzen Sie sich wieder, verdammt!«

»Ich höre.«

»Wie wollen Sie heißen? Wir bevorzugen kurze Namen.«

»Pippin.«

»Sehr lustig. Gut. Ich bin *Widukind*. Man wird sich bei Ihnen melden. Ich nehme an, Sie haben an eine frische Nummer gedacht.«

»Klar. O. k., ich muss dann jetzt zum Gate.«

»Sie können jetzt aufhören mit dieser Scharade.«

»Halten Sie mich für bescheuert?« Samson zog einen Boarding Pass für einen Flug nach Brüssel aus der Tasche.

»Nein, ich wollte nur sichergehen«, antwortete Sinn und lächelte.

Er war drin. Er wusste es, als er die Einladung nach Potsdam bekam. Er hatte Sinn beim Verabschieden in der Senator-Lounge einen Zettel mit einer Handynummer zugesteckt, die dazugehörige Telefonkarte hatte er am Vorabend gekauft. Als er nach dem Rückflug aus Brüssel wieder in Schönefeld landete, stellte er das Handy an und fand eine SMS mit einer Wegbeschreibung und dem Zeitpunkt für ein Treffen noch am selben Abend. Wenn er ein Taxi nahm, würde er vielleicht noch rechtzeitig ankommen.

***

Wütend warf Ansgar Dengelow den *Tagesspiegel* auf seinen Schreibtisch und stapfte zur Kaffeemaschine, um sich einen Espresso zu machen. Dengelow wusste, dass Journalisten ungeduldig waren, weswegen er einige von ihnen immer dann, wenn es möglich war, ja auch mit Andeutungen und ungefährlichen Details fütterte, um sie sich vom Leibe zu halten. Aber dieses Mal hatte er gehofft, dass es ein bisschen länger dauern würde, bis die Presse anfangen würde, den armseligen Ermittlungsstand zu thematisieren. »Noch immer keine heiße Spur zu Lutfi Latifs Mördern«, lautete die Schlagzeile. Das stimmte. Und wie das stimmte.

Es war 6 Uhr 30 am Morgen, die Zeit, zu der zu kommen er sich mittlerweile angewöhnt hatte. Präsenz zeigen im Amt. Das war wichtig. Die Moral aufrechterhalten! Dass er sich mit dieser Begründung aus dem Haus schleichen konnte, während Leo und Agnes noch schliefen, war ihm nur recht.

Dengelow checkte in seinem Rechner, ob die Mitarbeiter der BAO Zypresse über Nacht vielleicht Fortschritte gemacht hatten. Aber an dem deprimierenden Ermittlungsstand hatte sich praktisch nichts geändert. Die Experten hatten die Bombe nun halbwegs rekonstruiert. Sie war tatsächlich mithilfe eines Mobiltelefons gezündet

worden, im Sprengsatz selbst waren Teile eines etwa ein Jahr alten Nokia-Handys verbaut worden. Aber das war eines der weltweit gängigsten Modelle überhaupt, also ergab sich daraus kein verwertbarer Ansatz, zumal es keine Seriennummer oder Ähnliches gab.

Die Zündvorrichtung hatte sich als Eigenbau herausgestellt, ebenso wie der Sprengstoff »mit an Sicherheit grenzender Wahrscheinlichkeit unter den Bedingungen eines Privatlabors« gekocht worden war. Dengelow hatte einige Beamte die sichergestellten Rückstände mit Proben der Sprengstoffe vergleichen lassen, die von den privaten Sprengstoffbastlern hergestellt worden waren, bei deren Enttarnung Munir geholfen hatte. Aber es gab bisher keinen Treffer, drei Tests standen noch aus. Sicher war nur, dass der Sprengstoff selbst, so die Chemiker, vermutlich maximal eine Woche vor der Tat hergestellt worden war. Das machte die Suche nach dem Labor aber leider nicht einfacher.

Auch Überwachungskameras, die den Täter aufgezeichnet haben könnten, lieferten nichts Verwertbares. Der Eingang der Siegfried-Passage wurde überraschenderweise von keiner einzigen Kamera erfasst. Und aus dem Meer der Flaneure, die an jenem Morgen Unter den Linden auf und ab gegangen waren und unter denen der Täter eventuell gewesen war, hatte niemand das Misstrauen der Auswerter auf sich gezogen, als sie sich die Bänder aus den entsprechenden Kameras angeschaut hatten. Dengelow gehörte durchaus zu jenen, die einen intuitiven Widerwillen gegen flächendeckende Überwachung unschuldiger Bürger hegten; aber in London zum Beispiel gäbe es mit hundertprozentiger Sicherheit längst Bilder des Attentäters.

Blieb das Bekennervideo. Es sah ganz danach aus, als sei es in einem Keller aufgenommen worden – aber es gab bedauerlicherweise keine hervorstechenden Merkmale, anhand derer man den Keller oder das Gebäude identifizieren könnte. Wo gab es keine Holzregale und das Ende eines Heizungsrohres zu sehen? Die Linguisten waren derweil zu dem vorläufigen Ergebnis gekommen, dass der Sprecher »mit großer Wahrscheinlichkeit arabischer Muttersprachler« ist. Das konnte man wohl kaum als Durchbruch bezeichnen. Nun lag das Video, zur nochmaligen Auswertung, bei einem externen Gutachter. Dengelow wusste, dass diese Experten manchmal recht brauchbare Ergebnisse liefern konnten, weshalb er darauf gedrungen hatte, einen einzuschalten. Er erinnerte sich, wie ein Linguist einmal herausgehört hatte, dass ein Deutsch-Türke, der in einem Terrorvideo aus Waziristan nur ein paar Sätze auf Deutsch gestammelt hatte, vermutlich in Südniedersachsen aufgewachsen war. Das hatte ihnen damals ein entscheidendes Puzzlestück geliefert. Aber diese Fachleute brauchten Zeit. Sie saßen an irgendwelchen verschlafenen Universitäten, berechneten 8000 Euro für ein Gutachten und spürten keinen heißen Atem in ihrem Nacken. Anders als Ansgar Dengelow.

Als er seinen Kaffee ausgetrunken hatte, rief Dengelow reihum alle Ermittler an, die mit laufenden Tests befasst waren, um mögliche Fortschritte frühzeitig in Erfahrung zu bringen. Es gab keine.

Zur Sicherheit fragte er auch noch nach, ob sich eventuell ein besorgtes Familienmitglied an die Telefonhotline des Amtes gewandt hatte, weil Ahmed oder Mohammed seit ein paar Tagen nicht mehr aufgetaucht waren. Das war nicht der Fall.

Noch eine Stunde bis zum Treffen mit dem Präsidenten.

Plötzlich bemerkte Dengelow, dass er das Handy in der Hand hielt, über das er mit Munir kommunizierte. Schon in der vergangenen Nacht hatte er mit dem Gedanken gespielt, seinen V-Mann zu kontaktieren. Vielleicht hatte der mittlerweile etwas in Erfahrung gebracht? Schließlich war er ein Spitzen-Zuträger. Aber Dengelow hatte der Versuchung widerstanden. Es wäre ein Bruch der ungeschriebenen Regeln gewesen. V-Männer melden sich von sich aus, außer man hat einen neuen Auftrag für sie. Setzte man sie unter Druck, lieferten sie im besten Fall Geraune und im schlimmsten Fall unüberprüfbaren Blödsinn, um ihre Zuwendungen nicht zu gefährden.

Er wollte das Handy gerade wieder in seiner Jacketttasche verschwinden lassen, als er spürte, wie es vibrierte: eine SMS von Munir. Dengelow öffnete sie, so schnell er konnte.

»Ich höre, es soll ein Konvertit gewesen sein.«

Dengelow zwang sich, ruhig zu bleiben. »Aber der Mann auf dem Video ist Araber«, schrieb er zurück.

Nach zwei Minuten antwortete Munir. »Ja.«

Also waren es mindestens zwei Täter gewesen. Wenn Munir

recht hatte. Und einer von ihnen ein Konvertit? Ja, das würde passen. Dieses Muster hatte es schon mehrfach gegeben, zum Beispiel, wie er sich zu erinnern meinte, in Großbritannien: Ein in der Wolle gefärbter Dschihadist, gerne mit Kampferfahrung im Irak oder Afghanistan, züchtet sich einen oder mehrere einfach zu beeinflussende Konvertiten heran, die er Schritt für Schritt zu Attentätern ausbildet. Er selbst bleibt der Mann im Hintergrund und verwirklicht sich so seinen Traum von der eigenen kleinen Terrorzelle.

»Dranbleiben, unbedingt!«, schrieb Dengelow zurück. Dann raffte er ein paar Unterlagen für das Treffen mit dem Präsidenten zusammen.

***

Samson schaffte es rechtzeitig zu dem Treffen in Potsdam. Zu diesem und ebenso zu allen weiteren Treffen, zu denen er in der Folge gebeten wurde. Niemand stellte ihn förmlich vor, als er das erste Mal dazustieß. Es schien allen zu genügen, dass er den Treffpunkt kannte. Ein kurzer Händedruck, ein verschwörerisches Lächeln im Vorbeigehen, das war alles. Aber auf diese Art lernte er bald immerhin die Tarnnamen der Mitglieder des Kommandos kennen. »Hallo, ich bin *Chevalier*!« – »Ich bin *Pippin*, freut mich.« Nach wenigen Tagen erschien ihm sein eigener Deckname schon ebenso vertraut wie jene Identitäten, die er teilweise seit Jahren in dschihadistischen Internetforen verwendete. Nein, er erschien ihm sogar noch vertrauter, wenn er ehrlich war. Weil er ihn nicht bloß auf einem Bildschirm las, sondern stattdessen hörte, wie er ausgesprochen wurde. Von echten, lebenden Menschen aus Fleisch und Blut.

Das Kommando Karl Martell fand fast an jedem Abend zusammen, wie er schnell feststellte. Und fast immer waren sie dabei zu neunt, ihn selbst eingeschlossen. Nichts deutete darauf hin, dass der Kreis der Verschwörer größer war. Aber es gab zusätzlich unregelmäßige Zusammenkünfte in kleineren Gruppen an denkbar unterschiedlichen Orten, je nachdem, wer einen speziellen Auftrag angenommen hatte, der nun vorbereitet und umgesetzt werden musste.

Samson hatte gleich zu Beginn signalisiert, dass er viel Zeit hatte und dass niemand ihn zu irgendeiner Tageszeit vermissen würde. Das Kommando machte von seiner Verfügbarkeit dankbar Gebrauch, und die einzelnen Mitglieder hatten keine Scheu, ihn für ihre Aktionen einzuspannen. So kam es vor, dass er sich an einem Morgen in einem IKEA-Restaurant in Spandau zu einer Besprechung mit *Peacemaker* und *Q* einfand, bevor sie einander wenige Stunden später in der großen Runde wiedersahen. Am Tag darauf weihte ihn mittags *Chevalier* in der Zentrale in ein neues Vorhaben ein, am Abend gab es dann wieder eine Zusammenkunft in voller Stärke. Am Tag darauf traf er sich mittags mit *Ricardo* und *Q* in einem Einkaufszentrum in Köpenick, wo ein sympathisierender Fleischer einen Laden hatte, der wusste oder vielleicht auch nicht wusste, mit wem er weswegen befreundet war, und am Abend: alle zusammen erneut in der Zentrale. Nur nachts, wenn auch die letzte Aktion gelaufen war, war Samson allein. Doch dann ließen die Bilder ihn keinen Schlaf finden, sodass er meist erst im Morgengrauen, nass geschwitzt und erschöpft, in eine Art Dämmerzustand fand.

Und was für Bilder waren das, die ihn nicht schlafen ließen? *Renatus* zum Beispiel, wie er, hysterisch lachend, die riesige mit Schweineblut gefüllte Wasserpistole über dem Eingangsportal der Moschee am Columbiadamm entleerte, während Samson Schmiere stand. Oder *Matthäus* und *Peacemaker*, nach allem, was Samson ausmachen konnte, ein Ehepaar, die der klandestinen Atmosphäre im Kommando Karl Martell und den nächtlichen Aktionen offenbar eine erotische Seite abgewannen und einander ständig abknutschten, und die den anderen Mitgliedern abends in der Zentrale ein

Video vorspielten, das sie dabei zeigte, wie sie mit vermummten Gesichtern in ihrer Laube in Treptow einen Stapel Korane verbrannten und die Runde nun um Vorschläge baten, über welche Webseiten sich das Material am besten und effektivsten verbreiten ließe?

Oder *Missy*, die meistens beschwörend in ein Telefon sprach und seiner Vermutung sowie den aufgeschnappten Konversationsfetzen zufolge damit befasst war, die Entstehung neuer und die Expansion existierender Salons zu koordinieren – *Missy*, das einzige Mitglied neben Sinn, dessen Klarnamen er kannte: Gisela Munkelmann, elegante Anwältin mit Doppelleben und Zwillingsschwester von Cord Munkelmann, Sumayas Kollegen. Sie hatte ihm bei der ersten Begegnung in der Zentrale ebenfalls nur kurz zugenickt und nicht erkennen lassen, dass ihre Wege sich schon zweimal gekreuzt hatten.

Und dann war da natürlich noch *Widukind*, der sich niemals selbst die Hände schmutzig zu machen schien, aber immer die richtigen Worte fand, um die anderen anzustacheln, mit der Aura eines zu hoch gewachsenen Napoleons, der Mann mit dem Überblick, der Mann, der die Vorgaben machte, hier ein Schulterklopfen, dort ein aufmunternder Blick, der Mann, der die Urteile fällte: *Das war eine gute Aktion. Aber so was hier, das machen wir nicht noch einmal.* Der Mann, über dem in der Hierarchie nur noch eine andere Person zu stehen schien, über die zwar nicht offen geredet wurde, deren ehrfurchtsvoll geraunten Codenamen aber bald auch Samson aufschnappte: *Aurelius*. Aber niemand außer *Widukind* schien *Aurelius* je zu Gesicht zu bekommen, niemand berichtete von einer Begegnung mit ihm, er ließ sich nie blicken, obschon sie sich in seinem Haus trafen. Oder wohl eher in einem seiner Häuser, wie Samson vermutete.

Die Zentrale befand sich in einem abgeschiedenen, stillgelegten Schulhaus am Stadtrand von Potsdam, idyllisch an einem See gelegen, die Fassade ganz mit rotem Klinker überzogen. Von außen hatte es den Anschein, als sei das Gebäude dem allmählichen Verfall preisgegeben: Ein verwittertes Schild warnte vor einem bissigen Hund, den es nicht gab; an der schweren Haustür hatten sich die lokalen Graffiti-Sprayer verewigt; die Pforte am Ende des schmalen Weges, der zu der Tür führte, hing schief in den Angeln und quietschte. Eine dünne Schicht Moos überzog die Steinstufen, und zähes Unkraut sprengte mit seinen Wurzeln in Zeitlupe das Kopfsteinpflaster auf der Einfahrt.

Im Inneren jedoch war das Gebäude nach dem neuesten und edelsten Standard ausgebaut. Im Erdgeschoss fand sich eine weiträumige Küche, komplett in gebürstetem Edelstahl gehalten. Im Bad lagen in Seidenpapier eingewickelte französische Seifen bereit, die nach Gebrauch über Nacht von unsichtbaren Händen gegen neue ausgetauscht wurden. Dazu echte Handtücher, die nach Verwendung in einem geflochtenen Weidenkorb landeten, welcher am nächsten Tag ebenfalls jungfräulich der Aufnahme neuer Tücher harrte.

Im ersten Stock waren alle Wände herausgerissen worden, um einem riesigen Versammlungs- und Konferenzraum Platz zu geben, der mit jeder erdenklichen Technik ausgestattet war, Beamer und Leinwand, Kopierer, mehrere Rechner und WLAN inklusive, und in dessen Ecken drei kleinere und eine größere Sitzecke Platz gefunden hatten, die mit massiven Ohrensesseln bestückt waren.

Im zweiten Stock schließlich, direkt unter dem Dach, lagen drei Schlafzimmer, in denen, wer zu Hause keine Legende aufrechtzuerhalten hatte, nach einer Aktion übernachten konnte. Auch Samson machte davon bald sporadisch Gebrauch, weswegen er, nur zur Sicherheit, niemals sein Notizbuch nach Potsdam mitnahm, in dem er leidlich codiert notierte, was er in Erfahrung brachte.

Nur dass das nicht allzu viel war.

Jedenfalls wenn es darum ging, und darum ging es ja, den Mord an Lutfi Latif aufzuklären. War das hier wirklich der Nukleus einer militanten Organisation, die schon einen Massenmord auf dem Gewissen hatte? War der dicke *Chevalier*, der, wie er Samson bei einem Treffen leutselig erzählt hatte, einen Laden für Military-Bekleidung im Wedding führte, ein Terrorist? Plante *Renatus*, der auf einer Privatdozentenstelle gescheiterte Politologe, im Kopf schon das nächste Massaker? Konnte *Missy*, die an einem der lauen Sommerabende, die Samson in Potsdam verbrachte, in einem überraschenden Anflug von guter Laune und Mütterlichkeit für alle Anwesenden in der Edelküche im Erdgeschoss Pasta Arrabiata kochte, auch Sprengstoff kochen?

Er wusste es nicht. Noch nicht. Aber es gab zumindest keinen

Grund, daran zu zweifeln, dass das Kommando Karl Martell eine veritable Versammlung von Verschwörern war, die jeder für sich und alle gemeinsam der Überzeugung waren, Teil eines Heiligen Krieges zu sein. Die wie befreit wirkten, weil sie endlich, *endlich* die Schwelle vom passiven Opfer zum im Verborgenen wirkenden Widerstandskämpfer überschritten hatten. »*Verdammt*, das tut so gut!«, hatte *Renatus* ihm nach der Aktion am Columbiadamm glücklich strahlend gesagt. »Ich hab es einfach nicht mehr ausgehalten, genau zu wissen, was eigentlich zu tun ist, aber mich immer hinter irgendwelchen Ausreden zu verstecken. Verstehst du?«

Pippin verstand und strahlte zurück.

Und Samson verstand auch. Denn *Renatus* trug denselben Ausdruck im Gesicht wie Humam al-Balawi: die entrückte Glückseligkeit dessen, der zur Tat schreitet. Aber al-Balawis Ziel war es gewesen, zu töten. Galt das für *Renatus* und *Chevalier*, *Missy* und *Widukind*, *Matthäus*, *Peacemaker*, *Q* und den stillen *Ricardo* auch?

Bei allen Aktionen des Kommandos, von denen er bislang wusste oder bei denen er sogar mitgemacht hatte, war niemand verletzt oder getötet worden. In seiner Anwesenheit, nunmehr immerhin schon zwei Wochen, war zudem weder der Tod von Lutfi Latif thematisiert worden, noch die Gewaltfrage grundsätzlich diskutiert worden. Nüchtern betrachtet hatte er es bis jetzt mit einer Gruppe Radikaler zu tun, die Gewalt gegen Sachen ausübten. War das am Ende schon alles? Oder war es nur für den Moment alles, und er beobachtete eine Terrorgruppe in ihrer Frühphase? Oder bekam er nur noch nicht alles mit?

Je länger er dabei war, desto mehr vermutete er Letzteres. Immer deutlicher glaubte er eine Art unsichtbare Grenze innerhalb des Kommandos wahrzunehmen. Da waren auf der einen Seite die rastlosen Aktivisten, die nahezu jede zweite Nacht irgendeine Aktion durchführten. Denen es immer um die einzelne, nächste Tat ging, sei sie noch so klein, noch so symbolisch. Es fehlten neue Aufkleber? Sofort meldet *Matthäus* sich freiwillig! Eine junge Lehrerin aus Hamburg, Salonmitglied der ersten Stunde, die von den Ahmets und Alis und Hasnains in ihrer Klasse die Schnauze voll hat, weil Ahmet ihr Prügel angedroht hatte, hat einen zwar anonymen, dafür aber äußerst eloquenten Brandbrief über das Einknicken der Kollegien vor der offensichtlich islamisch legitimierten Deutschenfeindlichkeit verfasst – und dieser Brief muss jetzt abgetippt, kopiert und weiterverbreitet werden? *Q* ist schon dabei! Jemand muss neues Schweineblut in Köpenick abholen? *Peacemaker* sattelt schon den Pick-up-Truck!

Widukind mochte per Kopfnicken sein Einverständnis zu diesen Aktionen signalisieren. Aber Samson, der ihn dabei beobachtete, meinte noch etwas anderes im Blick des Staatssekretärs registrieren zu können: den leicht verwunderten, etwas abschätzigen Blick, den der Feldherr auf seine Infanteristen wirft. Der Blick des Generals, der weiß, dass eine Schlacht ja doch nicht der Krieg ist, und dass der Krieg immer noch auf dem Reißbrett entschieden wird. Und *Missy*? Sie war fast immer an *Widukinds* Seite zu finden, steckte ihm Zettel zu, zeigte ihm ihr Handydisplay, flüsterte ihm etwas ins Ohr. Und Samson glaubte nicht, dass es dabei um frisches Schweineblut ging.

Nein, irgendwo musste es da noch mehr geben, eine Puppe in der Puppe, einen innersten Zirkel innerhalb des inneren Zirkels, eine weitere Abzweigung in diesem Kaninchenbau, in den er sich gezwängt hatte. Wieso sonst ging es in den großen Runden am Abend nie um Geld, um Strategie, um ein Programm – oder um Sprengstoff? Und wie sonst war es zu erklären, dass *Widukind* am Ende der zweiten Woche nach *Pippins* Dazustoßen freudestrahlend im großen Konferenzraum verkündete, dass der Imam, der als Leiter der im Bau befindlichen Moschee in Wilmersdorf auserkoren worden war und mit dem sich erst vergangene Woche der Bundesinnenminister getroffen hatte, am morgigen Tag *leider* Besuch von der Polizei bekommen würde, weil sich in seiner Wohnung bedauerlicherweise *Unmengen* von kinderpornografischem Material finden würden? Und dass *Widukind*, nachdem er am folgenden Tag jeden der Anwesenden mit einem Glas Wein versorgt hatte, um die vorhergesagte Festnahme des Imams zu feiern, einen Toast auf *das Kommando und seine special forces* ausbrachte?

Widukind war ihm nicht sympathisch. Trotzdem suchte Samson seine Nähe. Schließlich war *Widukind* vermutlich der einzige Zugang zu *Aurelius*, den mysteriösen *special forces* und vielleicht auch zu den Mördern von Lutfi Latif. Aber wenn er ehrlich war, bereitete es ihm auch ein gewisses Vergnügen, mit *Widukind* zu reden – noch so eine beunruhigende Sache, die ihn nachts nicht schlafen ließ, weil er sich fragte, wie er jemals Sumaya würde erklären können, dass *Widukind* kein Idiot war, sondern ein Intellektueller, der aus dem Kopf Winston Churchill zitieren konnte, wenn vielleicht auch nur aus dessen berüchtigter Abrechnung mit dem Islam: »Es gibt keine rückschrittlichere Kraft in der Welt, und wäre die Christenheit nicht geborgen im starken Arm der Wissenschaften, gegen die der Islam so erfolglos ankämpft, dann würde die moderne europäische Zivili-

sation genauso zugrunde gehen wie einst die Zivilisation des alten Roms.« – »Ja«, ergänzte Widukind dann zumeist nachdenklich, »Churchill war ein unbestechlicher Beobachter. Aber dass wir uns einfach selbst aufgeben würden, hat auch er nicht vorhergesehen.«

Doch mit Urteilen anderer allein gab *Widukind* sich nicht zufrieden. Er ging den Dingen gerne selbst auf den Grund. Samson bemerkte rasch, dass *Widukind* Fachbücher aller Art zum Thema Islam regelrecht verschlang. Seine Argumente waren daher nie vulgär. Mochten *Peacemaker* und *Matthäus*, das ständig knutschende Ehepaar, über die »Migrationsindustrie« herziehen und Mohammed einen »pädophilen Räuberhauptmann« nennen. Oder Gruselgeschichten verbreiten darüber, wie muslimische Migranten in Europa Seuchen wie Ehec per »Fäkal-Dschihad« verbreiteten, indem sie bei der Feldarbeit mit Absicht auf die Früchte schissen oder ihre Exkremente in Backwaren mischten und verkauften. Oder darüber, dass angeblich jede zehnte muslimische Familie Konservengläser mit missgebildeten Föten in ihren Schränken stehen habe, weil wegen der verbreiteten Inzucht unter Muslimen Erbkrankheiten ein erschütterndes Ausmaß angenommen hätten. – *Widukind* wies sie zwar nie zurecht, vielleicht weil er keinen Schaden in solcherlei Propaganda erkennen konnte; zugleich aber beteiligte er sich auch nicht an ihrer Verbreitung, versah sie nicht mit dem Siegel seiner Autorität, sondern zog sich lieber mit dem intellektuelleren *Renatus* und mit *Missy* oder *Pippin* in eine der Sitzecken im Konferenzraum oder auf dem Balkon zurück, um etwas tiefer zu schürfen.

Missy war besessen von dem, was sie eine Kultur der Frauenverachtung im Islam nannte, das war offenkundig. Sie erregte sich darüber, dass Frauen im Koran als »Saatfeld« der Männer beschrieben wurden. Dass den Männern die Züchtigung der Frauen erlaubt, ja vorgeschrieben sei. Und dass der Prophet mit Aischa eine Lieblingsfrau gehabt hatte, die zum Zeitpunkt der Eheschließung gerade einmal neun Jahre alt gewesen sei.

»Deshalb glaube ich auch nicht an die Unterscheidung zwischen Islamisten und Muslimen«, erklärte sie. »Denn jeder Muslim glaubt, dass der Prophet ein vorbildhaftes Leben gelebt hat. Also muss er es auch für sich zumindest theoretisch in Ordnung finden, mit einem Kind ins Bett zu gehen. Aber was im siebten Jahrhundert auf der arabischen Halbinsel meinetwegen üblich war, ist es doch hier und heute nicht! Und wer das nicht zugibt, wer das in Abrede stellt, wer sich *verdammt noch mal* nicht davon lossagt, der darf hier nicht leben. Darf er nicht.«

Zornesröte schoss ihr ins Gesicht, und Samson registrierte, wie *Widukind* ihr beschwichtigend die Hand auf das linke Knie legte.

Widukind selbst bevorzugte abstraktere Themen. Es war unverkennbar, dass er auf dieser Ebene eine gewisse Hochachtung für den Islam hegte. Ihn trieb um, dass der Islam eine Kraft entfaltet hatte, die ihm unerklärlich war. Eine Attraktivität, die er faszinierend fand, und die den Feind für ihn nicht nur bedrohlich, sondern eigentlich erst bekämpfenswert machte. »Alle diejenigen, die den Islam unterschätzt haben«, dozierte er mehr als einmal, »existieren heute nicht mehr. Was für eine Lektion!«

Widukind lag daran, mit Samson abzugleichen, was er gelesen oder sich selbst erschlossen hatte, schließlich sei Samson ja Islamwissenschaftler.

Ob es denn nun *stimme*, fragte *Widukind* also, während seine linke Hand sein Kinn umspielte, dass man eigentlich, genau genommen, *keineswegs* davon sprechen könne, dass der Islam Juden und Christen in besonderer Weise respektiere?

»Nun ja«, sagte Samson. »Ja und nein. Als Vertreter der Buchreligionen haben sie bestimmte Privilegien, wenn sie unter islamischer Herrschaft leben. Jedenfalls in der Theorie.«

»Aber?«

»Aber dem Korantext zufolge sind sie im Grund nichts als dumme, halsstarrige Verweigerer, für deren Festhalten an ihrer althergebrachten Religion es nach dem Erscheinen Mohammeds keinen Grund mehr gibt.«

Bedächtiges Nicken, während die stahlblauen Augen einen unbekannten Punkt in der Ferne fixierten. »Und der Prophet, korrigieren Sie mich, *bitte*, falls ich da falschliege, aber mir leuchtet da etwas nicht ein. Ich meine, wenn die von ihm empfangene Offenbarung für alle Zeiten unveränderlich gültig ist, wie kann man denn dann erklären, wieso Mahomet immer dann passende Offenbarungen erhielt, wenn sie ihm in seiner ganz persönlichen Lage gerade weiterhalfen? Und dass eine Menge gerade dieser Offenbarungen am wenigsten, wie soll ich sagen, universell anwendbar sind?«

»Genau!«, sekundierte Missy, die sich neben sie gesetzt hatte, ein bisschen näher an *Widukind* als an *Renatus*, und ihre hübschen, schlanken Beine übereinanderschlug und den Kopf vorbeugte wie eine strebsame Abiturientin.

»Tja, das ist ein wunder Punkt, würde ich sagen«, antwortete Samson. »Es ist so, aber es darf nicht so sein. Wer an dieser Säule rüttelt, bringt das gesamte Gebäude zum Einsturz. Also wird das Problem ignoriert wie der sprichwörtliche Elefant im Zimmer. Oder es wird wortreich wegerklärt. Aber nicht überzeugend. Niemals überzeugend.«

»Und ist es nicht ähnlich mit dem Mythos von der Religion des Friedens? Mir scheint es, als sei das doch eigentlich recht einfach zu dekonstruieren. Denn wenn ich mich nicht täusche, dann kann man ja wohl festhalten, dass der Korantext desto gewaltbefürwortender wird, je mächtiger die islamische Gemeinde in ihrer historischen Entwicklung wird. Und da jüngere Koranpassagen ältere bekanntlich aufheben, bleibt am Ende wohl im Kern eine eher kriegerische Religion, nicht wahr?«

»Ja.«

»Eine Religion mithin, in der der Krieg gar nicht wegzudenken ist.«

»Ja.«

»Man könnte also den Dschihad sozusagen als eine Art des islamischen Gottesdienstes beschreiben, den bewaffneten Dschihad meine ich natürlich.«

»Ja.«

Ja, *verdammt.*

War es etwa nicht so?

Natürlich war es so.

Natürlich war es *nicht* so.

Es war sogar genau andersherum.

Oder doch nicht?

Samson war selbstverständlich klar, was *Widukind* hören wollte und was er deswegen sagen musste. Aber das änderte nichts daran, dass es schwierig gewesen wäre, ihn zu widerlegen. Dass er sich nicht einmal anstrengen musste, ihm recht zu geben oder ihn gar mit zusätzlichen Argumenten zu versorgen. Mit Argumenten, die ihm bisher nie eingefallen waren. Oder wären. Aber während er mit *Widukind* debattierte, fielen sie ihm ein, machten sich von alleine bemerkbar, und er ahnte, dass sie schon die ganze Zeit in seinem Kopf genistet hatten, aber in einer abgesperrten Ecke, in seinem ganz privaten Giftschrank.

Er dachte an Sumaya und schämte sich, dass er sich nicht bei ihr gemeldet hatte, seit er in Potsdam ein- und ausging, aber er hätte nicht gewusst, wie er mit ihr reden sollte. Und im Stillen, fast beschwörend, hielt er sich an dem *einen* Satz fest, an den er nun fester glaubte als je zuvor: dass der Koran nicht der Islam ist und der Islam nicht die Muslime; dass Islam die Summe dessen ist, was Muslime glauben und tun, und dass die meisten von ihnen gar nichts tun, was irgendwie problematisch wäre.

»Sehen Sie«, erläuterte *Widukind* derweil sein Gedankengebäude, »der Islam ist eine wirklich formidable Ideologie. Als Religion interessiert er mich im Grunde gar nicht. Aber er ist ein sehr gefährliches Werkzeug, um das Abendland herauszufordern. Brandgefährlich. Der Kommunismus war nichts dagegen. Gar nichts.«

»Und warum?«

»Weil der Kommunismus eine unerprobte Ideologie ist. Er hat kein Ideal in der Geschichte, auf das er verweisen könnte. Der Islam schon. Alles, was diese Menschen wollen, gab es ja schon einmal. Und sie wollen es zurück. Das ist ein sehr mächtiger Antrieb.«

»Und Sie? Was wollen Sie?«, fragte er *Widukind.*

»Reinheit«, antwortete *Widukind.* »Klarheit. Ich will meine

Sicht auf die Welt nicht über den gesamten Erdball verbreiten, wie die Mohammedaner es seit 1400 Jahren zu tun versuchen. Aber ich leiste Widerstand dagegen, dass alles, woran ich glaube, unser geistiges Erbe, schleichend ausgehöhlt, verwässert, diskreditiert und vereinnahmt wird. Wir sind nicht alle gleich. Wir sitzen nicht alle im selben Boot. Wir brauchen uns nicht alle die Hände zu reichen. Wir müssen nicht einmal alle miteinander reden. Ich höre immer nur Dialog. Ich will keinen Dialog. Es gibt Werte, über die kann es keinen Dialog geben. Karl Martell hat die Araber auch nicht durch Dialog aufgehalten. Jetzt ist es wieder so weit, nur dass die Methoden andere sind. Und wir müssen jetzt der Wall sein, der unsere Zivilisation schützt.«

»Ein Wall?«

»Ja, ein Wall. Wir müssen uns verteidigen. Die Zugbrücke hochziehen. Aber es gibt noch eine zweite Aufgabe. Wir müssen die, die schon hier sind, hinausekeln. Jede Moschee, jedes Minarett, jede Burka in unseren Straßen ist eine Verhöhnung unserer Werte, die wir uns nicht bieten lassen dürfen. Wo heute gebetet wird, werden morgen Hände abgeschlagen! Nein, wir müssen uns schützen, wir müssen sie schwächen, in Angst versetzen, wir müssen sie rausekeln, und wenn uns das gelungen sein wird, dann wird man das Kommando Karl Martell in einigen Jahrzehnten auch als das zu würdigen wissen, was es ist.«

Samson betrachtete *Missy* und *Renatus*, die entrückt nickten, und es war klar, dass sie *Widukind* verfallen waren.

»Wer sind die *special forces*, und welche Rolle kommt ihnen zu?«, fragte Samson in der Hoffnung, dass die Gelegenheit günstig sei.

Doch *Widukinds* blaue Augen blickten ihn skeptisch an. »Für solche Fragen, *Pippin*, ist es noch ein bisschen zu früh.«

* * *

Am liebsten wäre Sumaya zu ihrer Tante Lubna gefahren. Ein Flug nach Amman, eine Taxifahrt zur Grenze, das übliche fünfstündige Verhör, eine weitere Taxifahrt nach Ramallah, und schon könnte sie sich endlich fallen lassen, sich ausheulen und sich bemuttern lassen.

Sie sah ihre Tante vor sich, die blaurot gemusterte Schürze umgebunden, die Hände in eine riesige Plastikschale vertieft, in der sie den Teig knetete für die *Mana'isch* am Freitagmorgen. Sie würde sie in den Arm nehmen, und Sumaya würde nichts sagen müssen. Sie würde einfach zuschauen, wie ihre Tante mit dem Handteller und den Fingerspitzen Fladen formte, wie sie sorgsam Öl und *Sa'tar* daraufträufelte oder weißen Käse. *Habibti, Susu!*, würde sie sagen und ihr auf dem Weg zu dem riesigen Herd sanft über den Kopf streichen. Sie würden gemeinsam zuschauen, wie die *Mana'isch* vor sich hin buken.

Nach einer Weile würde ihre Tante das Gebäck aus dem Ofen nehmen, die schönsten Teile in einer Schale stapeln und sie anlächeln und mit dem Kopf Richtung Gartentür deuten. Sumaya würde die Tür öffnen, und dann würden sie beide sich in die alte und quietschende Hollywoodschaukel setzen, die zwischen zwei dicken Olivenbäumen stand, und in das Tal blicken, wo viele weitere Tausend Olivenbäume standen, tief verwurzelt in der rotbraunen Erde, und sie würden beide die israelische Siedlung zur Rechten mit ihren eckigen, modernen Häusern einfach ausblenden und den Blick genießen und Tee mit *richtiger* Minze trinken und *Mana'isch* essen, während alle anderen im Haus, ihre Cousins und Cousinen, noch schliefen.

Und dann erst würde Tante Lubna sagen: Susu, was ist los?

Tante, ich bin traurig.

Ist es ein Mann?

Ja. Zwei Männer, Tante. Einer wurde ermordet, ein guter Mann. Ich habe für ihn gearbeitet.

Allah sei ihm gnädig.

Allah sei ihm gnädig.

Und der zweite Mann?

Tante, er versucht die Mörder zu finden.

Und er macht dich traurig?

Ich glaube, ich habe ihn sehr gern. Aber ja: Er macht mich traurig.

Und wie geht es Fadi?

Ach, Tante. Ich mache mir Sorgen um Fadi.

Vierzehn Tage waren vergangen, seit Samuel ihr und Fadia seinen Entschluss mitgeteilt hatte, das Kommando Karl Martell zu unterwandern. Seitdem hatte sie nicht wieder von ihm gehört. Entgegen seiner Zusage, sich wenigstens ab und an zu melden. Sie hatte ihrerseits versucht, ihn zu erreichen, aber sein Handy war abgeschaltet. E-Mails beantwortete er nicht. Einmal war sie spät am Abend nach Friedrichshain gefahren, in der Hoffnung, ihn zu Hause anzutreffen. Aber er war nicht da. Oder jedenfalls reagierte er nicht auf die Türklingel. Und auch nicht auf das Klopfen an seiner Wohnungstür, nachdem sie sich im Windschatten eines anderen Hausbewohners mit in den Eingang gedrückt hatte. Sie hatte zunächst gezögert, den Dachboden zu betreten, es dann aber doch getan. Langsam hatte sie die grobe Spanplattentür aufgezogen, doch auch dort war kein Samuel zu sehen, nur seine Rechner standen auf ihrem Tapeziertisch.

Vierzehn Tage.

War er in Schwierigkeiten?

War er aufgeflogen und wurde nun verhört, gefoltert – oder Schlimmeres? Immerhin handelte es sich bei dem Kommando Karl Martell um die mutmaßlichen Mörder Lutfi Latifs. Wenn sie es für nötig hielten, würden sie wahrscheinlich nicht lange fackeln, auch Samuel loszuwerden. Wusste er, worauf er sich da eingelassen hatte?

Hätte sie ihn stoppen müssen?

Nein. Das wäre gar nicht möglich gewesen. Das immerhin wusste sie.

»Wie kann ich dir helfen?«, hatte Sumaya ihn gefragt, als sie sich vor ihrer Wohnung verabschiedet hatten.

»Halte mich auf dem Laufenden, was Munkelmann angeht«, hatte er geantwortet.

»Und wie?«

»E-Mail ist am besten.«

»O. k.«

»Sumaya?«

»Ja?«

»Ich freue mich darauf, wenn das hier vorüber ist.«

»Ich mich auch, Samuel. Viel Erfolg.«

Und nun hatte sie ihm schon zwei E-Mails in Sachen Munkelmann geschickt, aber keine Antwort erhalten. Vielleicht waren die Informationen auch nicht wichtig genug, als dass Samuel dafür seine Deckung riskieren würde, um ihr zu antworten. Sie konnte das nicht einschätzen. Was besagte es, dass Cord Munkelmann sich am Morgen nach dem Treffen bei Fadia doch noch bei ihr gemeldet hatte? Er habe natürlich alles mitbekommen, sagte er ihr am Telefon. Aber leider sei er krank, er könne nicht kommen, weder in den nächsten Tagen ins Büro, noch zur Trauerfeier oder zu irgendeiner Besprechung. Er sei für mindestens zwei Wochen krankgeschrieben. Das Attest würde er nachreichen.

Sumaya ließ sich nicht anmerken, dass sie von seiner Schwester wusste und davon, dass er mit Gisela eine ziemlich verdächtige Fahrt quer durch Berlin gemacht hatte.

»Das brauchst du nicht, Cord.«

»Na ja, eigentlich schon.«

»Cord, ich glaube nicht, dass irgendjemand hier in naher Zukunft unsere Unterlagen prüft. Rede besser rechtzeitig mit der Fraktion, wenn du wieder gesund bist. In einer Woche wird das Büro aufgelöst.«

»Tut mir leid, dass das alles an dir hängen bleibt.«

»Ja.«

Wilhelmine Gatz, das war der Name der Nachrückerin von der Berliner Landesliste der Grünen, an die Lutfi Latifs Mandat gehen würde. Sie war bereits Abgeordnete im Berliner Abgeordnetenhaus, und ihr langjähriger und beeindruckend erfahrener Mitarbeiter hatte Sumaya zwei Tage nach dem Attentat diskret aufgesucht, um mit ihr die Modalitäten der Übergabe der Räumlichkeiten zu besprechen.

Sumaya entschied, ohne mit irgendjemand Rücksprache zu halten, nach Gutdünken. Sie hätte auch keine Zeit dazu gehabt, denn von allen Seiten prasselten Aufträge, Bitten und Anfragen auf sie herein. Die Fraktion und der Bundestag hatten jeweils eine Trauerfeier beschlossen, und Sumaya musste bei der Vorbereitung mithelfen. Sie beriet die Anrufer, welche Trauerredner dem vermuteten Wunsch des Abgeordneten am ehesten entsprochen hätten, sie fragte möglichst sanft bei Fadia Latif nach, ob sie zu einer der beiden Feiern kommen oder lieber in Kairo bleiben wolle. Sie nahm Vorschläge für Kranzinschriften entgegen und sorgte dafür, dass auch Vertreter der islamischen Verbände eingeladen wurden.

Und immer, wenn ihr zwischen diesen Tätigkeiten Zeit blieb, räumte sie das kaum eingerichtete Büro aus: Ließ sich zum Beispiel von der Bundestagsverwaltung Container kommen, um die wenigen Akten versiegeln und lagern zu lassen, bis irgendjemand entscheiden würde, was damit geschehen sollte – es könne sein, dass die Polizei noch einmal daraufsehen wolle, ließ man sie wis-

sen, weswegen Sumaya den Vertrag, den Lutfi Latif mit Samuel geschlossen hatte, verschwinden ließ. Sie packte auch ihre eigenen Unterlagen Schicht für Schicht in Umzugskartons, und weinte still, als sie durch die Karteikarten ging, auf denen sie Vorschläge für Lutfis Antrittsrede als Leiter der Deradikalisierungsstelle notiert hatte.

Die Trauerfeier im Bundestag verlief so würdevoll wie geschäftsmäßig. Sumaya zweifelte daran, dass sie dem Abgeordneten gefallen hätte. Dabei mangelte es in den Reden der Kanzlerin, der Fraktionsvorsitzenden und des Parlamentspräsidenten keineswegs an tief empfundenen Gefühlen. Sumaya hatte bloß das Gefühl, dass alle froh waren, als es vorbei war und das Streichquartett seine Instrumente wieder in die Koffer gepackt hatte und an dem auf einer Art Staffelei aufgestellten, übergroßen Schwarz-Weiß-Foto des Abgeordneten vorbei in die dampfende Hitze des Bundestagsfoyers gestapft war.

Fadia Latif hatte es vorgezogen, nicht zu kommen.

Als sie sich gerade auf den Rückweg in das Büro machen wollte, um sich weiter dessen Abwicklung zu widmen, fasste der Fraktionsgeschäftsführer der Grünen Sumaya kurz an der Schulter. »Entschuldigen Sie, es ist vielleicht kein guter Zeitpunkt, aber ich wollte gerne kurz mit Ihnen über Ihre Zukunft sprechen.«

Ihre Zukunft?

Sumaya erfuhr, dass sie laut ihres Vertrages Anspruch auf eine Weiterbeschäftigung in der Fraktion hatte. Im Arbeitskreis III, sagte der Fraktionsgeschäftsführer, ein jovialer Sachse, gebe es eine mögliche neue Verwendung, wenn sie Interesse haben sollte. Als Referentin für Ökolandbau.

Sumaya bedankte sich und sagte ab.

Sie vermisste Samuel und fühlte sich um den Anfang dessen, was sie mittlerweile als Beziehung zu bezeichnen bereit war, betrogen.

»Eigentlich«, sagte sie Mina abends auf dem Balkon ihrer gemeinsamen Wohnung, »sollte ich jetzt mit ihm im Freiluftkino sitzen und Händchen halten, und wir würden uns aneinander gewöhnen.«

»Wenigstens macht er etwas Wichtiges, etwas Mutiges«, sagte ihre Mitbewohnerin.

»Und Gefährliches«, ergänzte Sumaya.

Doch Samuel war nicht der Einzige, um den sie sich Sorgen machte. Es war offensichtlich, dass es Fadi nicht gut ging. Er war rastlos und voller Zorn. Und manchmal, wenn seine Augen zu engen Schlitzen wurden, während er sprach, bekam sie Angst vor ihm. Nein. Nicht vor ihm. Aber vor dem, der er sein könnte.

Ihr Cousin hatte damit begonnen, sich einen Bart wachsen zu lassen. Sie hatte ihn darauf angesprochen: »Hey, Fadi, ist dein Rasierapparat kaputt?« Aber er hatte nicht gelacht. Stattdessen hatte er ihr erklärt, dass er sich nicht verstecken werde.

»Wie meinst du das?«

»*Susu*, wenn diese Arschlöcher einen Muslim zum Anmachen suchen, werde ich nicht so tun, als wäre ich keiner.«

Fadi war nie religiös gewesen, aber plötzlich stellte Sumaya fest, dass er mehrere Bilderrahmen mit Koran-Kalligrafien in seinem Internetcafé aufgehängt hatte. Und an der Eingangstür, von außen gut sichtbar, prangte ein islamischer Willkommensgruß in arabischer Schrift.

Und er war müde. Normalerweise war ihrem Cousin sein Schlaf heilig, aber nun, wenn sie ihn abends nach der Arbeit besuchte, was sie fast täglich tat, konnte er sich manchmal kaum noch auf sie konzentrieren. Sie fragte nach. »Fadi, wieso bist du so müde, hast du eine Freundin, erzähl mir alles!« Doch wieder brachte ihr Cousin nicht einmal ein Lächeln zustande. Sie fragte erneut. Aber er wich aus. Sie fragte wieder. Erst beim dritten Mal erzählte er ihr, womit er seine Nächte verbrachte.

»Die Moscheen, wir passen auf.«

»Was ist mit den Moscheen?«

»Susu, kriegst du denn gar nichts mit? Du lebst doch auch hier!«

Nein, offenbar bekam sie nicht genug mit. Alle größeren Moscheen in Kreuzberg und Neukölln, berichtete Fadi ihr, waren in den Tagen seit dem Attentat auf Lutfi Latif auf die eine oder andere Art attackiert worden.

»Es sind nicht mehr nur Aufkleber an der Wand. Es ist schlimmer geworden.«

»Wie schlimmer?«

»Schweineblut. Drohungen im Briefkasten. Solche Sachen.«

»Und was macht ihr?«

»Wir passen auf. Liegen auf der Lauer. Bis wir eines dieser Arschlöcher kriegen.«

»Und dann?«

»Dann sehen wir weiter.«

»Und mit wem machst du das?«

»Kennst du nicht.«

»Kenn ich nicht?«

»Brauchst du nicht zu wissen.«

»Ihr macht doch nichts Verbotenes.«

»Ich nicht.«

»Und die anderen?«

»Jeder muss selbst wissen, was er jetzt tut. Ich weiß, was ich zu tun habe.«

»Fadi?«

»Ja?«

»Mach keinen Scheiß, ja?«

»Scheiß? *Susu*, letzte Nacht sind wir zu spät gekommen. Zweimal. Erst in der Skalitzer Straße, das ist bei dir um die Ecke, *Habibti*, bei dir um die Ecke! Dann in der Urbanstraße. Ich habe alle Korane mit nach Hause genommen, die sie vor die Tür gekippt haben. Eingeschmiert mit Hundescheiße. Ich habe den Imam aus dem Bett geklingelt, weil ich nicht wusste, was ich damit tun muss. Er ist sofort zu mir gekommen. Dann habe ich die irakischen Jungs dazugerufen. Weißt du, was sie gesagt haben? ›Das würde sich im Irak keiner trauen.‹ *Das* haben sie gesagt. Wir haben bis heute Morgen um acht die Korane sauber gemacht.«

»Fadi, das ist schrecklich.«

»Ja, das ist es. Und was machst du?«

»Ich … ich arbeite, Fadi, ich muss das Büro auflösen, ich bin fast nur noch in Mitte.«

»Ja, natürlich.«

Da war sie, die Kluft. Sie konnte sie nicht überbrücken, jedenfalls nicht im Moment. Sie konnte Fadi nicht verraten, was Samuel gerade tat. Dass sie ihm zu helfen versuchte, die wahren Mörder Lutfi Latifs zu finden, und dass sie davon ausgingen, dass es dieselben Leute gewesen waren, gegen die Fadi nun, auf seine Art, zu Felde zog. Und trotzdem hatte Fadi eine berechtigte Frage gestellt. Was tat sie eigentlich? Hatte sie denn keine Augen im Kopf? Keine Ohren, um mitzubekommen, wie gefährlich die Stimmung mittlerweile war? Schaute sie weg, wo er hinsah? Zwischen ihrer Wohnung und der ihres Cousins lagen nur wenige Hundert Meter, aber ihr wurde immer klarer, dass er in einem anderen Kreuzberg lebte als sie. Rauer, härter, ungemütlicher. Hässlicher.

Wenn sie wenigstens mit Samuel sprechen könnte. Aber siebzehn Tage nach der Ermordung Lutfi Latifs hatte Sumaya immer noch nichts von ihm gehört.

»Du musst zur Polizei gehen«, drängte Mina.

Sumaya wusste, dass ihre Mitbewohnerin recht hatte. Sie wusste auch, dass dieser Schritt vermutlich alle ihre privaten Ermittlungsversuche zerstören würde – ihre »alternativen Ansätze«, wie Lutfi Latif es in seinem hinterlassenen Brief formuliert hatte. Wenn es stimmte, was der Abgeordnete vermutet hatte und was sie und Samuel und Fadia ebenfalls glaubten, dann würde das Kommando möglicherweise nicht enttarnt werden, wenn die Polizei eingeschaltet würde. Aber Samuels Leben war wichtiger, und Sumaya suchte und fand die Visitenkarte, die Ansgar Dengelow vom BKA im Büro hinterlassen hatte.

Es war Fadi, der sie schließlich von dem Anruf abhielt, wenn auch unwissentlich. Sie hatte Dengelow am Abend auf der angegebenen Handynummer anrufen wollen, und war vorher noch zu ihrem Cousin gegangen.

Fadi war so zornig, wie sie ihn noch nie erlebt hatte. »Hunde, verschissene Hundesöhne«, schrie er.

»Was ist passiert, Fadi?«

»Wir haben einen von ihnen erwischt. Gestern. Gestern Nacht, als sie die Moschee am Mehringdamm anzünden wollten. Es waren zwei. Einen habe ich fotografiert. Dann haben sie uns bemerkt und sind weggerannt.«

»Und was habt ihr gemacht?«

»Noch gar nichts.«

»Wieso nicht? Was habt ihr vor? Wenn du ein Foto hast, dann musst du damit zur Polizei gehen, Fadi!«

»Ach ja?«, fragte Fadi mit merkwürdig belegter Stimme, und reichte Sumaya einen grobkörnigen Abzug auf Fotopapier.

Das Bild zeigte, aus ungefähr fünfzehn Metern Entfernung aufgenommen, einen schwarz gekleideten Mann mit Kapuzenpullover. Er war schlank, drahtig und blickte mit erschrockenen Augen in Richtung Kamera. Mehr von seinem Gesicht war nicht zu erkennen, weil er sich mit einem schwarzen Stofftuch vermummt hatte. Sumaya erkannte Samuel trotzdem sofort.

X

Sumaya stockte der Atem. Gleichzeitig merkte sie, wie sich ihr Magen zusammenzog. Noch immer hielt sie das Foto, das Fadi ihr gereicht hatte, in der rechten Hand, während sie mit der linken ohne hinzuschauen nach Halt suchte, bis sie schließlich einen Tisch ertastete, sich darauf abstützte und sich auf einen davor stehenden Stuhl sinken ließ. Sie ließ das Bild auf den Tisch gleiten, den Blick immer noch auf Samuels überraschtes Gesicht geheftet, und schüttelte langsam den Kopf. Sosehr sie sich auch anstrengte, es ließ sich kein Gedanke formen, schon gar kein Satz. Sie konnte noch nicht einmal die Gefühle benennen, von denen sie überflutet wurde, jedenfalls nicht alle, einige dafür durchaus. Schmerz zum Beispiel. Und Angst. Hilflosigkeit.

Fadi setzte sich ihr gegenüber. Er versuchte, nach ihren Händen zu greifen, aber Sumaya wehrte ab. War sie naiv gewesen?

Aber er kann doch nicht zusehen, wie eine Moschee angezündet wird!

Susu, du weißt genau, dass er das sogar muss.

Nein.

Doch!

Sie warf einen erneuten Blick auf das Bild. Kein Zweifel, dass der vermummte Mann Samuel war. Sie sah die breiten Schultern und erinnerte sich daran, wie sehr sie ihn begehrt hatte in jener Nacht nach dem Mord an Lutfi Latif, als er bei ihr übernachtet hatte. Sie hatte ihn auf die Schlafcouch geschickt und war selbst in ihr eigenes Bett gegangen. Aber sie hatte nicht einschlafen können. Sie hatte an ihn gedacht. An seine Beichte, an die Last, die er mit sich herumschleppte, an seine guten Absichten, seine so offensichtliche wie absichtsvoll verborgene Sehnsucht nach Liebe, seine Schultern, seine großen Hände. Sie hatte es nicht ausgehalten. Und nach einer Stunde war sie zu ihm hinübergegangen, halb in der Hoffnung und halb in Angst, dass er noch wach wäre. Aber er hatte schon geschlafen. Also hatte sie sich neben ihn auf den Boden gelegt, hatte nach seiner Hand gesucht, sie gefunden, gehalten und sogar gedrückt, aber er war nicht aufgewacht. Sie hatte sein Haar gestreichelt, aber er war nicht aufgewacht. Sie hatte überlegt, ob sie ihn wecken sollte, aber was hätte sie sagen sollen? Sie hatte sich extra laut bewegt, aber er hatte nicht einmal gezuckt. Sie hatte überlegt, sich neben ihn zu legen, aber sich

nicht getraut, obwohl es das war, was sie eigentlich wollte, neben ihm liegen, von seinen Armen umfangen, und dann, vielleicht. Aber sie hatte es nicht gewagt und ihn stattdessen beobachtet, bis sie schließlich selbst eingeschlafen war. Und dann war alles so schnell gegangen und nun waren über zwei Wochen verstrichen, und er meldete sich nicht, und das Erste, was sie von ihm mitbekam, war ausgerechnet, dass er mitgeholfen hatte, eine Moschee anzuzünden.

Sie sah das Bild, sah Samuels erschrockenen Gesichtsausdruck, konnte ihren Blick immer noch nicht lösen und hoffte inständig, dass sie dieses Bild irgendwann, wenn alles vorbei wäre, irgendwann, wieder vergessen können würde, aber da war es wieder: das Gefühl der Angst. Angst, dass genau das unmöglich sein könnte.

»Susu!«, sagte Fadi sanft.

»Nicht jetzt«, antwortete sie schroff.

Sei sachlich, Sumaya! Du vertraust ihm, oder etwa nicht?

Ja, ich glaube schon.

Na also. Dann war es eben notwendig.

Aber wo ist die Grenze?

Er wird es wissen.

Ja. Er wird es wissen.

»Susu!«, unterbrach Fadi erneut ihr stilles Selbstgespräch.

»Ja.«

»Susu, wieso bringst du einen Typen in mein Internetcafé, der Moscheen abfackelt?«

»Du kannst dieses Bild nicht der Polizei geben.«

»Warum nicht? Du hast selbst gesagt, dass ich genau das tun soll.«

»*Ibn Ammi,* Cousin, ich sage dir jetzt etwas, das du für dich behalten musst.«

»Ich höre zu.«

»Bring mir etwas zu trinken, bitte. Dann erzähle ich dir alles.«

Fadi lief zu dem gläsernen Kühlschrank und brachte ihr eine Fanta, und Sumaya begann zu berichten: vom wahren Umfang der Drohbotschaften gegen Lutfi Latif. Wie sie sich, auf dessen Wunsch, auf die Suche nach einem unabhängigen Sicherheitsberater begeben hatte und auf Samuel Sonntag gestoßen war. Wie sie sich mit ihm im Prater im Prenzlauer Berg getroffen und ihn offiziell angeheuert hatte. Sie schilderte die Begegnung mit Ansgar Dengelow im Büro des Abgeordneten, Samuels Treffen mit Kai, die diversen Hinweise auf das Kommando Karl Martell, die unklare Rolle von Cord Munkelmann und seiner Schwester. Sie gab den Inhalt des hinterlassenen Briefes von Lutfi Latif wieder und endete mit Samuels Ankündigung, das Kommando Karl Martell zu infiltrieren.

»Und das ist genau das, was er gerade macht. Seit etwas über zwei Wochen. *Er ist drin,* Fadi, und er versucht herauszufinden, wer Lutfi umgebracht hat!«

Doch während sie Bericht erstattete, hatte sie im Gesicht ihres Cousins ablesen können, wie jede ihrer Information für ihn nur Dutzende neuer Fragen aufwarf. Sie kannte Fadi. Kannte ihn gut genug, um zu ahnen, dass alles, was sie ihm über Samuel mitteilte, nichts als Zweifel bei ihm auslöste. Dass ihr Cousin vermutlich glauben würde, sie sei das ahnungslose Opfer einer finsteren Verschwörung.

Dass er keineswegs überzeugt war.

»Fadi, *Habibi,* es ist, wie ich es sage«, sagte sie leise. »Du kannst mit dem Bild nicht zur Polizei gehen. Es würde alles kaputt machen!«

»*Bukra*«, antwortete Fadi tonlos. *Morgen.*

Ihr Cousin wollte die Entscheidung auf den nächsten Tag verschieben. Er sah unfassbar müde aus.

»*Nein,* Fadi! Heute nicht, morgen nicht, und übermorgen auch nicht – du gehst mit diesem Bild nicht zur Polizei, *verstanden*?!«

»O. k., *Susu,* o. k.«

***

Die von *Widukind* verkündete Festnahme des Wilmersdorfer Imams hatte Wellen geschlagen. Im Radio hatte Samson gehört, dass sich am Tag nach der Festnahme Dutzende wütender Muslime zu einer Demonstration zusammengefunden hatten. Es waren vor allem junge Männer, und sie waren wirklich wütend; als die Polizei kam, um die ungenehmigte Kundgebung aufzulösen, waren Steine geflogen. »Muslim-Unruhen«, schrieb *ArgusOnline*. Ein Polizist war verletzt worden.

Samson passte *Widukind* ab, als dieser gerade den Konferenzraum in der Potsdamer Zentrale des Kommandos Karl Martell durchquerte, und gratulierte ihm. Trotz der Hitze trug *Widukind* eines seiner Manschettenhemden zu einer leichten grauen Anzughose. Nur auf ein Jackett hatte er verzichtet.

»Ja, das war eine gute Aktion«, sagte er.

»Kann ich kurz mit Ihnen reden?«, fragte Samson und deutete auf den Balkon, der vom Konferenzraum abging.

»Ja, in Ordnung.«

Auf dem Balkon bot sich ihnen ein idyllischer Blick auf den See. Weiden säumten das Ufer, das Wasser glitzerte in der Morgensonne. Es war viel blauer, als Samson es erwartet hätte. *Widukind* steuerte auf die Brüstung zu und streckte die Beine durch, wie um einen Rest Müdigkeit zu verscheuchen.

Samson spürte seiner eigenen aufsteigenden Nervosität nach. Sollte er wirklich so weit gehen, wie er es sich in der vergangenen Nacht überlegt hatte? Er musste. Ohne Sinns Vertrauen würde er nie erfahren, was die wahren Geheimnisse des Kommandos waren. Und Sinn, das war seit dem Vorabend klar, traute ihm noch nicht. Jedenfalls noch nicht so sehr, wie es nötig war.

»Nun, *Pippin*?«

»Der Kinderficker-Imam …«

»Ja?«

»Sie wissen, dass er als Mitglied des Runden Tisches vorgesehen war, oder?«

»Natürlich. Das macht die Operation ja so besonders schön.«

Samson räusperte sich. »Was, wenn man den gesamten Runden Tisch abschießen könnte?«

Widukind blickte weiter auf den See hinaus, sodass Samson sein

Gesicht nicht erkennen konnte. Nach einer kleinen Ewigkeit wandte er sich ihm schließlich zu. Der Staatssekretär lächelte. »Das, mein lieber *Pippin*, ist eine sehr gute Idee. Kriegen Sie das denn hin?«

»Ich wüsste schon, wo ich anfangen könnte zu suchen.«

»*Pippin*, wenn Sie sich das vornehmen, dann sollten Sie nicht suchen, sondern *finden*, das ist doch wohl klar, oder?«

»Klar.«

»Also dann, halten Sie mich auf dem Laufenden.«

»Selbstverständlich.«

Mit federndem Schritt, als habe ihn seine kleine Streckübung belebt, ging Widukind wieder ins Innere. Sekunden später hörte Samson, wie er die Treppe hinunterstieg, die Zentrale verließ, die Haustür ins Schloss fallen ließ und zu Fuß Richtung Hauptstraße lief.

Als Sinn aus seinem Blickfeld verschwunden war, ging Samson in die Küche im Erdgeschoss und bereitete sich an der sündhaft teuren Kaffeemaschine, die aussah wie aus einem italienischen Café entführt, einen dreifachen Espresso. Dann griff er sich einen der Laptops, die zur allgemeinen Verfügung herumstanden, und ging wieder hinaus auf den Balkon.

Der Runde Tisch war ein Prestigeobjekt der neuen Regierung. In gewisser Weise war er sogar ein Erbe Lutfi Latifs. Die Grünen hatten im Zuge der Regierungsbildung durchgesetzt, dass es eine Wiederbelebung der im Sande verlaufenen Islamkonferenz unter neuen Vorzeichen geben würde. »Aber offener, freundlicher und mit mehr Respekt für die Unterschiede, die es ja erst einmal zu verstehen und anschließend so weit möglich zu überbrücken gilt«, wie die grüne Fraktionsvorsitzende stolz verkündet hatte, von der Lutfi Latif, wie Samson von Merle wusste, freilich nicht allzu viel gehalten hatte. Erst wenige Tage zuvor war die Liste der eingeladenen »Dialogpartner« bekannt gegeben worden, wie er dem *Spiegel* entnommen hatte, den er während einer seiner S-Bahn-Fahrten nach Potsdam gelesen hatte.

Samson kannte fast alle der Funktionäre, die zum Runden Tisch eingeladen worden waren, wenigstens den Namen nach. Einigen von ihnen war er sogar persönlich begegnet, auf Konferenzen oder bei Vorträgen. Sie mischten zumeist seit Jahrzehnten in der öffentlichen Debatte mit. Sie waren die öffentlichen Gesichter des Verbands-Islam in Deutschland. Aber nun war er, Samuel Sonntag alias Samson alias *Pippin*, im Begriff, das alles beiseitezuschieben, um an diesen Personen einen Verrat zu begehen. Und warum? Weil er alle Zweifel, die Sinn noch haben könnte, zerstreuen musste. Und weil die Funktionäre sich als das notwendige Opfer regelrecht anboten.

Sie alle hatten in ihren jeweiligen Funktionen Dutzende Reden gehalten, Hunderte Hände geschüttelt, Tausende Menschen getroffen. Aber wer kennt schon jeden, dem er die Hand geschüttelt hat? Weiß alles über den, dem er im Vorbeigehen verspricht, ihm bei der Suche nach einer Lösung für sein Problem behilflich zu sein? Welcher gut integrierte Islamfunktionär wüsste nicht, dass er eine Brückenfunktion hat? Eine Brückenfunktion, wie schön das klingt, wie konstruktiv. Aber was, wenn das beinhaltet, *seine Leute*, wie man so schön sagt, *da abzuholen, wo sie stehen*? Und was, wenn das bei einigen das 7. Jahrhundert ist?

Ja, was dann?

Das sieht dann gar nicht gut aus, Brücke hin, Brücke her. Dann macht man sich angreifbar. Verdächtig. Gerade jetzt. Wo doch die Kapitulation des Abendlandes schon in vollem Gange ist!

Ich brauchte euch nur zu sagen, was ihr hören wolltet.

Kurz war Samson überrascht über seine eisige Kalkulation, schob das unangenehme Gefühl jedoch ebenso kühl beiseite. Er ging davon aus, dass sich bei nahezu jedem der islamischen Mitglieder des Runden Tisches etwas finden lassen würde, das geeignet wäre, ihr an allen Frei- und Sonntagen wiederholtes Bekenntnis zur freiheitlich-demokratischen Grundordnung in Zweifel zu ziehen. Und das würde er ausnutzen.

Der Vizechef der Assoziation der sunnitischen Moscheegemeinden zum Beispiel: Samson kannte aus den Vorrecherchen zu seiner eigenen Magisterarbeit dessen vor zwanzig Jahren auf Arabisch an der Universität von Dschidda eingereichte Doktorarbeit, wo der Mann seinerzeit mit einem Stipendium studiert hatte. Die Arbeit drehte sich um die Frage, unter welchen Umständen es einem Muslim erlaubt sei, in einem nicht islamischen Land zu leben und zu arbeiten. Im Zusammenhang betrachtet, der in diesem Fall darin bestand, dass der Sohn eines türkischen Gastarbeiters das einzige Angebot für eine kostenlose akademische Ausbildung wahrgenommen hatte, das ihm zur Verfügung stand, und zwar an einer wahhabitischen Hochschule in Saudi-Arabien, war es eine überraschend moderate Arbeit. Aber natürlich eignete sie sich trotzdem hervorragend, um den Mann als islamischen Chauvinisten zu porträtieren, wenn man es wollte. Oder wenn man es sollte. Oder wenn man es musste.

Samson hatte den Mann zweimal getroffen. Er war überzeugt, dass er im Laufe der Jahre die Radikalen und Integrationsverächter in seiner Organisation so weit in den Hintergrund gedrängt hatte, wie es ihm möglich war, ohne als Verräter abgestempelt zu werden.
Als Samson nun jedoch die Dissertation überflog, die er sich gerade in einem arabischen Onlinearchiv besorgt hatte, machte es ihm keinerlei Mühe, zu finden, was *Widukind* zweifellos entzücken würde: Zitate, die den Verfasser als Radikalen zu entlarven schienen.

Der Lebenserwerb und der dauerhafte Aufenthalt im Haus des Krieges ist dem Muslim nur zu einem der folgenden Zwecke gestattet: Die Kuffar zu schwächen, den Nutzen für die Umma zu mehren, medizinische Behandlung, Spionage und Mission. Manche Gelehrte zählen auch die Aneignung von Wissen dazu oder fassen sie unter Punkt zwei: den Nutzen der Umma mehren. Nahezu alle Gelehrten aber sind sich einig, dass der Muslim im Haus des Krieges ein Fremdkörper bleiben muss, außer er ist ein Spion der Umma, für den eigene Maßgaben gelten. Der Muslim im Haus des Krieges darf sich nicht mit den Kuffar gemeinmachen. Die Interessen des Muslims und des Kafirs entspringen nicht denselben Kategorien. Wenn Interessen sich zu überschneiden scheinen, handelt es sich um eine Täuschung.

Drei Zitate übersetzte Samson, dann setzte er auf der Liste der Mitglieder des Runden Tisches einen Haken hinter den Namen des Funktionärs. Er wusste, dass es mehr nicht brauchen würde, um den Mann auf absehbare Zeit unmöglich zu machen.

Den Rest des Tages über blieb er an dem Rechner sitzen und verfertigte verbissen ähnliche Mini-Dossiers zu den meisten anderen der zwölf eingeladenen Repräsentanten und Würdenträger, während die Sonne über dem See gemächlich von Osten nach Westen wanderte und allmählich immer sanfteres Licht ausstrahlte.

Wie einfach das war! Eine seinerzeit praktisch unbeachtet gebliebene Anzeige der Ehefrau wegen Körperverletzung hier (man musste ja nicht erwähnen, dass sie später zurückgezogen wurde, wer konnte schon sagen, warum?); ein *Kennverhältnis* zu einem später wegen Unterstützung einer ausländischen terroristischen Vereinigung verurteilten 17-Jährigen da (sie standen auf derselben Unterschriftenliste gegen den Gaza-Krieg Israels, da werden sie sich wohl gekannt haben!); ein im Nachhinein gefährliches Lob aus dem Mund eines kurz darauf ausgewiesenen Hasspredigers für »klare Positionen« beim dritten (welche, war nicht ersichtlich, aber egal); ein missverständlicher Mitschnitt bei YouTube über die Vereinbarkeit von Islam und Demokratie beim vierten; Facebook-Freundesfreunde, deren Postings man als antisemitisch deuten konnte, beim fünften …

Samson hatte *Widukind* so verstanden, dass er sich im Zweifel etwas Unwiderlegbares ausdenken sollte, doch das war gar nicht nötig. Natürlich war es nicht bei allen gleich einfach, ein paar Fälle erforderten ein höheres Maß an Abstraktion als andere. Aber als die Sonne unterzugehen begann und den See in orangem Feuer erstrahlen ließ, setzte Samson den letzten Haken. In dem Konferenzraum stand auch eine Bar, und Samson schenkte sich aus einer Karaffe Whiskey ein.

Er wusste genau, was er gerade getan hatte: Er hatte eine lammfromme Versammlung von acht Personen in ein Kabinett des Grauens verwandelt. Aber hatte er sie wirklich verwandelt? Nichts, was er aufgeschrieben hatte, war gelogen oder erfunden. Mochte sein, dass er den Zusammenhang nicht immer fair dargestellt hatte. Aber was ist das überhaupt, ein *Zusammenhang*? Wo hört er auf? Und wieso kann man mit einem *Zusammenhang* rechtfertigen, was sich ohne ihn nicht rechtfertigen lässt, als wäre es Drachenblut, das vor Verwundungen schützt?

»Wo Gott Gesetze erlassen hat, brauchen wir keine eigenen«, hatte Laith Kaukab auf dem Islamseminar gesagt, das in seiner Moschee in Hildesheim abgehalten worden war und von dem Samson den YouTube-Mitschnitt ausgeweidet hatte. Er ahnte, was Kaukab gemeint haben *könnte*, weil es zu anderen Vorträgen von ihm passen *würde*: dass es für fromme Muslime Bereiche gibt, welche die staatliche Gesetzgebung nicht erreicht, die dafür aber durch den Koran geregelt sind. Dass fromme Muslime also zwei Gesetzen zu gehorchen haben: dem Koran dort, wo es keine anderen Gesetze gibt, und immer sonst den staatlichen Gesetzen da, wo sie leben. Kaukab hatte sich also womöglich bloß missverständlich ausgedrückt. *Womöglich*. Aber was, wenn es *nicht* so war? Vielleicht war seine Uneindeutigkeit ja sogar kalkuliert?

Oder Hakan Talha Özgenc: Hatte der seine Dissertation in Saudi-Arabien etwa an einem einzigen Nachmittag hingekritzelt? Nein, er hatte drei ganze Jahre investiert. Und wieso hatte er sie überhaupt geschrieben, wenn er angeblich etwas ganz anderes glaubte? Und wenn er heute etwas anderes glaubte als damals: Warum hatte er das nie öffentlich erklärt? Stattdessen wies er seine Doktorarbeit mit vollem Titel jedes Mal dann aus, wenn er auf einer Konferenz in einem islamischen Land sprach, aber merkwürdigerweise nie, wenn er in einem nicht islamischen Land dozierte. Wieso nicht?

Und dann waren da noch Jasim Haidar El-Kindi, Achim »Hakam« Sörensen und Girges Albani: Hatte etwa irgendjemand diese drei dazu gezwungen, heimlich und unter schlecht ausgesuchten und noch schlechter geschützten Internetidentitäten in dubiosen Islamistenforen ihre klammheimliche Freude über die Ermordung von Lutfi Latif zu verbreiten – und nahezu zeitgleich öffentlich Forderungen für den Runden Tisch aufzustellen und auf Fairness, Unvoreingenommenheit und Vorurteilsfreiheit zu pochen? Nein, auch das hatte Samson sich nicht ausgedacht. Im Gegenteil, er hatte ihr Doppelleben im Internet schon vor über zwei Wochen entdeckt, und ihre Namen hatten bereits auf der Liste gestanden, mit der er Sinn geködert hatte.

Aber noch jetzt machten ihre hämischen Kommentare über den ermordeten Abgeordneten ihn wütend. Unwillkürlich strich er sich mit der linken Hand über seinen wunden, rechten Unterarm, bis ihm klar wurde, dass das peinlich war, weil er sich die Wunden selbst beigebracht hatte, aber andererseits: Hätte er denn an jenem Tag etwa nicht wirklich sterben können?

Der Whiskey, von dem er sich mittlerweile schon zweimal nachgeschenkt hatte, begann zu wirken; sein Kopf wurde schwer, hinter seinen Schläfen pochte es. Aber auch das stoppte seine Gedankenflut nicht.

Vielleicht ist es ja gar nicht verkehrt, diese Typen ausnahmsweise mal beim Wort zu nehmen. Wieso soll ich ihr Verteidiger sein? Wieso glaube ich überhaupt, ich könnte sie verstehen? Ihre wahren und friedlichen und ach so lauteren Absichten kennen?

Und dann erschien ihm wieder Mohammed. Er erinnerte sich an Mohammed, wie der an seinem weiß-blau gekörnten Plastikküchentisch in der Marienstraße in Hamburg saß und Samson wohl zum dutzendsten Mal geduldig und mit einem leisen Lächeln und

diesem merkwürdig entrückten und zugleich stechenden Blick erklärte, dass der Dschihad eben eine Pflicht sei. Und er sah sich selbst Mohammed gegenübersitzen, über zehn Jahre jünger als heute, ganz der wissbegierige Student. Sah sich, wie er Stichworte in seinen Block kritzelte und parallel darüber nachdachte, welch unfassbaren Druck es für Mohammed wohl bedeuten musste, diese auswendig gelernten Floskeln wiederzukäuen und zu verteidigen und gleichzeitig doch genau zu wissen, dass sie unmöglich sein Leben bestimmen konnten. Konnten sie aber. Und nicht nur sein Leben, sondern auch seinen Tod. Und nicht nur seinen Tod, sondern auch noch den von 3000 anderen Menschen.

Wenn schon, denn schon!

Samson schloss kurz die Augen, atmete tief durch, legte dann mit wenigen Mausklicks ein frisches E-Mail-Account an, das man nicht zu ihm würde zurückverfolgen können, und schickte sein Dossier anonym an den *Argus*, den *Spiegel*, *Weltbild*, den *Focus* und an die Drei Fragezeichen beim *Globus*. Dann ging er in das Zimmer im zweiten Stock, in dem er heute übernachten würde, und griff sich auf dem Weg dorthin die Whiskeykaraffe von der Konsole, weil er wusste, dass er heute ohne Betäubung keinen Schlaf finden würde.

***

»Sie suchen einen Konvertiten«, sagte Rieffen.

Merle Schwalb musterte ihren Kollegen. Rieffen, der Meisterschreiber, trug ein gut sitzendes fliederfarbenes Hemd, dazu ein dunkelbraunes Jackett und eine hellbraune Hose. Alles passte gut zu seinen dunkelbraunen Haaren und den Augen, die, wie Merle Schwalb zum ersten Mal feststellte, ebenfalls dunkelbraun waren und sie an Kaffeebohnen erinnerten. Frederick Rieffen stellte sein Bierglas auf dem Stehtisch ab, an dem Merle Schwalb stand. Er sah eigentlich ziemlich gut aus.

»Wer sucht einen Konvertiten?«, fragte sie zurück.

»Das BKA. Ich bin übrigens Frederick.« Er reichte ihr die Hand.

»Merle, angenehm. Na ja, was man halt so sagt.«

»Ja, ich weiß, du hast wahrscheinlich einen etwas schrägen Eindruck von uns.«

»Hab ich, in der Tat. Und wieso sucht das BKA einen Konvertiten? Wegen Lutfi Latif?«

»Ja, wegen der Bombe. Sie haben einen entsprechenden Hinweis bekommen, der Präsident sagt, sie nehmen ihn ernst.«

»Aber der Mann auf dem Video, habe ich gehört, ist ziemlich sicher Araber.«

»Ja, habe ich auch gehört. Deswegen gehen sie jetzt von einer Zelle aus, mindestens zwei, vielleicht mehr Mitglieder.«

»Verstehe. Danke.«

»Gern. Aber deswegen bin ich nicht hier.«

»Weswegen denn?«

»Ich wollte unseren Eindruck korrigieren.«

»Ganz alleine?«

»Na ja, für die anderen beiden kann ich natürlich nicht sprechen. Aber ich bin ganz o. k.«

»Frederick, bist du betrunken?«

»Nee. Ein bisschen, höchstens. Aber nicht so, dass ich nicht mehr weiß, was ich sage.«

Das Sommerfest des *Globus* war eine kleine, fast intime Angelegenheit. Natürlich waren alle rund 300 Mitarbeiter des Verlages eingeladen, aber das dritte Geschlecht hielt nichts von pompösen Festen wie bei der Konkurrenz, wo man Gäste aus der Politik einlud, um sich preisen zu lassen, oder Rummelplätze mietete. Der *Globus* feierte im geräumigen Innenhof des eigenen Gebäudes an der Friedrichstraße, und die Geschäftsführung hatte lediglich ein Buffet und Getränke bewilligt und zudem eine minimalistische Dekoration, die gerade einmal dazu reichte, den gewohnten Arbeitsplatz im

Halbdunkel der Dämmerung mit etwas anderen Augen als sonst zu sehen, weil grüne, blaue, gelbe und rote Lichterketten quer über die Köpfe der Mitarbeiter gespannt waren.

Merle Schwalb nahm eine Gabel voll von ihrem Couscoussalat und dachte über Rieffens Worte nach. Machte er sich an sie heran? Wollte er wirklich die angespannte Beziehung zwischen ihr und den Drei Fragezeichen entschärfen? Oder war seine Zutraulichkeit nur ein Witz, und sie würde am Ende vorgeführt werden?

Während Merle Schwalb noch überlegte, was sie als Nächstes sagen wollte, ergriff Frederick Rieffen wieder das Wort.

»Merle, ich will ja nur, dass du uns nicht für Arschlöcher hältst.«

»Ich dachte, du kannst nur für dich sprechen?«

»Ja, klar. Stimmt ja. Arno und Lars können schon Arschlöcher sein. Ich wahrscheinlich auch, also manchmal. Aber mir geht das auch auf den Sack.«

»Was geht dir auf den Sack? Mit ihnen zu arbeiten?«

»Nein, das ist cool. Aber diese Attitüde. Na klar kommen wir viel rum und kriegen manchmal gutes Zeug auf den Tisch und so.«

»Aber?«

»Aber deshalb muss man ja nicht so abheben. Ich will bloß schreiben, weißt du, gute Geschichten schreiben. Oder meinetwegen auch aus mittelguten gute machen, mir egal. Aber das macht mir Spaß, das kann ich.«

»Ja, das kannst du.«

»Ja, *verdammt*. Aber deshalb muss man ja kein Arsch sein, verstehst du? Ich meine, Arno zum Beispiel, wusstest du, dass er dreimal durch die Führerscheinprüfung gefallen ist und es dann nie wieder versucht hat? Stattdessen denken alle, er ist ein Oberarsch, weil er ständig Taxi fährt.«

»Na ja, er könnte ja auch S-Bahn oder U-Bahn fahren wie alle anderen.«

»Arno doch nicht!«

»Eben.«

»Ja, eben.«

Noch immer konnte Merle Schwalb nicht recht einschätzen, ob Rieffen nur angetrunken oder besoffen war. Er hielt sich gerade, lallte nicht, tatschte sie nicht an und schwankte nicht. Hatte er sich womöglich tatsächlich gerade genug Mut angetrunken, um sich auszuquatschen? Besser, wenn sie unverbindlich blieb und ihrerseits nicht zu viel von sich selbst preisgab. Andererseits war die Gelegenheit zu günstig, um nicht ein bisschen Licht in das Dunkel zu bringen, mit dem die Drei Fragezeichen sich umgaben.

»Frederick, warum bist du Journalist geworden?«

»Jedenfalls nicht, weil ich was verändern will. Wie alle anderen. *Ha!* Ganz ehrlich, ich find's schon geil, wenn ich von dem leben kann, was ich schreibe. Das mache ich am liebsten. Mehr brauche ich nicht.«

»Und wieso bist du das dritte Fragezeichen? Du könntest doch auch Reporter sein. Schöne Reportagen, das ist doch die Königsdisziplin, oder etwa nicht?«

»Hab ich vergessen.«

»Quatsch.«

»Ja, hab ich natürlich nicht vergessen. War die Idee vom dritten Geschlecht. Arno und Lars können nicht gut schreiben. Und wenn so viele Namen und Zahlen und Daten und Gerichtsverfahren und so Zeug auftauchen, dann brauchen die einfach einen, der das so aufschreibt, dass das noch jemand begreift.«

»Das heißt, du schaffst gar nichts an? Du schreibst es bloß auf?«

»Meistens, ja. Außer Arno oder Lars haben so viel zu tun, dass ich mal einen anrufen muss. Aber darin bin ich nicht so gut.«

»Verstehe.«

Rieffen ging zum Getränkestand, um für die beiden noch ein Bier zu holen.

»Und wieso denkst du, ich könnte einen komischen Eindruck von euch haben?«, empfing sie ihn, als er wieder neben ihr stand.

Rieffen fuhr sich mit beiden Händen durch die Haare. »Na ja, der falsche Termin für das Meeting, zum Beispiel, und dass Arno die Geschichte schon abgegeben hatte, bevor du sie gelesen hast, solche Sachen.«

»Ja, könnte hinkommen.«

»Tut mir leid.«

»Tut dir leid, ja?«

»Ja.«

»Und was machst du dagegen? Also außer es mir zu sagen?«

»Ich verstehe ja, dass du misstrauisch bist, daher …« Rieffen sah sich um, wie um sicherzustellen, dass er nicht beobachtet wurde. Dann kramte er vier aneinandergetackerte DIN-A4-Blätter aus seiner Jacketttasche, die er Merle Schwalb reichte. »Das hier«, erklärte er, »kam gestern Abend anonym bei uns an. Auf unserer gemeinsamen E-Mail-Adresse. Der Absender ist nicht zurückzuverfolgen. Ich war als Einziger noch im Büro. Es sind Schmutz-Dossiers über die Mitglieder des Runden Tisches. Ich hab's Arno und Lars nicht gezeigt und die E-Mail gelöscht.«

Merle Schwalb überflog das Dokument.

»Warum?«

»Weil ich erstens glaube, dass das aus einer ganz beschissenen Ecke kommt und die Absender bloß wollen, dass wir ihnen einen Gefallen tun. Und weil ich zweitens finde, dass die Situation angespannt genug ist, um das nicht gesehen zu haben.«

»Steht dir gut, Frederick«, sagte sie, und hoffte, dass es nicht allzu spöttisch klang.

»Was meinst du?«

»Ein bisschen Haltung.«

Rieffen lächelte schüchtern.

In diesem Moment kam Arno Erlinger an ihren Tisch und knallte eine Ausgabe der *Weltbild* des nächsten Tages auf den Tisch, die es am U-Bahnhof Friedrichstraße ab 22 Uhr zu kaufen gab. Er schlug die Zeitung auf und zeigte auf die dritte Seite. »Runder Tisch der Extremisten«, lautete die Überschrift.

»Das«, sagte Erlinger, »hätten wir auch gerne gehabt, denke ich mal. Ihr Ressort, *Schwälbchen*, oder?«

***

Dengelow konnte Angeber nicht ausstehen, und aus diesem Grund hatte er von jeher ein gespanntes Verhältnis zu Akademikern, deren Beharren auf Fachsprache und Überbetonung der Wichtigkeit ihres eigenen kleinen und sorgsam mit einem intellektuellen Gartenzaun abgetrennten Fachgebietes ihn nervte. Manchmal musste er über sich selber lachen, weil er in dieser Hinsicht geradezu das Klischee eines *Cops* erfüllte, wie er in Hollywoodfilmen oder US-Serien präsentiert wurde: ein Macher, nicht unbedingt ein Denker. Natürlich gehörte Denken auch zu seinem Job. Aber nicht so, dass man einen Knoten im Kopf bekam. Noch so eine Sache, die Agnes nie verstanden hatte, die zwar selbst keine Intellektuelle war, aber sich durchaus dafür hielt und diesen Anspruch mit einem dekorativen Bücherstapel neben dem Lesesessel untermauerte, den sie sorgfältig nach den Jahresend-Empfehlungen der *Zeit*-Redaktion zusammenstellte oder sich zusammenwünschte.

»Autochthoner Mashriq-Araber.«

Was für ein Scheiß.

Er musste erst bei Wikipedia nachlesen, um in Erfahrung zu bringen, dass damit die Länder und Gebiete des arabischen »Ostens« gemeint waren, in Abgrenzung, wie er weiterlernte, zum »Westen«, also Nordafrika, einerseits, und zum Golf beziehungsweise der arabischen Halbinsel andererseits. Blieben jene Gebiete, die sich heute Iraker, Syrer, Jordanier, Libanesen und Palästinenser teilten – und aus dieser Gegend, so hatte es Professor Eugen Tutsch herausgearbeitet, stammte der Sprecher aus dem Video vermutlich.

Außerdem gebe es »dialektale Alleinstellungsmerkmale«, die angeblich eine »längere Residenz mit aktivischer Sprachpraxis in prägenden Jahren« im »weiteren Raum Norddeutschlands« wahrscheinlich erscheinen ließen, wobei Professor Tutsch Mecklenburg und Vorpommern (nicht etwa: Mecklenburg-Vorpommern) ausschloss. Eher tippte er auf »Bremen, Hamburg, Oldenburg und das linguistisch jeweils typisch dominierte Umland«.

Das Alter könne man »zuversichtlich auf jenseits der Pubertät, aber gewiss diesseits der 45 Jahre eingrenzen«.

Dengelow schnaufte. Zwölf Seiten, um ihm das mitzuteilen. Um ihm mitzuteilen, was ihm vermutlich kaum helfen würde. Der Mann aus dem Bekennervideo war nicht alt und nicht jung, war kein Ossi, hatte diesseits des Weißwurst-Äquators gelebt und stammte ursprünglich aus einem von viereinhalb Ländern. Die »dergestalt« beschriebene Gruppe, überschlug Dengelow, umfasste vermutlich ein paar Hunderttausend Männer.

Aber gut, was hatte er auch erwartet? Immerhin wusste er nun, welchen Landeskriminalämtern und Verfassungsschutzlandesämtern er ein wenig extra Feuer unter dem Hintern machen musste.

Pflichtgemäß verfertigte Dengelow einen Vermerk für die BAO Zypresse und gab das Dokument zu den Akten.

Immerhin. Solange jeden Tag irgendetwas eintröpfelte, konnte er der Führung des Hauses demonstrieren, dass er nicht herumsaß, sondern jedem noch so kleinen Hinweis und jeder potenziellen Spur hinterherstieg.

Nur was er als Nächstes tun sollte, wusste er nicht. Alles, was er überhaupt nur in Auftrag geben konnte, hatte er in Auftrag gegeben – die Kollegen machten allesamt Überstunden. Allein die Ergebnisse blieben aus.

Vielleicht sollte er einfach noch einmal die E-Mails der Kollegen aus den anderen Behörden lesen, die ihm mehr oder weniger heimlich zutrugen, was sich sonst wo tat. Manchmal, ganz selten, fand sich dort ein Schnipsel, der im Austausch zwischen den Behörden eigentlich auch alleine den Weg zu ihm hätte finden sollen, aber entweder nicht richtig einsortiert worden war oder, auch das kam vor, aus Faulheit liegen blieb. Oder aus Behördeneitelkeit. Oder weil irgendwo eine Intrige lief.

Dengelow öffnete sein E-Mail-Account.

Der Bundesnachrichtendienst, typisch, verlegte sich mal wieder nur auf Analyse. Keine Fakten, aber immer eine Meinung. BKAler nahmen gerne die Umkehrung dieses Satzes für sich in Anspruch. Man könne berichten, berichtete Pullach in gewohnter Strebermanier, dass »aus eigenem Aufkommen« klar sei, dass »die Szene« den Anschlag auf Lutfi Latif positiv aufgefasst habe. Vereinzelt würde in den al-Qaida-nahen Diskussionsforen nachgefragt, ob und wann sich denn die al-Qaida-Zentrale im pakistanisch-afghanischen Grenzgebiet selbst noch bekennen würde. Aber Mitdiskutanten, so der BND pflichtschuldig, erinnerten an den Selbstmordanschlag von Stockholm, in dem eine solche Übernahme der Verantwortung ebenfalls ausgeblieben war – und der sich trotzdem als Anschlag einer al-Qaida-Filiale herausgestellt hatte, jedenfalls »mit hoher Wahrscheinlichkeit«. Mit hoher Wahrscheinlichkeit. Nie ohne Helm, dachte Dengelow. *Das* sollte das Motto des BND sein. Wobei ihm, auch nach tieferem Nachsinnen, nicht einfiel, was das wahre Motto des BND war. Vielleicht gab es auch keins.

Die meisten anderen Mitteilungen, in die ihm seine Zuträger

Einblick gewährten, befassten sich mit Themen, mit denen er überhaupt nichts zu tun hatte. Neue, unter der Hand verbreitete Brandsatz-Anleitungen für die Auto-Abfackler aus der linksradikalen Szene zum Beispiel, oder Kontakte von ein paar versprengten Anarchosyndikalisten aus Friedrichshain nach Griechenland, die womöglich zu den Bastlern der Briefbomben führten, die im Winter 2010 für einige Aufregung gesorgt hatten.

Die einzig interessante Meldung stammte vom Landeskriminalamt Berlin. In diesem Fall hatte ein »junger Mann palästinensischer Herkunft mit deutschem Aufenthaltstitel« Anzeige gegen unbekannt erstattet wegen der Kokelei an der Moschee am Mehringdamm. Er behauptete, er habe mit einer Art muslimischer Bürgerwehr Wache gehalten, weil es in den vergangenen Wochen so viele ähnliche Vorfälle gegeben hatte. Er war zum Staatsschutz gelaufen und hatte den Kollegen dort ein Foto übergeben, das einen der beiden Angreifer zeigen sollte, wobei er »eindringlich und wiederholt darum bat, seine Identität vertraulich zu behandeln«. Das LKA hatte das Bild zu den Akten gegeben, den Mann auf dem Bild aber mangels dringenden Tatverdachts nicht als Verdächtigen eingestuft.

Dengelow interessierte sich trotzdem für die Meldung. Die Geschichte von der muslimischen Bürgerwehr kam ihm bekannt vor, und er erinnerte sich wieder an den Vermerk des Landesamtes für Verfassungsschutz. Wie hatten die sich noch genannt? Die Vollstrecker von Allahs Willen oder so ähnlich, irgendeiner von diesen arabischen Begriffen, den sich kein Mensch merken konnte. Noch mehr aber interessierte Ansgar Dengelow sich dafür, dass kein Verfahren eingeleitet worden war. Wieso nicht? Vielleicht waren die Kollegen ja überlastet, das konnte schon sein. Aber andererseits wäre ein aufgeklärter Brandanschlag auf eine Moschee sicher etwas, womit man sich schmücken könnte.

Vielleicht sollte er den jungen Kollegen einfach anrufen, der ihm die E-Mail geschickt hatte?

Es klingelte dreimal, dann ging der junge Kommissar an sein Handy.

Immer mit der Tür ins Haus, rief sich Dengelow seine Überrumpelungstaktik ins Gedächtnis. »Dengelow hier, hallo! Hören Sie, Kollege, ich wollte mal kurz nachfragen, wenn Sie 'ne Sekunde Zeit haben, warum das LKA kein Verfahren eingeleitet hat gegen diesen angeblichen Moscheezündler auf diesem Foto, Sie wissen schon?«

»Moment.«

Dengelow hörte, wie der Kollege von seinem Schreibtisch aufstand und irgendjemandem etwas zumurmelte. Dann hörte er Schritte und schloss, dass der Kollege sich an einen ruhigeren Ort begab.

Nach etwa dreißig Sekunden meldete der Kommissar sich wieder. »Herr Dengelow, sind Sie noch dran?«

»Ja.«

»Ich musste mal kurz weg von den Kollegen. Ich hab gesagt, meine Freundin ist dran.«

»Also, was ist los?«

»Sunderberg hat es ausgetreten. Ich war da, als der Mann sich bei uns gemeldet hat, Fadi Schadi oder so, ist ja auch egal. Hat ein Internetcafé in der Graefestraße. War total aufgeregt. Jedenfalls habe ich es Sunderberg vorgetragen, und er hat gesagt: Wir machen gar nichts.«

»Und wieso?«

»Ich verstehe es auch nicht.«

»Haben Sie nachgefragt?«

»Sie kennen Sunderberg doch auch, oder?«

Dengelow lachte jovial. »Ja, natürlich.«

»Stattdessen wollte er, dass wir alles über den Anzeigeerstatter herausbringen. Ich sollte sogar mit dem Verfassungsschutz reden, diskret. Ob man was gegen den Mann in der Hand habe. Ob er nicht interessant sein könnte.«

»Wegen dieser Bürgerwehr-Sache?«

»Sunderberg nennt es eine Zelle.«

»Verstehe. Tja, und Sie haben wirklich keine Ahnung, was Sunderbergs Grund gewesen sein könnte, die Kokelei nicht weiterzuverfolgen?«

»Nada, Herr Dengelow.«

»Na ja, danke jedenfalls, ich hab hier ja eh mit anderen Dingen alle Hände voll zu tun.«

»Ja, ich weiß. Viel Erfolg!«

»Danke, Kollege!«

Dengelow beendete die Verbindung.

Sunderberg also. Ole Sunderberg, der Vizepräsident des Berliner LKA. Eitel, aufbrausend und selbstgefällig. Mehrmals die Treppe hochgefallen, weil er den richtigen Leuten die richtigen Dinge gesagt hatte. Aber was für seine Karriere vermutlich noch bedeutender gewesen war: Sunderberg war ein Golf-, Privat- und Parteifreund von Staatssekretär Sinn.

Irgendetwas ist da faul, dachte Dengelow. Wieso geht er aufs falsche Ziel? Ich verstehe ja, dass diese Bürgerwehrgeschichte interessant ist, obwohl es dazu offenbar überhaupt nichts Handfestes gibt. Aber der Zündler doch erst recht. Wieso boykottiert er die Ermittlungen?

Dengelow schlenderte zur Kaffeemaschine und machte sich einen Cappuccino. Er wusste, dass er sich nicht einmischen konnte. Aber je länger er darüber nachdachte, desto mehr erschien ihm der Vorfall immerhin als eine Gelegenheit, Munir zu kontaktieren. Als er wieder an seinem Schreibtisch saß, verfasste er eine knappe E-Mail an seinen V-Mann, bat ihn um Hinweise in jeglicher Richtung, hängte eine Kopie des Bildes an, das den mutmaßlichen Zündler zeigte, und speicherte die Mail in dem Entwurfsordner, den er sich mit Munir teilte.

* * *

Es war auf den Tag drei Wochen nach dem Anschlag in der Siegfried-Passage, als Samson alles auf eine Karte setzte. Wieder einmal saßen die Mitglieder des Kommandos gemeinsam um den gewaltigen Tisch im Konferenzraum im zweiten Stock der Zentrale. Draußen über dem See lösten sich gerade die letzten abziehenden Gewitterwolken in Fetzen auf. Das Licht, fand Samson, war dramatisch.

Widukind war außer sich.

»So etwas«, polterte er und ließ einen grobkörnigen DIN-A4-Abzug auf Fotopapier auf den Konferenztisch gleiten, »darf uns nicht wieder passieren! *Pippin*, ich hätte mehr Vorsicht von Ihnen erwartet. Gerade von Ihnen, ehrlich gesagt!«

Samson hatte sich auf dem Foto sofort selbst erkannt. Er gab sich

Mühe, zerknirscht zu schauen. *Renatus*, mit dem er in jener Nacht wieder einmal unterwegs gewesen war, stöhnte laut auf. Die übrigen Mitglieder des Kommandos tuschelten.

»Ich musste«, fuhr *Widukind* fort, »im Hintergrund ein paar Fäden ziehen, damit der Vorfall nicht weiterverfolgt wird.«

»Woher kommt das Foto? Wer hat es gemacht?«, fragte *Renatus*. Seine auf dem Tisch liegende Hand war zur Faust geballt. Samson konnte sehen, wie sich seine Fingerknöchel weiß färbten.

»Das tut nichts zur Sache«, beschied *Widukind*.

Einige Mitglieder des Kommandos schnauften gereizt. Samson ahnte, warum. Sie waren es schließlich, die fast jeden Abend Aktionen durchführten, und nicht *Widukind*. Niemand von ihnen wollte erwischt werden. Sie witterten Gefahr.

Doch *Widukind* ignorierte die Unmutsbekundungen. Seine Stimme nahm jetzt einen schneidenden Ton an. »So etwas muss künftig verhindert werden. Wir können solche Risiken nicht eingehen!«

»Jedenfalls nicht für solche Mini-Operationen«, sagte *Chevalier* mit bebender Stimme, dessen mächtiger Bauch und dürren Beine und Arme Samson immer an ein Kastanienmännchen denken ließen. *Chevalier* schien sich grundsätzlich aus dem Sortiment seines eigenen Geschäfts einzudecken. An diesem Tag trug er grüne Tarnfleckshorts und ein kakifarbenes Buschhemd, dazu klobige schwarze Stiefel. Vielleicht Springerstiefel, Samson war sich nicht sicher.

»Was haben Sie da gesagt?«, fragte *Widukind* scharf zurück. »Könnten Sie das bitte wiederholen, *Chevalier*?«

Chevalier lehnte sich aufreizend langsam in seinem Sessel zurück. »Ich denke«, setzte er an, »dass das, was wir bisher machen, nicht schlecht ist. Aber es ist irgendwie auch Pippikram. Vielleicht sollten wir allmählich mal darüber nachdenken, einen Schritt weiter zu gehen.«

»Zum Beispiel?«, erkundigte sich *Widukind*.

»Blut«, antwortete *Chevalier* langsam und strich sich dabei durch den Vollbart. »Und damit meine ich nicht Schweineblut. Ich meine *richtiges* Blut.«

Widukind ließ seinen Blick langsam über die Gesichter der Anwesenden schweifen. Samson hatte Mühe, ruhig zu bleiben. Zum ersten Mal, seit er das Kommando infiltriert hatte, diskutierten die Mitglieder über die Gewaltfrage. Was bedeutete das? War sein Verdacht, dass Sinn und seine Mitstreiter Lutfi Latif umgebracht hatten, falsch? Oder bestätigte es nur, dass es neben der angeblichen Zentrale noch eine wahre Zentrale gab, und dass die Männer und Frauen, die mit ihm in der alten Schule ein- und ausgingen, tatsächlich nicht in alle Geheimnisse eingeweiht waren, zum Beispiel in den Mord an dem Abgeordneten? Was auch immer die Wahrheit war, er musste endlich vorankommen. Angespannt verfolgte er die Diskussion, während sich in seinem Kopf eine Idee formte.

»Freunde«, sagte der Staatssekretär nun leise und eindringlich, nachdem er anscheinend genug in ihren Mienen gelesen hatte, »wir sind die Speerspitze des Widerstands. Wir gehen voran, wo viel zu viele andere noch zögern, weil wir verstanden haben, dass die Zeit zu handeln jetzt ist. Jetzt. In *unserer* Zeit. So wie Karl Martell dasselbe zu *seiner* Zeit begriffen hat. Aber wir sind keine Armee. Noch nicht jedenfalls. Wir sind eine Vorhut ohne Nachhut, und das zwingt uns dazu, sehr vorsichtig zu agieren. Wir können zu diesem Zeitpunkt noch keine solchen Operationen durchführen.«

»Doch, das können wir!«, sagte Samson plötzlich laut und blickte *Widukind* direkt in die Augen. Alle Blicke richteten sich augenblicklich auf ihn selbst.

»*Pippin,* was wollen Sie damit sagen?«, fragte *Widukind* beherrscht.

»Wir könnten durchaus Blut vergießen«, sagte Samson, »ja wir *sollten* sogar Blut vergießen. Wir müssen es nur richtig machen.«

»Wie meinen Sie das?«

»Indem wir es tun und zugleich *nicht* tun.«

»Sprechen Sie *bitte* etwas verständlicher mit uns.«

»Ich weiß, dass Sie mit der Geschichte des Abendlandes vertraut sind. Ich nehme an, die meisten der hier Versammelten ebenfalls. Ich denke an die Hermannsschlacht, an den Kampf der Germanen gegen die Römer. So wie Heinrich von Kleist ihn schildert. Es spielt keine Rolle, wie es damals wirklich gewesen ist. Aber bei Kleist wiegelt Hermann die schlafenden Germanen dadurch auf, dass er seine eigenen Untertanen als Römer getarnt Untaten begehen lässt. Weil diese das Ausmaß der Bedrohung *von alleine* nicht begreifen.

Hermanns Plan geht auf, die Stimmung kippt, und der Widerstand gegen die Invasoren wird geeinigt.«

»Werden Sie deutlicher.«

»Wir sind heute doch fast in derselben Situation! Schauen Sie, soweit ich das beurteilen kann, hat nichts der Sache des Kommandos mehr genutzt als der Anschlag auf Lutfi Latif. Richtig? Sie haben selbst gesagt, *Widukind*, dass die Salons seitdem aus allen Nähten platzen. Dass sogar in kleinen Städten zweite und dritte Salons organisiert werden müssen – Ihre Worte, *Missy*! Die Leute sind sauer – und zwar auf die richtigen, auf die Mohammedaner, die Terroristen. Das hätten wir selbst nicht besser hinkriegen können! Wieso nehmen wir die Dinge also nicht in unsere eigenen Hände, und schieben die Toten den Musels in die Schuhe?«

Die Mitglieder des Kommandos Karl Martell starrten Samson mit weit aufgerissenen Augen an.

Chevalier murmelte: »Scheiße, er hat recht.«

Renatus klopfte leise mit den Fingerknöcheln auf den Tisch und gab sich unfreiwillig als der Akademiker zu erkennen, der er war.

Samson suchte erneut Sinns Blick am schmalen Ende des Tisches. Der Staatssekretär versuchte, keinerlei Regung zu zeigen. Aber seine Augen blickten amüsiert, jedenfalls schien es Samson so.

Schließlich ergriff *Widukind* das Wort. »*Pippin*, das war ein *höchst* interessanter Beitrag. Aber Sie werden verstehen, dass ich solche Dinge mit *Aurelius* besprechen muss.«

Erst als er sich zwei Stunden später auf dem Rückweg nach Berlin befand, fiel Samsons Anspannung allmählich von ihm ab. Nachdem Sinn die Versammlung beendet hatte, waren als Erste *Q* und *Ricardo* zu ihm gekommen, um ihm stumm auf die Schulter zu klopfen, später kam *Renatus* zu ihm und erklärte, er hoffe, dass es nun endlich richtig losgehen werde, »darauf warten wir doch in Wahrheit alle!« Sein Vorschlag hatte sein Standing innerhalb der Fußtruppen des Kommandos Karl Martell offenkundig verbessert. Das aber war nicht entscheidend für Samson.

Sondern dass später auch Sinn zu ihm gekommen war.

»Wollen wir?«, fragte *Widukind*, und diesmal war er es, der auf den Balkon deutete.

»Natürlich.«

»Sie nehmen mir bitte nicht übel, dass ich am Anfang wegen dieser Lappalie mit dem Foto so forsch war, das war für die anderen bestimmt«, sagte der Staatssekretär, als sie nebeneinander an der Brüstung standen.

Mittlerweile war die Dämmerung angebrochen. Das Gewitter hatte den Himmel aufgeklart, es war kühler als am Nachmittag, aber immer noch warm. Die ersten Sterne waren schon zu erkennen, obschon es noch hell genug war, dass man im Freien eine Zeitung hätte lesen können.

»Da bin ich ja beruhigt«, antwortete Samson möglichst lässig.

»*Pippin,* mir ist klar, dass Sie nicht für diese nächtlichen Ausflüge gemacht sind. Ihre Qualitäten liegen auf anderen Gebieten. Was Sie mit dem Runden Tisch angestellt haben, war exemplarisch. Behalten Sie es vorerst für sich, aber ich kann Ihnen jetzt schon sagen, dass der Bundesinnenminister den Runden Tisch morgen offiziell auflösen wird.«

»Das ging ja schnell.«

»Ja, sehr schnell. Dank Ihnen!«

»Es war mir ein Vergnügen.«

Sinn fingerte ein silbernes Etui aus seiner Hosentasche und bot Samson einen Zigarillo an. Samson lehnte ab. Sinn nahm einen heraus.

»*Pippin,* ich möchte Sie zu einer besonderen Besprechung dazubitten. Übermorgen Abend. Ich bitte Sie, es einzurichten.«

»Natürlich.«

»Sie ahnen womöglich, worum es geht. Es ist aber unabdingbar, dass Sie mit niemandem darüber sprechen.«

»Selbstverständlich.«

»Das schließt Mitglieder des Kommandos ein.«

»Ich weiß.«

»Gut. Übermorgen, 21 Uhr.«

Sinn steckte ihm einen Zettel zu.

»Darauf steht die Adresse und ein Code, den Sie brauchen werden. Bitte merken Sie sich beides.«

»Mache ich.«

»Ich meine jetzt.«

»Jetzt?«

»Jetzt. Lesen Sie, prägen Sie es sich ein und geben Sie mir den Zettel zurück.«

Samson entfaltete das Blättchen, memorierte die vier Zeilen und reichte es Sinn. Der Staatssekretär hielt bereits ein entzündetes Streichholz in der Hand. Er nahm den Zettel und verbrannte ihn. Dann steckte er sich seinen Zigarillo mit demselben Streichholz an.

Er lächelte. »Schöner Abend, nicht wahr?«

»Sehr schön.«

Und jetzt war er auf der Rückfahrt nach Berlin. Die Fahrt mit der S7 würde fast eine Stunde dauern, und das gleichmäßige Rattern beruhigte ihn. Er wusste, dass er sich längst bei Sumaya hätte melden müssen. Warum hatte er es nicht getan? Es hätte genug Gelegenheiten gegeben. Aber er war zu angespannt gewesen. Zu nervös. Und er hatte Angst gehabt, mit ihr zu sprechen. Zumindest über das, was er in der Zentrale getan hatte, und genau das würde sie wissen wollen. Stattdessen hatte er sich die drei Wochen über gezwungen, so wenig wie möglich an Sumaya zu denken, um seine Rolle spielen zu können. Wie hätte er Schmiere stehen können, als *Renatus* an der Moschee am Mehringdamm zündelte, wenn er an Sumaya gedacht hätte?

Aber jetzt musste er sie sehen. Nicht nur, weil er, wie er hoffte, endlich kurz vor dem Durchbruch stand. Sondern weil er sie vermisste. Er sehnte sich nach ihr. Und da war noch etwas. Er spürte, dass er eine Pause brauchte, eine Unterbrechung in diesem maliziösen Rollenspiel. Sicher, es war seine selbst gewählte Mission, an Sinn heranzukommen. Aber seine Rolle verlangte ihm mehr ab, als er erwartet hatte. Mehr, als er noch lange nur mit sich selbst würde ausmachen können.

An der S-Bahn-Haltestelle Warschauer Straße stieg Samson aus und entschloss sich, bis zu Sumayas Wohnung zu laufen. Als er die Oberbaumbrücke überquerte, die Kreuzberg und Friedrichshain verband, genoss er die warme Brise, die ihm ins Gesicht wehte. Rechts und links von ihm liefen Studentinnen und Studenten in beiden Richtungen ihren abendlichen Vergnügungen entgegen, einige kaum jünger als er. Sie schleppten Grillgerätschaften mit sich herum, wahrscheinlich auf dem Weg in den Görlitzer Park, oder saßen mit Hefeweizen-Gläsern bewaffnet in den Straßencafés, die seinen Weg säumten. Doch ihre Leichtigkeit schmerzte ihn.

Wieso saß nicht er mit fünf oder sechs Freunden auf diesem Sperrmüllsofa, beglotzte Passanten, riss Witze und pfiff hin und wieder einem Mädchen hinterher, während er Beck's trank? Wahrscheinlich würde er höchstens ein halbes Dutzend Gelegenheiten in seinem Leben aufzählen können, an denen er ähnlich unbeschwert gewesen war. Die Kursfahrt nach London vielleicht. Ganz sicher die Tauchreise in Australien. Ein paarmal mit Merle, die Ausflüge an den Badesee, der Sex. Aber oft war es ihm nicht geglückt. Warum nicht? Habe ich kein Talent dazu, mich gehen zu lassen? Nur das zu tun, worauf ich Lust habe? Es war ja vielleicht noch nachvollziehbar, dass er seit dem Erlebnis mit Mohammed und seinen Freunden einen Teil seiner Unbeschwertheit für immer verloren hatte. Und dass er sich seitdem tagaus tagein mit Terroristen beschäftigte, hatte sie sicher nicht wiedergebracht. Aber die eigentliche Frage war doch: Hatte er sich diesem Thema vielleicht nur zugewandt, weil er sich mit dem Glücklichsein so schwertat?

Merle hatte sich zum Schluss ganz offen bei ihm darüber beschwert. Dabei hatte sie sein Geheimnis nicht einmal gekannt. Wusste nicht, dass er anderthalb Jahre lang die Todespiloten des 11. September und ihre Freunde mehrmals pro Monat getroffen hatte, Mohammed und Ziad und Ali und Khaldun und Abbas und all die anderen, dass er ihre Hochzeiten und Feste mit ihnen gefeiert hatte, ihren Brandreden gelauscht, sogar ihre Dschihad-Gesänge transkribiert hatte. Dass er seitdem immer wieder daran denken musste und von Mohammeds stechenden Augen verfolgt wurde. Aber vielleicht war das ja auch nicht der einzige Grund für seine Verschlossenheit, und sie speiste sich noch aus anderen Quellen.

Merle hatte sich darüber beklagt, dass er alles so ernst nahm. Dass er so selten lachte. Dass es doch immer so schön sei, wenn er es einmal tat, aber eben leider so selten. Sie hatte versucht herauszufinden, ob es etwas mit seinen Eltern zu tun hatte. Hatte es aber nicht. Die lebten, seit er 18 Jahre alt war und zum Studieren nach Hamburg zog, in ihrem Ferienhaus in der Schweiz. Ein- oder zweimal im Jahr buchten sie ihm einen Flug, sie feierten Weihnachten zusammen, telefonierten an ihren jeweiligen Geburtstagen, und ihr Verhältnis war weder schlecht noch gut, sondern langweilig. Sie fragten nicht, was er tat, er erklärte es ihnen nicht, es gab keine Konflikte, und niemand hatte zu leiden. *Nein, Merle, das war es nicht. Das ist es nicht.*

Schon eher, *vielleicht*, dass er oft das Gefühl gehabt hatte, er gehöre irgendwie nicht dazu. Nicht wegen etwas Augenscheinlichem. Er war nicht gehbehindert, wie sein Freund Stefan es war. Er war auch nicht auffallend hässlich oder unübersehbar uncool gewesen. Nicht abstoßend fett und kein offensichtliches Muttersöhnchen, kein Ausländer, kein schlecht getarnter Nerd oder sonst wie peinlich. Nur ein bisschen unheimlich.

Es war zum Beispiel so, dass er über Witze nicht lachen konnte, weil er immer, und zwar absolut zuverlässig, die Pointe vorhersah. Diese Fähigkeit umfasste auch andere Bereiche. Er war sehr gut darin, das Verhalten anderer vorherzusagen. Vielleicht zu gut. Er war sich dessen lange nicht bewusst gewesen. Aber offenbar versetzte er sich ständig und ohne es zu wollen oder auch nur zu merken, sehr effektiv in den jeweils Handelnden hinein. Es war wie eine Gleichung, die er im Hintergrund durchrechnete: die Ziele, die Fähigkeiten, das Verhältnis zwischen beiden. Er lag selten daneben. Aber es war leider ein Talent, das auf wenig Bewunderung stieß. Seine Mitschüler, später seine Kommilitonen, fanden es eher befremdlich. Samson aber konnte das Programm nicht abstellen. Entweder er lachte nicht mit. Oder er verdarb allen den Spaß, indem er vorhersagte, wer was als Nächstes tun oder sagen würde.

War das vielleicht der Grund, fragte er sich, aus dem er sich unbewusst denen zugewandt hatte, bei denen der Trick nur eingeschränkt funktionierte? Wie bei Mohammed. Mit wie viel Arroganz hatte er geglaubt, ihn und seine Freunde durchschauen zu können! Doch am Ende war er Lügen gestraft worden, bittere Lügen. Wie bei den Terroristen, mit denen er sich jetzt beschäftigte, wo er zwar nicht schlecht mit seinen Prognosen war, aber oft genug danebenlag, wie alle anderen auch, die sich damit befassten; eine tägliche Übung in Demut. Hatte er deswegen anstelle von ausrechenbaren Romanen schon immer Bücher über Nachrichtendienste und Verschwörungstheorien vorgezogen, über das Verborgene und das Unvorhersehbare?

Hatte er sich deswegen in Sumaya verliebt?

Um überrascht zu werden?

Samson spürte, dass dieser Gedanke einen Abgrund auftat. Wie merkwürdig, dass er ihn noch nie gedacht hatte. Er schob ihn dennoch beiseite. *Nicht jetzt*. Er war sicher, dass bei seinen Gefühlen für Sumaya mehr im Spiel war, als dass er sie nicht ausrechnen konnte. Viel mehr.

Er bog in die Wiener Straße ein und dachte an ihre Hände, die wie warmes, weiches Holz ausgesehen hatten, als er sie zum ersten Mal im Prater getroffen hatte. Das schöne Braun ihrer Haut, von einer Nuance, dass man unmöglich sagen könnte: Es ist hellbraun. Oder: Es ist dunkelbraun. Wie sie schlafend neben ihm gelegen hatte. Sumaya, die Majestätische. Oder meinetwegen Hocherhabene. Die Himmlische? Noch besser. Er freute sich, dass er gleich vor ihrem Haus stehen würde. Es war 22 Uhr. Vermutlich würde sie mit Mina auf dem Balkon sitzen. Und nichts würde er lieber tun, als sich dazuzusetzen, nichts auf der Welt. Mit Sumaya würde er es anders machen. Irgendwo in seinem Inneren, das wusste er, war er lustig und frei. Irgendwo.

***

Sumaya saß mit Mina und Ulf auf dem Balkon, als sie ein leises Pfeifen hörten.

Ulf stand auf und blickte über die Brüstung in den Innenhof. »Da steht ein Typ und schaut hier rauf«, rapportierte er.

Mina stand ebenfalls auf und stellte sich neben Ulf. »Susu, es ist Samuel!«

Sumaya wusste nicht, wie sie reagieren sollte. Sie spürte nur, wie ihr Gesicht heiß wurde.

»Susu, soll ich ihn reinlassen?«, fragte Mina. Und noch einmal: »Susu? Was soll ich tun?«

»Lass ihn rein«, beschied Sumaya schließlich.

Mina bedeutete Samuel, dass er hochkommen solle. »Ich glaube, er ist ein bisschen enttäuscht, dass ich ihm gewunken habe und nicht du«, sagte sie.

»Recht so«, antwortete Sumaya.

Als es an der Wohnungstür klopfte, bat sie ebenfalls Mina, aufzumachen. Ihre Mitbewohnerin ging, ließ Samuel herein und kehrte mit ihm zurück auf den Balkon.

»Hallo, Sumaya!«, sagte er.

»Hallo, äh, *Samson,* richtig? Ich bin beruhigt, dass du anscheinend doch nicht mit Betonschuhen in der Spree gelandet bist.«

Sie wollte eigentlich gar nicht wütend sein. Samuel sah müde aus

und hatte tiefe Augenringe. Er schien schmaler geworden zu sein. Aber sie war verletzt und konnte es nicht verleugnen. Sie sah ihn an, und augenblicklich sah sie wieder das Foto vor sich, das Fadi ihr gezeigt hatte. Was hatte er sonst noch getan, außer dabei zuzusehen, wie das Kommando versucht hatte, eine Moschee anzuzünden?

Das Lächeln, mit dem Samson auf den Balkon getreten war, wich aus seinem Gesicht. »Ich weiß, ich hätte mich melden müssen«, sagte er sanft.

»Ach ja?«

»Ja, und es tut mir leid.«

»Ich versteh's noch nicht ganz. *Konntest* du dich nicht melden oder *wolltest* du nicht?«

»Sumaya, es gab Gründe. Ich versuche später, es dir zu erklären, ja?«

»Hattest du vielleicht einfach keine Zeit, weil du so beschäftigt warst und so viel zu tun hattest? Nachts am Mehringdamm zum Beispiel?«

»Scheiße, Sumaya, woher weißt du das?«

Er war jetzt ernsthaft alarmiert, und Sumaya bedauerte, dass sie vor Ulf, der nicht eingeweiht war, eine solche Andeutung gemacht hatte. Umso dankbarer war sie, dass Mina eingriff.

»Ihr beiden Turteltäubchen, könntet ihr eure kleine Vergangenheitsbewältigung vielleicht später zu zweit erledigen? Ja? Damit wir jetzt noch ein bisschen zusammen den Abend genießen können?«

Bevor jemand etwas erwidern konnte, fragte sie Samuel, was er trinken wolle, schenkte ihm von ihrem selbstgemachten Eistee ein und stellte Ulf und Samuel einander vor. Es half, dass aus einer der Nachbarwohnungen Bob Marley herüberwaberte.

Sumaya stellte erleichtert fest, dass Ulf entweder bereitwillig mitspielte oder die Brenzligkeit der Situation nicht verstanden hatte, jedenfalls nahm er Samuel sofort in Beschlag, um ihm die üblichen Fragen zu stellen, wobei sie wiederum mit Interesse registrierte, dass Samuel auf die Frage, was er so mache, antwortete, er sei ein freier und unterbeschäftigter Journalist. Vermutlich, dachte sie, hat er sich das so angewöhnt. Was soll er auch sonst sagen? *Ich benehme mich seit Jahren wie ein Terrorist, aber ich bin natürlich keiner. Verstehst schon: Dschihadisten, radikale Islamhasser, was halt so anfällt?*

Samuel hatte sich auf den freien Stuhl neben ihr gesetzt. Nun spürte sie, wie er vorsichtig mit seinen Fingerspitzen nach den ihren tastete, während er mit Ulf über den Tisch hinweg über die Vor- und Nachteile von Master- und Bachelor-Studiengängen plauderte. Aber sie war immer noch zornig. Wie konnte sie seine Hand halten, solange sie nicht wusste, was er mit genau diesen Händen angestellt hatte? Sie ließ ihn im Ungewissen, ein oder zwei Minuten lang, und merkte, wie er immer unsicherer wurde, die Berührungen ihrer Finger erst immer zaghafter, dann immer bittender wurde; schließlich gab er es auf.

Einmal, nur für einen kurzen Augenblick, zog sie ihre Hand nicht zurück. Sofort registrierte sie, wie er sich entspannte. Es wäre schön, wenn es immer so sein könnte, dachte Sumaya. Aber es ist nicht so. Dann entzog sie ihm ihre Hand wieder.

Nach einer halben Stunde sorgte Mina dafür, dass sie und Ulf sich zurückzogen.

»Sind die beiden wieder zusammen?«, fragte Samuel, als sie alleine waren.

»Ja. Vorläufig.«

»Das freut mich.«

»Ja, wenigstens etwas Schönes in all diesem Chaos.«

»Sumaya, ich habe dich vermisst.«

»Hab ich nicht bemerkt.«

»Ich weiß.«

Sie konnte sehen, dass er litt. Es war ihr egal. Nein, es war ihr nicht egal. Sie litt ebenfalls, das war es. Sie fand es fair, dass er litt. Sie wollte nicht so fühlen. Aber sie hatte es nun einmal nicht in der Hand.

»Hör zu, ich erzähl dir alles, o. k.?«

»Ja, bitte«, sagte sie, und gab sich Mühe, dass wenigstens das nicht feindselig klang.

Eine volle Stunde lang ließ sie ihn reden, ohne ihn zu unterbrechen. Er berichtete, wie er sich Zugang zum Kommando verschafft hatte, wie die Treffen abliefen, wer die Mitglieder waren und welche Aktionen sie durchführten. Zunächst war sie irritiert, dass er so sachlich Bericht erstattete. Sie merkte, wie sie darüber noch wütender wurde. Doch dann wurde ihr klar, dass er sich angesichts ihrer Kühle nicht traute, Gefühle zu zeigen.

Also lächelte sie kurz, und augenblicklich änderte sich seine Erzählweise, und er ließ seine Zweifel einfließen, seine Ängste, entdeckt zu werden, und seine Mühe, die Fassade aufrechtzuerhalten.

»Und was hast du gemacht? An *Aktionen*, oder wie das bei euch heißt, meine ich?«

»Nicht bei uns, bei denen«, sagte er müde. »Aber das weißt du ja anscheinend schon.«

»Nein, das weiß ich eben *nicht*. Ich weiß nur von einer Sache, einem Abend, einer Moschee, einem Feuer, Samuel.«

»Ich hab immer nur Schmiere gestanden.«

»Wie oft?«

»Sumaya …«

»Wie oft?«

»Viermal.«

»Verdammt, Samuel!« Sie bemerkte, wie ihr Tränen in die Augen stiegen.

»Sumaya, was sollte ich denn tun? Wenn du es genau wissen willst, ich bin sogar noch weiter gegangen. In gewisser Weise. Der Runde Tisch?«

»Ja?«

»Das war ich.«

»Was noch?«

»Sumaya, ich musste Sinns Vertrauen gewinnen, o. k.? Sonst können wir uns das alles sparen. Und das geht nur so.«

»Vielleicht war es ja gar nicht so eine gute Idee, wie du denkst!«

»Sumaya, denkst du, ich hab mich das nicht an jedem einzelnen Tag gefragt?«

»Aber?«

»Ich bin kurz davor. Ich bin mir sicher, dass Sinn mich einweihen will. In alles. Dass er zugeben wird, dass sie Lutfi getötet haben.«

»Wieso?«

Samuel berichtete ihr von der Einladung, die Sinn ihm auf dem Balkon übermittelt hatte.

Sumaya antwortete nicht. Sie bemerkte, wie sie zu frösteln begann. Es war unfair, dass sie so viel mehr über Samuels dunkle Seite erfuhr als über seine helle. Dass sie gezwungen wurde, sich auszumalen, wie er mit Mördern herumkumpelte, die ihn, weil Samuel diese Schwarze Kunst offenbar beherrschte, für einen der Ihren hielten.

Wie gut kann er sich eigentlich verstellen? Und was bedeutet das? Für ihn und für uns? Scheiße.

»Ich weiß nicht, was ich sagen soll, Samuel, das ist alles ziemlich heftig«, sagte sie schließlich. »Ich hoffe nur, dass es sich am Ende gelohnt haben wird. Sonst weiß ich nicht, wie ich dir jemals wieder in die Augen sehen kann.«

»Ich weiß«, antwortete er leise. »Aber bitte, ich muss wissen, woher du von der Sache am Mehringdamm weißt.«

Sie erzählte ihm von Fadis Überwachungsaktion und dem Foto, das er gemacht hatte.

»Sumaya, was hat Fadi mit dem Foto gemacht?«

»Was denkst du? Er wollte damit zur Polizei gehen. Ich musste ihn einweihen. Er hat mir versprochen, dass er es nicht weitergibt.«

Samuel verbarg sein Gesicht in den Händen. Als er sie wieder anblickte, sah sie den Schmerz in seinen Augen.

»Sumaya, ich weiß, dass Fadi es weitergegeben hat. Sinn hat mit seinen Beziehungen dafür gesorgt, dass die Anzeige nicht weiterverfolgt wird.«

Sumaya fühlte sich, als habe ihr jemand mit einer Lanze ins Herz gestochen. Sie war wütend gewesen, ja, aber jetzt stand ihr Inneres in Flammen. »Sagt wer?«, schleuderte sie Samuel entgegen.

»Sinn«, antwortete er.

»Und du«, sagte sie langsam, »glaubst eher diesem Mörder als meinem Cousin? Raus hier!«

***

Samson hatte seine Tauchausrüstung schon nach der ersten Woche seiner Infiltration des Kommandos Karl Martell mit nach Potsdam gebracht. Bis jetzt war er noch nicht dazu gekommen, den See vor der alten Schule zu erkunden. Mit ziemlicher Sicherheit würde

es dort noch viel weniger zu sehen geben als in der Ostsee, und ganz gewiss wartete dort kein Riff auf ihn. Aber als er am Tag nach seinem Wiedersehen mit Sumaya wieder in Potsdam ankam, hatte er kein größeres Bedürfnis, als zu tauchen. Ihr Rauswurf hatte ihn getroffen. Die ganze Nacht hatte er sich in seiner Wohnung in der Schreinerstraße den Kopf darüber zerbrochen, ob er zu weit gegangen war, ob sie recht hatte, ob das Foto noch auf anderem Wege an die Polizei gekommen sein könnte, ob seine ganze Idee von vornherein ein Fehler gewesen war und ob die Beziehung zu Sumaya, die mögliche Beziehung zu Sumaya, die hoffentlich nicht schon beendete Beziehung zu Sumaya, nicht viel wertvoller war als alles, was er hier zu erreichen versuchte.

Er war ohne gesicherte Erkenntnisse eingeschlafen.

Er war mit einem Kater aufgewacht.

Und dann, als er nach Potsdam fuhr und anschließend den Fußweg vom S-Bahnhof zur alten Schule zurücklegte, hatte er sich vor sich selbst geekelt, weil er sich geradezu freute anzukommen. Warum? Weil ihm hier niemand widersprach? Weil das Kommando ein geschützter und vertrauter Raum war, selbst für ihn, den Eindringling?

Am Mittag hatte es eine kurze Besprechung gegeben. Er hatte mitgeholfen, ein Rundschreiben zu formulieren. Es richtete sich an jene Salonbesucher in ganz Deutschland, die eigene Geschäfte und Unternehmen betrieben, und in dem Dokument wurden ihnen von *Missy* geprüfte und für rechtlich einwandfrei befundene Möglichkeiten aufgezeigt, die Behandlung oder Bedienung oder Einstellung von verschleierten Frauen zu verweigern. Man hatte ihn für seine

Formulierungen gelobt, er hatte sich gefreut. Und sich danach nur noch elender gefühlt. Und das, wo er doch für den morgigen Tag, für den Termin, zu dem ihn Sinn eingeladen hatte, einen klaren Kopf gebraucht hätte.

Samson schnappte sich Tarierjackett, Luftflaschen, Flossen, Maske und Gewichte, und trottete vorsichtig zum Seeufer hinunter. Nichts hören, außer dem eigenen Atem. Nicht erreichbar sein. Den Neoprenanzug hatte er sich bereits übergestreift. Vom Grundstück der alten Schule waren es nur ein paar Dutzend Meter bis zum Seeufer, das von einem schmalen und ausgetretenen Uferweg gebildet
wurde. Bäume säumten den See, aber es gab genügend Lücken, um zum Schwimmen – oder in seinem Fall zum Tauchen – ins Wasser zu steigen.

Als er gerade sein Jackett mitsamt der Flasche angelegt hatte, hörte er eine Frauenstimme.

»Kann ich helfen?«

Es war *Missy*. Er hatte sie nicht gesehen, aber sie hatte zwischen zwei Bäumen einen gelb-rot gestreiften Campingstuhl aufgestellt und ließ ihre Füße im Wasser baumeln. Sie war nur mit einem Bikini bekleidet. Ihre Haut war möglicherweise eine Nuance zu bleich, doch es konnte kein Zweifel daran bestehen, dass sie ausgesprochen attraktiv war. Samson hatte sie schon in dem grauen Etuikleid, das sie in Sinns Salon getragen hatte, anziehend gefunden, rein äußerlich jedenfalls. Gisela Munkelmann war sehr hübsch: grazile Glieder, schmale Hüften und sehr lange Beine.

»Danke, es geht schon! Es ist nur ein bisschen beschwerlich.«

»Wenn ich Sie wäre, *Pippin*, würde ich hier nicht tauchen!«

»Wieso?«

»Ich war einmal an dieser Stelle schwimmen, das Wasser hier ist voll mit abgerissenen Angelschnüren und baumelnden Angelhaken. Ich gehe immer an der übernächsten Einstiegsstelle in der Richtung baden.« Mit ihrem langen Arm deutete sie nach rechts.

»Ah, das ist gut zu wissen, danke.«

»Nichts zu danken.«

Samson beschloss, dass es blöd aussehen würde, wenn er ihren Rat nicht befolgte, und machte Anstalten, langsam weiterzustapfen, als Gisela Munkelmann ihn erneut ansprach. »Setzen Sie sich doch ein bisschen zu mir!«

Er hatte gehofft, dass sie das sagen würde. Er hatte schon mehrmals in den vergangenen Tagen nach einer Gelegenheit gesucht, mit ihr ins Gespräch zu kommen. Ihre Rolle, und möglicherweise die ihres Bruders, waren ihm noch völlig unklar. Zudem hoffte er, dass sie als Gespielin des Anführers möglicherweise mehr wusste als die anderen Mitglieder. Dafür jedenfalls hielt er sie mittlerweile. Es wurden zwischen den beiden arg viele Hände auf Knie gelegt. Und außerdem ließ Sinn nicht den Hauch von Trauer über den Selbstmord seiner Frau erkennen, wofür ein Verhältnis mit der Juristin eine Erklärung sein könnte.

Lächelnd zog er das Tarierjackett aus, lehnte es sorgfältig an eine junge Birke und begann, sich aus seinem Anzug zu schälen, denn außerhalb des Wassers war es dafür zu heiß.

Während er sich neben sie setzte, rechnete Samson halb damit, dass sie als Erstes ein paar Worte über ihre beiden früheren Begegnungen verlieren würde – den Vortrag vor dem Juristenverband und kurz darauf in Sinns Villa. Er behielt recht.

»Wir hatten ja keinen besonders guten Start, nicht wahr?«, sagte sie.

»Ach, wie man's nimmt. Ich fand Sie schon beim ersten Mal sehr überzeugend.«

»Ich habe mich nur eingemischt, weil ich Ihren Ausführungen etwas entgegensetzen wollte. Sie haben die Klaviatur der Dialogindustrie meisterhaft bedient.«

»Ja, gelernt ist gelernt.«

»Ich habe gehört, dass Sie bei dem Anschlag dabei waren, und dass Sie das, wie soll ich sagen, beeinflusst hat?«

»Ja, das stimmt. Ich würde es so sagen: Das war der Strohhalm, der dem Kamel den Rücken gebrochen hat.«

»Und vorher?«

»Wie sagt man: Der Hund, der Angst hat, bellt am lautesten. Oder so ähnlich. Bestimmt gibt es irgendein vietnamesisches oder guatemaltekisches Sprichwort mit diesem Sinn.«

»Sie meinen so etwas wie: Direkt vor dem Sonnenaufgang ist es am dunkelsten?«

»Ja, so was in der Art.«

Gisela Munkelmann beugte sich zur Seite, tauchte mit einem Becher in der Hand wieder auf und saugte an einem Strohhalm. »Ich stand auch mal auf der anderen Seite, gewissermaßen.«

»Wie das?«

»Ich war mal mit einem Tunesier verheiratet. Wir hatten uns im Urlaub kennengelernt, natürlich in Tunesien. Er war charmant, ich war jung und dumm. Ich zog zu ihm. Er hat mich geschlagen, regelmäßig, zwei Jahre lang. Grün und blau. Niemand hat mir geholfen.«

»Das tut mir wirklich leid.«

»Ja, mir auch. Scheißkoran.«

Samson sah sie an. Ein bitterer Zug spielte um ihre Mundwinkel. Mit einem Wink ihres Arms wischte sie die Erinnerungen, die sie offenbar überfallen hatten, weg.

»Aber wir werden mehr. Immer mehr, die es begreifen. Sie und ich sind nicht die Einzigen, nicht einmal hier.«

»Was meinen Sie?«

»Hat *Widukind* Ihnen schon vom *Sarazenen* erzählt?«

»Nein.«

»Dann warten Sie es ab. Vielleicht tut er es eines Tages. Glauben Sie ja nicht, dass Sie der Einzige sind, der sich mit der anderen Seite auskennt!«

»Was bedeutet das?«, fragte Samson, aber Gisela Munkelmann tat so, als würde sie ihn nicht hören, und er wusste, sie würde ihm nicht mehr verraten.

Für einen Moment blickten beide auf den See, der flach und gleichmäßig aussah wie ein Töpfchen mit hellblauer Wasserfarbe.

»Es ist eben ein Krieg«, sagte *Missy* schließlich versonnen, während sie ihre Füße im Wasser in kleine, kreisende Bewegungen versetzte.

»Ist es das?«

»O ja, was denn sonst?«

»Und wie weit muss man gehen, in so einem Krieg?«

Missy lächelte und fingerte eine Sonnenbrille aus einer kleinen Jutetasche neben ihrem Campingstuhl. »Bis zum Äußersten«, sagte sie, während sie Samson durch die verspiegelten Gläser ihrer Brille anschaute, »was denn sonst? Sie haben es doch selbst gesagt. Brillante Idee, übrigens. Und ich *weiß*, dass ich nicht die Einzige bin, die das findet!«

Samson befolgte ihren Rat und betrat den See etwa hundert Meter weiter westlich, wo der Uferweg zwischen zwei Bäumen einen sanften Einstieg gewährleistete. Schmatzend legte der Neoprenanzug sich an seine Haut, nachdem er Wasserkontakt hatte. Er musste ziemlich lange waten, bis er endlich einen Punkt erreicht hatte, an dem er sich ins Wasser legen konnte, ohne mit dem Bauch gleich auf dem Grund aufzuliegen. Aber sobald es so weit war, stellte sich sofort jenes Gefühl ein, dessentwegen er mit dem Tauchen nie wieder würde aufhören können. Das Gefühl, losgelöst von all dem zu sein, was einen außerhalb des Wassers einschränkte.

Es gab wirklich nichts zu sehen. Schlammiger Boden. So gut wie keine Seepflanzen. Schon gar keine Fische. Er hätte genauso gut mit geschlossenen Augen tauchen können, aber darum ging es nicht, sondern um den Zustand der Ausbalanciertheit, von oben unsichtbar, irgendwo in der Mitte zwischen Oberfläche und Untergrund. Ohne sich bewegen zu müssen, trieb er in etwa drei Metern Tiefe vor sich hin. Es kam ihm vor wie die erste Atempause seit Wochen, und vielleicht war es das auch. Kleine Luftblasen perlten aus seinem Atemgerät und stiegen an die Oberfläche, die Hände hatte er unter seinem Brustkorb verschränkt, seine Flossen bewegten ihn regelmäßig, aber absichtsvoll langsam voran. Unwillkürlich dachte er denselben Gedanken, den er jedes Mal dachte, wenn er tauchte: Wenn ein Fisch mich jetzt sieht, was denkt er? Er denkt, ich bin auch ein Fisch.

Auch ein Fisch.

Ein Fisch, wie du und ich.

Ein Fisch.

Einfach nur ein weiterer Fisch.

Ein weiterer Fisch.

So wie Sinn denkt, dass ich bin wie er.

So wie *Missy* denkt, dass ich bin wie sie.

So wie …

Ja.

Wenn alles gut läuft.

Noch etwas mehr als 24 Stunden.

Und dann, dann ist es hoffentlich bald vorbei, und ich kann das mit Sumaya in Ordnung bringen.

Tauch einfach, Samson, und denk an nichts. Alles kommt früh genug.

Und dann war es so weit.

Samson war sich unsicher gewesen, was er anziehen sollte. Einen Anzug? Jeans und T-Shirt, womit er bislang fast immer in der Zentrale aufgekreuzt war, erschienen ihm unangebracht, jedenfalls falls seine Vermutung sich bestätigen sollte, dass er an diesem Abend *Aurelius* begegnen würde. Andererseits aber, dachte er, wäre es womöglich verdächtig, sich plötzlich anders zu geben als in den drei Wochen zuvor. Nach einigem Überlegen entschied er sich für einen Kompromiss: Er behielt die Jeans und das blaue T-Shirt an, zog sich jedoch trotz der Abendwärme ein blaues Jackett über, das er seit Jahren nicht mehr getragen hatte.

In diesem Aufzug war er vor einer Stunde losgefahren.

Er hatte Schwierigkeiten gehabt, die Adresse zu finden. Dabei lag sie gar nicht weit von seiner eigenen Wohnung in Friedrichshain entfernt, an einer lauten und dreckigen Durchgangsstraße, die nach Marzahn führte. Er war schon überrascht gewesen, als er die Adresse auf dem Zettel, den Sinn ihm zwei Tage zuvor auf dem Balkon der Zentrale zugesteckt hatte, das erste Mal gesehen hatte. Er war sicher gewesen, dass das Treffen entweder im tiefsten Westberlin oder in Potsdams Villenviertel stattfinden würde. Vielleicht auch im Adlon oder einem anderen Hotel dieser Kategorie, aber sicher nicht an der Landsberger Allee, diese kilometerlange Erinnerung daran, dass Berlin fast überall nichts anderes war als eine große, arme, hässliche und gewöhnliche Stadt.

Doch als er sich der genannten Hausnummer genähert hatte, da dämmerte ihm, was es mit der Adresse auf sich haben könnte. Er hatte die Gebäude bisher immer nur im Vorbeifahren und aus dem Augenwinkel wahrgenommen: ein Dutzend mittelgroße Bauten aus rotem Backstein, allesamt nahezu baugleich und augenscheinlich nicht in Betrieb, sondern leer stehend, zu klein für Fabrikhallen, zu groß, um darin zu wohnen, einige mit Schornstein, andere ohne, alle über eine gemeinsame Rasenfläche miteinander verbunden. Samson hatte immer vermutet, dass es sich um irgendein altes Werk handelte, einer dieser legendären Berliner Marken, die es schon lange nicht mehr gab oder die nur noch in China produzierten, Grundig oder Siemens oder was auch immer, er kannte sich damit nicht aus, aber er erinnerte sich daran, dass er immerhin einmal im Vorbeifahren gedacht hatte, eines Tages werden irgendwelche Leute auch diese Gebäude in Townhouses verwandeln, genau wie den alten Schlachthof an der Eldenaer Straße, *exklusives Loft mit Gründerzeit-Charme mitten in der City* oder so.

Als er sich an diesem Abend den Gebäuden mit seinem Fahrrad näherte, hatte er zum ersten Mal festgestellt, dass sie tatsächlich leer standen, obwohl sie in gutem Zustand zu sein schienen. Außerdem standen sie in zwei Reihen, was von der Landsberger Allee aus nicht einzusehen war. Und die Gebäude waren nummeriert, nicht nur mit einer Hausnummer, die für alle offenbar dieselbe war, sondern mit eigenen Nummern, die auf weißen quadratischen Schildern standen, und deren Schriftart ihn sofort an die zwanziger Jahre denken ließ, obwohl er nicht hätte sagen können, warum.

Haus Nummer 46B lag in der Mitte der zweiten Reihe. Kein Auto stand davor, keine Laterne brannte, nur das späte Abendlicht erhellte die Szenerie. Samson umrundete das Gebäude. Auf der Rückseite fand er einen Eingang, eine graue nichtssagende Metalltür. Davor stand ein Mann, im Anzug, aber zu grobschlächtig und muskulös, um sich nicht sofort als Wachschützer zu verraten.

»Code?«

»732.«

Wortlos öffnete der Gorilla die Tür. Samson trat ein und hielt sofort den Atem an.

Es gab nur einen einzigen Raum, eine riesige, hohe Halle. Auch von innen war das Gebäude rot geklinkert. An den Wänden hingen indes mehrere gigantische Gobelins, einige sicher ein Dutzend Quadratmeter groß. Die Atmosphäre ließ Samson an eine Kirche denken. Der Boden war aus Beton. Von der Decke hing, an einem meterlangen Stahlseil angebracht, ein Kronleuchter. Darunter, im Zentrum der Halle, stand ein alter Holztisch, eine Tafel von sicher vier Metern Länge. An der Wand hinter dem Tisch stand ein noch längeres Board aus ebenso dunklem Holz. Darauf reihten sich Weinflaschen, Whiskeykaraffen, ein Eimer mit Eis, ein Champagnereimer mit Flasche darin und passende Gläser. Neben dem Board hatte ein hoher Vitrinenschrank Platz gefunden. Ansonsten war die Halle leer. An dem Tisch in der Mitte der Halle saßen *Widukind, Missy* und zwei weitere Männer.

Jetzt, als es so weit war, fühlte Samson sich underdressed. Die anderen vier hatten Abendgarderobe angelegt. Nichts Übertriebenes. Aber so, dass sie als Opernbesucher durchgegangen wären.

Missy trug wieder ein Etuikleid, diesmal ein schwarzes, was noch einen Hauch eleganter wirkte. Ihre Haare hatte sie hochgesteckt, wodurch sie fast glamourös aussah. Nein, nicht fast. Sie sah spektakulär aus. Samson verstand nichts von Make-up und achtete für gewöhnlich nicht darauf, aber als er *Missy*s Gesicht studierte, bekam er zum ersten Mal eine Ahnung davon, dass es auch beim Schminken einen Unterschied zwischen Handwerk und Kunst geben musste.

Sinn trug einen gediegenen nachtblauen Anzug aus leichtem Tuch. Die Anzüge der anderen beiden Männer aber strahlten mehr aus. Sie saßen so offenkundig perfekt, dass sie maßgeschneidert sein mussten. Vor allem aber ließen sie die beiden Männer aussehen, als hätten sie in ihrem Leben noch nie etwas anderes getragen. Vielleicht, dachte Samson, stimmt das ja auch. Wahrscheinlich sogar.

Als Samson sich dem Tisch näherte, schien es ihm, als wäre das Klacken seiner Schuhsohlen auf dem Betonboden ohrenbetäubend laut. Er war schon fast angekommen, da erhoben sich die drei Männer. *Missy* blieb sitzen. Samson lächelte ihr zur Begrüßung zu.

Was er als Nächstes tun sollte, wusste er nicht, also blieb er stehen.

»Setzen Sie sich doch, *Pippin,* willkommen«, sagte Sinn feierlich.

Samson setzte sich auf den einzigen freien Stuhl, die anderen Männer nahmen ebenfalls Platz.

»*Pippin,* lassen Sie mich Ihnen *Jeremias* und *Aurelius* vorstellen, zwei, wie Sie sicher bereits vermutet haben, distinguierte Mitglieder unserer Organisation. Man könnte auch sagen: Nummer eins und Nummer zwei.«

»Sehr erfreut«, sagte Samson, was er noch nie zuvor in seinem Leben gesagt hatte. Die beiden Männer lächelten.

Er war sich nicht sofort sicher gewesen, weil das Licht, das der Kronleuchter bot, nicht besonders hell war, was, wie er spekulierte, womöglich Absicht war. Aber jetzt war er sich sicher: Er hatte sie beide erkannt.

Jeremias, die *Nummer zwei*: Anfang vierzig, leicht dicklich, rote Backen, Schweinsäuglein. Aber was ihn verriet, das war die blasse, schmale Narbe auf seiner linken Wange – ein Schmiss aus Wiener Studententagen. *Jeremias* war niemand anderes als Caspar Rentzi, der milliardenschwere Erbe des Privatbankhauses Rentzi & deHalley. Bis vor zehn Jahren hatte er zum Jetset gehört, Marbella, Malediven, Mauritius: Unwillkürlich erinnerte Samson sich an Bilder eines jüngeren Caspar Rentzi in den einschlägigen Illustrierten. Ein Milliardärssohn in Segelschuhen, immer ein Cocktailglas in der Hand und eine Schönheit im Arm. Doch dann war sein Vater bei einem Hubschrauberabsturz ums Leben gekommen, wenn er sich richtig erinnerte; der Sohn übernahm die Bank, und danach war es still um ihn geworden.

Bei *Aurelius*, der *Nummer eins*, dem Mann an der Spitze, dauerte es einen Moment länger, bis Samson auf den Namen kam. Obwohl er das Gesicht sofort wiedererkannt hatte: die flinken pechschwarzen Augen, die hin und her blickten, ohne dass der Kopf sich mitbewegte. Das Nussknackerkinn mit den merkwürdig sinnlichen Lippen darüber. Die umso strenger wirkende kurze, gerade Nase. Die leicht geduckte Körperhaltung, die den um die sechzig Jahre alten Mann aussehen ließ, als läge er auf der Lauer. Die grauweißen Haare, die seinem fortgeschrittenen Alter zum Trotz dicht und buschig waren, und die er einen Hauch zu lang trug, vielleicht, um davon abzulenken, dass er ziemlich klein war. Woher kannte er diesen Mann, dessen Insektenaugen ihn in diesem Moment mit einer präzisen Mischung aus Neugier und Amüsement im Verhältnis von drei zu zwei abtasteten, ganz so, als habe da jemand sein Leben lang die hohe Kunst der indirekten, höflichen Kommunikation geübt. *Höflich*. War das das Stichwort?

Samson ließ seinen Blick über den Mann schweifen. Die Taschenuhr an der Goldkette. Die samtene Weste zum Anzug. Die goldenen Manschettenknöpfe. *Natürlich!* Und wie passend, *verdammt noch mal,* wie passend! Oder etwa nicht? Es fehlte ja eigentlich nur noch die blutrote Schärpe. Da saß er also, ihm direkt gegenüber: ein Vertreter des blauesten Blutes, das Europa zu bieten hatte. Der Baron war niemand, der sich in die Öffentlichkeit drängte. Aber so ganz ließ es sich nicht vermeiden, dass das eigene Bild gelegentlich abgedruckt wurde, bei einer solch illustren Verwandtschaft und Liste an Vorfahren – und wenn man zusätzlich regelmäßig Millionen spendete, einige seiner Liegenschaften in den Dienst der Öffentlichkeit stellte oder, vor einigen Jahren der letzte Anlass, aus dem über ihn berichtet worden war, einen nicht gerade kleinen Teil der Hinterlassenschaften des Hauses derer von und zu in eine selbst und neu gegründete »Stiftung Erbe des Abendlandes« überführte.

Samson ließ seinen Blick erneut über die Versammelten schweifen. *Macht. Leidenschaft. Geld. Geschichte.*

Er überlegte, was er sagen könnte, doch in diesem Moment trat ein Diener durch dieselbe Tür, durch die auch er den Saal betreten hatte, schenkte an dem Servierboard mit behandschuhten Händen ein Glas Wein ein und stellte es ihm hin. So schnell er konnte, verließ der Diener den Raum wieder. Die Tür fiel mit einem Schnappen ins Schloss. Sie waren unter sich.

»Wir freuen uns, dass Sie hier sind, *Pippin.*«

»Danke, *Aurelius*. Es ist mir eine Ehre.«

»Ja, es ist eine Ehre, zum Widerstand zu zählen. Aber das darf nicht unser Antrieb sein, sondern unsere Mission.«

Der Baron sprach mit einem sanften und bestimmten Bariton. Nicht der leiseste Hauch von Unsicherheit lag in seiner Stimme. Keine Nervosität. Keine Zweifel.

»Natürlich.«

»*Pippin,* wenn *Widukind* Sie nicht völlig falsch einschätzt, was ich für ausgeschlossen halte, wissen Sie, mit wem Sie es zu tun haben.«

»Sie sind der innerste Zirkel. Sie sind das Kommando Karl Martell.«

»Ja. Und warum, was meinen Sie, haben wir Sie hergebeten?«

»Sie haben mich hergebeten, weil ich vorgeschlagen habe, Anschläge auszuüben und sie der anderen Seite in die Schuhe zu schieben.«

»Ja. Aber da ist noch ein Grund.«

»Ja.«

»Sie wollen es nicht aussprechen?«

»Wir sind hier unter uns«, warf *Jeremias* ein. »Kleiner wird der Kreis nicht mehr.«

Widukind und *Missy* lächelten gespannt.

»Ich bin hier«, sagte Samson langsam, »weil Sie glauben, dass ich

Ihnen durch meinen Vorschlag etwas zu verstehen geben wollte.«

»Exakt«, sagte *Aurelius* ruhig. »Und das wäre?«

»Dass Sie Lutfi Latif getötet haben.«

»Wie sind Sie darauf gekommen?«

»Weil ich es getan hätte. Tun würde.«

»Ja, das glauben wir auch.«

»Aber …«, sagte Samson.

»Natürlich«, fiel ihm *Aurelius* freundlich ins Wort und ein Lächeln spielte um seine Lippen. »Sie haben Fragen, richtig?«

»Ja, habe ich.«

»Was vermuten Sie?«

»Ich habe lange darüber nachgedacht. Ich weiß es nicht. Das Video war gut. Aber keiner, den ich in Potsdam getroffen habe, kann das.«

»Genau. Wir brauchen diese Figuren für das tägliche Geschäft. Sie sind nützlich. Aber nicht für alles.«

»Sie arbeiten mithilfe von außen.«

»Ja.«

»*Widukind* erwähnte neulich *special forces.*«

»Und Sie sind tatsächlich genauso gut, wie er uns sagte. Chapeau, *Pippin*.«

»Wer sind die *special forces*? Was tun sie?«

»*Was so anfällt*, sagt man nicht so? Nun, es gibt gewisse Fertigkeiten, auf die wir gelegentlich zurückgreifen. Haben Sie sich nicht gewundert, wie diese unsäglichen Bilder in das Haus dieses, Sie wissen schon, gelangt sind? Auch Maskenbildner können sehr hilfreich sein. Oder Menschen, die Dokumente herstellen können. Solche Dinge.«

»Und Mörder.«

»Was für ein hässliches Wort, *Pippin!* Wir haben einfach das große Glück, jemanden in unserem Umfeld zu haben, der auf dieselbe Idee gekommen ist wie Sie. Und der in der Lage war, es echt aussehen zu lassen.«

Samson nahm einen Schluck von dem Wein. Er konnte an *Aurelius'* Augen ablesen, dass dieser Gefallen fand an ihrem Glasperlenspiel. Erwartungsvoll blickte er Samson an. Ein aufforderndes Lächeln spielte um seine dicken Lippen.

Samson setzte sein Glas vorsichtig ab. »Der *Sarazene*«, sagte er schließlich leise und merkte, dass seine Stimme heiser klang.

»Ah, Sie kennen sogar schon seinen Namen, wie schön! Ja, der *Sarazene*. Es könnte sein, dass Sie künftig mit ihm zusammenarbeiten werden. Verstehen Sie das nicht falsch, er ist natürlich kein Mitglied. Er gehört zu den *special forces*. Bislang leitet *Widukind* ihn an. Aber angesichts seiner *Vergangenheit* und Ihrer, wie soll ich sagen, *besonderen Interessen und Kenntnisse* könnte es sinnvoll sein, dass Sie den *Sarazenen* schrittweise übernehmen. Aber das müssen wir nicht heute besprechen.«

»Natürlich. Aber …«

»Sie haben noch mehr Fragen, das wollten Sie doch sagen, oder?«

»Ja.«

»Nur zu«, forderte der Baron ihn auf.

»Was machen Sie genau?«

»Aber ich dachte, das wäre klar, *Pippin!* Wir organisieren den Widerstand.«

»Aber wie?«

»Ah, ja, *natürlich*. Auch das sollen Sie erfahren.«

Aurelius blickte *Missy* an.

»Ich organisiere die internationale Zusammenarbeit, *Pippin*«, übernahm sie. »Wir sind nicht alleine. Es gibt ähnliche Zusammenschlüsse in Belgien, in der Schweiz, in den Niederlanden, in England. Der Süden Europas wacht gerade erst auf. Wir werden mehr. Wir müssen einander kennenlernen.«

»Was noch?«

Samson bemerkte, wie *Jeremias* den Baron fragend anblickte.

Als dieser bedächtig nickte, wandte sich die Nummer zwei an Samson. »Wir bereiten uns vor. Die wahre Konfrontation hat noch gar nicht angefangen. Was wir erleben, ist nur ein Vorspiel. Aber in spätestens zwanzig Jahren werden die Staaten West- und Nordeuropas wegen der demografischen Verwerfungen wieder einen Arbeitskräftemangel haben. Und dann wird die zweite Welle kommen – aus Tunesien, Marokko, Ägypten, Algerien. Und dann, spätestens dann, wird die Lage eskalieren. Wir müssen vorbereitet sein.«

»Was meinen Sie damit, *Jeremias*? Ich verstehe noch nicht ganz.«

»Sagen Sie es ihm, *Jeremias*, keine Scheu«, beschied der Baron.

»Wir haben in Ungarn und in Kroatien Land gekauft. Es werden sichere Rückzugsorte für unsere Bewegung sein. Aber Ende dieses Jahres beginnen wir dort auch mit der Ausbildung unserer ersten Kämpfer. Wir wollen uns zunächst auf Kommandoaktionen und Sabotageakte vorbereiten. Alles Weitere kommt später. Und wir haben bereits Ausbilder gefunden, in Südafrika vor allem. Wir beschaffen gerade *Übungsmaterial*.«

»Waffen?«

»Waffen«, bestätigte *Jeremias*.

»Gut«, sagte Samson. »Ich sehe, dass Sie es wirklich ernst meinen. Wie ich gehofft hatte.«

»Ja«, sagte der Baron langsam. »Wir meinen es ernst. Und wir sind froh, dass Sie zu uns gefunden haben.«

Aurelius erhob sich und ging langsam zu dem Board, das hinter dem Tisch stand. Von hinten, dachte Samson, sieht er aus wie ein dicker Pinguin. *Aurelius* streifte sich weiße Stoffhandschuhe über, die Samson zuvor nicht gesehen hatte. Dann ging der Anführer des Kommandos Karl Martell zu der Vitrine. Er zog einen kleinen Schlüssel aus seiner Westentasche und öffnete sie. Behutsam hob er etwas aus dem Schränkchen. Dann schloss er die Glastür und kam wieder zurück an den Tisch, setzte sich jedoch nicht wieder hin.

Samson bemerkte, wie die Stimmung sich veränderte. Auch *Widukind*, *Missy* und *Jeremias* erhoben sich und gruppierten sich um *Aurelius* herum, der nun seinerseits Samson mit einem Kopfnicken bedeutete, ebenfalls an das Tischende heranzutreten. Als sie alle versammelt waren, legte *Aurelius* das grobe Leintuch, das er aus der Vitrine genommen hatte, auf die Tischplatte und öffnete es. Darin befand sich ein weiteres Stück Stoff, unregelmäßig abgerissen, braunrötlich befleckt und etwa zwölf mal zehn Zentimeter groß.

»*Pippin*«, sagte *Aurelius* leise. »Dies ist der letzte existierende Überrest der Standarte Karl Martells aus der Schlacht von Poitiers. Sie befindet sich seit fast achthundert Jahren im Besitz meiner Familie.«

Dann fasste der Baron erneut in seine Westentasche und zog etwas silbern Funkelndes heraus. Er reichte es Samson. Es war ein Ring. Während Samson ihn entgegennahm, bemerkte er, dass die anderen nun ebenfalls Ringe in der Hand hielten, die sie gerade von ihren Fingern oder aus ihren Taschen gezogen haben mussten. Im Augenwinkel nahm er wahr, wie *Missy* ihren Ring von einer silbernen Kette abknüpfte, die sie um den Hals trug. Der Ring war massiv und groß, er wog schwer in Samsons Hand. Als er ihn betrachtete, erkannte er eine Art Wappen, dessen Herz zwei gekreuzte Hämmer bildeten. Darunter stand »Terra Christiana Est«.

»*Pippin*, Sie sind nun ein vollwertiges Mitglied des Kommandos Karl Martell«, sagte *Aurelius*.

Der Baron nahm seinen eigenen Ring und hielt ihn am ausgestreckten Arm in die Höhe. Die anderen taten es ihm nach. Auch Samson erhob seinen Arm. Das Licht aus dem Kronleuchter brach sich in den fünf Ringen und warf tanzende Reflexe an die Decke.

»In den Worten des Isidorus Pacensis«, intonierte *Aurelius* nun laut und im getragenen Singsang eines Priesters.

Die Mitglieder des Kommandos antworteten ihm im Chor: »*Und als die Schlacht begann / hob Karl der Hammer seine Axt / und die Männer aus dem Norden / standen wie ein Wall / und fest wie eine Mauer / geformt aus kaltem Eis / Und sie wichen nicht / und ihre Schwerter / senkten sich / ohn Unterlass / in ihrer Feinde Brüste.*«

Eine Stunde später fuhr Samson mit dem Fahrrad zurück Richtung Friedrichshain über die Landsberger Allee. Als er in der Schreinerstraße ankam, wo er wohnte, stellte er das Fahrrad ab, schloss es an und ging zu Fuß weiter, ohne darauf zu achten wohin. Er war wie benommen. Er überquerte die Frankfurter Allee und bog in die

Simon-Dach-Straße ein, wo ihm klar wurde, dass es eine Freitagnacht war, denn die Straße war voller Kneipengänger, Touristen und betrunkener Abiturienten auf Klassenfahrt, die ihn anrempelten, oder vielleicht war es auch umgekehrt, er wusste es nicht. Irgendwo hielt er an, trat ein, bestellte einen Whiskey und trank ihn in einem Schluck aus. Er lief immer weiter, die Wühlischstraße hinauf und wieder hinab, und dann rechts, und wieder rechts, noch ein Whiskey, und wieder woandershin, und noch ein Whiskey, er irrte die Grünberger Straße entlang, dann die Warschauer Straße, immer weiter, und schließlich, irgendwann, fand er sich am Frankfurter Tor
 wieder.

Er musste stundenlang gelaufen sein. Die Sonne ging auf und ihr erster fahler Schein traf die Kuppel des Fernsehturms, auf den er einen ungehinderten Blick hatte. Wie eine Stecknadel, dachte Samson wirr. Eine gigantische silberne Stecknadel, die mein Leben festhält. Nur dass jetzt alles durcheinanderfliegt. Dass nichts mehr an seinem Platz ist. Alles dreht sich. Er war unendlich müde. In seiner Hosentasche tastete er nach dem Ring, den der Baron ihm überreicht hatte. Er war noch da. Genau wie das Diktiergerät.

* * *

Es war 11 Uhr 03 am Samstagmorgen, als Ansgar Dengelows Handy piepte. Er verfluchte sich dafür, dass er es überhaupt mitgenommen hatte. Dass er es nicht wenigstens auf lautlos gestellt hatte. Er saß neben Leo auf einer viel zu niedrigen Holzbank in einer Turnhalle in Pankow, die nach Bohnerwachs und den abgestandenen, muffigen Reismatten roch, auf denen, fünf Meter vor ihnen, ein Grüngurt gerade einen Orangegurt mit einem geschickt angebrachten Fegewurf aus der Balance warf, was dem Kampfrichter ein *Wazaari* wert war, noch so ein Wurf, und der Kampf würde zugunsten des Grüngurts beendet sein.

Dengelow hatte früher selbst Judo betrieben. Er betrachtete es als eine Art Liebesbeweis seines Sohnes, dass er ihm nacheiferte. Er hoffte, dass er das richtig las, sicher war er sich nicht. Aber wenigstens hatte Leo sich nach drei Wochen, in denen er nahezu jeden Kontakt abgelehnt hatte, endlich wieder dazu herabgelassen, seinem

Vater zu erlauben, ihn zu dem Turnier zu begleiten. Leo hatte bereits einen Kampf überzeugend gewonnen, den zweiten im Bodenkampf leider verloren, hatte er aber immer noch Chancen auf den dritten Platz in seiner Gewichtsklasse.

Der nächste Kampf würde seiner sein.

Wenn der Grüngurt nicht durch ein *Ippon* oder ein zweites *Wazaari* den Kampf vorzeitig beenden würde, blieben noch 2 Minuten und 20 Sekunden, bis Leo auf die Matte müsste.

Und jetzt, ausgerechnet jetzt, piepte sein Telefon.

Dengelow blickte Leo an und sah, dass dieser das Piepen gehört hatte.

»Hol's schon raus«, sagte Leo tonlos und stand auf, um sich warm zu machen.

Dengelow fummelte das Handy aus der Hosentasche. Er öffnete die SMS und starrte ungläubig darauf.

»Alles o. k.?«, fragte Leo.

Dengelow wusste, dass es falsch war, aber er reichte seinem Sohn das Handy.

»Ich weiß, wer es war«, las Leo Munirs Nachricht vor.

»Ich muss weg«, sagte Ansgar Dengelow. »Das verstehst du doch, oder?«

In diesem Moment rief der Kampfrichter Leo Dengelow auf die Matte. Sein Gegner war ein Braungurt, der so bullig aussah, dass Ansgar Dengelow sich kaum vorstellen konnte, sein Sohn und er könnten in einer Gewichtsklasse kämpfen.

»Sofort?«

»Ja.«

»Ist es wichtig?«

»Sehr wichtig. Es war noch nie so wichtig.«

Er wollte Leo umarmen, aber der wusste, dass das seinem Sohn peinlich sein würde. Also klopfte er ihm auf die Schulter.

»Hau ab, Papa«, sagte Leo und zwang sich zu einem Lächeln. Dann ging er auf die Matte.

Ansgar Dengelow raffte seine Sachen zusammen und ging zur Tür, die nach draußen führte. Er hatte die Klinke schon in der Hand, als er das unmissverständliche Geräusch vernahm, das entsteht, wenn ein Judoka einen anderen so wirft, dass jener aus anderthalb

Metern Höhe mit dem Rücken auf der Matte landet. Dengelow drehte sich nicht um.

Nicht jetzt, Kumpel. Jetzt gehe ich einen Terroristen und Mörder festnehmen.

***

Das Wort Razzia, das es aus dem Italienischen ins Deutsche geschafft hatte, stammte ursprünglich aus dem Arabischen, wobei der Ursprungsbegriff Ghazwa so viel wie Überfall oder Raubzeug bedeutete.

Wie in einer Schleife gefangen, war Sumaya vollkommen unfähig, einen anderen Satz zu denken. Sie war auf dem Weg zu Fadi gewesen, sie hatte noch einmal mit ihm reden wollen. Sie konnte es nicht ertragen, dass Samuel diesen nagenden Verdacht in ihr Herz gesetzt hatte. Hatte ihr Cousin das Foto, das Samuel zeigte, wirklich weitergegeben? Entgegen dem, was sie als ein Versprechen interpretiert hatte? Aber zu dem Gespräch war es nie gekommen. Als sie in die Straße einbog, in der Fadis Internetcafé lag, hatte ein geschätztes Dutzend Polizeifahrzeuge mit Blaulicht sie überholt. Und als sie das Café fast erreicht hatte, bemerkte sie, dass die Polizisten direkt davor gehalten hatten.

Das Wort Razzia, das es aus dem Italienischen ins Deutsche geschafft hatte, stammte ursprünglich aus dem Arabischen, wobei der Ursprungsbegriff Ghazwa so viel wie Überfall oder Raubzeug bedeutete.

Hinter einem Getränkelieferfahrzeug auf der gegenüberliegenden Straßenseite verborgen, beobachtete Sumaya fassungslos, wie die Beamten Rechner um Rechner aus dem Internetcafé ihres Cousins schleppten. Schließlich brachten zwei von ihnen Fadi selbst zu einem Einsatzwagen. Seine Hände waren hinter seinem Rücken gefesselt.

Was sollte sie tun?

Was konnte sie tun?

Sie musste einschreiten.

Nein, Susu, nein! Das darfst du nicht! Nicht solange du nicht weißt, was hier vor sich geht!

Nur dass sie keine Ahnung hatte, was vor sich ging, oder wie sie es herauskriegen sollte. Hatten Fadis Freunde Mist gebaut? Waren sie radikal geworden? Oder … Oder hatte Samuel etwas damit zu tun? Um von dem Foto abzulenken? Um Fadis Glaubwürdigkeit zu erschüttern? Sie erinnerte sich, wie ihr Cousin und Samuel aneinandergeraten waren, wie Fadi ihn herausgefordert hatte, ihm radikale Websites zu nennen. Ihr wurde schlecht. Es gab nur eine Möglichkeit. Sie musste Samuel finden. Sie wollte ihn auf keinen Fall anrufen, sondern in sein Gesicht sehen. Aber sie wusste auch, dass sie nur einen einzigen Ort kannte, an dem sie suchen konnte: seine Wohnung in der Schreinerstraße. Möglichst unauffällig schlenderte Sumaya zur nächsten Kreuzung, bog in die Böckhstraße ein, stieg am U-Bahnhof Schönleinstraße in die Bahn ein.

Eine knappe halbe Stunde später stand sie vor dem Altbau, in dem Samuel wohnte. Auf ihr Klingeln hin reagierte niemand. Sie drückte sich vor dem Haus herum, bis jemand aus dem Inneren nach draußen trat, und drängte sich schnell hinein. Zum zweiten Mal, schoss es ihr durch den Kopf, öfter, als Samuel mich hereingelassen hat. Eilig rannte sie die Stufen hinauf, bis in den vierten Stock. Sie klingelte an Samuels Wohnungstür, aber erneut regte sich nichts. Sie hämmerte mit der Faust dagegen – keine Reaktion.

Vielleicht, dachte sie, und merkte, wie ihr Herz immer schneller schlug, ist er auf dem Dachboden. Sie stürmte eine weitere Stiege hinauf und stieß die Dachbodentür auf. Doch der Dachboden war vollkommen leer. Lediglich ein einsamer Wäscheständer stand noch am hinteren Ende des langen Raumes. Die Frauenkleider, die darauf zum Trocknen aufgehängt waren, wehten langsam im Windzug, der durch das angelehnte Veluxfenster über den Dachboden zog.

XI

304 Wie oft er solche Sätze schon gelesen hatte: *Der Zugriff erfolgte im Morgengrauen. Um sechs Uhr und acht Minuten klickten die Handschellen. Der Verdächtige leistete keine Gegenwehr*. Natürlich leistete er keine Gegenwehr. Es wäre auch aussichtslos gewesen. Er zählte achtzehn Polizeibeamte, die zudem allesamt bewaffnet waren. Sicher waren noch mehr in der Nähe, die er von hier aus nur nicht sehen konnte.

Einer von ihnen kam direkt auf ihn zu. Der Mann war nicht alt und nicht jung, nicht dick und nicht dünn, nicht groß und nicht klein, er sah aus wie die personalisierte Nebenrolle, die perfekte Besetzung, wenn jemand einfach nur etwas tun musste, was eben getan werden musste, und dabei nicht vom Hauptdarsteller ablenken sollte. Aber was musste getan werden? Und wer war der Hauptdarsteller? Etwa er selbst? Er sah an sich herunter, als könnte dort eine Antwort verborgen sein, sah aber nur seine Jeans, das T-Shirt, die Turnschuhe.

Er hob seinen Kopf wieder und blickte umher: die Polizeiwagen, deren rotierendes Blaulicht auf die graue Fassade des Nachbarhauses fiel und dort wild zuckende Muster malte. Der Bäckerladen gegenüber, aus dem die Verkäuferin, bei der er morgens manchmal Brötchen kaufte, herausgetreten war und neugierig zusah. Zwei *Sonnenscheinbrötchen*, bitte! Wie er es hasste, dieses Wort auszusprechen: *Sonnenscheinbrötchen*. Als würde man gute Laune bekommen, wenn man dieses Wort nur aussprach! Die Verkäuferin sah schnell zur Seite, als er ihr über die Straße hinweg einen Blick zuwarf. Ja, er war die Hauptperson dieser Szene, daran bestand wohl kein Zweifel. Er wusste, dass er nervös sein sollte. Aber aus irgendeinem Grund, den er nicht kannte, war er es nicht. Vielleicht steckt ein archaischer Schutzmechanismus dahinter, dachte er, damit ich mir nicht in die Hose pinkele.

Der Polizist ohne Eigenschaften stand jetzt direkt vor ihm. »Samuel Sonntag?«

»Ja.«

»Herr Sonntag, ich nehme Sie fest wegen des Verdachts der Mitgliedschaft in einer terroristischen Vereinigung.«

»Ah ja?«

»Sie können sich zu den erhobenen Vorwürfen äußern oder nicht zur Sache aussagen. Sie können jederzeit, auch vor ihrer Vernehmung, einen von Ihnen zu wählenden Verteidiger befragen.«

»Danke.«

»Möchten Sie jetzt gleich einen Verteidiger anrufen?«

»Nein.«

»Dann darf ich Sie bitten, mir zu folgen.«

»Wo fahren wir denn hin?«

»Justizvollzugsanstalt Moabit.«

Wenige Minuten später, nachdem der Beamte ihn gemeinsam mit drei seiner Kollegen sorgfältig und nur etwas zu ruppig abgetastet und dann gefesselt hatte, wobei er versucht hatte zu erraten, wessen Hände zu wem gehörten, was aber so hoffnungslos war, als wenn er sein Glück bei Hütchenspielern versucht hätte, fand Samson sich im hinteren Teil eines Polizeibullys wieder. Er saß auf einer Art Pritsche, seine Hände waren hinter seinem Rücken gefesselt. Die Handschellen wiederum waren an einer metallenen Öse an der Wand des Fahrzeugs eingehakt. Ihm gegenüber saß der Polizist ohne Eigenschaften und blickte ausdruckslos vor sich hin.

Der schwere Wagen fuhr jaulend an. Samson lehnte seinen Kopf an das Fenster, das durch ein grobmaschiges Metallgitter geschützt war, und sah, dass sie links in die Proskauer Straße einbogen und dann rechts auf die Frankfurter Allee, die um diese Zeit noch unverstopft war, weswegen der Fahrer auf das Einschalten des Blaulichts verzichten konnte. Sie passierten die Kreuzung, an der er vor fast genau 24 Stunden gestanden und auf den Fernsehturm geblickt hatte, auf den sie nun direkt zufuhren.

Es war in diesem Moment, dass Samson Angst bekam. Sie kam

schnell, hart und rücksichtslos und traf ihn wie eine Faust. Er fürchtete, keine Luft mehr zu bekommen, und hörte sich selbst leise keuchen. Er wäre gerne aufgewacht. Aber er konnte sich nicht davon überzeugen, dass er schlief. Er wollte etwas sagen, aber wusste nicht was, und als ihm etwas einfiel, stoppte er sich im letzten Moment selbst, weil er hatte sagen wollen, dass er jetzt gehen müsse und leider keine Zeit mehr habe.

Mitgliedschaft in einer terroristischen Vereinigung. Das bedeutete Paragraph 129. Hatte das Foto, das Fadi gemacht hatte, so hohe Wellen geschlagen? Es sah ganz danach aus. Irgendjemand irgendwo hatte jedenfalls durchgegriffen, eine Entscheidung gefällt, die Dinge in Bewegung gebracht. Das Kommando Karl Martell war, während er es infiltriert hatte, offenbar als Terrororganisation eingestuft worden. An Sinn vorbei, wie er mutmaßte. Und er, Samuel Sonntag alias Samson alias *Pippin*, galt jetzt als Mitglied.

Sinn. *Widukind*. Plötzlich fiel ihm etwas ein, siedend heiß. Er drückte seinen Rücken so weit es ging an die Wand des Polizeiwagens und schob gleichzeitig seinen Hintern ein Stück auf der Pritsche nach vorn. Mit den Fingern, denen die Handschellen und die Öse ein paar Zentimeter Bewegungsspielraum ließen, tastete er in seiner Gesäßtasche nach dem Diktiergerät und dem Ring. Beides war nicht mehr da. Er tastete weiter, hektisch. Aber es blieb dabei.

Der Polizist ohne Eigenschaften hatte ihm während seiner Verrenkungen regungslos zugesehen. Als Samson ihn nun anblickte, lächelte der Beamte zum ersten Mal. Langsam griff er mit seiner rechten Hand in die linke Innentasche seiner Jacke und zog das kleine schwarze Diktiergerät heraus. Dann zerbrach er das Diktiergerät in zwei Hälften, öffnete das unvergitterte Schiebefenster links neben seinem Kopf und warf beide Teile im Abstand von zwei Sekunden auf die Straße, wo sie mit einem leisen *KlackKlack* aufschlugen, nur um im nächsten Moment von Dutzenden Auto- und Lkw-Reifen überrollt zu werden.

Samson sagte nichts. Er biss sich auf die Unterlippe und hörte auch nicht auf, als er den kupfernen Geschmack von Blut zwischen seinen Zähnen spürte.

***

Seine Mutter war ausgegangen, womit Niklas gerechnet hatte: Es war ihr Bingo-Abend, den sie nur ungerne und so gut wie nie versäumte. Nachdem sie das Haus verlassen hatte, wartete er nicht mehr lange. Alles, was er brauchen würde, hatte er bereits vor Stunden in die Ledertasche gepackt, mit so viel Sorgfalt, wie er aufbringen konnte. Vorsichtig griff er nach der Tasche. Sie war das einzige Andenken an seinen Vater, den er seit sechzehn Jahren nicht mehr gesehen hatte und über den er fast nichts wusste.

Einmal, ein einziges Mal, hatte seine Mutter ihn überhaupt auch nur erwähnt. Am Heiligabend vor drei Jahren war das gewesen, wie Niklas sich erinnerte. Sie hatte ihm ein Schnapsglas und sich selbst ein Saftglas voll Eierlikör hingestellt und ihm Frohe Weihnachten gewünscht. Sie hatten zusammen auf den Weihnachtsbaum gestarrt, wortlos. Dann hatte sie ihn gefragt: »Niklas, wieso fragst du eigentlich nie nach deinem Vater?«

Er hatte ihr angesehen, dass es ihr schwerfiel, das Thema anzuschneiden. Diese traurigen Augen, die durch das linkisch aufgetragene Make-up nur noch stumpfer wirkten. Diese zusammengefallene Haltung. Normalerweise brüllten sie und Niklas sich an, es lag nur an Weihnachten, dieser Simulation von Weihnachten, dass sie beide, ohne es laut auszusprechen, einen fragilen Waffenstillstand geschlossen hatten. Und dann diese Frage. Aus heiterem Himmel. Nach all den Jahren, in denen er sich eingeredet hatte, es müsse einen Grund geben, dass man mit ihr über seinen Vater nicht reden konnte. War das denn überhaupt eine Frage? Nein, war es nicht. Sie wollte ihm etwas erzählen, aber er sollte darum betteln, weil sie nicht wusste, wie sie anfangen sollte.

Er erinnerte sich genau, wie wütend die Frage ihn gemacht hatte. Sie hatte kein Recht, seinen Vater ihm gegenüber zu erwähnen. Er hatte still die Faust geballt, ins Sofakissen geboxt und den Likör in einem Schluck ausgetrunken. Dann war er aufgestanden und hatte in seinem Zimmer einen Joint geraucht, ohne wie sonst darauf zu achten, dass das Fenster geöffnet war und der verräterische Geruch nicht durch die Wohnung waberte. Er hatte seine Mutter schluchzen gehört, oder bildete sich das jedenfalls ein. Aber die Zeiten, in denen er gedacht hatte, dass er auf seine Mutter aufpassen musste, waren da schon lange vorbei. Natürlich wusste er, dass auch sie litt. Dass sie gerne ein normales Gespräch mit ihm geführt hätte. Aber er wollte das nicht. Nicht über seinen Vater. Seinen Vater, über den er gar nichts wissen *wollte*, weil er dann bestimmt nicht mehr so wäre wie der Vater, mit dem er seine Kindheit hindurch abends manchmal halblaut gesprochen hatte. Oder wie der Vater, mit dem er zwar jetzt nicht mehr im Halbdunkel redete, von dem er sich aber ein Bild gemacht hatte – eines, mit dem er leben konnte, und das er sich nicht kaputt machen lassen wollte von Tatsachen oder von dem, was seine Mutter dafür ausgeben würde.

Beruhigt spürte Niklas, wie die Tasche sich an seine Hüfte schmiegte, nach Jahren des Gebrauchs seinen eigenen Konturen angepasst. Die Tasche war aus dunklem, dickem Leder und sehr abgegriffen. Trotzdem hatte sie sich einen gewissen Anschein von Exklusivität bewahrt. Es war eine gute Tasche. Niemand hatte sich je darüber lustig gemacht, dass er sie mit in die Schule nahm. Natürlich würde er sie auch jetzt mitnehmen.

Die Fahrt dauerte über eine Stunde, zuerst mit der S-Bahn zur Friedrichstraße, dann von dort mit der Regionalbahn bis nach Dallgow-Döberitz. Dallgow-Döberitz war das erste Kaff hinter der Stadtgrenze bei Spandau. Während der Fahrt sah er aus dem Fenster. Als sie ankamen, stiegen fünf weitere Personen an dem Provinzbahnhof aus, vier Männer und eine Frau. Er verließ den winzigen Bahnhof mit ihnen. Doch während die anderen sich entweder zu Fuß in Richtung Ortskern auf den Weg machten oder auf dem Parkplatz neben dem Bahnhofsvorplatz ihre VW-Tourans aufschlossen, um in die Neubausiedlung hinter dem alten Ortskern in ihre Einfamilienhäuser zu fahren, zu ihren Familien und Ikea-Katalogen, Mozzarellatomaten und Gartenmöbeln, blieb Niklas stehen, zündete sich einen dünnen Joint an, den er absichtsvoll so gedreht hatte, dass er wie eine Zigarette aussah, und tat so, als studiere er den Fahrplan oder den Ortsplan, die beide nebeneinander in einem Glaskasten aufgehängt waren.

Fünf Minuten später trat er den Joint aus, kehrte um, betrat erneut den Bahnhof, überquerte die Gleise und bog in eine kleine Ringstraße ein, die Artilleriepark hieß. Niklas wusste, dass der Name kein Zufall war. Denn von hier aus dehnte sich ein quadratkilometergroßes Waldgebiet aus, in dem in der Vergangenheit militärische Spreng- und Schießübungen aller Art abgehalten worden waren. Das Betreten des Geländes erfolgte auf eigene Gefahr, wie ein Schild mahnte. Niklas schwang sich über den niedrigen, halbmorschen Zaun und stapfte los. Grillen zirpten, ein Geräusch, das ihm sofort auffiel, weil er es seit Jahren nicht gehört hatte.

Auf eigene Gefahr.

Aber deswegen war er ja hier.

Nur dass es eben nicht auf eigene Gefahr gewesen war, sondern auf die anderer Menschen. Wochenlang hatte Niklas Weissenthal kaum etwas anderes getan als gekifft. Immer den Pegel gehalten, immer den Kopf in Watte gepackt. Sobald er gemerkt hatte, dass der Dämmerzustand nachließ, war er panisch geworden, bis er in der Schule selbst in den Fünf-Minuten-Pausen gekifft hatte, um nicht nachzudenken. Bloß nicht nachdenken. Nicht *darüber* jedenfalls.

Niklas kämpfte sich durch knielanges Gras voran. Allmählich kam der Waldrand näher. Er hatte Bäume eigentlich immer gemocht, dachte er. Er würde sich einen schönen aussuchen, mit breiten Wurzeln, an die er sich lehnen konnte, sobald er weit genug gegangen sein würde.

Es war noch immer warm, und er bekam Durst, musste aber fast lachen, als er sich fluchen hörte, weil er kein Wasser mitgenommen hatte. Wofür denn?

Vierzehn Menschen. Es war leichter, jetzt daran zu denken, hier, inmitten dieser grün-dunkelgrünen Wüste, durch die er nun schon seit zwei Stunden stapfte. Er ging jetzt langsamer als zuvor. Es war sogar ein Kind dabei gewesen. Er merkte, wie eine Träne über sein Gesicht lief.

Bald ist es vorbei, sagte er sich. Bald ist es alles vorbei, die ganze Scheiße, was du getan hast, was du nicht getan hast, alles vorbei, und du musst nie wieder darüber nachdenken oder davor wegrennen. Es wird vorbei sein und vielleicht vergessen. Und ganz vielleicht vergeben.

Drei Stunden nachdem er losgelaufen war, kam Niklas Weissenthal an eine Lichtung. Er hatte nicht geahnt, dass er zu so einem reinen Gefühl überhaupt noch in der Lage war, aber sie war wunderschön und unberührt, wie verwunschen, wie nur für ihn gemacht. Die Bäume waren alt, mit dicker, furchiger Rinde und gewaltigen Wurzeln.

Hier. Genau hier.

Vorsichtig nahm Niklas den Sprengstoff aus der Tasche seines Vaters und verband die Charge mit der Zündschnur, die er mitgenommen hatte. Dann setzte er sich auf den Boden, den Rücken an einen Baum gelehnt. Er legte das Paket mit dem Sprengstoff auf seinen Schoß und holte ein Streichholz heraus. Er hatte die Lunte extra kurz bemessen, er wollte nicht minutenlang zusehen. Es gab

keinen Grund zu warten. Er entzündete die Lunte und sah zu, wie das Feuer sich an der Schnur entlangfraß. Er schloss die Augen.

Jetzt!

Das Zischeln der brennenden Zündschnur hörte auf.

Aber nichts geschah.

Der Sprengstoff war nicht explodiert.

Niklas öffnete ungläubig die Augen, minutenlang unfähig sich zu rühren. Dann nahm er den Sprengstoff von seinem Schoß und vergrub ihn mit bloßen Händen tief und gründlich in der Walderde. Dann lehnte er sich an den Baum, an dem er hatte sterben wollen, und weinte. Er weinte laut, heulte und schluchzte, der Rotz lief ihm aus der Nase, vermischte sich mit seinen Tränen, verklebte ihm das Gesicht, es war ihm egal. Irgendwann hatte er sich leer geweint und rollte sich zusammen, bettete seinen Kopf auf eine dicke Wurzel und schlief ein.

***

Ansgar Dengelow wäre bei der Verhaftung gerne persönlich dabei gewesen. Aber er hatte Ole Sunderberg vom LKA und dessen Leuten den Vortritt lassen müssen, eine Formsache, ausgerechnet diesem Widerling, doch es ließ sich nun einmal nicht ändern. Sunderberg hatte während des Telefonats das gesamte Repertoire aufgeboten und keine Facette seiner Aufgeblasenheit verborgen. Ja, aber doch sicher nicht *sofort*, verehrter Kollege? Nun, wir müssen so etwas natürlich auch *vorbereiten*! Ja ja, sobald es *geht*, Herr Dengelow, mir ist die Dringlichkeit durchaus bewusst. *Natürlich* sage ich Ihnen Bescheid, wenn es losgeht. Dazu eine Stimme, die sich nicht aus der Ruhe bringen ließ, und ein leicht indignierter Tonfall, als würde man ihn beim Golfen stören. Aber wenigstens hatte der LKA-Vize die Festnahme nicht vermasselt, auch wenn er seine Leute ein bisschen später losgeschickt hatte, als es Dengelow lieb war und er es angemessen fand.

Aber jetzt gehörte Samuel Sonntag ja ihm, vertrieb Dengelow seinen Groll. Ihm ganz alleine. Jedenfalls wenn man von der Beamtin absah, die zum Zwecke der Protokollierung ebenfalls anwesend war. Sie war jung, rothaarig und sah, dank ihrer kurzen Haare, wie Dengelow vermutete, sehr herb und fast männlich aus. Er nickte ihr zu, als er den Vernehmungsraum in der JVA Moabit betrat.

Zwei Tische standen in dem Raum, der mit amtlich grauer Latexfarbe angemalt war und nach kaltem Zigarettenrauch roch. Der Raum war hoch. Auf der schmalen Seite gab es, in etwa drei Metern Höhe, ein einzelnes Fenster, durch das ein wenig Tageslicht fiel, was aber wegen der angeschalteten Neonröhre nicht auffiel. Das Fenster war vergittert. Die beiden Tische bildeten ein T, drei braune Amtsstubenstühle standen bereit. Die Kollegin, deren Namensschild und Uniform sie als Kriminalkommissarin Seyfert auswiesen, hatte sich an der Mitte des quer gestellten Tisches platziert, was Dengelow entgegenkam. So würde er Sonntag gegenübersitzen, Auge in Auge.

Samuel Sonntag war von drahtiger Gestalt und hatte ein breites Kreuz, eine Figur wie ein Schwimmer oder ein Ruderer, dachte Dengelow. Er trug offensichtlich noch die Kleidungsstücke, in denen er am Morgen im Friedrichshain festgenommen worden war, Jeans und T-Shirt, beides blau, ausgewaschen und, soweit Dengelow sehen konnte, sauber und ohne Aufdrucke, Markenembleme oder andere besondere Kennzeichen. Auch Sonntags Augen waren blau, aber es war kein strahlendes Blau, eher ein Standardblau, blau weil es eben nicht grau oder grün war, sondern irgendwo dazwischen. Sonntag sah müde aus. Aber so sehen sie alle aus, schoss es Dengelow durch den Kopf. Seine Haare trug er eher kurz und strubbelig, eine Frisur im eigentlichen Sinne gab es nicht, aber auch kein Gel oder Wachs, wenn Dengelow sich nicht täuschte. Sein Gesicht war kantig und symmetrisch, es sah beinahe wagemutig aus. Er trug einen Dreitagebart, was Dengelow kurz irritierte, aber dann auch wieder nicht. Es gibt eben kein Muster, rief er sich in Erinnerung. Augenbrauen und Wimpern fielen ihm auf. Sie waren eine Nuance dunkler als Sonntags Haare und ebenso dicht, was irgendwie plakativ wirkte.

Als Sonntag seine Hände auf den Tisch legte, erkannte Dengelow am rechten Unterarm die Folgen einer schweren Verletzung. Er machte sich eine Notiz im Kopf. Das war unter Umständen interessant.

Dengelow hatte in seinem Leben eine beachtliche Menge Verdächtiger, Beschuldigter und nicht unschuldiger Zeugen vernommen. Wie jeder Polizist hatte er seine eigene Routine entwickelt, seinen eigenen Stil, seine persönliche Sammlung von Weisheiten zusammengestellt, deren Quersumme man beim dritten Bier Philosophie nennen könnte, wenn man je darüber spräche, was Dengelow nicht tat. Die Wahrheit war trotzdem, dass einem niemand das Verhören beibringen konnte. Man tat es, man lernte dabei, man war jedes Mal nervös und hangelte sich an seinem Gerüst entlang, so gut es ging.

Dengelow ließ sein Gegenüber gerne etwas warten. Er nahm sich Zeit, um den Betreffenden zu mustern, um ihn durch seine Sprachlosigkeit zu verunsichern, aber auch um sich seine Körperhaltung einzuprägen, denn das konnte helfen, zu einem späteren Zeitpunkt Anzeichen für Nervosität oder Angst zu erkennen, weil sich die Körpersprache dann vielleicht veränderte.

Samuel Sonntags Körperhaltung war gerade, aber zugleich erkennbar angespannt. Sein Blick wanderte indes nicht umher, wie Dengelow es oft erlebt hatte, sondern war fest und direkt in sein, Dengelows, Gesicht gerichtet. Samuel Sonntag wartete darauf, dass er endlich mit der Vernehmung begann.

Wie sollte er anfangen?

Auch darüber hatte er sich Gedanken gemacht, auf dem Weg in die JVA, zuletzt sogar noch, als er die Stufen vor dem Haupteingang hochgelaufen war. Normalerweise war es seine Taktik, sanft und ein wenig maliziös vorzugehen: freundlich, aber bestimmt und sehr ausführlich die einzelnen Vorwürfe aufzählen. Dazu beiläufig die

Höchststrafen erwähnen. Und wenn ein Verdächtiger daraufhin als Erstes nach der Mindeststrafe fragte, woher soll man so etwas auch wissen, dann wusste er, dass er gute Chancen hatte, ein Geständnis zu bewirken.

Doch Terroristen waren anders. Sie misstrauten der Polizei grundsätzlich, ob im konkreten Fall schuldig oder nicht. Sie waren schließlich politisch motiviert, ideologisch gefestigt, sie erwarteten schlechte Behandlung und unfaires Verhalten. Und auch wenn sie schuldig waren, brachen sie in aller Regel nicht ein. Jedenfalls nicht sofort. Höchststrafen interessierten sie überhaupt nicht. Aber vor allem lebten sie in einer anderen Welt, in der sie Helden waren, unverwundbar, und auf der richtigen Seite der Geschichte standen. Es kam darauf an, ihnen erst einmal klarzumachen, dass es diese Fantasiewelt nicht mehr gab. Dass sie eine Verabredung mit der Wirklichkeit hatten. Dass das Leben von Samuel Sonntag, oder wie auch immer er sich genannt haben mochte, im Untergrund vorüber war. Dass seine neue Realität darin bestand, dass er, Ansgar Dengelow, ihn bei den Eiern hatte. Es reichte völlig aus, wenn er das heute hinbekam. Die Puzzlestücke, die die erste Vernehmung ergeben mochte, konnte er später immer noch zusammensetzen.

Es war so gut wie sicher, dass er Samuel Sonntag mehr als nur einmal vernehmen würde. Alles andere wäre eine Überraschung. Vielleicht würde Sonntag auch gar nichts sagen. Es war jedenfalls nicht unwahrscheinlich, dass sie eine Menge Zeit miteinander verbringen würden.

Nachdem er ihn ausgiebig gemustert hatte, setzte Dengelow sich schließlich auf den braunen Behördenstuhl, Samuel Sonntag gegenüber.

»Mein Name ist Dengelow«, sagte er.

»Guten Tag.«

Immerhin, er redete mit ihm.

»Herr Sonntag, gegen Sie werden schwere Vorwürfe erhoben, das wissen Sie.«

»Ja.«

»Bitte bestätigen Sie für das Protokoll, dass Sie keinen Verteidiger anrufen möchten und dass Sie keine Einwände dagegen haben, vernommen zu werden, auch wenn wir noch keine Zeit hatten, einen Pflichtverteidiger hinzuzuziehen.«

»Ja, das ist richtig.«

»Herr Sonntag, was glauben Sie, warum Sie hier sitzen?«

»Keine Ahnung.«

Dengelow beugte sich vor, bis nur noch wenige Zentimeter zwischen ihren Gesichtern waren. »Weil es vorbei ist«, sagte er.

»Was meinen Sie?«

»Ihr bisheriges Leben.«

»Ich verstehe nicht, fürchte ich.«

Also gut, dachte Dengelow, *holen wir dich in die Realität.* »Herr Sonntag, wir haben da ein Foto von Ihnen.«

»Ach ja?«

Zufrieden registrierte Dengelow ein Zucken der Augenwinkel. »Es ist ziemlich aussagekräftig, finde ich.«

»Finden Sie?«

»Hören Sie auf damit. Sie wissen, dass es vorbei ist. Soll ich Sie weiter befragen, oder wollen Sie vielleicht lieber selbst erzählen?«

»Dengelow, richtig?«

»Ja.«

»Herr Dengelow, bevor ich Ihnen irgendetwas sage, möchte ich erst einmal, dass Sie mir erklären, weswegen ich hier bin.«

»Gern.« Ansgar Dengelow nahm einen kalkuliert tiefen und langen Schluck aus dem Wasserglas, das man ihm auf seine Tischhälfte gestellt hatte. *Er ist nicht dumm. Er will wissen, was wir wissen. Na gut. Kann er haben. Sehr gerne sogar.*

Er lehnte sich wieder zurück und bemühte sich, so gelangweilt wie möglich zu klingen. »Herr Sonntag, Sie werden verdächtigt, Mitglied der terroristischen Vereinigung al-Qaida zu sein. Sie sind ferner verdächtig, im Auftrag al-Qaidas am 7. Juni dieses Jahres in Berlin eine Sprengstoffexplosion herbeigeführt zu haben, in deren Verlauf und an deren Folgen vierzehn Menschen ums Leben gekommen sind.«

In Sonntags Augen spiegelte sich schierer Unglaube. Er schüttelte wild den Kopf.

Das ist es, dachte Dengelow fasziniert: der Moment, in dem ihm klar wird, dass er nicht mehr in seiner Welt ist, sondern in unserer. *In der Realität.*

Sonntag schlug mit beiden Handflächen gleichzeitig auf den Tisch. »Sind Sie irre? Ich soll den Anschlag begangen haben?«

Dengelow wusste, dass er nun seine größte Stärke ausspielen konnte: vollkommen ruhig zu bleiben, während sein Gegenüber sich allmählich der Gefahr bewusst wurde, in der er sich befand. »Ja, das glaube ich.«

»Das ist der größte Scheiß, den ich je gehört habe. Und das wissen Sie! Das ist doch lächerlich. Ich war doch selbst ein Opfer, ich war im 2TV-Studio an dem Tag!« Samuel Sonntag zeigte auf seinen rechten Unterarm.

»Ja, wissen wir, Herr Sonntag. Weil Sie oder Ihre Auftraggeber es ursprünglich als Selbstmordanschlag geplant hatten, nicht wahr? Darum waren Sie da. Aber dann haben Sie es sich anscheinend anders überlegt. Vielleicht wollten Sie noch ein bisschen leben und haben gehofft, wenn Sie das Päckchen in den Rollator legen, kämen Sie mit ein bisschen Glück heil aus dem Studio raus. Vielleicht haben Sie sich ja auch überlegt, dass Sie lebendig wertvoller für al-Qaida sind, weil Sie dann einen weiteren Anschlag planen könnten. Vielleicht kriegen wir das ja noch heraus.«

»Sie sind irre! Wieso sollte ich das denn tun!«

»Nun, das Foto belegt ja recht eindeutig, dass Sie schon eine ganze Weile in entsprechenden Kreisen verkehren.«

»Was für ein Foto? Was für Kreise? Wovon reden Sie?«

»Schon interessant, wenn jemand knapp anderthalb Jahre vor dem 11. September 2001 zusammen mit Mohammed Atta Arm in Arm für ein Foto posiert.«

Dengelow musterte Samuel Sonntag genau. Die dichten Brauen hatten sich zusammengezogen. Zwischen Sonntags Augen war nun eine tiefe Falte. Sein Mund stand halb offen. Dengelow fühlte Genugtuung. Sonntag musste glauben, dass sie ihn schon seit Jahren im Visier hatten, und dass er nichts davon bemerkt hatte. Woher hätte Sonntag auch wissen sollen, dass Munir ihm das Bild erst einen Tag zuvor geschickt hatte, zusammen mit dem Namen?

»Ich habe immer noch keine Ahnung, wovon Sie reden«, sagte Sonntag gepresst.

Jetzt nicht lockerlassen, ermahnte sich Dengelow. Immer weitergehen. Schritt für Schritt. Bis er kapiert, was Sache ist. »Na gut, dann sprechen wir eben erst über ein paar andere Dinge, für die wir uns interessieren. Und die etwas mehr Probleme aufwerfen als dieses Bild.«

»Ja?«

»Herr Sonntag, ich bin mir noch nicht sicher, ob die Staatsanwälte es am Ende als Werbung für eine terroristische Vereinigung einstufen oder als Werbung für einen fremden Wehrdienst, aber das wird auf jeden Fall ein Problem!«

»Was meinen Sie, *verdammt*?«

»Terrorpropaganda, Herr Sonntag, und zwar im großen Stil. Im ganz großen. Die Kollegen machen gerade Überstunden Ihretwegen. Sehr beeindruckend. Wir sind noch lange nicht durch, aber auf den ersten Blick, so höre ich jedenfalls, haben Sie mehr al-Qaida-Videos heruntergeladen und weiterverschickt, als das Bundesamt für Verfassungsschutz in seinem Archiv hat.«

»Was für Videos?«

»Na, die auf den Rechnern auf Ihrem Dachboden, Herr Sonntag.«

»Ich hab keinen Dachboden.«

»Ich denke doch. Aber das klären wir später.«

»Später? Sie lassen mich jetzt bitte augenblicklich gehen. Das ist doch eine Farce! Sie haben doch überhaupt nichts gegen mich in der Hand.«

»Das wird leider nicht gehen. Da wäre nämlich noch etwas.«

»Was?«

»Herr Sonntag, könnten Sie uns eventuell erklären, wieso Sie 159 Gramm TATP auf Ihrem Dachboden gehortet haben? Und, ach ja: *Ihr* Sprengstoff stammt aus derselben Charge wie der vom Anschlag auf Lutfi Latif!«

***

Sie hatte Samson in Düsseldorf kennengelernt, um Viertel nach sieben an einem bleigrauen Septembermorgen vor fünf Jahren. Es war kalt gewesen, sie hatte sich darauf verlassen, dass das Spätsommerwetter der Vortage noch anhalten würde, und nicht einmal eine Jacke mitgebracht. Warum auch, hatte sie gedacht, ich werde den Großteil des Tages in einem geheizten Saal verbringen, was auch stimmte. Aber sie hatte nicht daran gedacht, dass der Prozess verspätet beginnen könnte, weswegen sie dann doch gefroren hatte an jenem Septembermorgen vor fünf Jahren vor der Sicherheitsschleuse des Hochsicherheitstraktes des Oberlandesgerichts Düsseldorf, einem bunkerartigen Gebäude mitten auf einer Wiese am Stadtrand dieser durch und durch lächerlichen Stadt, absichtlich abweisend gestaltet, eine Trutzburg kalter Rechtsprechung, ein grauer und in Beton gegossener Schmollwinkel der Republik, mehr als nur eine bloße Erinnerung an Stammheim, eher ein kleiner Bruder, erschaffen im Angesicht des dschihadistischen Terrorismus, was den einen wie ein Déjà-vu und den anderen wie ein Menetekel vorkommen mochte. Aber Merles Problem an jenem Septembermorgen war, dass sie fror und die Pforte sich einfach nicht öffnete, weil drinnen irgendein Anwalt noch einen Schriftsatz abfassen musste oder ein Angeklagter noch ein Gebet zu verrichten hatte oder weil zu viele Besucher da waren oder vielleicht auch bloß, weil der Richter eitel war.

Merle war die siebte in der Schlange. Ganz vorne stand ein öffentlich-rechtliches Fernsehteam, das aus drei Personen bestand. Dahinter folgten zwei ausländische Reporter, es war ein wichtiger Prozess, der größte Terrorprozess seit Jahren in Deutschland, und die Welt sah zu, denn um ein Haar wären Dinge explodiert, Menschen gestorben, Recht musste gesprochen werden, und die Angeklagten waren sehr telegen.

Vor ihr in der Schlange stand ein drahtiger, junger Mann mit einem breiten Kreuz, der als Einziger nicht über das Warten fluchte oder hastig Zigaretten inhalierte oder aus Langeweile redundante Telefonate mit seiner Redaktion führte, sondern in aller Ruhe einen Stapel arabische Tageszeitungen durcharbeitete und sich offensichtlich selbst genug war. Er hatte auch eine warme Jacke dabei. Sie beobachtete ihn, während sie selbst von einem Bein auf das andere trat, um die Kälte zu vertreiben. Sie fand ihn auf eine interessante Weise gut aussehend und sehr souverän.

Als die fast einhundert wartenden Journalisten und Beobachter schließlich mit zwei Stunden Verspätung in den großen Verhandlungssaal gelassen wurden, in dem es um einen vom Irak aus gesteuerten Plan ging, in Deutschland einen Anschlag auszuführen, da hatte sie sich auf einem Stuhl neben dem drahtigen Mann wiedergefunden. War es Zufall? Hatte sie nachgeholfen? Er hatte nie gefragt, auch später nicht. Sie lächelte ihn an, als sie ihren Block aufschlug. Er lächelte zurück, ein bisschen schüchtern, ein überraschender Kontrast zu der zuvor diagnostizierten Souveränität, aber gerade das hatte ihr gefallen, und zudem wusste sie, dass sie auf viele Männer einschüchternd wirkte, vermutlich wegen ihrer Körpergröße.

Als der Verhandlungstag nach neun Stunden vorüber war, hatten sie sich ein Taxi zurück in die Innenstadt geteilt. Sie hatte vorgeschlagen, noch ein Bier zu trinken, und er hatte zugestimmt. Sie fanden eine Kneipe in der Altstadt, in der es nur Altbier gab, aber man dafür nicht brüllen musste. Er war kein Journalist. Er sagte ihr, er recherchiere für ein Buch. Sie glaubte ihm kein Wort, sagte das aber nicht, sondern fand es erregend, dass er ihr die Wahrheit nicht sagen konnte. Oder es nicht wollte. Oder noch besser: nicht durfte.

Sie wohnten im selben Hotel. Im Fahrstuhl behauptete er, auf demselben Flur sein Zimmer zu haben wie sie, obwohl sie, als sie nebeneinander an der Rezeption gestanden hatten, hatte sehen können, dass das nicht stimmte. Sie meinte zu spüren, dass er wusste, dass sie das wusste, und deshalb war sie sicher, dass sie nicht noch mehr Zeichen brauchte, und küsste ihn schon im Fahrstuhl.

Sie verbrachten die Nacht miteinander und den nächsten Tag wieder nebeneinander im Gerichtssaal, beide ihre Blöcke auf dem Schoß, wobei sie feststellte, dass er ganz andere Dinge notierte als sie, und dann eine weitere Nacht im Hotel, und dann war sie vollständig verliebt nach Berlin zurückgeflogen, während er mit dem Zug fuhr, aber ebenfalls nach Berlin. Sie wohnten noch nicht einmal weit voneinander entfernt, er im Friedrichshain, sie im Prenzlauer Berg, es war perfekt. Rätselhaft, aufregend, schnell. Tief. Oder so tief, wie er es eben zuließ, was für sie aber auf dasselbe hinauslief, denn immer, wenn es nicht weiterging und er aus dem Fenster starrte und ihre Fragen nicht beantwortete, als habe er sie nicht gehört, dann war das doch auch nur ein Anzeichen für Tiefe, eine Tiefe, die sie eben noch nicht durchschaute, in die er sie noch nicht einweihen wollte oder durfte, aber sicher würde sich das noch ändern.

So hatte es angefangen, und es war schön gewesen, oder jedenfalls aufregend, für eine ganze Weile. Natürlich war sie irgendwann darauf gekommen, dass Tiefe und Sprachlosigkeit einander zum Verwechseln ähnlich sein konnten. Dass es merkwürdig war, wenn jemand auch in trautester Zweisamkeit einsam war, und dass er selten lachte und noch seltener entspannt war oder einfach nur er selbst, aber sie hatte ihn geliebt, und sie glaubte, auch heute noch, dass er sie ebenfalls geliebt hatte.

Tiefe.

Natürlich war Samson immer ein Rätsel geblieben.

Aber wie tief konnte ein Rätsel sein?

Und jetzt saß sie wieder in einem Gerichtssaal, oder jedenfalls kam es ihr so vor. Nur dass Samson dieses Mal nicht dabei war. Obwohl er es war, um den es ging.

In der Rolle des Anklägers, alle anderen am Tisch um einen halben Kopf überragend: Arno Erlinger, wie immer im Maßhemd, wie meistens die ersten drei Knöpfe offen. Er wirkte einschüchternd in seiner Körpergröße, noch mehr aber durch den Hunger, den er ausstrahlte, eine Wachheit und Sprungbereitschaft, die sie an ein Raubtier in einer TV-Dokumentation denken ließ.

Am Tischende platziert, in der Rolle der Richterin: das dritte Geschlecht höchstpersönlich. Sie hatte sogar Kaffee kommen lassen, von Starbucks, wie Merle bemerkte. Nichts hätte die Wichtigkeit dieses Treffens mehr betonen können als der Einsatz finanzieller Mittel zur Verköstigung der Anwesenden. Als Gutachter und Beisitzer waren Frederick Rieffen, Lars Kampen und Henk Lauter bestellt, die wie Schuljungen nebeneinandersaßen.

»Und was, wenn *doch*, Schwälbchen?«, warf Erlinger ein, und sie musste zugeben, dass er einen fast glaubwürdig betroffenen Ton getroffen hatte.

»*Schwalb*. Ich heiße *Schwalb*. Ich glaube, Erlinger, Sie haben es noch nicht ein einziges Mal richtig gesagt.«

»Das ist doch jetzt nicht der Punkt. Sondern dass *Sie* nicht objektiv sind!«

Ach ja. Richtig. Die Verteidigung: Merle Schwalb.

Es war kurz nach zehn Uhr am Vormittag, und zum ersten Mal, seit sie beim *Globus* arbeitete, war die große Konferenz, die Inquisition, abgesagt worden. Henk Lauter hatte sie abgeholt. Er war ohne anzuklopfen in ihr Büro getreten, und sein Blick hatte ihr sofort klargemacht, dass etwas vorgefallen war. Sie fuhren zusammen im Fahrstuhl in den 22. Stock, und in dürren Worten erzählte Henk ihr, dass Samson unter dem Verdacht festgenommen worden war, den Anschlag in der Siegfried-Passage ausgeübt zu haben. Sie stiegen aus und betraten den kleinen Besprechungsraum am Ende des Flurs, den das dritte Geschlecht, soweit Merle Schwalb wusste, vornehmlich für Kastrationen und Entlassungen nutzte. Ihre Knie zitterten.

Nachdem sie und Henk Lauter Platz genommen hatten, hatte Erlinger die Details vorgetragen. Er sprach leise, langsam und betont sachlich und beendete seinen Vortrag mit der Information, dass Samson in einem ersten Verhör in der JVA Moabit alle Vorwürfe bestritten hatte.

»Was haben die Behörden gegen ihn in der Hand?«, fragte das dritte Geschlecht.

»Das Wichtigste ist, dass er auf seinem Dachboden etwas über hundertfünfzig Gramm von dem Sprengstoff versteckt hatte, der bei dem Anschlag eingesetzt wurde«, antwortete Erlinger.

»Ist das sicher?«

»Ja. Anscheinend lässt sich das schnell feststellen. Er hatte den Stoff in seinem Bücherregal versteckt, hinter einem Koran. Er hatte keinen Mietvertrag über die Nutzung des Dachbodens und dachte wohl, dass niemals jemand dort nachschauen würde.«

»Was noch?«

»Er hat von seinem Rechner aus über Jahre hinweg unter verschiedenen Kampfnamen Terrorpropaganda weiterverbreitet ...« Erlinger stockte.

»Gib es noch mehr?«, erkundigte sich das dritte Geschlecht.

»Ja. Sie können belegen, dass er ein enger Freund von Mohammed Atta war. Es gibt offenbar ein Foto aus dem Frühsommer 2000, beide Arm in Arm oder so.«

Das dritte Geschlecht rührte langsam und gründlich in ihrem Kaffeebecher. »Hmm. Aber die Behörden hatten ihn nicht auf dem Schirm, oder?«

»Nein, das ist ja das Besondere«, antwortete Erlinger und richtete seinen Oberkörper auf. »Samuel Sonntag ist vermutlich der erste Tarnkappen-Konvertit überhaupt.«

»Tarnkappen-Konvertit? Was soll das denn sein?«

»Die Experten fürchten das seit Jahren: Jemand konvertiert in einem radikalen Umfeld, aber bekommt den Auftrag, es niemandem zu sagen. Weil er für eine spätere Verwendung aufgebaut wird. Wie die Perspektivagenten im Kalten Krieg. Die Königsklasse. Er erzählt niemandem davon, er geht nicht in die Moschee, er trinkt weiter Alkohol, isst Schweinefleisch, er hat *Freundinnen* …«

Jetzt, zum ersten Mal überhaupt, lenkte der Chef der Drei Fragezeichen seinen Blick in die Richtung von Merle Schwalb. Unwillkürlich folgten die mausgrauen Augen des dritten Geschlechts.

»Frau Schwalb, wenn Erlinger mich richtig gebrieft hat, kennen Sie Samuel Sonntag gut, weil Sie eine Zeit lang mit ihm liiert waren, richtig?«, fragte die Herausgeberin.

»Ja, das ist richtig«, antwortete Merle Schwalb.

»Wussten Sie, dass er Muslim ist?«

Merle Schwalb hatte Mühe zuzuhören. Mühe, die Worte zu verstehen, die an sie gerichtet wurden. Sie drangen wie aus großer Ferne an ihr Ohr, erreichten sie verzerrt und gedämpft, als würde sie inmitten eines dichten Nebels stehen. Was ging hier vor sich? Wohin führte das? Das konnte doch unmöglich wirklich geschehen! Sie musste an Samson denken, und daran, wie er in ihrem Urlaub in Irland tatsächlich einmal durch einen dichten Nebel hindurch mit ihr gesprochen hatte. Sie hatte ihn nicht sehen können, obwohl er nur wenige Meter entfernt von ihr gewesen war.

»Frau Schwalb?«

Sie wusste nicht, wo sie beginnen sollte. Sie wusste nicht einmal, welche der zur Rede stehenden Behauptungen die absurdeste war. Das alles war so unglaublich.

»Ich war am Tag des Anschlags vor Ort, wie Sie ja wissen. Samuel Sonntag war auch dort. Nach dem Anschlag sind wir aus der Siegfried-Passage zusammen zu seinem Dachboden gefahren, wo er sofort nach Spuren der Attentäter im Netz gesucht hat. Ich kann Ihnen *versichern*, dass er genauso schockiert war wie ich.«

»Ich schätze, jeder Überlebende eines Anschlags wäre geschockt, oder?«, mischte Erlinger sich ein. »Vor allem, wenn er vielleicht damit gerechnet hat, dass er stirbt? Verstehen Sie mich nicht falsch, seine Schuld ist ja nicht bewiesen, ich spiele das nur mal durch.«

»*Verdammt*, Erlinger, er hat das Bekennervideo gefunden, vor allen anderen!«

»Ich glaube, wir sollten versuchen, nicht emotional zu werden. Aber ja, daran musste ich auch schon denken. Merkwürdig, finden Sie nicht? Im Spiegel der Vorwürfe, meine ich.«

Merle Schwalb reagierte nicht auf Erlinger und wandte sich stattdessen ihrer Chefin zu. »Er war es nicht. Ich kenne ihn.«

»Frau Schwalb, wussten Sie denn, dass er Mohammed Atta kannte?«

Merle Schwalb schüttelte langsam den Kopf.

»Und dass er Muslim ist?«

»Er ist kein Muslim.«

»Wie können Sie da sicher sein?«

»Weil er an gar nichts glaubt«, antwortete sie etwas zu schnell, was sie daran merkte, dass sie sich zugleich fragte, wieso sie und Samson eigentlich nie darüber gesprochen hatten, was sie glaubten. *Ob* sie glaubten. Ob sie glaubten, ein Leben in der Gegenwart eines Gottes zu leben oder nicht. War das denn etwa keine fundamentale Frage? Und wieso glaubte sie eigentlich, dass Samson an nichts glaubte?

»Das würde er natürlich behaupten, ist doch klar«, warf Erlinger unterdessen ein. »Und ich betone noch einmal, ich spreche hier nur als *Advocatus Diaboli!*«

Merle merkte, wie sie wütend wurde. Redeten sie hier allen Ernstes darüber, ob Samson ein Terrorist war und vierzehn Menschenleben auf dem Gewissen hatte? »Erlinger, er *war* es nicht.«

»Aber wieso denn nicht? Glauben Sie, das BKA hat ihn aus Spaß festgenommen? Ich finde, die Indizien sind erdrückend.«

Merle Schwalb atmete tief ein. »Samuel Sonntag war Sicherheitsberater von Lutfi Latif«, sagte sie.

Erlingers Augen verengten sich zu Schlitzen. »Seit wann wissen Sie das?«, verlangte er zu wissen.

»Das tut nichts zur Sache. Aber es stimmt.«

Sekundenlang konnte sie zusehen, wie Erlinger die ihm neue Information verarbeitete, analysierte und hin und her wälzte. Schließlich lehnte er sich wieder zurück und pfiff leise durch die Zähne.

»Das«, sagte er langsam, »ist gerissen, wirklich gerissen. Ich habe mich schon die ganze Zeit gefragt, wie er eigentlich rechtzeitig wissen konnte, dass Latif im Morgenmagazin sein würde. Aber das erklärt es. Und es zeigt, wie raffiniert er wirklich war.« Er warf einen mitleidigen Blick auf Merle Schwalb. »Sieht aus, Kollegin, als habe er im Laufe der letzten Jahre eine Menge Leute erfolgreich hinters Licht geführt.«

Merle sah Erlinger fassungslos an. Wie konnte es sein, dass er alles, was Samson entlastete, zu etwas umdrehte, das ihn belastete? War er einfach nur bösartig? Oder glaubte er tatsächlich an Samsons Schuld? Nein, das konnte sie nicht glauben. Da musste noch etwas anderes sein. Plötzlich verstand sie, was es war: Es war Angst. Angst, sich zu irren. Nein, genauer noch: Angst, sich *alleine* zu irren. Erlinger würde immer den Behörden hinterherschreiben, denn das bedeutete für ihn das geringste Risiko. Wenn die falschlagen, irrte er sich zwar mit ihnen. Aber sie würden sich dafür rechtfertigen müssen, nicht er. Er hatte ja nur den Stand der Behörden berichtet!

Merle wollte Erlinger gerade erwidern, aber sie kam nicht dazu, denn das dritte Geschlecht hatte offenbar genug gehört und räusperte sich vernehmlich.

»Wir müssen uns jetzt überlegen, wie wir damit umgehen«, sagte sie. »Darum geht es jetzt. Herr Erlinger, wie groß ist unser Vorsprung?«

»Das BKA wird morgen Vormittag bekanntgeben, dass es eine Festnahme im Zusammenhang mit dem Anschlag gegeben hat. Vermutlich werden sie den Verdächtigen als Samuel S. identifizieren. Im Moment sind wir die Einzigen, die den vollen Namen und die ersten Details kennen.«

»Heute ist Montag«, sagte das dritte Geschlecht nachdenklich. »Wir werden es online machen müssen. Erlinger, Sie bereiten bitte eine ausführliche Meldung vor, für die Sekunde, in der das BKA seine Pressemitteilung rausgibt. Mit so viel Hintergrund wie nötig, aber nicht so viel, dass wir fürs gedruckte Magazin nichts mehr übrig haben.«

»Klar.«

»Sie können auf alle anwesenden Kollegen zugreifen, aber auf keine weiteren. Ich verlange von allen Anwesenden absolute Verschwiegenheit. Und damit *meine* ich absolut. Wer redet, fliegt.«

»Mit Verlaub, ich halte das für einen Fehler. Wir sollten lieber herauszufinden versuchen, wer es wirklich war«, warf Merle Schwalb ein.

»Frau Schwalb, wir können das nicht *nicht* machen«, antwortete das dritte Geschlecht. »Das BKA glaubt, dass es den Täter gefasst hat, und wir haben einen Vorsprung vor der Konkurrenz. Natürlich werden wir das melden und weiterverfolgen. Mit der gebotenen Skepsis und in Einklang mit den geltenden Regeln der Verdachtsberichterstattung.«

»Aber er war es nicht, und wenn wir jetzt ausführlich über ihn als mutmaßlichen Massenmörder schreiben, ruinieren wir sein Leben. Haben sie daran mal gedacht?«

Erlinger beugte sich erneut vor. »Ich glaube, sie verwechseln da was. Es ist nicht unsere Schuld, wenn sich jemand in so eine Situation bringt. Wir sind nicht die Krankheit, wir sind auch nicht die Heilung und schon gar nicht der Arzt. Wir sind nur das Fieberthermometer. Wir *berichten.*«

»Aber unser Vorsprung ist doch in Wahrheit, dass wir wissen, dass das BKA irgendwo Mist gebaut hat! Samuel Sonntag hat mit diesem Anschlag nichts zu tun!«

»Und was, wenn *doch*, Schwälbchen?«, warf Erlinger ein.

»*Schwalb*. Ich heiße *Schwalb*. Ich glaube, Erlinger, Sie haben es noch nicht ein einziges Mal richtig gesagt.«

»Das ist doch jetzt nicht der Punkt. Sondern dass *Sie* nicht objektiv sind!«

»Aber …«

»Frau Schwalb, ich denke, Erlinger hat recht, Sie sind nicht objektiv.«

»Entschuldigen Sie bitte, aber …«

»Frau Schwalb, *danke*, dass Sie gekommen sind. Aber die Diskussion ist vorbei. Sie können jetzt entweder mithelfen, was ich sehr begrüßen würde. Oder sie können morgen früh nach Christchurch fliegen, da gab es ein Erdbeben, wenn ich mich nicht irre, armes Neuseeland, immer wieder bebt es da, das könnte ich mir auch sehr gut für die nächste Ausgabe vorstellen.«

Drei Minuten später saß Merle Schwalb wieder in ihrem Büro mit dem trostlosen Blick auf ein Kieselbeet im Innenhof des *Globus*-Gebäudes. Sie hatte ihren Zellennachbarn Kaiser um eine Zigarette gebeten. Sie wusste nicht, was sie tun sollte. Was sie tun konnte. Die Gewissheit, dass Samson in 24 Stunden der Öffentlichkeit zum Fraß vorgeworfen werden würde, trieb ihr Tränen der Wut in die Augen. Wieso hatte Henk nichts gesagt? Sie erinnerte sich an ihr Gespräch. *Beim* Globus *ist alles immer Entweder–oder.* Sie wusste nicht, wie sie noch länger beim *Globus* arbeiten konnte. Sollte sie heute noch kündigen, jetzt sofort?

Ihr Telefon klingelte, doch sie ignorierte es.

Es klingelte erneut.

Sie drückte die Zigarette aus und nahm ab.

»Jetzt, Merle«, sagte Henk Lauter. »Jetzt ist der Zeitpunkt.«

»Was meinst du?«

»Lass sie ihre Geschichte schreiben. Wir schreiben unsere. Wir sagen es niemandem. Aber wenn wir Samsons Unschuld beweisen können, wird das dritte Geschlecht sie bringen.«

»Du und ich?«

»Weißt du noch jemanden?«

»Vielleicht«, sagte Merle Schwalb und legte auf.

Dann wählte sie die Nummer von Frederick Rieffen.

* * *

So läuft das also, dachte Sumaya. So fühlt sich das an. Sie war sich zuerst nicht sicher gewesen, kein Wunder, es gab ja sowieso praktisch nichts mehr, worüber sie sich sicher sein konnte. Verfolgte der Mann sie wirklich – oder war es nur Zufall, dass er erst in der U-Bahn ihr gegenübergesessen hatte und dann, in dem türkischen Supermarkt, in dem sie, um überhaupt irgendetwas zu tun, eine Packung Henna für ihre Haare und ein Päckchen Bulgur gekauft hatte, ebenfalls in der Schlange vor der Kasse stand, mit einem hastig aus dem Regal gegriffenen Stück rosafarbener Seife in seiner Hand? Ein Stück Seife für 29 Cent.

Vermutlich, hatte sie noch gedacht, darf er nicht so viel ausgeben, die Stadt ist pleite, also müssen auch diejenigen, die sich auf die Fersen der Verwandten und Freunde von Terrorverdächtigen heften, sparsam sein. Sie stellte sich vor, wie der junge Mann am Abend oder am nächsten Morgen seinem Vorgesetzten würde erklären müssen, wieso er 29 Cent für ein Stück Seife ausgegeben hatte, ob das wirklich nötig gewesen war und ob man das Stück Seife denn wenigstens nutzen könnte, und dann würden bald alle Spione in Kreuzberg nach Rosenwasser duften, jedenfalls wenn sie sich nach dem Pinkeln die Hände wuschen, ob es da auch eine Vorschrift gab?

Sie lief mit zügigen Schritten auf den Görlitzer Park zu, wo Fadi sich gewöhnlich an jedem zweiten Abend mit einem Dutzend Freunden zum Grillen verabredete, verabredet *hatte*, und stellte fest, dass sie immer noch beschattet wurde.

Sumaya war wütend. Nicht auf den Mann, der sie verfolgte. Schon eher, weil sie nicht einmal wusste, welcher der beiden angeblichen Radikalen, die sie anscheinend kannte, der Grund für die Observierung war. Beobachtete man sie, weil sie Fadis Cousine war? Oder weil sie die Freundin von Samuel Sonntag war?

Aber da war noch etwas anderes, ein Gefühl, für das sie noch keinen Namen gefunden hatte. Es war schlimmer als Wut. Viel schlimmer. Es war das Gefühl, dass etwas kaputtgegangen war, zerbrochen, nicht mehr zu reparieren. Was war nur mit ihrem Leben geschehen? Das hätte alles nie geschehen dürfen. Wieso war es geschehen?

Es war ein heißer, wunderschöner Tag, das Licht war gleißend hell. Warum saß sie jetzt nicht mit Samson in Friedrichshagen im Strandbad und sorgte dafür, dass er nicht so blass aussah? Oder bereitete mit Fadi die Kebabspieße vor für das Grillen am Abend, wobei er sie in Wahrheit immer nur zuschauen ließ, wie er Muskat, weißen Pfeffer, etwas Zimt und Petersilie unter das Fleisch mischte, gemischt *hatte*, weil er meinte, dass ihre Spieße nicht schmeckten?

Vielleicht würde es nie wieder so sein. Fadi war zwar wieder frei. Die Polizei hatte ihn nur eine Stunde lang befragt. Aber seine Rechner blieben bis auf Weiteres beschlagnahmt, es würde Monate dauern, bis sie ausgewertet seien, hatten sie ihm gesagt, und davon würde abhängen, ob man ihn belangen werde oder nicht. Er hatte das Internetcafé geschlossen. Er war trotzdem dort gewesen, als sie vorhin zu ihm gegangen war. Sieben oder acht Freunde waren in dem leer geräumten Raum versammelt, sie erkannte zwei der Iraker wieder, ein paar palästinensische Freunde und Metin, seinen Mitarbeiter, auch zwei sehr deutsch aussehende Männer waren dabei.

Fadi schickte sie weg, als Sumaya eintrat. Sie gingen ohne ein Wort.

Er konnte ihr nicht in die Augen sehen. Keine Umarmung, kein Wort der Begrüßung.

»Fadi, *ibn Ammi!* Sprich mit mir!«

Nichts.

Sie ging auf ihn zu, um ihn ihrerseits zu umarmen. Aber er wich zurück. Also blieb sie einfach neben ihm stehen, mitten in der klaffenden Leere, die sein Internetcafé gewesen war, und wartete, dass etwas geschehen würde. Es geschah nichts.

»Fadi«, versuchte sie es nach einer Viertelstunde noch einmal, »was war da los? Wieso war die Polizei bei dir?«

»Sumaya, verstehst du es denn immer noch nicht? Ich hab gedacht, ich könnte sie dazu bringen, genauer hinzugucken. Wegen der Moscheen. Ich hab ihnen keinen Namen gesagt, nur das Bild gegeben. Aber das hat die ja sowieso nicht interessiert. Sollen die Moscheen ruhig brennen! Die haben sich nur für mich interessiert. Verschissene Hundesöhne. Es stimmt, was die anderen sagen: Es gibt für die nur eine Sorte Radikale, und das sind wir. Jetzt weiß ich es auch.«

Die Sätze schossen aus seinem Mund wie Gewehrkugeln, hart und schnell.

»Morgen habe ich meine erste Gefährderansprache!« Fadi lachte bitter. »Ich bin mir noch nicht sicher, ob ich hingehen werde. Schätze, das ist mir nicht gefährlich genug. Schätze, ich bin zu radikal für Termine bei der Polizei!«

»Fadi, reite dich nicht noch tiefer rein!«

»Du verstehst es wirklich nicht, oder? Es ist doch egal, was ich mache, ich bin sowieso radikal.«

»Was meinst du?«

»Wir wollten doch bloß ein paar Leute suchen, zum Aufpassen, wegen der Moscheen. Hikmat hat's bei Facebook gepostet. Auf Arabisch. Dass wir Leute für ein bisschen *Riqaba* brauchen. Beobachten halt. Aber erklär denen das mal. Sie glauben's nicht. Sie wollen's nicht glauben.«

»Fadi, ich versteh das alles nicht.«

»Susu, ich sag dir eins: Pass lieber ein bisschen auf. Weil ich, ich bin jetzt ein amtlich beglaubigter Radikaler.«

Sumaya wusste nicht, was sie erwidern sollte. Sie spürte nur, dass sie Fadi verloren hatte, jedenfalls für den Moment. Er war weit weg von ihr. Aber Fadi hatte auch sie verloren. Sie wusste genau, warum er sie nicht ansah: Er schämte sich, weil er sie verraten und entgegen seinem Versprechen Samuels Bild weitergegeben hatte, aber er sagte es nicht. Wieso nicht? Wieso sagte er es nicht einfach? Sie wollte ihn fragen, aber es kam ihr nicht über die Lippen. Es war an ihm, sich zu entschuldigen. Er hatte sie noch nie zuvor hintergangen.

Wortlos hatte sie das Café verlassen. Kaum war sie auf der Straße, traten Fadis Freunde wieder durch die Tür ins Innere. Erst jetzt bemerkte sie, dass zwei von ihnen große Rucksäcke bei sich hatten, mit aufgeschnallten Schlafsäcken.

Die Wahrheit war, dass Fadi, seit sie denken konnte, ihr bester Freund gewesen war. Der Gedanke, dass es vielleicht nie wieder sein würde wie früher, machte sie unendlich traurig. Sie wusste nicht, wohin mit sich. Also war sie ziellos herumgefahren, dann in den Supermarkt gegangen. Dann hatte sie bemerkt, dass sie beschattet wurde. Und dann erst, kurz nachdem sie den Görlitzer Park erreicht hatte und quer über die Rasenfläche lief, als ihr die Tränen schon die Wangen herunterliefen, dann erst hatte ihr Telefon geklingelt und Merle Schwalb hatte ihr erzählt, dass und warum Samuel verhaftet worden war.

Sumaya steckte das Handy wieder in ihre Hosentasche, blieb mitten auf der Rasenfläche stehen und drehte sich um. Ihr Verfolger hatte keine Zeit mehr, sich zu verstecken, und blieb ebenfalls stehen.

»Hundesöhne, verschissene Hundesöhne!«, schrie Sumaya, so laut sie konnte, und begann zu rennen.

* * *

Ein Bett. Ein Schrank aus Spanplatten. Ein brauner Stuhl. Ein Tisch, der zwar die Form eines Schreibtisches hatte, aber gerade einmal groß genug für zwei darauf abgelegte Hände war. Ein Metallregal, an der Wand festgeschraubt, und von dem er nicht wusste, womit er es hätte füllen sollen. Eine Toilette ohne Brille hinter einer halbhohen Sperrholzwand. Ein Waschbecken, groß genug für eine einzelne Hand. Darüber ein Spiegel, an der Wand festgeklebt. Samson sah sich alles sorgfältig an, zweifelte aber daran, dass mehr als fünf Minuten vergangen waren, als er seine Inspektion abschloss.

Sie hatten ihn gefragt, ob er gerne etwas zu lesen hätte.

»Ja, den Koran, bitte«, hätte er fast gesagt, nicht etwa um zu provozieren, sondern weil er irgendwann einmal, als er nicht einschlafen konnte, vor Jahren, beschlossen hatte, dass er, sollte er jemals im Gefängnis landen, den Koran studieren würde. Richtig studieren. Im Original. Er würde dann ja Zeit haben. Was für ein Schwachsinnsgedanke. Ein Gedanke, den man nur denkt, wenn man sicher ist, dass man niemals im Gefängnis landen wird. Ein bequemer Gedanke. Noch so eine Erkenntnis, die gerade einmal fünf Minuten dauerte. Wenn man denn in einem Gefängnis saß.

Am Abend zuvor war er der Haftrichterin vorgeführt worden. Es war eine Formsache gewesen und er nur eine Nummer, die abgearbeitet werden musste. Sie sah ihm nicht in die Augen, sondern verlas ihren Beschluss lediglich in seiner physischen Gegenwart, über deren Wahrheit er zudem nicht etwa selbst Zeugnis ablegte, sondern ein Vollzugsbeamter, der, ebenfalls aus einem Dokument vortragend, seine, Samsons, persönliche Daten referierte. Als sie vortrug, verstand er *dringender Tatverdacht, Verdunkelungs- und Fluchtgefahr* sowie *mögliche hohe Haftstrafe*. Er sagte nichts. Er wusste, dass das hier nicht der Ort und die Zeit für einen Kampf waren. Andererseits wusste er auch nicht, was die richtige Gelegenheit wäre. Sein könnte. Müsste.

Um 15 Uhr hatte es Abendessen gegeben, und er kam sich vor wie in einem Altersheim. Zwei Scheiben Graubrot. Zwei Scheiben Wurst, die ihn an Fotos von Masernerkrankungen in seinem Biologiebuch aus der zwölften Klasse erinnerten, Tee, Margarine.

»Keine Angst, ist alles islamkonform oder wie das heißt.«

Unmittelbar zuvor hatten sie ihn untersucht. Er hatte laut gehustet und in einen Becher gepinkelt.

Unmittelbar davor hatte er in einer *Wartezelle* gewartet auf etwas, von dem er noch nicht wusste und keiner ihm sagte, dass es eine ärztliche Untersuchung sein würde. Unmittelbar davor hatte ein feister Vollzugsbeamter sein Hab und Gut weggeschlossen. *Ein Schlüssel. Fünf Euro achtzig in bar. Ein Gürtel, schwarz, Leder. Ja. Ja. Ja.*

Unmittelbar davor war er eingeliefert worden.

Unmittelbar davor hatte ein grinsender Polizeibeamter ohne besondere Merkmale sein Diktiergerät aus dem Auto geworfen.

Unmittelbar davor war er festgenommen worden.

Das war jetzt mehr als 24 Stunden her. Die Nacht war lang gewesen. Er hatte nicht geschlafen.

Er hatte nachgedacht.

Mehr als das. Er hatte alles hin- und hergewälzt.

Wirklich alles.

Bis es passte.

Und dann hatte er die Wahrscheinlichkeiten und Gewissheiten neu gewichtet.

Und das Kartenhaus fiel wieder in sich zusammen.

Dann hatte er von vorne begonnen.

Hatte versucht sich zu erinnern, an Dinge, an die zu erinnern er sich jahrelang untersagt hatte.

Wie viel war noch da an Erinnerungen? Konnte er sich selbst trauen?

Und was war mit den Erinnerungen an die jüngste Vergangenheit? Wen hatte er getroffen? Wer hatte was genau gesagt, und wann?

Er musste es herausbekommen.

Es musste eine Gleichung geben, die aufging.

Er lief auf und ab.

Und wenn es so war?

Und wenn es *so* war?

Das konnte einfach nicht sein!

Und was, wenn doch?

Ja, was dann?

Das Fenster war aus Milchglas und vergittert. Aber er konnte es immerhin erahnen, als es draußen allmählich dunkel wurde. *Draußen*. Er klang in seinen eigenen Gedanken schon wie ein Knacki.

Er legte sich auf das Bett, ohne sich auszuziehen. Wenn er sich auszog, würde das bedeuten, dass er seine Gegenwart hier akzeptierte.

Er dachte alle Gedanken, die er gedacht hatte, noch einmal. Dann von allem das Gegenteil. Es musste irgendwie aufgehen.

Es musste.

Sonst wäre er nicht hier.

Es musste.

Und dann, als es *draußen* schon wieder zu dämmern begann, passte auf einmal alles zusammen.

Kurz darauf hatten sie an seine Tür geklopft, um ihn zu wecken. Aber er war ja schon wach. Noch wach. Er wusch sich in dem winzigen Waschbecken das Gesicht.

6 Uhr 45: Frühstück.

Graubrot, Marmelade, Margarine, Tee.

»Keine Sorge, Herr Sonntag, alles *halal* oder wie das heißt.«

Er hatte keine Ahnung, was er mit der Gleichung anfangen sollte.

Als er fertig gegessen hatte, womit er wiederum kaum mehr als fünf Minuten herumbrachte, war er erneut auf und ab gelaufen.

Was sollte er tun? Was konnte er tun?

Er hatte Angst. Und er war sich sicher, dass sie begründet war.

Dann: wieder ein Klopfen.

Eine Stimme durch eine Metalltür.

»Herr Sonntag, an der Pforte wartet ein Anwalt, der gerne mit Ihnen sprechen würde. Möchten Sie ihn empfangen?«

»Ein Anwalt?«

»Ja, ein Herr Simon Utrecht.«

Und nach einer halben Minute: »Herr Sonntag?«

»Ja, ich würde ihn gerne sprechen.«

Samson lächelte auf dem Weg in das Besprechungszimmer, in das ihn der Vollzugsbeamte führte. In der Simon-von-Utrecht-Straße in Hamburg hatten er und Kai sich eine Wohnung geteilt.

Kai hatte sich wieder in einen Anzug gequetscht und zusätzlich eine Hornbrille sowie eine lederne Aktentasche aufgetrieben, von der Samson sicher war, dass es nicht seine war. Sie saßen sich an einem weiß lackierten Anstaltstisch gegenüber. Samson hätte Kai gerne umarmt. Er wusste, dass das nicht ging.

»Samson«, sagte Kai als Erstes, »ich riskiere hier mehr als nur meinen Arsch, ich kann das hier *genau einmal* machen, und auch das nur mit viel Glück, *o. k.*? Wir haben eine Stunde, danach schickst du mich weg, in Ordnung?«

»O. k.«

»Erzähl mir alles.«

An der Wand über Kais Kopf hing eine große analoge Uhr. Es dauerte fünfzehn Minuten, bis Samson rekapituliert hatte, wie er das Kommando Karl Martell infiltriert hatte.

»Sinn, der Baron, der Erbe und Gisela Munkelmann haben dir gegenüber also zugegeben, dass das Kommando Lutfi Latif und dreizehn andere Menschen getötet hat?«

»Ja. Ich habe es sogar heimlich aufgenommen.«

»*Fuck*, du hast es auf Band?«

»Nicht mehr.«

Samson berichtete Kai von dem Beamten im Polizeiwagen.

»Du hast es nicht kopiert, gesichert oder so was?«

»Nein.«

»Bist du bescheuert?«

»Kai, ich war total durch den Wind.«

»Bist du vernommen worden?«

»Ja.«

»Was hast du gesagt? Hast du Sinn und die anderen belastet?«

»Nein. Natürlich nicht. Ich hab ja keine Ahnung, wer noch mit drinhängt.«

»Gut. Das war richtig. Ich werde alles überprüfen, das Haus in Potsdam, alles. Aber ich würde mich nicht wundern, wenn dort nichts mehr zu finden ist. Schließlich wussten sie, dass du verhaftet werden würdest, und haben es hinbekommen, das Diktiergerät verschwinden zu lassen, was mir alleine schon eine Gänsehaut macht, wenn ich ehrlich bin.«

»Ja.«

»Gut, überlegen wir weiter.«

»Kai?«

»Ja?«

»Es gibt ein Problem.«

»Was denn?«

»Das Foto, von dem Dengelow sprach? Mohammed und ich, Arm in Arm?«

»Ja?«

»Ich habe die ganze Nacht darüber nachgedacht. Ich bin mir sicher, *absolut* sicher, es gibt nur ein einziges Foto mit uns beiden drauf. Ich kenne das Foto. Und ich weiß, wer es gemacht hat.«

»Wer?«

»Khaldun. Khaldun Nabulsi. Ein Freund von Mohammed, eher eine Art Mentor. Er studierte auch in Hamburg, aber er war etwas älter als die anderen, und er hatte die meisten seiner Semesterferien in Afghanistan verbracht, als Kämpfer. Er war ein al-Qaida-Mann, und jeder wusste das.«

»Was bedeutet das, verdammt?«

»Kai, es klingt abenteuerlich, aber ich glaube, er ist der *Sarazene*, von dem der Baron sprach. Nur so geht alles auf.«

Kai starrte ihn ungläubig an. »Aber das würde bedeuten …«

»Ja. Dass es doch ein al-Qaida-Anschlag war, genau.«

»Scheiße.«

»Ja.«

»Und du glaubst, dass er auch den Sprengstoff bei dir platziert hat?«

»Ja. Ich vermute es. Nur so geht es auf.«

»Aber wieso arbeitet er für das Kommando? Das ergibt doch keinen Sinn!«

»Doch, tut es. Ich glaube, es war so: Khaldun wollte Lutfi Latif umbringen, weil al-Qaida das wollte. Aber er brauchte Geld. Er hat sich an das Kommando herangewanzt und sich bei ihnen eingeschlichen. Sie kennen nicht seine gesamte Geschichte, aber er hat sich als eine Art Renegat vorgestellt, und sie sind drauf abgefahren und haben es ihm abgenommen. Dann hat er ihnen vorgeschlagen, Lutfi zu töten und es als al-Qaida-Anschlag zu tarnen. Das hat ja auch geklappt. Ich bin sicher, dass er das Video gemacht hat.«

»Aber dann bist du auf der Bildfläche erschienen …«

»Genau. Spätestens als Fadi mein Bild an die Polizei gegeben hat, wusste er vermutlich Bescheid. Sinn hatte das Bild, und wahrscheinlich hat er es Khaldun gezeigt. Khaldun kennt mich von früher und glaubt daher nicht, dass ich ein echtes Kommando-Mitglied bin, sondern ahnt, dass ich es unterwandern will. Das ist ein Problem für ihn. Denn er muss Angst haben, dass ich öffentlich machen könnte, dass die wahren Drahtzieher nicht al-Qaida-Dschihadisten waren, sondern islamophobe Terroristen. Das muss er natürlich verhindern.«

»O. k.«

»Also scheißt er mich an. Er belastet mich und schlägt zwei Fliegen mit einer Klappe. Er beweist, dass es al-Qaida war, indem er mir den Sprengstoff unterjubelt. Kai, denk mal nach: Ich bin der perfekte Verdächtige. Al-Qaida hat selbst keinen besseren.«

»Scheiße.«

»Ja, Riesenscheiße. Aber das ist noch nicht alles.«

»Ich höre.«

»Kai, stimmst du mit mir überein, dass diese Gleichung aufgeht?«

»Ja.«

»In Ordnung. Gut. Oder schlecht. Weil das Gegenteil nämlich auch wahr sein könnte.«

»Ich verstehe nicht?«

»Khaldun hat einen Bruder. Ich glaube, er heißt Khaled, ich bin mir nicht mehr sicher, ich hab ihn in Hamburg damals nur einmal getroffen.«

»O. k.«

»Khaled ist sechs oder sieben Jahre jünger. Khaldun und er waren damals schon Halbwaisen, Khaldun war eine Art Ersatzvater für Khaled.«

»Und?«

»Kai, es ist mir erst gestern Nacht wieder eingefallen. Khaldun hat natürlich dafür gesorgt, dass Khaled auch ein Mudschahid wurde, hat ihn immer mitgenommen nach Afghanistan, ihn ausbilden lassen, ihm die wichtigen Leute vorgestellt. Sie sind beide bei al-Qaida ein- und ausgegangen. Khaled ist irgendwann für länger hin.

Vor drei Jahren aber wurde Khaled getötet. Es war sehr hässlich, ich hab erst gar nicht verstanden, dass er es war. Es gab damals dieses Video, ›Hinrichtung eines Spions‹ oder so, es war eines der ersten dieser Art aus Waziristan. Der Drohnenkrieg hatte gerade so richtig begonnen, und al-Qaida und die Taliban waren total panisch, weil sie davon ausgingen, dass hinter jedem Treffer ein Informant stand, der die Ziele für die CIA markiert hatte. Sie haben Khaled erst alles gestehen lassen und ihm dann vor laufender Kamera die Zunge rausgeschnitten. Anschließend die Kehle durchtrennt. Danach den Kopf abgeschnitten und aufgespießt. Ich habe viele Videos von Hinrichtungen gesehen, Kai, aber nie ein ekligeres.«

»Worauf willst du hinaus?«

»Khaled war fast wie ein Sohn für Khaldun, aber ausgerechnet die Leute, denen er ihn anvertraut hatte, zu denen er selbst gehörte, haben seinen kleinen Bruder ermordet und geschändet und einen Film draus gemacht. Es muss die Hölle für ihn gewesen sein, das Video anzuschauen. Wer erträgt das? Kai, was, wenn Khaldun darüber seinen Glauben verloren hat, aber nicht seine Radikalität? Wenn er nach dem Mord an Khaled wirklich zum Renegaten wurde?«

»Du meinst …«

»Ich meine, dass ich nicht weiß, wer es war. Nein, anders: Ich weiß, wer den Anschlag begangen hat. Ich weiß nur nicht warum und für wen.«

»Samson, das ist …«

»Ich weiß.«

Kai schwieg für einen Moment. »Samson, ich bin kein Strafverteidiger, ich bin nur studierter Jurist.«

»Was willst du mir sagen?«

»Ich glaube, dass es schwer wird, dich hier herauszukriegen. Und damit meine ich nicht die Untersuchungshaft.«

Samson schluckte. Er war am Morgen zu demselben Ergebnis gekommen. Aber er hatte bis zuletzt gehofft, dass er etwas übersehen hatte. Doch das war anscheinend nicht der Fall. Er spürte, wie kalte Panik in ihm hochkroch.

»Samson, wir versuchen alles. Und es gibt da eine Sache, eine kleine Sache, aber vielleicht kann sie dir helfen. Ich hab keine Ahnung, ob wir etwas daraus machen können, aber gestern hat sich auf der anonymen Hotline bei uns jemand gemeldet, der sagt, er sei möglicherweise der, der den Sprengstoff für den Anschlag verkauft hat.«

»Wer ist es?«

»Ich habe keine Ahnung, nur eine anonyme E-Mail. Aber ich versuche, an ihn heranzukommen.«

Samson nickte. An der Uhr konnte er ablesen, dass eine Stunde vergangen war.

»Wem vertraust du, Samson? Wen soll ich einschalten?«

»Sumaya. Und Merle.«

»O. k.«

»Danke, Kai«, flüsterte Samson.

Dann klopfte er mit den Handknöcheln gegen die Metalltür des Besprechungszimmers.

»Der Herr möchte jetzt gehen«, sagte er dem Vollzugsbeamten.

XII

Es war genau 11 Uhr 32 am Dienstagvormittag, als die bürgerliche Existenz eines gewissen Samuel S. aus Berlin-Friedrichshain bis auf Weiteres ausgelöscht wurde. Zwei Minuten zuvor hatte das Bundeskriminalamt wie von Arno Erlinger angekündigt eine Pressemitteilung herausgegeben, der zufolge Samuel S., 34, deutscher Staatsangehöriger, von Einsatzkräften des LKA Berlin unter dem Verdacht festgenommen worden war, den Sprengstoffanschlag in der Siegfried-Passage verübt zu haben. Er habe keinen Widerstand geleistet und werde nun in der JVA Moabit vernommen.

Merle Schwalb wusste, dass die Pressemitteilung der Startschuss sein würde. Dass Erlinger ein paar Dutzend Meter Luftlinie entfernt von ihr in seinem eigenen Büro in diesem Moment zum Hörer gegriffen haben würde, um den Diensthabenden bei *GlobusOnline* anzurufen – JETZT! –, und dann war es nur noch eine Sache von ein paar Mausklicks gewesen, zwei Minuten, so lange brauchte das Redaktionssystem, um den vorproduzierten Text hochzuladen, und da stand er jetzt, ganz oben auf der Homepage: »DER TARNKAPPENBOMBER«, von Arno Erlinger, Frederick Rieffen und Lars Kampen, in riesigen Lettern, in gediegenem Nachtblau, das die Leitfarbe des *Globus* war.

Wenigstens hatte sie verhindern können, dass ihr Name ebenfalls in der Autorenzeile genannt wurde, obwohl es bei den Onlinern Nachfragen gegeben hatte: Wieso denn nicht? Bist du sicher? Du hast doch auch mitgeschrieben, Merle? *Nein. Ich habe nicht mitgeschrieben.* Das stimmte zwar, technisch gesehen, aber es änderte nichts, also sagte sie es auch nicht, sondern wiederholte bloß, dass sie ja fast gar nichts beigetragen hatte. *Ist schon in Ordnung so.*

Fast gar nichts beigetragen.

Blödsinn.

Sie blickte auf ihren Monitor und betrachtete das Foto unter der Überschrift: Samson in kompletter Tauchmontur. An einem Sommertag vor vier Jahren in Rerik. Vor einem Tauchgang. *Foto: privat*, stand in Winzbuchstaben am rechten, unteren Bildrand. Was in diesem Fall hieß: aufgenommen von Merle Schwalb.

»Haben Sie denn keins, wo man sein Gesicht drauf erkennen kann?«, hatte Erlinger genervt gefragt.

»Nein, habe ich nicht«, hatte sie gelogen. »Seien Sie froh, dass ich dieses noch gefunden habe, ich hatte gedacht, dass ich alle verbrannt habe.«

Erlinger hatte die Geschichte geschickt konstruiert. Sie war ziemlich kurz. Aber sie ließ keinen Zweifel daran, dass der *Globus* schon jede Menge Informationen über den Fall und den Attentäter gesammelt hatte, als die Konkurrenz noch völlig ahnungslos gewesen war. Der Artikel informierte die Leser, dass es sich bei Samuel S. »nach Einschätzung des BKA um den weltweit ersten Fall eines sogenannten Tarnkappen-Konvertiten« handelte, der vermutlich sogar schon vor dem 11. September 2001 von al-Qaida für eine spätere Verwendung rekrutiert worden sei. »Recherchen von *GlobusOnline*« würden dies erhärten. Erlinger verriet trotzdem nicht zu viel. Die Online-Geschichte war für ihn schließlich nur der Auftakt für die große, umfassende, ultimative Geschichte über Samson, die er für die nächste Ausgabe des gedruckten *Globus* schreiben würde.

Merle hatte vorhergesehen, dass Erlinger so vorgehen würde, und es zu einem Teil ihres Plans gemacht. Die Onlinegeschichte und ihre Mitwirkung daran waren der Preis, den sie dafür bezahlte, dass er ihr traute; ihr abnahm, dass das dritte Geschlecht ihren Widerstand gebrochen hatte und sie selbst von Samsons Unschuld nicht mehr ausreichend überzeugt war, um ihn noch weiter zu verteidigen. Das war ihre einzige Chance, die Geschichte im gedruckten *Globus* doch noch zu verhindern: mit Erlinger zu kooperieren, um hinter seinem Rücken und in seinem Windschatten die Wahrheit herauszufinden, an der er nicht interessiert war.

Also schickte sie Erlinger bereitwillig immer neue Details über

Samson für die große Geschichte im gedruckten Magazin, für die mindestens acht Seiten freigehalten würden, wie Rieffen ihr verraten hatte. Sie war lange genug Journalistin, um zu wissen, was Erlinger glücklich machen würde:

Dass Samson bis zum Alter von acht Jahren eingenässt hatte.

Dass Karl-May-Bücher ihn zum Studium der Arabistik veranlasst hatten.

»Von Karl May zu al-Qaida, das ist stark, Schwälbchen!«

Dass er bei den Pfadfindern rausgeflogen war, weil er heimlich im Zeltlager geraucht hatte, und seitdem vermutlich auf der Suche nach einer neuen Gruppe gewesen war, der er sich zugehörig fühlen konnte.

Dass er Kampfsport betrieb.

Dass er gerne Gin Tonic trank.

Dass sein Vater eine dominierende, aber unnahbare Figur für ihn gewesen war.

Dass er in den ersten Jahren seines Studiums gelegentlich gekifft hatte, damit aber schlagartig aufgehört hatte, nachdem er sich mit Mohammed Atta angefreundet hatte.

Dass er früher Comics gesammelt hatte.

Dass er beschnitten war.

»Danke, Schwälbchen, das weiß ich wirklich zu schätzen!«

Nichts davon stimmte.

Aber es stimmte ja sowieso nichts mehr.

Sie dachte daran, wie Samson in seiner Zelle in Moabit vermutlich gerade verzweifelt auf und ab lief, und schickte Erlinger eine weitere Zulieferung, der er entnehmen konnte, dass Samson sich selbst kurz vor dem Attentat bei einem Mitarbeiter Lutfi Latifs erfolgreich als Sicherheitsberater auf Tageshonorarbasis ins Spiel gebracht hatte.

»Keep him happy«, hatte Frederick Rieffen ihr geraten. »Je mehr du ihm gibst, desto mehr wird er angeben, was wir alles schon haben, desto einfacher wird es für mich, Sachen an dich zurückzuspielen.«

Es war ein Wettlauf gegen die Zeit und ein Spiel mit dem Feuer.

Schon die dürre Geschichte auf *GlobusOnline* schlug riesige Wellen. Eine knappe halbe Stunde nach Veröffentlichung verbreiteten die Nachrichtenagenturen die ersten Details aus dem Artikel begierig weiter. Eine Stunde danach forderte der erste Bundestagsabgeordnete auf *ArgusOnline* schon ein Konvertitenregister: Es dürfe ja wohl nicht sein, dass man mitten in Deutschland einfach in eine Moschee marschieren und das islamische Glaubensbekenntnis sprechen könne, und schon sei man Muslim, als sei das die normalste Sache der Welt!

Natürlich, reagierte zwei Stunden später bedächtig der Bundesinnenminister in der Mittagsausgabe der *Tagesschau*, dürfe es keinen Generalverdacht geben. Aber genau deshalb müsse ja auch niemand Sorge haben, wenn er als Konvertit künftig erfasst würde. Ein

Konvertitenregister, *na ja*, es sei nie eine gute Idee, etwas übers Knie zu brechen. Aber ebenso falsch sei es doch, alles sofort abzulehnen, oder etwa nicht?

»Der Schläfer aus dem Friedrichshain: ›Trink Bier, triff Mädchen, und töte sie alle!‹, befahl ihm al-Qaida«, titelte derweil die Onlineausgabe einer Berliner Boulevardzeitung. Und selbst die seriösen Zeitungen und Nachrichtensender hatten wenig Mühe, Experten zu finden, die ihnen umgehend bestätigten: Tarnkappen-Konvertiten wie Samuel S. waren *die* neue Gefahr, vor der sie selbst allerdings schon seit Jahren gewarnt hatten, aber es hatte ihnen ja niemand zugehört.

Was für selbstgerechte Arschgeigen.

Sie musste daran denken, wie sie vor Jahren, als sie noch mit Samson zusammen gewesen war, einmal mit ihm gemeinsam aus seiner Wohnung getreten war und beide angesichts eines über Nacht an die Wand des Nachbarhauses gesprayten Graffitos minutenlang lachen mussten. »Das Recht auf ein verpfuschtes Leben ist unantastbar!«, stand in Blau auf Hellgelb an der Hauswand. Vielleicht waren sie damals beide so empfänglich für diese merkwürdige Forderung gewesen, weil Merle am Tag zuvor eine Absage vom *Spiegel* erhalten hatte, bei dem sie eigentlich hatte anfangen wollen, und Samson sie getröstet hatte, bis sie eingeschlafen war. Nie wieder hatte sie Samson danach so ausgiebig lachen hören.

Ein Recht auf ein verpfuschtes Leben, dachte Merle. Als hätte es das nicht schon immer gegeben. Aber wie steht es mit dem Recht auf ein unverpfuschtes Leben? Dem Recht darauf, dass einem andere das Leben nicht zerstören?

Sie blickte auf ihre Uhr. Es war Zeit, sich mit Henk Lauter und Frederick Rieffen zu treffen. Es musste einen Weg geben. Und sie mussten diesen Weg finden.

***

Geschmeidig legte die S-Bahn sich in die Kurve. Er war die Strecke Hunderte Male gefahren, vielleicht sogar tausendmal, aber zum ersten Mal genoss er bewusst den leichten Druck, mit dem sein Oberkörper in der Schieflage an die Wand des Waggons gedrückt wurde. Er schloss die Augen. Ob S-Bahn-Fahrer die Kurven ebenfalls genossen? Ob sie sich auf sie freuten, vielleicht gar versuchten, sie mit besonders hohem Tempo zu nehmen? Er hatte in Wahrheit nicht die geringste Ahnung, wie viel Einfluss ein S-Bahn-Fahrer überhaupt auf die Fahrt hatte, ob es in seiner Macht lag, besonders schnell oder besonders langsam zu fahren, oder ob alles von irgendeinem seelenlosen Computer in irgendeiner Zentrale gesteuert wurde. Aber wenn alles nur von einem riesigen Computer gesteuert wurde, wofür brauchte man dann überhaupt S-Bahn-Fahrer? Irgendetwas mussten sie in ihrem Cockpit zu melden haben. Sagte man Cockpit? Oder vielleicht Kabine? Führerhäuschen?

Niklas Weissenthal spürte die Sonne auf seinen geschlossenen Augenlidern und freute sich, dass er das spürte. Er hatte seit drei Tagen nicht mehr gekifft. Nicht einmal mehr Zigaretten geraucht. Er hatte mit seiner Mutter geredet, ohne zu schreien. Er hatte vorher nicht gewusst, dass sein Vater S-Bahn-Fahrer gewesen war.

Er wusste nicht, ob das etwas war, auf das man als Sohn stolz sein konnte.

Aber immerhin hatte sein Vater, jedenfalls nach allem, was er wusste, keine partielle Schuld am Tod von vierzehn Menschen. Und das, hatte Niklas mittlerweile beschlossen, war ein Grund, stolz zu sein.

Er hatte die E-Mail am Morgen nach seinem fehlgeschlagenen Selbstmordversuch abgeschickt. Er fühlte sich schuldig. Aber er wollte nicht ins Gefängnis. Deswegen kam die Polizei auf keinen Fall infrage. Andererseits war der Anschlag noch immer nicht aufgeklärt, und wenn er irgendetwas wiedergutmachen konnte, dann ja wohl, indem er dabei mithalf. Also, so lautete sein Entschluss nach einer dreistündigen Internetrecherche über Befugnisse, Arbeitsmethoden und Kompetenzen verschiedener Behören, wenn überhaupt, dann der Verfassungsschutz.

Es hatte nicht lange gedauert, bis er eine Antwort auf seine E-Mail erhalten hatte. Und sie hatte anders geklungen, als er es erwartet hatte. Irgendwie freundlicher. Der Mann hatte sogar seinen Namen genannt. Na ja, einen Namen. Aber immerhin. Herr Utrecht hatte sich bedankt und versprochen, dass er anonym bleiben könne.

Dass er jedoch dringend mit ihm sprechen müsse. Ob er einen Ort und eine Zeit vorschlagen könne? Aber es müsse schnell gehen. Er würde vermutlich eine Kollegin zu dem Treffen mitbringen. Niklas hatte ohne nachzudenken elf Uhr am Dienstag vorgeschlagen, und Utrecht hatte den Termin umgehend bestätigt.

Er erkannte die beiden sofort. Utrecht hatte wie versprochen eine *Norddeutsche Zeitung* unter den Arm geklemmt. Neben ihm stand eine junge Frau in einem braunen Baumwollkleid, das gut zu ihrer Haarfarbe passte, wie Niklas fand, als er sie von hinten betrachtete. Die beiden standen wie vereinbart vor der Wasseruhr im Europa-Center und schauten zu, wie die giftgrüne Flüssigkeit die abgeflachten kleinen Kugeln füllte. Es musste Punkt elf Uhr sein, als Niklas Utrecht auf die Schulter klopfte, denn gerade ergoss sich die gesammelte Flüssigkeit aus den kleinen Kugeln in eine der großen Kugeln. Jedenfalls wenn die Uhr exakt ging, was Niklas jedoch nicht wusste.

Utrecht hatte sich mit blauer Windjacke, Jeans und Wanderschuhen als Tourist verkleidet. Er nickte freundlich, nachdem er sich zu Niklas umgedreht hatte, und machte mit einem fragenden Blick und einer kreisenden Bewegung seiner Hand den Vorschlag, um die Uhr herumzulaufen.

Niklas nickte zurück, und sie setzten sich in Bewegung, im Uhrzeigersinn, wie Niklas aus irgendeinem Grund feststellte, was eine irgendwie bescheuerte Beobachtung war, wenn man ausgerechnet um eine Wasseruhr herumlief. Ich bin nervös, dachte Niklas, und zum ersten Mal seit Tagen verspürte er den Drang, einen Joint zu rauchen.

»Das ist meine Kollegin, Frau … Frau Sarikakis«, sagte Utrecht leise, nachdem sie ein paar Meter zurückgelegt hatten.

»Hallo«, sagte Niklas.

»Danke, dass Sie hier sind, das ist sehr wichtig für uns«, sagte die junge Frau und lächelte.

Niklas war sich nicht ganz sicher, aber er meinte, den Hauch eines arabischen Akzents aus ihrer Stimme zu hören. Also doch, dachte er. Wenn sie eine Araberin mitbringen, dann ist ja wohl klar, dass es wirklich mein Stoff war.

»Hören Sie«, begann Utrecht, »Sie brauchen sich keine Sorgen zu machen. Wir wissen nicht, wer Sie sind, und wir müssen es auch nicht wissen. In Ordnung?«

Niklas nickte dankbar.

»Erzählen Sie uns einfach, bitte, wie das genau war.«

»O. k.«

Leise begann Niklas zu erzählen. Wie der Mann ihn auf dem kleinen Basketballplatz am Panke-Ufer angesprochen hatte, wo er, wie fast jeden Abend, auf der Bank gesessen und einen Joint geraucht hatte. Wie sie zusammen die paar Hundert Meter zur Laube gegangen waren. Die kurzen Verhandlungen über den Preis. Schließlich die Übergabe des Päckchens. Er hatte es nicht erwartet, aber es tat gut, endlich jemandem davon zu erzählen, und Niklas musste dagegen ankämpfen, dass ihm Tränen in die Augen schossen. Als er fertig war, hatten sie die Wasseruhr zweimal umrundet.

»Wir sollten vielleicht woanders hingehen«, schlug Utrecht vor, als sie wieder an ihrem Ausgangspunkt angelangt waren, und deutete auf den Eingang eines Irish Pub, der tatsächlich schon geöffnet hatte.

Sie bestellten, und Utrecht ergriff erneut das Wort.

»Hat er Ihnen gegenüber seinen Namen genannt?«

»Ja.«

»Ja?«

»Ja. Er nannte sich Khaled.«

Niklas meinte zu bemerken, wie Utrecht und seine Begleiterin sich einen schnellen Blick zuwarfen.

»Er nannte sich wirklich Khaled?«, fragte Utrecht noch einmal.

»Ja. Ich bin mir sicher. Ich habe einen Kumpel, der genauso heißt, und dann merkt man sich so was irgendwie, glaube ich.«

»Haben Sie eine Ahnung, wie er gerade auf Sie gekommen ist?«

»Nein, null. Ich war ziemlich bekifft an dem Abend, und ich brauchte Geld, also habe ich nicht groß nachgedacht. Später, ja, da habe ich mich das auch gefragt. Aber ich hab gedacht, er weiß es vielleicht von einem Knallfreund von mir oder so.«

»Knallfreund?«

»Na ja, ich … Das bleibt alles vertraulich, oder?«

»Ja.«

»Also, es macht natürlich mehr Spaß, wenn man jemandem vorführen kann, was man gekocht hat. Und im Netz gibt es ein paar Seiten, wo man sich austauschen kann und so, und wenn man will, dann kann man sich da auch treffen, also verabreden. Die ganz Verrückten organisieren da auch richtige Knallturniere, aber das habe ich nie gemacht.«

»Aber es gibt in der Szene Leute, die Sie vermittelt haben könnten?«

»Weiß nicht, vielleicht, ja. Muss ja wohl. Anscheinend.«

Die hübsche junge Frau hatte trotz der Hitze einen Tee bestellt und trank vorsichtig davon. Sie hatte auch schöne Hände, fand Niklas.

»Glauben Sie, dass Sie ihn erkennen würden?«, fragte sie ihn.

»Wen jetzt, diesen Khaled?«

»Ja.«

»Ich weiß nicht, vielleicht, kann sein, ja.«

Utrecht und seine Begleiterin wechselten erneut einen kurzen Blick. Dann griff Utrecht in seine Jacketttasche und zog ein Farbfoto heraus. Er sah sich kurz um, aber es war niemand in der Nähe. Er ließ das Bild auf den Tisch gleiten.

Ein junger Mann, vielleicht ein Passbild oder ein Bewerbungsfoto. Ein scharf geschnittener Bart, ein eckiges Kinn mit einer kleinen Kerbe, dichte Augenbrauen, eine hohe Stirn.

»Das ist er«, sagte Niklas.

»Sind Sie sicher?«

»Ja, absolut. Das ist er.«

* * *

»Agnes, du musst eben damit klarkommen, dass du mit einem der wichtigsten Polizisten des Landes verheiratet bist, verdammt!«

Hatte er das allen Ernstes gesagt? Er hatte. Jetzt war es ihm peinlich, aber sie hatte ihn in die Enge getrieben, wieso, hatte sie gefragt, ist es dir egal, vollkommen egal, dass ich dich betrogen habe, das ist doch nicht normal? Unter normalen Umständen wäre er gegangen. Aber es waren keine normalen Umstände gewesen, nicht in der Praxis von Doktor Gabor, wo Bonsaipflanzen auf dem Fußboden standen und ein japanisch angehauchter Steinzimmerspringbrunnen in der Ecke vor sich hin gurgelte wie ein Mann, dem man ein Schmetterlingsmesser in den Lungenflügel gerammt hatte. Doktor Gabor fand das vielleicht entspannend. Agnes offenbar auch. Er nicht. Er fand es auch nicht entspannend, dass er seine Schuhe ausziehen musste und auf dem Fußboden sitzen sollte, Agnes gegenüber, die mit ihren Armen sofort ihre Knie umfangen hatte und auf einmal so zerbrechlich aussah wie eine Ballettschülerin, was durch die Tränen, die ihr die Wangen hinunterliefen, nur verstärkt wurde.

Dass er ihr gesagt hatte, jetzt, wo der Mann in U-Haft sei, könne er, wenn sie noch darauf bestehe, eine Stunde frei räumen, hatte sie zum ersten Mal seit Wochen lächeln lassen. Sie hatte augenblicklich zum Telefon gegriffen und Doktor Gabor angerufen.

Aber als er dann dort gesessen hatte, auf den Reismatten oder was auch immer das war, zwischen den Bonsaipflanzen und mit diesem Gurgeln im Ohr, da wäre er am liebsten schon wieder gegangen.

»Das ist doch nicht normal!«

Nein, vielleicht nicht. Vielleicht war er ja nicht normal. Aber war denn das automatisch schlimm?

Ansgar Dengelow bestellte noch ein Bier.

»Mir fällt auf, Herr Dengelow, dass sie die emotionale Abwesenheit, die Ihre Frau beklagt, mit dem Verweis auf Ihre Arbeit beantworten.«

Und das war sogar noch vor seinem Ausbruch gewesen.

»Herr Dengelow, macht Ihnen Ihre Arbeit eigentlich Freude?«

Freude.

War das wirklich ein altmodisches Wort oder kam es ihm bloß so vor?

Wer war schon aus Freude bei der Polizei? Man fing vielleicht aus Idealismus an, aber irgendwann blieb man Polizist, weil irgendjemand es ja tun musste. Er hatte einmal einen Arzt vernommen, ein merkwürdiger Todesfall in einem Krankenhaus, der Mann war unschuldig gewesen, wieso tun Sie sich diese Schichten an, hatte er gefragt, aus Interesse, denn er hatte den Dienstplan des Mannes auf dem Tisch gehabt. Seine Antwort war dieselbe gewesen: Irgendjemand muss es ja tun.

Freude. Was ihm auf jeden Fall keine Freude machte, das war, von Doktor Gabor vernommen zu werden. Irgendjemand musste es ja tun. Das klang so altruistisch. Aber war es nicht in Wahrheit bloß arrogant? Und vielleicht war es ja auch bequem. Bin bei der Arbeit. Komme später. Muss noch mal ins Büro. Ich kann leider nicht. Wie oft hatte er diese Sätze gesagt?

»Es ist doch alles in Ordnung, ich weiß, ehrlich gesagt, gar nicht, wo das Problem liegt. Ich bin verheiratet, ich habe einen Sohn, einen Job, ein halb abbezahltes Haus, und wir machen zweimal im Jahr Urlaub.«

»Ansgar, verstehst du denn nicht, dass das nur die Fassade ist?«

Doktor Gabor ermunterte sie mit einer Geste, den Dialog fortzuführen.

»Was meinst du?«

»Heiraten und zusammen glücklich sein, das ist doch nicht dasselbe! Ein Haus zu besitzen und ein Zuhause zu haben auch nicht!«

»Was willst du denn noch?«

»Ansgar, das muss doch alles auch mit Sinn gefüllt werden, mit Bedeutung, mit Wirklichkeit.«

»Agnes, das ist mir zu esoterisch. Man hat ein Haus, damit es nicht reinregnet.«

»Und warum hast du eine Frau? Einen Sohn?«

Emotionale Abwesenheit.

Die Wahrheit war, dass ihm weder Agnes noch ihr Seitensprung egal waren. Die Wahrheit war, dass er bloß verlernt hatte, intuitiv zu reagieren. Einfach so, wie er fühlte. Er war immer stolz auf Agnes gewesen, weil sie sich nie beschwert hatte. War das eine Lüge gewesen und ihr Fremdgehen die Offenbarung? Oder hatte er nicht viel mehr die ganzen Jahre geahnt, dass es ihr sehr wohl etwas ausmachte, aber gehofft, dass sie es schon aushalten, ihn damit nicht behelligen würde? Und jetzt brach das alles auf einmal auf ihn herein. Aber so einfach konnte es doch auch nicht sein. Fassade. Sie konnte das doch nicht alles mit einem Wort wegwischen.

»Agnes, es tut mir leid, wenn du nicht so glücklich bist, wie du es gerne wärst. Aber wir *sind* verheiratet, wir *haben* einen Sohn, wir *haben* ein Haus – das ist doch nicht alles eine Lüge!«

»Doch, Ansgar«, hatte sie leise geantwortet. »Nur weil alles von außen gut aussieht, muss es nicht richtig sein.«

Dann hatte sein Handy geklingelt.

»Ansgar, hättest du nicht wenigstens dein Scheißtelefon ausstellen können? Dass ich dich betrogen habe, ist dir vollkommen egal, aber wehe deine beschissene Dienststelle erreicht dich nicht sofort, das ist doch nicht normal!«

»Agnes, du musst eben damit klarkommen, dass du mit einem der wichtigsten Polizisten des Landes verheiratet bist, verdammt!«

Er steckte das Handy wieder weg. Sunderberg hatte angerufen, eigentlich hätte er rangehen müssen, aber er würde sich noch eine Viertelstunde gedulden müssen, bis die Sitzung bei Doktor Gabor vorbei war.

Er versuchte seinen Ausbruch wiedergutzumachen, aber Doktor Gabor wies ihn in die Schranken. Es sei nicht nötig, sich zu entschuldigen, es müsse zunächst einmal alles auf den Tisch, und danach erst könnten sie anfangen, ihre Probleme aufzuarbeiten. Ansgar Dengelow nickte und schwieg. Als die Zeit abgelaufen war, fragte Gabor, ob sie es mit ihm versuchen wollten.

»Ansgar, es liegt bei dir«, sagte Agnes.

»Ja, Doktor«, hörte Dengelow sich sagen.

Draußen hatte er sich von Agnes verabschiedet. Er musste Sunderberg zurückrufen. Und er wollte ein Bier trinken, oder zwei, und zwar alleine.

Ansgar Dengelow sah auf die Uhr. Es war jetzt fast acht Uhr am Abend. Er hatte Sunderberg über eine Stunde warten lassen, aber so wichtig konnte es nicht sein, sonst hätte der LKA-Vize ihn ganz sicher ein zweites Mal angerufen. Er holte sein Handy aus der Tasche und rief ihn an.

»Ah, da sind Sie ja, Dengelow, danke dass Sie sich melden.«

»Was kann ich für Sie tun?«

»Ach, gar nichts, nur eine Information für Sie, geht Ihnen morgen auch schriftlich zu, aber ich dachte, ich sag's Ihnen schon mal so, vielleicht ist es für Sie von Interesse.«

»Was ist denn passiert?«

»Wir haben eine Leiche gefunden. Cord Munkelmann.«

»Cord Munkelmann?«

»Ja. Sie wissen schon, der Mitarbeiter von Lutfi Latif.«

»Und wie ist er gestorben?«

»Suizid, glasklar. Hat sich in seiner eigenen Wohnung aufgehängt.«

»Wann?«

»Tja, vor einer Woche, schätzen wir. Der Paketbote hat Verdacht geschöpft und uns angerufen.«

»Abschiedsbrief?«

»Nichts.«

»Aber es war sicher ein Selbstmord?«

»Kein vernünftiger Zweifel. Wir werden jedenfalls keine Obduktion anordnen.«

»Vielen Dank für die Information. Ich glaube nicht, dass es etwas mit dem Anschlag zu tun hat.«

»Nein, ich denke auch nicht. Ich wollte Sie auch nur vorwarnen, falls die Presse das mitbekommt und irgendetwas daraus zu drehen versucht …«

»Vielen Dank, ich weiß das zu schätzen.«

»Keine Ursache, schönen Feierabend.«

Dengelow legte das Handy auf den Tisch und bestellte mit einem Winken noch ein Pils.

Warum brachte so ein junger Mann sich um? Sicher, man konnte in die Menschen nicht reinschauen, vielleicht hatte er Liebeskummer gehabt, eine schlimme Krankheit, Depressionen. Aber bei dem Treffen im Büro des Abgeordneten hatte er auf ihn einen ziemlich stabilen, fast forschen Eindruck gemacht. Zuvor hatte er ja nur telefonisch mit ihm zu tun gehabt, als Munkelmann ihm die Drohbriefe weitergeleitet hatte. Aber auch da hatte Dengelow das Gefühl gehabt, dass Munkelmann Freude an seinem Job hatte und alles ganz aufregend fand. Tragisch. Aber so etwas gab es manchmal. Er fragte sich, ob Munkelmann Familie hatte, Eltern, einen Vater.

Er sah auf die Uhr, es war fast neun Uhr. Wenn er sich beeilte, würde er vielleicht noch Leo sehen können. Ansgar Dengelow zahlte und ging.

* * *

Mit einem unerwartet lauten Klackgeräusch ging auf einmal das Licht aus, und das darauffolgende Gefühl vollständiger Machtlosigkeit überwältigte ihn fast. Es war 21 Uhr 30, und irgendjemand hatte irgendwann und irgendwo entschieden, dass *dann* das Licht ausgehen soll, nicht früher, nicht später, und also ging es aus, und niemand fragte ihn, und niemand hatte ihn vorgewarnt. Andere hatten für ihn entschieden, so wie sie schon darüber entschieden hatten, was und wie viel er essen durfte und wann und wie lange er duschen konnte, und jetzt ging das Licht aus, einfach so, als hätte es einen Stromausfall gegeben. Es war aber kein Stromausfall, es war eine Verwaltungsvorschrift, und er war ein Verwaltungsgegenstand, ein verwalteter Gegenstand, vielleicht nicht einmal das, wahrscheinlich würde das Licht sogar automatisiert an- und ausgehen, selbst wenn die Zelle nicht belegt war. *Hahaha*. Natürlich, er könnte jetzt das winzige Licht einschalten, das unter dem funktionslosen Regalbrett angebracht war. Er tat es nicht. Was würde das ändern?

Es würde gar nichts ändern.

Samson dachte an die Erdbeeren.

Sie gingen ihm nicht aus dem Kopf.

Natürlich waren die Erdbeeren nicht schuld.

Aber vielleicht wäre ja ohne die Erdbeeren alles ganz anders gekommen? Vielleicht waren die Erdbeeren die *eine Sache* zu viel gewesen?

Er erinnerte sich gut an das Gespräch. Sie hatten zuerst über Kairo gesprochen, weil Mohammed dorthin fahren wollte, für ein

Projekt, und natürlich auch, um die Familie zu besuchen. Stadtplanung: Für Mohammed hieß das, einen Kompromiss zu finden zwischen der Bewahrung dessen, was er für bewahrenswert hielt, Moscheen zum Beispiel, und der Notwendigkeit, den Menschen in der aus allen Nähten platzenden Metropole bezahlbare Wohnungen zu verschaffen.

»Aber weißt du, selbst wenn ich einen Plan hätte, dieses Regime ist so korrupt, ich müsste tausend Leute schmieren für jede einzelne Baugenehmigung, diese ungläubigen Heuchler.«

Samson hatte zugehört und mitgeschrieben. Irgendwelche Stichpunkte. In Wahrheit: irgendwelche Vorinterpretationen. *Der Kampf im Kopf.*

Und dann waren sie irgendwann auf die Erdbeeren gekommen.

Mit seinen Augenringen und dem brennenden Blick wirkte Mohammed selbst an einem guten Tag immer ein wenig abweisend. Aber die Erdbeeren waren für ihn die Verkörperung all dessen, was in Ägypten falsch lief. Samson erinnerte sich, dass er gedacht hatte: Viel angewiderter kann ein Mensch nicht gucken.

»Die Regierung sollte Weizen anbauen, nicht Erdbeeren! Kein Mensch in Ägypten kann sich Erdbeeren leisten! Die Menschen haben Hunger, aber wir bauen Erdbeeren an und importieren Weizen, und das auch noch aus *Amerika,* es ist eine Schande, es ist *haram.*«

Was, wenn Mohammed das mit den Erdbeeren nie erfahren hätte? Dass Ägypten Erdbeeren exportierte, an die reichen Länder des Westens? Dass der Gewinn in den Taschen irgendwelcher korrupter Beamter verschwand und nichts davon bei den Armen ankam? Natürlich war all das kein Geheimnis. Jeder konnte es wissen. Es war nur ein Detail. Aber für Mohammed war es ein so absurder Gedanke, ein solcher Frevel und Verrat, eine Schande, eine Sünde, ein Vergehen, dass er sich immer wieder darüber empören konnte, als hätte er es gerade erst erfahren.

Was also, wenn Ägypten keine Erdbeeren exportiert hätte?

Oder wenn Mohammed es aus irgendeinem Zufall nie gehört hätte?

Wäre er dann nicht nach Afghanistan gegangen?

Und in die USA, um Flugstunden zu nehmen?

Nein, natürlich nicht.

Es hätte ein anderes Detail gegeben, das für ihn alles ausgedrückt, umfasst, versinnbildlicht hätte.

Aber konnte man diese Kette denn wirklich immer weiter verlängern? Was, wenn er dieses *andere* Detail auch nie erfahren hätte?

Und jenes, welches ihn *dann* eben aufgeregt hätte, *auch* nicht?

Und das, welches ihn dann eben an *dessen* Stelle ergriffen hätte, *ebenfalls* nicht?

Samson wurde schwindelig. Er hatte keine Ahnung, wohin dieser Gedanke führte. Dass Mohammed Atta immer etwas gefunden hätte? Dass er nichts unternommen hätte, nicht zum Massenmörder geworden wäre, wenn er nichts gefunden hätte? Dass er nur dann nicht zur lebenden Bombe mutiert wäre, wenn es nichts zu finden gegeben hätte? Dass nur die Unaufmerksamen und Ignoranten davor gefeit sind, Terroristen zu werden?

Vielleicht sind es immer die Details.

Er dachte an einen anderen Mudschahid, einen Konvertiten aus Deutschland, der vor einigen Jahren gefasst worden war, nachdem er schon mit dem Bombenbauen begonnen hatte. In der Moschee, in der er immer gebetet hatte, hatte von einem Freitag auf den anderen der Familienvater gefehlt, der sonst immer drei Reihen vor ihm betete. Er war von der CIA entführt worden, wie sich später herausstellte. Es war ein Irrtum gewesen. Seitens der CIA. Aber der Familienvater war auf einmal weg gewesen. Monatelang. Niemand wusste, wo er war.

»Sie haben den Krieg in meine Moschee getragen«, hatte der Bombenbastler später vor Gericht erklärt. Das konnte man doch verstehen, *irgendwie*.

Besser als die Erdbeeren.

Besser als die Erdbeeren?

Er dachte an *Missy*. Er stellte sich vor, wie ihr tunesischer Ehemann sie verprügelte. Was, wenn er es nicht getan hätte? Aber er hatte es getan.

Er dachte an Sinn. An Khaldun. An den Baron. An *Jeremias*. Er hatte keine Ahnung, was sie radikalisiert hatte.

Aber er wusste ja in Wahrheit auch nicht, was Mohammed radikalisiert hatte.

Radikalisiert, was für ein merkwürdiges Wort.

Was, wenn wir alle auf eine Art nur Schläfer sind – bis wir unsere Erdbeeren finden?

* * *

Merle Schwalb war früh aufgewacht an diesem Mittwoch, schon um halb sieben. Kein Mensch im Prenzlauer Berg stand so früh auf, abgesehen vielleicht von den jungen Eltern, deren Kinder sich um diese Zeit gelegentlich meldeten, so wie es manchmal bei ihren Nachbarn der Fall war, wie Merle Schwalb ab und an durch die erstaunlich hellhörige Decke zu der Wohnung über der ihrigen feststellen konnte, aber meistens wachte sie davon nicht auf; und auch an diesem Tag war es nicht das Babygeschrei gewesen, das sie geweckt hatte. Auch nicht der Wecker. Eher eine Art innerer Unruhe. Diese Unruhe hatte sie wenig später auch aus dem Haus getrieben; aus irgendeinem Grund fühlte es sich besser an, unterwegs zu sein, so als würde Bewegung schon Fortschritt bedeuten, und sie musste ja vorankommen, es blieb nicht mehr viel Zeit, es war schon Mittwoch. Wieder ein Tag vergangen. Sie musste ein ganzes Stück laufen, denn am Helmholtzplatz, wo sie wohnte, hatte kein Café so früh schon geöffnet, und Merle Schwalb hatte keinerlei Vorräte in ihrer Wohnung, nicht einmal Kaffee.

Die Straßen waren so gut wie menschenleer. Sie ging schnell, und sobald ein Kiosk in Sichtweite kam, beschleunigte sie ihren Schritt noch mehr, denn von den Titelseiten der Zeitungen blickte unweigerlich Samson sie an, Samson über Samson, Samson neben Samson, Samson sich selbst verdeckend. Ein regelrechtes Kaleidoskop aus Samson-Bildern. Praktisch jede Redaktion im Land hatte offenbar die Nachdruckrechte an dem Bild gekauft, das der *Globus* am Vortag online veröffentlicht hatte. An *ihrem* Bild. *Foto: privat*. Was für ein Hohn. Sie war froh, dass sein Gesicht hinter der Tauchermaske wenigstens nicht zu erkennen war.

Aber sie wusste, dass Arno Erlinger und Lars Kampen von Samsons alter Schule und von dem Tauchclub auf Teneriffa, wo Samson einen Tauchschein gemacht hatte, längst andere Bilder besorgt hatten, die auch sein Gesicht zeigten und die in der *Globus*-Geschichte abgedruckt werden sollten. Erlinger, der sich ansonsten bedeckt hielt, hatte ihr die Aufnahmen gestern sogar gezeigt, damit sie ihm bestätigte, dass es wirklich Samson war; was sie ihm hatte bestätigen müssen, um keinen Verdacht zu erregen.

Am S-Bahnhof Schönhauser Allee wurde Merle Schwalb schließlich fündig, in einem gesichtslosen Backshop, was zwar deprimierend war, angesichts der schönen Frühstückscafés in ihrem Kiez, in denen sie sich sonst gerne ein Croissant und einen Milchkaffee bringen ließ, um in Ruhe die Zeitung zu lesen, bevor sie ins Büro fuhr. Aber jetzt, heute, in dieser Situation, war ihr das vollkommen egal, weswegen sie einen Automatenkaffee bestellte und dazu ein *Wonnen-Weckli* mit Camembert. Letzteres tröstete sie trotz des grotesken Namens irgendwie, oder genauer gesagt: gerade deswegen, denn es erinnerte sie daran, wie sehr Samson getaufte Backwaren verachtete, so wie er auch Werbung über Pissoirs verachtete oder Friseursalons mit Wortspielen in ihrem Namen, und das war wenigstens der Samson, den sie kannte, und nicht der Terrorist im Taucheranzug auf den Titelseiten.

Sie hatte ihren Block mitgenommen. Aber als sie ihn aufschlug, machte die leere Seite ihr sofort Angst. Um sie zu vertreiben, schrieb sie schnell einen Namen darauf: *Dengelow*.

Das war alles, was sie bisher hatten.

Es war so gut wie nichts.

Frederick Rieffen hatte diese Information angeschleppt. Gestern, als sie sich getroffen hatten: Sie selbst, Henk Lauter, und das dritte der Drei Fragezeichen, das heimlich die Mannschaft gewechselt hatte. Sie hatten sich darauf verständigt, sich nicht innerhalb der Redaktion zu treffen und auch nicht in unmittelbarer Nähe, sondern an einem Ort, an den ein *Globus*-Redakteur sich eher nicht verirren würde. Sie waren sich einig, dass es besser wäre, wenn man sie nicht zusammen sah. Wer konnte schon wissen, wie viele Zuträger Erlinger und Kampen hatten?

Ihre Wahl war auf die Kantine des Berliner Ensembles gefallen, in der mittags meist nur ein paar Bühnenarbeiter, Maskenbildner und ab und an ein Schauspieler oder eine Schauspielerin saßen. Sie hatten dreimal Gulaschsuppe bestellt, und Merle hatte das Gespräch damit eröffnet, dass sie rein gar nichts hatte.

»Alle Leute, die ich bei den Sicherheitsbehörden kenne, gehen entweder nicht ran oder haben mit völlig anderen Dingen zu tun«, hatte sie gesagt. »Ich hab außerdem noch in der JVA angerufen wegen einer Besuchserlaubnis, aber auch das ist auf absehbare Zeit völlig unmöglich. Und anscheinend hat Samson noch nicht einmal einen Anwalt, was bedeutet, dass wir keinen Kontakt mit ihm aufnehmen können.«

Sie hatte Henk angeschaut, aber der hatte ebenfalls sofort bedauernd den Kopf geschüttelt. Daraufhin hatten Merle und ihr Ressortleiter gemeinsam Frederick Rieffen angeschaut, der Einzige von ihnen, der offenbar Hunger hatte, denn er löffelte und löffelte vor sich hin, und schien erst nach einer ganzen Weile zu bemerken, dass sie darauf warteten zu erfahren, was er herausbekommen hatte.

»Ach so«, sagte er endlich und lächelte entschuldigend. »Also, ich habe etwas, aber es ist nur eine Kleinigkeit. Besonders gesprächig ist Arno nämlich nicht. Aber diese eine Sache habe ich mitbekommen, vielleicht hilft es uns ja.«

»Und was ist es?«, fragte Merle Schwalb.

»Dengelow ist der Held der Stunde beim BKA.«

»Wieso das?«

»Dengelow«, antwortete Frederick Rieffen, »hat den entscheidenden Hinweis im Alleingang organisiert.«

»Was heißt das?«, fragte Merle.

»Das weiß ich auch nicht genau. Aber der Hinweis, dass bei Samson Sprengstoff gelagert war, kam definitiv von ihm.«

»Wie kann uns das helfen?«

Rieffen zuckte mit den Schultern. »Keine Ahnung.«

Für einen Moment sagte niemand etwas.

»Was plant Erlinger denn eigentlich?«, fragte Henk Lauter schließlich.

Rieffen zog einen kleinen, zerknitterten Zettel aus der Hemdtasche. »Der Arbeitstitel lautet ›Codename Samson: Er gab sich als Terrorexperte aus, arbeitete im Bundestag – doch er wurde aus Waziristan ferngesteuert. Über zehn Jahre nach seiner Rekrutierung schlug er zu und tötete vierzehn Menschen. Wie aus dem Sporttaucher und Bettnässer Samuel S. ein al-Qaida-Schläfer wurde. Eine

Globus-Exklusivgeschichte‹. So hat er mich jedenfalls gebeten, es beim dritten Geschlecht anzumelden. Er wollte acht Seiten, sie gibt ihm zehn. Wird vermutlich Titel.«

Dengelow also, dachte Merle Schwalb, während sie an ihrem Camembert-Brötchen nagte, *ausgerechnet*. Dengelow, der seit Tagen nicht mehr ans Telefon geht, wenn ich anrufe. Vermutlich weil er genau weiß, dass ich mit Samson zusammen war, und dass jeder Kontakt zu mir darum seine Ermittlungen gefährden kann.

Sie hatte eigentlich eine Liste machen wollen mit Ideen, wen sie als Nächsten anrufen könnte, wer noch etwas wissen könnte, was Samson entlasten oder Erlingers Wahnsinnsgeschichte ins Wanken bringen würde. Irgendwelche Ansatzpunkte musste es doch geben, die weder ihr noch Henk Lauter oder Frederick Rieffen bislang eingefallen waren.

Doch dann hatte ihr Handy geklingelt.

»Hallo?«

»Frau Schwalb? Merle Schwalb?«

»Wer ist denn da?«

»Mein Name ist Utrecht. Wir haben einen gemeinsamen Freund.«

»Ach ja?«

»Einen gemeinsamen Freund, der kürzlich nach Moabit gezogen ist.«

Merle legte ihr Brötchen, das sie in der Hand gehalten hatte, auf die Serviette. »Und? Was ist mit ihm?«

»Er hat mich gebeten, Sie zu kontaktieren.«

»Wann?«

»Vor zwei Tagen.«

»Das kann nicht sein.«

»Doch, kann es. Ich würde es Ihnen auch gerne erklären, aber lieber nicht am Telefon.«

»Wieso sollte ich Ihnen trauen?«

»Hören Sie, es gibt viel zu besprechen. Beruhigt es Sie, wenn ich Ihnen sage, dass ich Sumaya al-Shami mitbringen würde?«

Merle hatte keine Ahnung, wer der Anrufer war. Aber sie wusste, dass sie ihn treffen musste. Sie sah auf ihre Uhr. »Wie wäre es in einer Stunde? Um neun?«

»Kennen Sie die Ablegestelle von Stern & Kreis an der Brücke am S-Bahnhof Friedrichstraße?«

»Ja.«

»Wir nehmen das erste Ausflugsschiff nach neun Uhr, das die einstündige Tour macht, und treffen uns oben auf dem Sonnendeck. Nicht die Dreistundentour, die kleine Runde!«

»In Ordnung.«

356 Das Schiff hieß »Müggelspree-Nixe«. Es war weiß-blau gestrichen und dümpelte sacht im Wasser. Merle Schwalb zahlte die neun Euro fünfzig für das Ticket und kletterte über eine schmale Gangway an Bord. Eine noch schmalere Treppe führte auf das Oberdeck, wo weiße Metalltische und -bänke am Boden verschraubt waren. Utrecht und Sumaya al-Shami waren bereits da und saßen auf der rechten Seite ganz vorne, am begehrtesten Tisch überhaupt, weswegen einige echte Touristen Merle Schwalb mit kaum verhohlener Missgunst anblickten, als sie sich zu den beiden auf den offenkundig gegen einigen Widerstand freigehaltenen Platz setzte.

Utrecht war großgewachsen und korpulent. Er trug ein grünes Poloshirt, das über dem Bauch spannte, und nickte ihr zur Begrüßung zu. Auch Sumaya al-Shami nickte ihr zu.

»Hallo«, sagte Merle und reichte Lutfi Latifs ehemaliger Mitarbeiterin über den Tisch hinweg die Hand. »Ich hätte Sie anrufen sollen, es tut mir leid, ich hatte so viel zu tun.«

»Natürlich«, antwortete Sumaya al-Shami. »Sie mussten ja das Foto raussuchen, schätze ich.«

»Sumaya, es ist nicht so, wie Sie jetzt vielleicht denken. Ich will Samson genauso helfen wie Sie.«

»Das hoffe ich.«

Merle hatte immer noch keine Ahnung, wer der Begleiter von Sumaya al-Shami war, als das Schiff sich in Bewegung setzte und ein aufgekratzter Student mithilfe eines Megafons die Passagiere herzlich willkommen hieß und ihnen zu erklären begann, warum der Schiffbauerdamm hieß wie er hieß, eine Information, die Merle Schwalb nicht gerade überraschte, und dann fortfuhr anzukündigen, an welchen Sehenswürdigkeiten vorbei ihre Route durch die historische und politische Mitte Berlins sie führen würde.

»Wer sind Sie?«, fragte Merle Schwalb.

»Ich bin ein sehr alter Freund von Samson«, antwortete Utrecht ruhig.

»Und was sind Sie außerdem?«

»Ich schätze, das muss reichen.«

»Und warum haben Sie mich angerufen?«

»Weil Samson mich darum gebeten hat. Ich habe ihn im Gefängnis besucht, und ich habe Informationen, die uns vielleicht helfen können, ihm zu helfen. Er vertraut Ihnen, also teile ich sie mit Ihnen.«

»Wie haben Sie es geschafft, ihn zu besuchen?«

»Ich habe mich als Anwalt ausgegeben.«

Als sie die Antwort hörte, fühlte Merle Schwalb sich bloßgestellt. Dumm und unnütz. Wieso war sie nicht auf diese Idee gekommen? Aber vielleicht war Utrecht ja auch irgendeine Art von Profi, jemand wie Samson selbst, der diese ganzen Tricks kannte oder sich ausdenken konnte und in vollkommener Ruhe Sätze sagen konnte wie: »Ich schätze, das muss reichen!« Etwas in ihr sträubte sich dagegen, dass sie nicht mehr über Utrecht erfahren würde. Aber sie nahm es hin. Utrecht hatte Informationen, *endlich*, und allein darauf kam es an.

Sie holte ihren Block heraus. Sofort merkte sie, wie Utrecht zuckte. Für einen Moment sah es aus, als wolle er den Kopf schütteln und sie bitten, den Block wieder verschwinden zu lassen. Stattdessen sah er sich jedoch kurz um und nickte dann knapp.

»Meine Damen, meine Herren, lehnen Sie sich zurück und genießen Sie unsere Reise!«, dröhnte es aus dem Megafon.

Exakt eine Stunde später legten sie an derselben Stelle wieder an, an der sie losgefahren waren. Merle Schwalbs zuvor praktisch leerer Block war halbvoll. Sie hatte Namen notiert, sie hatte Orte aufgeschrieben, sie hatte Verbindungen in Diagrammen voller Pfeile festgehalten. Sie hatte kaum gesprochen, sondern die meiste Zeit dem methodischen, absichtsvoll leisen Singsang Utrechts zugehört, zwischendurch auch Sumaya al-Shami, die ergänzte oder korrigierte, wenn es um etwas ging, das sie mit Samson gemeinsam erlebt hatte, Utrecht aber nur aus dessen Schilderungen kannte. Sie war froh gewesen, dass sie den Block benutzen durfte. Nicht nur, weil sie sich die Neuigkeiten so nicht alle merken musste, sondern auch, weil es ihr erlaubt hatte, sich auf eine ihr vertraute Art zu verhalten: Nachfragen zu stellen, systematisch Lücken zu schließen, und sich währenddessen ihre Gefühle nicht allzu deutlich anmerken zu lassen.

»Hier«, krähte der Student, als sie in kurzer Folge das Reichstagsgebäude und das Bundeskanzleramt passierten, »werden alle wichtigen Entscheidungen der Republik getroffen.«

Nein, dachte Merle Schwalb, während sie Utrecht zuhörte und Sinns Netzwerk in einer schnellen Skizze festzuhalten versuchte, *das werden sie eben nicht*.

»Und ungefähr auf dieser Höhe, meine Damen und Herren, etwa hundert Meter Luftlinie von hier, fand vor einigen Wochen der grauenhafte Terroranschlag statt, von dem Sie sicherlich gehört haben. Aber Gott sei Dank wurde ja mittlerweile der Attentäter festgenommen!«

Nein, das wurde er nicht, dachte Merle Schwalb, unterstrich den Namen Khaldun Nabulsi ein weiteres Mal und zog von dort eine Linie zu einem Kästchen, in das sie »*XY, Sprengstoffkoch*« geschrieben hatte.

Sie konnte nicht glauben, dass Samson das Kommando Karl Martell unterwandert hatte. Nein, *anders*: Sie konnte es glauben. Aber es war ihr unheimlich. Sie stellte sich vor, wie Samson sich erst in Potsdam eingeschlichen und später mit Sinn, Gisela Munkelmann und dem Baron zusammengesessen hatte. Sie schüttelte unwillkürlich den Kopf, während sie sich Samsons wochenlange Scharade ausmalte, was ihr einen kritischen Blick aus Sumaya al-Shamis großen grünen Augen eintrug. Aber so war es nun einmal: Samson war verrückt. Verrückt – und unfassbar mutig. Warum tat er so etwas Waghalsiges? *Weil er nicht anders kann. Weil er es wissen wollte. Weil es ihm keine Ruhe gelassen hat, es nicht zu wissen. Und vielleicht … ja, vielleicht auch wegen ihr.*

Kurz bevor sie wieder angelegt hatten, hatte sie gefragt, ob sie die Informationen mit zwei ihrer Kollegen teilen dürfe.

Utrecht und Sumaya al-Shami sahen sie skeptisch an.

Sie erzählte ihnen von Lauter und Rieffen.

»*Frederick* Rieffen? Etwa der, dessen Name unter dem Artikel gestern über Samuel stand?«, fragte Sumaya.

»Ja, genau der. Genau wie ich spielt er im Moment zur Tarnung mit, aber wir haben dasselbe Ziel wie Sie, glauben Sie mir.«

Sumaya al-Shami blickte Utrecht an.

Utrecht räusperte sich und erklärte nach kurzer Bedenkzeit: »Samson hat mir gesagt, dass er Ihnen traut, also nehme ich an, dass das auch für Ihre Entscheidungen gilt.«

»Danke«, antwortete Merle Schwalb. »Wir werden jetzt weitergraben und versuchen, weitere Puzzleteile zu finden. Ich finde, dass wir uns alle noch mal zusammen treffen sollten, vielleicht Donnerstagabend, um unsere Informationen auszutauschen und abzugleichen.«

»Das wird nicht gehen«, sagte Utrecht.

»Ich werde kommen«, sagte Sumaya al-Shami.

Merle Schwalb schrieb sich Sumayas Nummer auf. Im Schatten unter der schweren Eisenbrücke, die an der Friedrichstraße den Fluss überspannte, nahmen sie Abschied.

* * *

Das Gespräch auf dem Ausflugsschiff hatte Sumaya aufgewühlt, und als es vorbei war, lief sie ohne besonderen Plan die Oranienburger Straße hinunter, vorbei an Minipalmen in Terrakottatöpfen, Restaurants mit Spalieren aus lila- und orangefarbenen Fahnen und wummernden Lautsprechern, aus denen irgendwelche Sommerhits auf die Straße quollen. Die Nähe, die Ferne, die Gegensätze – all das machte ihr zu schaffen. Schon dass Kai einen Treffpunkt so nah an dem Anschlagsort ausgemacht hatte, hatte sie nervös gemacht. Aber Kai hatte gesagt, ein Schiff sei ein sehr guter Ort für ein solches Gespräch, also hatte sie sich nicht gesträubt. Nun lief sie durch eine Straße, die ihr vorkam, als sei sie mit ihrer mediterranen Maskerade nicht einmal ein Teil von Berlin, und das machte sie eher noch unruhiger. Wie konnten denn all diese Menschen hier einfach Bier trinken und holländische Pommes essen?

Und dann auch noch Merle.

Sie hatte gar nicht anders gekonnt, als sie genau zu beobachten. Diese hohen, eleganten Wangenknochen, die glatte Haut, auf der ein winziger Hauch von Flaum lag. Die ganz sacht in Form gezupften Augenbrauen, die sich zwischendurch für kurze Momente überrascht zusammenzogen, während Kai Bericht erstattete. Die Gesten, so genau, so ohne jeden Zweifel. Und schließlich diese selbstbewusste Stimme, die so offenkundig daran gewöhnt war, nachzufragen und einzuhaken:

Moment, Herr Utrecht, das geht jetzt etwas schnell! Wie lange
 hat Samson das Kommando Karl Martell infiltriert?

Fast drei Wochen lang, bis zu seiner Verhaftung.

Und diese Zentrale in Potsdam?

Nichts. Da sind jetzt Bagger im Einsatz. Das Haus wird abgerissen. Es gehört offiziell einer Investorengemeinschaft, deren Justiziar auf Trinidad sitzt. Hoffnungslos.

Und Sinn und Konsorten haben Samson tatsächlich von diesem Sarazenen erzählt? Von dem Samson glaubt, dass es Khaldun Nabulsi ist?

Genau.

Und warum hat Nabulsi den Rest des Sprengstoffs auf Samsons Dachboden versteckt?

Weil Nabulsi Angst bekam, dass Samson das Kommando Karl Martell als Drahtzieher benennt.

Und davor hatte er weshalb Angst?

Weil Sinn ihm das Foto weitergeleitet hat, das Samson bei der Moschee am Mehringdamm zeigt.

Verstehe. Und wie hat er von Samsons Dachboden gewusst?

Samson geht davon aus, dass Nabulsi ihn auf einer Rückfahrt aus Potsdam beschattet hat.

O. k.

Sumaya erinnerte sich daran, in welchem Zustand Merle Schwalb direkt nach dem Anschlag gewesen war. Wie sie, beinahe betäubt, immer weiter in ihren Block geschrieben hatte. Samuel hatte ihr eine Ohrfeige gegeben, um sie wachzurütteln. Auf dem Schiff war sie wie ausgetauscht gewesen. Sumaya hätte gerne gewusst, warum

Samuel sich damals in Merle verliebt hatte und was ihm an ihr gefallen hatte. Sie empfand keine Eifersucht. Sie hätte es nur gerne gewusst. Sie hätte überhaupt gerne mehr über Samuel gewusst.

Sumaya spürte, dass sie fast am Ende ihrer Kraft angekommen war. Es fühlte sich an, als hätte sie Fieber. Sie nahm kaum wahr, wie sie einen Fuß vor den anderen setzte. Sie hatte nur noch einen Wunsch: dass der Albtraum endlich vorbei war.

Nachdem sie sich unter der Brücke verabschiedet hatten, war Merle Schwalb ihr noch einmal hinterhergelaufen.

»Wie geht es Samson?«, hatte sie leise gefragt, nachdem sie sie eingeholt hatte. Sumaya wusste, dass die Frage aufrichtig gemeint war.

»Er sagt, er wirkte einigermaßen gefasst«, hatte sie geantwortet. Ihr war Kais Deckname nicht sofort eingefallen. Aber wenigstens hatte sie nicht seinen richtigen Namen verraten.

Merle Schwalb nahm die Auskunft mit einem wortlosen Nicken zur Kenntnis. Sumaya wusste, dass es in Wahrheit gar keine Antwort war. Kai hatte ihr dasselbe gesagt, und sie hatte keine Ahnung gehabt, was sie sich darunter vorstellen sollte. Gefasst. Was hieß das? Dass er noch nicht angefangen hatte, mit dem Kopf gegen die Wand zu schlagen?

Merle Schwalb tat ihr leid. Aber sie selbst tat sich auch leid. *Ya Allah, wann ist das alles endlich vorbei? Und was, wenn es nie vorbei ist? Nein, das wirst du mir nicht antun. Oder? Ich weiß, du bist zu allen Dingen fähig. Du bist zu allen Dingen fähig. Aber ich bin es nicht.*

»Und es stimmt wirklich, dass Samson Mohammed Atta kannte?«, hatte Merle Schwalb leise nachgehakt.

»Ja.«

»Wieso hat er mir das nie erzählt?«

»Vielleicht erzählt er es Ihnen, wenn er draußen ist«, hatte sie geantwortet.

Merle warf ihr einen irritierten Blick zu.

»Entschuldigung, ich habe es wirklich ernst gemeint, überhaupt nicht böse. Ich finde bloß, dass er das selbst erzählen sollte, das ist alles.«

Gefasst. *Gefasst.* Er wurde gefasst. *Er ist gefasst.*

Ein bisschen Kraft brauchst du noch, Susu!

Halt durch!

Sie dachte an ihren Vater. An all seine Geschwister, Neffen und Nichten, die im Laufe seines Lebens verhaftet und festgenommen und interniert worden waren, im Gefängnis gesessen hatten, weggesperrt in irgendwelchen Gebäuden ohne Fenster, die von Militärfahrzeugen und Wachtürmen und Stacheldraht beschützt wurden, mit Anklage oder ohne Anklage oder mit falscher Anklage oder mit zutreffender Anklage auf der Grundlage falscher Gesetze. Sie erinnerte sich an die nächtlichen Anrufe, die er zu verheimlichen versucht hatte; an seine Machtlosigkeit und seine Schuldgefühle, weil er ihnen nicht helfen konnte.

Und nun hatte es Samuel getroffen.

Und sie war diejenige, die nicht helfen konnte.

Sie sah jene Cousins, Onkel und Großcousins aus Ramallah vor sich, von denen sie wusste, dass sie im Gefängnis gewesen waren. Einige waren danach aggressiver geworden, oder ein bisschen merkwürdig. Andere aus für sie unerfindlichen Gründen sanfter. Manche auch alles zugleich. Wie es wohl Samuel ergehen würde? Sie wusste, dass sie ihn sehr gerne mochte. Dass sie ihn wahrscheinlich sogar liebte. Aber in diesem Moment spürte sie, wie eine neue Art von Verbundenheit aufkeimte.

Woher kam dieses warme Gefühl?

Weil er jetzt auch ein Opfer war?

Sie schämte sich für diesen Gedanken. War das überhaupt *ihr* Gedanke? Oder noch so eine Sache, die man ihr eingeredet hatte, so wie man ihr eingetrichtert hatte, wie ein Terrorist auszusehen hatte? Es gab einen Satz, den ein rechter Kolumnist einmal in der *Weltbild* geschrieben hatte, und den sie nie wieder vergessen hatte, weil er ihr so wehgetan hatte: Die Palästinenser sind gerne Opfer, aber noch lieber sind sie Täter.

Sie war nicht gerne Opfer.

Niemand, den sie kannte, war gerne Opfer.

Es war etwas anderes.

Dass Samuel im Gefängnis saß, machte ihn nicht zum Ehren-Palästinenser.

Es war etwas anderes, etwas, das sich nicht so leicht fassen ließ.

Vielleicht: Wie es sich anfühlt, machtlos zu sein. Ausgeliefert. Das Gefühl, ohne es je gewollt zu haben, in einen unerbittlichen Kampf hineingezogen worden zu sein. Die Ahnung, wie wenig, *wie wenig*, man manchmal in seinem Leben selbst bestimmen kann. Und dass es schwer ist zu vertrauen, aber genau darum umso wichtiger. Weil sonst nämlich gar nichts bleibt.

Hatte sie ihm wirklich gesagt, es könnte peinlich sein, wenn er anfange, Arabisch mit ihr zu sprechen? Dass es nicht geplant gewesen sei, dass sie sich in ein *Weißbrot* verliebte? Hatte sie sich tatsächlich selbst gefragt, ob er sie je verstehen könnte? Klar, vielleicht würde er sie wirklich nie ganz verstehen. Na und? Wahrscheinlich konnte man sowieso überhaupt keinen anderen Menschen verstehen. Hatte sie das nicht gerade erst erfahren? Sie dachte an Fadi, von dem sie immer gedacht hatte, dass sie ihn verstehe und er sie, so wie keinen zweiten Menschen.

Sie vermisste Samuel so sehr, dass es beinahe schmerzte. Wie gerne sie ihm all das erklären würde!

Sumaya blickte auf und stellte fest, dass sie direkt vor der Synagoge stand, dem einzigen Gebäude in der Oranienburger Straße, das sie schön fand. Sie kehrte um und ging auf die S-Bahn-Station zu. Wenn es nur etwas gäbe, das sie tun könnte, um Samuel aus dem Gefängnis zu holen! Sie war sich fast sicher, dass sie es tun würde, egal was es war.

***

Sie war dann doch noch nach Potsdam rausgefahren, auch wenn es sie zwei wertvolle Stunden kostete. Aber sie musste sicher sein, dass sie Utrecht trauen konnte, bevor sie Henk und Rieffen einweihte. Sie kam gerade rechtzeitig, um zu sehen, wie ein orangefarbener Bagger mithilfe seiner zur Guillotine umfunktionierten Schaufel ein etwa anderthalb Meter hohes Stück der Klinkerfassade zerschlug und die Brocken anschließend auf einem grauen Kipplader ablud, der mit laufendem Motor danebenstand. Die Luft flirrte, vom See her wurde ein Schwarm winziger Mücken herübergetrieben, es staubte. Auf der anderen Seite des ehemaligen Gebäudes standen drei Arbeiter mit dicken Kopfhörern und einem Presslufthammer und rissen den Estrich auf.

Von dem alten Schulgebäude war nicht mehr viel übrig.

Also doch, hatte sie gedacht, obwohl sie in Wahrheit natürlich genau das erwartet hatte; aber es war eben etwas anderes, ob man etwas glaubte oder selbst in Augenschein nahm. Einer von Henks ewigen Glaubenssätzen.

Also doch.

Auf dem Weg zurück nach Berlin hatte sie sich gefragt, wie oft Samson in den drei Wochen seiner Infiltration wohl diese Bahn ge-

nommen hatte, um in seine Wohnung zurückzukehren, auf seinen Dachboden, zu seinen Recherchen und seiner dunklen Kunst.

Vielleicht hatten sie auf demselben Platz gesessen?

Sie war drauf und dran gewesen, sich nach ihm umzusehen.

Sie war aufgeregt.

Drei Stunden später, es war 19 Uhr am Mittwoch, hatte sie dann eine Regel gebrochen, die sie sich selbst irgendwann einmal auferlegt hatte, ohne einen bestimmten Grund, wenn sie ehrlich war, und mit Henk Lauter und Frederick Rieffen zum ersten Mal Kollegen in ihre Privatwohnung gebeten. Gerade wegen dieser Regel, die sie bisher ja immer befolgt hatte, war es wahrscheinlich eine gute Idee, ihr zweites Treffen hier abzuhalten.

Sie hatte sich vorgenommen, und wenigstens diese Abmachung mit ihr selbst dann auch tatsächlich eingehalten, sich durch eventuelle fragende Blicke ihrer Gäste nicht aus der Ruhe bringen und schon gar nicht dazu treiben zu lassen, sich zu rechtfertigen.

Ja, sie war ein Einzelkind reicher Eltern. *Ja,* ihre Eltern hatten ihr eine Wohnung im Prenzlauer Berg gekauft. *Ja,* sie war 160 Quadratmeter groß und uneingeschränkte Spielwiese eines avantgardistischen Innenarchitekten gewesen. *Ja,* sie hatte einen Garten, Designermöbel, eine Putzfrau und Fliesen aus echtem, mattem, edlem Granit.

Was sie trotzdem nicht hatte, waren Vorräte; weswegen sie beim Spätkauf nebenan Chips und Bier geholt hatte.

Sie hatten auf der Granitterrasse gesessen, die wie eine Zunge auf den Rasen im Innenhof hinausging. Sie hätten den riesigen blauweiß gestreiften Sonnenschirm eigentlich einkurbeln können, aber Merle Schwalb hatte an Utrecht und seine Vorsichtsmaßnahmen gedacht, und es erschien ihr sinnvoll, etwas Unberechenbares zu tun oder jedenfalls etwas, das auf irgendeine Art und Weise Schutz verhieß, so wie man sich manchmal in einem Gewitter sicherer fühlte, wenn man seinen Haustürschlüssel in der Hosentasche umklammerte.

»Das ist jetzt nicht dein Ernst, Merle, oder?«, war Frederick Rieffens erste Reaktion gewesen.

Wie merkwürdig, dass man sich manchmal nicht einmal ansatzweise in andere hineinversetzen konnte, hatte sie gedacht. Wie merkwürdig, dass mir erst jetzt, in dieser Sekunde, klar wird, dass Henk und Frederick Samson ja gar nicht kennen. Und dass diese Geschichte, die ich ihnen gerade aufgetischt habe, für sie um ein Vielfaches unglaublicher sein muss, als sie es für mich schon ist.

Sie hatte ihnen alles erzählt: dass es eine militante islamophobe Gruppierung mit dem Namen Kommando Karl Martell gab. Dass Samson sie unterwandert hatte. Dass Sinn ihm gegenüber zugegeben hatte, den Anschlag mithilfe von außen durchgeführt zu haben – und zwar mithilfe des »Sarazenen«, also wahrscheinlich von Khaldun Nabulsi, der seinerseits unter Benutzung des Namens seines getöteten Bruders Khaled den Sprengstoff erst gekauft und eingesetzt und dann mutmaßlich, unbewiesen, wahrscheinlich den Sprengstoff auf Samsons Dachboden platziert hatte, weswegen Samson nun in der JVA Moabit saß.

»Aber es stimmt«, erwiderte sie Rieffen fest. Sie checkte mit einem Seitenblick, wie Henk Lauter die Neuigkeiten aufnahm. Auch er hatte die Stirn in Falten gelegt.

»Wie viel davon können wir beweisen?«, fragte Rieffen.

»Fast nichts. Eigentlich gar nichts.«

»Scheiße, ich kann das nicht glauben. Samson hat diese komische Truppe ernsthaft infiltriert? Mit allem, was dazugehört?«

»Soweit ich weiß, ja. Offensichtlich. Ich hab ja auch nicht mit ihm selbst sprechen können.«

»Krass.«

»Ja.«

»Und wir wissen nicht, wer dieser Utrecht ist?«

»Nein.«

»Merle, das ist alles ganz schön schwierig, das ist dir klar, oder?«

»Frederick, es ist wie es ist. Ich sag's euch, wie ich es gehört habe.«

Rieffen, der wieder als Einziger Hunger zu haben schien, griff beiläufig in die Chipstüte. »Außer dass Samson unschuldig ist, habe ich ehrlich gesagt nicht einmal ganz verstanden, was das alles heißt«, sagte er.

»Frederick, das geht mir ähnlich. Aber sieh es mal so: Wir müssen ja gar nicht alles beweisen. Jedenfalls nicht sofort. Es reicht, wenn wir mit diesem neuen Hintergrundwissen genug rausbekommen, um die Version, dass Samson den Anschlag verübt hat, widerlegen zu können.«

Henk Lauter und Frederick Rieffen nahmen jeweils einen tiefen Schluck aus ihren Bierflaschen.

Es war Henk, der sich schließlich räusperte. »Ich glaube, du hast recht, Merle. Lass uns gucken, wo sich daraus für uns Ansatzpunkte ergeben. Wir müssen uns ranhalten, aber vielleicht klappt es.«

»Bestimmt. Wir haben ja noch locker 48 Stunden«, stöhnte Rieffen.

»Also, wer macht was?«, warf Merle Schwalb ein, um Rieffens Sarkasmus so schnell wie möglich zu ersticken. »Henk, wie wär's, wenn du dir die Sprengstoff-Connection vornimmst? Wie heißt der Typ, mit dem Utrecht und Sumaya al-Shami sich im Europa-Center getroffen haben? Wer kennt den? Und was kann man daraus schließen? Und Frederick, du musst die Dengelow-Nummer noch mal angehen. Wir müssen rauskriegen, was genau, und vor allem: wie er es angeschleppt hat. Wer hat ihm gesagt, wo er nach dem Sprengstoff suchen muss? Und wieso? Es muss eine Verbindung geben!«

Die beiden antworteten nicht sofort. Wie auf ein stilles Kommando tranken sie stattdessen in aller Ruhe und Schluck um Schluck ihre Flaschen leer und starrten dabei in die Ferne, was sie im Licht der Abendsonne aussehen ließ wie zwei ungleiche Zwillinge.

Schließlich nickten sie beide.

»O. k.«

»Gut, wir versuchen's.«

Merle brachte sie zu dem Tor, das hinaus auf die Pappelallee führte. »Samson scheint ein ziemlich mutiger Typ zu sein«, sagte Henk Lauter zum Abschied.

»Geile Bude, übrigens«, erklärte Frederick Rieffen grinsend.

Merle winkte kurz, dann traten die beiden auf die Straße und verschwanden langsam im Halbdunkel, der eine Richtung U-Bahnhof Eberswalder Straße, der andere Richtung Stargarder Straße.

Das war der Mittwochabend gewesen. Der Donnerstag aber sollte sich als der Tag herausstellen, an dem sie erstmals so etwas wie Hoffnung verspürte. Vorsichtige Hoffnung. *Sehr* vorsichtige Hoffnung.

Sie vermutete, dass es die Information über Samsons Infiltration des Kommandos Karl Martell war, die Henk Lauter und Frederick Rieffen angespornt hatte. Vielleicht weil er so mutig gewesen war; weil er *wirklich* etwas herausbekommen hatte, was doch, für sie als Journalisten, eigentlich *ihr* Job gewesen wäre – da hingehen, wo es etwas zu finden gibt, *geben könnte*, etwas, das anders vielleicht nie herauskommen würde. Fast kam es ihr vor, als hätten ihre beiden Kollegen ein schlechtes Gewissen im Angesicht von Samsons kompromissloser Entscheidung. Sie könnte es verstehen. Sie hatte ja selbst eines.

Jedenfalls begannen die Puzzlestücke einzutrudeln.

Es war kurz nach elf am Donnerstag, als Henk in ihr Büro kam. »Merle, ich hab gerade erfahren, dass dieser Dengelow, unmittelbar bevor er nach dem Anschlag die BAO Zypresse mitaufgebaut hat, mit Ermittlungen über private Sprengstoffköche befasst war.«

»Wie hast du das herausbekommen?«

»Ich hab mich gefragt, wie viele Leute eigentlich Sprengstoff dieser Art und Qualität herstellen können und wo man das Zeug herbekommen kann. Dann habe ich ein bisschen rumtelefoniert, und irgendwann hatte ich einen Kriminaltechniker vom BKA dran, der mir erzählt hat, dass es da kürzlich einen größeren Vorgang gab, und dass ein gewisser Dengelow eine ganze Liste von solchen Privatchemikern abgearbeitet hätte.«

»Und die Liste?«

»Die habe ich nicht.«

»Henk, die brauchen wir!«

»Klar. Ich versuch's.«

Henk war ihr Vorgesetzter, und es war merkwürdig, ihm Aufträge zu erteilen.

Scheiß drauf.

Dann, zwei Stunden später, ein Anruf von Frederick Rieffen: Ob sie sich zufällig in fünfzehn Minuten bei Butter Lindner über den Weg laufen könnten?

Klar.

Rieffen bestellte eine Leberkäse-Semmel mit Weißkraut und süßem Senf. Während die Angestellte hinter dem Tresen sich an die Erfüllung des Auftrags machte, wandte er sich leise an Merle Schwalb, die wie zufällig hinter ihm in der Schlange der Hungrigen stand, die auf die Schnelle etwas zum Mittagessen einkauften.

»Wegen Dengelow: Er ist V-Mann-Führer. Ich hab in Arnos Schreibtisch geschnüffelt. Der Hinweis kam von Dengelows verficktem V-Mann! Tarnname Munir.«

Merle fiel das Zwei-Euro-Stück aus der Hand, das sie schon herausgekramt hatte, um sich eine Zitronen-Buttermilch zu kaufen. Sie hob es auf, und während sie sich wieder aufrichtete, fragte sie Rieffen schnell: »Und was wissen wir über diesen V-Mann?«

»Ich? Nichts!«

»Versuch es weiter, o. k.?«

»Klar.«

Dann wieder Henk. Und war das ein Funkeln in seinen Augen?

»Ich hab die Scheißliste, Merle, ich habe sie!«

»Wow!«

»Ja. Unfassbar.«

»Wie?«

»Das glaubst du nicht.«

»Erzähl schon!«

»Judo.«

»Wie bitte?«

Henk Lauter lächelte. »Ich habe sozusagen die Kraft meines Gegners für mich arbeiten lassen, darum geht's doch beim Judo, oder?«

»Henk, du sprichst in Rätseln!«

»Ich hab einfach den Vorgesetzten des BKA-Kriminaltechnikers angerufen, mit dem ich heute Morgen gesprochen hatte. Und dann habe ich mich einfach als Arno ausgegeben. Und weißt du was? Er hat fast die Hacken zusammengeschlagen. Und er hat mir den Vermerk gefaxt!«

»Wahnsinn.«

»Ja. Aber wir haben jetzt die Liste.«

»Das ist super. Kannst du sie bearbeiten? Auswerten?«

»Ja, mache ich als Nächstes. Ich melde mich dann.«

Das war der Moment gewesen, in dem Merle Schwalb beschlossen hatte, Sumaya al-Shami anzurufen, um ein Treffen noch am Donnerstagabend zu vereinbaren. Sumaya al-Shami sagte sofort zu. Sie verabredeten sich für 21 Uhr. Merle Schwalb wusste, dass sie noch lange nicht am Ziel waren. Es würde jetzt auf die Details ankommen. Darauf, ob alles ineinandergreifen würde. Ob sich ein Bild zusammensetzen ließ.

***

Das Wenige, das passierte, geschah unglaublich schnell. Wie im Zeitraffer. Das Frühstück, eine Sache von fünf Minuten: ein paar Schritte, ein paar Handgriffe, das Klappern des stumpfen Messers, ein paar Bissen, ein paar Schlucke, dann wieder ein paar Schritte, und es war vorbei. Das Mittagessen genauso. Das Abendessen genauso. Und mehr passierte nicht.

Und alles andere, der ganze Rest des Tages, die Hälfte jeder Nacht, verstrich unfassbar langsam. Wie. In. Zeitlupe.

Ich liege jetzt auf dem Bett.

Vielleicht setze ich mich vor dem Mittagessen noch einmal auf den Stuhl.

Selbst seine Gedanken rasten nicht. Sie schwappten gegen seinen Kopf wie träge Wellen. Sie schwammen an ihm vorbei wie Meeresschildkröten auf einer langen, langsamen Reise, sahen ihn kurz verdutzt an und zogen dann weiter. Sie umgaben ihn wie Salzwasser, sie waren da, er konnte sie schmecken, aber er konnte sie nicht fassen und nicht festhalten.

Sie kamen und gingen, ohne dass er sie steuern konnte.

Das Foto: er und Mohammed. Arm in Arm. Er sah es genau vor sich, erinnerte sich an den groben rot-blauen Strickpullover, den Mohammed getragen hatte, an das T-Shirt, das er selbst an jenem Tag angehabt hatte. Und dann wurde das Foto lebendig, es begann sich zu bewegen, Mohammed bewegte sich, er kam auf ihn zu: *Samuel, komm, und jetzt eins mit uns beiden!* Mohammed war gut gelaunt. Er war gerade von irgendeiner Reise zurückgekommen, er hatte nicht genau gesagt, wo er gewesen war, aber er hatte gute Laune mitgebracht, er winkte Khaldun zu, und Khaldun – *klick* –

machte das gewünschte Bild, sogar die Kamera in Khalduns Hand konnte Samson sehen, klein und schwarz, mit einer Linse, die man durch Schieben öffnete, eine Olympus.

Die anderen waren auch alle dabei gewesen, Ziad und Ali, alle eben, Samson brauchte in seiner Erinnerung nur seinen Kopf zu drehen, um sie zu sehen, in ihren karierten Hemden, die Plastikbecher mit Mangosaft in den Händen, die Bärte, er hörte das Lachen, irgendwann stimmte Ramzi ein Lied an, und die anderen fielen ein; er kannte das Lied schon, hatte es vor Monaten transkribiert und übersetzt, ein Dschihad-Lied, er hatte sogar mitgesungen. Hatte er das? *Ja.* »Fi sabil Allah, fi sabil Allah« – auf dem Pfade Gottes. Sie hatten etwas zu feiern gehabt, genau, der Sohn von Abbas war gerade geboren worden.

Dann Khaldun, ein paar Wochen später.

Khaldun wohnte nicht in der Marienstraße bei Mohammed und den anderen, aber er war ständig da, so häufig, dass er mit einkaufte, mit kochte, mit putzte.

Samson sah sich selbst durch den engen Flur in die Küche treten und er sah Khaldun vor dem Herd hocken, er putzte ihn von innen. Er schrubbte ihn mit schnellen, hektischen Bewegungen.

»*Akhi*, Bruder, ich glaube es reicht«, sagte Mohammed. »Ich glaube, er ist jetzt sauber!«

Khaldun drehte sich kurz um. »Nein, er ist noch nicht ganz sauber, Bruder. So etwas macht man entweder richtig, oder man lässt es gleich bleiben!«

Sie waren schließlich in Mohammeds Zimmer gegangen. Es war unmöglich gewesen, am Küchentisch sitzen zu bleiben und sich zu unterhalten, während Khaldun verbissen seine Mission erfüllte, den Herd zu reinigen.

Bis alles blitzte.

Ein anderes Mal hatte er Khaldun dabei beobachtet, wie er ein Geometriedreieck entzweibrach.

»Der rechte Winkel war stumpf geworden«, hatte er Samson gesagt, der ihn fragend angeschaut hatte. »Es ist nutzlos.«

Ganz oder gar nicht.

Entweder–oder.

Aber er konnte auch warmherzig sein. Wenn sein kleiner Bruder zu Besuch kam, der in Bremen eine Ausbildung machte, war er regelrecht aufgekratzt. Kaufte beim arabischen Bäcker Süßigkeiten für Khaled. Boxte Khaled spielerisch in den Bauch, um ihn anschließend zu umarmen. Organisierte einen Grill und marinierte selbst die Hühnerbeine für den Abend im Park. Versuchte ihn dazu zu überreden, den letzten Zug zurückzunehmen und nicht den vorletzten.

Ganz oder gar nicht.

Entweder–oder.

Natürlich konnte es sein. Alles konnte sein.

Aber dann sah er in seinen merkwürdig luziden Erinnerungen auch sich selbst wieder: mehr als zehn Jahre jünger, wie er zwischen den Männern hin- und herlief, eifrig, offen, freundlich, *naiv*. Er hatte mitgesungen. Menschen können sich ändern, dachte Samson. Es sind mehr als zehn Jahre. Das ist eine lange Zeit.

Mehr als zehn Jahre. Das ist eine lange Zeit.

Der letzte Gedanke holte ihn schlagartig wieder in die Gegenwart zurück. Panik erfasste ihn, umklammerte seine Glieder wie eine Schlingpflanze, aus deren Griff er sich nicht mehr befreien konnte, egal wie sehr er strampelte und kämpfte und sich dagegen wehrte, die Luft wurde ihm knapp, und er hörte sich selbst keuchen.

***

Sumaya sah auf die Uhr und stellte fest, dass es fast zehn nach neun war. Gut. Sie war mit Absicht etwas zu spät aus dem Haus gegangen, weil sie nicht als Erste ankommen und mit Merle Schwalb alleine sein wollte. Nicht weil sie ihr nicht traute. Sie mochte sie auf eine gewisse Weise sogar. Aber sie wollte weder Small Talk mit ihr betreiben, noch über Samuel reden, und das waren die beiden wahrscheinlichsten Optionen, wenn sie alleine zusammensäßen. Sie war aber selbst voller Gedanken über Samuel. Und sie wollte sie nicht teilen.

Um genau zehn nach neun drückte Sumaya den Klingelknopf, und Merle Schwalbs verzerrte Stimme antwortete ihr augenblicklich durch einen kleinen Lautsprecher: »Hallo! Gehen Sie einfach in den Innenhof und dann über den Rasen und durch die Glastür!«

Es war sehr warm und noch ziemlich hell, und als Sumaya über den Rasen und dann über die Steinterrasse und am Gartentisch und den Gartenstühlen vorbeilief, die offenbar zu Merle Schwalbs Wohnung gehörten, dachte sie, dass es eigentlich ein schöner Abend wäre, um draußen zu sitzen. Aber Merle Schwalb, die sie an der Terrassentür bereits erwartete und sie hereinwinkte, hatte sich offenbar für ein Treffen im Innern der Wohnung entschieden.

»Hallo«, sagte Merle Schwalb. »Kommen Sie rein.«

Sumaya fand sich in einem riesigen Wohnzimmer wieder, dessen Glasfassade auf den Rasen und die Terrasse ging, und das zur anderen Seite hin an eine offene Edelstahlküche grenzte. Am hinteren Ende des Raumes standen sehr breite und sehr niedrige dunkelgraue Sofas. In der Mitte befand sich ein langer, schmaler Tisch, dessen Platte aus Stein war und ein wenig wie Schiefer aussah.

Zwei Männer saßen bereits an dem Tisch, ein jüngerer, den Sumaya dank eines Fotos auf der *Globus*-Webseite als Frederick Rieffen identifizieren konnte, und ein etwas älterer, von dem sie schloss, dass es Henk Lauter sein musste.

Henk Lauter lächelte, als sie hereinkam, erhob sich sofort von seinem Stuhl und reichte ihr über den Tisch hinweg die Hand, was Sumaya nett fand und irgendwie tröstlich. Frederick Rieffen lächelte ebenfalls, beließ es aber bei einem Nicken. Sie spürte, dass er misstrauisch war.

Doch bevor sie etwas hätte sagen können, eröffnete Merle Schwalb das Gespräch. »So, ich glaube, jeder kennt jeden, und wir sind alle im Groben auf demselben Stand. Aber es ist wichtig, dass wir uns zusammensetzen, denn wir müssen rauskriegen, wie die einzelnen Informationen, die wir haben, zusammenpassen. Einige Fragen und Zusammenhänge sind noch unklar. Oder anders gesagt: Noch haben wir nicht genug, um Arnos Geschichte zu verhindern.«

»Arnos Geschichte?«, fragte Sumaya.

»Ja. Arno Erlinger, Lars Kampen und offiziell auch Frederick und ich arbeiten an einer Titelgeschichte über Samson, die morgen Abend in Druck gehen soll und am Montag ausgeliefert wird, wenn wir sie jetzt nicht gemeinsam verhindern.«

»Verstehe.«

»Genau. Also, ich habe die Kollegen hier bereits über das ins Bild gesetzt, was sie und Herr Utrecht herausgefunden haben. Wir haben selbst ein bisschen weitergebohrt. Jetzt legen wir zusammen, schlage ich vor.«

»Ja, sehr gerne.«

»Vielleicht fangen wir mit dem Sprengstoff an?«

»Ja, gut.«

Sumaya hätte nicht mit dem Sprengstoff angefangen. Sondern gefragt, was man brauchte, um Samuel aus dem Gefängnis zu holen. Aber sie ließ Merle Schwalb gewähren. Vielleicht hatten die *Globus*-Leute ja gelernt, wie man so etwas machte. Sie hatte es nicht gelernt. Henk Lauter und Frederick Rieffen hatten sich Papier und Zettel zurechtgelegt. Merle Schwalb hatte einen Block vor sich auf dem Tisch liegen. Nur sie hatte nichts mitgebracht.

»Also«, fuhr Merle Schwalb fort, und öffnete ihren Block, »wir gehen davon aus, dass Khaldun Nabulsi den Sprengstoff besorgt hat und später den Rest davon auch auf Samsons Dachboden versteckt hat. Wir wissen auch, dass er den Sprengstoff gekauft hat. Leider kennen wir den Namen des Verkäufers nicht. Aber er hat Khaldun Nabulsi trotzdem identifiziert, richtig?«

»Ja«, sagte Sumaya. »Eindeutig.«

Sie griff in ihre Handtasche und ließ das Foto von Khaldun Nabulsi, das Kai besorgt hatte, auf den Tisch gleiten. Frederick Rieffen zog es an sich, studierte es, sagte aber nichts.

Nun übernahm Henk Lauter.

»Dieser Punkt ist sehr wichtig, denn wir wissen außerdem, dass Ansgar Dengelow den entscheidenden Hinweis für Samsons Festnahme geliefert hat. Und wir wissen, das ist jetzt sozusagen unsere erste neue Information, weil wir das erst seit gestern wissen, dass ausgerechnet Dengelow in den Wochen vor dem Anschlag gegen private Sprengstoffköche ermittelt hat.«

Sumaya versuchte, diese Information einzuordnen. Was bedeutete das? Es war ihr nicht sofort klar.

»Frau al-Shami«, sprach Lauter weiter, »wir haben einen Vermerk in der Hand, in dem die Personen aufgelistet werden, die Dengelow ausforschen sollte. Ich habe sie dabei. Ist Ihr Mann darunter?«

Sumaya nahm die drei aneinandergetackerten Seiten an sich. Ne-

ben den Personalien befand sich jeweils ein kleines Passfoto, doch die Qualität war in einigen Fällen sehr schlecht. Sie musste zweimal umblättern – dann erkannte sie plötzlich den jungen Mann wieder, den sie mit Kai im Europa-Center getroffen hatte.

»Das ist er!« Sie zeigt auf das Bild. »Niklas Weissenthal.«

»Gut, sehr gut!«, sagte Henk Lauter.

Die drei *Globus*-Redakteure machten sich Notizen.

»Aber jetzt haben wir einen Namen, der uns nichts hilft, oder?«, fragte sie.

»Kommt drauf an«, antwortete Frederick Rieffen. »Hatte dieser Weissenthal Kontakt mit der Polizei? Hat Dengelow zum Beispiel eine Hausdurchsuchung oder so etwas bei ihm gemacht?«

»Nein, nichts«, antwortete Sumaya. »Ich bin mir sicher, dass er gar nicht wusste, dass gegen ihn ermittelt wurde.«

»Es wurde auch nie ein förmliches Verfahren gegen Weissenthal eröffnet«, sagte Henk Lauter. »Gegen einige der Typen auf dieser Liste wurde mittlerweile Anklage erhoben. Aber nicht bei Weissenthal. Er steht also vielleicht nur auf ihrer Liste, aber Dengelow ist gar nicht dazu gekommen, ihn abzuarbeiten. Dann hätte Frau al-Shami recht, und dass wir den Namen haben, ist ein eher unwichtiges Detail.«

Aus einer Karaffe, die auf dem Tisch stand, goss er sich Wasser in ein bereitstehendes Glas ein. Er schenkte auch Sumaya, Merle und Frederick ein und schob ihnen die Gläser zu.

»Dengelow ist V-Mann-Führer«, sagte Frederick Rieffen in die Stille hinein.

»Wie bitte?«, fragte Sumaya.

»Das haben wir ebenfalls heute erst erfahren«, erklärte Merle Schwalb. »Der Hinweis, wo der Sprengstoffrest gelagert war, kam von einem V-Mann, den Ansgar Dengelow führt.«

»Tarnname Munir«, ergänzte Frederick Rieffen.

»Genau. Aber so weit sind wir noch nicht, Frederick. Wir sind noch bei Khaldun Nabulsis Shopping-Tour.«

Wieder entstand eine Pause. Es war vollständig still. Henk Lauter massierte sich langsam die Schläfen. Merle Schwalb blätterte durch ihre Notizen. Frederick Rieffen blickte aus dem Fenster und kaute auf seiner Unterlippe herum. Sumaya schloss die Augen und dachte an Samuel.

Plötzlich zerriss ein lautes Geräusch die Stille, ein Klirren. Sumaya schreckte auf und sah, dass Merle Schwalb sie und die anderen beiden mit offenem Mund anstarrte. Sie hatte ihr Wasserglas umgestoßen, auf dem Steintisch lagen lauter Scherben, und eine Pfütze breitete sich langsam immer weiter aus und färbte den Stein dunkel. Aber Merle Schwalb achtete nicht darauf, sondern stieß stattdessen ein heiseres »O Mann!« aus.

Lauter und Rieffen schauten sie fragend an.

»Henk«, sagte Merle Schwalb aufgeregt, »Henk, gegen einige der Sprengstoffköche wurde Anklage erhoben, weil bei ihnen was gefunden wurde, richtig?«

»Richtig.«

»Aber nicht bei Weissenthal, obwohl er was hatte, richtig?«

»Richtig.«

»Aber bei Weissenthal wurde doch auch gar nicht durchsucht«, warf Rieffen ein.

»Was wenn doch?«, fragte Merle Schwalb, die mit dieser Frage offensichtlich gerechnet hatte, sofort aufgeregt zurück.

»Was meinst du damit?«

»Dengelow ist V-Mann-Führer, richtig?«

»Richtig.«

»Und er ist ein bisschen faul. Jeder im BKA weiß das.«

»Ich komm nicht mehr mit. Was willst du damit sagen?«, fragte Rieffen.

»Sie will damit sagen«, antwortete Henk Lauter langsam und betont an Merles Stelle, »dass Dengelow gegen die Sprengstoffköche aus Bequemlichkeit vielleicht verdeckt ermitteln ließ. Und dass sein V-Mann dann vielleicht ja doch bei Niklas Weissenthal war.«

»Und?«, fragte Rieffen irritiert.

In diesem Moment verstand auch Sumaya. »Munir *ist* Khaldun Nabulsi!«, sagte sie. »Richtig?«

»Genau«, rief Merle Schwalb und hieb mit der flachen Hand auf die Tischplatte. »Stellt's euch mal für einen Moment vor, o.k.? Stellt euch vor, dass Nabulsi Munir ist. Und dann bekommt er von Dengelow auf einmal auf dem Silbertablett die Gelegenheit serviert, von einem bekifften 18-Jährigen Sprengstoff zu kaufen, ohne dass es

jemals auffliegen wird – weil er genau diesen bekifften 18-Jährigen als sauber an Dengelow zurückmelden kann!«

Frederick Rieffen sah immer noch vollkommen schockiert aus. Er tippte sich mit allen zehn Fingern gegen die Stirn, wie um den Gedankengang, den sie gerade vor ihm ausgebreitet hatte, in seinen Kopf zu zwingen. Schließlich gelang es ihm, und sein Ausdruck wandelte sich – erst in Überraschung, dann zu einem Grinsen.

»Scheiße, Merle, ich glaube, du hast recht. Weil so ja auch klar ist, wieso Munir Dengelow berichten konnte, dass bei Samson Sprengstoff auf dem Dachboden ist!«

»Genau.«

»Es passt, verdammt, es passt.«

»Ja.«

Rieffen sprang jetzt auf, lief auf Merle Schwalb zu, die am schmalen Ende des Tisches saß, und klopfte ihr auf die Schultern. »Das ist eine Monstergeschichte, Merle. Damit sind die alle vollkommen am Arsch. Das BKA hat einen Terroristen bezahlt, unglaublich! Es hat ihm auch noch den Weg zu einer Sprengstoffquelle geebnet. Verdammt. Das ist riesig. Dengelow ist weg. Arno kann seine Geschichte komplett vergessen. Das ist der größte Skandal der letzten Jahre, Leute!«

Henk Lauter und Merle Schwalb nickten.

»Worauf warten wir dann noch?«, fragte Rieffen. »Wir haben kaum noch Zeit, wir müssen das alles ja auch noch aufschreiben. Wir sagen Arno und Lars natürlich nichts! Wir lassen sie ihre Geschichte schreiben, und dann, *peng*, ein paar Stunden vor Redaktionsschluss kommen wir mit diesem Ding um die Ecke. Wahnsinn!«

Sumaya hatte schweigend zugehört, während Rieffen seine Vision ausgebreitet hatte. Jetzt räusperte sie sich. Die drei Journalisten blickten sie erwartungsvoll an.

»Sie werden«, sagte sie so langsam und schneidend wie sie konnte, »diese Geschichte auf gar keinen Fall aufschreiben.«

»Was soll das?«, polterte Rieffen.

»Haben Sie mal eine Sekunde darüber nachgedacht, was das für Samuel bedeutet? Richtig, Herr Dengelow und meinetwegen auch Ihr Kollege wären *am Arsch*. Aber wissen Sie was? Samuel auch! Die Staatsanwaltschaft wäre Ihnen noch dankbar dafür, dass Sie ihr die Identität des lang gesuchten Komplizen von Samuel Sonntag, dem Tarnkappen-Bomber, frei Haus liefern! Die Geschichte, die Sie aufschreiben wollen, entlastet Samuel nicht. Im Gegenteil: Sie bringt ihm mindestens fünfzehn Jahre Gefängnis!«

Sumaya sah, dass Rieffen mit der Hand auf den Tisch hauen wollte. In seinen Augen funkelte blankes Unverständnis. Doch Henk Lauter legte ihm die Hand auf den Arm und hielt ihn zurück.

»Herr Lauter«, fragte Sumaya ihn und griff nach dem Dokument auf dem Tisch, »das ist eine Kopie, nehme ich an?«

»Selbstverständlich.«

»Gut, danke.«

Sumaya faltete die Papierbögen und steckte sie zu dem Foto von Khaldun Nabulsi in ihre Handtasche.

»Was haben Sie jetzt vor?«, fragte Merle, als Sumaya ihren Stuhl zurückschob und aufstand.

»Samuel raushauen, was denn sonst?«

Als sie auf die Pappelallee hinausging, zitterte Sumaya am ganzen Körper, obwohl es noch immer sehr warm war. Sie wusste, dass es jetzt drauf ankam. Dass sie nur diese eine, einzige Chance hatte. *Alles oder nichts.*

***

Er hätte nicht so viel Bier trinken sollte, hatte er gedacht, als er im Morgengrauen wach geworden war, weil er pinkeln musste. Er hatte sich aufgeschwemmt gefühlt und sogar ein bisschen verkatert. Er war zur Toilette gegangen, hatte eine Aspirin eingeworfen und danach, weil er ahnte, dass er sowieso nicht wieder würde einschlafen können, seine Laufschuhe rausgekramt und war losgelaufen.

Das Laufen hatte ihm gutgetan, es war noch kühl gewesen, aber auf eine Art, die schon andeutete, dass es wieder sehr heiß werden würde. Die Frische und die Tatsache, dass niemand sonst unterwegs war, hatten ihm das Gefühl gegeben, dass er dem Tag schon etwas abgeluchst hatte, bevor er richtig begonnen hatte. Außerdem hatte er seine Runde trotz der vier Bier nur unwesentlich langsamer absolviert als sonst.

Als er mit dem Duschen fertig war und sich gerade Frühstück machte, war Agnes in die Küche gekommen, und er hatte sie in den Arm genommen, was sich merkwürdig anfühlte nach den letzten anstrengenden Wochen und dem kalten Krieg zwischen ihnen, aber sie hatte sich darüber gefreut, und er, wenn er ehrlich war, auch.

Leo hatte er verpasst, der schlief noch, als er sich auf den Weg gemacht hatte.

»Grüß ihn von mir, vielleicht können wir heute Abend grillen«, hatte er Agnes gebeten.

»Da freut er sich sicher.«

Ansgar Dengelow wusste nicht, warum sein Kopf gerade jetzt diese frühmorgendlichen Ereignisse Revue passieren ließ. Es hätte keinen unpassenderen Moment geben können, sich diesen Erinnerungen hinzugeben. Warum also erlaubte sein Geist es ihm nicht, sich auf das zu konzentrieren, worauf er sich jetzt konzentrieren musste? *Musste*, verdammt noch mal! Aber sein Hirn spielte ihm einen Streich nach dem anderen, oder besser gesagt: Es versagte ihm den Gehorsam. *Warum, Hirn, warum? Weil es so ungeheuerlich ist, worum ich dich bitte?*

Doch kein Gedanke formte sich, mit dem er etwas hätte anfangen können. Anstatt sich zu konzentrieren, anstatt sich mit dem Unfassbaren zu beschäftigen, bestand sein Gehirn jetzt darauf, ihn auch noch durch den Rest des Vormittags zu führen, als sei das jetzt von Belang.

Also sah er sich gegen seinen Willen selbst im Auto sitzen. Er sah sich selbst noch einmal die Treppen der JVA Moabit hinaufsteigen, seinen Ausweis vorzeigen, durch Türen und Gitter schreiten, der Kollegin zunicken, den amtlich gestrichenen Vernehmungsraum betreten. Er hatte sich gut gefühlt, nach dem Laufen und der Dusche und dem unfallfreien Dialog mit Agnes. Er hatte nicht viel von der Vernehmung erwartet, er rechnete nicht damit, dass Sonntag auspacken würde, aber es war eben wieder Zeit, so etwas dauerte. Er sah sich Fragen stellen und sah noch einmal Sonntags entrücktes Lächeln. Das Lächeln des lebenden Märtyrers, hatte er noch gedacht. Er hatte gesprochen, Sonntag nur gelächelt, die Kollegin nur getippt. Es war nichts passiert. Wieso also erinnerte er sich jetzt noch einmal an die Vernehmung vom Morgen? Weil sein Hirn ihn mit diesem Trick davon abhalten wollte, sich endlich mit dem zu beschäftigen, was direkt vor seinem Auge ablief?

In der JVA gab es keinen Handyempfang, und darum hatte er erst gesehen, dass sie ihn angerufen hatte, nachdem er wieder im mittlerweile sengenden Sonnenschein auf den Stufen vor dem Haupteingang gestanden hatte. Er hatte zwar keine besondere Lust darauf gehabt, sie zu treffen, aber er konnte ihr einen Besuch auch nicht verwehren, nicht nach dem Gespräch mit Sunderberg, also hatte er sie zurückgerufen und sie nach Treptow bestellt, für elf Uhr.

Er hatte sie am Fahrstuhl erwartet, nachdem der Empfang ihre Ankunft gemeldet und sie mit einem Besucherausweis ausgestattet hatte. Dann hatte er sie in sein Büro geführt und ihr einen Kaffee angeboten, was sie dankbar angenommen hatte, *mit ziemlich viel Milch, bitte.*

»Frau al-Shami, es freut mich, Sie wiederzusehen, auch wenn es natürlich traurige Umstände sind.«

»Danke, ich freue mich auch.«

»Tja, das ist wirklich traurig, tragisch. So jung. Haben Sie eine Erklärung dafür? Ich meine, Sie kannten ihn ja ein bisschen.«

»Entschuldigung, ich fürchte ich kann Ihnen nicht folgen?«

»Sind Sie denn nicht wegen Cord Munkelmann hier?«

»Was ist mit Cord?«

»Ach herrje, das tut mir leid, dass Sie das jetzt von mir erfahren, ich dachte, Sie wüssten es schon. Cord Munkelmann ist tot, es tut mir wirklich leid.«

Sie hatte es wirklich nicht gewusst. Er konnte sehen, wie sie einige Sekunden brauchte, um die Nachricht zu verarbeiten.

»Wie ist er gestorben?«, fragte sie.

»Er hat sich das Leben genommen. In seiner eigenen Wohnung.«

»Wann?«

»Vor ungefähr einer Woche.«

»Und wie?«

»Frau al-Shami, ich weiß wirklich nicht, ob …«

»Wie?«

 »Erhängt.«

Vielleicht hätte er da schon etwas ahnen können. Wie sie die Nachricht kommentarlos wegsteckte. Wie sie ihm das Wort abschnitt. Er hatte ihr einen Moment gegeben, um sich zu sammeln. Sie nahm einen Schluck von ihrem Kaffee und setzte die Tasse dann vorsichtig und lautlos ab.

»Frau al-Shami, wenn Sie erlauben … Wenn Sie nicht wegen Cord Munkelmann hier sind, weswegen wollten Sie mich dann sprechen?«

»Aber ja. Ich bin hier, um Sie zu erpressen.«

»Wie bitte?«

»Herr Dengelow, Sie haben bis 18 Uhr Zeit, dafür zu sorgen, dass Samuel Sonntag freikommt.«

»Frau al-Shami, mit Verlaub, aber das ist wirklich nicht angebracht.«

War sie durchgeknallt? Unter dem Stress der Ereignisse aus der Spur geraten? Er suchte nach Anzeichen für Verwirrtheit in ihrem Blick, aber der war so klar wie ein Blick nur sein konnte.

Bevor er noch etwas sagen konnte, griff sie in ihre Tasche und knallte ein ausgeschnittenes, schwarz-weißes Bild auf seinen Schreibtisch. »Herr Dengelow, das hier ist Niklas Weissenthal. Sie sind ihm wahrscheinlich nie begegnet. Aber vielleicht erinnern Sie sich an seinen Namen, er stand auf einer Liste mit privaten Sprengstoffköchen, gegen die Sie ermitteln sollten.«

»Ich habe keine Ahnung, wovon Sie reden. Und ich fürchte, Sie sind ein bisschen durcheinander.«

»Halten Sie bitte einfach den Mund und hören Sie mir zu, ja? Sie haben dann auch ermittelt, aber nicht selbst. Sie haben stattdessen erst einmal einen V-Mann losgeschickt, nicht wahr? Mal rauskriegen, ob es sich überhaupt lohnt, so richtig einzusteigen, mit Hausdurchsuchung und so, ist ja auch wahrscheinlich alles sehr lästig, Papierkram und so weiter …«

»Sie machen sich lächerlich.«

»Herr Dengelow, Sie können mich gerne rausschmeißen. Aber wenn ich Sie wäre, würde ich jetzt ganz genau zuhören, es geht schließlich um Sie!«

Dann hatte sie ein zweites Bild auf den Tisch geknallt, direkt neben das erste. »*Diesen* Herren dürften Sie hingegen kennen, nicht wahr? Ich glaube, Sie nennen ihn Munir. Sein richtiger Name, falls Sie es nicht wissen, ist Khaldun Nabulsi.«

»Frau al-Shami, packen Sie Ihre Sachen und gehen Sie, bevor Sie sich endgültig strafbar machen!«

»Das ist mir scheißegal«, hatte sie geflüstert. »Aber wie steht es mit Ihnen?«

»Was soll das alles?«

»Sie haben Munir losgeschickt, nicht wahr? Und er hat Ihnen auch geholfen, ein paar der Sprengstoffköche zu überführen. Aber einen nicht: Weissenthal. Und warum nicht? Ahnen Sie es schon? Weil Munir Weissenthal den Sprengstoff *abgekauft* hat. Und zwar den Sprengstoff, mit dem er ein paar Tage später vierzehn Menschen zerfetzt hat.«

»Das ist doch Blödsinn! Der Sprengstoff lag bei Samuel Sonntag auf dem Dachboden.«

»Ja, stimmt. Weil Khaldun alias Munir ihn dort deponiert hat. Und wissen Sie auch, warum? Weil Samuel Sonntag ihm, im Gegensatz zu Ihnen, auf der Spur war.«

»Quatsch. Ich weiß nicht, ob Sie es wissen, aber ich kann beweisen, dass Samuel Sonntag kein Unschuldslamm ist. Er war ein Freund von Mohammed Atta, verdammt!«

»Ja, war er. Er hat für seine Magisterarbeit über Islamisten in Hamburg geforscht und so Atta kennengelernt. Und nicht nur Atta. Sondern auch Khaldun Nabulsi, einen noch viel besseren Freund von Mohammed Atta.«

»Wie bitte?«

»Herr Dengelow, es ist eigentlich alles ganz einfach. Ich habe Beweise, dass Nabulsi und Atta Freunde waren. Ich habe eine eidesstattliche Versicherung von Niklas Weissenthal, dass er Khaldun Nabulsi, den er übrigens eindeutig auf einem Foto identifiziert hat, Sprengstoff verkauft hat. Ich kann mit einer weiteren eidesstattlichen Aussage belegen, dass Sie den Hinweis auf den Sprengstoff auf Samuel Sonntags Dachboden von einem V-Mann mit dem Tarnnamen Munir haben. Diese Beweise befinden sich alle an einem sicheren Ort, zusammen mit einer komplett fertigen, vier Seiten langen Geschichte der *Globus*-Redaktion. Die Überschrift lautet ›Massenmord auf BKA-Kosten‹, und außer einem Foto von Munir ist auch eins von Ihnen drin. Dieser Artikel erscheint am Montag, er geht also heute Abend in Druck. Es sei denn, Herr Dengelow, Samuel Sonntag ist bis 18 Uhr auf freiem Fuß und Niklas Weissenthal wird wegen des Sprengstoffs nicht belangt.«

»Sie sind irre!«

»Vielleicht, Dengelow. Aber Sie sind *am Arsch.*«

Dann war sie gegangen.

Was sollte er tun? Was konnte er tun? Er starrte auf die beiden Bilder vor sich auf dem Tisch. Sollte er Munir anrufen? Er wusste, dass das sinnlos wäre. Er hatte in den vergangenen Tagen mehrfach versucht, ihn zu erreichen, aber das Handy war tot, die E-Mails waren unbeantwortet geblieben. Er hatte sich nicht weiter darüber gewundert, so etwas kam vor, V-Leute eben, aber jetzt ergab es einen Sinn. Er ahnte, dass Sumaya al-Shami recht hatte. Scheiße, er *wusste*, dass sie recht hatte. Er hatte es vorher nicht gewusst. Noch vor zehn Minuten wäre er nicht im Traum darauf gekommen. Aber es passte alles, und wie er es auch drehte, er war tatsächlich erledigt. Er wusste nicht, worüber er wütender war: dass er erpresst wurde oder dass er auf Munir reingefallen war. Das hier war der Abgrund, das Ende, das schwarze Loch, in dem er versinken würde. Es war vorbei. Alles war vorbei. Es hätte nicht passieren dürfen. Es war passiert.

Er stand auf, ging zu der Espressomaschine, hob sie hoch und warf sie voller Zorn gegen die gegenüberliegende Wand, wo sie eine tiefe Kerbe in den Beton schlug und scheppernd auf dem Boden landete.

Braune tropfende Spritzer sprenkelten die Wand. »Scheiße«, brüllte er. Und noch einmal, noch lauter: »Scheiße!«

Er merkte, dass er schwitzte, am ganzen Körper, sein Hemd klebte, seine Hose. Er schnappte nach Luft. Er ging zum Fenster, öffnete es und blickte auf die Spree. Er verspürte den Impuls zu springen. Er beugte sich vor und sah nach unten. Hoch genug wäre es. Er hatte das schon oft gesehen, das Ergebnis jedenfalls. Es war nicht so schlimm, wie die meisten Menschen es sich vorstellten. Jedenfalls nicht, wenn man nicht mit dem Kopf zuerst sprang. Er schätzte, wie lange es dauern würde. Ein paar Sekunden. Zwei oder drei. Es wäre wirklich sehr einfach. Doch dann hatte er plötzlich an Leo gedacht
und daran, dass er ihn heute Morgen verpasst hatte. Dann hatte er gedacht: Springen kann ich immer noch. Dann hatte er geweint.

Es dauerte eine Weile, bis er sich wieder einigermaßen unter Kontrolle gehabt hatte. Danach hatte er sich darangemacht, sich zu überlegen, wie er Samuel Sonntag befreien konnte.

Er brauchte zwei Stunden, bis er eine Lösung fand. Als er sie ins Werk setzte, wusste er genau, dass er sich verwandelte, von einem guten Polizisten in einen korrupten. Von einem Gesetzeshüter in einen Gesetzesbrecher. Er wusste auch, dass er das nie wieder rückgängig würde machen können. Aber er hoffte, dass er lernen würde, es zu verdrängen.

Sebastian Häckler. Das war der Name des jungen Beamten in der Forensik, der sein Opfer sein würde. Häckler war an den Sprengstoffuntersuchungen beteiligt gewesen. Und er war der Einzige der Beteiligten, gegen den er etwas in der Hand hatte. Wobei das so nicht stimmte, aber es ließ sich so wenden, und einzig darauf kam es an, auf brutalen Druck. Häckler hatte vor zwei Monaten einen Antrag gestellt, für einen zweimonatigen Weiterbildungskurs für Forensiker aus befreundeten Polizeien im FBI-Forschungslabor in Quantico freigestellt zu werden. Er hatte schon eine Zusage vom FBI, was eine Auszeichnung war. Der Lehrgang wäre ein Karrieresprung für Häckler. Aber sein Antrag war von der Hausleitung abgelehnt worden, weil Häcklers Englischkenntnisse auf dem Papier zu schwach waren. Das störte zwar die Amerikaner nicht, aber dafür die deutsche Bürokratie. Dengelow bestellte Häckler in sein Büro.

»Was ist denn hier passiert?«, hatte der junge Kollege gefragt, während er die verdreckte Wand in Augenschein nahm.

»Jemand hat Scheiße gebaut.«

»Verstehe.«

»Genau. Und Sie müssen mithelfen, es auszubügeln. Sie müssen das nicht alles verstehen, aber ich brauche von Ihnen einen Vermerk darüber, dass der Sprengstoff, der bei Samuel Sonntag gefunden wurde, doch nicht identisch mit der Probe vom Anschlag ist.«

Häckler wollte erst nicht. Aber Dengelow überzeugte ihn, dass es hier um höhere Interessen ging, *die Dienste*, zum Beispiel, ein

potenziell extrem wichtiger Informant.

»Ich weiß nicht, Herr Dengelow.«

»Und im Gegenzug, Häckler: Quantico, also das ließe sich aus dem Weg räumen, das kleine Hindernis.«

»Und es sind wirklich *unsere* Dienste, die den Mann in Freiheit brauchen?«, fragte Häckler misstrauisch.

»Ja, Häckler. Und falls Sie das interessiert, also falls Sie zum Beispiel selbst mal später zum BND möchten, dann kann man auch darüber reden, ich sorge dafür, dass die von Ihrem Pragmatismus erfahren.«

Eine Stunde später hatte er den Vermerk in der Hand, in dem Häckler den falschen Befund auf ein »verdrecktes und unsachgemäß gereinigtes Untersuchungsinstrument« schob.

Dengelow stieg in den Fahrstuhl. Er fühlte sich schmutzig. *Verdrecktes Untersuchungsinstrument.* Das bin ich. Ich bin das verdreckte Untersuchungsinstrument. Er setzte sich in seinen Wagen und fuhr nach Hause. Er wusste nicht, wo er sonst hinfahren sollte, in dem Zustand, in dem er war. War das nicht auch eine Definition von Zuhause? Zuhause ist, wenn man nicht springt?

»Agnes, ich habe mich heute korrumpiert.«

»Was war denn los?«

»Ich musste verhindern, dass ich meinen Job verliere und angeklagt werde.«

»Hast du das Problem gelöst?«

»Ja, ich glaube.«

»Hast du jemandes Leben ruiniert?«

»Nein, ich glaube nicht.«

»Dann bleibt es dabei, dass wir heute Abend grillen?«

»Ja.«

»Das ist schön. Leo freut sich schon.«

Er hatte keine Ahnung, ob sie ihm wirklich zugehört hatte oder nicht.

***

Am Freitagabend um 21 Uhr 47 traf die SMS von Sumaya al-Shami auf ihrem Handy ein, auf die sie mit zitternden Händen gewartet hatte: »Er ist frei.«

Merle Schwalb stand auf und zündete sich ihre letzte Marlboro an. Über drei Stunden zu spät. Sie war sich nicht sicher, ob es noch reichen würde.

Um 21 Uhr 51 rief sie Henk Lauter an und eine Minute später Frederick Rieffen, um ihn vorzuwarnen.

Dann rannte sie in Henks Büro. Sie stand neben ihm, während er mit dem dritten Geschlecht telefonierte, parallel eine E-Mail abschickte und anschließend mit einer langen Reihe weiterer Menschen telefonierte, die ebenfalls irgendwo beim *Globus* oder für den *Globus* arbeiteten, deren Namen sie aber noch nie gehört hatte.

»Wir schaffen es nicht«, sagte sie.

»Doch, Merle, ganz ruhig!«

Sie konnte sich aber nicht beruhigen und fragte Henk irgendwann sogar, ob sie bei ihm rauchen dürfe. Er nickte. Sie besorgte sich bei Kaiser Zigaretten und rannte wieder zurück in Henks Büro.

Immer noch nichts.

Dann, um 23 Uhr 11, rief das dritte Geschlecht endlich zurück. Henk stellte das Telefon auf laut, sodass Merle mithören konnte.

»Wir machen's«, sagte das dritte Geschlecht. »So wie besprochen.«

»Gut«, sagte Henk knapp.

»Gute Arbeit«, sagte das dritte Geschlecht und legte auf.

Sie hatten es geschafft: Zum ersten Mal in seiner Geschichte hatte der *Globus* die bereits laufenden Druckerpressen angehalten.

»Und jetzt«, sagte Henk und lächelte, »gehen wir nach oben!«

Es war 23 Uhr 13, als sie die Tür des Büros der Drei Fragezeichen im 17. Stock des *Globus*-Hochhauses öffnete und zusammen mit Henk Lauter eintrat, ohne vorher anzuklopfen.

Die Drei Fragezeichen lagen in ihren Flugzeugsesseln und tranken Bourbon. Alle drei wandten den Blick zur Tür.

»Schwälbchen, Henk, guten Abend! Was gibt's? Möchten Sie einen mit uns trinken? Sie haben auch noch gar nicht gesagt, wie Sie die Samson-Geschichte eigentlich finden?«

»Erlinger«, sagte Merle Schwalb, »wir sind hier, um Ihnen zu sagen, dass es keine Samson-Geschichte geben wird.«

Erlinger lachte. »Was soll denn der Quatsch?«

»Wahrscheinlich klingelt gleich Ihr Telefon. Samson ist vor knapp zwei Stunden aus der U-Haft entlassen worden.«

Arno Erlingers Gesicht versteinerte in Zeitlupe. »Wie bitte?«

»Der Sprengstoff auf seinem Dachboden war doch nicht identisch mit der Charge, die bei dem Anschlag verwendet wurde.«

»Aber …«

»Ja, ich weiß, aber so ist es nun mal. Henk und ich haben das schnell aufgeschrieben, als wir es erfahren haben.«

»Aber dafür ist es viel zu spät.«

»Das dritte Geschlecht hat die Presse angehalten. Sie tauscht Ihre zehn Seiten mit unserer einen Seite aus, vor Montag sagt das BKA sowieso nichts dazu, deshalb kriegt es die Konkurrenz wahrscheinlich auch nicht eher mit, und wir brauchen es nicht online zu machen. Und statt Ihrer nehmen sie eine Titelgeschichte aus dem Stehsatz.«

»Wollen Sie mich verarschen? Wann haben Sie das alles hinter meinem Rücken abgekaspert?«

»Wir haben gar nichts gemacht. Und Sie waren doch der, der nichts davon hören wollte, dass Samson kein Terrorist ist.«

»Aber das BKA war sich doch absolut sicher mit dem Sprengstoff?«

»Es war ein verdrecktes Gerät, Erlinger. Irgendjemand beim BKA hat das nicht vernünftig gereinigt, nachdem sie die Probe aus der Siegfried-Passage untersucht hatten.«

Es war unübersehbar, dass Erlinger ihnen nicht glaubte. Er wusste, dass sie keine Scherze machen würden, was Samsons Freilassung und die angehaltenen Druckerpressen anging. Aber er spürte, dass etwas nicht stimmen konnte. Doch er sagte nichts. Er schüttelte nur still den Kopf, leerte sein Bourbon-Glas in einem Zug, erhob sich aus seinem Erste-Klasse-Sessel, zog sein Jackett an und verließ den Raum.

Fünf Stunden später saß Merle Schwalb in eine Decke gehüllt auf dem Rasen vor ihrer Terrasse und beobachtete den Sonnenaufgang. Sie war erschöpft. Aber als das Taxi sie vor ihrer Wohnung ausgekippt hatte, hatte sie schon geahnt, dass sie nicht würde schlafen können. Also hatte sie beim Spätkauf eine Flasche Weißwein gekauft und sich nach draußen gesetzt.

Sie hatte die Flasche fast ausgetrunken.

Sie hatte nachgedacht.

Es ist geschafft, es ist vorbei! Das war ihr erster Gedanke gewesen, und sie hatte das erste Glas von dem billigen Frascati wie ein Sektglas gehalten und sich selbst zugeprostet. Und sie war ja auch tatsächlich froh, dass Samson frei war. Aber sie hatte bald gemerkt, dass die Anspannung trotzdem nicht von ihr abfiel, jedenfalls nicht ganz. Irgendetwas rumorte noch in ihr und ließ sie nicht zur Ruhe kommen.

War es Erlingers merkwürdiger stummer Abschied? Nein. Erlinger, das konnte sie reinen Herzens sagen, war ihr gleichgültig. Dass er eine Blamage erlitten hatte, selbst wenn sie solche Ausmaße hatte, war ihr egal.

Oder hatte es mit ihrer eigenen Rolle zu tun? Schon eher.

Was hatte sie denn eigentlich beigetragen, um Samson zu befreien? Es war Sumaya gewesen, die ihn aus dem Gefängnis geholt hatte. Sie dachte an ihre großen grünen Augen. Und daran, wie sie in ihrer Wohnung Frederick angefaucht hatte. Sie hatte keine Ahnung, was Sumaya angestellt hatte, um Samson rauszuhauen, aber sie hatte eine vage Ahnung. Woher nahm sie diesen Mut? Woher hatte Samson seinen Mut genommen? *Und was habe ich gemacht, als Sumaya sich um die Verletzten in der Siegfried-Passage gekümmert hatte? Ich habe in meinen beschissenen Block geschrieben!*

Merle zog ihren Block aus der Handtasche und warf ihn in die Hecke. Sie trank das zweite Glas und gab sich Mühe, dabei nicht zu weinen. Ab dem dritten Glas aber hatte sie einen neuen Gedanken zu denken begonnen, und er hatte sie bis zum Sonnenaufgang wach gehalten.

Es ist gar nicht vorbei, Merle.

Es fängt gerade erst an.

Sie hatte sogar im Dunkel der Nacht ihren Block wieder aus der Hecke gezogen. Dann hatte sie sich einen Stift und eine Kerze und eine Decke aus der Wohnung geholt. Samson war frei, das war das Wichtigste. So wichtig, dass es richtig gewesen war, nicht über den irregeleiteten V-Mann von Ansgar Dengelow zu schreiben, auch wenn es ein Riesenskandal war. Sumaya hatte es sofort erkannt: Es hätte Samson nur weiter belastet. Aber Sinn und seine Freunde waren ebenfalls frei, und es musste andere Dinge geben, die nichts mit dem Anschlag zu tun hatten, die zu untersuchen sich lohnen würde. Das Firmengeflecht zum Beispiel, dem die alte Schule in Potsdam offiziell gehörte. Es war nicht zu entwirren, hatte Utrecht gesagt. Vielleicht stimmte das. Vielleicht aber auch nicht. Wie intensiv hatte er es versucht? Und was war mit den Grundstückskäufen in Ungarn und Kroatien? Mit den Beziehungen zu Extremisten in Nachbarländern?

Irgendwo muss man eben anfangen.

Muss ich eben anfangen.

Und so hatte sie das dritte und das vierte Glas Wein damit verbracht, ihre Notizen durchzusehen und neue Skizzen und Diagramme zu malen und an immer weiteren Stellen eingekringelte Fragezeichen einzuzeichnen.

Eher was fürs Feuilleton, hatte Erlinger gesagt.

Merle kicherte. Sie war angetrunken. Aber sie war auch entschlossen. Sie merkte, wie sich ihre Anspannung allmählich löste. Sie raffte die Decke zusammen, stand etwas unsicher auf und rief so laut sie konnte: »Das Recht auf ein verpfuschtes Leben ist unantastbar!«

Dann ging sie ins Bett und schlief sofort ein.

XIII

Sanft drehte das Windspiel sich in der Brise, die vom Fluss herüberwehte, und das *KlingKlang* der Metallröhrchen mischte sich mit dem Gezeter der Spatzen, die sich um eine Weintraube balgten. Samson betrachtete die Blüten der Bougainvillea, die fast die gesamte Hauswand überwachsen hatte wie ein eingefrorener, dunkelgrün-violetter Wasserfall. Er ließ den Blick über die dickblättrigen Büsche schweifen, deren Namen er nicht kannte, über die Palmenstauden und die kleinen Olivenbäume, die in alte Olivenölkanister eingepflanzt worden waren, über den Aprikosenbaum, über den ganzen verwilderten Garten. Eine magere Katze huschte über die Fliesen vor seinen Füßen, überquerte die Terrasse, machte einen Satz und landete auf Sumayas Schoß. Beiläufig begann Sumaya, das Tier zu streicheln. Er sah zu, wie ihre schönen, zimtfarbenen Finger durch das Fell der Katze fuhren, hin und her, und sein Herz tat ihm weh, weil er noch einmal spürte, wie sehr er sie vermisst hatte. Es war warm, aber nicht mehr heiß, und das Licht des späten Nachmittags hatte die satten Farben zurückgebracht, die im gleißenden Licht des Tages nicht auseinanderzuhalten gewesen waren, sodass jetzt, endlich, alles so aussah, wie es aussehen sollte. Der Garten vor dem Haus von Fadia Latif auf der Nilinsel Zamalek war für Samson der friedlichste Ort seit Monaten.

Es war seine Idee gewesen, nach Kairo zu fahren. Oder zumindest hatte er es als Erster gesagt, wahrscheinlich hätte Sumaya es sonst auch vorgeschlagen. Sie überlegten nicht lange, sondern buchten im Internet zwei Flüge ab Schönefeld und begannen sofort zu packen.

»Ich freue mich, dass ihr da seid!«, hatte Fadia Latif sie von der

Türschwelle der Stadtvilla aus begrüßt, während sie aus dem engen Taxi krabbelten. »Es ist schön, euch zu sehen.«

Ihre Töchter standen in bunten Kleidchen neben ihr, eine rechts, eine links. Die beiden Mädchen schienen Sumaya wiederzuerkennen, jedenfalls sahen sie sie mit freudigen Augen an und lösten sich, als Sumaya nur noch drei oder vier Treppenstufen von ihnen entfernt war, von ihrer Mutter, um ihr in die Arme zu fallen. Sumaya, Fadia Latif, die Mädchen, er selbst, sie alle hatten gelacht, und er hatte gemerkt, wie sich in seiner Brust etwas löste.

Das war am Mittag gewesen. Sie hatten seitdem gegessen, Tee getrunken, mit den Mädchen gespielt, einen Spaziergang durch Zamalek gemacht und geredet, ohne zu reden. Samson blickte zu Fadia Latif hinüber, die in einem Korbsessel zwischen ihm und Sumaya saß, der so groß war, dass sie mit angezogenen Beinen darin Platz gefunden hatte. Sie trug ein einfaches, knöchellanges schwarzes Stoffkleid.

»Gleich«, sagte Fadia Latif, »fängt die Dämmerung an. Ich mag den Ruf des Muezzins, der dann beginnt. Ich bin nicht so fromm, wie Lutfi es war. Aber der Gebetsruf bedeutet mir viel.«

»Ich weiß, was Sie meinen«, sagte Sumaya.

Fadia sah in Richtung Nil und nickte. »Wenn der Gebetsruf vorbei ist, würde ich euch gerne einige Dinge fragen.«

Als es so weit war, rief sie beide Mädchen zu sich, strich ihnen über die Haare und die Wangen, und bat sie auf Arabisch, ins Haus zu gehen. Die große Tochter nickte, nahm die kleine bei der Hand, und sie liefen hinein.

»Ich freue mich ehrlich, dass ihr hier seid. Aber ich glaube, dass ihr aus einem bestimmten Grund gekommen seid«, begann Fadia Latif. »Ich habe mich absichtlich nicht bei euch gemeldet in den letzten Wochen. Ich musste mich um die Mädchen kümmern, um mich selbst und darum, dass wir hier ankommen und ein wenig zur Ruhe kommen. Und ich wollte meine Trauer nicht teilen, wenn ihr das verstehen könnt. Aber ich vermute, ihr seid hier, weil ihr etwas herausgefunden habt. Es ist doch so, oder?«

Sie nickten beide.

Ein leichter Ruck ging durch Fadia Latifs Körper. Samson sah, dass sie ihr Kinn ein Stück nach vorne streckte. Sie atmete tief ein.

»Samuel, Sumaya«, sagte sie leise, »wer hat Lutfi getötet?«

Samson hatte gewusst, dass dieser Moment kommen würde. Er hatte den gesamten Flug über darüber nachgedacht, was er sagen würde. Doch jetzt, da der Moment gekommen war, wusste er nicht, wie er anfangen sollte. Er suchte Sumayas Blick, aber auch sie schien zu erwarten, dass er begann.

»Der Mörder Ihres Mannes«, hörte er sich schließlich sagen, »heißt Khaldun Nabulsi.«

»Wer ist er?«, fragte Fadia Latif gefasst.

Sumaya griff in ihre Tasche und reichte ihr das Foto, das Kai beschafft hatte. Fadia Latif betrachtete es, ohne etwas zu sagen. Versuchte sie, in Khalduns Gesichtszügen zu lesen? Antworten in seinen Augen zu entdecken? Nach einer oder zwei Minuten gab sie Sumaya das Bild zurück.

»Wo ist er jetzt?«

»Wir sind nicht sicher, aber vermutlich ist er längst irgendwo im Ausland untergetaucht.«

»Und wieso hat er es getan?«, fragte sie. Zum ersten Mal klang ihre Stimme brüchig.

»Wir wissen es nicht.«

»Aber wie kann das sein, Samuel? Man muss doch einen Grund haben, um über ein Dutzend Menschen zu töten!«

»Er hatte einen Grund, aber wir wissen nicht welchen.«

»Ich verstehe nicht.«

»Nabulsi hat im Auftrag des Kommandos Karl Martell gehandelt. Wir wissen das, weil ich das Kommando selbst unterwandert habe. Sinn und seine Freunde haben es mir gegenüber zugegeben. Leider können wir das nicht beweisen.«

»Es gibt dieses Kommando also wirklich? So wie Lutfi es in seinem Brief vermutet hatte?«

»Ja. Das Kommando Karl Martell ist eine militante islamophobe Gruppe. Es wird von vier Personen geführt, eine ist Sinn, eine zweite ist die Schwester von Cord Munkelmann.«

»Cords Schwester?«

»Ja, Gisela Munkelmann. Und dann noch ein Milliardär namens

Caspar Rentzi und ein Baron. Sie sind dabei, sich mit ähnlichen Gruppen im Ausland zu vernetzen. Sie haben mir gesagt, dass sie angefangen haben, Waffen zu kaufen und ihre ersten Kämpfer auszubilden. Sie haben Land gekauft, in Ungarn und Kroatien.«

»Und ihr könnt nichts davon beweisen?«

»Nein, nichts.«

»Aber wenn sie es doch zugegeben haben?«

»Ich kann es nicht beweisen. Ich hatte das Gespräch aufgenommen, aber das Kommando hat dafür gesorgt, dass die Aufnahme zerstört wurde.«

»Aber wieso hat sich dann al-Qaida zu dem Anschlag bekannt?«

»Dieses Video hat auch Nabulsi gemacht. Ebenfalls im Auftrag des Kommandos Karl Martell. Das Kommando wollte zuschlagen, aber noch nicht öffentlich in Erscheinung treten. Der Plan war es, durch den Anschlag Unruhen zwischen Muslimen und Nichtmuslimen auszulösen. Nabulsi hat ihnen vorgeschlagen, es als einen al-Qaida-Anschlag zu tarnen.«

»Aber was hat dieser Nabulsi mit dem Kommando Karl Martell zu tun?«

Fadia Latifs Stirn hatte sich in Falten gelegt. Sie sprach ruhig und bedächtig, aber Samson sah die zahllosen Fragen in ihren Augen, und er wünschte sich nichts sehnlicher, als dass er die Antworten hätte.

»Die Wahrheit ist, dass wir nicht wissen, warum Nabulsi die Bombe für das Kommando gebaut hat. Es gibt mehr als eine Möglichkeit.«

»Was heißt denn das?«

»Ich war … Als ich in Hamburg studiert habe, da …«

Er schüttelte den Kopf

Ich kann es nicht.

Ich kann ihr nicht sagen, dass ich den Mörder ihres Mannes kenne.

Er sah Sumaya an.

»Samuel kennt Nabulsi von früher. Aus dem Studium. Samuel hat über Islamisten in Hamburg geforscht, darum kannte er Mohammed Atta. Und Khaldun Nabulsi war ein guter Freund von Mohammed Atta. Nabulsi war damals Afghanistan-Veteran und al-Qaida-Mitglied. Er war ständig in Afghanistan.«

»Aber was heißt das? Dass es also doch ein al-Qaida-Anschlag war?«

»Vielleicht«, sagte Sumaya. »Es ist möglich, dass Nabulsi dem Kommando Karl Martell einen echten al-Qaida-Anschlag untergeschoben hat. Dass er das Kommando Karl Martell dazu gebracht hat, einen Anschlag zu finanzieren und zu decken, von dem sie zwar dachten, dass es ihr eigener war, den sie aber tatsächlich für al-Qaida durchgeführt haben.«

»Wieso vielleicht? Wieso haltet ihr es denn überhaupt für möglich, dass es kein al-Qaida-Anschlag war?«

Sumaya erzählte ihr von Khaldun Nabulsis Bruder Khaled und dem grausamen Video, mit dem al-Qaida Khaleds Hinrichtung dokumentiert hatte.

Fadia Latif hörte zu und schüttelte ungläubig den Kopf. »Aber das ist doch Wahnsinn. Das sind doch zwei völlig verschiedene Sachen, al-Qaida und dieses Kommando. Das muss man doch auseinanderhalten können, ob einer für die einen oder für die anderen arbeitet!«

Samson konnte Fadia Latif ansehen, wie sehr sie litt. Sie verstand es nicht. Aber er verstand es ja selbst nicht. Wer sollte das auch verstehen?

»Bitte, es muss doch Hinweise geben. Was glaubt ihr denn, wer es war?«

»Das Einzige, was ich mit Sicherheit sagen kann«, antwortete Samson, »ist, dass Nabulsi alles dafür getan hat, dass es wie ein al-Qaida-Anschlag aussieht. Als ich das Kommando unterwandert habe, bin ich ihm zu nahegekommen. Er hat mitbekommen, dass ich mich eingeschlichen habe. Er hatte Angst, dass ich veröffentlichen würde, dass das Kommando Karl Martell den Anschlag in Auftrag gegeben hat und dass es kein al-Qaida-Anschlag war. Das hat er um jeden Preis zu verhindern versucht.«

»Um das Kommando zu schützen?«

»Vielleicht. Vielleicht aber auch, um al-Qaida zu schützen. Das Video war gut genug, um echt zu sein. Er hat es nur etwas zu schnell veröffentlicht. Aber ich bin sicher, dass selbst al-Qaida es anerkannt hat. Al-Qaida hatte einen Anschlag zu verlieren.«

»Und was hat er getan, um zu verhindern, dass du das Kommando beschuldigst?«

Samson zögerte. War das alles wirklich wahr? Es schien ihm noch immer alles so unwirklich. Es war alles so schnell gegangen, so heftig gewesen. Die drei Wochen in Potsdam, in denen er *Pippin* gewesen war. Die Nächte mit *Renatus*. Der Baron und die Ringzeremonie. Dann die Festnahme. Die endlosen Tage und Nächte in Moabit, und die Gedanken, die auf ihn eingeströmt waren, während die Welt sich draußen weitergedreht hatte und er dabei eine der Hauptpersonen war, obwohl er gar nicht dabei war. Er saß ja drinnen, und das echte Leben war draußen. Nur dass es ihm in Moabit manchmal andersherum vorgekommen war: dass

das echte Leben drinnen war, und draußen gar keines. Und gerade als er sich daran gewöhnt hatte, war das auch wieder falsch, denn dann war er plötzlich frei gewesen.

Sumaya hatte vor der Tür der JVA auf ihn gewartet, er hatte sie umarmt, und er wusste, er würde diesen Moment nie in seinem Leben vergessen, wie sie halb lachend und halb weinend auf dem Parkplatz gestanden hatten. Aber am nächsten Morgen hatte er das Gefängnisfrühstück vermisst und Panik bekommen, dass er sich dieses Mal verändert hatte, ohne es zu merken, ohne Absicht. Und wenn man sich veränderte, weil sich ständig alles um einen herum änderte, was konnte man dann noch glauben?

»Samuel?«, fragte Fadia Latif sanft.

Samson zuckte zusammen. Er war offensichtlich mitgenommener als er gedacht hatte. Dankbar nahm er zur Kenntnis, dass Sumaya wieder an seiner Stelle übernahm.

»Nabulsi hat den Anschlag auf Samuel abgewälzt. Samuel wurde verhaftet und saß fast eine Woche als mutmaßliches al-Qaida-Mitglied im Gefängnis.«

»*Ka-la*«, entfuhr es Fadia Latif. »Das ist nicht wahr, oder?«

Sumaya erklärte ihr, wie Nabulsi einen Teil des Sprengstoffs bei ihm versteckt und Dengelow informiert hatte. Sie schilderte, wie Kai es geschafft hatte, ihn zu besuchen, und wie sie, gemeinsam mit Merle, weitere Informationen zusammengetragen hatten. Sie erzählte auch, wie sie Dengelow erpresst hatte.

»Ich werde also womöglich niemals erfahren, warum mein Mann sterben musste«, sagte Fadia Latif, als Sumaya geendet hatte.

Samson hätte gerne etwas Tröstliches gesagt. Aber was? »Ihr

Mann musste sterben«, sagte er schließlich, »weil er für die Radikalen eine Gefahr darstellte. Al-Qaida, der Baron, Sinn, Nabulsi – sie alle wollten, dass er stirbt. Weil er genau das verkörpert hat, das die Islamhasser genauso wie die Dschihadisten hassen. Sie alle haben ihn ermordet. In gewisser Weise sogar gemeinsam, wenn auch unwissentlich.«

Er sah zu Fadia Latif herüber. Eine Träne rollte ihre Wange hinunter. Aber er glaubte, so etwas wie Dankbarkeit in ihrem Blick zu erkennen.

Für ein paar Minuten sagte niemand ein Wort. Aus der Ferne trug der leichte Abendwind das gedämpfte Lachen von einem der Restaurantschiffe herüber. Zwischendurch konnte Samson sogar das träge Plätschern des Nils hören.

»Wie geht es jetzt weiter?«, fragte Fadia Latif schließlich. »Ich meine, Sinn und dieser Baron, das sind Terroristen. Wer weiß, was die noch vorhaben?«

»Sinn ist vorgestern als Innenstaatssekretär zurückgetreten. Offiziell aus persönlichen Gründen. Er hat streuen lassen, dass der Selbstmord seiner Frau ihn derart mitgenommen hat, dass er eine Auszeit braucht«, antwortete Samson. »Aber ich glaube das nicht, weil er eine Affäre mit Gisela Munkelmann hatte. Außerdem will er in den Süden ziehen, in die Nähe der Burg des Barons. Ich bin sicher, dass die beiden weitermachen werden.«

»Aber jemand muss sich doch darum kümmern, oder?«

»Es ist sehr gefährlich. Wir sind noch gar nicht dazu gekommen, es Ihnen zu erzählen. Aber Cord Munkelmann ist tot.«

»Cord ist tot? *Allah yarhamahu!*«

»*Allah yarhamahu*«, antwortete Sumaya, bevor sie weitersprach. *Möge Gott sich seiner erbarmen.* »Wir glauben, dass das Kommando Cord ermordet hat und es als Selbstmord getarnt hat. Wahrscheinlich hat er herausgefunden, was seine Schwester getan hat. Oder sie hat sich ihm anvertraut. Deswegen musste er aus dem Weg geräumt werden. Ich glaube, dass er seine Schwester am Anfang schützen wollte. Deswegen hat er zum Beispiel nur die Drohbriefe der Islamisten an den *Globus* weitergeleitet und die der Islamhasser so manipuliert, dass ich die Absender nicht mehr erkennen konnte.

Er muss geahnt haben, dass seine Schwester etwas damit zu tun hat.«

»Armer Cord«, sagte Fadia. »Das ist schrecklich.«

»Ja, das ist es.«

Samson überlegte, ob er Fadia Latif erzählen sollte, dass Merle sich vorgenommen hatte, dem Kommando Karl Martell nachzuspüren. Dass sie fest dazu entschlossen war, und dass er es ihr, nachdem er vor ein paar Tagen mit ihr gesprochen hatte, sogar glaubte. Weil auch sie nicht unverändert aus den letzten Wochen hervorgegangen war. Aber er ließ es. Er wusste nicht, ob es ihr gelingen würde. Er wollte Fadia Latif keine falschen Hoffnungen machen.

Es gab keine Helden in dieser Geschichte. Er selbst hatte mitgeholfen, eine Moschee anzuzünden und den Ruf unbescholtener Menschen zu ruinieren. Fadi hatte ihn verraten – und Sumaya gleich mit. Sumaya fühlte sich wegen der Erpressung schuldig, weil Dengelow ihr leidtat, der doch selbst, auf eine Art, ein Opfer gewesen war. Und Merle hatte einen Riesenskandal vertuscht. Da war es wieder: Ja, *aber*. Sie alle hatten das Richtige tun wollen. Und vielleicht sogar getan. Aber sie hatten Kompromisse gemacht, sich in den Halbschatten zerren lassen, die Mittel dem Zweck unterworfen. Er wusste, dass es keinen anderen Weg gegeben hätte. Er wollte es bloß nie wieder tun.

Er blickte zu Sumaya hinüber und sehnte sich nach Frieden und Schlaf und Sonne und Nächten ohne Selbstzermürbung. Sie sah so schön aus. Er freute sich darauf, sie endlich richtig kennenzulernen und all das nachzuholen, was bisher nicht möglich war.

Fadia Latif erhob sich. »Ich gehe Tee machen«, sagte sie. »Ich bin gleich zurück.«

Als sie gegangen war, stand auch Sumaya auf, überquerte die Terrasse und setzte sich neben Samson auf die Bank, auf der er saß. Sie nahm seine Hand. Wie warm sie ist, dachte er.

Nach ein paar Minuten kam Fadia Latif zurück und stellte Teegläser auf ihr Beistelltischchen. Der Duft der frischen Minze stieg Samson in die Nase.

»Ich möchte euch danken«, sagte Fadia Latif.

Sumaya und Samson nickten. Die Katze war wieder auf Sumayas

Schoß gesprungen und schnurrte leise. Es war fast ganz ruhig, abgesehen von dem Schnurren und dem leisen *KlingKlang* des Windspiels. Über den Büschen und Bäumchen sah Samson ein paar Sterne.

»Es ist wunderschön hier«, fuhr Fadia Latif fort. »Und auch Lutfi hat es hier immer gut gefallen. Den Mädchen geht es gut. Ich denke, dass ich hier bleiben werde. Ich möchte nicht nach Deutschland zurück.«

»Ja, es ist wirklich wunderschön«, sagte Sumaya.

»Was werdet ihr nun tun?«

»Ich werde für eine Weile nach Ramallah gehen. Ich setze für ein Semester aus und werde bei meiner Tante leben. Ein Praktikum bei einer Hilfsorganisation vielleicht, so etwas würde ich gerne machen. Mein Cousin wird auch kommen. Er ist wie ein Bruder für mich, und ich glaube, dass es ihm auch guttut, eine Weile aus Berlin zu verschwinden.«

»Und du, Samuel?«

»Ich werde erst einmal tauchen gehen, auf dem Sinai. Und im Oktober muss ich wieder in Berlin sein, weil ich dann wegen illegalen Sprengstoffbesitzes zu einem halben Jahr auf Bewährung verurteilt werde. Das war das Beste, das Dengelow rausholen konnte.«

»Oje.«

»Ja, aber das lässt sich nicht ändern.«

»Aber willst du drei Monate lang tauchen?«

»Nein«, sagte Samson. »Ich werde … also, ich würde auch gerne ein paar Monate nach Ramallah gehen und Sumaya besuchen.«

Sumaya sah ihn überrascht an.

»Ja, ich weiß, ich habe dich noch nicht gefragt«, sagte er.

»*Ahlan wa Sahlan*«, antwortete sie lächelnd. »Herzlich willkommen.«

Auch Fadia Latif lächelte.

Sie saßen noch fast bis um Mitternacht zu dritt draußen auf der Terrasse, ohne viel zu reden. Grillen hatten die Vögel abgelöst, eine kleine Kerze erhellte ab und an ihre Gesichter, und Samson schien es, als könne er die Blumen jetzt viel stärker riechen, aber vielleicht bildete er sich das nur ein, weil es weniger zu sehen gab.

»Ich werde jetzt ins Bett gehen«, sagte Fadia Latif schließlich. Sie stand auf, um sie beide zu umarmen. »Es gibt hier genügend Zimmer im Haus«, erklärte sie, schon im Gehen, und lächelte erneut. »Aber nur für den Fall, dass ihr euch wegen mir Sorgen gemacht habt: Wenn ihr möchtet, dann könnt ihr euch auch eins teilen.«

Samson blickte Sumaya an.

»Das wäre sehr schön«, sagte sie.

DANKE

Ich danke meinem Freund Christian Budnik für alle seine Anmerkungen, Ratschläge und Verbesserungen im Verlauf von über zwei Jahren, von denen jeder und jede einzelne wichtig waren – und ohne die dieses Buch anders, aber ganz sicher nicht besser geworden wäre.

Ich danke Florian Peil für das ausgiebige Lesen und Kommentieren von Manuskripten und für viele hilfreiche Hinweise und Diskussionen, nicht zuletzt über Kreuzberg, deutsche Islamisten und die Schnittmenge zwischen beiden.

Ich danke meiner Schwester Yasmine und ihren Freunden Steve und Thea für Beratung in Tauchfragen.

Ich danke auch jenen, die mir mit Auskünften zur Verfügung standen, hier aber nicht namentlich genannt werden können.

Und ich danke Lutz Dursthoff von Kiepenheuer & Witsch für eine höchst angenehme Mischung aus Enthusiasmus und Lässigkeit.

Meine Familie hat mir beim Schreiben dieses Buches immer wieder den Rücken freigehalten und mir mit Worten und Taten beigestanden. Dafür bedanke ich mich.

Vor allem aber bedanke ich mich bei Ziska für ihre uneingeschränkte Unterstützung, ihre Freundschaft, Inspiration und Geduld; nichts davon ist selbstverständlich, aber alles war unabdingbar für mich, um dieses Buch schreiben zu können. Und schließlich bedanke ich mich bei meinen Töchtern dafür, dass sie meine häufige Abwesenheit geduldet haben. Dieses Buch ist ihnen gewidmet.

Berlin, im Juni 2011